涵芬香远译丛

华尔街"警长"
——埃利奥特·斯皮策

〔美〕布鲁克·A. 马斯特斯 著

李瑾 译

2013·北京

SPOILING FOR A FIGHT： The Rise of Eliot Spitzer
by Brooke A. Masters
Copyright © 2006 by Brooke A. Masters
Simplified Chinese translation copyright © 2013
by The Commercial Press
Published by arrangement with Henry Holt & Company, LLC
Through Bardon-Chinese Media Agency
博达著作代理有限公司
ALL RIGHTS RESERVED

图书在版编目(CIP)数据

华尔街"警长"：埃利奥特·斯皮策/（美）马斯特斯著；李瑾译. —北京：商务印书馆，2013
（涵芬香远译丛）
ISBN 978-7-100-10127-1

Ⅰ.①华… Ⅱ.①马… ②李… Ⅲ.①纪实文学－美国－现代 Ⅳ.①I712.55

中国版本图书馆 CIP 数据核字（2013）第162861号

所有权利保留。
未经许可，不得以任何方式使用。

华尔街"警长"
——埃利奥特·斯皮策
〔美〕布鲁克·A.马斯特斯 著
李瑾 译

商务印书馆出版
（北京王府井大街36号 邮政编码 100710）
商务印书馆发行
北京瑞古冠中印刷厂印刷
ISBN 978-7-100-10127-1

2013年10月第1版　　开本787×1092　1/16
2013年10月北京第1次印刷　印张 26¼
定价：54.80元

目 录

第一章	大张旗鼓　整顿市场	1
第二章	幼学壮行　雷厉风行	27
第三章	当家做主　激动人心	59
第四章	背叛信任　义愤填膺	91
第五章	立足本职　放眼全局	125
第六章	昨天赛马　今日下注	159
第七章	两套规则　明火执仗	181
第八章	切莫伸手　伸手被捉	203
第九章	层层盘剥　坑蒙拐骗	231
第十章	失足成恨　回首百年	251
第十一章	尺有所短　斯氏局限	283
第十二章	天下为先　迎接挑战	311
尾 声		329
注 释		337
致 谢		413

第一章 大张旗鼓 整顿市场

埃利奥特实在是忍无可忍了。

时间要追溯到2004年的10月份。六个月以来，这位性格刚烈的纽约州检察总长和他的下属们一直在追查一条秘密消息。该消息不是别的，是规模庞大的保险经纪商马什公司（Marsh Inc.）接受秘密款项，从而操纵客户到特定的保险公司投保的事情。实际上，这六个月以来，马什保险公司的母公司马什·麦克里安公司（Marsh & McLennan）一直推诿搪塞，拒绝执行检察院下达的命令，声称根本不存在什么见不得人的欺诈性秘密交易之类的事情。也就是说，马什公司的客户都知道支付成功酬金的事情，而且这一款项也没有对公司经纪人的推荐造成什么影响。但是，几个月以来，通过对电子邮件和公司有关文件的彻底搜查证明，事情恰恰相反，甚至比原先的推测还要糟糕。马什公司有些经纪人用虚假标书来引诱保险公司，并告诉他们要收取哪些费用，这样经纪人们就能操纵保险业务，从而引导客户选择对经纪人自己有利的公司,这就是价格操纵。价格操纵不仅是欺诈行为,而且还是犯罪行为。几位卷入价格操纵事件的保险公司高管已经承认此事,并且同意承认有罪。

然而,当斯皮策及其检方律师与马什·麦克里安公司的法律总顾问威廉姆·罗索夫(William Rosoff)于10月12日会面时,公司方面并没有像检方所期待的那样,承认他们应负的责任。相反,他们将责任推得一干二净,检方受到了冷遇。罗索夫坚持声称,马什·麦克里安公司还没有搞清楚检方到底在为什么事情大惊小怪;甚至连到底发生了什么事情都还没有弄明白,怎么就能平白无故地承认自己有错误呢?他们之所以这样做,是因为在与保险公司签署的协议中,客户并没有受到损害。这就是整个事情的基本过程。最后,威廉姆·罗索夫傲慢地宣称:"究其原因,只是你们不懂得保险这个行当而已。"

确实是到了该打开天窗说亮话的时候了。斯皮策心里暗暗想到,不能由着保险经纪商这么摆布来摆布去了,即使它是世界上最大的公司也不行。作为纽约州检察总长,在过去六年的大部分时间里,他利用法律手段,不仅制止了各种各样的错误行为,甚至还制裁了各种各样的非法行径。据检察总长自己估算,这几年他所做的事情包括从惩治华尔街的腐败现象到质疑乔治·W.布什(George W. Bush)政府所颁布的环境政策等等,五花八门,不一而足。斯皮策的形象无所不在。他光秃秃的脑门、突出的下巴、做指点江山状的食指,这一特征鲜明的形象不时地出现在电视新闻节目中,对此,人们已经习以为常了。斯皮策的鼎鼎大名也几乎是妇孺皆知,家喻户晓,在全国的重要报纸专栏中则更是司空见惯。一旦哪天斯皮策走出位于市中心曼哈顿的检察总长办公室,别说还真有些冒险的意味,因为用不了走过两个街区,就会有人认出他,拦住他,向他表达内心最真诚的善意和最真挚的祝愿。普通百姓赞扬他,赞扬他勇敢面对举足轻重的大财团(Big Business)而勇往直前的大无畏精神。斯皮策办公室的电话成天响个不停,线路堵塞是常有的事,那些电话多半是提供内幕消息的人士打来的。他们披露了各种各样的问题以及经济方面的不法行为。在各种线索的帮助和指引下,斯皮策的调查很快获得了结果。他铁面无私,拉下脸来制服了各种各样的大公司:从

第一章 大张旗鼓 整顿市场

花旗集团（Citigroup）和美林公司（Merrill Lynch）那样的大投资银行到葛兰素史克（GlaxoSmithKline）之类的药品制造商，再到食品百货商店（Food Emporium）这样的连锁超市。他强制执行了各种各样的改革措施，并施行重大处罚：因发布带有偏袒性的股评研究报告，十几家华尔街投资银行被罚款15亿多美元；共同基金公司和经纪人由于进行不适当短期交易，被罚款35亿美元。而到现在，斯皮策也只有45岁。所有这一切表明，在民主党（Democratic Party）中，斯皮策就像一颗冉冉升起的政治新星，璀璨夺目。

但是，在马什公司的案件中，斯皮策想做的远不止这些。他决定向全体美国企业传递出强有力的信息：他的调查不仅仅是钱的事情。从现在起，对不当行为负有责任的高层主管人员不能因声称对所发生的事情一无所知、只要支付一定的罚款就可以全身而退，毫发无损，平安逃脱。"我们一直在想，通过审理这些案件能够突出强调更重要的一点，那就是，加强基本道德规范行为建设的必要性。"斯皮策沉思着说，"在某些时候，你要说，等一等，伙计们，就是这样。那正是问题的关键。只有你让 CEO 负责，你才能向人们证明必须变革某些事情。现在的问题是：如何开刀？"

斯皮策办公室的律师们个个坚定顽强，他们度过了无数个不眠之夜，殚精竭虑地准备法律申诉书，想方设法将法律文件阐述得具体详细，给人留下深刻印象，以打击马什公司串通投标和操纵价格的行为。可是，尽管付出这么多心血，到目前为止，还没有证据能证明公司的 CEO 杰弗瑞·格林伯格（Jeffrey Greenberg）知晓或者纵容这一秘密计划。因为在格林伯格来公司任职之前，这一计划就已经开始实施了。至于格林伯格是否授权给罗索夫坚定不移地为此进行辩护，这一点也并不完全清楚。然而，即使检察总长的调查人员没有直接与 CEO 格林伯格对话，斯皮策还是蛮有把握地确定，问题就出在高管层中。串通投标诉讼案不是他与马什·麦克里安公司的第一次冲突。因为马什·麦克里安公司的子公司普特南投资公司（Putnam Investment）去年已经卷入了共同基金交易的丑闻。其美世咨询公司（Mercer Consulting）的职能部门已经就纽约证券交易所（New York Stock Exchange）主席理查德·A. 格拉索（Richard A. Grasso）1.4亿美元的薪酬包问题与斯皮策达成了协议，双方的这一较量也备受社会各界关注。"马什·麦克里安公司虽然有三大主要业务，但是，公司对这三大业务缺乏明显的管理手段和控制措施。有时候你甚至怀疑这种管理上的弛缓来自高层。……这充其量也不过是一种完全被动的管理方式。"戴维·布朗四世（David D. Brown IV）回忆起当时的调查情形时，这样表达了自己的内心感受。布朗是检察总长的助手，不论在共同基金诉讼案还是在保险调查中，都是斯皮策的得力干将和开路先锋。斯皮策知道，对格林伯格个人提出指控是不公平的，但是，一定还存在着他能做的其他事情。他要从其他的地方开刀。

10月14日上午，在曼哈顿区百老汇120号第25层检察总长办公室里，斯皮策与高级职员们聚在一起，聚精会神地准备当天关于马什公司案件的记者招待会。电视摄像机和报纸记者已经在下面的大厅里集合完毕，各就各位；股票交易商们也守候在电视屏幕旁边，不时地走来走去。一旦哪家公司成为斯皮策的工作目标，他们就随时准备抛售这只不吉利的股票。在斯皮策的办公室，高级助手们扮作记者，团团围住检察长的办公桌，接二连三地质问他们的上司，提出五花八门的问题。当模拟招待会结束时，斯皮策宣布了一项公告。"我打算拒绝与马什公司的管理人员谈判。"斯皮策若有所思地说。一听这话，他的下属们吃惊地盯着他，顷刻间，会议室内鸦雀无声。

斯皮策所提出的这件事情是前所未有的，至少，在最近几年的白领犯罪记录中是闻所未闻的。在自由市场经济中，董事会的董事们本应该不受政府的干预，享有选择公司高管的自由。而现在，斯皮策宣布不打算与马什公司目前的领导层进行和解谈判，这意味着斯皮策要对马什·麦克里安公司的董事会成员强制实行霍布森式的选择①。就是说，马什公司要么让杰弗瑞·格林

---

① Hobson's choice，意思是看似自由选择，实则没有其他选择，即无选择余地。该说法源自英国16—17世纪的租马房经营者托马斯·霍布森（Thomas Hobson）。霍布森先生在英国剑桥拥有一个马厩。他经常把马匹租给剑桥大学的学生。而实际上他并不相信学生们会善待他的马匹。所以他制定了一个规则，以阻止学生们骑他最好的马。马房规定，学生们只能选离马厩最近的马。换句话说，学生们根本不能选择其他任何马匹。——译者注

第一章 大张旗鼓 整顿市场

伯格下台，要么面对检察院可能对马什公司提起的刑事指控。最近的历史表明，对于一家上市公司来说，实际上不可能经得起刑事指控的折腾。这样的例子屡见不鲜。仅仅在两年之前，会计行业巨头安达信会计师事务所（Arthur Andersen）由于在联邦法庭被指控妨碍司法公正，便别无他法，只好退出审计业务。想当初，当斯皮策公开宣布不排除对美林公司刑事指控的可能性时，在不到三周的时间里，公司的股票价格便一路直线下跌，跌幅达20%。过去，也有许多检察官会要求更换领导层，并将这一要求作为协议的一部分。但是，他们都是在私下里悄悄地进行间接操作。例如，政府会与公司律师见面，心照不宣地声称："如果换了另外的一个CEO，你会发现该案件解决起来要更容易一些。"但是，到现在为止，还没有人记得在哪一起诉讼案中曾经有哪一位检察官公开宣布过这种要求。"你确定真的打算这么做吗？"斯皮策的二把手、第一副检察总长（First Deputy Attorney General）米歇尔·赫什曼（Michele Hirshman）带着满脸的困惑，表示出自己对这件事情的担忧之情。

赫什曼和其他人都很清楚，在企业界，斯皮策已经饱受诟病。许多人认为，斯皮策总是愿意追逐头版头条，仗势欺人；还有不少人认为，他不尊重市场的经济活动或者法律的法定诉讼程序。《华尔街日报》（Wall Street Journal）[①]的社论版经常被当作商业界保守派所发出的心声，该日报的社论就把斯皮策看作是自己的头号敌人，每周（有时候是每天）都会发表反对性评论，将他看作是野心勃勃、爱管闲事、无事生非的人。不仅如此，福布斯网站（Forbes.com）还给读者提供了一个可直接打印的万圣节斯皮策面具。甚至一些支持斯皮策去揭露欺诈行为、改变行业作风，并为此付出努力的人也对检察总长的一些策略深感不安，因为斯皮策不断地披露消息，用言辞攻击同行监管人员，等等。这样一来，斯皮策给人们的感觉就是他对犯罪制裁情有独

[①]《华尔街日报》创刊于1889年，以超过200万份的发行量成为美国付费发行量最大的财经报纸。这份在美国纽约出版的报纸，重点在财经新闻的报道，其内容足以影响每日的国际经济活动。其读者主要为政治、经济、教育和医学界的重要人士、金融大亨和经营管理人员以及股票市场的投资者。美国500家最大企业的经理人员绝大部分订阅此报。2007年6月，《华尔街日报》被默多克新闻集团收购。——译者注

钟，并乐意以犯罪制裁来给个人和公司施加压力，从而让他们就范，配合检方的调查工作。将马什公司的CEO封杀出局只会让人们对他抱有的这种感觉更加强烈。

然而，在斯皮策看来，不同寻常的时代就需要非同凡响的治理措施。20世纪90年代，科技泡沫的崩溃彻底摧毁了成千上万美国人为教育、养老所积攒的学费、退休金。斯皮策认为，美国企业界的领导者们丧失了最根本的道德准则。一些大型公司，例如安然公司（Enron）和世通公司（WorldCom）因不良行为而变得千疮百孔，满目疮痍。欺诈行为一旦被揭露出来，公司的运营便会彻底瘫痪。其他的公司，包括一些投资银行和共同基金公司，则打着高额利润的旗号，充分利用客户的信任，养肥了自己。"在众多机构的高层，狡诈精明的人如此之多，情况如此之糟糕，在这样一个社会里，我们又如何能安心生活呢？"斯皮策忧心忡忡地反问道，"我们把伦理道德都一股脑儿抛到脑后了吗？"他认为，哪怕是为了恢复对国家金融体系和政治体系的信任，也需要有人站出来，采取行动，去保护那些易受伤害的人。"缺乏透明、缺乏公平交易、没有公平竞争，市场就无法生存。"斯皮策解释说，"我们说服了成千上万的美国人投资市场。一旦这些新投身于市场的人对市场失去信心……他们就会从市场上撤回资金，投放到其他地方。"

斯皮策认为，政府官员应当回顾一下一个世纪之前的那个时期是怎样一幅情形。当时，国家正在应对迅猛发展的经济变化，这一变化虽然创造了巨大的财富，但同时成千上万的普通美国百姓却因为经济的快速发展而贫困不堪，叫苦连天。就拿19世纪90年代的情况来说吧。那时候，一小撮怀着远大目标但冷酷无情的商人从飞速发展的工业化和大规模的新经济形势中获得极大的利益，大肆攫取各种社会财富。他们被称作强盗式的资本家[①]。各大业界巨头如约翰·D. 洛克菲勒（John D. Rockefeller）、约翰·皮尔庞特·摩根（J. Pierpont Morgan）、爱德华·H. 哈里曼（Edward H. Harriman）等都属于这一类

[①] robber baron，即强盗贵族，指19世纪后期美国的工业或金融界巨头，他们靠对股市进行操纵和剥削劳工等不道德的手段发财。——译者注

型。他们建立了数百万美元的联合企业,在经济领域的竞争中大获全胜。他们不仅在工业、金融和商业等各个行业中占据支配地位,而且还试图控制国家政治程序。他们的成功有其黑暗肮脏的一面:工厂工人在极其恶劣的条件下工作、生活;庄稼歉收、债台高筑使大量美国农业人口处于流离失所的危险境地中;各色各样的行骗者充斥于羽翼未丰的金融服务部门,他们向单纯无知的人们许下虚假的诺言,声称只要人们投资,就也可以像他们一样赚个盆满钵满,从而将投资人多年来辛辛苦苦积攒的血汗钱白白骗走。

在新兴工业经济日新月异的发展中,一部分人越来越贫穷,他们的愤怒情绪也与日俱增。政客威廉·詹宁斯·布赖恩(William Jennings Bryan)便利用这一形势,煽动叛乱。布赖恩和他的追随者、民粹主义分子(Populists),将高额的关税、高昂的信贷费用、低廉的农产品价格归罪于东部(Eastern)的银行及企业,因为这一切剥夺了成千上万数不清的小农场主的利益,使他们更加贫困。民粹主义分子想利用数量无限的银币来填充这个国家显得拮据的以黄金为基础的(gold-based)货币体制,因为该政策将会使债务人更容易还清债务。但是,另一方面,这样做也可能会引发通货膨胀。布赖恩将世界分为"生产者"和"精英"两个截然不同的对立的群体。他的反资本主义者的言论使国家工商业和政治机构深感惊恐。1896年,当民主党派提名布赖恩为总统时,保守派担心他将发动一场血腥的革命。全国最大的工商业出资数百万美元,资助被共和党人称为"繁荣总统"(Advance Agent of Prosperity)的威廉·麦金利(William McKinley)竞选总统。

当代一些观察家认为,埃利奥特·斯皮策看起来就恰似一个布赖恩式的危险的民粹主义分子。2002年,中小投资者曾经一度寻找某个人或者某物——绝不是他们的贪欲使然——去承担造成他们股市损失的责任。于是,斯皮策为他们提供了一个已经准备好的目标——股票分析师。因为股票分析师对技术公司做出了乐观的预测,这些预测铺天盖地,充斥于广播电视频道,而到头来这一切彻底崩溃。多年来,华尔街和联邦证券监管人员一直在讨论带有偏袒性的公司股票评级,以及让投资银行为它们推荐上市的公司股票评级这一做法所固有的内在冲突。但是，他们也一直没有采取什么具体措施。2002年4月，斯皮策对这一问题加大了打击力度：控告美林公司犯有欺诈罪。因为在美林公司发布的内部电子邮件中，一位明星分析师私下里将公司的股票称为"蹩脚的次品"，但是却公开将这些股票评级为"买进"。

斯皮策极度活跃的举止、冷峻的目光、强烈的义愤感，这一切都直接迎合了投资者的愤怒之情，也同样使国会议员和广大电视观众无法抗拒。斯皮策上了《财富》(Fortune)杂志的封面，还被当年《时代周刊》(Time)奉为"年度十字军战士"(Crusader of the Year)。他戏剧性的指控天赋和主动利用媒体的爱好使公司高管们胆战心惊，如履薄冰，因为他们已经习惯了与谨言慎行、缺乏对抗性的监管人员打交道。对此，很多工商业界的领导人所做出的反应和强盗资本家的所作所为几乎没有什么区别：他们召集斯皮策周围的共和党反对派，试图利用自己在政治领域内的影响，遏制斯皮策的力量。例如，美国商会(U. S. Chamber of Commerce)会长托马斯·J. 唐纳休(Thomas J. Donohue)采取了不同寻常的行动，单挑斯皮策予以攻击、批评，声称斯皮策的调查是"在美利坚合众国、在现代社会所看到的臭名昭彰的、无法接受的恐吓形式"。

但是，斯皮策明确拒绝人们给他贴上民粹主义分子的标签。的确，他提请的有些大案要案触及了民粹主义的主题：他追查华尔街中存在的问题，迫使一些超市和饭馆吓得赶紧提高了外来移民工人的最低工资标准。斯皮策之所以这样做，是因为这一群体非常脆弱，是最容易受到伤害的人群。他还将目标瞄准了枪械制造业者的销售业务，并强制中西部发电厂减少污染物的排放量。他也因为布什(Bush)政府削弱《清洁空气法案》(Clean Air Act)的法律效力而提出质疑。但是，这一切并不意味着他想摧毁使他自己的家庭和美国社会富裕的市场经济。"显而易见，对他们来说，我们提出的问题具有民粹主义的意味，因为这些问题的目的是，不管你是谁，不论是中小投资者还是低收入工人，都是为保证公平和公正。"他承认，"但是，这些决议的目的不是去诋毁有关机构。我们为这些决议而努力，目标就是使这些机构正常运转，发挥应有的职能，而一个民粹主义分子则会指责机构的过错。"

与民粹主义者相反，斯皮策指出，他的历史楷模是西奥多·罗斯福（Theodore Roosevelt）和那些进步论者（Progressives）。在19世纪末，后者对企业的过度行为展开了轰轰烈烈的改革运动，尽管这些改革是和风细雨式的，但在很多方面都取得了比较大的成功。在曼哈顿，斯皮策办公室的墙上，悬挂着一幅西奥多·罗斯福的头像，头像特意装上了框架。斯皮策将西奥多·罗斯福的头像看作是昭示自己行动的命令，而不仅仅是额外的一种装饰。"我借助西奥多·罗斯福的思想来实现一种理念：搞好资本主义应该懂得什么时候需要整顿市场。"他解释道。在重大演讲中，斯皮策也提到了进步论者的影响。"我们继承的是世界上最令人敬畏的、最有力量的政治传统之一——纽约光荣的进步传统，这一传统无不从泰德（西奥多的昵称）·罗斯福、艾尔·史密斯（Al Smith）、FDR（Franklin Delano Roosevelt，富兰克林·德拉诺·罗斯福的简称）身上体现出来。"2004年年末，斯皮策这样宣称，"他们兼收并蓄的思想、所面临的时代机遇以及充满希望的政治主张，照亮了资本主义体制的道路。这一体制远远胜过徇私舞弊、贪赃枉法、任人唯亲的局面，这样的体制带给每一个美国人功成名就的机会……在最近的几年里，他们的事迹鼓舞了我，启发了我，给了我灵感。我们与欺诈行为做斗争，并为此付出努力。这会帮助我们创建一个公平的竞争环境，以弥补不足，恢复市场的诚信，从而让中小投资者和所有参与市场运作的人与其他人共同享有均等的机会。"

同民粹主义者一样，进步论者也试图寻求出路，恢复美国低层社会的权力和繁荣，治理被他们认为是失控了的资本主义制度。进步论者认为，普通百姓在政府事务中已经丧失了话语权。但是，进步论者的解决方法是和风细雨式的温和改良，而不是急风暴雨式的革命。他们还认为，如果政治和金融市场能够清除腐败，将权力归还到人民手中，那么资本主义制度就能对所有美国人起作用，而不仅仅是富人阶层。因此，这些改革者首先要努力将国家所存在的各种弊端通过报纸、文章和公民调查等手段暴露出来，然后求助于有同情心的政客，制定法律，进行改革。通常来说，这样的改革首先要在州一级层面上推行。不管什么时候，一旦进步论者的提议被证明有效，他们就能够获得选票，也就有可能在国家层面上寻求立法，并获得参与行政管理的机会。对这样的改革者来说，纽约是一个温床，不仅培育了西奥多·罗斯福、艾尔弗雷德·E.史密斯以及后来的富兰克林·德拉诺·罗斯福，还造就了查尔斯·伊万斯·休斯（Charles Evans Hughes）和弗朗西丝·科拉利娅·珀金斯（Frances Coralie Perkins）等一大批领袖人物——休斯对保险行业的情况展开了调查，而未来的劳工部长珀金斯则在建立工人保护章程方面做出了巨大贡献。这些改革主义的政治家和律师们在当时曾经遭受过各种冷嘲热讽。人们嘲笑、谴责他们背叛了自己所属的阶级，是自己阶级的逆臣贼子，是对美国繁荣社会的威胁。事实上，他们排除了千难万险，促成了诸多法律的颁布，赢得了许多法庭判案。现在，这些法律和判案构成了美国现代社会的基石。在他们所获得的胜利和取得的成就中，有最低工资法，有食品安全、药品纯度管理条例，有投资者保护法，有工商业联合限制规定，等等。

斯皮策对改革主义者们的兴趣不仅仅是停留在口头上，如此这般地进行标榜。在很大程度上，他提起的很多著名诉讼案都是依赖当时某个阶段被遗忘的法令和法院的判决：例如，马什公司的串通投标案以发生在纽约的全国第一起违反1893年反托拉斯法的案件为基础；大张旗鼓地进行宣传的华尔街调查则主要依靠被人们基本遗忘的1921年的反欺诈法，也就是众所周知的《马丁法案》；他采取严厉措施制裁的非法枪支案和外州污染两个案例的基础都是根据公共妨害的定义，因为在当时，公共妨害有其具体表现。在与马什公司摊牌之前的几个月，斯皮策和一位前助手小安德鲁·塞里（Andrew Celli Jr.）在《新共和杂志》（The New Republic）上发表的一篇文章中写道，民主党的未来有赖于它"提升政府作为自由市场的支持者的形象"的能力，民主党"不仅仅是检查市场"，更重要的是，要唤起"上个世纪初由西奥多·罗斯福首先阐明的、与反托拉斯活动和其他进步主义市场措施一致的先见之明"。塞里记得，写这篇文章也不是一个孤立的事件。"斯皮策向人们明确指出,泰德·罗斯福这位伟大的反托拉斯能手,是一位共和党人,并从反托拉斯中得到一种异乎寻常的乐趣。他援引罗斯福的例子几乎就等于说关心市场公正不必非要成为民主党左翼分子。"塞里这样解释。在政治斗争中,斯皮策经常将自己描述为"实用主义的自由主义者"或者是"进步主义者"。"很多人认为,'自由主义(liberal)'一词就是拒绝将市场看作产生财富的关键性要素,"斯皮策说,"人们将进步主义理解为在市场环境范围内创造机会……见证了经济繁荣与萧条之交替循环,人们感到自己已经身在其中了。他们懂得,对任何与市场有关的事物的滥情都是某种错误的寄托。"

　　回顾历史,不难看出,在保护投资者、工人、消费者以及环境等许多方面,西奥多·罗斯福都做出了开拓性的贡献。今天,我们在怀念罗斯福的时候虽然怀着款款深情,然而,在当初,当他——首先作为纽约州的一名议员和州长,后来是作为总统——企图对大公司和有影响的大工商业者严加控制时,却招致了各种各样的严厉批评和冷酷诘难。当1882年罗斯福作为纽约州议员第一次在政治舞台上亮相时(毫无疑问,这是具有重要历史意义的重大事件),由于抨击纽约州在财政问题上耍两面派手腕,他受到了来自社会各界的奚落和嘲讽。因为在当时,人们的思想认识已经根深蒂固,积重难返。现在,斯皮策虽然充满活力,跃跃欲试,但是缺乏业绩。同事给他送了个外号,叫"旋风议员(Cyclone Assemblyman)"。另外,同事们也经常取笑他的鼻音,因为在议会开会时,每当他想引起别人的注意时,就会大声喊"Mister spee-kar"(正确的发音是"Mister speeker"。——编者注)。

　　像斯皮策一样,罗斯福当初赢得初步关注是因为试图保护普通股东们的利益。但是,他在调查州法院法官是否收受贿赂、帮助金融家控制庞大的曼哈顿高架铁道公司(Manhattan Elevated Railway)一案上却以失败而告终。因为罗斯福的那些立法同道们,双手沾满了铁路公司的油水,反对检举法官。罗斯福具有大无畏的精神。几年之后,当他被选为州长时,他便着手开始了一系列改革。但是那些改革无疑刺到了纽约州商业利益的痛处。于是,在1900年,他们便策划着提名罗斯福任副总统一职,目的是用这种办法将他排挤出纽约州。全国政党领袖认为这一招可谓愚蠢之极。其中有一位叫马克·汉纳（Mark Hanna）的领袖责备代表们："你们一个个都疯了……难道你们没有人意识到在那个疯子和总统职位之间只有一种存在方式吗？"1901年9月，一位无政府主义者开枪打死了威廉·麦金利总统，这件事促使42岁的罗斯福登上美国大陆最高职位的宝座。这时候，人们才幡然醒悟，猛然意识到当时汉纳内心曾怀有的那种恐惧心理到底是怎么回事了。

作为总统，罗斯福将机构调整和循序渐进的变革看作是保护资本主义体制、避开社会剧变的最好方法。1903年，在纽约州博览会（New York State Fair）上所做的一次演讲中，他郑重指出，一个正义的社会就是为所有人都提供均等的机会和平等的保护："我们必须根据一个人作为人的价值和德行去对待他。我们必须看到，每个人都被赋予了公平交易的权利，因为每一个人被赋予的不会更多，因此他应该得到的也不该再少……从根本上来说，每一个人的福利就是根据我们所有人的福利而定的。"与他的一些前任不同，罗斯福本质上并不反对规模大——他认识到，批量生产能够为消费者降低成本，产量的增加能够提高所有人的生活标准。"从长远来看，我们往往是一起兴衰沉浮。"他说。

但是，当罗斯福决定在1902年接管北方证券公司（Northern Securities Company）①时，他被公开指责为一个危险的激进分子。北方证券公司是一家规模庞大的铁路控股公司，一年前刚刚成立。该公司是摩根大通集团脑力劳动的成果，它支配着芝加哥（Chicago）和太平洋之间的铁路客运和货运。其市

---

① 事情的起因缘于两个铁路大王詹姆斯·希尔（James. J. Hill）和哈里曼（E.H.Harriman）的竞争。19世纪70—80年代，美国铁路发展迅速，垄断也随之形成。两人都想垄断美国西北铁路网，于是分别投靠了摩根财团和洛克菲勒两大财团，在股市上掀起血雨腥风，最后因为利益关系，两大财团握手言和，共同组建了一个巨无霸公司北方证券公司，形成了对西北铁路网的垄断地位。垄断的结果是他们可以肆无忌惮，赢得暴利，但平民民不聊生。铁路成为商业运营的调节阀：对大户，它意味着快捷、方便、低廉的服务；对小户，它代表着傲慢、限制、昂贵的代价。千夫所指的铁路巨头成为罗斯福最好的目标。1901年春，一场围绕铁路收购的证券风暴为他提供了千载难逢的良机。罗斯福执政期间，颁布法规并提起联邦反托拉斯诉讼，打破高度的产业集中，对美国最大的铁路垄断机构北方证券公司提起反托拉斯诉讼，对全国头号金融家J．P．摩根造成了直接打击。——译者注

第一章　大张旗鼓　整顿市场

值为4亿美元，数额之巨，令人咂舌。但是，人们认为这一估价过高，高出25%之多。于是，几个州开始了反托拉斯调查。但是调查归调查，没有人会料想联邦政府能采取行动。当摩根集团帮助实现一系列其他的重大合并——合众钢铁公司（U. S. Steel）、通用电气公司（General Electric）、万国收割机公司（International Harvester）的合并时，国家监管机构则在袖手旁观——刚刚在一年前，美国最高法院（U. S. Supreme Court）在很大程度上废除了联邦《谢尔曼反托拉斯法》（Sherman Antitrust Act）。罗斯福采取了出人意料的举动。他命令手下人对控股公司提出反托拉斯诉讼。"现在，政府必须进行干预，从而保护劳动工人，使大公司服从公共福利，正如几个世纪以前必须给因暴力行为而犯罪的罪犯的身体戴上镣铐一样，我们也要给诡计和欺诈套上枷锁。"罗斯福解释道。面对这一消息，股票市场一下子闹得沸沸扬扬，轰动起来。"一想到总统……屈尊降贵，亲自执法，华尔街就吓得目瞪口呆，不敢轻举妄动。"《底特律自由新闻报》（Detroit Free Press）这样报道。对于罗斯福的行为，摩根集团及其同行虽然怒不可遏，但又敢怒不敢言，私底下惴惴不安。罗斯福还打算走多远呢？所有的大公司都处于危险中吗？摩根集团很快向共和党领袖示好，在白宫安排了一场与罗斯福的见面会。"你还打算要攻击我的其他利益集团、钢铁托拉斯及其他公司吗？"摩根忧心忡忡地问道。罗斯福斩钉截铁地回答："当然不。除非我们发现它们做出了我们认为是错误的事情。"

五年以后，罗斯福又惹恼了企业评论家。这次他是从约翰·D. 洛克菲勒（John D. Rockefeller）创立的美孚石油（Standard Oil）联合公司下手的。公司总裁约翰·D. 阿奇博（John D. Archbold）抱怨称，罗斯福对他的公司不够尊重，他对美孚石油公司的尊重程度还比不上对非洲殖民地的尊重程度。阿奇博说："连最黑暗的阿比西尼亚[①]（Abyssinia）都从来没有见到过我们所面临的遭遇。"大慈善家洛克菲勒[②]的追随者弗雷德里克·T. 盖茨（Frederick T.

[①] 埃塞俄比亚旧称，首都亚的斯亚贝巴，富有农产和矿产，常成为掠夺和欺辱的目标。——译者注
[②] 即约翰·D. 洛克菲勒。1911年，最高法院判定洛克菲勒财团的美孚石油公司涉嫌垄断，必须解散，并处以当时美国历史上最高昂的罚款——2,924万美元。此时罗斯福已是一介平民，但对这一

Gates）在1907年的一封信中曾预言，这一情形会让罗斯福彻底毁掉自己："在法律的诸多形式下，这一令人惊异的、不计后果的掠夺和抢劫可能会唤醒全国的商业利益团体和有识之士：我们在不知不觉中已经陷入了危险境地。"可是，话虽然这样说，罗斯福的观点最终还是逐渐为人们所接受。1911年，最高法院驳回了美孚石油联合公司的证词。

对斯皮策来说，他对罗斯福抱有的远大目标以及罗斯福因此而受到的批评与诘责感同身受。斯皮策和罗斯福两人都是受过哈佛教育的特权阶层的宠儿。他们认为，平衡个人和公司之间的力量，以确保资本主义制度对中小投资者、工人和消费者就像对工商业界高管人士和大投资家一样起作用，政府负有不可推卸的职责。斯皮策出身于犹太移民家庭，其发家史可以从现在的坐拥巨额财富上溯至祖上栖居于下东区（Lower East Side）的寒酸公寓。他信奉艰苦的劳动和精明的投资，并将劳动和金融服务案件看作是让其他人获得相同机会的一种途径。作为一个精力充沛的年轻人，斯皮策愿意与国家一道，共同努力，看到美国经济平衡的方方面面。在上大学时，有一个暑假，他去做过艰苦的日工：干过摘菜、堆绝缘材料、挖壕沟等脏活儿累活儿。还在法学院读书时，他就在纽约州检察总长办公室和消费者权益保护的倡导者拉尔夫·纳德（Ralph Nader）等人的手下做实习生。作为一位年轻的检察官，他曾在曼哈顿区检察院（Manhattan District Attorney's Office）边吃午餐边读案件材料，这使他出类拔萃——其他同事为寻找犯罪对象和犯罪调查方面的新闻，浏览《纽约邮报》（*New York Post*）①和《纽约每日新闻报》（*Daily News*）②，

在他任内开始的诉讼结果很感欣慰。这笔罚款比起洛克菲勒财团富可敌国的财产来可不过是九牛一毛。大概是为了赎罪，洛克菲勒财团的掌门人约翰·洛克菲勒在此后的生涯中，将他拥有的5.4亿美元——相当于今天的60亿美元——财产捐给了以医学研究和教育为主的许多慈善项目，转眼成为到那时为止世界上最大的慈善家。——译者注

① 是美国历史最悠久的报纸之一。创办于1801年，现属媒体大亨默多克的新闻集团。其报道风格以煽情、八卦而闻名。在20世纪60年代后半期，日发行量曾达700万份，现虽下降到418万份，但仍然是纽约最重要的报纸之一。——译者注

②《纽约每日新闻报》是美国最大的大众化报纸，发行量居美国日报前列。它创办于1919年，当年热衷于黄色新闻，在20世纪20年代的美国刮起了一场"小报旋风"。1929年经济危机以后遭到舆论抵制，这方面有所收敛，但仍然倾力于报道地方新闻、社会新闻和种种软新闻。即使是重大国际新闻，也从"人情味"上做文章。——译者注

斯皮策则读《华尔街日报》(*Wall Street Journal*)。后来他在传统的特权阶层律师事务所工作，帮助自己的家庭经营家族投资业务。像他之前的罗斯福一样，斯皮策对自己企业目标的相关领域非常熟悉，这使他的行动特别高效。"他对华尔街非常熟悉。他所有的朋友都在华尔街工作，对周围的人和事了如指掌。"斯皮策的导师、哈佛法学院的艾伦·德肖维茨（Alan Dershowitz）这样评价自己的学生。

虽然斯皮策尽力夸大自己与罗斯福总统的相似之处，但是他还是缺乏总统这一职位所拥有的权力和天字第一号讲坛（白宫）。他必须寻找其他推动变革的途径和方法。斯皮策所选择的方法非常简单：利用旧法律，处理新问题；一丝不苟地展开调查；将调查结果与媒体分享，使公众压力最大化。在最后一点上，斯皮策可谓举办控告式记者招待会和有选择性地泄露消息的大师。斯皮策办公室的法律控诉文书针对性强，文笔流畅，充满着各种生动的细节。当调查目标和其他监管人员抱怨他对头版头条比真正的变革更感兴趣时，斯皮策经常借用进步主义时代的另一位偶像的言辞来为自己辩护，并用以解释自己的工作方法。这位偶像就是路易斯·D.布兰代斯（Louis D. Brandeis）[①]。1913年，布兰代斯说过："我们应当进行恰当的宣传，因为宣传是救治社会和工商业界存在的弊病的一剂良药。据说，阳光是最好的消毒剂；电灯是最有效的警察。"现在，斯皮策常在不同的场合反复引用这句至理名言。

斯皮策与布兰代斯的共同之处不只是对利用媒体情有独钟。人们之所以记住布兰代斯，是因为他是最高法院的大法官，同时他还着手打击很多目标。而在一个世纪之后，引起斯皮策的愤慨之情的，也正是当年布兰代斯发动攻击的目标——华尔街银行家、保险公司以及公共运输公司与天然气公司等提供基本公共服务的公司。斯皮策对金融服务领域的批评主要是根据一个世纪前的布兰代斯的观点。斯皮策认为，他在共同基金、股票调查和保险行

[①] 布兰代斯是美国最高法院大法官（1916—1939），犹太人，被称为人民的律师。美国进步运动的主要推动人物。——译者注

业等几个方面发现的问题都源于同一个根由：大型金融联合企业以牺牲客户服务为代价，换取他们的利润和股票价格。"我们看到越来越大的公司正与越来越原子化的中小投资者打交道。这些公司将客户看作酬金制造者，而不是把他们看作自己应当对他们负有信托责任的个人。"斯皮策在2004年这样评论道。1905年，布兰代斯也说过与此惊人相似的话。当时，布兰代斯指出，公司对小客户的人寿保险要价过高："在很大程度上，当前保险系统的巨大浪费是因为业务……是为其他人而不是为投保人的利益而开展的。股东们利用工薪阶层的贫困以及他们欠缺金融方面的经验，养肥了自己。"到1907年，布兰代斯已经说服马萨诸塞州（Massachusetts）的立法机构允许储蓄银行发行小额人寿保险，增强竞争能力。不久以后，其他州也纷纷效仿。1913年，布兰代斯对证券业采取了进一步行动。该行动可能是对华尔街所进行的最有成效的批评。布兰代斯的系列文章"投资银行家们如何使用别人的钱（Other People's Money and How the Bankers Use It）"首先在《哈珀周刊》（Harper's Weekly）上连载。这些文章就像一声声嘹亮的号角，吹响了反托拉斯改革的前奏曲。文章中，布兰代斯尽情展示了自己的写作才华。他将错综复杂的弊端概括成朗朗上口的口号，例如，"无休无止的循环链：联合董事会（The Endless Chain: Interlocking Directorates）""庞大的祸根（A Curse of Bigness）"。虽然布兰代斯的经济理论有些过分简单化，但是他的文章却唤醒了公众支持银行业改革的意识，美国联邦储备局（Federal Reserve）也因此一并诞生。1914年，伍德罗·威尔逊（Woodrow Wilson）总统任命布兰代斯协助建立联邦贸易委员会（Federal Trade Commission）。

作为一名律师，斯皮策深深地懂得，揭发丑闻并不是布兰代斯唯一的手段。布兰代斯也卓有成效地利用法庭，开拓法律论据的新领域，从而使美国的诉讼体系发生根本性变革。在布兰代斯之前，法庭在很大程度上对进步主义事业往往持敌对态度。例如，对工人保护法令，法庭就裁决它们违反了难以定义的"订约自由"这一宪法权利。但是，布兰代斯随后接手了一起俄勒冈州（Oregon）法律诉讼案。俄勒冈州打算规定女性洗衣工人的最长工作时限。在这之前,所有的司法判例对布兰代斯均不利——1905年,最高法院废止了纽约州限定面包师一天工作十个小时的法律,裁决认定这一法规"仅仅是对个人权利的无端干涉"。于是布兰代斯尝试另辟蹊径。他呈交了一份摘要,摘要里融合了大量的社会学、统计学、经济学等方面的材料和数据,甚至还有医学资料。摘要通过这些综合证据证明,由于劳动时间过长,无论是在健康方面还是效率方面,妇女们都不能胜任一位理想母亲的角色。这一诉讼使妇女的劳动时间在法律实施上产生了根本性变革——这样的法律证据形式也因此被称为"布兰代斯诉讼方法(Brandeis briefs)",结果完全达到了布兰代斯的预期希望。因为考虑到"种族的力量和精力",最高法院于1908年一致同意支持俄勒冈州法令。

布兰代斯的方法,即在法庭上据理力争、在媒体上大力宣传,为他赢得了广泛的赞誉。报纸称他为"人民的律师"。后来斯皮策便用这一绰号来解释他作为纽约州检察总长与大众沟通方面的事情。但是布兰代斯也备受争议。1916年,当威尔逊总统向最高法院推荐他时,布兰代斯发现自己竟然受到来自工商业界和社会利益集团前所未有的攻击,原因是他的做法威胁到了他们的统治。在提名宣布仅仅过去五天之后,就有人发现,在波士顿,有两位合众钢铁公司的律师试图聚拢"一小撮人",公开抨击提名布兰代斯一事。最终,55位著名的波士顿人士,包括哈佛大学校长艾堡特·劳伦斯·罗威尔(Abbott Lawrence Lowell),向参议院发出请愿书,称"我们不相信那位布兰代斯先生具有最高法院法官必须具备的那种气质和能力……他无法获得人民的信任"。虽然反对派没有达到目的,但是这一事件却提醒人们,布兰代斯及其方法受争议的程度有多大。

斯皮策还从布兰代斯那里获得了另外一种灵感。作为一名最高法院法官,布兰代斯直言不讳地倡导允许各州在自主管辖的范围内尝试推行新方法,以保护消费者、投资者和工人。其中最著名的是,在1932年,布兰代斯写道:"实行联邦制的一大幸事就是,如果各州公民愿意,就可以拿个别勇敢的州作为试验基地,去尝试新的社会试验和经济试验而不危及该国的其他人。"当他的保守派同事以自由国家商业的名义废止了几个州的进步主义法令时,布兰代斯经常是唯一一个发出反对声音的人。而在大约70年后的今天,这位大法官后继有人,他对联邦主义的雄辩辩护获得了现实意义。在现代社会,诸如埃利奥特·斯皮策这样的进步人士又开始寻求各种新途径、新道路,以保护投资者、保护工人、保护环境。

在布兰代斯和斯皮策之间,国家经历了不是一次而是两次翻天覆地的巨大变化。首先,倡导政府调控的人士在全国范围内取得了巨大胜利。由于经济欺诈泛滥猖獗,加上1929年国家又遭受了破坏性的股市低迷状态,这一切使改革家们深刻地意识到,单单依靠各州的力量是不能保护美国社会免遭大企业集团无节制行为的伤害的。作为新政(New Deal)的一部分,国会制定了保护全国工人的新章程,加强了食品和药品管理局(Food and Drug Administration)的建设,设立了证券交易委员会(Securities Exchange Commission),制定了至今仍然支配着华尔街的各种行为准则。到1938年,甚至连最初持怀疑态度的最高法院也开始发生转变。现在,最高法院采取这样一种观点,即国会对美国的州际贸易具有调控权,这样一来,国会就获得了调控工商业的权力,而在以前,这些权力曾经是各州的专属领地。新政改革者对我们现在所处的时代造成的持久影响是不可估量的。例如,到1934年为止,上市公司都无须提交年度审计,既不需要向政府也不需要向他们的股东进行年度总结汇报。直到1938年,食品和药品管理局还不能因为宣称错误治疗而对公司施加相应的惩罚。20世纪60年代和70年代,随着公民权利立法和环境保护署(Environmental Protection Agency)的设立,才算完成了一系列的转化。国家政府成为消费者和投资者的主要保护者,而各州权利的法律原则主要是与南方种族主义者联系在一起的,因为种族主义者就是利用各州的权利原则作为挡箭牌,从而抵挡废除种族隔离的提议的。

然而,到20世纪90年代初,在斯皮策竞选公职时,各州和联邦政府之间的责任平衡问题又转回原地。70年代,联邦官员承认他们并不能事必躬亲,于是便将权力下放到各州,以加强对消费者和投资者的保护。10年之后,罗纳德·里根（Ronald Reagan）总统率先发动了保守的革命运动，这场运动可能是美国历史上最大的联邦权力大撤军。经济自由论者和商业利益集团支持他们称之为"联邦主义"的理论，开始试图有系统、有计划地废除联邦政府。他们还声称，权力和程序属于各州，这才是正当的。里根和他的支持者们从消费者保护到民权到环境安全等各个领域，开始减少——或者试图减少——在各地的联邦调控。当时的口号是与产业合作，而不是与刑事强制执行部门合作。

但是，利用政府来控制工商业的进步动力并没有因此而消亡或终结。更确切地说，它在各州范围内重新出现，尤其是——但并不只是——在民主党仍然占主导地位的地区出现。1984年，东北部的6个州提出诉讼，迫使里根政府的环境保护署下令减少污染。1985年，在一起联邦集体起诉的证券欺诈案中，21个州协作配合，向和解提议发出挑战。"他们并不是确实想让各州插手，进行干预，但是我们这么做了。"劳埃德·康斯坦丁（Lloyd Constantine）说。在当时的纽约州检察总长罗伯特·艾布拉姆斯（Robert Abrams）在任时，康斯坦丁是反托拉斯问题的急先锋。"有时是3个州，有时是5个州，有时是50个州在同一天的同一时间里提起诉讼。"在艾布拉姆斯的带领下，50个州共同协作，与运动鞋行业的价格限制行为进行坚决斗争；45个州组成的共同联盟通过迫使7家最大的有线系统运营商给消费者卫星广播公司提供更多可收看的电视节目，在卫星电视方面为消费者开辟了新领域。

20世纪90年代，民主党人士比尔·克林顿（Bill Clinton）当选总统，利用政府来控制工商业界的局面在他的任期内曾经出现了暂时中断。当时，克林顿政府开始提起更多的联邦环境诉讼和反托拉斯诉讼。大多数自由主义州检察总长要么选择让步，要么选择与联邦政府配合，协调行动。克林顿及其任命者本来认为在环境保护和证券监管等领域能有所作为。但是，1994年，共和党控制了国会权力，束缚了克林顿政府的手脚。证券交易委员会（Securities and Exchange Commission）主席阿瑟·莱维特（Arthur Levitt）曾经提到过，在不少场合，对国会的心存顾虑，使他降低了提议改革的热情。他举了1994年决定放弃提议的一个例子。当时的提议是为了改变公司解释股票期权的方法。他称那个决定是他"任职多年以来,所犯的唯一的、最大的错误"。随着里根和乔治·布什(George H. W. Bush)总统任命的法官开始定期地控制联邦执法者的权力,在法庭上,联邦大撤退也在如火如荼地进行。1995年,最高法院从20世纪30年代起第一次做出裁决,在州际贸易监管问题上,国会也存在着种种权力限制——宪法中最大程度地授权联邦保护投资者、消费者和环境的那部分。在接下来的九年时间里,高级法院废止了将近三十多项联邦法律,限制联邦政府在很多领域的权力,涵盖范围非常广泛,从阻止家庭暴力到保护残疾人等各个方面均有涉及。

2000年,乔治·W.布什当选美国总统。布什总统的当选使联邦权力中的保守派大获全胜。由布什提名的、在重要联邦机构中的任职者已经为他们打算监管或者打算代表的行业奋斗了多年——食品和药品管理局的法律总顾问丹尼尔·特洛伊(Daniel Troy)和证券交易委员会主席哈维·皮特(Harvey Pitt)就是较早的非常典型的例子。当然也存在着一些明显例外,但为数不多,像克里斯蒂娜·托德·惠特曼(Christine Todd Whitman)那样的情况就非常罕见了。惠特曼是新泽西州(New Jersey)一位稳健的州长,他被提名担任环境保护署的局长,但是却没有能干到布什的第一个任期结束。在新世纪开始之初,很多调控机构也都是人手不足。上千位技能精湛的高级员工都接近退休年龄,而在20世纪90年代的经济繁荣中,来自私营企业的竞争日益激烈,这使取代他们成为根本不可能的事情。到斯皮策将注意力转向金融服务行业时,证券交易委员会的一线职员——负责确保各经纪商和共同基金公司按照规则办事的检查人员——比三年前的任职人数减少了3/4。遵从联邦调控花费高昂,很多联邦机构不仅对此深表理解和同情,而且由于长期过重的工作负荷,再加上布什是出于政治因素任命那些工作人员的,一旦发现某些弊端,也太容易挫伤他们的士气,不能投入到激烈的斗争中去。

根据上述情况,民主党得出结论,认为他们必须寻找新的策略。如果不能控制白宫或者国会,那么要想控制公司利益团体,就要利用已经载入史册

第一章 大张旗鼓 整顿市场

的法律，依靠来自各州的力量。在20世纪80年代，各州合作就是一项宏伟的行动计划。而在20世纪90年代和21世纪初，各州重要的民主党派官员在很多方面都无所畏惧，一往无前。1998年达成了烟草总和解协议，这一惊人之举就是他们首次获得的最大成功之一。46个州为公共医疗补助计划和禁烟计划赢得了上亿美元。当时，联邦法庭正在阻挠全国食品和药品管理局对尼古丁产品施行新的管理条例。"我怀疑如果我们只有一个州的话，恐怕就已经执行联邦规定了。"马里兰州（Maryland）的检察总长小约瑟夫·卡伦（Joseph Curran, Jr.）说，"联合起来，我们则是一个更为强大的对手。"烟草诉讼案也使一些州官员认识到一种新的资源：原告的律师事务所强化了专业知识，增加了人力，愿意在成功酬金（contingency fee）①的基础上开展工作。同时，零售行业和卫生保健部门的整合改变了消费者保护工作的性质，因为长久以来保护消费者这一工作就是许多州检察总长的基本业务。"20年前，我对地方药店提起了一组诉讼案。"缅因州（Maine）的前检察总长詹姆斯·蒂尔尼（James E. Tierney）说，"今天，莱特医药（Rite Aid）在缅因州里斯本福尔斯（Lisbon Falls）的所作所为，就是莱特医药在旧金山（San Francisco）的所作所为……所以拿起电话给加利福尼亚（California）打电话也是合情合理的。"

埃利奥特·斯皮策是在一个完全不同的层次上进行实践的。进步是出于与生俱来的本能，公诉是出于后天的培养和训练。他一头扎进从前一直被当作禁区的领地，无怨无悔。如果联邦政府不打算采取行动的话，他思考着，纽约州就该出手。就像在20世纪初，西奥多·罗斯福和路易斯·布兰代斯引发了全国中产阶级对堕落的金融家和垄断者的义愤一样，斯皮策将会成为上百万中小投资者复仇的天使。他们正义愤填膺，因为自己唾手可得的财富竟然随着20世纪90年代泡沫的破灭而于顷刻之间化为乌有。"这一时机非常完美，特别是涉及证券市场的问题。"劳埃德·康斯坦丁如是说。康斯坦丁现在

---

① 在美国，诉讼存在着分账式的"成功酬金"，即当事人不必先付律师费，在成功结案后，按事先商定比例分派所得赔偿金额，因而许多律师愿意为当事人诉讼。许多国家禁止成功酬金法。——译者注

华尔街"警长"——埃利奥特·斯皮策

已经成了斯皮策的亲密朋友。"一旦股市走下坡路,人们就会知道,大家都在光明磊落地进行公平竞争,而他们却不是。当时是布什政府没有打算有任何作为的历史时刻……埃利奥特抓住了这一时刻。他无所畏惧,他根本不在乎以前没有人这么干过,不在乎惹恼了现存的权威。"

自愿颠覆既定的规范也让斯皮策容易招致这样的责难:爱管闲事的愣头青,暴躁鲁莽的狂热分子,刚愎自用的沽名钓誉者,对头版头条比对能带来实质性改变的和解更感兴趣。在美国企业界许多人士的眼里,斯皮策只是在他们对付了多年的疑难问题之后,转而发现的一匹最危险的害群之马。他们绝不会对他大加赞扬,将他奉为英雄。长久以来,具有远大政治抱负的检察官,总是把金融服务行业看成一个极具吸引力的目标。早在1928年,纽约州检察总长阿尔伯特·奥丁格尔(Albert Ottinger)就利用自己从华尔街到州长官邸的声望,做出一系列重大决定。他关闭了一家羽翼未丰的证券交易所,调查"投资托拉斯",也就是那个时代的共同基金。据估计,奥丁格尔的起诉为投资者一年节省了5亿美元。再举一个更近一点的例子,1993年,鲁道夫·W.朱利安尼(Rudolph W. Giuliani)实现了事业上的华丽转身,成功地当选纽约州州长。在20世纪80年代,朱利安尼还是一位意志坚定的治理白领犯罪的联邦检察官。当时,朱利安尼提起的著名诉讼经常成为晚间新闻的头条:华尔街高管被戴上手铐,赶出办公室;大经纪公司德崇证券公司(Drexel Burnham Lambert Group)面对刑事指控,被迫承认有罪,赔偿6.5亿美元来了结股票交易调查案;被称为"垃圾债券大王"的交易员迈克尔·米尔肯(Michael Milken)被判有罪,锒铛入狱。但是,朱利安尼所取得的很多成功都有其黑暗的一面:德崇证券公司在刑事案件的重压之下垮台了,导致上千人失去了工作;朱利安尼办公室提供不出指控几位交易人的证据,而他们遭到逮捕一事却已是众所周知;朱利安尼提请的其他几个著名企业案件也在上诉中被撤销。"应当通过一项法律,阻止任何检察官在离职(之后的)三到五年里竞选公职。"罗伯特·莫尔维洛(Robert G. Morvillo)说。莫尔维洛是前检察官,著名的白领辩护律师,与斯皮策多次交手。"你确实不想让你的首席法律执行官根据未来的政治风向来行使职权……因为这样做会失之公允。"

朱利安尼的强制执行措施给华尔街上许许多多的人带来了累累伤痕。对他们来说，在讨伐白领犯罪的运动中，斯皮策似乎是在重蹈朱利安尼的覆辙。在改变整个行业方面，对斯皮策的批评和谴责都是围绕着他对个人和公司作威作福、为所欲为、仗势欺人。斯皮策办公室轻视正常的监管程序，例如，规定更严格的最后期限，要求更快地做出决定，这一点人所共知，也是多年来辩护律师所未曾遇到过的。斯皮策强调诉讼和公众压力，其结果是产生了头条新闻，迫使很多公司听命达成协议。然而，有时候这样做也不可避免地造成一些间接的损害。斯皮策瞄准的很多目标公司都是一些大型的用人单位，其股票持有者主要是成千上万的中小投资者。一旦这些公司的股价下跌，给股东和员工所带来的伤害比给管理层带来的伤害更严重。"对马什公司的调查给行业和纽约市的经济造成了相当大的伤害，不必要的伤害。"纽约保险监管人霍华德·米尔斯（Howard Mills）如是说。米尔斯是共和党的前立法委员。他认为："外科医生试图取出肿瘤，留下健康的组织。但是，很多健康组织却因此而被一并毁掉了。受到伤害的是很多与此无关的小人物：投资者、职员，甚至整个行业都受到了震动。……斯皮策用的不是手术刀，他用的是大砍刀。"

斯皮策的成功也在全国范围内催生了大批争相效仿的人，一时之间掀起了监管混乱的热潮。加利福尼亚、新泽西、马萨诸塞和其他地方的证券监管人员在投资银行和共同基金行业展开了此起彼伏的调查；俄克拉何马州（Oklahoma）对世通公司（WorldCom）的领导层提出了刑事指控；康涅狄格州（Connecticut）提出诉讼，要求联邦政府支付联邦法案《不让一个孩子落后》（No Child Left Behind Act）[①]中所要求的教育测试费用。多个州的检察总长联

[①] 布什于2002年1月8日签署的教育改革法案。这项法案号称是对1965年以来美国实施的《中小学教育法案》进行的最彻底的一次改革，它要求全面提高美国公立中小学的教学质量，要求从2004—2005学年开始，全国所有三到八年级学生每年必须接受各州政府的阅读和数学统考，所有学校必须在12年内使阅读与数学达标的学生比例达到100%。各校必须缩小穷人与富人，白人与少数族裔学生的分数差距。——译者注

华尔街"警长"——埃利奥特·斯皮策

合起来，挑战联邦环境决议。但是这种监管竞赛的鼎盛引发了强烈抵制。不少效仿者缺乏斯皮策所具备的才干。企业集团开始抱怨——在有些情况下是正确的——为了应对完全相同的传票，他们的员工浪费了数百万美元，以保护自己免受由有政治抱负的州官员提出的毫无权威性的诉讼。州监管这一趋势也意味着有些公民，例如纽约州和加利福尼亚州的公民，比其他州的公民受到更多的保护。这就是最早的进步主义者努力为通过全国标准而斗争的原因。"在我们的国民经济中，各种各样的州条例迅速出台，互相冲突，造成了实施上的效率低下和运作上的机械呆板。"约翰·格雷厄姆（John D. Graham）不无忧虑地表达了自己的看法。格雷厄姆是联邦行政管理和预算局信息调节事务部（Office of Management and Budget's Office of Information and Regulatory Affairs）主任。已经注册的热扑在线（Rep Online）——一家证券业网站——对此则阐述得言简意赅："假设有50个埃利奥特·斯皮策，会怎样？"是啊，倘若美国有50个①埃利奥特·斯皮策存在，那会是怎样一种情形呢？

就连斯皮策也承认，州激进主义的混乱会引发各种各样的问题，但他就当前的情况对批评者提出了质疑。他说："从理论上来说，最可靠的观点就是我在法学院所持的观点：让联邦调查局的人员来做——仅仅是做而已。""一位强硬的联邦监管人员打败几个激进的州易如反掌，"他又说，"巴尔干化（Balkanization）②的问题并不会出现。"许多人认为，斯皮策为推进自己的政治生涯而将手伸得太长，或提起边缘案件。面对这样的指责，斯皮策拒不承认。"总是有那么一些人，他们为罪犯的强权和政治背景而辩护。"他说，"在这些案件中，让我感到吃惊的是，我们所提起的诉讼以前从来没有人愿意提起，没有人愿意站起来说这是错误的。"

---

① 美国共有50个州。——译者注
② 指巴尔干地区由于没有一个可以独当一面的民族和国家或者实体，再加上外国势力的干预，而使得该地成为局势紧张的"火药桶"。后指一个地区没有强大的力量维护该地的所有权，再加上该地区重要的战略和经济地位，于是成为许多势力争夺的焦点而致使局势紧张。通常用巴尔干化表示"碎片化"（Fragmentation），即地方政权等在诸多地方之间的分割及其所产生的地方政府体制下的分裂。——译者注

第一章　大张旗鼓　整顿市场

2004年10月14日，当斯皮策大步流星地走向麦克风，宣布他对马什·麦克里安公司的指控时，就像他的职员所熟悉的那样，他神采飞扬，热情高涨。发言中，他将保险调查描述为"所发现的问题非常普遍、十分深刻、令人失望"。斯皮策告诉媒体，他发现了"典型的卡特尔行为"、"勾结"和"价格限定"。"它会被提起公诉。"他说。接着，他暂停了一下，显然是带着满脸怒气，说要对马什·麦克里安公司的董事会成员们宣布一个消息。"你们应该多加注意，严格监督公司的高管。"他说，"马什·麦克里安公司的领导层不是我想与之对话的领导层，公司的领导层也不是我想与之协商的领导层。"人们要求他详细阐述这句话的意思，他把问题说得非常清楚："我们恰恰就是受了该公司最高层领导人的误导。"

第二章　幼学壮行　雷厉风行

埃利奥特·劳伦斯·斯皮策（Eliot Laurence Spitzer）的家族是如何在美国社会中青云直上、闻名遐迩的？要想对此有个大致的了解，只消看一看他们的住所便可略见一斑。斯皮策的祖父莫里斯（Morris），于第一次世界大战期间在澳大利亚部队服役，当通信指挥官，战争结束后到了纽约，节衣缩食，在曼哈顿的下东区（Manhattan's Lower East Side）经营一家印刷所，日子过得捉襟见肘。其父伯纳德（Bernard），住在该区的B街（Avenue B）附近的东第五大街（East Fifth Street）铁路系统的一套公寓里，没有电梯，也没有热水。埃利奥特的外公约瑟芬·戈尔德海博（Joseph Goldhaber）也住在附近，但境况要稍微好一些。他做教师，是来自巴勒斯坦（Palestine）的移民，和门卫一起住在合作公寓楼的电梯间里。埃利奥特的父母亲在结婚的头几年，租住的是一些小公寓，常常搬进搬出，不固定。但到埃利奥特出生时，即1959年6月10日，伯纳德夫妇已经在布朗克斯区（Bronx）的河

华尔街"警长"——埃利奥特·斯皮策

谷镇（Riverdale）[①]购买了一处不大的城镇住房，距离亨利·哈德孙公园大道（Henry Hudson Parkway）不太远。该房屋处于四个单元中最靠后的位置，高居于一个小山坡上，虽然不带草坪，但街道对面就是一座城市游乐场，算是很好地弥补了没有草坪的缺憾。三年之后，斯皮策夫妇搬到公路对面，进入了富裕的菲尔德斯顿（Fieldston）小区。这里距离高档的霍勒斯·曼恩学校（Horace Mann School）只有几个街区。埃利奥特和他哥哥将在这里度过他们的初中和高中时代。斯皮策家的房屋建于1928年，具有都铎（Tudor）式的建筑风格，虽然结构拖沓散漫但却不失优雅，不仅带一个后院，而且房前还有一片田野，孩子们可以在那里踢足球，还有一片整齐的车库，可以做篮球场。埃利奥特·斯皮策当检察总长时，住在父亲在曼哈顿第五大街（Fifth Avenue）所建的豪华公寓楼里，该住所位于大都会艺术博物馆（Metropolitan Museum of Art）南面。埃利奥特的父母有时住在他们自己的第五大街公寓，有时住在韦斯特切斯特县（Westchester County）拉伊（Rye）郊区的奢华住宅里。

说到斯皮策家族的发家史，这恰似在讲述一个典型的东欧犹太人（Eastern European Jewish）的成功故事，虽然成功之路免不了一些坎坷和曲折。尽管莫里斯在维也纳（Vienna）学过医，但在美国，他却并没有以此作为谋生手段，而是开了一家小印刷所，并苦心经营，精心打理。印刷所的业务范围包括印刷婚礼请柬、犹太教徒的聚会公报以及广告小册子等等。莫里斯将印刷所经营得风生水起，于是便在20世纪20年代初将妻子和大儿子哈里（Harry）从奥地利（Austria）接到美国来。儿子伯纳德（Bernard，1924）和拉尔夫（Ralph，1929）也相继在纽约出生。经济大萧条对斯皮策家的打击可谓沉重。据家族传下来的故事讲，在大萧条期间，几乎有长达一年之久的时间，莫里斯连一份印刷订单都没有接到。然而，他并没有因此而焦虑不安，而是在造纸原料上印刷装饰花边以消磨时间——这样，当生意好转时，

[①] 布朗克斯区是纽约市最北端的一区；河谷镇，离曼哈顿仅十几英里。——译者注

第二章　幼学壮行　雷厉风行

他便可以少收费或不额外收费而能给客户提供精美的印刷纸张。莫里斯的务实做法近乎残酷。他粉碎了大儿子哈里想当钢琴演奏家的梦想，坚持让他学会计。尽管伯纳德终生都热爱政治哲学，对学习法律也颇感兴趣，但由于父亲的劝告，他转眼间已从中学跃至大学，到18岁时便获得了城市大学（City College）的工程学学位。在卡茨基尔（Catskills），伯纳德于一处破旧景点邂逅了安妮·戈尔德海博（Anne Goldhaber）。其时，伯纳德正在乐队吹萨克斯，安妮在做法律顾问，为当嘉宾的孩子们做活动规划。安妮当时才14岁，虽然已经有了男朋友——后来的演员杰里·斯蒂勒（Jerry Stiller），当时负责在放学回家的路上给安妮背书包——但却与伯纳德一见钟情。安妮和伯纳德于1945年结婚，当时还不满19岁。但是第二次世界大战开始了，伯纳德随即乘船离开美国，奔赴欧洲战场，成为一名海军情报军官。安妮则留在家乡，读完了布鲁克林学院（Brooklyn College）的学士学位。

伯纳德初试身手主要在工程学方面，但几乎就在同时他决定进军建筑行业。"为工程学而进行工程学实习非常枯燥，乏味得要死。"伯纳德说，"而我所做的，是去建楼造屋，这更有挑战性。"在经历了短暂的节衣缩食之后，安妮于锡拉丘兹（Syracuse）①拿到了她两个硕士学位中的第一个。伯纳德开始创立一家企业，后来成为纽约最早的一批专门开发高端项目的房地产开发企业之一。安妮在玛丽蒙特·曼哈顿学院（Marymount Manhattan College）讲授英国文学，一直到前不久的2005年秋，都在拓展学院讲授20世纪文学课程。斯皮策夫妇给三个孩子——生于1954年的艾米丽（Emily）、生于1957年的丹尼尔（Daniel）和生于1959年的埃利奥特都提出了很高的要求。斯皮策家的三个孩子都是在河谷镇学校（Riverdale Country School）受的启蒙教育。河谷镇学校是一所有名的地方私立学校，以基础教育而闻名。后来，艾米丽和别人一块儿拼车到曼哈顿贝尔利学校（Brearley School）就读，贝尔利学校是一所拔尖儿的女子中学，而丹尼尔和埃利奥特则步行去霍勒斯·曼恩中学

---

① 即雪城，美国纽约州中部一城市，位于罗切斯特东南偏东。最初为一交易站及盐场，今为制造业和教育中心，人口163,860。——译者注

华尔街"警长"——埃利奥特·斯皮策

上学。斯皮策家三个孩子最后都升入了常春藤盟校（Ivy League）[1]：艾米丽上了哈佛大学，丹尼尔和埃利奥特则去了普林斯顿大学。伯纳德努力去传递的价值观非常简单："对所从事的任务的好奇心和献身精神以及美德。想干就干。"伯纳德做如是解释。斯皮策全家曾经挥动网球拍，打得热情澎湃。四岁时，埃利奥特想和他的哥哥姐姐一起去上滑冰学校，但是被刷下来了，因为太小，不到法定上学年龄。即便如此，他父母教他说，如果有人问他年龄，就装聋作哑，但千万不能撒谎。即使到了四十大几，在全家每年一度去科罗拉多（Colorado）滑雪时，埃利奥特和丹尼尔还不断地用摔下双黑钻石滑道来吓唬妈妈。据父母说，埃利奥特从一开始就表现出过人的意志。在他还是一个蹒跚学步的小孩子时，就对街对面的游乐场情有独钟，去了就赖着不肯走。安妮回忆道："那得需要两个人才能把他拽走的，他硬挺挺地立着，好像扎了根似的。"

斯皮策一家也用棋盘玩输赢的游戏。拼字游戏通常会擦出友爱的火花，但也时而夹杂着激烈的争吵——家里人经常开艾米丽的玩笑，因为家庭词典里没有"rehaze"一词，可她却乐此不疲地使用该词。家人经常挂在嘴边的一个故事是，在玩"大富翁"（Monopoly）[2]的游戏时，伯纳德曾经把埃利奥特吓得嚎啕大哭。当时埃利奥特大概有七八岁吧，游戏中埃利奥特走了一步，获得一处房屋财产，但付不起租金。"当时，老爸说，你借了不还就会知道要发生什么事情了。"埃利奥特回忆说。很少被提及的是伯纳德的本意并非如此。

---

[1] 常春藤盟校指的是由美国东北部地区的八所大学组成的体育赛事联盟。这八所院校包括：布朗大学、哥伦比亚大学、康奈尔大学、达特茅斯学院、哈佛大学、宾夕法尼亚大学、普林斯顿大学及耶鲁大学。它们全部是美国一流名校，也是美国产生最多罗德奖学金得主的大学联盟。此外，这些学校建校时间长，八所学校中的七所是在英国殖民时期建立的。盟校本身虽是以体育结盟而起，但实际上却因为该联盟顶尖的学术水准、一流的教学质量，而早已成为美国最顶尖名校的代名词。——译者注

[2] "大富翁"又名"地产大亨"、"强手棋"。参赛者分得游戏金钱，凭运气掷骰子决定前进步数及交易策略，通过买地、建房等赚取租金或炒股、经商等盈利。游戏中，玩家到达无人拥有的地皮时，可选择要不要购买。如不买则银行拍卖之，不限底价，到达的玩家也可参与拍卖。到达有人拥有的地皮，地主可在该回合依规定收租。最终以资产总数最多取胜或者依资产多少进行胜负排名。——译者注

第二章　幼学壮行　雷厉风行

游戏开始的时候，是儿子埃利奥特，而不是父亲伯纳德占有那块至关重要的地产。伯纳德之所以能将它买下来并在上面建房造屋，只是因为他用命令的方式让埃利奥特把那块地盘卖给他。"他没有意识到自己手中所拥有的权利。"伯纳德说，同时补充道，他相信这一经历会"使埃利奥特认识到决不要顺从权威"。伯纳德让孩子们感受到他在生意上也同样是不择手段，这一著名的抵押品赎回权丧失事件也绝非仅此一次。伯纳德不只是满足于"大富翁"游戏规则中所要求的买、卖、交换财产等，他会为局部利益、共同的租费、子女被甩在后面而自己能自由通行去进行交易而谈判。"他双眼炯炯有神，闪烁着智慧的光芒……我不记得他在游戏中曾经输过。"现在已经成为神经外科医生的丹尼尔·斯皮策回忆起那段往事时这样说。

在文化上，斯皮策家族虽属于犹太人，但并不严格遵守某些犹太教教规。全家会在重大的犹太节假日时聚在一起，但是埃利奥特却没有接受过受诫礼（bar mitzvah）③，伯纳德和安妮也是直到有了孙辈孩子才进过教堂。斯皮策一家过得富足殷实（雇了一位住在家里的女管家；是一家入会资格有严格要求的海滩俱乐部会员；如果愿意，他们还可以安度美妙的假期），但对在交通工具、服饰和其他奢华的物品上铺张浪费却敬而远之。伯纳德和安妮非常关心政治和进步事业——1968年，他们支持尤金·麦卡锡竞选总统（Eugene McCarthy）④，伯纳德夫妇希望孩子们能对世界产生一定的影响，让世界成为一个比他们到来时更为美好的地方。夫妇二人发现可以通过很多种途径来深入阐述自己的观点。埃利奥特和丹尼尔年幼时，大概分别是七岁和九岁，有一次伯纳德带他们两个到当时的高层建筑工地，并把他们留在那里去体会建筑工作的艰辛。两个孩子花了整整一个上午，用几乎和他们一般高的碎冰器去刮掉因混凝土硬化而刚刚结成块的建筑尘土和其他污垢。留下看管两个孩子的是个意大利工头，他操着浓重的家乡口音反复地告诫埃利奥特和

---

③ 为满13岁的犹太男孩举行的成人仪式。——译者注
④ 麦卡锡以坚定的反越战立场参加了美国1968年的总统大选，并直接导致积极主战的约翰逊总统退出总统选举。他的行为改变了美国的历史，此后反战运动成为美国政治中的主流，并最终结束了越南战争。——译者注

华尔街"警长"——埃利奥特·斯皮策

丹尼尔:"好好上学吧。可别入了我干的这行当儿。得多动脑子啊。"

斯皮策全家人每天都一起共进早餐,但是使他们真正与众不同的却是晚餐。伯纳德和安妮坚持说年轻人要轮流想出一个可供晚餐讨论的题目,但绝不是那种闲聊,而是让人陶醉其中的、激烈的、能显示一个人的智慧的论题。艾米丽经常选择女权运动的问题,以挑战父亲所持的关于妇女的适当角色和正确行为的观点;丹尼尔,一位正在成长中的准科学家,会就如何定义沙漠或阐述蒸汽锅炉的内部运转情况如此这般地慷慨陈词一番,以便为轻松愉快地讨论棒球铺平道路;埃利奥特则往往会选择引发政治争论的话题:死刑啦,或者在公民自由权利范围内去平衡安全需要的必要性啦,等等。到上高中时,为准备晚餐讨论,丹尼尔读的是《科学美国人》(Scientific American),埃利奥特翻阅的则是《外交事务》(Foreign Affairs)。"我不赞同埃利奥特在生活中的社会胡说学①,"丹尼尔说,"他在讨论中的想法都是即兴发挥的,可能还是杜撰的,与实际情况格格不入,除非这些想法都是已经有据可查的,否则就不能称之为事实。"嘴仗有时候打得过于激烈,经常吓得就餐的客人心惊肉跳。"过去,为星期六晚上能在斯皮策家饱餐一顿,我用功学习的那股劲儿可比在普林斯顿大学准备考试足多了。"比尔·泰勒(Bill Taylor)说,他是埃利奥特的大学室友,后来办了一份杂志《快速公司》(Fast Company)。

尽管讨论的内容与众不同,家庭聚会倒是不乏欢声笑语。安妮和伯纳德夫妻俩相互打趣对方,并乐此不疲。孩子们也在智力辩论中获益匪浅。机智的反驳是最为宝贵的财富,唯一的真正敌人是浮夸自大。孩子们免不了老一套,取笑妈妈安妮对厨艺方面缺乏兴趣。"如果做什么事要超过半个多小时,那妈妈就会甩手不干的。"他们会这样警告朋友。曾经有一次,当安妮宣布她和伯纳德要出去看电影时,孩子们眨巴着眼睛,吃惊地慨叹道:"妈妈,你和爸爸竟然肯去看电影!"

---

① B.S.'d =bull shited 胡说,同 Bachelor of Social Science degree(社会科学学士学位),这里丹尼尔用首字母,显示出用词智慧,暗里在攻击埃利奥特。——译者注

第二章　幼学壮行　雷厉风行

这样的家庭生活氛围让埃利奥特即使在霍勒斯·曼恩学校这个精英圈子里也显得卓尔不群。斯皮策的同班同学同时也是他一生的朋友杰森·布朗（Jason Brown）（他与埃利奥特的友情是在一连串关于控制七年级学生房租的激烈争论——布朗赞成，斯皮策反对——后结下的），现在还能够引用斯皮策的一句话来证明上述观点。这句话引自斯皮策写在内部文学杂志上的一个故事，该故事是关于一个穷人抬头仰望摩天大楼的："他的脸颜默默地诉说着他的困窘。转换成平实的表达为：他过得不好。"布朗说："埃利奥特的遣词造句总是比其他人要复杂难懂。"在霍勒斯·曼恩，斯皮策很受欢迎，他是个全才：打网球，踢足球，虽然因微弱劣势没有当选为校报编辑，但他的学习成绩却是出类拔萃的。他的绰号"Toile Reztips"就是将他的名字倒过来，但是其中"toil"①的字眼引起了同学们对他的青睐，难怪同学们把他看成了孜孜不倦的书呆子之类的人。朋友们开玩笑说，将来有一天斯皮策会成为国家秘书。但是他并非称得上有人气——当学校年鉴《小矮人》（*Mannikin*）出版，公布了学校最佳学生名单时，"最有可能的"和最受欢迎的学生中，无论哪一个名目里埃利奥特都榜上无名。就像对自己的双腿和瘦骨嶙峋的下巴很感难为情一样，埃利奥特对自己的硕大块头也是自惭形秽。由于其貌不扬，在整个高中期间，没有人当真做过埃利奥特的女朋友。因为霍勒斯·曼恩学校里都是男生，他们大都忙着自己的事情，学校连个正式的交际舞会都不举办，所以埃利奥特也无能为力。

　　埃利奥特第一次与名人发生小摩擦是在网球队里。一天下午，霍勒斯·曼恩队被对手曼哈顿上西区（Upper West Side of Manhattan）的三一队（Trinity）彻底打败。埃利奥特回家后告诉父母："我刚才还看到要成为世界第一的那个家伙了。"他接着回忆说："我父母看着我，说，'仅仅因为他打败了你校队并不意味着他会成为世界第一'。我说，'不，不，他确实是……他是个奇才'。"那个队员就是约翰·麦肯罗（John McEnroe）。埃利奥特过去常

---

① "toil"意为努力、卖力地干。——译者注

华尔街"警长"——埃利奥特·斯皮策

和杰森·布朗开玩笑说,是自己成就了约翰·麦肯罗的网球事业,因为他们两个也在足球场上交过手,当时幸好自己硬是克制住没有把对手约翰的腿给踢折了。

1976年,埃利奥特和艾米丽在爱德华·梅耶尔(Edward Meyer)的国会竞选活动中做志愿者。爱德华·梅耶尔是自由的民主党(Democrat)成员,当时正为代表家乡选区参加竞选而努力。梅耶尔分派埃利奥特挨家挨户拜访选民,并投递有关选举材料的邮件,因为他想让这些具有十足个人魅力和翩翩风采的年轻人去接触那些可能的投票者,并给他们留下一定的印象。艾米丽和埃利奥特也说服父母亲去为募捐做接待工作。梅耶尔在初选中获胜,但在大选中失败了。几个月以后,埃利奥特不得不为他的高中年鉴选引文时,写的是"最糟糕的政治笑话莫过于有些人竟然当选了"。

一年之后,斯皮策高中毕业,接着去普林斯顿大学继续深造。在普林斯顿大学,他选择了在伍德罗·威尔逊学院(Woodrow Wilson School)就读。伍德罗·威尔逊学院可能是全美国培养政治人物的最好学府。埃利奥特在这里学习政治、哲学和经济学,听音乐《感恩而死》(Grateful Dead),培养了对摇滚歌手布鲁斯·斯普林斯汀(Bruce Springsteen)的终生热爱之情。像大多数20世纪70年代后期的大学生一样,他也吸食大麻、酗酒。但是从那时候起交的朋友,例如,现在的哈佛法学院院长艾琳娜·卡根(Elena Kagan)[①],谈起埃利奥特时,称他是"最热心的人"、"一个非常严谨的人",他对智力辩论的兴趣远在结交党派之上。年轻的斯皮策被选派到经济学101教室听课。经济学是普林斯顿大学校长威廉·G.博文(William G. Bowen)讲授的,斯皮策给博文校长留下的印象是一个"非常优秀"的学生,他所提问的问题发人深思,很具有挑战性,而且斯皮策会认真倾听老师的讲解,一丝不苟地对待问题的回答。斯皮策也有相当强烈的竞争意识,例如,当他和同班同学卡尔·梅耶尔(Carl Mayer)去参加当地一家餐馆举办的吃意大利面条大赛时,

---

[①] 女,美国司法部副部长,2010年5月10日,美国总统奥巴马提名其为下任美国最高法院大法官。——译者注

第二章　幼学壮行　雷厉风行

他们每人吃了将近七磅还不肯善罢甘休。斯皮策还积极参加学校的长跑比赛，锻炼身体，减掉了婴儿肥，制订了至少看起来颇为严格的锻炼计划和饮食计划，这使他即使在竞选募捐巡游时也显得非常有型。"我们一去沙拉吧，他就会说，'这饲料倒是不错'。"杰森·布朗回忆说，他和斯皮策都去了普林斯顿大学。

在大学二年级快结束的时候，有一天深夜，埃利奥特给他的父母亲伯纳德和安妮打了一个电话。在电话中，埃利奥特喜滋滋地告诉他们，他刚刚赢得学生会主席一职，因为在最近几年的学生会任职中，他是第一个大二学生。"我甚至都不知道他在参加竞选。"安妮回忆道，"他不想让我们为他操心。"他也不想让父母知道他做过努力，但劳而无功。斯皮策凭借不屈不挠的竞选精神和广受欢迎的话题打败了一群三年级的竞争对手：他将用字母等级来表示的分数评判方式改成及格和不及格两种选择，截止时间往后推迟至学期中。这样一来，如果同学们在期中考试中考得很糟糕，不尽人意的话，也不致影响到学业积点成绩（GPA）①。在他任职期间，他也曾经试图让学生自治会发表演说，讨论一些20世纪70年代末的政治热点问题，例如南非（South Africa）的种族隔离政策、学术大师和技术人员的待遇不公等问题。

用博文校长的话说，斯皮策显然是个"组织人物"，因为他把目标集中在体系之内进行工作，而不是采取游击战术。和斯皮策共用图书馆卡座②的卡尔·梅耶尔策划了一场示威活动：在行政办公大楼静坐两天，以抗议大学拒绝从在南非做生意的公司撤资，而其他的激进分子则担任纠察员，每天在大楼四周站岗放哨。斯皮策没有直接参与抗议行动，而是就这一问题给学生自治会献计献策，提出了解决问题的办法。但是，此举却给他的室友比尔·泰勒（Bill Taylor）留下了深刻印象。泰勒把自己设想为暴动煽动者，直接以一种强硬的态度与博文校长和学院院长们对话，讨论这一问题。"我记得

---

① 即 Grade Point Average，平均成绩点数或平均分数、平均绩点。美国的 GPA 满分是4分，即 A=4，B=3，C=2，D=1，也称平均分数。——译者注
② 即带书架的阅览桌，图书馆内供个别读者使用的在书架附近或在书架之间由隔板隔开的隐蔽的角落。——译者注

从酣睡中被弄醒,埃利奥特正在电话里给某位行政人员读暴动法令。埃利奥特情愿与行政部门一对一地单挑,他情愿就此事和桌子对面的那个人单枪匹马地进行论战。"泰勒说。

在斯皮策学生生涯的大部分时间里,他就像一个决策者那样度过了每一个暑假,而成为决策者就是他的人生目标。他为拉尔夫·纳德领导的公众公民(Public Citizen)组织当实习生,在美国国会山(Capitol Hill)为国会议员布鲁斯·卡普托(Bruce Caputo)当实习生。布鲁斯是一位共和党人,他击败了爱德华·梅耶尔,赢得了河谷镇的席位。但是,有一年,受一位同班同学的启发——休学一年去漫游全国,斯皮策做出了一些出格的举动。他去亚特兰大(Atlanta)、新奥尔良(New Orleans)等地做日工,还在纽约北部的一个偏僻农场里打工。那时候,他每天大清早5点钟起床,不管是什么活儿,只要有就干。分派给他的任务经常是没有伙伴,要自己一个人干,还又脏又累;不仅如此,在一家酒店盖厨房时,他还干过重体力的建筑小工。在农场里摘过西红柿,在一家仓库堆过玻璃纤维绝缘材料,这是到现在为止,他所干过的最差的活儿。到了夜晚,他就睡在基督教青年会(Young Men's Christian Association)有单人房间的小客栈里,住宿条件很恶劣,有些房间里还有成群结队的蟑螂爬来爬去。斯皮策试图去改变人们的生活,可是徒劳无功。"他费尽心思与年轻人交谈,劝诱他们回到学校读书,或学点手艺,掌握一技之长,但结果却徒劳无益。"回忆起往事,母亲感到这一切历历在目。斯皮策的哥哥丹尼尔将弟弟的那个夏天描述为终极政策的一次试验:埃利奥特是"想看看,如果在这个国家里你没受过教育,那么你是否需要依靠福利过活,你是否能养活自己,是否可能养活一个家庭……他最终得出结论,认为美国仍然是一个充满机遇的国度,但是你必须肯吃苦,舍得花力气"。

斯皮策唯一的一次严重学业危机出现在1981年年初。那时,他在普林斯顿大学上大四。要求写毕业论文时,他最初选了一个要求很高的理论性题目:将哲学家约翰·劳尔斯(John Rawls)的公平分配理论用于各代之间的冲突中。劳尔斯认为,社会财产如自由、机会和财富等应当公平分配。但是

第二章　幼学壮行 雷厉风行

斯皮策的推论是，如果某一代人当时遵循劳尔斯的告诫将每个人的福利最大化的话，下一代人就会更加贫穷，因为没有人会为未来节省。他想寻找一种更为公平的解决方法。在交论文的前两个月，他江郎才尽，没有可写的内容了。"当时弄得还真是挺紧张的，真有点贪多嚼不烂的感觉。"泰勒说。

最后，斯皮策意识到必须采取点什么措施，彻底改变论文选题。"我想，'我必须提出一个简单的问题'，于是我就说，'苏联要入侵波兰（镇压这个国家的团结工会运动，这在当时是占主导地位的头版头条）吗？这个题目很容易写，我只要每天读读《纽约时报》(The New York Times)就行了'。"他回忆起当时的情景说。这个选题只有一个不利因素：如果他做出了预言，预言却是错误的，那会怎么样呢？斯皮策决定计算概率，于是他推断说，根据他的预测，苏联红军（Red Army）的坦克不会碾压过来，他只要忍耐到底，熬过月余的等级评判期，就是初战告捷。该选题产生的结果是他写出了一篇147页的论文——"后斯大林时代的东欧革命"(Revolutions in Post-Stalin Eastern Europe: A Study of Soviet Reactions)。这篇毕业论文为他赢得了高度的荣誉，成了他加入美国大学优等生荣誉学会（Phi Beta Kappa）[①]这一学术荣誉协会的敲门砖。斯皮策的论文指导老师马尔斯·卡勒（Miles Kahler）教授对此有深刻的印象。"中途换题目，仍然成功地完成了论文——确实是了不起的才能啊。"卡勒说。现在，卡勒在加利福尼亚大学圣迭哥分校任国际关系教授。"这个年轻人很有雄心壮志，有良好的判断力，并且不乏做出正确推断的能力和天赋。无疑，他将来会出人头地的。"

在大学时代，斯皮策也谈了几次终生难忘的恋爱，上演了几场轰轰烈烈的爱情大戏。他的那些女朋友对待学术也都像他一样严谨认真。在他上大三时，斯皮策邂逅了安妮-玛丽·司朗特（Anne-Marie Slaughter）。安妮是大四的学生，对政策制定和国际事务充满着浓厚的兴趣。斯皮策在这个方面的知识之丰富让安妮叹为观止。"我记得第一次遇到他的时候就被震住了：哇！

[①] 一个荣誉团体，成立于1776年，由大学学生和毕业生组成，入选的会员要求有较高的科研水平。——译者注

华尔街"警长"——埃利奥特·斯皮策

他浑身散发着炽热的生命激情和由衷的奉献精神。"司朗特说。她现在是伍德罗·威尔逊学院的院长。司朗特和斯皮策主要是在她毕业后去了牛津大学才开始约会的。司朗特认为,斯皮策是一个雷厉风行的人。"他有一股强大的控制局势的能力。"她说,"他雄心勃勃,豪情万丈……但是让人崇拜埃利奥特的并不是这个,更多的是他完成事情的能力。"斯皮策与另一位伍德罗·威尔逊学院的女生茹娜·埃拉姆(Runa Alam)的爱情故事更严肃认真,热诚浪漫。他们在一起的时间有一年多,埃拉姆说,斯皮策是"一个脚踏实地的人、非常务实的人、很会关心体贴人的人、很值得人尊敬的人,有点像直布罗陀岩山(Rock of Gibraltar),耿直、坚韧、个性鲜明"。斯皮策在他论文的致谢中,特别向埃拉姆表示感谢,感谢她"为我们能够安心写作毕业论文或学期论文创造了良好的环境,没有因为爱得死去活来而牺牲掉我们的健全心智"。他和埃拉姆在毕业时分手了,因为埃拉姆打算去纽约一家大投资银行(现在埃拉姆在非洲经营三家私募股权投资基金)摩根士丹利公司(Morgan Stanley)工作,而斯皮策则前往哈佛法学院(Harvard Law School)求学就读。

在剑桥大学,斯皮策的学业成绩也是出类拔萃的。他在激烈的竞争中脱颖而出,当上了《哈佛法律评论》(*Harvard Law Review*)的编辑。安妮和伯纳德得知这一消息后说:"对此,我们表达了欢欣愉悦之情。"但是,安妮还是按捺不住家人已经习惯的讽刺挖苦的做法,对儿子开火了。这次,她是讽刺埃利奥特糟糕的书法。安妮取笑说:"你能进《哈佛法律评论》工作,只有一个理由,因为他们不知道你到底写的是什么。"埃利奥特已经为妈妈的这一手做了准备,机智地反驳道:"妈妈!考试不是手写的啊,是机打的。"在学校时,埃利奥特寻找各种途径与政界和其他外部世界保持联络。他对于当时被提议、国会正在酝酿的《平衡预算修正案》(Balanced Budget Amendment)的宪法意义写下自己的编者按语——《哈佛法律评论》要求所有的编辑都发表的文章。斯皮策对该议案持反对态度,他的理由是应当修正宪法以保护少数人的权利,或者改进立法程序,而不仅仅是倡导某一特定的政策。斯皮策也曾与名震全国的律师、呼吁武器控制的阿布拉姆·查耶斯(Abram Chayes)

第二章　幼学壮行　雷厉风行

一起共事过，合写了一篇关于在宇宙空间控制武器的国际法方面的文章。

斯皮策和他的好朋友克利夫·斯隆（Cliff Sloan）也曾经为艾伦·德肖维茨教授做过研究助手，他们在很多问题上做过调查研究，其中包括社交界知名人士克劳斯·冯·布洛（Claus von Bulow）谋杀判决的成功上诉。由于他们的密切关系以及在一起工作的缘故，所以便别人送给他们"克利夫·埃利奥特"的绰号。这两个学生深以能灵活机智地转变自己的观点、行为等为荣。为到第二天清早能给德肖维茨教授留下一份备忘录，他们经常工作至深夜。他们的工作不仅仅局限于在图书馆查阅资料。在冯·布洛案件上诉审理期间，德肖维茨教授派斯皮策前往一系列险象环生的困难环境中重新采访那些衣衫褴褛的证人，以期找到新的证据。"那是在美国的斯里兹维勒（Sleazeville），"德肖维茨教授回忆道，"我闷闷不乐，而斯皮策却专心致志，乐此不疲。事无巨细，我们把一切情况都调查了个遍……他坚忍不拔，就想把事情查个真相大白，弄个水落石出。"

现在想来，当时的情况是，斯隆作为一个很有政治抱负的人，出类拔萃、超群绝伦，而斯皮策看似注定该是一个政治老学究（policy wonk）[①]。"显而易见，克利夫会为由选举产生的职务而去竞选，但是埃利奥特呢，显然会站在某个人的身后，在某个地方的密室里充当智囊。当他出现在政坛的时候，我们都颇感意外和震惊。"德肖维茨教授说，"他是一个很安静的人，他是一个幕后人物，一个读书人，不露圭角。他是如何崭露头角、初试锋芒的，实在令人惊异。"事实上，在他们大学二年级时，斯隆就参与了竞选《哈佛法律评论》的社长。虽然斯皮策力挺好朋友的候选资格，但是最终还是败北而归。

斯皮策给其他的朋友和老师留下的印象是，虽然他表现出一种非常亲切和善的态度，但还是掩盖不了他的旺盛斗志、骄傲自大和坚定意志。曾经有一次，德肖维茨教授给了克利夫·埃利奥特两张凯尔特人对尼克斯（Celtics-

---

[①] 即政策研究者，政策分析者，指了解政策及其会产生的影响的专家，通常这样的人会担任政要的顾问。——译者注

Knicks）比赛的球票，他们的座位正好在波士顿凯尔特人（Boston Celtics）队的座位后面。斯皮策身着全副纽约队的盛装出现，坚定地全力支持其他观众和球迷反对的客队，为他们加油助威，摇旗呐喊。还在法学院读书时，大一即将结束大二还没开始的时候，斯皮策在纽约州检察总长办公室（New York Attorney General's Office）做暑期短期实习。当时作为实习生，初来乍到没有几天，他就在一场网球赛中挑战他的顶头上司劳埃德·康斯坦丁。"他彬彬有礼，说，'我叫埃利奥特·斯皮策，是您的实习生'。但是他的潜台词是，'你就等着当我的手下败将吧'。"康斯坦丁若有所思地说。纽约州检察总长意识到找到了一个同道者，能与自己同声相应，同气相求，自己将会成为斯皮策的一位密友和坚强后盾。还是在那段实习的日子里，斯皮策、斯隆以及另外一个朋友心血来潮，突发奇想，想参加纽约市马拉松比赛。仅仅事隔几个月的光景，另外两个人就几乎厌倦了训练；而斯皮策却坚持到底，不仅参与了马拉松赛跑，还坚持跑完全程。

在哈佛大学的时候，斯皮策也被初次引介加入联邦主义者协会（Federalist Society）。该协会成立于1982年，是一个保守派团体，目的是对抗被社团成员视为激进主义分子的法官和自由法律教授们强加在其他美国民众之上的价值观。联邦主义者协会成员倡导立宪政体和市场自由，目的是使人们意识到国家权利的原则，因为国家权利的原则之一就是抑制国会和联邦法院权力。曾几何时，斯皮策说，他彻头彻尾地反对联邦制理论。斯皮策认为联邦制理论就是企图复兴一种不光彩的哲学体系——该哲学思想曾被用来证明种族隔离、污染和压制少数团体是正当的行为。联邦主义还给他留下一个十恶不赦的印象：经济上不讲求实际——在不同州开展业务的公司发现，要想协调好众多的监管机制非常困难。

在法学院前两年的大部分时间里，斯皮策与纳迪娜·玛斯凯特尔（Nadine Muskatel）约会。玛斯凯特尔是普林斯顿大学的毕业生，后来去了哈佛大学医学院（Harvard Medical School）。他们是由双方共同的朋友介绍认识的。他们两个都是犹太人，都来自纽约，虽然斯皮策的家境远比她富有。"这个青年才华横溢。他与人辩论的方式和倾听别人讲话的能力都非常出色。"玛斯凯特尔回忆道,"他让你诉说。他仔细聆听。他赞成你所有的观点,然后他会温和地指给你另一条路。"虽然有些朋友认为他们会结婚,但纳迪娜在遇到最终会成为她丈夫的那个人后与斯皮策分手了。即使这样,那个夏天斯皮策还是把他在剑桥的公寓借给了她的弟弟。

后来,在斯皮策上大三那年的1月,他遇到了茜尔达·沃尔(Silda Wall)。茜尔达是一个非常有自制力的女子,她来自美国北卡罗来纳州(North Carolina)。在休学一年之后,茜尔达当时刚刚回到法学院。斯皮策在佛蒙特州(Vermont)的芒特斯诺(Mount Snow)租了公寓中的一个独立房间,给一伙朋友住,让他们在那里过周末。这里如同大学毕业生的研究生院,朋友带来了更多的朋友,到主人斯皮策来到时,房间里已经宾客盈门。斯皮策到公寓时晚了一天。在剑桥,他在别人走后暂时留下来,完成了1月的学期作业。大概是早上五点钟,当斯皮策自行进入房间的时候,茜尔达因为患失眠症,所以还没睡,当时正一个人待在起居室里。"你是谁?"她质问道。("我当时还认为他是个夜盗的小蟊贼呢。"茜尔达后来说起此事的时候顺便解释了一下。)"见鬼,你是谁?这是我的房子。"他回答道。斯皮策记得茜尔达当时正像小猪一样裹着脏兮兮的宽松的睡衣裤、细绒毛的法兰绒睡衣,他想,这行头倘若穿在一个小孩子身上的话,倒还是蛮合身的。

有缘千里来相会。与茜尔达狭"寓"相逢,一下子激起了斯皮策的兴趣。但是,当他回到哈佛的时候,他才意识到不知怎么搞的,可能是听错了或者没有听懂她的名字,联系不上她了。斯皮策不知道该如何回去和她取得联系,所以便一页一页翻遍了整个脸谱(face book)——把以"W"开头的姓翻了个遍——找她。他的研究伙伴克利夫·斯隆告诉他,别费心思了,他绝对没戏。的确,斯皮策差一点就把这事给搞砸了。因为他在一个星期三深更半夜给茜尔达打电话,让她星期五出来,茜尔达拒绝了他。后来,斯皮策在2月情人节时碰巧遇到她,当时她正抱着满怀的鲜花,于是斯皮策又努力了一次。这一次,她同意和他出去约会。当斯皮策开着他那辆破旧的红色雪

华尔街"警长"——埃利奥特·斯皮策

佛兰骑士（Chevy Cavalier）车来接她时，茜尔达问他准备去哪里。他根本没想好任何计划，脑子里一片空白，于是茜尔达决定教训教训他。她选了孔雀（Peacock）餐馆，这是剑桥餐馆中的高档消费场所，学生们往往是省吃俭用，等父母来访或者其他特殊场合时才来这里消费。"我在孔雀餐馆长了见识。"斯皮策回忆起当年的恋情时说。

茜尔达来自一个完全不同的世界。她出生在北卡罗来纳州的一个小城镇，并在那里长大。她多才多艺，爱好艺术。斯皮策是犹太人，茜尔达是新教徒，她是精神型的，而他是世俗型的。他满含着深情，用爱怜的语气说，在曾经和他约会过的女孩子中，"她浑身散发着浓郁的南方佳丽的气息"。当时，她刚刚走出一场轰轰烈烈然而没有幸福可言的爱情，现在也无心再期待任何严肃的情感发生。但是，茜尔达自己没有意识到，她已经激起了斯皮策的极大兴趣。她对国际事务兴趣浓厚，在智力上可以与别人匹敌。如果想在斯皮策家族站得住脚的话，这是必需的。当得知伯纳德对她的第一印象是"牙齿长得挺好的"时，她也给了对方同样好的评价。当斯皮策问茜尔达对他父亲有什么印象时，她回答到："他的两条腿长得挺矫健的。"后来的事情证明，茜尔达几乎和她的新男朋友斯皮策一样质朴无华。从法学院毕业后，他们搬到纽约的独立公寓，不久两个人就投身到紧张的工作中去，谈情说爱的时间就很少了。在紧张高效的美国世达律师事务所（Skadden, Arps, Slate, Meagher & Flom），茜尔达一年要做三千多个小时的起诉书，所以他们的很多约会都是在法律事务所的会议室里一起吃着外卖度过的——茜尔达给文件做标记，而斯皮策看报纸。他们也定期地在第二大街的银星餐馆（Silver Star Diner on Second Avenue）见面。银星餐馆是曼哈顿的一家咖啡店，店里有叠层的菜单以及小餐馆亲切淳朴的装饰格调，还有，店里的海鲜是有口皆碑的。

最初，斯皮策给美国联邦地区法院法官罗伯特·斯威特（Robert Sweet）做法务助理。斯威特是自由派共和党人，正是从斯威特那里，斯皮策懂得了"法律的作用是什么，应该如何使用法律以确保那些需要帮助的人能够得到帮助"。在斯威特的办公室里，斯皮策培养了这样一种工作风格：将斯威特的工作文件用三孔活页夹有条理地整理出来,并且还培养了一种持久不变的信念,那就是:法律是动态的。用斯威特的话来说,法律"应该是为变化而准备的有效工具"。这位年轻的法务助理给他的法官留下的印象是吃苦耐劳、勤奋好学。"他工作的时候就像一架不知疲倦的蒸汽机,铆足了劲儿。"斯威特这样评价斯皮策。他还特别提到,当斯皮策在场的时候,办公室里就没有需要布置的听讼或者裁定之类的积压工作。"他并不是不能铺张招摇的人。即便如此,他在任何场合出现时都很低调。他不炫耀不卖弄……我知道他父亲是经营房地产的,但是仅此而已。"斯威特法官只是在接受斯皮策的邀请去打一场竞争激烈的网球赛时,才知道斯皮策的父母住在拉伊的奢华豪宅里,进而才意识到这位门徒的资金规模之巨大,其抱负之宏伟。后来,1987年,埃利奥特和茜尔达在中央公园的船库(Central Park Boathouse)举行世俗的结婚典礼,斯威特为他们当证婚人。2003年,斯威特还为斯皮策主持了纽约州检察总长第二任期的宣誓仪式。

搬到纽约后不久,斯皮策跟他的姐姐艾米丽开了个玩笑,这成为家里人记得最清楚的一个恶作剧。这一恶作剧也强化了斯皮策家族的精神特质,即没有人聪明或者重要到让他们不能去挑战——可能伯纳德·斯皮策除外。作为一名相对来说还较为年轻的美国全国妇女组织(National Organization for Women)的律师,艾米丽应邀去一家地方电台参加一场关于妇女问题的专门座谈会,其中有许多知名的政治人物,包括纽约市政委员会(City Council)主席卡罗尔·贝拉米(Carol Bellamy)。但是,当访谈进行到观众参与部分时,奇怪的是,所有电话都是打给艾米丽的。更为奇怪的是,回答任何问题时,她都能做到风容娴雅,应答如流。这时候,她突然听到了埃利奥特的声音。他的问题多少有点像律师资格考试的类型,类似脑筋急转弯,例如,关于第十四号修正案(Fourteenth Amendment)与堕胎权利的关系如何等等。艾米丽意识到斯皮策和他的朋友们想拆她的台。"我真正想说的是,'埃利奥特,我想一刀砍了你'。但是神使鬼差地,我竟然把所有问题都回答上来了。"艾米丽回忆起当时的情景,历历在目。直到今天,艾米丽说,不管什么时候,只要她听到埃利奥特做电话访谈节目，她都梦想着有朝一日以牙还牙，报仇雪恨。

自从法务助理的工作结束之后，斯皮策虽然在第一流的宝维斯律师事务所（Paul, Weisss, Rifkind, Wharton & Garrison）做一些基本的定额工作，但是他依然保持着一个严肃的政治学究的形象，对刑事司法兴趣浓厚。1985年12月，斯皮策、卡尔·梅耶尔和比尔·泰勒在剑桥的周末单身晚会上重聚在一起。斯皮策到得稍早一点。当泰勒来到之后想邀请他进入公寓时，发现斯皮策在读兰德公司（RAND Corporation）关于青少年惯犯问题的研究报告，已经进入了晚会状态。当三个人决定租借《野兽之家》（Animal House）和《疯狂高尔夫》（Caddyshack）在晚会上娱乐娱乐时，录像店里的小伙计因为他们蹩脚的男人单身派对计划而大发雷霆，随手扔给他们一张免费的《黛比搞上达拉斯》（Debbie Does Dallas）了事。于是，三个人便再也没有利用录像厅里的小伙计的慷慨施舍——那是一场"看起来比《野兽之家》更蹩脚"的色情电影，泰勒回想当时的情形时说。

大约就是在那个时候，斯皮策已经开始了一份新工作，为颇有资历的曼哈顿区律师罗伯特·M.摩根索（Robert M. Morgenthau）做助手。摩根索当时因为已经介入有价证券诈骗案件和其他的白领案件而赢得了一定声望。当时，他感到联邦制的权力机构缺乏一种生龙活虎的闯劲儿。斯皮策从摩根索的一项工作计划中受益匪浅。该计划允许高级会员跳过例行的初级阶段去起诉普通的街头犯罪。不久以后，斯皮策就吸引了迈克尔·G.切尔卡斯基（Michael G. Cherkasky）的注意力。切尔卡斯基当时担任纽约曼哈顿区检察分局劳工诈骗办公室主任，他想重振地方检察院（DA）濒临废弃的欺诈办公室，并为打击有组织犯罪的新案件立案。切尔卡斯基为办公室精挑细选人才，埃利奥特·斯皮策是切尔卡斯基挑选的头号人物。"埃利奥特是一颗光芒四射的巨星，从开始就是如此。他工作起来勤勤恳恳、兢兢业业，有良好的判断力。"切尔卡斯基说，"他聪明能干，有创新精神，与他人相处融洽。他努力干好自己的分内事，不等不靠，任何该干的事情都是自己动手，亲力亲为。"

摩根索立下誓言，要坚决打击拖垮城市经济的聚众滋事分子。在1988年的记录中，斯皮策给出证据，认为可以拿服装行业开刀。斯皮策关注他称之为"白领化"的聚众滋事者已久，盯上了托马斯·甘比诺（Thomas Gambino）和约瑟夫·甘比诺（Joseph Gambino），他们是黑手党首领（Mafia don）的两个儿子，受过大学教育，声称自己是合法商人。但是，他们的货车运输公司看来似乎控制着位于曼哈顿第七大街的服装制造厂和实际加工服装的唐人街分包商之间的路线。斯皮策希望找到甘比诺一家与其他公司互相勾结，并从服装制造商那里敲诈勒索钱财的证据。斯皮策的希望不仅仅是一种预感，因为他从法学院的女友纳迪娜·玛斯凯特尔那里得知，由于日益增长的腐败风气，出于厌恶之情，她的父亲无可奈何地放弃了服装制造业。

使用了由纽约州黑手党专家罗纳尔德·戈尔德斯德科（Ronald Goldstock）开发的一套理论，斯皮策和反欺诈办公室主任罗伯特·A.麦斯（Robert A Mass）推断说，他们必须搞清楚舞弊交易是在哪里达成的，然后将交易情况录制在磁带上。于是，他们劝说切尔卡斯基在唐人街的基丝汀街（Chrystie Street）开办一家叫作基丝汀时装（Chrystie Fashions）的缝纫店当幌子，然后好在那里布控，等待黑手党前来下令。很快，斯皮策就沉浸到他的新工作中去了。起先，缝纫工作做得非常糟糕，但是没过多长时间，斯皮策就开始将他的新雇员生产的手工活的样品，如纽扣眼、缝合线、拉链等，带给切尔卡斯基看，因为他每周都会向切尔卡斯基要求更多的款项来维持这个诱骗活动的运转，使其继续存在下去。"他成了一个破衣服经销商。"切尔卡斯基不无溺爱地想起了过去的事情，特地将"破衣服"这一词用了犹太语。"他现在给我带各种各样的衣服来，让我看一看他们缝制的纽扣有多么好，还试图告诉我，他们能将这些东西转手再卖出去，以补偿我们在资金上蒙受的损失。"

可是，让人沮丧的是，这一精心设置的圈套并没有成功地达到检察官希望达到的目的。他们录制了甘比诺的卡车司机和佯装成基丝汀负责人、从事秘密调查的警察之间上千个小时的对话，现在已经掌握了确凿的证据，证明这些货车运输公司将市场分割开来，彼此之间井水不犯河水，互不来往，路

华尔街"警长"——埃利奥特·斯皮策

线界限也划得一清二楚。事实上,他们没有获得任何实际的敲诈勒索的证据。所以警方调查人员只好强行进入甘比诺位于西35大街(Gambino's West Thirty-fifth Street)的总部。他们穿越了十三道锁的封锁和一个秘密的机械运动探测器,安装了一套监听设备。即使那些录制的对话也不能提供相对确凿的证据。虽然警方有证据能证明,卡车司机没有为那些控制系统之外的服装店提供运输服务,服装店也要向他们支付报酬,但是从录音带上来看,没有录制到明显的带有暴力威胁的对话,只让人产生一种极度的恐惧感。

于是,斯皮策和麦斯只好采取新的措施,这一措施将成为斯皮策的标志性特点之一——他们想出了一个旧瓶装新酒的办法,那就是把陈旧的法律新用,证明托马斯·甘比诺和约瑟夫·甘比诺兄弟二人违反了19世纪的反垄断法;除此之外,他们还违反了敲诈勒索罪。将企业腐败指控用于匪帮案例,这也是非常典型的做法。1992年2月的审判标志着斯皮策与媒体的第一次真正交锋。该案件吸引了纽约新闻界的注意力,他们连篇累牍地进行报道。作为主要检察官,斯皮策充当的是政府的脸面这一角色。他的口气非常强硬。在三个小时的开庭陈述中,他明确地告知陪审团,这两个嫌疑人"是受贪欲所驱动的有组织犯罪的成员",他们凭借名声从服装制造商那里榨取"匪帮税"。"这些被告人不是与拔出的枪合伙,他们与名声合伙,与甘比诺的名声合伙。他们利用这一名声求助于银行。"斯皮策力排众议,据理力争。

辩护律师杰拉德·夏格尔(Gerald Shargel)起初不喜欢斯皮策,特别是在作为检察官的斯皮策试图取消他的案件代理资格之后。"他以一副年轻的埃利奥特·奈斯(Eliot Ness)[①]的模样出现在大众面前,属于勇往直前的那种人,低着头,意志坚定……他严厉苛刻,一丝不苟,毫无幽默感。"夏格尔说。夏格尔在为纽约黑手党教父约翰·高蒂(John Gotti)辩护之后不久,就为约瑟

[①] 埃利奥特·奈斯(1903—1957),挪威移民的后代,绰号"不可触摸的人",是一位铁面无私的美国财政部探员,以20世纪20至30年代在芝加哥打击私酒制贩业而闻名。布赖恩·德·帕尔玛在1983年执导的电影《铁面无私》(The Untouchables),就是根据20世纪20—30年代之交财政部特派员奈斯打击芝加哥制造私酒集团的经历改编的。电影全面展现了埃利奥特·奈斯对意大利裔黑帮头子阿尔·卡彭(Al Capone)的调查定罪过程。——译者注

夫·甘比诺做案件代理人。但是，案件的检举人斯皮策在审判过程中镇定自若，游刃有余，甚至当夏格尔嘲弄主要的政府证人也漏洞百出的时候，斯皮策显示出自己是一个喜欢嘲讽性幽默的人。"我意识到他是一个很优秀的人。"夏格尔回忆当时的情况时这样来评价斯皮策。

到第三周时，夏格尔和斯皮策已经站在旁观者的立场上，讨论案件会怎样收场，谁会在哪一个证人的什么样的证词中胜诉。双方都心存顾虑：斯皮策和回到办公室的切尔卡斯基知道，没有掌握确凿无疑的恐吓证据，仅以敲诈勒索定罪，打赢官司的希望非常渺茫。另外，他们还担心以反垄断为理由，以怀疑见长的陪审团也会投票认定无罪，因为这听上去就缺乏严肃性。而在夏格尔和托马斯·甘比诺的律师迈克尔·罗森（Michael Rosen）看来，他们也非常清楚，因为反垄断之故，他们的当事人甘比诺兄弟可能面临着罪行指控，因此也担心会栽在敲诈勒索上而输掉官司。如果是那样的话，他们的当事人就只好在纽约州的监狱里待上几年了。几天之内，双方苦思冥想，最后敲定了一个非同寻常的、折中的半审判协议。被告承认有罪，交1,200万美元的罚金，并放弃对服装行业货运的控制。一位纽约市前警长监督甘比诺的三家货运公司的销售情况，以确保新的竞争者进入市场。

这一协议招致了各种各样的公众批评意见：一位联邦前检察官在面对《美国律师》（The American Lawyer）杂志的采访时言辞甚为激烈："我是老派思想，你知道，老派思想会告诉你，如果你是检察官，你审理案件，就要把那些人送到监狱……天哪！岂有此理！如此断案岂不会成为有识之士的笑柄？"但是检察官的辩护词称，对于深陷困境但却生死攸关的行业来说，这是这个城市将其从匪帮的桎梏下解放出来的最好机会。"不错，我们放弃了监禁。"当摩根索宣布这一协议时这样说道。但是，他同时强调说，五年来，耗费10万美元的调查已经实现了自20世纪30年代以来一直在探索的法律强制执行的目标。"这样的做法一下子就把他们清除掉了。"麦斯说，"如果我们把他们驱逐得更远，时间更长，我们可能会更加声名远扬，但是我们的目标是改变行业制度，这是一个能让人满意的判决。"

1992年，斯皮策离开了地方检察官办公室（District Attorney's Office），去了一家私人律师事务所。他开玩笑说，自己要在两者之间做出选择：是利用自己的名声回到宝维斯律师事务所呢，还是利用茜尔达的名声回到世达律师事务所。他说，自然要选择后者了。他和茜尔达也已经有了两个孩子——埃雷瑟（Elyssa），生于1989年；萨拉贝斯（Sarabeth），生于1992年。他们还准备要第三个孩子。但是不久他就厌倦了事务所的工作，又想办法回到公益服务事业中去。后来，1993年年末，在最近的四十多年中，检察总长办公室第二次抛开政治因素的干扰，进行公开民主选举。罗伯特·艾布拉姆斯因在美国参议员竞选中受挫，愤而辞职，被指定代替他的人，G. 奥利弗·柯培尔（G. Oliver Koppell）再过不到一年的时间，即拐过年来，到1994年选举时，便会走马上任。其时，斯皮策与家人在北卡罗来纳州度假，听到这一消息，便开始考虑决定参加竞选。起初，茜尔达认为他不会参加竞选。当斯皮策征求她的意见时，她没有马上回答。她不热衷于公共演讲，所以也不会因为可能成为政治家的妻子而激动不已。但是第二天早晨，她给斯皮策留了一张便条，说，如果他确实想参加竞选的话，她会支持他的。"我不想成为反对他的人。如果这真的是他的梦想的话，我是谁？一个帮助他追梦的人。"她记得当时的想法就是这样的。每一个与斯皮策关系密切的人都明白，下这笔赌注要做出多大的奉献。一大清早，网球比赛结束后，斯皮策边吃早饭边提出这个问题供大家讨论。康斯坦丁说："你赢不了的，埃利奥特，你没有名气。"斯皮策回答说："我知道自己是个无名小卒，但是我总得走出一步，有个开始吧；竞选正好能使我出出名。"甚至连斯皮策的父亲对此都持怀疑态度，直到听说他的小儿子在会上上台发言，讨论一个小的筹款活动时，才打消了顾虑。"直到那时我才知道他是怎样的一个滔滔辩才。"父亲这样夸赞儿子埃利奥特。

斯皮策参与竞选角逐为时已晚——到1994年5月，他宣布候选资格时，柯培尔和另外两位候选人已经为民主党提名开始竞选了。从根本上来说，斯皮策一直默默无闻，再加上时间仓促，缺乏方方面面的社会关系去认真地开展各种竞选募捐活动，所以他便用自己在曼哈顿的一处房地产做担保，从银行贷了一笔款，然后用这笔款项为他的竞选活动提供了400多万美元经费。按照比尔·克林顿的顾问迪克·莫里斯（Dick Morris）——也是伯纳德的一个朋友——的建议，埃利奥特开始购买商业广播时间，并聘请了斯蒂芬·艾奥舒勒（Steven Alschuler）当公共关系顾问。艾奥舒勒将斯皮策介绍给媒体。艾奥舒勒在纽约州政界打拼了多年，马上记住了斯皮策并对他留下了深刻的印象。"我记得第一次和他坐在一起，在大约15分钟内，他对各种问题的知识和见解就足以让我心悦诚服，甘拜下风。我对斯皮策佩服得五体投地。"艾奥舒勒说，"和他交谈才是真正的眼花缭乱，应接不暇。"斯皮策有很多理念：改组青少年司法体制，改善环境保护，保护消费者权益。他也想再度使纽约发挥在美国的优势，起到领头羊的作用。"他的最重要主题之一是，'为什么纽约州检察总长在诉讼方面总是跟在别人的屁股后面？总是重复别人的观点……纽约就是一个附加装置'。"艾奥舒勒说。

　　作为顾问的艾奥舒勒知道，如果纽约州新闻媒体知道这位初出茅庐的政治新手富甲一方，家财万贯，供他挥霍，便会立刻对其产生怀疑。但是艾奥舒勒表示，如果自己能使奥尔巴尼（Albany，美国纽约州的首府）新闻界社团暂且容忍斯皮策的话，那么他们就会和自己一样对斯皮策产生深刻的印象，充满好感。总的来说，这一策略奏效了。那些将斯皮策描述成一个马后炮的报纸开始转而描述他对这一职位的胜任以及热爱之情。但是斯皮策真正产生凝聚力是在一年之后，当犯罪成为大家关心的头等大事时。其时，他给自己的定位是坚决严厉打击犯罪，绝不心慈手软。他利用电视商业广告进行竞选演说，给自己拉选票，承诺要"彻底改变失败的司法体系"，并标榜将系列序号刻在子弹上的工作计划。在民主党候选人中，斯皮策是唯一一位赞成死刑的。他指出，在打击犯罪方面，检察总长办公室应当发挥更大的作用。

　　斯皮策的反对者对他极尽抨击之能事，批评他是一个想用金钱收买竞选的纨绔子弟，并提供证据说，在处理犯罪案件时，这位前检察官掩盖检察总长相对有限的角色的做法是非常不妥当的。柯培尔指摘斯皮策"对检察总长办公室传统的、重要的职能不屑一顾"。第一位为担任全州范围的公职而努力的女同性恋者卡伦·波斯特恩（Karen Burstein）也批评说，斯皮策是在曲意逢迎。赞成死刑使斯皮策赢得了《美国纽约邮报》（New York Post）和《纽约每日新闻报》（Daily News）两家媒体的支持，但这远远不够。当民主党的初选票数统计出来时，斯皮策在四个候选人中名列第四，只占19%的选票，远远落后于波斯特恩，后者赢得了31%的选票，并最终在初选中胜出。

就在初选之后，茜尔达和埃利奥特带着孩子们，包括刚刚出生的老三詹娜，去北部摘苹果了。埃利奥特不想坐在家里郁郁寡欢地打发时日。茜尔达认为度个小假会有助于减轻失败所带来的精神痛苦。当他们在莱因贝克（Rhinebeck）的毕克曼纹徽客栈（Beekman Arms）——一家历史上颇负盛名的旅馆登记住宿时，接待人员看到斯皮策的名字，认出了他，对他说："斯皮策先生，我投的是你的票。"从这次不期而遇之后，斯皮策的举止行为就像完全变了一个人似的。茜尔达回忆说："从此之后，一切都变好了，"她说，"他知道他实际上是影响了一部分人的。" 11月的大选也鼓舞了斯皮策，他认识到，将注意力集中在刑事犯罪的司法体系方面是没有错的。波斯特恩在共和党提名中失败，在紧张的角逐之后，丹尼斯·瓦科（Dennis Vacco）以50%对47%的选票获胜。瓦科承诺严惩犯罪，为恢复死刑助一臂之力。

埃利奥特和茜尔达也在20世纪90年代中期，即1994年，辞去了工作，决定根据自己的希望来培养三个孩子。虽然斯皮策的父母亲在他们的婚姻中扮演着传统的角色，埃利奥特却鼓励茜尔达做一个职业妇女，发展自己的业余爱好，帮助孩子们排忧解难。连续不断的政治会议使他很难有空在孩子们放学后或者晚上和她们一起活动，但是斯皮策已经养成了早起的习惯——这只早起的鸟儿能在早晨帮助孩子们解决困难。早上五点钟起床后，埃利奥特跑步，读报，将给孩子们准备早饭看成是第一要务，而且，在孩子们小的时候，还给她们穿衣服，送她们上学。起初，他给孩子们做的是撒上糖霜的油炸圈饼。"我们习惯了一些很有趣味的衣服搭配。"茜尔达回忆说，"在托儿所的时候，他们会问，'今天是埃利奥特给孩子们穿的衣服吗？'我意识到我不能对他评头论足，因为你不能甩手不管了却还想着做掌柜啊。"随着孩子们逐渐长大，她们

第二章　幼学壮行　雷厉风行

开始自己穿衣服了。但是当她们沿着父亲埃利奥特的足迹去霍勒斯·曼恩学校上学时，埃利奥特又承担了一项新的任务：带着她们走街串巷，步行一段路程之后，再坐公交车去布朗克斯校园。女儿们也盼着父亲在家的时候为她们做一顿热气腾腾的早餐。"我能在十分钟内端出金灿灿的煎炒鸡蛋。"斯皮策不无得意地吹嘘说。茜尔达和埃利奥特有意识地为确保孩子们看到整个世界而不是曼哈顿她们温馨的家这一富裕的弹丸之地而努力。他们定期地带孩子去姥姥家——茜尔达在北卡罗来纳州的老家。当他们考虑再买一套房子的时候，便选择了位于纽约州北部地区的哥伦比亚县（Columbia County）的农业社区，而不是在汉普顿（Hampton）。1996年，茜尔达和埃利奥特创立了孩童互助（Children for Children）基金，这是一个慈善机构，目的是试图帮助儿童为他们所在的社区提供志愿服务。它的第一个计划就是说服父母和孩子按比例相应地缩减生日聚会和礼物的规模，将节省下来的钱捐给慈善机构。

在工作中，斯皮策与他的前上司劳埃德·康斯坦丁联袂开办了一家新的律师事务所。在事务所中，他专门负责反垄断的问题，但是他们两个人都明白这不是长久之计。斯皮策的目光盯在下一届即1998年检察总长的竞选上。头几年，康斯坦丁说，斯皮策大部分时间都花在办公室里了。他为了一小部分有线系统运营商的利益，着手处理时代华纳公司（Time Warner）与美国有线电视公司（Cablevision）的争端，并且代表轻重量级职业拳击手威廉·格思里（William Guthrie）提起诉讼。斯皮策认为格思里诉讼案件是他最喜欢的案件之一。原告格思里在控诉中声称，国际拳击联合会（International Boxing Federation）因为他拒绝聘请拳击比赛组织者唐·金（Don King）而被剥夺了挑战拳王的机会。当格思里赢了官司和接踵而至的拳击比赛时，他在拳击场向斯皮策表示由衷的谢意。斯皮策也帮助美国权利责任联盟（American Alliance for Rights and Responsibilities）掀开了新的篇章。该组织试图平衡社区安全和个人权利，支持《梅根法案》（*Megan's Law*）[①]——该法案规定，任何

[①] 该法案是以新泽西州女孩梅根·尼古拉·坎卡（Megan Nicole Kanka）之名命名的。1994年7月年仅7岁的梅根被她的邻居、33岁的有性犯罪前科的杰西·德夸斯（Jesse Timmendequas）残忍杀

华尔街"警长"——埃利奥特·斯皮策

一个性犯罪获释者一旦搬进某住宅社区时，必须通告全区。而且，该组织还极力主张赋予法官将那些失去自控能力的精神病人定罪的权力。斯皮策在提高自己的公众形象方面所花费的时间也与日俱增，他在电视新闻和访谈节目中频频露面。作为一个权威的法律评论家，他从O. J. 辛普森（O. J. Simpson）到莫尼卡·萨米勒·莱文斯基（Monica Samille Lewinsky），无所不谈，畅所欲言。或许更为难能可贵的是，斯皮策开着紫红色的家庭小型客货两用车，去参加在全纽约州举行的大大小小的政治会议，这样也赢得了几百个民主党死忠的支持。"斯皮策知道在1994年的竞选结束之后，在1998年要做哪些事情去赢得竞选。他必须将时间花在偏僻的纽约北部，以表明他是在意的。"朋友乔治·福克斯（George Fox）这样说。在竞选活动之初，福克斯帮助在地铁站向选民介绍斯皮策。"1994年是一个序曲：'只有一年的时间，我几乎获得了20%的选票，如果有四年时间，我一定会赢得竞选。'"

在1996年年初，一个寒冷的冬夜，为参加奥兰治县（Orange County）一个重要的民主党会议，斯皮策不顾严寒，来到了中城（Middle-town）。中城是位于曼哈顿北部大约70英里的一个社区，人口2.5万。当时，有五位民主党人聚在镇长约瑟夫·德斯蒂法诺（Joseph DeStefano）经营的一家酒水吧的后屋里。尽管外面飘着雪花，斯皮策身着一套单薄的西装，他还是用90分钟的时间耐心倾听了一个社团讲话，而该团体已经习惯于被人忽视。"大多数人都是来告诉我们，他们正在竞选，竞选活动是如何如何运作的。"瑞驰·鲍姆（Rich Baum）说，当时鲍姆是县立法机关的少数派领导，"斯皮策多数时间都在问问题。他讲起话来就好像确实对我们所讨论的问题感兴趣一样。"两年以后，鲍姆在奥兰治县管理人员竞选中失败后，无所事事，便为斯皮策当起了竞选理事。

到斯皮策正式宣布他参与1998年竞选时，他已经把一切都准备就绪，胸有成竹。斯皮策在全纽约州都结下了交情，还通过给县民主党组织捐款捐物

害。——译者注

打点好了各种关系，使一切都可以顺利进行。他在竞选的首轮测验，即在3月份进行的北部民主党官员民意测验中获胜。出资捐助作为一种竞选策略，现在有了回报。无独有偶，这一次还是四位候选人，斯皮策仍旧是将自己定位在可能被选上的温和主义者。他积极努力，终于获得纽约自由党（New York's Liberal Party）的提名。纽约自由党通常支持多数党候选人，支持那些它的领导人认为是最核心的候选人。斯皮策自称是一个"实用主义的自由主义者"、"温和派"，他仍然向支持者们大力宣扬死刑。但是这一次，除了1994年标榜的引人注意的严厉打击犯罪的姿态之外，他还打出了一些新牌。在初选中，他大手一挥，慷慨地甩出400万多美元。另外，斯皮策又先于他的对手——柯培尔、前纽约州州长科莫（Cuomo）的顾问伊万·戴维斯（Evan Davis）、纽约州参议员凯瑟琳·艾贝特（Catherine Abate）等三位候选人做了几个月的商业广告。斯皮策的广告突出强调了他计划中的抵制污染，要求业主为租户的安全保证金支付利息，要求受指控的强奸犯进行艾滋病测试，等等。他标榜高层政治人物的支持和认可，表示自己多年来一直想获得他们的青睐，这包括布法罗市（Buffalo）市长安东尼·马西耶洛（Anthony Masiello）和前纽约市市长爱德华·科奇（Edward Koch）。"他做了必要的准备工作。他走上街头宣传竞选，兢兢业业。这一切都是因为他（在1994年）的竞选失败以及由此带来的尴尬。"汉克·森可普夫（Hank Sheinkopf）说。森可普夫是一位政治顾问，在斯皮策的头两次竞选工作中出力不小。"在那次（1998年）竞选活动中，我解决了98%的困难。我可真是使出了吃奶的劲儿，我从来没有为一位检察长出过这样的力。"

让人感到安慰的是，斯皮策在初选中以42%的选票获胜。但是，即使到了这个时候政治专家对他还是持怀疑态度。丹尼斯·瓦科是共和党的在任者，他和另一位在任者、广受欢迎的纽约州州长乔治·E. 帕塔卡（George E. Pataki）是竞选搭档。当纽约州民主党的领军人物、参议员丹尼尔·帕特里克·穆尼汉（Daniel Patrick Moynihan），在10月22日最终同意支持斯皮策时，这位日渐衰老的立法者一走了之，丝毫没被打动。"小伙子人倒不错。不过，他会招来杀身之祸的。"照相机关掉之后，穆尼汉嘟囔着。大选是在一浪高过一浪的攻击和反攻击声中进行的。开始斯皮策瞄准的目标是瓦科任人唯亲。他给出证据，指出共和党人将150位律师封杀出局而给初出茅庐的、与共和党有裙带关系的人士让位，这一做法削弱了检察总长办公室的地位。他还控告瓦科在和汽车租赁公司母公司结案后，从子公司捐助的竞选款项中取走37,500美元中饱私囊。"你真够丢人的啊，丹尼斯，你丢人丢大了。"斯皮策在他们的第一次辩论中不依不饶地奚落丹尼斯。"收受你的办公室正在调查的公司的钱财是有损职业道德的，是错误的，难道你不明白吗？"（瓦科对一切错误行径矢口否认。）两天之后，他们展开了第二次辩论，这次辩论更为激烈。在辩论中，斯皮策指责瓦科对因用暴力抗议堕胎而造成的危险视而不见，听而不闻，并将这一问题与前一段时间布法罗地区一位医生为妇女提供堕胎手术而被害致死联系在一起。后来，就在选举前几天，纽约《犹太人周刊》（Jewish Week）引用瓦科的话——这么说不太合适，应该说这位在任检察长声称："你并没有站在西班牙小酒店（bodega）①外，问黑帮强盗，如果没有死刑，他是不是就会去杀人。"纽约州说西班牙语的各团体领导人被激怒了，他们认为瓦科的上述言论含有种族污蔑的意味。于是，斯皮策联合了几个说西班牙语的团体的首领，在曼哈顿一家小酒店外召开了记者招待会，严厉批评瓦科对因为种族仇恨而引起的犯罪认识不足，对民权实施的重视程度远远不够。

瓦科则将攻击的焦点集中在斯皮策的金钱上——这位民主党候选人的竞选花费，超过了现任者即瓦科的花费，大约为970万美元对660万美元。几个月以来，斯皮策一直拒绝和盘托出他1994年如何支付竞选费用一事。瓦科还把攻击目标集中在斯皮策竞选资金筹措不当上，这一问题导致了双方辩论的白热化。"辩论粗暴无礼，每天的攻击接连不断，但都只是搬弄些另外的是是非非。"竞选理事瑞驰·鲍姆回忆当时的情形时说道。首先瓦科的阵营指控伯

---

① 西班牙小杂货店或酒店，即通常带有一酒吧的西班牙小杂货铺。——译者注

纳德·斯皮策销售没有许可证的公寓,老斯皮策否认了这一指控。然后共和党声称他们掌握的材料与斯皮策的辩白相矛盾,因为斯皮策声称,他已经利用某一曼哈顿公寓作为附属担保品,通过银行贷款为自己的两次竞选筹措资金。瓦科控告斯皮策是在撒"弥天大谎",目的是隐瞒他"百万富翁的房东老爹"注入到他竞选活动经费中的上百万美元。瓦科借此煽动他的辩论听众:"如果你所说的一切都是为了能成功当选的话,我们又如何能相信你所说的这些话呢?……埃利奥特,你有个癖好,不说真话的癖好。"

真相是这样的:1994年,斯皮策从摩根大通集团贷出了一笔私人银行贷款,利用这笔贷款资助他的竞选活动430万美元。然后在他初选败北之后不久,用从他父亲那里得到的钱还清了银行贷款。该事务的处理显然是合法的,但是纽约州竞选筹款法限制家庭成员的贡献,斯皮策的做法显然与这一规定打了个擦边球。1998年,他重复了这一运作模式,他从银行获取了个人贷款,然后资助竞选活动,款项超过800万美元,新闻界就开始刨根究底,追问怎样偿还这笔钱。斯皮策再三强调,他已经付清了1994年的贷款,没用家人帮助,1998年他还会如法炮制,即使他的纳税申报单表明他没有那笔钱。

在选举的最后一周,斯皮策终于承认他以优惠条件从父亲那里贷了一笔款还清了1994年的竞选债务,此时,舆论一片哗然。他的初选竞争对手奥利弗·柯培尔撤回了对他的支持。在给斯皮策写的一封信中,他写道:"你欠缺公正坦诚,违背了法律精神,所以,你不适合担任纽约州政府的法律长官。"柯培尔还说他会将此事抖落给媒体。对于自己的所作所为,斯皮策找不到任何借口。在接受《每日新闻报》的采访时,他懊恼地说:"这么做真是愚蠢透顶……我应当把事情一五一十地说清楚的,'嗨,这就是我所做的全部'。这才是恰当的回答。为什么我不能说清楚呢?因为牵扯到几个私人财务关系,我不想卷入其中。"对伯纳德来说,他因为自己和儿子被指控违反了法律而"目瞪口呆"。"如果我给儿子捐助资金就莫名其妙地违反了法律,对我来说这种事情永远不会发生了,这和有人收买选票之类的事情不可同日而语。"他说。竞选辩论差一点使斯皮策失去竞选资格。在每一场选举前的民意调查中,瓦科都领先一步,纽约州的大部分报纸也都支持共和党。即使民主党坚定可靠的《纽约时报》(New York Times)编辑委员会也发表了如下评论:"现在,我们面临的诱惑就是跳过支持……斯皮策先生将公众引入歧途……我们支持斯皮策先生是因为瓦科先生的表现及其主要政策立场使选择瓦科更糟糕。"斯皮策最终承诺,他将付清1998年的贷款,而不是靠继续募集款项来弥补这个缺口。(在《纽约每日新闻报》寻根究底地追问贷款事宜不久之后,斯皮策于2004年秋天最终付清了1994年从父亲那里所借的款项。)

后来发生的事情证明斯皮策的竞选是一个险胜。在选举之夜,凌晨1点,在已经统计过的360万张选票中,斯皮策领先33,000票,但将近20万张缺席选票仍然悬而未决。在华尔道夫—阿斯特饭店(Waldorf-Astoria Hotel)①,斯皮策身着竞选服装,躲在一边;在纽约希尔顿酒店(Hilton)的瓦科也是如此。斯皮策的发言人史蒂夫·戈德斯坦(Steve Goldstein)告诉记者们,他们在1点20分就可以回家了,并告诉他们选举结果一周之内可能不会公布。"我从6岁就从事政治活动,今年33岁了。有生以来,我第一次这么紧张,以致我都快病了。"戈德斯坦说。有些分析家评论说,瓦科可能因为拒绝纽约州生命权利党(New York State Right to Life Party)的支持而落选,其预备候选人获得了60,399票。其他人则拿凯瑟琳·艾贝特说事儿,对其决定在民主党初选失败后走独立党(Independence Party)路线进行评论。艾贝特获得81,439票,这些选票几乎都是从斯皮策那里分流出来的。

接下来发生的事情就是,在六周里疯狂地重新计算选票,其中包括近十年来《纽约邮报》(New York Post)的最佳报道之一——"外星人偷走了我的竞选"。在纽约州的62个县中,每个县里,各方都组织律师团队为投票一事进行辩论。瓦科的团队做出了各种充满想象力的断言:死人从棺材里爬出来参加了投票;非法移民参与了投票;在竞选之后的那几天,37万个幽灵的投票在阴森森的纽约市民主党中突然物化现形。毫无疑问,这些断言没有一

---

① 位于纽约曼哈顿派克大道49—50街,是世界上最豪华、最著名的五星级酒店之一。——译者注

条是经得起仔细推敲的。共和党人试图让竞选委员会（Board of Elections）下令纽约市警察署（New York City Police Department）挨家挨户去核实那些居民是不是真的投过票。一计没成，共和党又心生一计，雇用了一队私人侦探挨家挨户去核实居民投票的真假。"瓦科就是不相信自己竟然输了。"纽约州参议员马迪·康纳（Marty Connor）说——他是布鲁克林民主党，竞选法专家，在重新计算选票中是斯皮策的核心顾问之一。"我一遍又一遍地重新计算选票，对于候选人来说，这确实是件颇有压力的事情。他们巴不得让一切快点结束。但是埃利奥特沉着冷静，泰然自若，而且表现得颇具职业性。"最后，经过有利于斯皮策的决定性的法庭裁决之后，瓦科承认了12月14日的选举结果，他说："在纽约州，我感到自己作为一个领导者的时日就此宣告终结。"官方公布的双方差额是25,186票（共430万张选票）。在整个竞选活动中，斯皮策一直都穿着同一双磨损了的绅士鞋。面前，还有很长的路要走。现在，他想出去给自己买一双新鞋，庆祝自己的成功当选。

第三章 当家做主 激动人心

"今天，在这个激动人心的日子里，我心潮澎湃，热血沸腾，难以平静。但是我真正盼望的是星期一，因为星期一我又能重操旧业，回去当一名律师了。"1999年1月1日，星期五，在纽约州第36任检察总长任职宣誓仪式上，埃利奥特·斯皮策怀着无比激动的心情庄严地宣布。既然斯皮策已经就任这一职位，他就要决定如何来履行自己的职责。现在，只消听一听任由斯皮策支配的庞大新资源，人们就会初步留下深刻的印象：纽约州检察总长办公室是美国规模最大的办公室之一，拥有1,775位工作人员，其中有538名律师，在纽约州州府奥尔巴尼和曼哈顿区设有两个主要办公室，其他十几个办公室遍及全州，掌握着1.52亿美元的预算。几乎像所有的州检察总长一样，斯皮策很快发现自己头衔众多，身兼数职。他是纽约州的首席律师，承担着辩护律师的职责，保护纽约州政府和法律免受一切侵害。检察总长的职责本身同经营一家大型律师事务所有异曲同工之处，仅此一项，就要耗费办公室巨额资源的一半之多。纽约州检察总长不仅要对有组织犯罪提起公诉，还要对不太适合在某一特定地区检察官权限范围内审理的案件提起诉讼。检察总长也承担着公共调解人的职责，被授予重要的民事执行权力和刑事执行权力。不管是谁，哪家公司，不管他们权力多大，势力多强，一旦侵犯了纽约州公民的权利，就要依据法律，追究他们的责任，让他们为自己的行为负责。

在接下来的几年时间里，斯皮策将会从一位初出茅庐的政坛人士成长为坚不可摧的法律堡垒的守护者。他乐意并且有能力处理好全国最大的、最知名的机构中出现的违法行为。从环境保护到民权维护到枪支管制，他不止一次地冒险闯入许多禁区。之所以称为禁区，是因为按照传统，这些区域属于联邦政府的管辖范围。在很多方面，斯皮策所取得的工作成绩要比其他人大得多。将这一切业绩综合起来看，它们更是起到了至关重要的作用，因为这有助于培养新检察总长的信心和勇气，使他能够循序渐进地训练自己的工作方法，在华尔街有恃无恐地开展工作。

万事开头难。不错，斯皮策面临的也是一个艰难的开端。曾经为丹尼斯·瓦科效劳的工作人员即将离职，他们给办公室里的传真机编上了程序，使发出来的所有信息都附上一个标记：发自"八百万美元的人"，以此影射斯皮策在1998年竞选中所投入的巨额私人款项。在奥尔巴尼，几个摇唇鼓舌的人很快给斯皮策起了个绰号，叫"意外检察总长"，意思是因为瓦科的不慎失误而造成了斯皮策的险胜，这一结果是个意外。甚至就连斯皮策首先想努力清除的检察总长办公室任人唯亲的局面——这是在他竞选期间决心要解决的一个主要问题——也招来了怀疑的目光。虽然斯皮策也因为禁止起用那些在自己的竞选中有过贡献的新职员而赢得好评，但是那些怀疑论者还是别有用心，特别提到斯皮策也任命了职位很高的民主党官员来管理检察总长办公室以外的办事处。"他上来就没有踢好头一脚，让人大失所望。"《纽约邮报》发表了这样的评论。

另一方面，斯皮策宣布，即使他与州长乔治·帕塔克（George Pataki）在

第三章 当家做主 激动人心

在意识形态上存在着种种分歧，他也会严肃认真地对待自己作为州辩护律师的角色，保护帕塔克州长的共和党政府在任期内免遭诉讼。对此，他的自由派支持者们深感忧虑。斯皮策到任时，纽约州检察院正在为学校经费拨款方案辩护，以免使宪法受到挑战。对学校经费计算基准提出质疑的是非营利性的财政公平运动（Campaign for Fiscal Equity）组织。该组织代表了纽约市成千上万户贫穷的家长们的利益。在瓦科的领导下，纽约州出资1,100万美元，聘请了亚特兰大一家律师事务所来为辩护打头阵。财政公平运动组织的支持者们敦促斯皮策根据意识形态来拯救自己，从而拯救自己的职位，以保住检察总长这顶乌纱帽。但是，这位新检察总长对此断然拒绝。与此相反，斯皮策将该工作带到检察系统内部处理。斯皮策的工作人员提供证据说，纽约州为纽约市的教育系统提供的资金补助——在该教育系统下，市里对每个学生所收的款项总额比纽约州其他的学校少——达到了宪法所规定的要求。当检方辩护律师在中级法院赢了一轮时，斯皮策甚至给上诉律师们做了一场祝贺式演讲，以鼓舞士气。根据戴维·阿克辛（David Axinn）——协助为该案件辩护的一位律师——的说法，斯皮策说他感到"特别地骄傲，因为接手了这个官司，而且打赢了"。最终，州最高法院做出了有利于家长的裁定。作为对这一案件的答复，斯皮策为《纽约时报》写了一篇评论文章，提出资金资助计划，号召方方面面共同努力。但是，斯皮策的建议遭到了帕塔克的拒绝，该诉讼案只好又回到法庭。尽管财政公平运动组织提出很多抗辩，但是斯皮策继续为纽约州辩护。"我有义务代表纽约州，为纽约州辩护，我必须这么做，这是我的任职誓言。"斯皮策解释说，"其实在我的内心深处，我想的可能是，'你懂什么？在这一案件中，我希望为纽约州辩护不是我应尽的职责'。但是我不得不这么做。这就是工作。"批评家指责斯皮策是块软骨头。他们特别指出，斯皮策的两位前任，罗伯特·艾布拉姆斯（Robert Abrams）和路易斯·J. 赖福特库维茨（Louis J. Lefkowitz）曾经拒绝过为与他们意见相左的政策做辩护，例如，纽约州发展曼哈顿西岸的"西路"（Westway）计划①。但是，

---

① 规划师罗伯特·摩西（Robert Moses）的想法。他负责大部分的城市重建和高速公路修建计划，

华尔街"警长"——埃利奥特·斯皮策

斯皮策和检方工作人员坚持自己的主张。他们坚决宣称自己在努力避免将职责政治化,并通过身体力行、亲力亲为而为纽约州节省经费开支。最后,甚至连财政公平运动组织的首席律师迈克尔·瑞贝尔(Michael Rebell)都被斯皮策的行为所打动。"我发现自己虽然激烈地反对他所担任的职务,但是通过亲眼目睹斯皮策为案件辩护的整个过程,我对他产生了由衷的敬意。"瑞贝尔说,"他坚定忠诚,始终如一,宁折不弯。我想,这是职业道德使然吧。"

当谈到检察总长办公室的公共辩护职能时,在遵循自己的信念方面,这位新检察总长认为自己心底光明坦荡,问心无愧。从奥丁格尔(Ottinger)到赖福特库维茨(Lefkowitz)到艾布拉姆斯,激进的纽约州检察总长虽然自命不凡,但是都秉承着一个光荣的传统:在20世纪20年代,奥丁格尔检举了有价证券欺诈行为;在50年代,赖福特库维茨做出了具有开创性的决定,开始代表人民利益,对几家公司提出诉讼;在80年代,艾布拉姆斯开展了多州反垄断运动并为环境立法提案。斯皮策开始探索自己的道路,他将所有这些线索串联起来。"埃利奥特终结了错误的传统,尽管因为历史悠久之故,人们尊重这些传统或坚持这些传统,即检察总长必须在州辩护律师、人民的辩护人、刑事司法领域和行使民法权利之间做出选择。"为四任纽约州检察总长工作过的反垄断律师帕米拉·琼斯·哈勃(Pamela Jones Harbour)如是说。目前,哈勃在一个规模不大的过渡团队工作,帮助斯皮策就检察总长办公室的职责和审理中的案件做简短通报。"他知道如何强化各方力量,如何相互支持。"

斯皮策就是怀着这样一种希望:将各种力量与他的人事选择融合在一起。虽然他选择的几个高层人员因为不想去一个一直都被看作合法,但却是死水一潭的地方冒险而拒绝了他,但是一想到检察总长办公室可能成为发动民主党进行立法提案活动的根据地,其他被选定的人的心情就无比激动。斯皮策的过渡团队招兵买马,聘请了许多在任和前任联邦检察官和纽约州检察

这些计划将导致一些社区的分割甚至动迁。该计划在1985年被迫放弃。阻止曼哈顿低等级高速道路修建的斗争及长达25年之久的反对曼哈顿西部一条主要的高速公路的斗争,使城市规划者深切体会到社区反抗的力量不可忽视。——译者注

第三章 当家做主 激动人心

官，让他们负责一些并非以刑事案件为重点的领域。这意味着很多担任公职的人，包括斯皮策本人，要习惯于做出公开指控，然后采取后续措施，进一步调查，以使证据达到刑事定罪的高标准要求（刑事定罪无可置疑的原则）。"作为一位前刑事检察官，你对举证责任（burden of proof）要有更精当的理解。"斯皮策的第一助手米歇尔·赫什曼说。赫什曼是前联邦检察官，现在签约受聘为斯皮策的副检察总长。"检察院对监管人员的要求很高，条件非常苛刻，要求有灵活应变之才，且能应对自如。"她补充说，"检察官也是那种一旦掌握证据就不会害怕冲锋陷阵的人。"态度上的改变让一些私人律师事务所的民事法律顾问深感震惊，因为他们习惯于过去用调解的方式来与对手打交道。

在最早接受聘请的公诉人中，有一位是艾瑞克·迪纳罗（Eric Dinallo）。迪纳罗来自曼哈顿区检察长办公室（Manhattan District Attorney's Office），是高级白领犯罪专家。在曼哈顿区检察院，迪纳罗曾经指控一家名声不好的经纪公司巴昂公司（A. R. Baron）的高管有罪，并最终赢得了诉讼。迪纳罗是纽约布鲁克林区（Brooklyn）①人，说起话来直言不讳、一针见血。他胸怀大计，与斯皮策的一位副检察总长蒂特瑞驰·斯奈尔（Dietrich Snell）——也就是办公室喊他蒂特（Dieter）的——在工作面试期间，就将这一点说得清清楚楚。与其他应聘者不同的是，实际上，迪纳罗已经通读了纽约州一般商业法的全部条文。一般商业法亦即《马丁法案》（Martin Act）②，该法案是以早已被遗忘的共和党的发起人路易斯·M. 马丁（Louis M. Martin）的名字来命名的。虽然

---

① 纽约五大区之一。它人口之多，约250万；面积之广，有250平方公里，都是五大区之最。假如纽约各区是独立城市，那么布鲁克林就是排在洛杉矶、芝加哥之后的人口第三多的城市，可算美国面积第四大的城市。对许多布鲁克林人来说，布鲁克林就是纽约，连口语也被说是布鲁克林英语。更有人说，典型纽约人锐利难缠和活力拼劲的语言，假如不是在布鲁克林出生，也肯定是在这个社区中熏陶出来的。政界人士和当地民权领袖爱说，美国人中，每七个便有一个的根可追溯到这儿；布鲁克林是杰出人士和诺贝尔奖得主的摇篮。——译者注
② 《马丁法案》是纽约州的一般商业法，制定于1921年。该法案准许检察总长在调查金融舞弊案时拥有额外的权限。按照《马丁法案》，接受问案调查者没有权利协商和自我辩护。《马丁法案》曾数度修正强化内容，其罚责比多数州和联邦的证券法更加严厉，对欺诈者可同时施以民事及刑事处罚。——译者注

1921年的法令在制定时被认为缺乏权威，缺乏力量，但是迪纳罗将注意力集中在后来的修订内容上，因为后来的修订加强了法案的内容和权威力量，给予了纽约州检察总长不同寻常的额外权限去展开调查，允许检察总长采取严厉的措施，制裁犯财政欺诈罪者。当曼哈顿区检察院办公室受权限制约，只能使用《马丁法案》的刑事方面时，法律则赋予了检察总长全部民事权限：他有权发出传审传票，有权拘捕经纪人和投资银行家，并押交法庭等处进行盘问、审讯或公开问询等。还有，与美国证券交易委员会（SEC，Securities and Exchange Commission）主席和美国司法部（Justice Department）的部长们不同的是，纽约州检察总长不需要详细说明下一步打算做什么，是否要进行刑事指控或者提请很容易证明的民事案件。同样鲜为人知的是1926年发生的一起诉讼案，即人民无线电通信公司诉联邦无线电通信公司（*People v. Federated Radio Corp.*）案，进一步加强了检察总长的权力。因为《马丁法案》称，如果有价证券销售者故意做出处置失当的决定，那么不需要任何证明就可以执行该法案。在大多数州和联邦诉讼案中，处理白领案件最棘手的问题常常就是如何证明被告具有"欺诈意图"。有了《马丁法案》，纽约州检察院检察官就能轻而易举地跨越这一障碍。他们甚至不用证明证券实际上已经易手，也就是说，只要被告制订了敲诈某人的计划，就能充分说明他们已经触犯了该法案。迪纳罗声称，手中掌握着这些广泛的权力，检察总长就能够成为，而且应当成为保护中小投资者利益的坚定力量。对于推荐聘任迪纳罗一事，斯奈尔印象尤其深刻。"这个家伙很了不起，"斯奈尔对赫什曼说，"对于《马丁法案》的运用，他脑子里确实装着很多创造性的理念。"

即使这样，斯皮策上任的第一把火——唯金融机构是问，并不是出自迪纳罗的提议，该诉讼也没有使用《马丁法案》。1999年1月18日，星期一，在宣誓任职刚刚过去还不到三周时，斯皮策在《纽约时报》上看到一篇关于三角洲融资公司（Delta Funding）的文章。三角洲融资公司是位于长岛的房屋净值贷款（House Equity Loan）公司。在布鲁克林区，那些拥有秘密房产的人

第三章 当家做主 激动人心

声称,该公司发放高利息、高额管理费贷款,一旦借贷人不能支付费用,公司就会取消他们赎回抵押品的权利,如此一来,借贷人就会蒙受巨额损失。小马丁·路德·金纪念日(Dr. Martin Luther King Jr. Day)[①]那天,斯皮策和他的民权局(Civil Rights Bureau)新局长小安德鲁·塞里正在去往一家黑人教堂的路上。"看看这个,我们得追查一下这些人,看看到底是怎么回事。"斯皮策边说边给塞里看了这篇文章。文章上的负面言论促使新上任的纽约州检察总长开始采取行动。一个传统的民主党人可能会将精力集中在就业歧视(Employment Discrimination)和一些积极行动(affirmative action)上,而斯皮策最关心的则是经济机会,以确保资本主义制度对每个人都行之有效。早在几周之前,斯皮策分派塞里做民权工作时就提醒过他:"我想让我们把精力都集中到关注经济歧视上来……我们这些可怜的乡里乡亲无法获得资金。"

正常情况下,纽约州立银行业务部对银行业务规则和贷款实务具有管辖权。但是塞里和斯皮策通过对20世纪70年代民权法的新用,发现了一条介入三角洲融资问题的新通道。三角洲融资公司是纽约州最大的房屋净值贷款公司,实际上把持着纽约市少数族裔居住区的所有银行业务。"他们只在黑人居住区办理贷款业务。"塞里记得,"欺骗黑人群体,贷款公司可真算是找到了好捏的软柿子。"只在黑人居住区办理贷款业务,这可能使三角洲融资公司潜在地违反了《平等信用机会法》(Equal Credit Opportunity Act)的相关条款。因为最初颁布《平等信用机会法》时,法案禁止银行对某些社团搞经济歧视,即拒绝在黑人居住区贷款。另外,该法律还禁止银行因为种族不同而对不同社区区别对待,厚此薄彼。在调查中,三角洲融资公司否认自己有不当行为,并给出证据说,公司只是给那些不能在其他地方办理信用证明的人发放贷款。塞里发现,公司的业务经营方式存在着问题,而三角洲融资公司主管人员拒绝对存在的问题进行整改。6月中旬,几周的调停谈判因此而最

[①] 为纪念美国民权运动领袖小马丁·路德·金(1929—1968)而设的纪念日。1984年1月,总统罗纳德·里根签署法令,规定今后每年1月份的第三个星期一为美国的马丁·路德·金全国纪念日以纪念这位伟人,并且定为法定假日。——译者注

终破裂。于是，塞里只好去见斯皮策。在概述了案情之后，塞里表示想提起诉讼，征求斯皮策的意见。"咱们手里掌握证据了吗？"斯皮策问负责公共辩护的副检察总长斯奈尔。在确信他们确实掌握了证据之后，斯皮策批准了这一诉讼案件："掌握了证据，就开干。"他很喜欢这句口头禅。

于是，他们给《纽约时报》打电话，向他们提供独家新闻：第二天，检察院将对三角洲融资公司提起诉讼。两个小时之后，三角洲融资公司的律师打回电话来。他们说，我们想调停。那一夜，双方绞尽脑汁，经过仔细斟酌，敲定了一个原则上的协议计划：三角洲融资公司支付600万美元赔偿金，改变业务经营方式，同意检察院对融资公司正在进行的监管。虽然三角洲融资公司否认自己的错误行径，但是同意改变保险业的指导方针，以确保在借贷者还款之后给他们留下足够的生活费。这样一来，事情就变得错综复杂了。在与斯皮策拟订了这个尝试性的协议两个月之后，三角洲融资公司突然宣布退出协议，声称他们已经就同一业务条款与纽约州立银行业务部达成了另外一个协议。虽然这一协议要求支付的数额更大——1,200万美元，但是纽约州立银行业务部对三角洲融资公司未来的业务经营限制要少得多。当听说三角洲融资公司与银行签订了另外一个协议时，斯皮策正在北卡罗来纳州度假。消息一出，斯皮策立刻火冒三丈，正搜肠刮肚地寻找字眼来描述满腔的愤怒之情，这时眼光恰巧落在厨房的操作台上。操作台上有一堆三明治配料。他说，这一协议就是"一块瑞士硬干酪（Swiss Cheese），协议中的各种例外规则压倒了一切本应该提供的援助"。同一天，检察总长办公室对三角洲融资公司提起民事诉讼。斯皮策与纽约州立银行业务部之间一场争夺势力范围的战斗因此而打响了。银行业务部一方由州长乔治·帕塔克的一位任命者带领，斗争持续了一个月，最后各方仔细斟酌，敲定出一个让银行监管机构和斯皮策双方都满意的协议。三角洲融资公司将支付1,200万美元，但是还要按照斯皮策的要求，在开展业务的26个州中改变贷款业务的运作方式。

三角洲融资公司一案，只是新检察总长走马上任后初试牛刀。对于那些尚持观望态度的人来说，在接下来的七年里，在斯皮策所取得的各种骄人业绩中，这一案件只不过是斯皮策所采取的工作方法的一个风向标、一个简单预报而已。接下来，斯皮策通过睿智而巧妙地给媒体泄露信息，将旧有的惯例新用，化腐朽为神奇，促进了经济机会的平等。同时，斯皮策工作起来兢兢业业，不辞辛苦，也是对其他监管机构工作不力的一个中肯、公开的批评。塞里记得，三角洲融资公司一案代表了斯皮策工作的很多方面，是斯皮策工作的一个"缩影"。这一案件的处理，预示着很多大案要案即将到来。与他的同事和前任相比，斯皮策的眼界更宽，目标更高，任务更重，道路更远。在一定程度上，根据自己作为一名反垄断主义律师的各种经历，斯皮策认为，传统守旧的"新联邦主义"理论已经改变了法律体系，检察总长办公室的职责就是要对此做出一定的反应。新联邦主义理论当时在最高法院和其他地方获得了推动力，因为它主张中央政府可以逾越职权。严格说来，很多调整职能属于州官员的监管范围。像大多数的进步主义者一样，斯皮策最初也带着怀疑的目光和戒备心理来看待新联邦主义的兴起。因为进步主义者们认为，联邦主义掩盖了保守党为削弱或者消除保护消费者、工人和环境的国家法规而做出的种种努力。

但是现在，斯皮策和他的第一副检察总长、最高法院前职员普里塔·班沙（Preeta Bansal），却正准备做出积极回应，开始先发制人。斯皮策告诉他的工作人员，如果美国宪法确实为各州保留了权力，那就应当存在着检察院可以接受的抗辩或者能够辩护的很多问题。"从第一天起，我就开始打算谈一下联邦主义，结果大家都认为我疯了，人们对我翻白眼，不以为然。"斯皮策回想起当时的情况，显得有点无可奈何。1999年6月，当他在联邦主义者协会（Federalist Society）举行的一个全国性会议上发言时，他极力推行自己的观点，发出了自己所认为的第一个公共警告。那时，联邦主义者协会拥有25,000名保守派成员，他们几乎全部畅所欲言，直言不讳地赞成各州保留权利。作为座谈小组的一名成员，斯皮策谈到了州指控烟草公司和微软公司的诉讼案件。他告诉大家，他同意保守派关于最高法院已经改变了法律环境的观点。"这些法律权力远离华盛顿、远离联邦政府、远离华盛顿特区，需要进行重大的重新分配，回到各州。"斯皮策评论道。但是，他接着补充了自己的个人看法："所以，这样看来，是否想涉足那片空白就在于各州了……全美国的检察总长能够——不仅仅是能够，而且必须——进一步涉足那片空白，以确保加强法律准则，不管是关系到健康问题，还是关系到反垄断或者是公共道德建设等方面的问题。"斯皮策一而再再而三地强调这番话，听众中的保守派要么被他的言论吓得目瞪口呆，要么被他的建议吓得面如土灰。

事实上，是否每个人都给予斯皮策的发言以极大关注，这一点并不清楚。因为斯皮策仅仅是座谈小组的几位州官员之一，其他的发言人更有名望。会议记录的副本中没有任何证据能够证明所有听众都对斯皮策的发言感兴趣，并要求他详细地解释他的观点和看法。几个月后，当斯皮策试图为联邦主义的自由论证提出充分的学术证据时，他甚至在理论上都没能成功地证明出来。当时，他和工作人员撰写了一篇评论文章。他们在文章中指出，现在各州有义务通过诉讼和管理条例来逐步增加并促进进步人士的解决方案。他们将文章提交给《纽约时报》，结果稿子被退回了。法律总顾问班沙精心地润色了文章中的大部分语言，建议试一试别的办法。她说，如果斯皮策能将他的理念付诸实施的话，再借助于联邦主义理论来解释一下自己的观点，那么媒体就有可能报道他的研究结果。

1999年秋天，斯皮策第一次冒着极大的风险进入了本该属于联邦政府的管辖范围。毫无疑问，他的行动确实引起了广大联邦官员、各能源公司和记者们的关注。斯皮策的目标是州际空气污染问题。过去，在很大程度上，这一领域由美国环境保护署管辖。斯皮策的做法使环保署与他新组建的环保小组之间关系紧张起来。1999年年初，联邦空气质量强制执行人员因为工作不力，后来换了领导人，由克林顿任命的卡罗尔·布朗纳（Carol Browner）领导。环保署大力推进限制烟雾和煤烟的空气质量新标准，联邦上诉法院以过于严格为由，在5月份宣布拒绝接受该标准，同时还宣布，环保署宣布的这些规章制度是违反宪法的，因为起草新的环境章程的应当是国会，而不是环保署。

第三章　当家做主　激动人心

环保署要求东部和中西部22个州减少氮氧化物排放量,也在同年5月份被联邦上诉法院驳回。联邦上诉法院的干预致使最终审判结果悬而未决。从布法罗到圣何塞(San Jose)的报纸都纷纷发表社论,称环保署"热情过分"、"武断专制",共和党领导人一门心思想着浴血大反击。"那时,国会的大多数人对我们深恶痛绝,都想采取点手段拆我和我们环保署的台。"布朗纳回首往事,禁不住慨然感叹道。

在这种情况下,如果环保署打算取得进展,那就需要另辟蹊径。空气质量执法小组已经做好准备在空气污染方面大做文章,因为空气污染导致了烟雾和酸雨。如果这条路子行得通的话,法律政策将会给各种公用事业公司施加压力,要求旧燃煤发电厂安装新的污染控制系统,而在此之前,燃煤发电厂则逃避了严格的监管。但是,这一努力无疑会招致众多非议。为了获胜,环保署打算说服一名联邦法官将《清洁空气法案》的条款以一种新的、不同的方式应用到发电厂。于是,环保署空气质量执法部(AED, Air Enforcement Division)主任布鲁斯·C.巴克特(Bruce C. Buckheit)便去外面寻找合法盟友。在关注酸雨和烟雾的环境保护团体以及各州官员中,他们有没有愿意参与环保署已经规划好的诉讼案的呢?纽约看起来倒是一个很不错的下手之处,因为在艾布拉姆斯的领导下,纽约州检察总长办公室已经建立了一个强制执行环境保护的传统。此外,巴克特与斯皮策的环保署主任彼得·雷纳(Peter Lehner)私交甚笃。雷纳是纽约市和自然资源保护委员会(Natural Resources Defense Council)的前律师,他说他之所以同意加入斯皮策检方办公室,只是因为新检察总长曾保证过自己对"有压力的工作感兴趣,能啃硬骨头……"。

1999年春天,巴克特和雷纳约定在斯皮策曼哈顿办公室附近的一家餐馆吃饭,讨论环保署的诉讼策略问题。策略的前提非常简单:在《清洁空气法案》的指导下,环保署的有关规定为目前存在的工厂和发电厂制定了最低的健康标准和安全标准,但是却要求新的污染源要满足高得多的要求。这些规定都是假设发电厂随着行业设备的老化,会逐步以新的、清洁的发电厂取代旧的、肮脏的发电厂。但是20世纪90年代中期,这样的代替似乎不会自然

69

而然地发生。环保署的有些官员确信，公用事业公司会以例行的维护保养为幌子，私下里悄悄地对自己的旧电厂进行全面检修和升级换代。联邦执法者认为，如果他们能证明公用事业公司已经对重要的大型发电厂进行了升级换代（在规章制度中叫作"修正"），极大地提高了二氧化硫和一氧化氮的排放，那么他们就能用一条称为"新资源评价"的规则来强迫公用事业公司在旧发电厂里安装具有现代技术水平的洗涤器和其他污染控制设备。于是，环保署调查人员花了两年时间，彻底排查了由联邦能源管理委员会（Federal Energy Regulatory Commission）提交备案的所有许可证数据库。结果发现，有20多家发电厂（大多数都在中西部和南部）。已经进行了主要的财政投资，正在计划着长久地运营发电厂，这些发电厂的污染排放量也正逐年增加。不过，还存在着一些不同寻常的、有争议的问题：电力公司总是提供证据称，应当根据每个小时的污染排放量来对它们进行评判，而且应当视情况而定，根据年排放量的增加来处理这些问题。

上述情况立即激起了雷纳和斯皮策的热情。帝国州（Empire State）[①]已经厌倦了居于遥远的污染的接收端。对于清理掉中西部发电站那些以牺牲东海岸为代价来保护发电站周围居民的1,000多英尺高的大烟囱来说，这一新的策略似乎是最好的办法。但是几个月的时间过去了，看起来似乎风平浪静，什么事情都没有发生。作为联邦机构的行动惯例，环保署的诉讼案要由美国司法部（Justice Department）重新审查。布朗纳和其他环保署官员反复声称，他们制订了一个全国性的综合执行计划，该计划能经得起国会的批评。"作为管理机构的负责人，我可以负责任地说，任何事情我们都会谨慎对待，一丝不苟。"布朗纳回忆道。

在斯皮策和很多环境保护主义者看来，布朗纳看起来好像在拖延时间或者因为有所顾忌而畏首畏尾，不敢采取行动；他们逐渐变得不耐烦起来。"纽约能停放任何一辆车，能关闭任何一家工厂，却偏偏不能还空气本应该有的

[①] 美国纽约州之别名。——译者注

干净、清洁。"雷纳说,"我们想做的事情很多,不只是可怜巴巴地恳求联邦政府采取点什么措施清洁空气。"雷纳早年担任纽约市环境执法者的经历为他提供了某些可供借鉴的经验。以前那个时候,城市官员们认为,纽约州没有能够对州北部的污水处理厂采取严厉措施,致使其污染了城市的水库。所以在20世纪90年代初期,根据联邦《清洁水法案》(Clean Water Act)公民诉讼条款的规定,雷纳环境执法小组直接对污水处理厂提出诉讼,这让人们大吃一惊。现在,说到中西部燃煤发电厂,《清洁空气法案》与《清洁水法案》的相同条款看来似乎为雷纳创造了同样的机会。"类似的条款看起来很有说服力。我们所要做的就是找到证据。"雷纳说。一旦雷纳的环保小组找到证据,斯皮策就会"坚决果断地下达命令,'咱就这么办'"。

9月份的一个上午,布鲁斯·巴克特接到雷纳打来的一个电话。"我很不想告诉你,但是……"雷纳迟疑着说。斯皮策已经开始行动。其时,他正在举行记者招待会,宣布已经通知了中西部17家发电厂,称纽约州准备对他们的污染问题提起诉讼。"空气污染自己是不知道还存在着边界的。"斯皮策在记者招待会上说。这些诉讼案都以环保署的理论为基础,即发电厂在进行重要的升级换代时,因为没有安装排放清洁器而违反了《清洁空气法案》,但是起诉遵循的是公民诉讼案的模式,也就是雷纳为清洁水诉讼所提出的模式。之所以提起该诉讼案有两个目的。斯皮策后来解释说,检察院不仅要整顿纽约的空气净化问题,而且也要鞭策环保署进一步采取更广泛的行动。"我们需要把环保署往前拽一把,在这些案件上,环保署有点优柔寡断。"斯皮策肯定地说。

通常情况下,上述问题属于环保署和国会的直接管辖范围。现在斯皮策竟然来插上一杠子,电力界的官员对此愤愤不平。要知道,他们需要安装数百万美元的污染控制装置。这样一来,他们自然认为斯皮策修改调控规则的诉讼不公平。"从历史上来看,我们所做的一直都是进行维修,所以不同意对这些设备进行升级换代,自然也不同意将这些换代设备看作《清洁空气法案》要求下的新排放源。"位于俄亥俄州哥伦布市的美国电力公司(American

华尔街"警长"——埃利奥特·斯皮策

Electric Power）的派特·海姆莱普（Pat Hemlepp）说。辛辛那提能源公司（Cincinnati-based Cinergy）的一位发言人史蒂夫·布拉什（Steve Brash）称，这类诉讼案"虽然在东北部地区持续不断，但是25年来，这还是首次将空气质量问题归罪于其他地区"。许多环保署官员感到遭受了意外打击。斯皮策认为，环保署害怕对电厂提起诉讼，而环保署里有五六个人对斯皮策的这一看法提出质疑，而且他们认为斯皮策提起诉讼是想上新闻头版头条。"对我们来说，邀请他们加入我们在沙箱般狭小拥挤的地方参与游戏，然后让他们猛烈抨击我们，这样实在不是明智之举。"巴克特说。

不过，诉讼达到了斯皮策预期的目的。1999年11月3日，环保署和美国司法部就17家发电厂提起诉讼，这距离斯皮策的声明只有六周。不仅如此，他们还把握主动，通过采取行政行为对另外七家发电厂提出抗议。这七家发电厂属于联邦田纳西河谷管理局（Tennessee Valley Authority）。正所谓"不打不相识"。从提起诉讼时起，环保署官员们就发现，把斯皮策看成一个盟友要更容易一些。斯皮策在会议上或记者招待会上露面时，他看待问题不仅更全面、更深刻，而且还派遣了一个居于全国领先地位的、由40名律师组成的环境执法小组，援助10名科学家进行环境科学研究。随着克林顿政府执政结束的日渐临近，联邦监督机构也认可了这位新当选的检察总长，认为他可能比自己干得更长久。"我不断地寻找出路，（以确保）我关心的事情会继续下去，即使执政的是共和党政府。"布朗纳回忆说，"有埃利奥特·斯皮策的参与，是事情圆满完成的一条途径。"

1999年，对华尔街的执法问题并不在新检察总长的日程表之首。当时，股票市场形势大好，呈现出一片繁荣景象。热点问题是暴力犯罪，而不是白领阶层的失当行为。甚至聘任投资保护局的主任艾瑞克·迪纳罗这样的事都不值得宣布——迪纳罗的名字只是在关于环境执法小组的新领导的那篇新闻稿的末尾被一笔带过而已。在外人看来，迪纳罗所拥有的权力机构就是一潭合法的死水，处于孤立落后的停滞状态。因为十几年来，投资保护局一直把精力集中在低层次的策划者——玩些鸡鸣狗盗的小把戏的证券经纪人和"锅炉房"(Boiler Room)[①]身上，他们推动着不值钱的、毫无投资价值的低价投机股票。华尔街剽悍的各界名流则属于证券交易委员会和联邦检察官的管辖范围。例如，20世纪70年代，为检察总长赖福特库维茨工作的调查人员曾经利用《马丁法案》找到证据，声称投资银行通过人为的因素操控 IPO 的价格，使之飞速上涨。但是，检察院把发现的问题移交给了证券交易委员会，而没有自己提起欺诈行为诉讼。"证券交易委员会有足够的权力，我们不想花费力气重复同样的工作。"赖福特库维茨的助手戴维·克勒曼（David Clurman）回忆说，"谈到重大问题，我们认为，我们所要做的就是将问题指出来，找到一个全国性的而不是纽约州的解决方法，这是我们的工作。"即使是在迪纳罗在曼哈顿区检察院办公室提起的巴昂公司诉讼中，在对与所涉及的华尔街大名鼎鼎的公司提起诉讼时，证券交易委员会在案件中也是唱主角。赫什曼和斯奈尔两人都是从美国纽约州南部地方检察官办公室（U.S. Attorney's Office for the Southern District of New York）来到检察总长办公室的，他们相信，以前的同事会对华尔街的越轨行为，例如内幕交易（insider trading），在刑事方面有更妥当的处置措施。但是，在纽约州北部，联邦检察官并没有这样警醒的头脑，或者并没有意识到证券欺诈行为。赫什曼和斯奈尔告诉迪纳罗和他手下的十几位律师，在纽约北部和西部展开深入调查，看看是否能有什么重大发现。"我们感到哪里存在着真空，就立即着手对哪里展开调查。"赫什曼记得当时的情况是这样的。

1999年6月，通过谈判，迪纳罗的团队与牛奶厂的一伙农民达成了一项100万美元的协议。当时，这些农民在毫不知情的情况下，投资了一家由隶

[①]《锅炉房》是一部关于金融诈骗的商战电影，由本·杨格导演，文·迪塞尔、本·阿弗莱克主演。电影讲述了一个年轻的经纪人通过欺骗，为自己牟取暴利，但最终敌不过良心的谴责和法律的惩罚弃恶从善的故事。主要内容是：J.T.马林经纪公司的核心办公室被员工们称为"锅炉房"。正是在这间"锅炉房"里，年轻的经纪人们通过电话为信赖他们的买主兜售股票，帮他们炒股。而他们所得到的报酬是豪华公寓、法拉利和更多连他们自己都想象不到的奢华礼物。正当他们以惊人的速度实现着梦想时，法律惩罚也正一步步逼近。——译者注

属于纽约共同保险公司（Mutual of New York Insurance Firm）的代理商提供的欺骗性金融计划。"我们走投无路了。"那伙牛奶厂农民的头头鲍勃·戴格特（Bob Dygert）对奥尔巴尼的《时代联合报》（Times Union）说，"有人能这样主动为我们提议，帮助我们，我们激动得不知如何是好。"几个月后，迪纳罗的投资保护局利用《马丁法案》，对两位大都会人寿保险（Metropolitan Life Insurance）公司的前代理人提起诉讼，指控他们欺诈45名西部纽约人500万美元，其中大多数是老人。检察院称，这起诉讼案属于纽约州西部最大的欺诈案之一。对迪纳罗来说，这些案件在他所破获的最满意的案件之列。"帮助那些受害者，真是一种无比美妙的感觉。我们把支票递还到真正的主人手里。"但是该案件既没有刊登在纽约州南部的报纸上，也没有在电视台播放。当地的有些新闻报道几乎连斯皮策的名字都没有提到。

但是，当谈到在线交易这个热点话题的时候，投资保护局引起了新闻报道的另外一番关注——斯皮策的一段视频甚至出现在CNN上。紧跟着发生了几起引人注目的新兴互联网代理商的衰退与倒闭案件，例如，电子交易金融公司（E*Trade）、宏达理财公司（TD Waterhouse）等等。在《马丁法案》思想的指导下，迪纳罗和他的工作人员利用手中掌握的权力，从七家在线代理商那里搜集数据，撰写了长达200页的调查报告，详细地描述了在互联网投资中所遇到的意想不到的困难，包括订购货物和实际交易之间的时间间隔、费用不够公开、理解起来存在一定困难，以及淡化风险和夸大潜在回报的广告等等。迪纳罗鼓动在线代理商投资一个50万美元的投资者教育计划，该计划是美国证券业协会（SIA，Securities Industry Association）举办的。协会详细地陈述了日间交易及其他在线投资方式所拥有的各种优势和意想不到的困难。但是相对来说，斯皮策比较谨慎地盯着自己的目标。他敦促证交会和代理商考虑新的信息披露规则，进行更严格的监督，而没有通过提起诉讼来迫使他们直接做出改变。

1999年，检察总长对另一个敏感话题的处理也同样反映出他审慎从事的态度：纽约市长鲁道夫·朱利安尼大肆渲染要采取严厉措施，打击犯罪，镇

第三章　当家做主　激动人心

压犯罪。人们认为，朱利安尼把少数族裔作为攻击目标是不公正的，并对此提出了指控。社区领导人也牢骚满腹，抱怨了好多年。纽约市警察署不再对大量黑人和拉美裔行人搜身。警察们争辩说，他们只是想抓住坏人。但是少数族裔领导人认为，这其实是种族歧视在作祟。这种无声的压抑和愤怒在2月份突然爆发，演变为彻头彻尾的敌对性斗争。当时，街头犯罪专案（Street Crime Unit）组的四名中坚分子向一位没带武器的非洲移民阿玛度·迪亚罗（Amadou Diallo）开了枪，并连续射击，打出41颗子弹，将他射死在位于布朗克斯大楼的家门口。在射杀迪亚罗的过程中，在市政厅（City Hall）外面还布满了严密的警戒哨。事件发生后，联邦司法部开始对射击事件展开调查。

与社区领导人会面之后，斯皮策将他的高级职员召集到一起，讨论自己是否能够参与这起案件的调查和审理。作为民权局的主任，塞里担任小组领导，他告诉斯皮策，他有两个选择。他可以"对着墓地吹口哨——故作轻松，让一切逐渐平息"，或者可以提起一件重大的民权案件的诉讼，以证明"这是系统性的"，即警察经常将目标瞄准少数族裔，是不公正的。

斯皮策对此小心谨慎。"让我们设想一种场景，"他告诉塞里，"你提起诉讼，你拉来了……一位自由派的法官，他说，'你说得对，他们将目标瞄准在少数族裔身上是非法的。你赢了。那么现在告诉我，我们怎样来纠正这个问题呢？你想得到什么呢？'"

"嗯，这……啊……是很复杂，"塞里支支吾吾地承认，"我拿不准我们开庭要做些什么才能真正地解决好问题。"

"法庭就是寻找法律补救措施的。如果不知道火车开往何处，我就不能上车。"斯皮策说。于是，这位新检察总长找到了第三条途径：检察总长办公室将到现在为止一直是感性认识的情感争论促成了无可辩驳的事实。塞里和他的工作人员审查了17.5万份"盘查"（stop and frisk）①表格。因为警察每次

---

① 拦阻（stop）和拍触（frisk）是盘查制度的两大基本内容，二者分别属于扣押和搜查，理应接受司法审查。美国联邦最高法院首次将合理性标准引入刑事司法领域，在衡量、比较相互冲突的个体权益和政府利益之后，肯定了盘查制度的正当性。盘查制度的正式确立，特别是合理性标准在刑事司法领域首次取代相当理由，在美国法律界引发了诸多争议。——译者注

华尔街"警长"——埃利奥特·斯皮策

搜查完一位百姓后,都要求他们填写表格。根据1999年12月公布的一份汇报推断,在一些少数族裔居民区,黑人和拉美裔人因被怀疑带有武器而被拦挡下来的可能性是白人的两倍。少数族裔因为人数少,被拦挡而遭到拘捕的可能性也相对较小——街头犯罪专案组每拘捕1人要拦挡16.3个黑人,但是只拦挡9.6个白人。即使有这样的证据在手,斯皮策还是对起诉持有实质上的异议。"如果我们认为没有解决措施的话,就不要提起诉讼。"他解释道。

而在检察总长曼哈顿办公室,劳工律师帕特里夏·史密斯(Patricia Smith)正不动声色地仔细观察着新上司的一举一动。她在检察总长办公室已经工作十年了,她亲眼目睹了为工人承诺辩护的盛衰。纽约州恪守着一个深厚的保护工人的传统——在纽约州的法案中,光劳动法就有足足五卷本,其中有很多可追溯至进步时代(Progressive Era)①的卷宗。对于史密斯来说,瓦科执政的岁月是让人沮丧的。因为共和党不仅在意识形态上对很多劳工诉讼案冷漠无情,而且他所任命的人都是对劳动法知之甚少或者一无所知的监督者和边缘律师。纽约州的劳工部(Labor Department)也是由共和党人领导的,他们强调自觉自愿地解决与工人之间的争端,这导致罚款较轻,让检察总长办公室出庭辩护的诉讼案件也是寥寥无几。到1999年,史密斯指望能摆脱这种状况。"我们都这么指望。"她说。

在竞选期间,斯皮策对劳动问题几乎没有涉及;对纽约州的劳动法,他懂的甚至更少。但是他向史密斯保证,他会与众不同。"他带着对移民的同情走进来,还给人一种感觉,就是不公平是非常恶劣的。"史密斯回忆说。她的新上司还说,他同意长达一个世纪之久的进步主义的观点:当易受伤害的人们——劳动诉讼案中的工人——受到那些本该更明白事理的人的剥削的时候,政府有责任插手。斯皮策告诉史密斯,他想让检察总长办公室自己提起诉讼,并给那些旧的劳动法注入生命活力,而不是坐等帕塔克政府出台对工

---

① 是美国国家制度建设历史上一个具有关键意义的转折时期,其历史背景是美国工业化所产生的种种经济和社会问题的爆发。——译者注

第三章　当家做主　激动人心

人的劳动保护措施。"埃利奥特说，走出去，自己去提起诉讼……我们如何才能使劳动市场运转良好，他有整套的理论。"史密斯说，她在墙上还张贴着一张富兰克林·德兰诺·罗斯福具有开拓精神的劳工部长弗朗西斯·帕金斯（Frances Perkins）的海报。斯皮策任命史密斯为劳工厅厅长，并且告诉她，如果她认为谁不能胜任就可以炒谁的鱿鱼。史密斯解雇的一位律师后来被证明在政治上有民主党的政治背景，但是不管怎么说，斯皮策都支持史密斯炒他的鱿鱼。

后来，在1999年秋天，一个来自马里的名叫玛玛都·卡马拉（Mamadou Camara）的年轻人决定要表明自己的立场。卡马拉是曼哈顿一家超市的送货员。他的工作就是把杂货以及顾客所购买的其他物品从商店送到顾客的公寓，这一工作虽然辛苦繁重，但却是超市为顾客提供的基本服务。这些"脚夫"推着满载货物的四轮金属手推车，穿梭于这个城市的大街小巷。是他们，成年累月，历经严寒酷暑，走过春秋冬夏，在一个大多数居民没有小汽车的城市里，使购买大宗货物成为可能。但是，这些送货员自己却收入微薄。他们经常是每送一次货，得到1.25美元。一天工作12小时，一周6天。有些送货员扣除了在商店租用手推车的费用后，加上小费，一天干下来，拿回家的只有15美元。卡马拉30岁，以前当过银行出纳员，会说四种语言。现在他干了五年的送货员，眼看着孩子就要出生了，自己可以升职做调度员，但是他厌倦了。于是，他游说了将近100多位送货员，在上西区（Upper West Side）[①]水果店、西68街食品大百货店（Food Emporium at West Sixty-Eighth Street）和百老汇（Broadway）等地的外面进行示威游行，抗议商店的低薪酬、长工时。由于罢工人员对条约草案没有信心，他们也害怕受到打击报复，于是屈服了。在整个抗议过程中，他们始终保持着克制，没有过激行为。在一张布告标语牌上，写着几个让人触目惊心的大字：我们是奴隶，我们求解放。当雇用送货员的官方次级承包商威胁说要解雇每一个与罢工有牵连的人时，罢工

---

① 纽约市曼哈顿区的一个街区，介于中央公园和哈德孙河之间，第59大道西大街以北。——译者注

失败了。"我想我们太天真了,"卡马拉说,"我们本以为人们知道我们受到怎样的剥削时会表示出愤慨之情,事情会出现转机的。"

史密斯和斯皮策注意到了这一事件。斯皮策做过暑期临时日工,这使他比他的大多数邻居能更清醒地认识到,上东区之所以受到悉心照料,是因为有了那些收入微薄的移民工人。没有移民工人,他们根本就不可能有舒适的生活。对于史密斯来说,送货员的生存境况只是一个缩影。在其背后,类似的问题与日俱增,极端恶劣的例子也司空见惯:有名气的大公司,例如超市连锁店,签订了转包合同,将粗活转包出去。当转包商支付的工资被指比法定最低工资额还要低时,大公司对此只是睁一只眼闭一只眼,佯装不知。此类问题屡见不鲜。在20世纪30年代和40年代,服装制造业为逃脱进步时代保护工人的法令条例,就将计件工作转让出去,然后声称对由此产生的血汗工厂的状况自己没有责任可负,因为工人都是独立承包人。这种做法现在似乎已扩展到服务行业、农业和建筑业等其他行业。史密斯想阻止这种现象继续蔓延。"工作外包确实导致了恶劣的工作条件,它直接来源于早期的服装业。"史密斯说。仅仅对直接雇用卡马拉及其同事的转包商的送货业务提出诉讼是不够的,因为这样做不能改变整个行业的做法。史密斯和斯皮策都这么认为。他们打算从杂货店和超市连锁店下手,揭穿他们欺骗工人的伎俩。于是,史密斯重提1946年美国最高法院审理的一起案件。该案件的具体情况是:一名工人在密歇根州的一家工厂清洗窗户,虽然这位洗窗工是通过一个次级承包商雇来的,但他和工厂里清洗地板的工人享受一样的待遇,因此联邦超时规定对他同样适用。"虽然他们在独立的合同下工作,但是他们受到雇用之后所做的工作是相同的,仅凭这一点,也不应该将雇佣工人排除在这些法律条款范围之外。"法庭维持这样的观点。

这一判例几十年没用过了,但是斯皮策却不在乎那么多。他告诉劳工律师"努力争取"。大约在卡马拉进行抗议三个月之后,2000年1月,斯皮策检方办公室对食品大百货店及其母公司和送货服务等提出诉讼。纽约州法院指控送货员每小时只有1.25~1.75美元的薪水,远低于政府要求的每小时3.20美元、外加小费的最低工资。一家支持这一诉讼的机构，即全美就业法律项目组（National Employment Law Project），一直在独立调查这一案件，在联邦法院也提出了类似的诉讼。食品大百货店的所有者即A&P公司①想调停，但双方在调停数额上产生了争执。史密斯的审计师估算，商店欠400名送货员320万美元。但是，法律项目组的辩护律师认为，工人们应得报酬将近2,000万美元。斯皮策以个人的名义参与了谈判，态度非常坚决。"他给他们确定了一个数字，而且即使遭受来自外界让他提高那个数字的压力，他依然坚持不变。"史密斯说，"这给了A&P公司一定的信心。我们并不是专横跋扈，只是一味地要求抬高前欠的工资。"在2000年12月，A&P公司同意给大约400名送货员支付300万美元。尽管对协议的范围还没有达成最后的一致意见，但是全美就业法律项目组的起诉监督人凯瑟琳·洛克肖斯（Catherine Ruckelshaus）说的都是斯皮策的好话："检方办公室确实在劳动和工人问题上比其他任何州都胜出一筹。"她说，"我告诉法律项目组的唯一一件事情就是，总而言之，和他在一起工作你不需要完全掌握控制权。如果斯皮策办公室宣布，'好吧，手头的活计我们已经完成了，这个（解决办法）就是我们所需要的'，那你就改变不了什么了。"

　　集中力量研读旧法律，使之适用于新问题，这是斯皮策和他的助手们屡试不爽的策略。就在史密斯提起关于送货员的那起诉讼案时，斯皮策的另外两名助手也在仔细梳理法律判例，试图通过惯例来寻找处理完全不同的问题的新途径：在非法枪支和街头犯罪之间，到底存在着怎样的关系？虽然近十年来谋杀罪的比率一直在下降，但是很多纽约人仍然对因为毒品的刺激而导致的暴力犯罪心有余悸。20世纪80年代，毒品暴力犯罪在整个纽约市泛滥猖獗。尽管纽约州的枪支管制法非常严格，但是对于犯罪分子持枪的限制力

---

① 即泛大西洋暨太平洋茶叶公司。创办于1859年的A&P公司是一家食品杂货店，连锁业的开山鼻祖。从1936年至1972年，该公司一直是美国连锁超市的领跑者，领导超市连锁36载。目前，它仍然是美国五大超市连锁商之一，排名全美零售商前15名。——译者注

度并不大。在帝国州,要求抵制枪支和枪支制造商的呼声日益高涨。受共和党控制的国会早就阐明不会批准新的国家枪支控制立法。于是,斯皮策决定看看是否能够采取什么措施,迫使枪支制造者出售安全一点的枪支,并密切监视那些购买枪支的人。

作为前检察官,斯皮策及其官员们都明白,枪械制造者对他们自己制造的产品将会产生什么后果的了解要比他们偶尔泄露的秘密要多得多。美国烟酒枪械管理署(ATF,Bureau of Alcohol, Tobacco and Firearms)要求,对枪支的每次合法转手都要保留相应的交易记录。不管什么时候,只要警察或者美国联邦调查局(FBI)执行人员发现有与犯罪行为相关的枪支,调查人员就可以打电话给制造商,查明枪支是在哪里购买的。由此作为线索可以追查到批发商,再从批发商那里继续追查,一直到具体的经销商。所以,枪支管制的支持者称,对制造商来说,想弄清楚哪些批发商和经销商出售的枪支最终落在犯罪分子手里并不是很困难的。的确,在2000年,烟酒枪械管理署发布了一项研究报告。该报告发现,1%的经销商将枪支出售给公众,在他们出售的枪支中,有57%用于犯罪活动。从枪支经销商到犯罪分子手里这一通道非常之短,令人吃惊。在大多数州中,只要个人愿意,他们想怎么购买和转售枪支都可以,根本不需要做任何记录。这条规则是产生代购枪支者(straw purchaser)①和其他非正式枪支市场的经济诱因。而对此纽约几乎没有多少统计数字。对费城(Philadelphia)地区的研究发现,大约15个月以后,在售出的手枪中,有一半买主至少还要购买另一支手枪;在所有售出的手枪中,有将近1/5的买主还要至少再购买四把手枪。一位名叫艾利萨·巴恩斯(Elisa Barnes)的律师,在布鲁克林代表七起枪击案的受害者提起集体诉讼。她提供证据称,枪支制造商将他们的产品漫不经心地推销到市场,犯了过失罪,因为这种做法助长了暴力,扶植了非法的地下手枪交易市场。1998年年底,

---

① 代购人,购销枪支的时候,有前科或者其他问题的人不便于直接去买枪,于是他们便找一些没有购枪记录,且有固定职业和收入的所谓"良民"去买,然后再回购,即"坏人"找"好人"代购枪支。

第三章 当家做主 激动人心

新奥尔良和芝加哥也提起了它们自己的枪支诉讼案,其他社区也在积极地制订计划,准备采取同样的措施。但是还没有哪个州真正开始执行。

起初,斯皮策给他的大学老友卡尔·梅耶尔布置了一项任务,让他提出一个在纽约州可能行得通的法律理论。卡尔·梅耶尔现在在特别法律顾问办公室工作。梅耶尔赞成制定无所不包的、基础广泛的法律条款,包括反垄断侵犯、产品责任、过失行为和妨害公共安全等等,涉及各种各样的问题。但是,斯皮策的另一个副手彼得·蒲柏(Perter Pope)——像斯皮策一样,他也给斯威特法官做过法务助理,在曼哈顿区检察院工作过——的观点是,确定一个有可能以期望中的方式发展的单一目标。根据蒲柏的观点,提出反垄断诉讼是行不通的,因为看上去不存在非法勾结的问题,追究产品责任也达不到目的,因为并非枪支存在缺陷,枪支质量都非常好。艾利萨·巴恩斯和她所代理的枪击暴力受害者起初在过失罪的辩论中进展顺利,在1999年2月赢得了陪审团裁决。但是,蒲柏对此持怀疑态度。他认为,这一胜利可能还需要经得起上诉的考验。

看起来能满足这一问题的答案应该是妨害公共安全理论。妨害公共安全理论允许某个州或者城市提起诉讼,以迫使某个公司采取法律补救措施,从而减轻或消除对公共健康和公共安全造成的威胁。梅耶尔从戴维·凯瑞斯(David Kairys)那里获得了帮助。戴维·凯瑞斯是天普大学(Temple University)①的法律教授,当时凯瑞斯正就这一诉讼案件与芝加哥和其他几个城市合作。凯瑞斯解释了他所阐述的理论的一些优势:一般来说,妨害公共安全诉讼中的原告是政府,政府想保护一般性公共健康,而不是因某一具体的特定事件而获得赔偿金。这一优越性将特定的制造商和特定的犯罪联系起来的问题最小化了。凯瑞斯认为,斯皮策的检方办公室提起的诉讼可能比其他城市的办公室提起的诉讼要有力得多,因为纽约州检察总长负有特别的法律责任来保护公共健康、维护公共安全。"事实上,最有说服力的案件在芝加

---

① 位于费城市中心稍北,是美国东部著名的学府之一。——译者注

哥，因为他们已经进行了研究（证明非法枪支的来源）。但是，从法律角度来讲，就哪一起案件看起来最有说服力而言，还要看埃利奥特提起的诉讼如何。"凯瑞斯说。斯皮策对比表示认同，特别是检察总长办公室的政策研究者明迪·巴克斯坦（Mindy Bockstein）发现1907年的法律曾明确地宣布过携带非法枪支就是妨害公共安全之后。

但是，斯皮策心里明白，该诉讼绝非一件十拿九稳的事情。枪支行业从来没有在同类案件上败诉过。"这只是一个理论上的大胆设想……我们明白，与枪支制造商谈判了一年的时间，这一点已经充分说明该理论是多么盲目了。"蒲柏说。他们行动的第一步就是试图将具有一定规模的枪支公司与那些不可靠的公司区分开来，后者通常制造9毫米口径的廉价枪，就是众所周知的"火环"，帮派们偏爱这种枪支。斯皮策的手下给枪支制造行业安排了一系列的会议，向他们解释检方已经计划好要提起的诉讼，并提议与属于下列情况的公司达成协议：同意安装安全锁；限制非批发性的购买者一个月只能买一支枪；最重要的是，一旦经销商具有销售枪支给进行犯罪活动的人的历史记录，就要拒绝向此类经销商出售枪支。

在枪支会议上，斯皮策的言辞非常激烈。他以一种自我标志性的方式，直截了当地列出了枪支制造商不达成和解协议的种种不利后果。他说，在全国各大城市和各州中提起的枪支诉讼将会是成千上万，耗资巨大。他甚至警告葛洛克公司（Glock）[①]的副总裁保罗·贾努佐（Paul Jannuzzo）说，如果葛洛克公司不签署斯皮策称之为"行为规范"的协议，那就等着"让公司破产，让律师来敲门吧"。斯皮策的工作人员个个都很乐观，因为斯皮策取得了很大进展，特别是几家制造商还与蒲柏秘密会面，讨论如何确定并排斥那些与犯罪有关的经销商的方法。"他们说，'我们确实明白这些意思；在其他城市和其他州，也确实到了你们该提起诉讼的时候了'。"蒲柏说，"这给人

[①] 由工程师格斯通·葛洛克（Gaston Glock）创立于1963年的公司。葛洛克手枪已经发展成为具有4种口径、8种型号的葛洛克手枪族，并被40多个国家的军队和警察装备使用。特别是在美国，它占据了40%的警用自动手枪市场，基本型葛洛克17式手枪成为现代名枪之一。——译者注

一种我们关系非常非常密切的感觉。"1999年9月底,在华盛顿,枪支行业的代表与斯皮策、康涅狄格州(Connecticut)的检察总长理查德·布鲁门萨尔(Richard Blumenthal)以及许多城市已经提起诉讼或正在提起诉讼的各位代表坐在了一起。有些参加会议的枪支制造商热情地赞扬这样的会谈具有历史意义。

回想起来,当时枪支制造业的代表说,就达成广泛协议的前景而言,斯皮策和枪支管制的倡导者都是在自欺欺人。"我们与他们见面,并向他们解释说,他们在这个问题上如何如何错误。"一家主要行业协会全国射击运动基金会(National Shooting Sports Foundation)的法律总顾问劳伦斯·基恩(Lawrence Keane)说,"很容易看得出来,这些人对枪械行业一无所知。根本不存在达成协议之类的讨论。"斯皮策主张促成所有城市和各州达成全国性的协议,面对这样的主张,很多枪械制造商反应冷淡。"他没权力这么做。"基恩说。尽管如此,各方仍然同意确定在2000年1月在拉斯维加斯(Las Vegas)①再次召开多州会议,会议时间与美国射击、狩猎和户外用品展览会(Shooting, Hunting, Outdoor Trade Show)的行业年度会议一致。

克林顿政府听到会谈的风声,也想参与其中。美国住房和城市发展部部长(Secretary of Housing and Urban Development)安德鲁·库莫(Andrew Cuomo),当时正盯着纽约州州长的竞选。12月7日,库莫告诉《纽约时报》,白宫方面正在考虑联邦枪支诉讼问题。第二天,利用召开记者招待会的机会,他公开邀请各州和枪支制造商,"让所有人都聚在同一间屋子里,围坐在同一张桌子旁,看看我们能否想出一个综合性的解决办法。如果不能,那我们就准备走诉讼的路子"。虽然斯皮策是从报纸上而不是直接从库莫本人那里得知他对枪支管制问题的兴趣,但是他却公开表示出对联邦政府参与此事的欢迎。后来,库莫与斯皮策会面,他们两个帮助各城市和各州的原告组织了另一场华盛顿会议,以结成统一战线。白宫方面想参与枪支制造商与斯

---

① 美国内华达州东南部一城市,邻近加利福尼亚州与亚利桑那州的分界线。是重要的旅游城市,以其赌场而闻名。——译者注

华尔街"警长"——埃利奥特·斯皮策

皮策的直接谈判时,意想不到的新问题出现了。行业代表们及其华盛顿联盟对此坚决反对。斯皮策,他们是能够与之对话的,但是克林顿,他们已经憎恨多年,不想与他的人会面。库莫和白宫的高级助手加大了赌注,其实是想通过这种方式告诉斯皮策检方办公室,没有我们,你们就不能去参加2000年1月份的美国射击、狩猎和户外用品展览会行业年度会议,你们是不能将你们的总统晾在会议室外的。斯皮策很不情愿地退出了拉斯维加斯会议。

三个月以后,蒲柏接到了一家枪支制造商打来的电话,告诉他库莫在暗地里捅了他们和其他州及地方政府一刀,辜负了他们的信任。(在接受采访时,库莫对很多问题都避而不谈。)住房和城市发展部部长——没有事先告知斯皮策——秘密地向几个挑选出来的制造商提出建议。金牛(Taurus)[①]国际枪支制造公司的总裁鲍勃·莫里森(Bob Morrison)虽然不感兴趣,但是他说,在拒绝了库莫的第一次提议后,他接到了库莫的私人电话。在电话中,这位住房和城市发展部部长提出了一个交易。"如果我们能加入进来的话……"莫里森说,"他会让我们绝对受惠,与我们签订大量的政府合同,从我们公司购进更多的武器。"莫里森拒绝了库莫的提议。但史密斯威森(Smith & Wesson)[②]军械制造公司的总裁艾德·舒尔茨(Ed Shultz)却对此产生了浓厚兴趣,如果这一交易包括斯皮策和其他城市所做出的保证,就可以撤销那些已经计划好了的、悬而未决的诉讼。蒲柏和斯皮策匆匆赶往华盛顿,参加了与史密斯威森的会谈,决定公开斯皮策一直在研究的一个构想——利用政府的购买力来回报那些愿意制造安全枪支并能限制销售地点的制造商。2000年3月16日,斯皮策宣布,纽约州与地方政府联手,共同抵制那些不遵守他的"行为规范"的枪支制造商。

[①] 巴西一家获得版权特许生产贴牌轻武器的顶级知名兵工厂。在枪支中大量使用钛金属。拥有多项技术专利。它的名产品 PT99 就是翻版意大利贝雷塔 92F9MM 手枪。——译者注
[②] 是美国最大的手枪军械制造商,由美国人贺拉斯·史密斯(Horace Smith)与丹尼尔·威森(Daniel B. Wesson)于1855年建立。总部位于美国马萨诸塞州的斯普林菲尔德。史密斯威森公司以制造左轮手枪闻名于世。——译者注

第三章 当家做主 激动人心

第二天，在美国总统椭圆形办公室（Oval Office），斯皮策作为小组的一员，宣布史密斯威森军械制造公司从州、地方和联邦诉讼获得保护为交换条件，成为第一家同意改变产品设计和交易方法的枪械制造商，侧面呼应克林顿总统。当克林顿谈到协议上关于营销部分的内容，即斯皮策的主要关注点，并宣布"如果经销商销售的枪支过多地出现在一些犯罪案件中，公司将会切断所有这些经销商的销售"时，坐在听众席中的斯皮策和蒲柏，心照不宣地对视了一下，露出了会心的笑容。

后来，安德鲁·库莫理解了斯皮策的购买联盟，并将其看作是全国范围内的。3月22日，斯皮策参加了一场记者招待会。会上，库莫宣布有28个城市和州同意控制警械，同意从史密斯威森军械制造公司或者其他任何一家坚持"行为规范"的制造商那里购买警械。斯皮策是第五位发言的。他走向扩音器，大胆地做出预言：联合购买力会让其他的制造商紧步后尘："我们有能力把他们挤兑得像一把钳子，并对他们说，'我们拒绝你们进入最重要的市场'。他们可以把所有产品都销售给具有全国步枪射击运动协会（National Rifle Association）会员资格的人，但是我们的购买力更强大。"

这一协议激怒了枪械业和枪支持有者。史密斯威森军械制造公司发现自己被排挤出了行业会议，销售量也直线下跌。3月30日，斯皮策、布鲁门萨尔和联邦贸易委员会（Federal Trade Commission）宣布他们开始展开反垄断调查，看看史密斯威森军械制造公司是否受到主要批发商和经销商的不正当排挤。枪械业对此针锋相对，用4月份的反垄断诉讼进行反击，宣称由斯皮策和库莫促成的购买联盟"是许多自我任命、妄自尊大的当选官员的非法尝试，这违反了一个合法的、负责任的行业的基本权利"。几天之内，联盟成员放弃原来的主张，说购买优选权纯粹是公共关系，他们并没有停止从其他枪械公司购买产品的计划。（在9个月后，即2001年1月，枪械行业自动撤销了该诉讼。）

2000年6月，斯皮策只能提起自己的枪械诉讼，这样的结果实在令人扫兴。32个城市，包括纽约市，比纽约州抢先一步，先发制人。纽约市将史密斯威森军械制造公司作为被告,把库莫的住房和城市发展部协议愚弄了一番。斯皮策的指控乏味而牵强。它试图将1997年8,340支被纽约州警察没收的手枪和同年1,234起枪杀死亡事件联系起来。指控称,从美国烟酒枪械管理署发布的非法枪支使用的公告来看,枪械制造者赫然出现在"公告栏上"。可是,他们却继续设计对罪犯具有吸引力的枪支,继续将枪支销售给那些全然不顾自己售出的枪支以杀人来结束自己的历史使命的批发商和经销商。"总而言之,被告知道自己的枪支有相当大的一部分成为了犯罪分子手中的武器,但是他们却对此视而不见,听而不闻,以牺牲掉许多人的性命和以更多的人的痛苦为代价来增加利润。"

诉讼没有取得任何进展。法官几乎在一开始就不认可斯皮策的团队有权使用枪械业的记录或者美国烟酒枪械管理署的数据来帮助证明诉讼中的证词,即制造商对非法枪支的泛滥起到了推波助澜的作用,所以拒绝受理该案件。宣判称:"被告制造法律许可的、无缺陷的产品,遵守有关的规章制度。这距离非法使用手枪构成公共妨害还有一段距离……原告宣称被告负有广泛的责任,必须提供更多的事实,以证明被告以某种方式造成手枪危害的结果。"法官也驳回了斯皮策的团队挖掘的1907年的法律,声称该法律只是重申了非法枪支是一种公共妨害,但是这并不证明枪支行业因存在非法枪支就应受到谴责。

其他州没有起诉过枪支行业。虽然布鲁门萨尔考虑到这一点,但在决定提起诉讼之前,在康涅狄格州的法律下,他还没有提起过任何类似的诉讼。(尽管城市诉讼案泛滥,但是自2006年年初起,在美国还没有哪个地方的法庭要求枪支制造商改变市场运营情况。)没有进行任何指控,针对枪械业联合抵制史密斯威森军械制造公司的反垄断调查就这么烟消云散了。"事情的事实是,我们没有提起诉讼。"布鲁门萨尔说——调查和谈判都是在他的办公室领导下开展的。这场较量给枪支业的代表留下的印象就是对斯皮策的鄙视。"他想要的就是记者招待会,我们就不给他这个满足愿望的机会。"行业协会的律师劳伦斯·基恩说,"我们成功了,因为那些指控是错误的。他们低估了那些高管人为此事斗争的决心。"

这次失败给了斯皮策及其团队三个沉痛的教训。第一，现在他们知道必须小心别人在背后挖自己的墙脚，即使是同监管者和意识形态领域的盟友在一起。"我们明白了你要料想到会有其他的监管者参与游戏，但是你无法预测他们怎么个玩法。"蒲柏说。第二，他们发现，当他们的对手在经济上非常脆弱、不堪一击的时候，舆论压力能发挥更大的作用。"在华尔街，斯皮策进去，查出了各种各样的问题，他们都屈服了，因为你不能有那种负面形象；"枪支管制律师艾利萨·巴恩斯（Elisa Barnes）评论道，"而当他试图干预枪支制造者时……他们才不在乎这个纽约州检察总长怎么想的呢。斯皮策只不过是在他们面前来来回回晃动的一张脸而已，他们拒绝退让，哪怕是一丝一毫都不肯。"第三，也是最重要的，斯皮策的团队学会，在他们试图通过谈判解决问题之前，要确保自己手里已经掌握了不可辩驳的事实。"现在，我们首先将诉讼案件整理在一起，然后再开始谈判，在这方面已经颇有技巧了。现在，我们在详尽彻底的调查之后，坐下来，我们说，'这就是我们得到的。你打算怎样处置它？'"赫什曼说。

在此期间，斯皮策根据他的实践经验和反复讨论以及与助手们的争论，正在提炼他对联邦主义的个人观点。2000年春天，当他在纽约年度法律日（New York's Annual Law Day）庆祝会上再次提起这个话题时，他实际上怀着炽热的激情。"关于各州的权利问题，尽管我当初对联邦主义持怀疑的态度，但是在我当上纽约州检察总长的那天，我觉醒了，我对联邦主义顿悟了。"斯皮策说，"作为非国家行为者的一分子，现在，我把这个变化看作是法律独创和革新的重要机会。……新联邦主义事实上已经解放了非国家行为者的双手，使他们再次成为创造力和主动性的中心，就像各州在上个世纪进步时代所表现的那样。……对于一个纽约人来说，现在是一个激动人心的时代。"

2001年，投资保护局越挫越奋，越战越勇。迪纳罗和工作人员提起的诉讼案规模越来越大——他们正悄悄地向曼哈顿和华尔街的大人物伸手。5月，斯皮策开始接手到目前为止最大的案件，即发生在长岛的一起罕见的2,500万美元的硬币诈骗案。这次，检察总长办公室灵活地使用了《马丁法案》，对26人和5家连锁公司因经营"锅炉房"——施以高压销售运营手段而提出刑事指控。在这次案件中，将近1,000人受骗。被告欺骗受害人将存款投入标价过高的硬币上。有些受害人损失多达75万美元。该案件是《马丁法案》的一个经典援用案例。迪纳罗经过两年的调查证明，销售人员会以恶性膨胀的价格提供硬币，并向投资者承诺，他们能"以相当大的利润"将硬币转手卖掉。对于那些对此表示怀疑、要求再做评估的人，会有所谓"独立的"经销商来向其提供帮助，而这些经销商实际上做的是同一种销售运营工作。"这些硬币是真的，但是关于销售、运营等其他一切事情都是谎言。"斯皮策告诉媒体，"这些被告是坏中之坏，恶中之恶。他们专门物色老年人下手，骗取他们的信任，窃取他们的退休储蓄金。"

帕特里夏·史密斯的劳工厅也采取了有效的抵抗措施。2001年3月，劳工厅办公室宣判玛丽·月·邓（Mary Yue Cheung）有罪，赢得了将近十年来第一起对血汗工厂经营者的重罪定罪。因为玛丽·月·邓伪造工资记录，但却没有支付给位于服装区（Garment District，纽约曼哈顿区内服装工厂和时装商店林立的街区）的金之泰服装厂（Kimtex Fashion）工资。送货员的问题从食品大百货店扩大至几家其他大型超市和杂货店连锁店，让斯皮策初步领略到拥有财富和后台是个什么样子。格瑞斯特德日用食品公司（Gristedes Foods）主席约翰·A.卡西马蒂斯（John A. Catsimatidis）是纽约州最大的民主党捐赠人之一，当他发现斯皮策正在调查自己时，大为不悦。"他们在不明确的法律程序下调查我们，我们感到很不公平，因为这些送货员不是我们公司的员工，"卡西马蒂斯说，"他们都是非法外来人，没有人歧视他们。虽然他们可能没有使用最低工资制，但是他们平均每周挣500美元现金小费，而且免税。"卡西马蒂斯要求和斯皮策面对面地交谈，但是每次约谈时斯皮策都邀请史密斯参加，每次斯皮策都拒绝减少罚金数额。最终，食品公司同意签署325万美元的协议解决问题。卡西马蒂斯声称自己遭到了暴力抢劫："你不得不了结这些案件。没人愿意遭受全面审判。在诉讼费用上，审判的花费也少不到哪里去。更何况，你还有可能败诉。"

到2001年年底，反歧视性案件——那些由检察总长办公室独立提起诉讼的案件——的数量自1998年即瓦科在任的最后一年起翻了三倍，一年150多起。移民团体和劳工权益倡导者逐渐将纽约州检察总长办公室看作一个会认真地对待他们的提议并能迅速而有效地按照他们的提议采取行动的地方。纽约州劳联—产联（AFL-CIO）主席丹尼斯·休斯（Denis Hughes）称斯皮策"不仅在我们纽约州，而且在全国范围内，重新定义了检察总长的职责，那就是，检察总长的职责在于加强工人的权利"。对斯皮策来说，劳工厅的案件体现了进步政府的目标。"这些工人是最不能代表自己的人……他们是很容易受到伤害的一群人，很容易成为他人的牺牲品。"斯皮策称，"他们按照法律规定，要求平等。本检察总长办公室所做的其中一件事情，就是证明没有人能够凌驾于法律之上，也没有人该被践踏在法律之下。维护那些被忽视的人的权利，这一点无比重要。"

第四章　背叛信任　义愤填膺

2001年9月11日上午，埃利奥特·斯皮策正在曼哈顿下城（Lower Manhattan，即下曼哈顿区）25层的办公室里工作。突然，他听到轰隆隆的剧烈撞击声。原来，是美国航空公司11次航班（American Airlines Flight 11）撞向了世界贸易中心的北楼。撞击地点距离他的办公室仅有100码远。斯皮策吃惊地盯着波浪般滚滚翻腾的浓烟，一时间惊呆了。16分钟之后，美国联合航空175次航班（United Airlines Flight 175）又撞向世贸中心的南楼。"我看到天空中的爆炸物猛冲过来，径直朝着我们办公楼的这个方向。当时，我们不知道窗子是否还能撑得住。"斯皮策说起当时的景象，记忆犹新。当政府当局开始疏散斯皮策所在的检察院办公楼——百老汇120号时，起初他拒绝撤离，因为他准备待在办公室，直到所有工作人员都撤出去之后再离开。他和办公室主任瑞驰·鲍姆一直守在那里，等候政府当局下达命令。这时候，南楼又突然发出轰隆隆的巨响，接着开始慢慢倒塌。这时，他们迅速撤离，朝着街

华尔街"警长"——埃利奥特·斯皮策

上跑去。刚跑出北楼,身后突然又传出轰隆隆的巨响,北楼轰然倒塌。庆幸的是,他们刚刚离开办公大楼。这时候,整个天空一片黑暗。斯皮策和他的助手们跌跌撞撞地穿过眼前弥漫的黑烟,快速地朝着住宅区的方向奔去。"当时的情形就像我们所读过的庞培城(Pompeii)①的故事一样。一切都埋在煤烟之中。"斯皮策说起当时的情形,似乎历历在目。他们到了纽约市中心的州长办公室,乔治·帕塔克看到全身披着灰尘的检察总长,放心地吁了口气,紧紧地拥抱了他一下。

检察总长办公室幸运地逃过了这一场劫难。虽然百老汇120号也受到不小的破坏,关闭了将近两周,但是在此工作的900名员工全都躲过了这一劫,幸免于难。几天之内,他们又从周围城市和各州办事处回到办公室上班。检察院工作人员特别警告捐助人,让他们在为袭击中的受害人捐款时,一定要提高警惕,小心欺诈行为。"将你所知道的事情汇报给组织,"斯皮策告诉《纽约每日新闻报》,"将可歌可泣的人或事也汇报给组织。"当"9·11"捐赠蜂拥而至时(据估计,本次捐赠最终数额达10亿美元),斯皮策深深地沉浸在当时的情感和气氛中。为确保袭击中的受害者确实获益,他废寝忘食,全身心地投入到工作中去。检查总长办公室的慈善局(Charities Bureau)已经承担起监督非营利组织运营情况的任务。养兵千日,用兵一时。如果说存在着某个时候该保证慈善工作运转良好的话,那么现在就是。

为了保证一切进展顺利,9月26日,斯皮策召集了一个由二十多家主要慈善机构参加的会议。会上,斯皮策要求他们通力合作。"当时我们说,你们看,我们对慈善机构有管辖权。我们不想告诉你们怎样使用这笔钱。我只想确保你们相互之间能够交流好、协商好。"斯皮策回忆起当时的情形,这样表达了自己的看法。然后,他宣布了各项计划,成立了一个援助袭击中受害者的中心数据库,仿照着在俄克拉何马城爆炸案②发生后的做法,高效地

① 位于意大利南部维苏威火山东南麓那不勒斯市东南23公里处,公元79年被火山喷发物掩埋。城市被毁时人口约25,000,是手工业和商业发达的海港,又是罗马贵族和富人的避暑地。——译者注
② 1995年4月19日上午9时4分,美国俄克拉何马城中心,"轰"的一声巨响,火光冲天,浓烟滚滚,响声和震动波及数十英里之外。瞬间,一座9层高大楼的1/3墙倒顶塌,爆炸共造成168人

第四章 背叛信任 义愤填膺

组织捐赠钱物的使用流程，防止欺诈现象的发生。斯皮策的参与立即招来了不少诘难，因为他忘了将自己的计划预先通知联邦紧急事务管理局（Federal Emergency Management Agency）。就连鲁道夫·朱利安尼也对斯皮策的做法持反对态度，称，负责管理协调工作的人应该是他这位纽约市市长，而不是斯皮策。更糟糕的是，美国红十字会（American Red Cross）已经筹集了5亿多美元的善款，到目前为止，这是最大的一笔捐款。但是，红十字会拒绝将这一款项投到数据库中去。红十字会会长伯纳丁·希利（Bernadine Healy）告诉记者说，她对中心数据库的建立，感到十分"震惊"，这竟然是斯皮策的建议！"如果人们认为我们打算把他们的名字列入某些大的数据库，他们就不会来我们红十字会寻求帮助了。"希利会长说出了自己的担忧。

斯皮策是不会接受与拒绝相类似的回答的。"建立数据库的逻辑非常简单。俄克拉何马城已经这么做了。……但是没有红十字会，就不可能顺利实施这个计划。"斯皮策说。于是，他起身前往华盛顿，与红十字会的法律总顾问就登记捐赠入数据库一事进行磋商，并招聘麦肯锡（McKinsey & Company）咨询公司来设计和管理该项目。管理的方式是设法解决并满足希利所说的关注受害者的隐私需要的问题。面对公众批评，斯皮策热情不减。但是私下里，他自己也心存疑惑。他曾经一度问妻子茜尔达："我是在干什么呢？这是红十字会，他们都是好人啊。"10月24日，红十字会掉转方向，宣布了自己的工作计划，加入中心数据库。

但是，斯皮策的任务并没有到此结束。几天之后，斯皮策从媒体获悉，红十字会正在考虑调拨募集的绝大部分款项，为"9·11"事件受害者们支付企业一般管理费用以及其他的事业经费。例如，为应对将来的恐怖袭击做准备。从去华盛顿磋商登记款项入库时，斯皮策就已经有所耳闻，红十字会还

死亡、500多人受伤。2001年6月11日，美国印第安纳州的特雷霍特重刑犯监狱将对6年前制造俄克拉何马大爆炸的顽凶蒂莫西·麦克维执行注射毒液的死刑。这是1963年来美国联邦政府首次恢复对死刑犯执行死刑。他将一辆满载炸药的车开进了俄克拉何马市政府一幢叫作阿夫尔莱德·默拉·巴尔迪的日间看护中心引爆。甚至连麦克维本人提起这宗惨案时也承认"是一场人间悲剧"。——译者注

华尔街"警长"——埃利奥特·斯皮策

在计划筹建一个豪华的新总部。因此,调拨款项一事立刻引起了他的怀疑。于是他威胁红十字会说,如果捐款挪作他用,检察院就要采取法律行动。"给红十字会捐款的人士和机构明确无误地宣布,他们所提供的资助一定要用在'9·11'袭击中的受害者身上。"斯皮策义正词严地指出,"作为一个慈善机构,你不能说为 A 目的募集款项,结果却用于 B 目的。"这一争议让斯皮策上了全国新闻,他被邀前往国会做证。在国会,他毫无保留地表达了自己的看法。对于红十字会款项的用途,斯皮策坦言:"从我个人的角度来说,对于红十字会这种前后矛盾的、相互抵触的说法,我感到很不舒服。"同时还补充说,红十字会作为一个慈善机构,这样的提议"意味着亵渎了美国公众给予他们的真诚美好的信任"。仅仅几天之后,红十字会就放弃原来的主张,承诺将募集的每一分钱都用到"9·11"袭击中的受害者身上。希利后来说,斯皮策使用了杰柯尔与海德(Jekyll-and-Hyde)①策略,他在"绝对魅力"和"操纵他人、让人惊恐"之间不断转换、摇摆。

与红十字会的斗争帮助斯皮策学会了几件重要的事情。美国人不喜欢受到欺骗,尤其是在钱的使用问题上。即使是深受他们喜爱的一个机构,即使这个机构赫赫有名,他们也会支持一个公务员来反对它的不合理做法,只要这个公务员占理,事实掌握在他这一边。在迫使做出改变方面,公众舆论的压力和采取法律行动的威胁会产生奇迹。在接下来的几个月里,从红十字会捐款事件中所得到的教益又发挥了作用:斯皮策开始与另一个更为强大的对手过招,这个强大的对手就是华尔街。

在2002年1月的头几周,艾瑞克·迪纳罗这位微不足道的检察院投资保护局局长,要求与上司斯皮策面谈。迪纳罗领导全局的律师,一直在为一桩有可能引起爆炸性效应的案件奔忙着。屈指算来,到现在已经将近有一年的时间了。

---

① 意为有两种不同面目或善恶双重人格的人。杰柯尔与海德是英国作家伯特·路易斯·史蒂威森所写的一部小说《化身博士》中的人物。故事讲述杰柯尔博士为了探索人性的善恶,将自己当作实验对象,研究发明了一种药,用药后便化身成为海德先生,博士把自己所有的恶念全部赋予了海德,结果导致人格分裂。——译者注

第四章　背叛信任　义愤填膺

该案件有可能导致检察总长办公室和美林公司的激烈冲突。美林公司是华尔街最大的公司之一。迪纳罗领导的投资保护局认为，自己已经掌握了确凿的证据，他们将提起一起诈骗诉讼案。该案涉及美林公司的一位股票分析师亨利·布罗吉特（Henry Blodget）。布罗吉特在耶鲁大学受过教育，是媒体的宠儿，他靠着正确地预测在线书商亚马逊将会达到每股400美元，于一个名不见经传的公司一夜成名。斯皮策的调查人员认为，他们能够证明布罗吉特发表了很多关于GoTo.com互联网公司的误导性研究报告。不仅如此，调查还表明，美林公司牵扯到的问题可能更多。引起他们怀疑的一个问题是所有的主要投资银行经营业务的方式。迪纳罗想从斯皮策那里得到指导，他想知道距离拿下这个案子的目标还有多远，困难有多大。毕竟，美林公司是一家知名的大公司，该公司在世贸中心遭到袭击时损失惨重。传统上，华尔街的大公司都是由美国证券交易委员会和纽约南区（Southern District of New York）的联邦检察官所负责的。

　　对美林公司进行调查的事情，斯皮策已经不是第一次听说了。早在一年多以前，调查就已经开始了，斯皮策对此一清二楚。当时，迪纳罗和他的副手罗格·沃尔德曼（Roger Waldman）正在起草一份2001年事务执行计划的顺序清单。迪纳罗和他的投资保护局审理了两年的"锅炉房"式案件，追查的诈骗案相对来说规模都比较小，他们觉得不过瘾，正雄心勃勃，想干一番大事情。他们知道，那些将钱都投在20世纪90年代的技术类股票上的中小投资者们输得连裤子都赔上了。斯皮策的观点是让市场公平化，这是众所周知的。考虑到这一点，投资保护局的律师们期待作为上司的斯皮策检察总长能出些难题。在证券生意中，是不是有的公司欺骗了投资者，辜负了他们的信任？《纽约时报》的几篇文章激起了沃尔德曼的兴趣。在这些文章中，其中有一篇引证了查克斯投资研究公司（Zacks Investment Research）对8,000份调查报告的研究。这篇研究报告是一位股票分析师写的，他在一家投资银行从事标准普尔500指数（Standard & Poor's 500 Index）[①]公司方面的工作。研究

[①] 即 S&P 500 Index，是记录美国500家上市公司价格行情的一个指数。这个指数由标准普尔公司创建并维护。标准普尔500指数覆盖的所有公司，都是在美国主要交易所，如纽约证券交易所、

华尔街"警长"——埃利奥特·斯皮策

报告显示,只有29份报告推荐投资者"卖出"。迪纳罗回想起去年10月份发生的一件事情。当时,在餐桌上闲聊时,他父亲接到了华尔街一家大牌公司主动打来的陌生电话。电话是在向未谋面的准客户推销股票。股票经纪商在电话中称,他们是根据机构内部研究分析师的建议而推荐的。为什么像美林公司的杰出分析师布罗吉特、花旗集团(Citigroup)的杰克·格鲁曼(Jack Grubman)、摩根士丹利的玛丽·米克(Mary Meeker)等人没有警告他们自己的经纪人,市场已经开始转变了?他们是真的相信互联网,还是什么东西影响了他们的判断?"股票分析师推荐这些股票的时候,他们有什么利益在里头呢?"迪纳罗的父亲大惑不解,问道。迪纳罗将投资保护局2001年的工作计划呈交斯皮策时,"调查投资银行公司股票分析师"在名单上位列第二。斯皮策看了一眼工作计划,但是对该项目并未多加注意。"因为这个项目只不过是众多项普通调查中的一项而已,"后来,当斯皮策回忆起当时的情况时说,"事先没有任何预兆证明这是一个更重要的案件。这个案件和其他任何案件一样。你看,就是'让我们展开调查,看看到底会有些什么发现'。"

在斯皮策的领导下,检察总长办公室都是遵循几十年前有组织犯罪专家罗纳尔德·戈尔登斯德科所提倡的做法,按照常规来处理一些新问题。罗纳尔德·戈尔登斯德科是斯皮策在服装区黑帮案件中聘任的专家。斯皮策的工作思路是,首先试图搞清楚检察院正在调查的行业的组织结构,而不是漫无目的地开始口头审查或者发出传票进行传唤。在这起案件中,投资保护局开始寻找途径,将利益冲突分离出来,因为利益冲突可以解释为什么华尔街的股票分析师连篇累牍地发表如此乐观的预测。投资保护局的工作人员画了各种各样的关系图表,分析各家银行与其分析师分析的公司之间可能存在着怎样的关系。投资银行一直是凭借提供股票和债券、帮助技术企业募集款项来赚钱的。它们之间可能存在着什么样的交换条件呢?在华尔街公司曲折幽深的花花肠子里,斯皮策的团队又应该如何开刀,将工作的重点集中在什么地

纳斯达克交易的上市公司。与道琼斯指数相比,标准普尔500指数包含的公司更多,因此风险更为分散,能够反映更广泛的市场变化。——译者注

第四章 背叛信任 义愤填膺

方呢？

受命处理股票分析师问题的是新聘任的布鲁斯·陶普曼（Bruce Topman）。他想到了一个解决办法。陶普曼是检察院里年龄最大的辩护律师之一。此人衣着整齐，仪表堂堂，风度翩翩。陶普曼以前在企业当法律顾问，随着子女长大成人，便转向了公务员系统。他抓住了 IPO 这个关键性概念。在 IPO 中，投资银行通过帮助非上市公司首次向社会公众公开招股的方式赚钱。然后，投资银行的研究人员就新上市公司的情况进行报道。如果研究报告是肯定的，就会帮助提高股票的价格。"这是最明显的交易。"陶普曼解释说，"你给了我们 IPO，我们就给你进行新闻报道，因为在新闻报道方面没有记录历史，所以我们不需要改弦易辙，或者白费力气做重复性的工作。这个交易可谓天衣无缝。"

迪纳罗做出决定：投资保护局应当从美林公司和贝尔斯登公司两家公司下手，因为在这两家公司的法律部门他都有可以帮忙的熟人。这两家公司的名气也各不相同。人们认为，美林公司和它众多的散户经销商处于社会最上层，而贝尔斯登公司之前则面临着监管趋严的境况。迪纳罗在发出请求信息前，简要地向斯皮策确认了一下，以确保他的上司不反对对大名鼎鼎的华尔街公司展开调查。斯皮策给他开了绿灯。

后来，也就是 2001 年夏初，新闻报道帮助他们调整了调查工作的重点。最早的情况是，有一天，迪纳罗在乘地铁的时候，发现《华尔街日报》上发布了一条消息，内容是美林公司刚刚支付给一位名叫德比希斯·坎吉莱尔（Debasis Kanjilal）的皇后区（Queens）儿科医师 40 万美元，以了结医师对公司的指控。指控原因是由于亨利·布罗吉特热情洋溢的报道吹嘘，坎吉莱尔被骗购买并持有一家名为美国讯通公司（InfoSpace）[①] 的业绩正在下滑的网络公司的股票。美林公司支付这样一笔赔偿款意味着公司担忧某些事情。投资保护局对贝尔斯登公司的调查因此而暂时搁置。迪纳罗局里的另一位员工加里·康纳（Gary Connor）拜访了这位儿科医师的律师雅各布·扎曼斯基（Jacob

---

[①] 是一家拥有众多搜索引擎产品的上市公司，是实力雄厚的 ComScore 公司的子公司之一，美国著名的元搜索引擎公司。——译者注

Zamansky），尽管现在案件已经了结，扎曼斯基还是大体上向康纳讲述了一下事情的经过。

那是2000年3月，坎吉莱尔以每股122美元的价格购买了一家网络平台公司美国讯通公司57.1万美元的股票——这笔钱大部分都是现金，是他为女儿储蓄的大学教育费用。在接下来的九个多月里，他看到股票直线下跌，特别是看到公司内部人员抛售股票时，他更是心急如焚。但是，美林公司股票经纪人引用布罗吉特热情洋溢的研究报告，力劝他不要抛售。到了2000年12月，布罗吉特给股票降低评级时，股票价格已经跌至10美元了。扎曼斯基认为，布罗吉特之所以在报告中力荐这支股票，热情不减，是因为公司的代理报告中存在着某些更深层的东西。2000年7月，美林公司接受了另一家网络公司Go2-Net的聘请，该公司想通过股票互换交易把自己出售给美国讯通公司。如果交易正式完成的话，投资银行就可以从中获得1,700万美元的费用。但是，只有讯通公司的股票价格停止暴跌时，这种情况才会发生。直到Go2Net交易完成，布罗吉特在股票评级方面一直持正面态度。美林公司对扎曼斯基给予了秘密赔偿，而不是将布罗吉特关于公司方面的文件移交给他。"我一直在等着有人给我打电话。"扎曼斯基说。他还告诉康纳："给我发张传票，我会把我所知道的一切都讲出来。"大约与此同时，投资保护局的工作小组也看到了一组有关GoTo.com网络公司的媒体报道。GoTo.com和Go2Net无关，它是另一家驻加利福尼亚的互联网搜索公司。在2002年6月，该公司是被布罗吉特降低评级的为数不多的公司之一。这家互联网公司正式越过美林公司而挑选了瑞士信贷第一波士顿（Credit Suisse First Boston）[1]来处理即将到来的股票销售问题，这与布罗吉特降低评级是同一天。对此，报纸并没有进行报道。美林公司否认这两件事情之间存在着联系，但是迪纳罗的调查人员对此感到疑窦丛生。于是，陶普曼给美林公司发了传票，特别要求得到讯通公司

---

[1] 是一家成立于1856年的投资银行和金融服务公司，是瑞士信贷银行的投资银行部门，总部位于瑞士苏黎世。其母公司瑞士信贷集团是瑞士第二大银行，仅次于它的长期竞争对手瑞士联合银行。——译者注

第四章　背叛信任　义愤填膺

和 GoTo.com 公司的有关文件，包括布罗吉特的电子邮件通信。

调查结果比投资保护局所希望的要好。调查人员发现，他们能够重新勾勒出 GoTo.com 公司和美林分析师之间曲折的历史。这段历史可追溯至2000年9月。当时，资金紧缺的公司聘请了投资银行通过"私募"的方式筹集资金。私募资金是从欧洲大投资家那里筹款的一种方法。那时候，布罗吉特和他的助手并没有发表 GoTo.com 公司股票的报告，但是美林银行试图赢得 GoTo.com 公司的业务，于是承诺，如果美林公司达成协议的话，就会改变 GoTo.com 公司资金短缺的局面。果不其然，美林公司在2001年1月以布罗吉特的名义，发布了 GoTo.com 公司的第一个分析报告。该报告称，在未来的12个月中，将股票评定为3级（中性）（共5级），长期投资者为"1"（买入）。但是当一个共同基金经理给布罗吉特发了关于新报道的邮件，问"除了银行的高额酬金，GoTo.com 公司还有什么让你们这么感兴趣？？？？"时，布罗吉特回答说："没什么了。"调查人员还发现，那些用于评级的数字等级是分析师和投资银行家之间你来我往愤怒论战的产物。美林的银行家们要求股票分析师给股票"2-2"的评级，这样的评级在美林公司意味着无论短期投资还是长期投资都要"增持"。但是，给布罗吉特当助手的柯尔斯滕·坎贝尔（Kirsten Campbell）在一封电子邮件中抱怨说，她不想"再忍受这种受操纵的管理方式，向原则妥协了"。坎贝尔说得非常明白，她所关心的是：她乐观的调查报告对普通投资者造成了什么样的影响。她写道："如果'2-2'评级意味着我们将一半的美林散户投资者（选择美林公司股票经纪商的中小投资者）都拉进了这只股票……那样的话，我认为这是不对的。我们害得他们赔了钱，我不喜欢这样做。我们因为不想让托德·塔平（Todd Tappin，是 GoTo.com 公司的首席财务官）对我们发火，而只好让张三李四之类的平头百姓的退休金打了水漂。"在与投资银行家和 GoTo.com 公司的管理人员反复讨论之后，分析师发布了一个"3-1"的评级。但是在他们的坚持下，坎贝尔提高了她在分析报告中的收入预测，即将原来预测的 GoTo.com 公司会在2003年盈利改为在2002年就会盈利。"所有关于我们是独立于投资银行的宣传都是弥天大谎——如果不是因为投资银行业务,只能给 GoTo.com 公司以'3-2'的评级。"坎贝尔在邮件中写道。

2001年4月,布罗吉特和另一位向布罗吉特汇报的股票分析师艾德·麦卡比(Ed McCabe)将 GoTo.com 公司的评级升级到"2-1"(短期,增持;长期,买入)。到了5月,美林公司就开始游说 GoTo.com 公司,让它着手准备下一次募股活动。但是在5月25日,托德·塔平和 GoTo.com 公司的总裁泰德·梅瑟尔(Ted Meisel)通知美林公司,他们倾向于雇用瑞士信贷第一波士顿(Credit Suisse First Boston)银行。同一天,麦卡比给布罗吉特发邮件,讨论以"估值太高"为由给 GoTo.com 公司降低评级的计划。"估值太高"意思就是股票价格在过去一个月中翻番,而现在价格过高。"从90年代中期,我认为我根本就没有根据估值太高来给股票降级。"麦卡比评论道。"这真他妈的好笑。"布罗吉特回答。斯皮策的调查人员提醒说,因估值过高来降低评级的时机选择得很奇怪——GoTo.com 公司的收盘价格是22.75美元,这与两三天前布罗吉特发布对公司的正面研究报告时相比价格上并没有实质的变化。甚至让人更起疑心的是,布罗吉特没有马上宣布降低评级。相反,他一直等到了6月份,在 GoTo.com 公司正式宣布给作为主承销商的瑞士信贷第一波士顿提供250万美元股份仅仅几个小时之后,布罗吉特宣布给 GoTo.com 公司股票降低评级。新评级是"3-1"(中立,买入)。美林公司坚决否认布罗吉特的降低评级和 GoTo.com 公司销售股票之间存在任何联系。但是陶普曼称,他和迪纳罗相信他们会弄清其中的原委。"我们确实要提出证据,证明他们的研究报告不客观。"陶普曼说。

讯通公司的电子邮件也透露了一些内情。从2000年8月到12月,讯通公司也名列于美林公司买进"最惠股票前15名"的名单上。而美林帮助 Go2Net 公司将自己卖给讯通公司的整个时间都处于这一时期内。然而,布罗吉特在同年6月份发给同事一封电子邮件,称自己已经对讯通公司"疑窦丛生"。当发布报告将股票评为"1-1"(短期和长期都强买)时,布罗吉特也在电子邮件中称该股票是"一只火药桶般的灾难",并向一位同事抱怨说,"在这件事情上我都快死掉了"。他还提醒说，那些消息灵通的金融机构投资者已经对股票的"坏味道"做出了评论。迪纳罗开始用他办公室里的白书写板来跟踪了解分析师的推荐和私人邮件联系中断的情况。

2001年8月，布罗吉特来进行为期五天的宣誓做证。这位美林公司的股票分析师被华尔街的竞争者看作是一个无足轻重的人，因为他从来没研修过经济学或者会计学之类的课程。可是，当他花了几个小时解释他如何选取目标股票以及他的股票评级为什么有合理的基础时，却给调查人员留下了非常深刻的印象。布罗吉特说，当然，投资银行业务对于他的薪酬会产生一定影响，美林公司有强硬的政策来保护股票分析师的独立性，自己也经常搞不清楚美林公司为赢得他所分析报道的公司的银行业务而付出了哪些努力。无论如何，他都不会让这样的信息影响他的评级。"我想，我的成败是根据我所掌握的信息的可信度。"布罗吉特告诉陶普曼，"在早期，我没有看到其他能维护我的信誉和正直的方法……除了有啥说啥。"

是的，他的确提出了很多的"买入"评级，几乎从来没有给一支股票评过"卖出"等级。"但是，你必须看看进行评级的那些时间段。"布罗吉特争辩说。在美林公司的体制下，"1"或者"买入"的评级只是意味着分析师认为股票在下一年会上涨20%或者更多。在20世纪90年代的大部分时间里，纳斯达克指数确实达到了股票上涨的平均水平，所以即使一个普通的公司也能做得非常好。而现在是2000年3月，很显然，时过境迁，世易时移，股票市场情况变得非常糟糕，怎么能拿上世纪90年代的情况来说现在的事情呢。在当时的情况下他不可能知道这一点。股市变化不定也已经有几个年头了。布罗吉特特别提到，"我记得先是1997年夏天，后来是1998年夏天，接下来是1999年夏天，股票好像从最高点跌了（百分之）30到50，新闻媒体说，所有的互联网分析师都是些白痴，眼睁睁地看着泡沫……后来就是等着股票东山再起……然后继续一路攀升。"布罗吉特说，"我本来应该在最高点的时候降低评级的……但是，当人们实际上期待向前看而不看后视镜的时候，这比实际看上去的情况要困难得多。"

布罗吉特也煞费苦心地想把详细而具体的 GoTo.com 公司邮件的情况搪塞过去。至于为什么 2001 年 6 月会给 GoTo.com 公司降低评级，他说，这与美林公司为赢得股票销售所做出的努力完全无关，这是他所做的"最好的预测"之一。他的"这真他妈的好笑"的电子邮件与 GoTo.com 公司决定雇用瑞士信贷第一波士顿也扯不上关系，即使这个决定是在美林银行得知自己被淘汰掉仅仅几个小时之后。"我有点开玩笑的意思，只不过是信口说说而已。"布罗吉特说。邮件中的"他妈的"不是针对 GoTo.com 公司的管理人员，布罗吉特说。更确切地说，这表明了他的独立，因为他指的是美林公司的机构客户们——基金经理们等——那些只要一给他们持有的股票降低评级就开口骂娘、发牢骚、抱怨的人。至于邮件的交流意见中，布罗吉特写到除了银行业务的高额酬金外，GoTo.com 公司"没什么"让人感兴趣的，布罗吉特给出的解释是，他有点开提出这个问题的美国运通（American Express）基金经理的玩笑的意思。

投资保护局知道，到迪纳罗 2002 年年初去斯皮策那里寻求指导为止，他们就是坐在炸药上。股票分析师的问题一时之间引起了不小的轰动。当时安然公司在 2001 年 12 月 2 日提出破产申请，彻底让数十亿的市值蒸发掉。中小投资者对此义愤填膺，因为直到安然公司到了山穷水尽的地步，华尔街许多大公司的股票分析师还在一个劲儿地推荐能源公司的股票。在斯皮策办公室召开的会议上，迪纳罗解释了他的进退两难之境。依他之见，在一个较小的范围内提起欺诈诉讼案来指控布罗吉特比较稳妥可靠，欺诈诉讼案主要集中在 GoTo.com 公司的电子邮件上。但是那样的话，赔偿金的数额就可能非常小。几个月之前，布罗吉特已经接受了一次性买断全部股权。迪纳罗拿不准为这样的一个小案子挑战美林公司是不是值得。但是他们还有另外一个选择，那就是，电子邮件和宣誓做证表明，华尔街还存在着更多的偏袒性研究报告的问题。

迪纳罗认为，调查人员应当将布罗吉特和他的下属们所写下来的一切都梳理清楚，看看他们是否在美林投资银行的压力面前，向自己工作的独立性

第四章 背叛信任 义愤填膺

和品质妥协。然而,这样的计划需要相当多的人手。布罗吉特的技术团队人多势众,遍布十几家公司。当然,这十几家公司后来也垮台了。迪纳罗也知道,斯皮策通常喜欢大案件而不喜欢小案件。"哪里存在着组织结构问题,哪里就有小人物需要保护,这种情况下就应当提起诉讼。"斯皮策后来这样解释。可是,他真的想在那种需要全力以赴的事情上投入精力吗?翻了翻投资保护局主任随身带的一些有讽刺意味的电子邮件之后,斯皮策做出了选择。"把该死的电子邮件统统给我,一封不少!"他说。

当电子邮件的对话框不断地滚动时,投资保护局的大部分人员都参与了邮件的搜索。他们挨个儿地翻看文件,希望找到有用的东西。夜已经深了,迪纳罗还一点睡意都没有,他每晚都把文件夹带回家。斯皮策要求副检察总长贝斯·戈尔登(Beth Golden)给调查工作提供最高级别的监督。这是一项艰巨的任务。"花费整整一天的时间浏览邮箱,能发现一条有用的信息,那就非常不错了。"加里·康纳回忆说。从核查完了德比希斯·坎吉莱尔与美林公司签订的协议后,康纳就一直忙着这起案子。有时候,一些新发现会让团队再回过头来重新审查他们已经浏览过的内容。例如,2000年10月,布罗吉特和研究助手夏娃·格拉特(Eve Glatt)的交流就让人感到非常奇怪。在邮件中,明星分析师布罗吉特为了加快写邮件的速度,给格拉特发送了一个缩略词和首字母缩拼词说明列表,因为他发邮件时一贯喜欢使用这些缩略用法。其中有些是基本的网络词汇,例如:"lol" = "laugh out loud"(笑破肚皮),"gt" = "great"(太棒了),"imho" = "in my humble opinion"(依我愚见),"nfw"是不宜写出的咒骂语。但是在发现 "pos" = "piece of shit"(狗屎一堆,垃圾)后,调查人员们又跳回去检查那些被剔除去的邮件。康纳和投资保护局的其他人都不大使用电子邮件,他们认为 "pos" 就是 "positive"(乐观的),因此就没注意这个说法。现在他们才搞清楚,原来,"pos" 的意思和他们理解的正好相反。2000年12月4日,格拉特和布罗吉特就一个叫作 LifeMinders 的互联网咨询公司的情况交换了彼此的看法。这一发现使他们弄明白了邮件的意思。布罗吉特特别提到股票已经跌到4美元了，写道："我无法相信那个东西是这么的POS。在未有充分证据之前，我（我们）就认定他们没有任何问题，真惭愧啊。""是啊，很难相信，"格拉特回答，"高兴的是，我们没给'1-1'评级，可是'2-1'的评级也好不到哪里去啊。"

后来，投资保护局的伊丽莎白·布洛克（Elizabeth Block）找到了关键性的证据。布洛克是在投资保护局里工作时间最长的律师，从路易斯·J.赖福特库维茨那个时候起，她就在局里工作，她不是别人希望的那种能做繁重工作的人。但是，她也受到迪纳罗热情的感染和斯皮策所要求的速度的影响。看到这个，她告诉迪纳罗，布罗吉特在2000年的邮件中摇摆不定，牢骚满腹，是因为管理人员要求降低对下跌股票的评级，而为了吸引客户，投资银行业务团队则要求股票分析师给予股票好评。如何在两者之间达成妥协，布罗吉特还没有得到来自上级的足够指示。"如果安迪（Andy Melnick，布罗吉特的上司，研究报道组的主任）不发新邮件来，不指导我们如何处理敏感的银行客户关系，我们就开始发限价买进股票（股票，不是公司）的信息报道。……像我们看到的那样，有什么说什么，才不管它附属业务后果是什么呢。"

"我找到冒着烟的枪（确凿无疑的证据）了。"布洛克对迪纳罗说。

"可不，你找到的是一枚榴弹炮。"迪纳罗回答。

他们认为，面对这样的电子邮件，美林公司无法再替布罗吉特遮掩了，他们再也不能声称布罗吉特鲁莽轻率了，即便是布罗吉特再怎么巧言善辩也都无济于事。布罗吉特在邮件中的说法表明，他认为业务问题一直在影响着他们的研究报告。"我干了30年的辩护律师，"罗格·沃尔德曼说，"我花了大量的时间考虑辩护问题。在这封电子邮件中，我想任何人都不会再争辩出些别的什么来。"

事实上，情况要比看起来的更复杂。尽管布罗吉特面对投资银行的压力，灰心丧气，但是，在1999—2001年的三年时间里，他个人总共29次给16家客户公司降低评级。他的律师将会在稍后的民事诉讼中为他辩护，称

第四章 背叛信任 义愤填膺

这封邮件就是布罗吉特根据整个股票市场的下跌状况所发布的降低评级的报告，他拒绝偏袒，勇敢地捍卫自己的股评决定。作为签署的保密性协议的一部分，为了获得解雇补偿金（估计在500万美元以上），布罗吉特本人被禁止谈论在美林公司工作的日子。但是，有一位国家监管人员，他已经重申过指证分析师的全部证据，声称，美林公司的辩论中存在着一定的事实，投资保护局在理解这些邮件时有些断章取义了。"即使邮件中最坏的说法，也存在着并非完全荒谬的解释。"这位监管人员说。布罗吉特也特别提出，在2004年，他给在线杂志《记事板》（*Slate*）写的一篇短文中，称他个人于2000年2月和3月份在互联网公司上投资了70万美元，当股票市场下滑的时候，因为没能抛出，基本上全部赔掉了。"这个决定让我现在都感到难过。当时做出这样的决定部分是根据良好的基本面，部分是一种乐观主义的精神使然（这是多年来令人难以置信的股票走势所激起的），部分是根据对互联网公司可能继续从传统的公司抢夺价值的一种感知，而以套期保值避免损失的一种办法就是全部都投资在一个地方。"布罗吉特写道，"我想说，我赔了这笔钱是因为我上当受骗了。唉，我赔了这笔钱是因为我笨，事后诸葛亮，我白痴。"

3月，美林公司的律师团到斯皮策的办公室来参加第一次会议，讨论检方的调查结果。银行方面雇用了世界权威世达律师事务所（Skadden, Arps）和罗伯特·莫尔维洛（Robert Morvillo）为其辩护。罗伯特·莫尔维洛是一位前联邦检察官，争强好胜，咄咄逼人，有十几年降服联邦监管机构的丰富经验。现在，这位辩护律师前来，希望特别地谈一谈讯通和GoTo.com两家公司的情况，因为这两家公司的IPO是所有证词证言的主题。莫尔维洛认为，根据这些理由，两家公司的行为和布罗吉特的行为都能够得到合理的解释。诚然，分析师布罗吉特的确在私人邮件中对公司表示出轻蔑的态度，然而，他的调查报告本身却并没有错误。至于所申述的将研究报道与投资银行的事务相联系的"秘密"交易，这些交易根本就没有什么秘密可言。因为证交会已经知道了这些交易，媒体也报道了这些交易，国会甚至还在2001年就这些交易问题举行了听证会。

　　对于这样的解释，斯皮策无法苟同。他的视线不再仅仅盯着讯通和GoTo.com两家公司了。因为当他再一琢磨的时候，发现在他的团队花费几周时间拼命整理出来的邮件背后，还有更为严重的腐败行为。"我在这里要谈的是法律补救办法，不是责任。"斯皮策说，"现在我读了这些邮件……你们的所作所为没有辩护余地。"美林公司的律师一听，脸色一下子变得煞白。虽说在斯皮策柔软的蓝色长沙发椅上安然稳坐，但是他们已经感到不舒服了——工作人员知道，往沙发里一坐，会诱发一种莫名其妙的感觉，头会不自觉地耷拉下来，两耳贴着双膝，显出一副无精打采的狼狈模样。现在，他们都不敢相信自己的耳朵。在很多案件中，他们甚至还没有见过让斯皮策如此兴奋的邮件。"他已经远远地把我们甩在后头了，我们不理解他所说的话，不理解他为什么已经将注意力放在惩罚上了。"莫尔维洛回忆当时的情形时说道。

　　斯皮策处理问题的方式和证交会不同。因为在联邦监管机构提起民事欺诈诉讼前，证交会总是先发表一个所谓的韦尔斯通知（Wells Notice）①，要求对方对自己的行为做出解释，并对证交会为何不应当采取法律手段做出正式论证。美林公司的律师团想当然地认为斯皮策也会采取同样的措施。"我们准备了非常有说服力的抗辩……我们想找个机会向你做出解释。"莫尔维洛记得当时是这么说的。斯皮策打断了莫尔维洛的话，说："那些事情都过去了，我们不管你的辩护有多么精彩，现在要讨论的是惩罚问题。"这位辩护律师——作为纽约检察官的检察长很了解他的个人底细：脾气暴躁、乐于使用丰富多彩的语言——继续争辩。最终，他软磨硬泡，终于征得斯皮策的同意，让美林公司的律师团回来，正式地解释本案中银行的观点。

　　但是，银行的观点陈述主要集中在讯通和GoTo.com两家公司上，只是给美林公司挖了一个更深的坑。斯皮策和他的副检察总长做出推论说，他们

---

① 即民事诉讼的预先通知，是美国证券交易委员会对在美上市的公司进行民事诉讼前发出的非正式提醒，接到通知的上市公司可以在收到正式诉讼前跟证交会进行沟通和协商。而按照美国的相关法律，在公司接获韦尔斯通知时起，证交会就正式启动了一整套的调查及申诉程序，这一套程序也被称作韦尔斯程序。——译者注

第四章 背叛信任 义愤填膺

见证了投资银行界高层职业道德的沦丧。"他们的辩护就是，你说得对，但是我们的德行还没有我们的竞争对手那么恶劣。"斯皮策说，"他们虽然知道将要发生什么事情，但却不是准备从个人或者集体的角度改变自己的行为，反而说，'如果我们的竞争对手不改变，我也不会改变'。我说，'人们开始出卖同事所用的时间通常要稍微长一些'。我从他们的表现中得到的教训是，我们在出面介入时，任何迟疑不决都是信错了人。"

对于莫尔维洛来说，他的推论是斯皮策没有真正地听一听他们讲了些什么。"很显然，他已经下定决心，对我们的到来就是敷衍些应酬话，好像我们没有陈述观点一样继续他的谈判。"他回忆说。斯皮策的高级副手蒂特·斯奈尔不承认莫尔维洛的说法。斯奈尔说："就我们来说，所举行的会议都是真的。从上到下，每个人都很关心我们对他们的状况的了解程度。"但是这些事件都抛开了投资银行。在莫尔维洛陈述观点的头一天晚上，迪纳罗要求陶普曼起草一个纲要，纲要必须一开始就能让法官对案件的陈述有个良好的感觉。陶普曼暗下决心，一定要完成好这个任务。他连会议都没有参加，连夜将纲要整理出来。

到2002年4月初，美林公司的高层领导已经意识到斯皮策不是那么容易就能震慑住的。说实在的，他们害怕他有可能对公司提起刑事诉讼。于是，他们紧张兮兮地给证交会的法律总顾问戴维·贝克（David Becker）打电话，告诉他，斯皮策正在处理他们公司的一堆电子邮件，由于他断章取义，所以正在考虑要对美林公司提起诉讼。"他们实在是太世故了，所以不会说'快来救救我们吧'；可以肯定地说，我也太世故了，所以也无法相信那只是一堆普通的电子邮件。"贝克记得，"我当然不会将这事看作是我们证交会应该帮助解决的困难。"

其实，证交会也根本没有忽视股票分析师的问题。早在2000年和2001年，证交会的合规检查办公室（Office of Compliance Inspections and Examinations）就已经对华尔街八家主要大公司进行了审查。在2001年中期，证交会工作人员起草了一份基本报告草案。报告指出，股票分析师冒险为他们负责报道的

华尔街"警长"——埃利奥特·斯皮策

公司当托儿,因为他们的酬金与投资银行业务业绩挂钩,分析师经常持有自己所报道公司的股票,他们将自己看作是业务团队的一部分——在本质上,股票分析师充当的是一个销售者的角色。但是,证交会将广泛的报告内容集中在组织结构问题(报告流程和酬金规则)上,而且证交会也从来没有看过电子邮件,所以他们缺乏斯皮策团队已经调查到的爆炸性细节。根据这些调查结果,证交会法规执行部(Enforcement Division)的工作人员开始对三家公司展开调查。但是发表一个公共报道的各项计划竟然轻率地落到了新上任的证交会主席哈维·皮特的手里。皮特是一个才华横溢的证券律师,有着多年的行业辩护经验。对他来说,辩护简直就是探囊取物。皮特利用他当选后的首次讲演,承诺在过去并不"友好温和"的会计师和证交会之间开辟"一个尊重和合作的新时代"。皮特没有发表会让投资银行尴尬的公文,他对审查人员的反对置若罔闻,命令将那些报告隐藏起来。不仅如此,他还于2001年12月在华尔街丽景酒店(Regent Hotel)召集了华尔街各大银行高层举行秘密会议,告诉他们"你们存在着一个非常重大的问题。要么你们自己解决,要么我们去解决"。皮特给全国证券交易商协会(NASD)和纽约证券交易所两大自我监管团体六个月的时间,要求它们制定出新的规则,保护分析师的独立性免受投资银行业务的干扰。遗憾的是,那个秘密的最后期限还没有到期,就传来消息说,斯皮策对这一问题已经有所察觉。

证交会的法规执行部主任斯蒂芬·M.卡特尔(Stephen M. Cutler)及其下属也听到了美林公司接受调查的风声,他们想查明斯皮策到底在忙什么。法规执行部副主任比尔·贝克(Bill Baker)提议给艾瑞克·迪纳罗打个电话,因为前几年他们共同办过案子,当时迪纳罗还在曼哈顿区检察院办公室。

"你们还打算做些关于美林公司股票分析师的事情吗?"贝克记得当时是这样问的。

"你怎么对那个事情感兴趣了?"迪纳罗谨慎地回答。

"我们想和你们合作。"贝克说,同时补充道,证监会已经审阅了分析师的问题,想联合力量,共同行动。

第四章 背叛信任 义愤填膺

"我把情况汇报给埃利奥特,然后再给你打回去。"迪纳罗回答。

迪纳罗没再回电话。这样一来,通话就给贝克和卡特尔留下了一个错误的印象,那就是,不管斯皮策在忙什么,不久之后美林公司的事情就不是什么大事情了。这正中迪纳罗和斯皮策下怀。作为州检察官,过去和他们有竞争关系的联邦执行人总是回避他们,把他们给闪在一边,这次,他们也不打算亮出底牌。

斯皮策和美林公司之间的谈判越来越糟。虽然美林公司每次参加会议的代表的级别越来越高,但是斯皮策和他的下属仍然感到银行方面并没把他们当盘菜看。美林方面表示愿意缴纳罚款——据大体上估计,从1,000万美元到这个数的几倍不等,并要采取各种措施以确保他们的分析师的独立性。后来证明,真正的症结出在电子邮件上。作为任何和解协议的一部分,美林公司想对这些信件保持沉默——如果斯皮策打算当众宣扬他们的丑事的话,那干嘛还要付钱给斯皮策来了结此事呢?这又不是一个什么让人无法容忍的要求。证交会的协议通常只会泄露相对来说比较次要的证据,而且与原告律师达成的民事协议也经常包括保密性条款。"我们所要求的就是你们通常在民事协议中所做的。我们想要封锁消息,我们想要的是结局。"美林公司的律师莫尔维洛记得,"斯皮策认为,将电子邮件公开的话,公众一定会感兴趣。他才不管这事正常还是不正常呢。"的确,斯皮策的态度非常坚定。"我不会封锁证据的。"每次提出这个问题他都会这样重复。在斯皮策看来,内部人士已经早就知道袒护性的研究报告多年了,只是没有采取什么措施而已。只有公众舆论才会带来斯皮策希望发生的彻底变化。"在一个受组织结构影响的案件中,只要存在着需要变革的潜在的习惯做法,那么变革的唯一方法就是摆出证据。"斯皮策表示。

在2001年4月的第一个星期,双方继续争辩不休。银行方面和检察总长再一次发现他们观点不同。"我们总是根据他的主张进行交流,而他的主张总是回避事情的是非曲直,辩来辩去最后总集中在惩罚上。"莫尔维洛说。贝斯·戈尔登站在斯皮策一边，他认为美林公司的律师团故意掩盖证据，"除了一些无可辩驳的事情外，在任何方面都为自己辩护"。美林公司的官员还以公司为纽约市所做出的贡献说事儿——美林公司是在"9·11"袭击发生后曼哈顿下区第一家首先重新恢复运营的大银行。在最近的谈判中，斯皮策和他的工作人员记得，莫尔维洛总是拐弯抹角地提到公司强大的政治背景，这一做法激怒了检察总长。因为莫尔维洛说："美林公司有权势的朋友多得是。"斯皮策的态度一下子强硬起来。"我除了提起诉讼，别无选择。"后来他这样说，"在那个时候我还能做什么？我是不是应该放弃原来的主张，说，'哦，我还不知道你们有很多有权势的朋友。那你现在告诉我吧。如果你上周告诉我就好了，现在我们就用不着坐在这里谈判了'。"（莫尔维洛承认自己确实是说过这番话，但是那是一周之前说的。他当时正努力想说服斯皮策，让美林公司提出自己的申诉理由。）

在那个周末，斯皮策向美林律师团发出了最后警告。4月4日，星期四，他顺便拜访了世达律师事务所的一位律师戴维·佐纳（David Zornow）。"我告诉戴维，'我不知道你们这伙人死守住证据不松口，到底想怎么着……还有两天结果就出来了——不是作为（民事欺诈）诉讼就是和解，和解的话你们采取的行动基本上是正确的'。"斯皮策记得当时是这么说的，"我想美林公司是明白这话的意思的。接着，他们打电话来拒绝了。"星期五下午，在打完电话之后，世达律师事务所的合伙人艾德·尤都维茨（Ed Yodowitz）认为斯皮策经过了一个周末的考虑，已经同意继续考虑这个问题了。事实上，斯皮策已经考虑好了。"我想星期一就提出诉讼。"他告诉戈尔登。后来斯皮策回忆说："该扣动扳机，开始行动了。你坐在一个窃听装置上时，因为有趣好玩，你可以不断地听下去，它会继续这么放下去。电子邮件也一样……我也总是问自己，我们可能找到什么证据来证明我们是错的吗？我们已经做好充分准备来提起明确的、有说服力的诉讼了吗？"

工作人员知道，他们要度过的将是一个漫长的周末。对于自己的意图是什么，斯皮策没有给他们任何暗示。他们甚至连完整的宣誓书草稿都还没有

第四章 背叛信任 义愤填膺

呢，而宣誓书是要归档的，他们要用宣誓书来描述所提起的诉讼案件的进展情况。迪纳罗写过一个详细的备忘录，简要概述了案件证据和欺诈辩解的事实基础，但是还需要法律推断，在法庭上提起诉讼前需要认真地重写。这位投资保护局局长刚刚在医院待了几天，因为他妻子要生第二个孩子了。但是斯皮策不准备闲坐在那里干等，所以办公室里的高级律师们个个满怀热情地投入到工作中去——随着一年年过去，这一程序大家也日渐熟悉。他们团结一致，振作精神，周末加班加点地完成了一份38页的宣誓书，用来解释案件证据。这样，在星期一迪纳罗和康纳就可以提起诉讼了。"在火候不到时，我们什么也没提出来，但是火候一到，我们都拼命干，各司其职，该干什么就干什么。"高级助理米歇尔·赫什曼这样解释。迪纳罗周末的大部分时间都是在出租车上度过的，他在检察院办公室和医院里妻子的产房之间来回奔波。戈尔登做的是文书工作：编辑并调整陶普曼和其他人的草稿。沃尔德曼修整了整个图表，因为图表着重强调了布罗吉特的邮件和他对特定股票的公开评级中的不同之处。最后，到斯皮策终于满意地表示首肯时，他们编制的图表有40多个版本。"我总是担心我们会有什么闪失，所以不得不小心从事。"斯皮策解释道。

为指导他们通过《马丁法案》的要求，检察院办公室求助于康纳。康纳是一位资深公务员，在办公室里已经工作了将近20个年头。康纳曾经根据《一般商业法》（General Business Law）的第354款，借助《马丁法案》的权力，要求法庭对一家证券公司发出单方面禁令——对方律师缺席。康纳是办公室唯一一位这样做过的律师。这一条款也允许法官授予斯皮策更加广泛的权力：进行公开调查，迫使美林公司的官员提供公开证据，等等。在20世纪80年代，康纳就是利用这些诉讼来指控腐败的房地产开发商的，他的职责就是确保法官相信美林公司的宣誓书与历史判例完全契合，毫无二致。

星期天，斯皮策来到办公室，把迪纳罗送回家去给他刚刚从医院回来的小女儿照相。然后在一系列的决定之后，斯皮策检察长终于开始做最后一个决定——在宣誓书中将要透露美林公司哪些员工、哪些互联网公司和高管人员的姓名。他深深懂得，提起这样的诉讼很可能刮起一场媒体风暴。从个人角度来说，他想确保已经决定点哪些个人、哪些公司的名，以便能面对记者的苛刻提问。斯皮策已经料想到，自己可能要与美林公司展开一场残酷的公共关系战争，他也尝试着集合自己的同盟军：他打电话给纽约的高级联邦参议员（US Senator）^①查尔斯·舒默（Charles Schumer）。舒默是参议院金融委员会（Senate Finance Committee）的委员。斯皮策解释了自己的调查情况，并邀请这位民主党人士在他提起诉讼时支持他。舒默断然拒绝了斯皮策的要求。斯皮策本人心急如焚，"此乃天欲绝我也"。在提起诉讼前，斯皮策向迈克·切尔卡斯基吐露了自己的心声。切尔卡斯基是他在区检察院工作时的前任上司。

在星期一早上，美林公司甩出了最后一张王牌——公司聘请了鲁道夫·朱利安尼。朱利安尼刚刚从州长办公室离职，开了一家法律咨询公司。美林公司要求朱利安尼代表美林公司出面干预诉讼。在理论上，这听起来是一个不错的主意。作为20世纪80年代的一名联邦检察官（US Attorney）^②，朱利安尼是最后从事改革运动的检察官，因打击华尔街的腐败而赢得了赫赫威名，他因此也看到了贸然行动的不利方面。另外，他不仅成功地指控德崇证券公司诈骗，使这家辉煌一时的大股票经纪公司无奈宣布破产，而且还看到给自己带来如日声望的知名案件——指控高盛公司（Goldman Sachs）和基德尔·皮博迪公司（Kidder Peabody）的三大交易员进行内部交易——也以土崩瓦解而告终。交易员中有两位戴着手铐从办公室中被拉出来。仅仅几个月后，朱利安尼的办公室不得不撤销对他们的指控。就公共关系而言，在世贸中心遭到袭击之后，这位前市长表现出了卓越非凡的领导才能。总之，现在的朱利安尼已经俨然是一位国家英雄了。

任何真正了解斯皮策的人也都知道，朱利安尼的名字差不多是他这次最

---

① 美国从联邦到地方小镇都有各级立法机关，所以议员可以贵为联邦参议员，也可以低至地方上的州议员、市议员。——译者注

② 美国司法部向全美各大区派驻联邦检察官，类似特派员和钦差大臣的角色，不仅不受地方大员的辖制，而且相对独立于总部，司法部长不能随意撤换联邦检察官。——译者注

第四章 背叛信任 义愤填膺

不愿意听到的字眼。究其原因,不仅仅在于他们两个人来自不同的党派,而且还在于他们多次发生过冲突。第一次是因为斯皮策在1999年调查了纽约市警察署被指控的种族定性问题;后来的一次,概括说吧,就是协调"9·11"袭击后的慈善捐赠问题。斯皮策的助手听说朱利安尼正在参与美林公司的诉讼案,便开玩笑说,他一定早在三年前就给我们回过电话了。双方的谈话冷冷冰冰却又客客气气。朱利安尼要求斯皮策重新考虑诉讼问题——"还有办法讨论一下这个问题吗?"然后就想压制美林公司的案件。斯皮策明确地表示他对此不感兴趣,但是他忘了告诉朱利安尼,迪纳罗和康纳已经动身前往纽约州最高法院大楼了。此时此刻,在最高法院,被指派处理单方诉讼要求的法官,也就是州最高法院法官马丁·斯科菲尔德(Martin Schoenfeld)正在审理另一桩案件,害得迪纳罗和康纳足足等了好几个小时。周末过得筋疲力尽的迪纳罗累得都快睡着了。因为美林公司方面的律师没到场,斯科菲尔德法官有点顾虑,但是康纳和迪纳罗向他保证,《马丁法案》明确规定允许单方诉讼行为产生的决议。

等到两位律师回到百老汇120号的办公室时,在25层,召开记者招待会的房间里挤得满满的。电视摄像机也已经安装完毕,充满着戏剧意味的电子邮件巨幅放大照片也准备停当。迪纳罗和康纳说服法官宣布了法庭庭谕,通知美林公司告诉它的客户利益冲突导致研究报告有失公允一事。斯皮策大踏步跨上讲台,他讲起话来和连珠炮一样,还不时夸张地打着手势。当他因感到义愤而激动的时候,往往就会这样,这是他惯有的动作。"这是华尔街最受人们信任的名字对信任它的人所做出的最令人震撼的背弃,"斯皮策告诉聚集在一起的媒体,"这起案件对整个行业改革来说是一场大灾难。"斯皮策指着广告纸宣传板,向台下的记者们讲述了讯通和GoTo.com两家公司的主要情况,还有布罗吉特威胁说的"我们就开始发限价买进股票(股票,不是公司)的信息报道。……像我们看到的那样"。但是这些并不是他唯一的证据。沃尔德曼的图表说明白了事情的原委。美林分析师团队公开声称,驻马里兰州的亿瑟系统公司(Aether Systems)是一个长期投资,是"买入"。但是私下里，他们写的是公司的"基本原则一团糟"。对 Excite@home 公司的公开评级是"2-1"（短期，增持；长期，买入），但是私下里，该股票是"一堆垃圾"。分析师私下里认为互联网资本投资公司（Internet Capital Group）非常糟糕——"更糟糕的是，我还看不到 ICG 下跌的底线。"布罗吉特写道。而他们将这支股票公开评级为"2-1"。宣誓书也声称美林公司乐观的公告是有利可图的——对股票分析师和美林公司双方来说都是有利的。在2000年秋天，布罗吉特的报告组向他们的上级汇报说，他们卷入到52个完成的或未完成的投资银行业务交易中，完成的交易对公司来说价值1.15亿美元。布罗吉特的年薪接着就从1999年的300万美元提高到2001年的1,200万美元。

听到法官的决议后，美林公司的律师起初是目瞪口呆，继而是勃然大怒。斯皮策打算利用《马丁法案》授予他的鲜为人知的权力进行单方诉讼，让人深感震惊。"他们打着掩护，哄骗着我们，使我们误认为检方还在考虑谈判的事情。他们在我们总体上不知情的情况下，背着我们偷偷地进了法庭。"莫尔维洛说。在舆论上，美林公司还昂然地挺立在那里，坚持说布罗吉特的邮件是被断章取义的，并发布陈述称："今天纽约州检察总长的指控是毫无根据的，他的结论是彻底错误的。法庭没有给我们机会来反驳这些指控，对此我们非常愤怒。"私下里，他们知道，他们面临的是公共关系的毁灭。由于迪纳罗刚刚提起的宣誓书，现在，布罗吉特成了投资银行业务所有错误研究报告的罪魁祸首。更糟糕的是，斯科菲尔德法官要求美林公司改变业务经营方式，这一法庭决议触动了1940年《投资公司法》（Investment Company Act）中的一条鲜为人知的条款。该条款禁止证券公司经营共同基金。除非有人或者有某件事情的干预，否则，美林公司的巨额共同基金业务将会完全停止运作，这给上亿美元的投资和成千上万的中小投资者造成了损失。美林公司只好向证交会寻求帮助，美林方面的律师也以个人的名义向斯皮策求助。

远在华盛顿的证交会对此大为惊诧。在获得斯科菲尔德宣布的《马丁法案》裁决后，迪纳罗给比尔·贝克留下了一封语音邮件，但是证交会主席皮特从媒体那里得知了邮件和指控的事情。"我很震惊。"皮特回忆说。就连皮

第四章 背叛信任 义愤填膺

特也一直在要求银行对他们的研究报告进行改革,但是作为一名辩护律师,皮特明白,斯皮策在诉讼中的辩词远远超出了他所看到的事实或者担心的情况。"如果任何为我工作的人曾经干过"斯皮策在这些邮件中所声称的事情,"我会让他们吊死"。证交会的投资管理部(Investment Management Division)是负责监督共同基金的,他们开始帮助美林公司盘活基金业务。

在一片混乱中,证交会的斯蒂芬·M.卡特尔的电话响了。电话是斯皮策打来的。虽然这两个人以前从来没有说过话,但是作为圈子里最聪明的证券律师之一,斯皮策久闻证交会法规执行部主任的大名,而且戈尔登和卡特尔是好朋友。"我想问你些事情:美林公司的律师告诉我他们不再做资金管理业务了。确有其事吗?"斯皮策问。"不,没有这回事。"卡特尔回答。他接着往下解释1940年《投资公司法》的关键部分,这是斯皮策检方团队中所不知道的。"你们是怎样提起诉讼的呢?"斯皮策问道。卡特尔解释说:一旦证交会做出决定,认为对投资者有利时,"我们有给予他们豁免的权力"。但是卡特尔补充说,如果一个州对此一无所知的话,只根据调查,证交会不太可能准予相同的豁免。于是,在几个高层副职的陪同下,斯皮策又将迪纳罗送回法庭。在法庭上,他们要求斯科菲尔德法官保留裁决的禁令部分,等待协议谈判,因为这样的话能让美林公司继续运营。而这一次美林公司的律师在场,但是他们仍旧余怒未消。"这么做是不负责任的。"莫尔维洛对斯奈尔吼叫道。"我们不这么认为。"斯奈尔回答道。

后来案件发生了斯皮策意料不到的变化。在提起诉讼之前不久,在一次早餐会上,斯皮策说,用不了多久他就会"公布一起案件,这件事情会保持24小时的兴趣",但是不会更久了。"我想证交会马上就会接管这事。我想哈维·皮特会说,'非常感谢,现在我们会加足马力全速进行调查'。"他记得自己这样说过。提出诉讼之后两天,他告诉筋疲力尽的迪纳罗同样的事情:"喂,艾瑞克,这事太有趣了,但是在两三天之内证交会就会猛插一杠子,趁虚而入,接管这事。"从发现邮件之后,斯皮策就希望并期待联邦政府工作人员会邀请他参与。因为在1999年,当环保署跟随着他调查发电厂的案子时,就是这么干的。斯皮策知道,几乎每次联邦的参与都使各州的参与显得微不足道,最后在促进整个行业范围内的变革上也更有成效。的确,仅仅在提起美林公司的诉讼一天之后,斯皮策就告诉《华尔街日报》:"总之一句话,我希望通过某种行业能够接受的整体的解决方法来解决这些问题。……这就需要国会、证交会和行业携起手来,共同参与。"

他们不仅没有参与,相反,他们都畏缩不前。在证交会,卡特尔和法律总顾问戴维·贝克要求皮特在整个证券行业范围内展开广泛的调查,或者至少公开提议与斯皮策联手,共同工作。但是皮特主席对此却持保留意见。"我们没有要力争赶上埃利奥特·斯皮策……我们已经调查了案件,"皮特说,"对于这种落井下石的做法大家关心得不少了。"当斯皮策接受媒体采访时,他既没有用证交会也没有用行业自我监管组织,即全国证券交易商协会和纽约证券交易所,来帮助提高自己的可信度,也拒绝排除对美林公司提起刑事诉讼的可能性。其他的监管机构将这种策略看作是一种敲诈形式,因为安达信公司当时还在联邦指控的重压之下,正濒临破产。当新闻媒体报道说,斯皮策一度提出将美林公司的调查分析师分拆出来,让他们独立开展业务时,行业内部人士也没有什么印象。"对任何熟悉华尔街的人来说,这样的言论胜过千言万语,意义深远。从国会在20世纪70年代解除了对委员会的管制起,调查就不是自给自足的,不能够自行运转。"主要行业游说团体、美国证券业协会的法律总顾问斯图亚特·凯斯韦尔(Stuart Kaswell)说。

看起来是过了几天,然后又过了几周,斯皮策还是孤家寡人。他承认,自己曾经产生过短暂的怀疑。在对自己产生怀疑的时候,绞尽脑汁想弄清一个问题:"我就是一个堂·吉诃德(Don Quixote)吗?我把风车当作假想敌来攻讦呢,还是用力一击将所有的玻璃敲碎?"但是接下来,他给华尔街更多的公司发出了传票,并以把公司高层主管都拖进法庭就公司的研究惯例做证相威胁,给美林公司施加了更大压力,让他们切实解决问题。孤立有一个益处,那就是让人兴奋。斯皮策展开调查的事情在全国范围内乃至全世界的报

第四章 背叛信任 义愤填膺

纸都有报道。现在，他不再仅仅是50个州中其中之一位雄心勃勃的检察总长了。《金融时报》(*Financial Times*)称他是"华尔街的检察官"，《华盛顿邮报》(*Washington Post*)称他为"聚光灯下的检察官"，有线电视节目邀请他上台亮相，国会民主党人士邀请他到华盛顿为他们的公司法人责任法案意见进行游说。当然，也存在着另外的情况。例如，大名鼎鼎的保守的《华尔街日报》期刊社论版对他严厉指责，批评他是一个哗众取宠的人，并发表评论说"市场最终将会做一件比斯皮策先生做得更好的工作，那就是将这个人清理出去"。但是对于像斯皮策这样有雄心的"实用主义的自由者"来说，成为他们攻击的靶子并不是一无是处。至少新闻处的工作人员在报道检察总长办公室的时候，不会再为让记者们加上斯皮策的名字而苦恼了。

私下里，国家监管人员正要开始介入此事。两位证交会高官戴维·贝克和负责市场监管的安奈特·纳扎雷斯（Annette Nazareth）在4月份的第三周飞往纽约。"他们前来不仅仅是为了鼓励斯皮策调查欺诈问题，而且还警告这个纽约人根据他所处的位置，就他所采取的法律补救措施而言，他走得有点远了。从我们的角度来说，存在着一个全国性的证券市场，如果每个州的检察总长都强制推行他自己的那套规章制度的话，那可不是一个好主意。"贝克对当时的情况记忆犹新。全国证券交易商协会副主席玛丽·夏皮罗（Mary L. Schapiro）也采取了共同行动，因为她的组织业已展开积极调查，调查花旗集团和其他公司的分析师是否像行业规则所要求的那样，对报道存在着"合理的偏向"。斯皮策和国家监管人员群策群力，设法寻找保护分析师独立性的可能方法。贝克要求斯皮策去认识一下斯蒂芬·卡特尔，和他一起合作。贝克和斯皮策曾就斯皮策这位纽约人的权限问题有过短暂的冲突。斯皮策声称，《马丁法案》给了他执行组织结构改革的权力，贝克则提出了相反的观点，反对一系列的联邦法庭诉讼案。贝克已经提前汇编好了自己的观点，就是为了以防万一。对贝克来说，与斯皮策的会见总的来说还是非常友好的。"在我们俩半个小时的谈话中，大概有30秒气氛是非常紧张的。"贝克说，"因为意见不同，确实有过别扭，但是很快就过去了。"

斯皮策和他的助手们对会面有着不同的印象，他们对会面并没有放在心上。国家监管人员似乎是强调可能存在的问题，而不是满腔热情地投入到改革行动中去。问题非常复杂，斯皮策希望的组织结构改革代价太昂贵了，他们说。根据斯皮策的说法，夏皮罗和其他几位国家监管人员给他改革的理念泼了一盆冷水，说："银行方面是不会赞成的。"

"我当时的回答是，那又怎么样呢，谁在乎？你们是监管人员，你们应当告诉他们该干什么。"斯皮策说，"监管人员们一下子被镇住了。他们害怕站起来说，'那么做是不对的'。"夏皮罗和贝克直截了当地反驳了斯皮策对会议的解释。"如果认为我们来是要求斯皮策温和地对待投资银行，或者多多少少有些打退堂鼓的意思，这都是完全错误的。"贝克说。同样，夏皮罗也是错的。"至于银行方面愿不愿意，我不在乎。说到强制行动，那不是我所关心的——我才不会关心那个呢。"夏皮罗说。顺便他又补充道："我所关心的是，在所有的分析师都根据整个公司的财务业绩获得薪酬补偿的前提下，将分析师的薪水与投资银行的收益彻底分开，操作起来是否具有可行性。"接下来的几个月中，由于斯皮策在第一次会面时给监管人员留下了不良印象，这给他们后来打交道蒙上了一层阴影，以致出现了一些复杂情况，弄得各方都很不愉快。

这次会面之后，斯皮策很快与美林公司达成了一份代替法庭决议的协议。撤销法庭决议的目的是为了保持美林公司共同基金业务运营的生机与活力。美林公司同意将潜在的利益冲突公之于众，因为利益冲突可能影响分析师的研究报告。美林公司还同意就更广泛的内容展开讨论，达成协议。斯皮策也帮助游说其他州的证券监管人员组成一个多州特别工作组。该工作组由迪纳罗出任副主席，调查与投资银行业务研究报告相关的更全面的问题。尽管这样，斯皮策还是没有放弃与证交会合作的想法。现在，他与卡特尔结成了攻守同盟。卡特尔与他的一些证交会同事不同。他认为，试图与斯皮策竞争或者将他挤下台都没有多大意义。"对我们来说，去美林公司要求埃利奥特已经要求过的事情，这样做没有什么意义，"他记得，"这样的政府不得人心。

第四章 背叛信任 义愤填膺

发送文件提出同样的要求，不管对谁来说，都不是经济有效的做法。"于是，在卡特尔及其老朋友贝斯·戈尔登的帮助下，他们在华盛顿安排了一个见面会，让皮特和斯皮策相互了解一下，讨论双方合作的可能性。

4月24日，斯皮策、迪纳罗和戈尔登飞往华盛顿。那天天气非常炎热。他们到达证交会时，保安将他们引领到一个大会议室。会议室里挤满了人，但是没有见到皮特、卡特尔和其他熟人的影子。斯皮策在任何时候都是位政治人物，他不失时机地开始谈论起工作。他走向离他最近的一个人，伸出手说："您好，我是埃利奥特·斯皮策。您怎么称呼呢？"站在斯皮策面前的这位新交，一下子热血上涌，满脸涨得通红，尴尬地说："我在美林公司工作。"原来，满屋子都是美林方面的人！斯皮策及其一行被领错了地方。他们赶紧撤退，回到保安室，然后去了皮特的办公室。会面并不尽人意。尽管皮特的计划是悄悄地采取措施来对付他的新对手，但是证交会主席自己的好斗性格却暴露得一览无余。同事们对皮特的评价是出了名的"很少犯错、从不怀疑"。皮特的行为让斯皮策一行感到，皮特把他们看作是小打小闹的州执法者。在主要的组织结构问题上，例如在解决分析师利益冲突的问题上，他们成不了什么大气候。皮特记得他"说得很清楚，监管方面的问题无疑是我们所关心的问题……纽约州固然重要，但也只是1/50，而证交会则是1/1。你不能让50个检察总长来规定该采取什么样的标准"。证交会主席还曾一度告诉斯皮策，他们纽约人单方面追查美林公司的案子，事先没有与证交会磋商，这让他很失望。"我们愿意与你们合作。我们现在就是要讨论下一步如何行动。"皮特记得这样说，"不管我们干什么，都要携起手来。"斯皮策一听这话，十分恼火。他是独立当选的纽约官员，不是皮特手下一个跑腿的小喽啰。但是他尽量不破坏轻松愉快的会议气氛，温和地说他不知道应该给谁打电话。证交会主席也同样回答得很友好。他撕下一张纸，龙飞凤舞地写上了他的私人电话号码，递给斯皮策。"我确实确实想尽绵薄之力，此心可鉴。……说实在的，我对争争打打的不感兴趣。"皮特说。

两个男人走出会议室，表面上称要尽心尽力，精诚合作，私下里却坚定了对彼此的怀疑。在皮特看来，斯皮策就是一个野心勃勃的政客，对他这位在证交会中扮演重要角色的头面人物根本不屑一顾，对抓头版头条倒是充满着浓厚兴趣，真是一个危险的嗜好，皮特心想。"他并不是自己所认为的那么聪明，因为没有人会聪明到那种地步。"皮特说。在斯皮策眼里，皮特是一位才华横溢的辩护律师，可现在他正扮演着证交会主席这个不适合他的角色。"这么多年来，他已经习惯了为其所代表的华尔街的当事人辩护了——有技巧地辩护。"斯皮策如此评价皮特。他认为，作为证交会主席，皮特应当明白他的工作是"撤回原处……"。斯皮策想说的是，如果他能将一套新的基本规则内在化，我就会是通情达理的。

在与皮特见面的那一天，斯皮策有生以来第一次着着实实体验了一把什么是全国媒体明星的风光感觉。那天，他参加了一个记者招待会。招待会是民主党为企业道德规范改革计划拉选票而举办的。会上，上百名记者围着他。当他谈到美林公司的调查报告，并称这一行为是"腐败的"、"可能犯罪"时，记者们如获至宝，用心地、一字不落地记下了他说的每个字词。斯皮策在这种场合下如鱼得水，应付自如，他获得了证明并宣传自己最热衷的理论的机会：对证交会和共和党挥戈相向，大放厥词。"这就是联邦主义所带来的后果。"斯皮策表示，"布什政府和里根政府大肆宣扬的整个新联邦主义方法，其目的就是授予州证券监管机构权力。这就是我眼下正做的事情。"而哈维·皮特在第二天，也就是4月25日，宣布证交会已经对研究报告的问题展开了"正式审查"，并指出，委员会将会在5月初对以新规约束分析师一事进行投票表决。4月29日，证交会、全国证券交易商协会和纽约证券交易所破天荒地给12家投资银行发出协同需求文书。

美林公司并不赞同袖手旁观，坐等联邦监管人员自己展开调查。美林公司的律师声称，如果斯皮策确实开始考虑提起诉讼，而不仅仅是用《马丁法案》来实施公共审讯，他们就能为布罗吉特的邮件进行辩护，以免斯皮策提起欺诈指控。但是首席执行官戴维·科曼斯基（David Komansky）已经厌烦

第四章 背叛信任 义愤填膺

了。美林公司的股票价格遭遇了大跳水。从斯皮策提起诉讼起,已经下跌了将近20%。证交会在4月25日宣布正式审查开始。消息一出,整个金融服务部门陷入一片恐慌之中。一天之后,即4月26日召开的美林公司年度会议上,科曼斯基告诉股东们:对斯皮策所调查的一切,"我们深感遗憾";"被揭发出来的邮件的真相让我们感到非常可悲,非常失望。它们远没有达到我们的专业要求,有些是与我们的政策相抵触的";"我们没有达到高要求,而高要求是我们的传统"。他解释道,在接下来的几周之内,他打算做一切力所能及的事情来解决这个问题。斯皮策的各位代言人在公开场合都有礼貌地表示鼓励,说他们的上司称科曼斯基的道歉迈出了"很好的第一步"。私下里,斯皮策感到无比骄傲。"那个时候游戏就已经结束了。"他回忆起当时的情形,禁不住感慨道。

恰在这时,一个旧的问题重新浮出水面:斯皮策曾经想制裁非法枪支的销售问题,没有成功,在上诉问题上引起了争论。检察总长办公室认为,枪支制造商妨害了公共安全。检方对枪支问题的热情不减当年,于是上诉至中级法院,即众所周知的第一部门(First Department)。斯皮策答应在该诉讼中亲自出面进行辩论,这是自他当了检察总长以来第一次和唯一一次亲自出马。但是,随着开庭时间一天天临近,斯皮策和为斯皮策准备上诉材料的副检察总长戈尔登两人都还被美林公司的谈判事宜所缠身。不仅如此,斯皮策还受到来自国会和工商业界的严正谴责,谴责他侵犯了证交会的管理权限。而且,戈尔登知道,上诉成功的希望非常渺茫。虽然她想让斯皮策参与该案的辩论,但是戈尔登做出决定,应当确保斯皮策知道可能要面临的失败结果。"埃利奥特,你会同意我们打一场可能输了的官司吗?"在准备开庭的时候,戈尔登问道。斯皮策下定决心,决不退却。"我心里总想,如果我站出来为该案辩护,就会使他们相信这一案件对纽约州来说至关重要。"斯皮策这样表达了自己对此事的看法。

2002年5月10日,当斯皮策登上辩论台的时候,上诉委员会对他抱着怀疑的态度。法官艾尔弗雷德·D.雷诺(Alfred D. Lerner)问道:为什么经销商与实际犯罪更近,而纽约州却决定追查制造商和批发商呢?照此说来,酒驾司机也应该被看作是一种公共妨害。但是如果那样的话,各州应该关闭酒馆,而不是酿酒厂,雷诺评述说。法官乔治·马洛(George D. Marlow)提出的问题是:为什么这个问题是在法庭上,而不是在立法机关中提出来?斯皮策试图提请法官们注意,应该准许他的律师采集有利于支持他们的诉讼的证据。"法庭需要回答的唯一一个问题就是纽约州是否有资格进行调查。"斯皮策强调说。由巴尔的摩(Baltimore)律师劳伦斯·格林沃尔德(Lawrence S. Greenwald)代表的枪支行业做得更绝。格林沃尔德认为,斯皮策的辩词无效,他将枪支制造者描述为在"北极",而真正的妨害,即"那些非法枪支的获得和轻武器使用"则是在南极。法庭辩论的结果和预料之中的完全一样。上诉委员会的投票结果是3:1,斯皮策败诉。"立法机构和行政机构更适合提出有待解决的、严重干涉到商业活动的社会问题。"大多数人都持有这样的观点。他们还认为,斯皮策迫使枪支制造商改变市场交易和配给方法的努力"在法律上是不合适的、不实际的、不现实的"。接下来,纽约州最高法院拒绝审理这一案件。斯皮策倒是贤明达观。"在我内心,我总是怀疑我们赢不了。公害法的弹性是非常大的,法庭也不会舒服到哪里去……至于审判结果,这要视你遇到的特定的法官委员会的情况而定。"他慎重地表达了自己的看法,"有时候虽然明明知道胜诉的可能性不大,但是你还是要提起诉讼。"

比起斯皮策,他的下属在美林公司诉讼案上则要幸运得多。纽约证券交易所的现任主席是理查德·格拉索。他在"9·11"袭击后迅速让纽约证券交易所重新开市,一时间成了类似于民族英雄之类的人物。他作为中间人从中调解,为科曼斯基和斯皮策设法安排了一场会晤。格拉索告诉媒体,他以自己的声望支持谈判过程,因为他担心中小投资者开始相信"华尔街彻底堕落了……美国对证券行业感觉不好"。谈判消息不断泄露给媒体——有时候,当记者打电话给美林公司的代表评论谈判进程时,双方还站在斯皮策的候客室里,但是双方都想达成协议。5月21日,协议最终达成。美林公司支付1亿美元的罚金,发布一个悔罪声明,并采取相关措施,将股票分析师从投资银行业务的压力中分离开来。

与美林公司的协议也招来了各种各样的批评。虽然斯皮策口口声声要帮助中小投资者,但是这笔1亿美元的罚款却流进了纽约州、另外49个州以及波多黎各(Puerto Rico)和哥伦比亚特区(District of Columbia)的保险柜,没有拨给中小投资者一分一厘的赔偿金。斯皮策对早先将研究报告和银行业务彻底分离的提议也闭口不谈。代之而起的是,各投行的股票分析师将披露他们的利益冲突,除了"旨在让投资者受益的各种活动和各项服务"之外,分析师的薪酬也不再与投资银行业务挂钩。招致批评的不仅仅是协议本身,与此同时,协议中的处罚数额也招致了各种批评——《纽约时报》指出,只在2001年一年时间里,美林公司光是花在办公用品和邮资方面的费用就是所受处罚数额的三倍之多。"你没法处理得恰到好处,不管你在金钱方面怎样做,要么数额太小,要么就会使他们破产。"斯皮策后来说。但是任何批评都更改不了一个基本的事实:埃利奥特·斯皮策促成了第一项重大华尔街协议。"美林公司为本行业的其他公司树立了一个新的标准。"他在拥挤的新闻发布会上说。而这一切,对斯皮策来说,只是刚刚开始。

第五章　立足本职　放眼全局

斯皮策指控美林公司一案大获全胜。他深受鼓舞，于是下定决心瞄准更高的目标。他开始大刀阔斧地对华尔街的股市研究报告和IPO操作进行大规模的改革，因为只有这样做，才能使资本市场更加公平，更有成效。在与美林公司谈判的过程中，银行方面认为斯皮策的调查缺乏所谓的"横向公平"（Horizontal Equity）①。虽然斯皮策嘴上没有承认，但是在内心深处，他对银行方面的苦衷深表同情。美林公司被迫做出各项改革，但是其竞争对手却一如既往地经营各项银行业务。尽管斯皮策的解决方法并没有从宽处理美林公司，但是他将调查延伸到整个华尔街，并带动其他各州、全美国和整个行业监管机构，与他一起参与调查。

---

① 横向公平即税负横向公平，税负横向公平亦称"税负水平公平"，是税负纵向公平的对称。税负横向公平是指经济能力或纳税能力相同的人应当缴纳数额相同的税收。也就是说，税收是以课税对象自身的标准为依据，而不以纳税人的地位、等级、种族、肤色等差异实行歧视性待遇。简言之，处于相同处境的人应受到同等待遇。——译者注

华尔街"警长"——埃利奥特·斯皮策

就在全国阵亡战士纪念日（Memorial Day）①之前，检察总长办公室主办了一个大型的相识相知联谊会，目的是将各州监管人员介绍给各州同行和联邦同行。艾瑞克·迪纳罗主持了联谊会。斯蒂芬·卡特尔和证交会合规监管部（Inspection Division）主任罗瑞·理查德（Lori A. Richards）也特地从华盛顿坐飞机赶来；行业监管机构——全国证券交易商协会和纽约证券交易所也委派了高级代表前来参加会议。除此之外，参加会议的还有十几个州的证券官员。但是会议开得就像是洗了一场冷水浴，让人感觉非常不舒服。卡特尔要求各方减轻交叉要求和重叠要求对投资银行所带来的沉重负担，对投资银行提交相关文件的要求只能由其中一方发出。这一要求与国家监管机构在4月下旬所签署的文件大致相仿。大多数的州监管人员断然拒绝了卡特尔的这一要求。"我们是独立自主的主权州。"一个州的监管人员不满地抗议道，他拒绝削弱州的权力。斯皮策的团队对利用证交会的专家评价和影响非常感兴趣。但是，由于多年来很多其他州的监管人员被证交会看作是二等公民，所以他们对此耿耿于怀。现在他们所渴望的就是重新恢复自己本应享有的优惠待遇。对一些国家监管人员来说，去调查各大公司存在的问题，有些州看起来似乎没什么兴趣——他们已经为如何瓜分银行不情愿地掏出的这笔钱而争斗良久了。而证交会和行业监管人员已经派人一遍遍地研读邮箱里的电子邮件，看看是否能有什么新的发现。对于调查一事，很多州则尚处于计划阶段。有的州已经沉浸于建立一个巨大的数据库的想法，因为数据库可以以某种方式浏览所有银行的电子邮件，而且还能突出强调重要文件。虽然大家在散会时同意举行周电话例会相互通气，保持联络，掌握动态，但是，实际上这个联谊会还赶不上大学生的社团聚会。"任何协同调查的想法都是彻底失败的。"卡特尔回忆说，"从开联谊会时起到10月3日，我们就好像是蹒跚学步的小孩子一样，都忙于平行游戏（parallel play）②，相互之间的交流寥寥无几。"

① 每年5月的最后一个星期一，是美国的阵亡将士纪念日，纪念美国历史上所有为国捐躯的人。——译者注
② 卡特尔将非直接的互动形式称为"平行游戏"，它通常也包括模仿。平行游戏的小婴儿会并排坐，动作也会渐趋一致，但是他们各自所玩的游戏还不会合而为一。2—3岁儿童虽喜欢和其他儿

第五章 立足本职 放眼全局

斯皮策继续与同事们一起，齐心协力，加班加点地提起另一桩股评师诉讼案。他向手下的工作人员明确说明自己不想吃败仗。"在美林公司诉讼案结案之后极短的时间里，也就是距离达成协议只有一周的时间吧，当时我们在他办公室里，"罗格·沃尔德曼记得，"埃利奥特制订了一个雄心勃勃的宏伟计划。不管目标是谁，只要属于我们提起的诉讼案件，我们都要全力以赴，争取胜诉。记得当时我一听到这话，吃惊地叫了一声'哇'！"这可不是件容易的事情。证交会拥有丰富的人力资源，这一点远非斯皮策能与之相比拟的。在美林公司的案件结案之前，全国证券交易商协会一直在关注着分析师们几个月以来所发表的股评报告，正在准备对杰克·格鲁曼（Jack Grubman）提起诉讼。格鲁曼是花旗集团（CitiGroup）所罗门美邦公司（Salomon Smith Barney）无线电通信行业的明星分析师。鉴于资源有限，斯皮策同意与其他加入多州特别工作小组的州共同参与目标案件。虽然迪纳罗现在是这个特别工作组的副主席，但是他要保证自己先进行挑选。布鲁斯·陶普曼团队准备解决格鲁曼和花旗集团的问题，沃尔德曼则对付摩根士丹利。摩根士丹利是玛丽·米克的老巢，在电视上，她是众所周知的互联网皇后（Internet Queen），是亨利·布罗吉特最明显的竞争对手。让人遗憾的是，迪纳罗不得不将其他引人注目的选择转给别人。瑞士信贷第一波士顿著名的科技银行家弗兰克·夸冲（Frank Quattrone）和他手下的一群分析师及银行家们由马萨诸塞州州务卿（Massachusetts Secretary of the Commonwealth）威廉·高尔文（William Galvin）负责。另外，像犹他州（Utah）、阿拉巴马州（Alabama）和华盛顿州等也积极介入，参与其他大银行的调查。

美林协议的签署招致联邦政府另一部分权威人士对斯皮策的冷淡态度。华盛顿的共和党领导人公开地在报纸上承认，他们信奉联邦主义以及各州的

童同时游戏，但在游戏过程中是各玩各的，单独从事游戏，互不侵犯。"平行游戏"概念最早由M. B. 波特于1932—1933年发表在《变态与社会心理学》杂志中的文章里提出。作者按社会交往的水平把儿童的游戏分为五类：(1) 单独游戏；(2) 旁观者；(3) 平行游戏；(4) 联合游戏；(5) 合作游戏。平行游戏是2—3岁儿童表现的最初社会行为方式，也是他们此时社会性行为的主要特点。——译者注

权利。但是在他们眼里，没有像埃利奥特·斯皮策这样自命不凡的州执法人可容身立足的地方。因为斯皮策不仅对证交会的首要地位提出挑战，而且还对国会领导人的聪明才智提出了质疑。众议院议员理查德·贝克（Richard Baker），一位强势的路易斯安那州（Louisiana）共和党人，在2001年举行了关于分析师独立性的听证会。但是他将留下的问题交由行业和证交会来决定，让他们来想办法解决问题。现在，作为媒体宠儿的斯皮策出现在公众面前，宣布了自己的计划，准备对证券业施行新的行业规则。他给贝克留下的印象是：斯皮策让整个业界权威们感到屈辱、愤懑，其行为不可饶恕。在4月下旬，贝克给皮特写了一封信（并公开给媒体）。信中称，他对斯皮策"史无前例地提出市场规则并将（他自己的）这些规则强加给市场的做法"表示"严正关切"。不仅如此，贝克还写道，这个纽约人在处理这个问题上是个新手，"纵观去年一年以来国会对改革的彻底开放和公开过程，资本市场小组委员会（Capital Markets Subcommittee）明确地邀请任何相关人士参与，而纽约州检察总长没有对该对话做过任何实质性的贡献"。斯皮策针锋相对，还击说，因为需要严肃的改革，所以他对美林公司的行为提起了诉讼，贝克的听证会"没能提供任何实施改革所必需的证据"。

这场争论愈演愈烈。在美林公司签订协议后没过几周，摩根士丹利的首席执行官菲利普·J.裴熙亮（Philip J. Purcell）在国会山（Capitol Hill）四处秘密联络，公开游说，竭力推进立法：一来严格限制各州调查证券欺诈的权力，尽管该项权力已经长达一个世纪之久；二来限制利用协议对大公司——像各大投资银行——实施新的监管规则，理由是各大公司已经由证交会监管。"我们认为，在联邦层次上立法是恢复投资者信任和唤起投资者信心的一个良好途径。"摩根士丹利的一位发言人雷蒙德·欧鲁克（Raymond O'Rourke）宣称。但是所有涉及此事的人——包括赞成的和反对的——都知道该法案的目的就是阻止斯皮策插手。得知此事，斯皮策顿时义愤填膺，怒不可遏。"这是对庄严的美国法律的歪曲。"他说，"推进这样的法律唯一好处就是帮助了裴熙亮和摩根士丹利之流，因为这样一来，他就能找到借口推掉他应该受到

第五章 立足本职 放眼全局

的监督——这是万万行不通的。"斯皮策私下里给皮特打电话,询问这位证交会主席是否能够对于这些压制州权力的做法表明立场。皮特的回答模棱两可,含糊其辞。"我说,'埃利奥特,只要你追查公司欺诈问题,我就举双手赞成。但是如果你试图影响人们接受监督的方式,那你就走得太远了'。"皮特记得当时是这么回答的,同时他还补充说,他认为裴熙亮要推进的法案没有必要——"我认为我们不需要压制州权力,因为我们已经有充分的优先权了。"斯皮策对他的回答并不太满意。

几天之后,也就是6月26日,当斯皮策飞往华盛顿去为股评报告丑闻做证时,他煞费心机、处心积虑地在私下里攻击皮特。"在联邦监管人员的领导权问题上存在着无所用其心的真空。"他向参议员专门小组委员会汇报,因为小组委员会正在考虑一项新的公司管理法规。这将不会是斯皮策最后一次带有个人攻击性地去评论皮特和其他的证交会成员。"对斯皮策来说,我就成了一个替罪羊。对他来说,这一切都是人身攻击,对人不对事。这都是他胜人一筹的小伎俩。"后来皮特这样评论斯皮策。斯皮策的下属要求上司别把斯蒂芬·卡特尔也一并包括在攻击的范围之内,因为这位证交会的法规执行部主任是他们能够合作的人选。但是斯皮策的观点是,自己只是利用强硬措辞来阐明一个重要论点。"证交会昏聩无能、怠惰散漫、麻痹大意。"他说,"而要想提醒一个政界的精英人物注意,想给他的工作带来紧张感,除非你用非传统的大内高手式的言辞相劝,否则他们总是按兵不动,以逸待劳,裹足不前。"

斯皮策认为,为力争实现"上每一个头版头条"这个更重要的目标,争取优先法案是其中的一部分。刚刚在两周之前,布什政府宣布了修订《清洁空气法案》的计划。法案修订的方法将会彻底削弱斯皮策发电厂诉讼案的立法根据。"是个美国人都理应感到愤怒。"他说。他也承诺在联邦法庭上向修订方法提出挑战。"环保署竟然倒戈相向,拒绝环保,真是岂有此理。"对此,斯皮策气不打一处来。他认为,自己对证交会和环保署两个机构的领导人的口头攻击和谩骂不应当被看作是个人攻击,而应当看作是一种推进他的思想意识议

129

程的方式。"我就是想说,当联邦机构有负众望时,我就会插手。"他解释道。

接下来应该说是斯皮策时来运转。斯皮策在国会山做证的那个上午,电信大亨世通公司(WorldCom)宣布揭露了一起巨大的核算欺诈,将重新申述公司创造的上亿美元的利润。世通公司很快宣布破产。公司首席执行官伯纳德·埃贝斯(Bernard J. Ebbers)后来被判刑25年。世通公司的丑闻,加上在这之前安然公司的破产,使得美国公众大受震撼,一时之间难以承受。当务之急是责成大公司严格公司责任立法,大刀阔斧地执行反欺诈的相关法规,而不是畏首畏尾,小打小闹。在国会就世通公司和为其报道的股票分析师,特别是杰克·格鲁曼之间的密切关系举行听证会之后,摩根士丹利压制州权力的提议就这样戛然而止。至少,在公众注意的焦点转移之前是不会再被提起了。

但是当年秋天,斯皮策还要重新竞选检察总长,他要继续拿证交会当靶子。在7月下旬,当斯皮策接受了劳联—产联的支持时,他对皮特试图提高自己的薪酬举动发动了一系列的猛烈攻击,并称证交会的市场监管部(Market Regulation Division)"玩忽职守,整个儿地玩忽职守",因为他们在几年前就应该为股评师制定新的规章制度。斯皮策也做了艰苦的努力来支持多州联合。在北美有价证券管理员协会(NASAA)于纽约州举行的一个暑期会议上,斯皮策发表演讲,力劝他们签署他与美林公司所签订的那种协议。"斯皮策给我留下的印象是聪明能干,才智过人,魅力十足,他集我们所期待的政治家的才干于一身。"缅因州(Maine)证券监管官员克丽斯汀·布瑞恩(Christine Bruenn)这样评价斯皮策,"对我来说,他让人敬畏,但是这种敬畏渐渐地又几乎变成一种威压,因为我不习惯和他那样的人打交道。"

在9月中旬,全国证券交易商协会占据了各大报纸的头版头条,这也说明了斯皮策没有通过提起诉讼来控告分析师杰克·格鲁曼,没有用威胁的手段来恐吓国家监管人员。杰克·格鲁曼给温星通信公司(Winstar Communication)撰写的评估报告说得天花乱坠,而温星通信公司已于2001年破产。全国证券交易商协会的执法部门不仅对花旗集团的所罗门美邦公司罚

第五章　立足本职　放眼全局

款500万美元，而且还成为第一个亲自雇用超级明星股评师的监管机构。证交协声称，格鲁曼和他的助手们设定并坚称这家宽带通信公司股票的公开目标价格是50美元，而私下里却称自己撰写的评估报告并不合适，因为这只股票根本不值那么多，他发布了"误导性的评估报告"。全国证券交易商协会也大大方方地引用格鲁曼的私人邮件，这一招还是从斯皮策那里学来的，雕虫小技而已。格鲁曼在温星公司每股跌破1美元之后，这样写道："如果有什么事情的话，记录显示的是我们长久地、忠心耿耿地为银行委托人服务。"几乎与此同时，媒体得到披露消息，称皮特已经要求证交会人员研究是否有可能要求华尔街公司将分析师的研究和投资银行业务的运作分离开来，也就是斯皮策早就讨论过并酝酿很久的一个想法。"的确，这只是我们探索和拒绝的一种可能性，不是我渴望追求的东西。"皮特记得。

斯皮策和证交会的关系看起来是彻底破裂了。但是纽约证券交易所的主席迪克·格拉索又一次插手了。道琼斯工业平均指数在9月份下跌了10%之多。格拉索害怕监管竞争的升级会加剧道琼斯指数的下滑。"你们得为了市场利益紧紧地抱成一团。"在电话中，纽约证券交易所主席对皮特说话的口气非常严厉。10月1日，在纽约，格拉索把斯皮策、皮特和纽约证券交易所的高层领导都邀请到一起，参加私人晚宴，继而采取后续措施。

但是，在他们会面之前，斯皮策猛然采取了另一个引人注目的举措，以确保让全国监管人员和媒体明白，美林公司的诉讼案件不是一个意外事件。在已经计划好的停战饭局的前一天，斯皮策提起了诉讼，宣布向"撒网（spinning）"开战。撒网是华尔街的另一种普遍做法。目前，全国证券交易商协会正在调查此事，这也是国会听证会的主题。撒网是华尔街的俚语，指的是投资银行配置股份的做法，即向当前的客户和潜在的客户少量发放抢手的IPO股份。历史上，银行都有正当的理由确保IPO股份落到合适的人手里，因为如果是支持性的投资者而非投机商持有新发行的股票，那么新兴的公司就很可能繁荣发展起来。但是，在20世纪90年代的科技热潮中，股票配置过程就像华尔街的很多其他事情一样，已经遭到严重扭曲，IPO成为炙手可热

131

的商品。按照常规，在新股刚刚上市的几天之内，价格就会翻番，或者翻成三倍，而不是成为最初的风险性投资。因此，以发行价格购入 IPO 的股票无异于拿到了实实在在的现钞，所以投资银行开始利用这些股份来回报公司的高层主管人员，以获得他们的青睐，因为公司的高层主管能够派送给他们投资银行业务。其他证券监管机构已经早就盯上 IPO 问题了：司法部正在调查 IPO 的犯罪过程，全国证券交易商协会已经在 7 月下旬提出建议，限制 IPO 的股份在公司高管人员中的配置。但是不管怎样，斯皮策对这一问题提起诉讼是没有过错的。在连催带逼地赶着迪纳罗连夜加班之后，终于在 9 月 30 日，检察总长办公室对世通公司的伯纳德·埃贝斯和其他著名技术公司的四位高管人员提起了诉讼，指控他们接受投资银行的首次公开募股，违反了《马丁法案》，原因是他们在这些银行开展业务。"给他们配置热门的 IPO 股票不是一种无害的额外津贴；"斯皮策说，"刚好相反，在整个欺诈策划中，这是赢得新的投资银行业务不可分割的一部分。"

斯皮策要求这些主管人归还 2,800 万美元的利润。此言一出，舆论一片哗然。一时之间，华尔街有很多人被这一要求所激怒。他们认为，成千上万的高管人员捞到了同样的好处，却单单去追查这五个人，从根本上来说就是不公平的。埃贝斯的律师瑞德·温加顿（Reid Weingarten）称该诉讼是"公开的噱头"。很多法律专家预言，这一诉讼案最后会以失败而告终。与此同时，斯皮策的同行监管人员也将这一案件看作是赤裸裸地想抢占媒体报道的风头。在斯皮策的指控中，很多信息看起来要么来自花旗集团自己的内部调查，要么来自国会的调查，然而唯独只有斯皮策的办公室对此提起诉讼。证交会和行业监管机构与司法部就欺诈调查进行了协调，因为他们不想让民事和行政诉讼把事情搞砸，或者让民事和行政诉讼取代更为严重的刑事调查。由于他们负有的责任是交叉重叠的，所以要进行频繁的交流，这也是避免触怒对方的唯一途径。现在，斯蒂芬·卡特尔和证交会都期望斯皮策对联邦检察官也表现出同样的尊敬态度。但是，纽约州检察总长现在是按照一种完全不同的传统——几十年来，在纽约，州检察官和联邦检察官交锋已久——行事。而斯皮策本人，在摩根索时代，就已经与美国检察署纽约南区（U. S. Attorney's Office for the Southern District of New York）因争夺势力范围而多次展开残酷的激战。（其中与米歇尔·赫什曼的一次冲突还是在她当联邦检察官的时候。那次恶斗差一点使斯皮策失去了他未来的高级代理人。1998年，赫什曼回忆起斯皮策的行为来还颇觉苦涩。为此她甚至都不愿意去参加检察总长办公室工作的面试。后来她接受了这份工作，只是因为他们共同的朋友在他们之间进行斡旋，从中调解，斯皮策也道了歉，他们才化干戈为玉帛。）

在任何时候，斯皮策都很在意作为州公诉人的种种权利，他不为任何抱怨所动摇。抱怨的主要原因是这些民事诉讼很可能产生种种问题。总的来说，是给联邦对IPO配置的刑事调查带来问题，具体来说，则是给对于世通公司和其他技术公司主管人员的刑事调查带来问题。在他看来，撒网是华尔街堕落的一部分，同事们将其戏称为"斯皮策的统一场论"。对此，他必须予以坚决打击，决不心慈手软。正如斯皮策之所见，投资银行家通过承诺积极的研究而开展业务；分析师通过大肆宣传而名利双收；聘请银行家的公司高管人员获得IPO的股份，也同样是因为这些欺诈性的研究报告，使得他们手中攥着这些股票就像搂住了某种赚钱机器一样。"除了投资者和资本市场，人人都在捞钱。华尔街的资本遭受了巨大扭曲。"斯皮策解释说。〔尽管公众的批评声音不绝于耳，解决方式也存在着一定的争议，但是斯皮策还是于9月30日从他指控的三位公司高管那里拿到了最终协议。这些高管同意捐助总数为520万美元的慈善款，该数额接近斯皮策最初要求的IPO所获利润，即750万美元。但是这笔钱没有一分一厘回到投资者的手里。埃贝斯几乎将他所有的剩余财产都移交给了世通公司的投资者。当美国麦克劳德公司（McLeod USA）①的前首席执行官克拉克·麦克劳德（Clark McLeod）被选派去法庭上质疑斯皮策的指控时，一位曼哈顿法官发现，麦克劳德对不适当交

---

① 一家封闭式控股公司，总部位于艾奥瓦州锡达拉皮兹市（Cedar Rapids）的一家电信服务供应商。——译者注

易负有责任。对麦克劳德处罚规模的诉讼仍然悬而未决。]

　　迪克·格拉索10月1日召集的峰会晚宴是在泰罗·阿塞格纳（Tiro a Segno）举行的。泰罗·阿塞格纳是曼哈顿一家古老的意大利—美国风格的俱乐部。股票交易所主席格拉索为打破紧张气氛，风趣地谈到了影片《教父》(The Godfather）里的一个场景。在电影中，五大黑手党家族协商休战。令人意想不到的是，会议是在一片友好的气氛中进行的。斯皮策和皮特都宣布，他们有兴趣缔结一个覆盖所有银行的单一的综合协议。虽然没有人考虑邀请其他州监管机构的代表前来参加这次聚会，但是卡特尔很快找到缅因州的监管人员克丽斯汀·布瑞恩。会议那天，布瑞恩恰好宣誓就任多州团体北美证券监管者协会（NASAA）会长。"我们打算聚一聚，你要么参加要么不参加。"克丽斯汀记得卡特尔说得就是这么简洁。布瑞恩在深夜促成了各州监管人员的电话会议，他们一起将电话打到迪纳罗的公寓。"哦，提拉米苏的味道怎样啊？"马萨诸塞州的代表麦特·内斯托尔（Matt Nestor）在电话中这样问道。尽管他们各自心怀不满，但是其他各州都同意参与达成协议。10月3日，监管人员发表了一项联合声明，答应与投资银行平心静气地坐下来，"就有关分析师评估报告和IPO股票配置问题而展开的各项调查迅速做出协调性结论"。

　　尽管达成了协议，斯皮策抱定决心要掌握任何"统一结算"的时机和形式。在意大利—美国俱乐部晚宴休战之后的上午，斯皮策告诉工作人员起草一份改革项目列表提议，要求各项改革应当成为与所有银行达成协议的一部分。"明天就要给我拿出点什么来。"他坚持说。在联合调查结果最后公布之前，斯皮策的提议要受证交会的控制。第一草稿大都集中在组织结构问题上——加强了"中国墙"（Chinese wall）①。职能划分制度本应该限制银行家和

---

① 即职能分割制度，是证券法规中的专有用语，与我国的"内部防火墙"相似，是指证券公司建立有效的内部控制和隔离制度，防止研究部、投资部与交易部产生利益冲突，投资银行部与销售部或交易人员之间相互隔离。1929年后，美国当局立法规定，所有投行必须以一道像中国万里长城般的高墙把公司内的研究部与投行业务分开作业，且不允许两者分享有关投行业务的机密消息。这道立法及作业方式后来被称为"中国墙"。——译者注

第五章 立足本职 放眼全局

分析师之间的联系，更改报道规则和薪酬规则，以将分析师从投资银行业务的压力下隔离出来。但是斯皮策的指导原则没变：他想找到让普通美国人和机构投资者公平竞技的途径。他所指出的一个重要差别就是大型投资者更容易获得更好的信息。机构投资者可以利用投资银行的分析，他们也可以自行从事研究。斯皮策所敬佩的德高望重的证券律师警告他说，投资银行业务和评估报告的彻底分离可能会导致华尔街公司放弃发布评估报告，那样的话留给中小投资者的信息甚至比现在还要少。显然，应该存在着更好的办法。

有一天，斯皮策灵机一动：如果他能够为真正独立的评估调查创造一个市场的话，那么中小投资者将会和机构投资者一样有能力来对分析师挑三拣四，可能就有更好的机会来避开被大肆宣传的不适当股票。"独立评估报告比银行改革之后的内部调查是好还是坏，那时候我不知道，现在还是不知道，"斯皮策回忆道，"至少投资者将会拥有更多的数据资料，而且有能力说出当所有的独立分析师都推荐卖出的时候，你却买入的理由。"他最初想在给检察院工作人员召开的会议上尝试解释他的理念，但结果行不通。"那是我曾经听到的最不实际的想法之一。"一位与会者记得当时是这么想的，"会议室里，对此表示出热情的人寥寥无几。"即使在银行坚持说无法使独立评估报告盈利之后，斯皮策仍然坚定不移，勇敢地寻找新途径，实施自己的理念。他曾经一度在一份财经杂志上探索各种相关建议。那份杂志的评估报告来源于政府，通过对在证券交易所注册的每一家公司征收费用来获得资金。于是他对几家银行付诸实施的提议——应当存在行业资助的财团——产生了兴趣，这些财团从第三方手里购买独立评估报告，供公众使用。

证交会的几位高级官员认为斯皮策真是疯了，因为这样的一个财团很容易受到来自资助它的银行的影响，而且这距离来自政府资助的垄断只有一小步之遥。"我是坚决反对。"皮特记得，"这和股评报告一样糟糕，这只会使评估雪上加霜。"另一位证交会委员哈维·戈尔德施密德（Harvey Goldschmid）尝试着提出一种争议较小的方法。作为民主党的提名者，戈尔德施密德与斯皮策观点一致，那就是，插手保护中小投资者的利益，使他们免受市场准入之害，这是政府的责任。他和斯皮策两人偶尔私下里聊聊，交换一些看法。戈尔德施密德发现，这位纽约州检察总长愿意接受他所关注的有关政府管理的研究报告的理念。"我记得我告诉过他，1991年我们除掉了苏联，可千万别沿着苏联的老路子走下去了。"戈尔德施密德说，"他很乐意听这番话。他很善于倾听他人的意见，也很善于理解别人的心思。"

最终，斯蒂芬·卡特尔想出了一个两全其美的办法：既能施行独立股评报告而又不会产生政府官僚主义。那就是，要求各大银行在独立调查报告方面投入一定数额的费用，但是不允许它们挑选股票分析师，以免银行对分析师施加太多、太大的压力。相反，每个银行都要聘请独立顾问从外面的公司来购买和发布评估报告，外面的公司不参与投资银行的业务。"既然独立调查报告要参与竞争，并且充当既有华尔街公司发布的调查报告的制动器，那么我们就不能让这些公司自行选择股评报告。这就是为什么我们采用独立顾问这种方法的原因。"卡特尔记得当时是这么说的。

斯皮策和其他监管人员同意定期举行会谈，敲定出他们打算从银行获取的改革方案。迪克·格拉索看起来似乎有帮助使会谈活跃的第六感官。每次当停战协定看似要出故障时，他就会再组织一次晚宴。第一次是在哥伦布发现美洲纪念日（Columbus Day）①那天，在华盛顿乔治敦俱乐部（Georgetown Club）；第二次是几周之后，在纽约证券交易所。但是如何解决问题有时免不了引起争议。部分原因是在世界观方面存在着根本差别。证交会和全国证券交易商协会通常遵循以消息披露为根本的体系，因为披露能给投资者提供尽可能多的信息，并允许他们挑选要投资的公司。除非在极端的情况下，否则它们不愿意告诉公司如何经营业务。而一般情况下，它往往会要求公司告诉客户公司出现的各种问题、利益冲突以及其他事宜。斯皮策更多的是采取干涉主义的方法，根据是非曲直来考虑问题。他想禁止他所认为的不良行为，要求他认为的良好行为。斯皮策和国家监管人员在处理问题的方式上也

---

① 10月12日。——译者注

第五章 立足本职 放眼全局

发生过冲突：有人认为他没有必要采取对抗性态度，还有人认为他不愿意考虑与他意见相左的观点。"他非成即败的心理在作祟。他一旦表明了立场，就不肯认输。"他们中有人这样评论。其他人则认为，一旦他的提议受到批评，他就会指责那些批评者屈从于行业压力。斯皮策承认，有时候确实会指责同行监管人员屈从于压力。"有时候确实存在着绝对的挫折。"他说，"但是即使存在着挫折，我也不把它当回事儿。"

当监管人员试图处理撒网的问题时，两个问题都出现了。因为斯皮策将撒网看作是商业贿赂，他想在实际行动中彻底禁止。但是全国证券交易商协会主席罗伯特·格劳伯（Robert Glauber）和其他监管人员都反对，因为有时候银行有合法的理由送给公司总裁 IPO 股份。相反，他们想要求上市公司披露高管人士从撒网中受惠的信息，从而使投资者将这些信息一并考虑在内，作为是否购买股票的一个参考。在证券交易所的晚宴上，最初斯皮策同意接受非全部性禁止的提议。但是，到了第二天上午，他组织了一个电话会议，宣布改变了想法。"我知道我说过同意，"斯皮策说，"但是，经过一个晚上的思考，我无法接受。我们需要的是泾渭分明的政策。撒网是不合法的。"格劳伯一听，勃然大怒。他说，摆到桌面上来考虑的条款这么多，在达成协议之后再重新开始讨论问题，显然斯皮策这么做很不负责任。而且，格劳伯还说，斯皮策是不对的。"我们不能以身份犯论来看待公司 CEO，照你这么说，"格劳伯气咻咻地质问道，"难道公司 CEO 就没有自己的各项权利可言了？"

"我堂堂的纽约州检察总长不是为保护那些有权有势的公司 CEO 的，不是为保护那些大肥佬的。"斯皮策反唇相讥。在一片冲天的怒气声中，电话会议谈崩了，双方不欢而散。但是几天之后，格劳伯的愠怒稍微平息了些，全国证券交易商协会的高管们做出决定，他们将绝对支持禁止撒网。在10月末，他们组织召开了一系列会议，先是在华盛顿的证交会，后来在纽约证券交易所，开始与银行方面郑重其事地进行谈判。斯皮策从来没有退缩过，在最初的讨论中他占据支配地位，这样的姿态使很多与会者疏远他。"那就是强制性批准（cram-down）①。"一位银行谈判人员回忆起当时的情况历历在目，"他说，'我有一个新的想法，你们会做点什么的。你们会做点什么，因为我要求你们这么做：第三方调查的评估报告'。"另一位与会者，缅因州证券监管人员克丽斯汀·布瑞恩代表其他各州，则对斯皮策赞赏有加。"埃利奥特带到桌面上来的是一种决心和对某些事情不合理的一种感觉，"她说，"这是公司第一次听到它们正深深陷进了什么样的麻烦。"

这些会议都有一个特点，那就是源源不断地向媒体泄露信息。很多与会人员将责任都推到斯皮策身上。证交会和全国证券交易商协会从来都是小心谨慎地展开调查，以免在公开宣布事实之前伤害上市公司或者吓坏投资者，他们深以这样的历史为荣。而斯皮策向媒体发布信息的速度往往更快。一旦受到批评，他就会引用路易斯·布兰迪斯的格言："据说，阳光是最好的消毒剂。"他的工作人员也特别指出，他们并不是唯一与媒体打交道的。有些蛊惑人心的信息来源于其他渠道。其他监管人员对此根本不信——他们将斯皮策看作是一个追逐头版头条的政客，他并没有理解告知投资者调查的最后结果和有选择性地披露正在进行的调查之间有什么区别。10月24日，当各大银行到达驻华盛顿的证交会时，他们发现财经媒体已经在外面安营扎寨，专事报道会议内容了，他们非常震惊。当10月31日在纽约证券交易所再次相聚时，银行方面的律师们顿感怒火中烧——当天上午的《华尔街日报》就发表了一篇文章，详细地描述了谈判情况，谈判之前数度召开诸如此类的会议。当瑞士银行潘恩·韦伯公司（UBS Paine Webber）的高级律师西奥多·莱维恩（Theodore Levine）在充当银行的主要发言人之一时，他试图就公开宣布消息问题发表演说，引起了激烈的冲突。莱维恩首先发言，他引用《华尔街日报》的文章，告诉对面的监管人员："看看吧，我们确实非常关心，因为消息有泄露，从文章上来看似乎是监管人员泄露的消息。每次只要有人开口，都会伤害我们与政府谈判或沟通的能力，谈判的结果以报纸报道而告终。"虽然莱维

---

① 就是当一项重整计划未被各表决组一致通过时，如果符合一定条件，法院直接裁定批准该项重整计划。——译者注

第五章 立足本职 放眼全局

恩的话说得慎之又慎，没有针对斯皮策或者其他人，但是，说者无心，听者有意，纽约州检察总长私下里将这番话当成针对自己。他挥戈相向，猛烈抨击是银行方面自己泄露的信息。"调查已经让你们在市值上损失了上亿美元，"斯皮策说——他指的是银行股票价格下跌一事，"如果你们想让市值继续下跌，好，那就继续跌下去吧。"高盛公司的法律总顾问格里格·帕尔姆（Greg Palm）试图缓和紧张气氛，打圆场说："我们开始行动，奔向一个美好的开端。"但是冲突的基调已经定下来了。第二天，关于冲突的事情便一五一十、白纸黑字地刊登在《华尔街日报》上。一切都于事无补了。

　　与此同时，证交会、全国证券交易商协会和各州监管机构开始调查过去存在的种种弊端，这样的合作更有意义。但是国家监管人员得出结论说，在大多数情况下，他们都领先一步。"联邦监管人员获取了各种各样的电子邮件以及种种舞弊的确凿证据。而在这一点上，各州监管人员就没有取得多少进展。"证交会的罗瑞·理查德（Lori A. Richards）说，"我希望从一开始就集中我们的才能和各项资源。"她说，当然，斯皮策的办公室是一个例外，"纽约州检察总长的工作人员没得说的，非常非常好。"有些银行谈判人员对各州持更为消极的观点。"很多州不作为，但是他们为了利益又想分得一杯羹。"他们中有人颇为不满地说起当时的情况。但是其他州不同意这种说法。在他们看来，比起那些纽约州或证交会的人，他们利用非常有限的资源，已经是尽力而为了。"有些人不是想给你出力的。他们想怎么折腾就怎么折腾。"克丽斯汀·布瑞恩想起了证交会的参与者时这样评论道。

　　尽管有理查德的信任投票，斯皮策的调查人员并没有太多的运气找到证据来指证摩根士丹利的明星互联网分析师玛丽·米克尔。公司告诉监管人员，很多员工的电子邮件都没有保存下来。那些落入监管人员之手的电子邮件只是例行的通信，这些信件没有披露米克尔对她所评级的公司的个人观点。摩根士丹利能够证明当米克尔感到拟上市公司的业务不合理时，她会私下里进行游说，反对为其提供 IPO 服务。他们称米克尔在业务方面提出的这些建议帮助公司拒绝了投资银行业务上 100 多万美元的收入。不仅如此，

华尔街"警长"——埃利奥特·斯皮策

根据公司已经准备好的统计数字，除了2000年，米克尔的选股业绩每年都优于市场。摩根士丹利的首席法律顾问唐纳德·凯幕夫（Donald Kempf）将米克尔的纪录与伟大的棒球运动员泰·柯布（Ty Cobb）[①]的纪录相比较。通常情况下，柯布的击球率在联盟中名列前茅，但是1905年他的安打率仅为0.240。（这个比较，虽然非常具有诱惑力但是并不合适。在职业生涯中，柯布第一年的安打率是0.240，那时他只打了41场比赛；而米克尔最差的年份出现在她事业的巅峰时期。）虽然罗格·沃尔德曼继续对摩根士丹利的评级过程保留了各种疑问，但是他不愿意得出这样的结论，即"没有电子邮件表明米克尔的公开声明与私下里的意见是相悖的，因此不存在那种在某些其他案例中存在的可论证的欺诈行为"。最终，证交会和斯皮策检察总长办公室都没有对米克尔提起任何诉讼。

相比之下，陶普曼对花旗集团的调查似乎可以称得上属于"某些其他案例"。而杰克·格鲁曼为世通公司写的股评报告让他陷入了与国会的麻烦之中。斯皮策的检察总长办公室对格鲁曼报道电信巨头美国电话电报公司（AT&T）的方式更感兴趣，尤其是在多年来他一直告诉投资者这家电信公司只是一个江河日下的巨人之后，1999年他突然决定提高股票评级。斯皮策和其他的监管人员怀疑格鲁曼提高评级可能与美国电话电报公司在当时做出的决定有关。当时公司决定分拆移动电话部门，这一业务将给投资银行带来价值数百万美元的收入。毫无疑问，这一时机看起来让人怀疑——在格鲁曼给美国电话电报公司的股票提高评级后不久，即1999年11月，花旗集团被选中运作这一交易。交易在2000年4月完成后，花旗获得了6,300万美元的手续费。一个月以后，格鲁曼降低了美国电话电报公司股票的评级。花旗集团被要求移交格鲁曼的所有电子邮件。最初，花旗集团就像摩根士丹利对待玛丽·米克尔一样提到格鲁曼的邮件——只有几十封电子邮件，没有一封邮件

[①] 泰·柯布（1886—1961），是棒球名人堂球员。1928年退役时，他是9项美国职棒纪录的保持者，也是首届棒球名人堂得票率最高的球员。在职棒生涯24年中，他一共获得11次打击王的头衔，1次本垒打王和4次打点王和7次盗垒王，并留下0.366的打击率、安打4,189支，而安打纪录直到1985年9月11日才被彼得·罗斯打破。——译者注

第五章 立足本职 放眼全局

与犯罪有什么瓜葛。

后来，调查人员意外地走了好运。4月份，当全美证券交易商协会的调查人员让格鲁曼宣誓做证，准备温星通信公司的案件时，他们的老板巴里·戈德史密斯（Barry Goldsmith）碰巧休息时在走廊里遇到格鲁曼。格鲁曼正按捺不住兴奋之情用手持式黑莓装置发送邮件。戈德史密斯意识到，有些主要的东西从花旗集团的电子邮件文档中消失了。于是他的团队让他们的计算机专家接通了花旗集团技术员的电话，要求进行更为详尽的搜查。

在10月中旬，大约是监管人员们正在乔治敦俱乐部协商之时，花旗集团的律师给斯皮策办公室和华盛顿的国家监管人员打来了一个紧急电话。莱维斯·黎曼（Lewis Liman）是来自威凯平律师事务所（Wilmer Cutler & Pickering）的银行外部律师之一。此人深受检察总长办公室工作人员的喜爱，因为他曾经帮助过斯皮策办公室辩护枪械业的反垄断诉讼。所以当黎曼给贝斯·戈尔登打电话说"我们需要过来一下，就今天"时，她知道他们肯定得到了一些很火爆的消息。黎曼和年龄较大的伙伴鲍勃·麦克考（Bob McCaw）一起赶过来了。麦克考讲了一套谈话要点，听起来好像是照稿宣读的，然后又将一捆格鲁曼和卡罗尔·卡特尔（Carol Cutler）之间的电子邮件交给他们。这时，黎曼和麦克考两个人的脸上露出了异样的尴尬表情。卡罗尔·卡特尔是新加坡政府的分析师。斯皮策的律师读了这些邮件，顿时明白了两位律师举止奇怪的原因了。信件中的性描写非常露骨，让调查人员实时地、粗略地，但完全是实际地一窥卡罗尔·卡特尔（此卡特尔与证交会的法规执行部主任斯蒂芬·卡特尔无关）和格鲁曼之间的变态性关系。格鲁曼已婚，是一对双胞胎的父亲。从2001年1月13日起，电子邮件中的调情和提到私人事务的部分隐藏着一个潜在的爆炸性交易，让人完全意料不到。这也解释了格鲁曼在1999年给美国电话电报公司提高评级的原因。正如调查人员所怀疑的，格鲁曼声称提高评级与花旗集团的内部政治和公司主席桑福德·I."桑迪"·韦尔（Sanford I. "Sandy" Weill）同约翰·里德（John Reed，在花旗集团与韦尔的旅行者集团合并前，他是花旗公司的负责人）的内部斗争有关。"你知道吧，大家都认为我给 T（AT&T 的股票代码）提高评级是为了当上领队（无线交易的银行业务职位），"格鲁曼在给卡罗尔·卡特尔的信中写道，"才不是呢。我利用桑迪是想让他给我办理两个孩子在 92 街 Y 幼儿园（进入该幼儿园的难度大于进哈佛大学）的入学事宜，桑迪需要（美国电话电报公司主席）阿姆斯特朗（Michael Armstrong）在董事会的选票，以与里德决一胜负，将他赶走。一旦我们两人都获得成功（就是说桑迪胜利了，我的孩子也能确保入幼儿园），我就回过头来，正常地否定 T，阿姆斯特朗永远也不会想到我们两个（我和桑迪）利用了他。"

在会上，黎曼和麦克考与斯皮策的律师花了很长时间着重研究卡特尔与格鲁曼之间的奇怪关系以及卡特尔写给电信分析师格鲁曼的信件。但是调查人员都发现了一个关键性的区别。认为格鲁曼的评级因为个人利益而存在着偏见的这种指控，直接来自于格鲁曼的键盘而不是卡罗尔·卡特尔的键盘。如果他说的是真的，他们可能面临着证券欺诈诉讼，那么受到指控的不仅是格鲁曼，还有韦尔这位华尔街最富有、最有权势的人之一。"我们在那里埋着一颗滴答作响的定时炸弹。"戈尔德记得。接着布鲁斯·陶普曼找到了格鲁曼写给韦尔的一个备忘录，主题行写着"美国电话电报公司和 92 街 Y"，上面标注的日期比 1999 年美国电话电报公司股票被提高评级只早几周。虽然格鲁曼从来没有明确地将这两个主题联系起来，但是他在备忘录的第一部分解释了他对美国电话电报公司评级所采取的措施，然后话题一转，提醒韦尔，他，格鲁曼希望让自己的一对双胞胎进 92 街 Y 幼儿园。这所幼儿园每年学费15,000 美元，位于上东区，与纽约犹太社会的上层有千丝万缕的联系。"人们为子女所做的事情是没有止境的，"格鲁曼写道，"归根到底，这在于'你认识谁'。……如果能请您在方便之时运用您的影响力来帮助我们，我将不胜感激。正如我提到的，我会及时与您沟通美国电话电报公司的进展情况。在我看来，公司将会一切进展顺利。"琼·蒂施（Joan Tisch），该幼儿园的一位董事，证实美国电话电报公司被提高评级一个月之后，韦尔与她谈过话，表示如果她能帮花旗集团的格鲁曼——一位很有价值的员工的话，他将会"感

第五章 立足本职 放眼全局

激不尽"。在格鲁曼的双胞胎入园后，花旗集团基金（Citigroup Foundation）给Y幼儿园捐赠了100万美元。斯皮策做出决定，检察长办公室需要采取更进一步的措施，警告花旗集团及集团主席韦尔，他们很快要成为检察院一个潜在的工作目标，他们很有可能需要聘请私人律师。

在10月下旬，杰克·格鲁曼来到检察院接受两天的约谈。与亨利·布罗吉特不同的是，格鲁曼从来没有正式地宣誓做证过，所以没有任何聆讯记录存在。但是检察总长助理（Assistant Attorney General）玛丽亚·菲力帕克斯（Maria Filipakis）因为具有丰富的审讯经验和主持宣誓做证的经验，最近刚加入斯皮策调查股票分析师的团队。她记得当时的感觉是，很明显这个分析师在对质上是花了不少时间做了准备的。格鲁曼一上来就立即否认了邮件中关于92街Y幼儿园的事情。在后来的一份书面陈述中，他写道："这些特别的邮件的内容，就个人而言，令人尴尬至极，是完全没有事实根据的。令人遗憾的是，我费心费力编造了一个故事，想提高我的专业的重要性，想给同事和朋友留下一定印象。对美国电话电报公司进行的研究报告都是根据事情本身的是非曲直。"

两周之后，也就是格鲁曼—卡特尔的邮件细节在《华尔街日报》上首次公布的那天，桑迪·韦尔的态度突然来了个180度的大转弯。投资银行绝对相信这是斯皮策的团队将信息泄露给媒体，以给韦尔施加压力的结果。但是，检察总长的工作人员和报道此事的记者都一致否认消息来源于斯皮策的手下。像格鲁曼一样，韦尔也没有宣誓过，他的谈话也没有被记录下来。斯皮策的工作人员也同意在韦尔的律师位于中城的办公室沃切尔·利普顿·罗森·卡茨律师事务所（Wachtell, Lipton, Rosen & Katz）进行面谈，而不是强迫这位很容易让人一眼认出的花旗集团主席受到记者们围攻。记者们已经在斯皮策的下城总部外安营扎寨，严阵以待。按照斯皮策团队的意见，本想对韦尔立案。但是即便如此，韦尔也还是挺过了约谈，毫发无损。花旗集团签署了指导性原则，从理论上保证分析师的独立性。作为公司的总裁，韦尔能堂而皇之地声称他无法确切地知道在他公司的研究报告部门到底发生了什么事情。他并不亲自使用邮件（对于一个69岁的管理人员来说这并非什么稀罕事），因此找不出与他的说法相矛盾的纸质证据。在与他的律师团处理92街Y幼儿园一事上，韦尔做得也颇为巧妙。在公布给媒体的一份公司备忘录上，他欣然而爽快地承认了自己曾经要求格鲁曼"重新看待电话电报公司"，但是他同时坚持说："我从来没有告诉任何分析师他应该写什么。"他所交待的情况和斯皮策的调查人员所调查的情况基本类似。"他最基本的世界观是，'我从来没有告诉任何分析师他应该写什么，不该写什么。我认为，格鲁曼对电话电报公司眼下正发生的事情的了解已经过时了。身为电话电报公司董事会的董事，我深知自己的公司经历了这么多的变化，公司有如此优秀、崭新的领导队伍，他确实有理由重新看待我们的公司。我就是这么来要求他的，所要求他的也不过如此而已'。"韦尔的辩护律师约翰·萨瓦利斯（John Savarese）记得总裁就是这么说的。韦尔也坦率地承认，他确实为保护个人利益，曾代表他年薪1,500万美元的分析师，亲自出面，给92街Y幼儿园捐款。但是他还补充说，换成任何其他对公司有价值的员工，他都会这样鼎力相助的。韦尔的律师还搜集了韦尔其他给人留下深刻印象的慈善捐助，并将名单整理出来。这其中包括一些具有重大意义的捐赠，例如卡内基音乐厅（Carnegie Hall）和康奈尔大学（Cornell University）。在这两个地方，卡内基音乐厅的独唱大厅和康奈尔大学的医学院就分别是以花旗集团主席和他妻子的名字来命名的。格鲁曼与其老板之间的这一对比再清楚不过了。"格鲁曼很好控制，"陶普曼回忆说，"和韦尔在一起呢，就没有这么好的感觉……不过，他在约谈中的表现倒还是不错的。他不含糊其辞，考虑问题也很实际。对于很难回答的问题，他也不回避。"

随着2002年11月5日选举日（Election Day）的到来，发生了两个重大的变化。其一是，正如所料，斯皮策轻而易举地赢得了再选，以高于35个百分点的选票击败了鲜为人知的纽约州前法官多拉·伊利扎里（Dora Irizarry）；其二是皮特宣布从证交会辞职。在2001年的演讲中，皮特曾承诺一个"更友善、更温和"的证交会。但是在分析师的问题上，他没能先于斯皮策首先

第五章　立足本职　放眼全局

做出决定性的行动。在一个公司丑闻潜滋暗长、此起彼伏的时代里，皮特成为了一个政治包袱。后来证明，事情的最终导火线是与威廉·韦伯斯特（William H. Webster）有关的一场纠纷。皮特选择任命韦伯斯特为企业会计监管委员会的新主管，以恢复人们对公司会计的信任。虽然韦伯斯特是很受人尊敬的联邦调查局前主管兼法官，也曾担任过一家互联网公司的董事，但是这家公司已经破产，而目前公司主席正因涉嫌欺诈而接受调查。"我得出结论，这一切不会停止，不管以何种方式，我都说了算。"皮特记得当时自己就是这么想的。这位证交会主席一直待到2月，继续出席各种晚宴，与其他监管人员一起参加谈判。在皮特宣布辞职之后，只好暂时由斯蒂芬·卡特尔担任证交会的代言人。现在，在综合协议中，卡特尔已经是委员会的核心人物。不管对哪个相关人士来说，局势如此发展都是个良好的兆头。卡特尔作为耶鲁学院（Yale College）和耶鲁法学院（Yale Law School）的学术明星，其大部分职业生涯都是在私人律师事务所中度过的，人们普遍将他看作是他同时代人中最聪明的证券律师之一。他热情奔放，思维缜密，能和斯皮策一比高下。他怀着满腔热忱，盼望着签订一个在理论上和实践上都行得通的协议。斯皮策通常通过他的副手来开展工作，卡特尔则事必躬亲，亲自操刀起草管理各大银行行为的协议。他把文件原件保存在个人电脑里，经常利用吃午饭的时间来联络所有意见一致的监管人员，润色在谈判会议上提出的演讲稿的要点。"斯蒂芬要试图保证协议的最终条款不仅解决了实际的强制执行问题，而且要同时确保我们能够获得某些东西而不会破坏融资结构。"全国证券交易商协会的主要执行人巴里·戈德史密斯不无敬意地说。

恰好在谈判中间时段，即11月12日，斯皮策受《机构投资者》（*Institutional Investor*）杂志的邀请，在高级评估报告分析师年度大奖晚宴上做主题发言人。这是一个庆祝性的场合。几十位分析师将会汇集在曼哈顿下城的丽嘉酒店，站在其家人面前接受颁奖。但是斯皮策——那时候几乎每天都要力争圆满地答复华尔街企业领导人怒气冲冲地打来的电话——哪还有心思装得和颜悦色、客客气气！相反，他和副检察总长阿维·希克（Avi

Schick）想出了一个方法，以突出强调彻底检查华尔街评估报告的必要性。检察总长办公室花费了几周的时间，搜集了每一个由获奖的股评师发布的买进或者卖出的推荐意见，建立了信息数据库，以测定如果个体投资者依据这些推荐的话，他们会如何去操作。希克接着给斯皮策拟定了一篇演讲稿，强烈谴责他称之为"业界范围内的失败"的评估报告，批评51位全星级的分析师上交的"评估报告乏善可陈"、其建议"讹言惑众"。演讲稿因此越来越充斥着怒气冲冲的火药味："中小投资者接受建议买进股票，而在股评师看来，他们永远不该持有这些股票；他们还告诉中小投资者应该持有哪些股票，而事实上，这些股票是他们很久以前就应该抛售出手的。"

在晚宴进行了一个小时之后，希克看到获奖者面带笑容，抱着他们刚刚领到手的透明卢塞特树脂雕像，摆出各种各样的姿势。这位副检察总长重新考虑了一下。"我正在想啊，伙计，这个演讲稿听起来会让人不愉快。"希克记得自己这样说。于是他抓过一份演讲稿，开始用铅笔划出需要改动的地方，想尽量让语气缓和一下，使攻击性减弱一点，听起来不是那么刺耳。当会议主要介绍结束，进入主要程序时，希克找到了检察长，把改过的稿子给他。经过改动之后，稿子的语气和措辞都温和多了。斯皮策冷冷地拦住了希克，说："如果在办公室里觉得这份演讲稿合适的话，现在在这里它也还是合适的。"检察总长边说边走向讲台。他心里非常清楚，他会把满场子的人都彻底得罪。

斯皮策用一个笑话开始了演讲："今晚能站在这里实在是一件让人愉快的事情。因为今天给了我一个机会，可以让我把我们一直在重审的那些电子邮件中的名字与各位的脸对上了。"然后，在台下一片紧张不安的笑声中，他将餐刀一扔，开始大肆批评当天晚上获奖者的工作质量。"一旦用他们的股票推荐业绩来衡量，今年51个第一团队的全星分析师中，只有一位分析师的研究报告在评估分析部门中名列第一……今年的第一团队全星分析师中，有40%的人，评估业绩还没有普通分析师好。"听着检察总长的这些发言，有些客人大为不悦，怒气冲冲地摔门而去。"我不想坐在这里听这些屁话。"斯皮策正演讲得慷慨激昂，一位离席的客人拂袖而去，甩下了这样一句话。演讲结束，大厅内一时鸦雀无声。一位分析师转向希克，问他是否与起草斯皮策的演讲有关。当希克承认有关时，那位分析师也骂道："你这个该死的混蛋。"和希克不同的是，面对种种反应，斯皮策安之若素，毫无局促不安之感。"这恰好说明了他为什么会取得如此巨大的成功。"希克说，"斯皮策不慌不忙，从容不迫。他根本不在乎他以后是不是还要和他们交朋友，和他们一起打网球？哪怕是一千个人站起来说，'你是个混蛋，斯皮策先生'，他都不会放在心上。他会将那些乱七八糟的玩意儿都一股脑儿地抖落掉，做正确的事情。"

如此看来，斯皮策似乎也不会在乎是否会因将正在进行的谈判中最敏感的细节泄露给新闻界而受到指责。11月下旬，监管人员制订了在华盛顿或纽约召开单独会议的时间表。每一位监管人员负责一家银行，具体讨论已经披露出来的证据、每家律师事务所可能提出的辩护、所提议的处罚等诸项事宜。但是好几家银行的律师走进会场的那一刻已经义愤填膺、怒不可遏了，原因是他们已经从报纸上获悉可能要受到的惩罚了。"这样的话，还怎么谈判呢？太恐怖了。"一位律师记得。尤其是摩根士丹利的法律总顾问唐纳德·凯幕夫，他对会议采取一种对抗性的态度，告诉国家监管人员他们"就像睡在方向盘上一样——玩忽职守"，并且把不在会议现场的斯皮策和托马斯·杜威（Thomas E. Dewey）做了比较。凯幕夫说，杜威是纽约群氓组织谋杀社团（Murder Incorporated）的检察官，后来担任纽约州州长，竞选美国总统失败。会议室里的人吃不准凯幕夫的话是褒还是贬。后来，在同样的会议上，用一位监管人员的话说，凯幕夫"好战，满口的污言秽语"，致使证交会的罗瑞·理查德离开会议室，直到这位摩根士丹利的律师道歉才回来。"我天生好说，嘴没有把门的，有时给人留下的印象是滑稽好笑，有时人们认为我的话说得过头了。"后来，凯幕夫对自己的行为做了这样的解释。

斯皮策并不是唯一一位招致各大银行的忿恨的州官员。马萨诸塞州州务卿比尔·加尔文（Bill F. Galvin）靠自己的力量，孤身奋战，独具一格，他对瑞士信贷第一波士顿提起了200万美元的民事诉讼，指控该公司以不适当的方式用IPO的股份打点技术公司的高管人员，发布不实的研究报告以赢得投资银行业务。加利福尼亚州的公司监管人员德美特里欧斯·博欧特瑞斯（Demetrios A. Boutris）威胁说，他要阻止所有的综合协议，因为他觉得罚金太低了——尤其是他办公室负责调查的德意志银行（Deutsche Bank）和投资银行托马斯·维塞尔合伙公司（Thomas Wiesel Partner）。几家较小的投资银行通力合作，开始发表口头意见，准备退出综合协议会谈。但是，斯皮策和全国监管人员在事情进一步遭到破坏之前，开始采取更加严厉的措施，以达成最终协议。到底对谈判的反对程度如何，目前尚不清楚——有些监管人员认为，中等规模的银行只是试图将罚金压低。而格拉索和其他人同雷曼兄弟公司（Lehman Brothers）的首席执行官理查德·福尔德（Richard Fuld）接触，劝他签署了8亿美元的协议。他们的联盟已经满目疮痍，不堪一击，其他中等规模的大多数银行也迅速步其后尘。

另外一个困难接踵而至。已经面临巨额罚款——4亿美元——的花旗集团发表声明，除非所有的监管人员同意不再追究集团主席桑迪·韦尔个人的责任，否则不会参与任何协议。斯皮策与其工作人员进行了磋商，他自己也沿着中央公园（Central Park）的水库边慢跑边思考，最后经过激烈的思想斗争，终于决定顾全大局，对韦尔放松要求，放他一马。虽然该案件可能是媒体的一大幸事，但是要想赢得官司无疑也存在着巨大困难。因为斯皮策必须证明韦尔不仅竭力为美国电话电报公司评级的提高而争取，而且还要证明韦尔自己认为电话公司本不该被提高评级。虽然公司与92街Y幼儿园之间的联系看起来让人怀疑，但是没有留下任何邮件表明韦尔曾经轻视过电话电报公司的价值。在很多情况下，他甚至还购买了美国电话电报公司的股票。"我们永远不能驳斥他对公司股票的信任。他会站在证人席上做证说，'我购买了股票，我相信它'。那可是一张王牌，胜过其他一切欺诈证明。"斯皮策记得自己当时是这样考虑的。

但是斯皮策的监管人员们突然犹豫起来。全国证券交易商协会的执行人员，就是帮助揭露92街Y幼儿园证据一事的工作人员，却不肯就此轻易

第五章 立足本职 放眼全局

作罢。他们想争取更多的时间。此时，圣诞节的脚步一天天临近，斯皮策想在出去度假之前把协议签下来，以防失去冲劲。于是，他直接打电话给全国证券交易商协会主席玛丽·夏皮罗，开始给她施加压力，让她做出决定。斯皮策说得又急又快，解释了自己想在自然年结束之前把事情处理完毕，而夏皮罗妨碍了事情的进展。"你看，现在没有案子了。"斯皮策记得是这么说的。夏皮罗拒不接受，告诉斯皮策她考虑好了之后，回头再和他联系。事实上，夏皮罗的工作人员几乎把证据都审查过了，他们得出的结论是一样的。"是否对桑迪·韦尔提起诉讼，我们要根据自己的时间做出自己的决定。"夏皮罗记得。

12月18日，星期三。斯皮策的助手开始通知各大银行的大多数代表们在第二天中午时分去检察总长办公室，召开一个众所周知的令人头疼的摊牌会（Come to Jesus）①，反思一下过去的工作情况。根据时间表的安排，花旗集团的代表查尔斯·普林斯（Charles Prince）那天上午已经和斯皮策的工作人员约定要单独会面，所以先到了，其他银行的代表还没有来。斯皮策批评普林斯，告诉他银行巨头必须签署综合协议，或者其他协议。但是那只是一个准备活动——花旗集团比很多其他大银行配合得要好。后来斯皮策大踏步走出会议室，回到自己的办公室。在检察总长办公室里，五六位法律总顾问和他们的外部律师已经吵吵嚷嚷地围着会议桌坐下了。摩根士丹利派了首席执行官菲利普·裴熙亮前来参加会议。看起来好像是一旦会谈谈崩，他就准备给他的法律总顾问一顿严厉的批评。斯皮策的工作人员大多数都站着，因为他们知道老板的讲话向来简明扼要，从不拖泥带水。斯皮策坐下，直奔主题。"我就这么处理了。"他说。各大银行一直像"沙箱里孩子"一样行事。他不打算再呆呆地傻等下去了："给我签协议，要么我就上法庭。"每一家银行都

---

① 本意是指走近圣坛、走近基督、从人群中走出来承认自己的罪过，接受拯救。这里指当你遇到困难，身处困境，而你的上司却召集你开会，讨论你目前的问题。这个说法可追溯到卫理公会教派刚刚传到美国的年代。卫理公会教义中把耶稣基督描述成一位就在人们身边的形象而不是遥不可及的角色，深得人心。一大批颇具魅力的布道士在全国游说演说。这些巡回传道者在营地集会中富有激情地号召大家走近耶稣，告诫那些罪人如果他们不知悔改，将遭到诅咒。——译者注

收到一张一页的文件，然后他们签字，发回传真。总的来说，这份文件就是同意在几个小时之内在总额为14亿美元的罚款中，支付各自该支付的份额，否则，斯皮策的律师团就会像对美林公司一样，用《马丁法案》对这些大银行提起诉讼。"还有什么疑问吗？"斯皮策问道。大家一听，面面相觑，默不作声。面对斯皮策的做法，银行高管们瞠目结舌，惊惶失色。这个对他们大声叫嚷的疯子是什么人？好像他们是犯了错误的小学生一样。但是，斯皮策的工作人员和一些了解他底细的律师认为，他们所看到的一切都是斯皮策计划之中的做法。斯皮策绝对没有失去理智。他既没有大喊，也没有大叫。整个过程持续了不到15分钟。他讲出关键性问题，说服别人赞成。然后承诺文书就如雪片般飞来，就连没有前来参加会议的德意志银行也不例外。"埃利奥特说话从不拐弯抹角。他懂得手中所把持的权力的杠杆作用，并谙熟利用之道。"一家银行的一位高级律师这样总结道。

在试验性协议中，有些公司继续在个别条款和具体字句上讨价还价。但是斯皮策热情高涨，没打算离开办公室。他要求迪纳罗给所有法律总顾问家里打电话，跟踪他们在电子表格上的回复，听上去这像是在竞选之夜一个选举区区长的所作所为。最终，斯皮策让大多数工作人员回家，他和贝斯·戈尔登亲自动手操作传真机。终于，华尔街大多数大公司开始陆陆续续地回复。摩根士丹利死活不愿意，哭天喊地折腾到最后。贝尔斯登公司直到12月20日上午才签署文件——当公司的承诺文书送达时，斯皮策实际上已经在前往纽约证券交易所新闻发布会的路上了。

几天以来，关于协议的事情一直存在种种谣传。因此，12月20日，星期五，当监管人员们终于宣布他们原则上已经达成协议时，纽约证券交易所六楼的董事会会议室里熙熙攘攘，挤满了记者。热情友好的格拉索在会上担任司仪，举手投足间都透出一股亲切典雅的气度。卡特尔致开幕词，热情洋溢地赞扬了斯皮策和他的工作人员，称他们所做的是"一项令人难以置信的工作，这项工作使某些不当经营真相大白"。斯皮策也不惜溢美之词，高度赞扬格拉索是一位"完美练达的外交家"，对其他州的监管人员也极尽赞美

第五章 立足本职 放眼全局

之能事。然后话锋一转，顿时严肃起来，说："这次调查只有一件事情。那就是确保中小投资者能被一视同仁。中小投资者知道市场上没有收益保证，知道存在着风险。但是他们应该得到的是诚实的建议和公平的交易。这就是签订该协议的初衷。"他的批评很快提醒人们，尽管他的讲话主要针对中小投资者，但是协议上纽约的份额将会流向国库，而国家监管人员发过誓要将4.3275亿美元中的每一美分都归还给投资者。斯皮策回答说他还没有获得一套让国家罚金返流回投资者手里的机制。

尽管人们个个笑逐颜开，但是，要形成一个最终的书面协议还得再需要四个月的时间，中间还少不了没完没了的讨价还价。因为协议既需要对银行过去的经营行为进行一番基本描述，还要清晰地阐明未来如何保护投资者的法律补救措施。对通常代表斯皮策团队的戈尔登来说，后来关于描述部分的许多争论"在很多情况下，是一项为逗号点在哪里而进行的煞费苦心的谈判"。对行业来说，哪怕是各种微不足道的细节也都是至关重要的。银行方面关心的是自己的行为赤裸裸地暴露在投资者的诉讼中，如何来描述公司过去的行为，他们想掌握完全的控制权。至于法律补救措施部分，也同样具有争议性。斯皮策已经完全否定了现行体系。不管用什么制度来代替现行体系，证交会和行业必须都得认可。"即将出台的协议将会对资本市场如何运作产生巨大的影响。在保护投资者和资本形成的效率之间要搞好平衡关系。"卡特尔解释说。

银行方面感到整个协议的签订过程极其让人沮丧。他们把协议看作是为借壳上市（back-door）①制定规则，这样的规则制定剥夺了他们反对新的规章制度的权利。他们认为新的规章制度不切实际，代价昂贵。通常情况下，证交会要花费好几个月或者几年的时间来制定新的规章制度，然后再广泛地征求不同意见，进行修改，之后才强制执行这些新规则。由于皮特离职走人，证交会成员们决定与斯皮策步调一致，并肩前进，因此综合协议谈判

---

① 借壳上市一般都涉及大宗的关联交易，为了保护中小投资者的利益，这些关联交易的信息皆需要根据有关的监管要求，充分、准确、及时地予以公开披露。——译者注

华尔街"警长"——埃利奥特·斯皮策

表现出一种全然不同的基调。讨价还价成了当天谈判的主基调。有些提议非常可笑,例如银行方面为银行家和分析师的所有谈话提供行为监督人这一要求,对某些参加者来说似乎昂贵得令人发指。后来一位银行律师抱怨说:"他们用冲水马桶冲掉卫生间的布告和意见,也冲掉了卫生间的监管历史。到头来,你拥有的只是一个20页的、构思拙劣的文件。"没有人知道该如何阐释这些文字。摩根士丹利雄辩机智的法律总顾问凯慕夫在冬末的一个谈判会议上表达了银行方面的某些挫败感。银行已经同意向投资者支付4亿多美元,但是又围绕着如何分配和分发这些款项争论不休。由于银行和监管人员绕来绕去,无休无止,凯慕夫终于忍无可忍了,禁不住大发雷霆道:"我所关心的是,你们可以随便打开一本电话簿,点名发放。"

除了详细说明款项如何花费之外,协议还最终清清楚楚地解释了亨利·布罗吉特和杰克·格鲁曼的结局问题。布罗吉特同意支付400万美元的罚金和赔偿款。协议文件包括声明布罗吉特对 GoTo.com 公司的评估报告具有"实质上的误导作用",他对讯通和其他五家公司的评估报告"不是建立在公平交易和真实的原则上"。格鲁曼支付了1,500万美元,监管人员声称他对两只电信股票的评估报告具有"欺骗性",对另外六家公司的分析报告"不是建立在公平交易和真实的原则上"。格鲁曼在1999年给美国电话电报公司提高评级被描述为"具有误导性"。布罗吉特和格鲁曼既不承认也不否认自己的不道德行为,他们被终身禁止从事与证券行业相关的工作。监管人员虽然没有对花旗集团的 CEO 桑迪·韦尔提出诉讼,但是综合协议包括一个特殊的条款,那就是,没有律师在场,禁止韦尔直接与公司的股票分析师交谈。

到4月份达成最后协议时,联邦监管人员和这些纽约人几乎成为最好的哥们儿了。在与银行就具体条款和要求所进行的争论中,证交会和纽约的代表的立场观点完全一致。双方一致承认,卡特尔对细节的洞察力与斯皮策对双方接受和谈的强烈意愿使签署协议的宏观构想成为可能。新证交会主席威廉·唐纳森(William H. Donaldson)在2月份走马上任,也对和谈给予了极大帮助。作为一位重要的银行家和纽约证券交易所的前主席，唐纳森早就做出努力，向斯皮策伸出援手，邀请他到华盛顿小叙。观察家认为，很显然唐纳森与斯皮策的会晤比皮特与斯皮策的会晤要少一些紧张气氛。满怀着新的合作精神，斯皮策同意让唐纳森主持2003年4月在证交会召开的新闻发布会，宣布最终签署的综合协议。在最终协议宣布之后，作为回报，证交会成员在华盛顿为所有监管人员主办了一场庆祝晚宴。罗瑞·理查德记得，宴会的核心问题在于修补双方关系，重归于好，并向斯皮策的律师和其他监管机构证明证交会切实理解并欣赏他们付出的种种努力。"这是一个'监管人员一起完成重大任务'的重大事件。我们都在同一条战线上，让我们携起手来。"理查德说。

几周之后，斯皮策和卡特尔两人都被邀请去证交会历史学会（SEC Historical Society）做演讲。卡特尔把演讲当作了一个耍笑的场合，发表了即兴演说。他讲了一个段子，说的是他的纽约同行利用近期刚刚收到的虚构的电子邮件的故事。根据想象，其中一封邮件该是斯皮策发给美国联邦通信委员会（Federal Communication Commission）主席迈克尔·鲍威尔（Michael Powell）的："亲爱的鲍威尔主席：联邦通信委员会对带宽所有权实施了全面检查，以本人愚见，该工作处理稍有不当之处。根据1785年《印花税法案》（Stamp Act）的解释，请允许我们对所有流经纽约的产品征税，显然这包括带宽在内。所恳之事，若蒙慨允，将不胜感激。"

卡特尔意犹未尽，继续往下讲。他说，第二封邮件是"埃利奥特发给罗马教廷（Vatican）的。'亲爱的罗马教皇：本人想对最近罗马教皇的诸项法令略做评论。您是而且应当是天主教的首要监管人员。今斗胆直陈，您可能在圣餐变体论（transubstantiation）①一事上玩忽职守。当我读到1785年的《印花税法案》时，我就有权力对经过纽约的所有项目征税，并进行调控。我们认为天主教也不例外。草率书此，祈恕不恭'"。而最后一封邮件，据卡特尔

---

① 一种认为尽管圣餐面包和葡萄酒的外表没有变化但已经变成了耶稣的身体和血的主张。——译者注

华尔街"警长"——埃利奥特·斯皮策

称,是"埃利奥特发给天堂的。'亲爱的上帝:冒昧干请,惟望幸许。根据我的理解,您无所不在,显然,这包括纽约州。当我读到1785年的《印花税法案》时,窃以为,您应当接受纽约州的调控,而且应当缴纳税赋。您是而且应当是人类的首要监管人员。所言之事,尚希拨冗见示为幸。厚蒙雅爱,沥胆直谏。希望以上观点能与您共享'"。

听众爆发出一片笑声。但是银行方面和他们国会中的共和党支持者几乎对此没有表示出任何赏识的意思——如果有的话,他们感到近来雄心勃勃的证交会和全国证券交易商协会在努力与斯皮策达成和解方面做得太过火了。于是在2003年6月,他们又试图阻止州执法。这一次,挑衅生事的是代表理查德·贝克。在资本市场小组委员会拿起法律武器来加强证交会的强制执行权力、提高征收罚款的数额几个小时之前,贝克公开了一个"优先"修正案。该修正案作为欺诈协议的一部分,将会限制州监管人员对股票经纪商和投资银行的要求。与前年摩根士丹利没有推行成功的提议非常相似,贝克的修正案试图阻止纽约州检察总长和证券监管人员要求新的监督和向客户披露利益冲突——这两个问题是调查报告丑闻中的核心问题。贝克称他的修正案"非常地直截了当",他声称这是在重申现存的法律秩序。"市场结构属于证交会的管辖范围,作为国家证券监管人员他们处于首要地位。"他说。但是,民主党人士马上认识到打击斯皮策才是贝克的最终目标。尽管他们表示抗议,但是受共和党控制的小组委员会以24∶18的选票赞成贝克的观点,并将这一提案送交金融服务委员会(Financial Services Committee)全体委员会。

斯皮策团队获悉该提议时,简直无法相信眼前发生的一切竟然是真的。在与联邦监管人员为达成综合性协议而一起工作了几个月后,现在又受到了攻击。"我们这是过土拨鼠节[①]呢。"斯皮策告诉《纽约邮报》。这一次,贝克的修正案附加在一个提案上,该提案很受消费者的热捧,证交会也迫切地

[①] Groundhog Day,美国民间传说中,2月2日为土拨鼠长期冬眠后出洞寻找自身影子的日子。如果它发现影子,就认为是有六个多星期坏天气的预兆,随即返回洞里。如果出洞这一天是多云,看不见影子,就认为是春天来到的征兆。——译者注

想让它得以顺利通过，而且也不会像世通公司破产那样煽动起公众的不满情绪。众议院金融服务委员会民主党高级官员、马萨诸塞州的代表巴尼·弗兰克（Barney Frank）对此并不抱乐观态度，因为共和党人士在委员会中占多数，而两位民主党人也正考虑着准备加入对方的组织。他告诉马萨诸塞州的证券监管人员比尔·加尔文："我想我们恐怕赢不了。"弗兰克说，但是在众议院和未来的政治活动中，"它将成为一个非常重要的问题"。加尔文听闻此言，大为惊骇。"我们不能输。"他回答道。事实上，他和其他州的证券监管人员都认为自己会丢掉饭碗，这才是最根本的。

斯皮策和加尔文聚在一起商量对策。在众议院金融服务委员会里有哪些熟人呢？他们中有谁与州证券监管人员关系比较密切呢？怎样去给他们施加影响呢？斯皮策的办公室主任瑞驰·鲍姆开始着手处理这个事情。他开出了一份名单，给他们打电话。斯皮策首先尝试着给苏·凯莉（Sue Kelly）代表打了个电话。凯莉是小组委员会唯一一位赞成提议的纽约人。结果当着斯皮策的面，此事告吹了。"苏，你意识到自己做了些什么吗？"斯皮策问，"你在委员会中的选票一下子将州的执行权给剔除出去了。"

"那你打算怎么做啊？"凯莉回答，但她被接下来的事情给镇住了。"他接着就开始对她一顿猛烈攻击。"监听凯莉电话的一位工作人员说，"她是国会成员，那个层次的人交流起来有其特定的方式。他摆出一副居高临下的姿态对待凯莉，和她说起话来也是高高在上，对她不屑一顾的样子。"凯莉和那位工作人员都认为如果她不改变投票，斯皮策就会威胁要攻击她。"基本上都是他在那里大吼大叫，不让她开口。太恐怖了。"那位工作人员说——他现在为另一位国会成员工作。两位监听斯皮策电话的助手对此事的说法却完全不同。他们说，斯皮策从来不提高嗓门，或者直接进行威胁，但是他们证明斯皮策确实连续质问并且暗示要"告诉人们你干的好事"，这使得凯莉怒不可遏。"他态度非常坚决，明显与她意见相左。但是，根据埃利奥特的标准或其他任何人的标准来衡量，电话并不具有攻击性。"鲍姆说。在他看来，生气的是凯莉。"她对他怒不可遏。"鲍姆说。（虽然心存芥蒂，在银行业务背景下，当优先权问题再度出现时，凯莉还是鼎力支持州所享有的各项特权。）

几天之后，斯皮策和加尔文心头一亮，忽然想到一个策略：利用加尔文最新的证券欺诈案，举行记者招待会，召集公众，反对贝克的提案。在当时，斯皮策对全国媒体的吸引力比加尔文要大多了。于是在7月14日，斯皮策飞往波士顿。在摩根士丹利的办公室，当马萨诸塞州监管人员宣布在波士顿发现了不适当的共同基金销售业务时，斯皮策站在加尔文一边，坚决拥护他。加尔文宣称，摩根士丹利公司给经纪商秘密提供奖金，以推动公司自己的基金销售，但是公司方面就此事向州监管人员撒了谎。斯皮策向聚集在一起的记者们宣布，综合调查的协议已经证明州和联邦监管机构能够合作，优先权法案只是免除对投资者的保护程度。他也含蓄地恫吓了新任证交会主席威廉·唐纳森，要求他"勇敢地站出来，旗帜鲜明地拒绝这一修正案……宣布它对投资者没有益处，宣布它对市场完善没有益处。如果你不拒绝，我只好得出这样的结论：你没有从过去的五年中吸取教训"。全国报纸纷纷刊登了贝克极力削弱国家证券监管人员权力的文章，开始询问消费者是否会因为这些新条款而得到更好的服务。但是斯皮策为赢得唐纳森的帮助而做出的努力，现在有了回应，至少是在公众方面有了回应。虽然证交会的新任主席对向斯皮策挑起争端不感兴趣，但是，他也不打算公然反对一项重申证交会的首要地位的法案。第二天，迫于来自媒体方面的压力，唐纳森就此阐明了态度。"一个体制下不会存在50种不同的结构，"他告诉《华盛顿邮报》，"那样会使业务瘫痪。……证交会一定是最重要的。"后来，斯皮策声称他从来没有期望唐纳森站出来反对这一议案。他说，相反，他希望鼓励证交会的工作人员在幕后为反对法案而努力。"我唯一能严格要求的是公开地追查他们。我不得不与他们进行斗争，这样私下里他们就会回到自己的阵营，说，'我们达成妥协吧'。"斯皮策说。

到优先权法案被提出并在金融服务委员会全体委员会投票表决时，贝克独自展开了一场全面的斗争。虽然证交会工作人员私下里让记者们知道委员会没有唆使贝克采取行动，但是证交会尽量避免对贝克的观点采取正式的接

第五章 立足本职 放眼全局

纳立场。皮特·金（Peter King）——一位来自长岛的有独立见解的高级共和党人士——公然反对所谓优先权的说法。"作为共和党人，我们确实认同各州的权利——各州的各项特权和各州的控制权。"金告诉《华盛顿邮报》，"是各州官员一直在采取严厉措施，惩治公司腐败。……斯皮策担任任何职位，我都永远不会投他的赞成票。但是在揭露企业腐败、给市场带来公平感方面，他确实是取得了成就。"其他共和党人也开始动摇了。加尔文说服了俄亥俄州的共和党州长罗伯特·塔夫特（Robert Taft），让他发函，正式地反对提议，其他各州的监管人员也分别游说他们的国会议员。路易斯安那州的共和党人贝克愤怒地撤回了议案。贝克称自己"不甘心"，许诺会在秋天重整旗鼓，东山再起。"我要友善地警告那些法案的反对者们，请不要将延缓议案误解为自己的胜利。"贝克说。但是，令贝克没有想到的是，在他填装弹药上阵之前，斯皮策又将引爆另一颗炸弹。

第六章　昨天赛马　今日下注

2003年春。埃利奥特·斯皮策问最近刚调到检察院的下属、他在哈佛法学院的同班同学戴维·布朗四世（David Brown IV）："你来自华尔街，下一步的目标是什么呢？"布朗以前在证券行业工作，帮助大公司处理与监管人员的关系及诉讼方面的事务。听斯皮策这么一问，因心中早有现成答案，便随口答道："共同基金。"

在高盛集团负责公司法务时，布朗曾在《公司法杂志》（*Journal of Corporation Law*）上读到过一篇文章。文章说，在共同基金行业，按照常规，70,000亿美元的基金就要向中等投资者超标收取好几百万美元的管理费，平均算来，这些费用是向退休基金和其他购买相同服务的大型客户所收管理费的两倍之多。"这个业务很有意思……在这个行当中，兔子不吃窝边草。"布朗用华尔街的俚语向斯皮策解释道。所谓"兔子不吃窝边草"，是指一旦时机成熟，面向公众销售的基金产品便会销售泛滥，而内部人士却很少认购。

华尔街"警长"——埃利奥特·斯皮策

"由于涉及的数额巨大,其潜在超标收费可高达几十亿。如果能在这方面有所动作的话,我们给消费者省下的可是相当可观的一笔钱。"

几十年来,虽然共同基金行业基本上没什么丑闻,但是一听这话,斯皮策却表现出极大的热情。"就这么办。"他说,"我们从分析师问题开始,下一步转向共同基金,这么做也符合逻辑。分析师是投资公司和那些为自己配置投资组合的人之间的中介……但是大多数美国人通过共同基金来认购股票。在共同基金中,投资业务是由他人代劳的。"

响鼓不用重锤敲,好马扬鞭自奋蹄。一直以来,布朗就盼着能利用自己的一技之长为广大投资者做点什么。最近,他从高盛集团辞职,卖掉了在泽西城(Jersey City)的房子,从增值的房价中赚了一笔钱,便将怀孕的妻子以及三个孩子安顿在奥尔巴尼。由于奥尔巴尼房价较低,他便能够腾出财力在政府部门谋职。受2001年约翰·弗雷曼(John Freeman)和斯图亚特·布朗(Stewart Brown)(与戴维·布朗没有亲戚关系)在《公司法杂志》上发表的一篇文章的鼓舞,起初,戴维·布朗一门心思思考以下问题:共同基金所具有的非同寻常的经营管理结构,中小投资者所交纳的管理费用是否比他们应该交的要高得多?所谓共同基金,顾名思义,就是很多个人投资者或散户共同拥有的股票和债券,他们试图共同承担风险,分享利润。按照1940年联邦《投资公司法》(Investment Company Act)规定,基金必须由董事会监管,董事会应当以投资者的最大利益为行动准则。但是董事会并不是自己亲自进行投资业务。相反,他们雇用管理公司来经营管理基金。根据法律教授的解释,这样的安排会产生很多问题,即在不少基金公司中,主席和几个独立董事成员实际上就是一般所认为的管理公司的高管人员,董事会的其他成员通常在同一家管理公司的董事会中担任一定的职务。这意味着他们没有什么动力为降低管理费而进行毫不妥协的谈判。因此,弗雷曼和布朗估计,基金平均的管理费是25个基点——百分点的1/4,"高于为了给基金(经理们)提供公平而合理的酬劳而需要支付给他们的数额……这就造成向普通共同基金持有人收费过高的现象,这笔费用每年达90亿美元之多"。

第六章 昨天赛马 今日下注

共同基金行业的主要组织就基金管理方法展开了辩论。金融行业的反应是集体表示出对这篇文章的不感冒。"这算是哪门子的新闻啊？"《华尔街日报》打出了这样的标题发问。但是，戴维·布朗认为，董事会的妥协和超过正常数额的管理费用可能恰恰就意味着证券欺诈。斯皮策读了这篇文章，马上同意了布朗的看法。"我们认为，在共同基金行业确确实实存在着某些缺陷。"斯皮策说。即使后来证明，在巨额费用中，管理费所占比例很小，斯皮策认为那也无法接受。因为很多共同基金的表现落后于市场指数或者刚刚与市场指数持平。"我的核心思想是，几乎没有投资工具长期以来都能获得高于市场平均数的收益。管理费对总收益的影响相当大，人们不明白这一点。"斯皮策说。他还引用了普林斯顿大学经济学教授伯顿·麦基尔（Burton G. Malkiel）博士的观点。1973年，麦基尔教授在其经典著作《漫步华尔街》（*A Random Walk down Wall Street*）一书中论证过这一观点。

在斯皮策的支持下，2003年春，布朗开始起草发给共同基金公司的传票，因为看起来这些公司都征收了高额管理费。"因为它们没有向投资者披露存在这样的冲突，设定和征收管理费也没有竞争可言，根据这样一个设想，也许可以提起诉讼。"布朗说，"如果共同基金存在问题，我深信会在电子邮件的来往中图解般地显示出来，尤其是最近没有对共同基金行业进行过调查。"可是，在布朗尚未展开调查工作之前，办公室里的另一位律师利迪娅·皮埃尔·路易斯（Lydie Pierre-Louis）却先来到布朗的办公室，与他讨论收到的语音邮件中的一条匿名信息。"我认为你应该调查一下共同基金的事情，"邮件中是一位女性的声音，显然听上去非常紧张，"进行基金交易的途径很多，例如，在收盘后进行盘后交易[①]。在对冲基金和共同基金中也存在着违反证券法的情况。"皮埃尔·路易斯一时搞不明白打电话的人到底指的是什么；布朗也感到摸不着头脑，他认为这一秘密信息听上去不着边际。众所周知，共同基

[①] 指在正常营业时间外的交易。一般在正常营业时间（美国东部时间早上9：30至下午4：00）内交易，经纪公司会将客户的委托单送至纳斯达克交易所的市场做手（market-maker）——经纪自营商（broker-dealer）或纽约证交所的专业经纪人（specialists）来执行买卖交易。然而盘后交易则是通过电子通信网路（Electronic Communications Networks），自动撮合买卖。——译者注

华尔街"警长"——埃利奥特·斯皮策

金的价格在下午4点钟就确定了,4点钟纽约股票市场闭市,4点以后的交易按第二天的价格结算。"谁会以当天的价格进行交易呢,为什么要这么做呢?"他问皮埃尔·路易斯,"是谁会急着去做折本的买卖呢?"他们能明白有人为什么可能按照过期的价格买进或卖出,但是为什么会有人愿意充当交易的另一方呢?他们决定等着看看这个提供内幕消息的人是否能再打电话来。

"难道这位女士还没有收听电话吗?"2003年6月上旬,当诺琳·哈林顿(Noreen Harrington)试图再一次想接通斯皮策办公室的人工通话时,如此思忖着。看来,不能再打电话了,这是最后一次,她横下心来,思量着。因为自己已经留下了关于共同基金的秘密信息,如果皮埃尔·路易斯这个娘们儿不追查该消息的话,那问题就出在斯皮策身上。哈林顿想,要把事情做得彻底利落,光留下电话号码是不够的,起码得打五六个电话,保证接通才行。连哈林顿自己都吃惊的是,当皮埃尔·路易斯拿起听筒时,自己竟然不假思索,脱口而出:"我就是给你打电话爆料共同基金的那个女人。"

"哦,您好您好,非常高兴您能打电话来。"哈林顿记得皮埃尔·路易斯当时是这么说的,"我们确实想调查这个情况,可是没搞明白。我们想请您来一下。"去检察院?没门!哈林顿心里想,"我可以在电话里给您解释一下。"哈林顿一开腔,就像连珠炮似的谈到华尔街的"量能"、"择时交易①"和"盘后交易"等时尚字眼。皮埃尔·路易斯不时地鼓励一下哈林顿,让她继续说下去。但是,事实上,路易斯听得一头雾水,大惑不解。电话那端,哈林顿正在汇报她所认为的犯罪——中小投资者被对冲基金狠狠地宰了一刀,因为对冲基金给共同基金提供各种不当交易。而电话这端,尽管用心地听着哈林顿的解释,皮埃尔·路易斯律师看似还是丈二和尚摸不着头脑。最后,她终于说服哈林顿多费点心跑一趟。在检察院办公室,布朗和其他懂行的人能问

---

① 在股票交易中利用不同的市场、不同区间的时间差,进行套利的行为。频繁的择时交易可能会导致基金价值下降、增加交易费等,也会影响基金的长期表现,该基金的所有投资者都会受到影响。——译者注

第六章　昨天赛马　今日下注

她一些问题。

但是，约定时间到了，在百老汇120号会议室还没有见到哈林顿的影子。因为太紧张，诺琳·哈林顿甚至连约会日期都没敢往记事簿上写。在检察院，当她被要求排队进行安全登记时，哈林顿一下子焦躁不安起来，差一点打退堂鼓。而楼上会议室里，戴维·布朗、罗格·沃尔德曼和利迪娅·皮埃尔·路易斯也像热锅上的蚂蚁一样，坐立不安。这个女人的话当真吗？他们站在楼梯上，不时向大厅里探头张望，翘首以待爆料人。当哈林顿走出电梯时，会议室里的那份激动之情可想而知。站在他们面前的哈林顿，仪态端庄，衣着讲究，灰白的头发整齐、干净，纹丝不乱。她说自己是高盛集团的前交易员。确实，她举手投足间无不表现出一个高盛集团前交易员的雍容气度。"依我看，这不像是个疯子的行为。"就在哈林顿走进房间的时候，沃尔德曼一半是在自言自语。

布朗和其他几个人经过好几次的约谈询问才逐渐有了眉目。然后，他们把哈林顿披露的情况整合在一起。事实上，哈林顿说的主要是这么个意思：她一直在为爱德华·斯特恩（Edward J. Stern）效力。爱德华·斯特恩是纽约最富有、最强大的地产大亨莱昂纳多·斯特恩（Leonard Norman Stern）的幼子。莱昂纳多·斯特恩靠经营宠物用品和房地产捞取了30亿美元的财富。从1999年起，艾德（Eddie，爱德华的昵称？）就一直从事家庭投资方面的业务。哈林顿是高盛集团和巴克莱银行（Barclays Bank）的前债券交易商和销售员，于2001年3月进入斯特恩家族的曼哈顿办公室。斯特恩家族刚刚卖掉哈氏宠物用品公司（Hartz Mountain），估价为2.5亿美元。此时，哈林顿受托承担着经营综合基金即基金的基金（Fund of Funds）①的重任，负责各项资产管理。也就是说，她帮助斯特恩家族从事各种外部对冲基金投资。在很大程度上，这些基金都是不受监管的组合投资，主要针对有钱人。哈林顿的秘密消息还涉及爱德华·斯特恩的另一项业务，即两个内部对冲基金，统称为金

---

① 是一种以开放式基金和封闭式基金为主要投资对象的集合理财产品。——译者注

华尔街"警长"——埃利奥特·斯皮策

丝雀资本管理公司（Canary Capital Management），该公司专门从事共同基金股份经营业务。这些共同基金由诺亚·勒纳（Noah Lerner）和安德鲁·葛德文（Andrew Goodwin）管理，他们试图通过人们所说的择时交易谋取利益。诺亚·勒纳是艾德·斯特恩的贴身顾问。安德鲁·古德温是受过哈佛大学教育的交易员。在英语中，择时交易就是充分利用价格的变化：股票价格一直变化，而共同基金的价位一天只变动一次。不管什么时候，只要他们认为价格"过时了"，即滞后于相关资产的实际价值，就把上百万美元转移到特定的共同基金中，然后一旦基金价格上涨，通常就在几天之内把所持有的基金份额抛售出去。几十种对冲基金就是利用这种经营策略，但是很多共同基金经理对这种做法深恶痛绝，因为资金的突然注入和突然流出提高了经营成本，降低了长期投资者的利润。但是，在众多公司中，金丝雀公司做得与众不同。事实上，他们取得了惊人的业绩。艾德不仅将家族财富投进来，还从外部公司吸收了上百万美元。2002年1月份，斯特恩告诉投资者，金丝雀公司总资产高达4亿美元，其中1.6亿美元来自外部公司，2001年的利润率达25%之多。这一年，标准股票指数损失都在7%到21%之间。

起初，哈林顿对金丝雀的交易人没太上心。他们的对冲基金公司总部设在新泽西州（New Jersey）斯特恩的斯考克斯（Secaucus）办公室，而哈林顿大部分时间都在曼哈顿工作。但是，2002年的一天晚上，她碰巧在新泽西事务所加班，工作到很晚，看到金丝雀团队开始庆祝他们所取得的大胜利。"我们刚刚拿下这个基金。"哈林顿记得当团队围挤在他们称之为"宝盒"的电脑终端前时，一个交易员正在扬扬自得地夸海口。她感到整个场面非常奇怪。因为当天的共同基金交易在下午4点钟就应该收盘了，而现在都已经到夜晚了。她忍不住好奇，就问："你们和谁做的买卖啊，日本吗？"没有人回答她。打那之后，她开始对他们的奇怪行为提高了警惕。哈林顿注意到金丝雀交易人都是一成不变地在下午4点到8点这个时段下委托单。她也开始怀疑基金交易是否与斯特恩年初让她打给高盛集团的电话有关。当时，艾德想频繁地买进卖出高盛集团的共同基金，但是遭到了高盛上层拒绝。斯特恩希望

第六章 昨天赛马 今日下注

哈林顿能够给他找到另一条买进途径，但是根本没用。"诺琳，你可不能这么做，那是非法的，"哈林顿在高盛集团的好朋友这么说，"我们不该出现那样的基金交易额。"当时这个对话并没有给她敲响警钟。"我认为那是高盛集团的问题。"她说，意思是她已经相信了她曾经工作过的老雇主高盛集团比与斯特恩做生意的其他公司有更严格的规定，反对短期交易行为。现在她很担心这事情。她小心翼翼地试图着手调查，到处问同事一些问题，尽量不引起别人的注意，避免打草惊蛇。她的一位同事詹姆斯·纳斯菲尔德（James Nesfield）——现在在北卡罗来纳州的一位前交易员——告诉哈林顿，他的工作就是寻找"量能"，即斯特恩的团队能够进行大规模投资的基金，然后在几天之内不需要缴纳任何费用（即人们通常所说的赎回费）就退出交易。纳斯菲尔德说，有些基金对斯特恩的款项非常欢迎，其他人对发生的事还蒙在鼓里。"我们利用他们走了后门，他们还不知道是我们。"哈林顿记得纳斯菲尔德当时是这么解释的。

像这种猫捉老鼠——伺机而动的把戏听起来就是错误的。于是，哈林顿直接找到艾德·斯特恩。"这样做合法吗？"她劈头就问。艾德毕业于哈弗福德（Haverford）学院，他能伸能屈，讲起话来圆滑老练，可谓巧舌如簧。如果愿意，他随时都会让自己的举手投足间散发出一种迷人的魅力。听到哈林顿的发问，他轻而易举地回避了这个问题。"如果监管者发现问题，他们要找的是共同基金，而不是我。"艾德信誓旦旦地向哈林顿保证。到2002年劳动节时，哈林顿离开了斯特恩的家族业务。她说自己对艾德·斯特恩的经营方式感到越来越不舒服，而斯特恩也明确地表明她所提出的问题不受欢迎。而据其他熟悉这个情况的人称，哈林顿被迫与一位同事直接竞争斯特恩投资基金，因为输了，所以才离开公司。不管怎么说，她的离职协议上白纸黑字地写着哈林顿和公司"友善地终止了工作关系"。

起初，哈林顿对此保持沉默。她认为斯特恩公司的交易是一个孤立的问题，所以就没有打算因为无事生非而危及自己在华尔街的前途。但是接下来她在一家私人小投资公司工作，这使得她有机会接触到很多公开进行择时交易的对冲基金经理。当她问及他们关于盘后交易的情况时，他们小心翼翼地谈论这个话题，而不是彻底拒绝。她也开始更多地关注斯特恩公司带来的危害。2003年4月，哈林顿的姐姐玛丽·艾伦·考利甘（Mary Ellen Corrigan）惊恐地发现，自己的401（K）计划（个人退休金账户）①价值缩水了，于是送给诺琳一份她的陈述复印件，上面还附带着一个冷笑话："我想以后我得马不停蹄地干下去了。"在这份陈述中，哈林顿认出了她熟悉的几家基金公司的名字，它们一直在给斯特恩公司提供特别的交易特权。她猛然意识到自己竟然一直在为一个与侠盗罗宾汉（Robin Hood）②的行为截然相反的公司卖力。"钱是不能生钱的，"她说，"金钱是从一个人的手里转到另一个人的手里，（斯特恩的钱）是从那些没钱的人身上赚来的。"还是在4月，一个老朋友单独打电话给哈林顿，要求给他提供一些关于斯特恩公司的参考消息，因为朋友的银行打算贷款给金丝雀公司。"千万别贷。"哈林顿警告说，"大事不妙。"

到2003年5月末，哈林顿确信自己要采取点行动了。"我是这个行业的资深人士。我们应当自律，进行自我监管，我不想让人们都认为我们是些骗子。"她记得当时是这么想的。但是该去哪里呢？在刚刚过去的几个月里，报纸上报道斯皮策及其雄心勃勃的"综合协议"的文章可谓盈篇满籍，综合协议改革了华尔街的股票研究报告。"显然，报纸上对他的评价是：他是一个富有使命感的人。"哈林顿说。哈林顿还相信，自己所见证的行为就是犯罪，她知道《马丁法案》赋予了斯皮策刑事执法权，而这样的权力恰恰是证交会所缺乏的。所以当她终于振作精神，准备采取行动时，首先想到的就是给斯皮策办公室打电话。

---

① 401（K）计划也称为401（K）条款，是指美国1978年《国内税收法》第401条K项的规定。该条款适用于私人公司，为雇主和雇员的养老金存款提供税收方面的优惠。按该计划，企业为员工设立专门的401（K）账户，员工每月从其工资中拿出一定比例的资金存入养老金账户，而企业一般也为员工缴纳一定比例的费用。员工自主选择证券组合进行投资，收益计入个人账户。员工退休时，可以选择一次性领取、分期领取和转为存款等方式使用。——译者注

② 英国民间传说中的侠盗式的英雄人物，相传他活跃在1160－1247年间的英国，人称汉丁顿伯爵。他武艺出众、机智勇敢，仇视官吏和教士，是一位劫富济贫、行侠仗义的绿林英雄。——译者注

对于哈林顿的讲述，戴维·布朗越想就越觉得事情蹊跷。为什么基金公司允许给斯特恩公司提供哈林顿所描述的特权呢？各种学术研究成果以及华尔街的口口相传都表明，择时交易会增加花费，降低长期投资者的总利润。想到这里，布朗决定给他在共同基金行业的朋友们打个电话，弄清来龙去脉。得到的结果是，他们向他保证说，大多数组合基金经理会反对这样的做法，因为它伤害了客户，使他们的投资结果看上去不好。但是，哈林顿对基金经理的口是心非有现成的答案。"当然是为了管理费。"她解释道。基金公司根据客户投资资金的百分比，通过向他们收取管理费的方式赚钱。随着基金公司资金的增长，他们的收入也就随着增长。在欢乐祥和的20世纪90年代，基金资产呈现指数增长：这一方面是因为其内生的增长，另一方面则是因为中小投资者为了能在股票市场中激流勇进，而将他们的退休金和教育储蓄大量注入到共同基金和401（K）计划。而后来，即在2000年和2001年，却意想不到地撞上了熊市，这促使很多中小投资者从股票型共同基金中抽身而退。基金公司突然发现，他们管理的资产以及他们的管理费都开始缩水。那些择时交易者给这些公司提供了一条出路：以投入和跳出散户基金做交换，这些择时交易者通常会同意在基金公司投放一定数量的现金，从而产生稳定的管理费。听罢，布朗豁然开朗。哈林顿的秘密消息和他最初的担忧看起来不再是风马牛不相及的事情了，因为基金公司更关心的是利润，而不是投资者。

于是，布朗给他的实习生们安排任务，让他们开始行动，寻找能够支持哈林顿所说的事情的证据。其中，有一位实习生叫德飞茵·罗德里格斯（Delfin Rodriguez），在去纽约大学（New York University）读书之前做过计算机系统管理员。于是他开始上网搜索关于择时交易的信息。很快，罗德里格斯便有所斩获：他搜到一个共同基金聊天室，投资者在聊天室里讨论"择时量能"，答应"出大价钱"。在大量信息中，有一条是詹姆斯·纳斯菲尔德于2001年6月20日发送的电子邮件。詹姆斯·纳斯菲尔德是北卡罗来纳金丝雀公司的员工。他在邮件中写道："我们为一位择时交易投资经理（Market Timing Investment Manager）工作。他按照策略来调配共同基金份额。我们正在寻找协议好的择时安排。"更棒的是，在2002年11月的交流中，还有一个叫作 Seth Fox fundtiming@hotmail.com 的宣布，自己"正在寻找需要量能的择时者"。11月24日，他收到来自 ejstern@canarycapital.com 的回复："经营大规模择时垄断性联营。20亿美元。如果消息为真，请致电。否则勿费口舌。ES（Ensemble Studios）①。"沿着留下的电话号码和邮件地址追查，终至斯特恩家族斯考克斯办公室。

6月30日，布朗准备发传票。他先给家在北卡罗来纳州的纳斯菲尔德打了电话，问他是否愿意接受传票。布朗希望的是，既然纳斯菲尔德已经不在斯特恩公司了，他会与其前雇主联系，稍后再发给金丝雀公司传票，这样就能自然地得到他们的电子邮件及通话内容。纳斯菲尔德应诺布朗的请求，确实给斯特恩办公室打了电话，部分原因是他感到自己没有他的前雇主足智多谋，部分原因是想弄清楚斯特恩是否能给他找个律师。"我想你也需要找位律师。"纳斯菲尔德补充了一句。"我推荐哈维·皮特。"纳斯菲尔德后来说。他认为这位前证交会主席比周围任何人都要熟悉这一行业及行业规则。斯特恩告诉纳斯菲尔德，求人不如求己，要依靠自己的力量。于是这位北卡罗来纳人给布朗回电话，问检察总长办公室想怎么样。"我没有什么过错，"纳斯菲尔德争辩说，"那为什么我还要像有过错一样行事？斯皮策可是以反腐倡廉、嫉恶如仇而负盛名的。"

起先，纳斯菲尔德只是承认他对"稍迟进入"或者"反向定价"等说法"有所耳闻"，但是不久他就无所顾忌地谈论起提供这一"量能"的经纪商，因为当时是经纪商将"量能"销售给斯特恩进行择时交易的。纳斯菲尔德的行话有时很难理解，但是，显然他想合作。他同意和布朗见面。纳斯菲尔德将16箱文件和他的笔记本电脑——里面都是交易记录——扔上了他的福特 F-150（Ford F-150）皮卡小货车，驱车将近500英里，前往曼哈顿。7

---

① 即全效工作室，是一个隶属于微软的游戏开发公司。其经典作品包括广受欢迎的世纪帝国系列。1995年，该公司由 Tony Goodman、Rick Goodman、Bruce Shelley 和 Brian Sullivan 在美国达拉斯创建。两年之后，他们出品了第一款游戏《世纪帝国》。2001年5月，微软收购了该公司。目前，该公司拥有约100名员工。——译者注

月22日,当纳斯菲尔德到达斯皮策的办公室时,他东一榔头西一棒槌的,想到哪说到哪,漫无边际,听起来很没有条理。他解释说自己对斯特恩家族的慈善事业由衷钦佩,而且斯特恩对他还有知遇之恩,但是现在却给他们带来了麻烦,这让他的内心非常痛苦。谈话过程中,纳斯菲尔德一度克制不住感情,居然失声痛哭。他自称为"小人精",大学退学,一门心思钻研起证券行业的内部运作。他告诉布朗,多年来,他一直在琢磨择时交易的最好途径。众所周知,合规官员的职责是查处短期交易者。到斯特恩通过发布在互联网上的一纸简历发现他时,纳斯菲尔德已经想出了两个规避共同基金合规官员监管的办法。他的第一个策略是"隐蔽运作",低调行事,避开别人的耳目,通过经纪商和其他中介机构来进行交易。这一策略行之有效,因为大多数基金都是从中介机构那里接受大宗交易的。由于经纪商姑息养奸,择时交易会隐藏在几十甚至上百宗其他交易中,难以被察觉。第二条路子是搞定基金公司的头头,直接与基金公司打交道。公司头头要保证秘密豁免反择时交易的相关规定。这样就排除了交易无法通过的风险,当然这要花费一笔额外的费用,因为这些基金公司通常都是在苦苦支撑,所以择时交易者必须同意在这些公司中投放大量现金。

纳斯菲尔德还向布朗讲述了他与艾德·斯特恩非同寻常的雇佣关系。他家里有四个孩子,还养了一群鸡,喂着一匹脊背弯曲的老马。看看这样的日子吧,一团糟糕,没个出头之日。现在是斯特恩给了他这份工作,他也很快大获成功。还在2000年5月上旬,驻凤凰城的安全信托公司(Security Trust Company)完成了共同基金退休金计划的交易,据说为交换管理费,混在了金丝雀公司其他客户的交易中。而且,安全信托公司说迟至晚上9点还可以接受委托单。股票市场在下午4点钟闭市,然后共同基金定出价格。金丝雀公司的交易人是否是在消息宣布之后,利用这一段时间从中获利,对此纳斯菲尔德称自己拿不准。但是他所讲述的情况帮助证实了哈林顿提供的秘密消息。检方团队后来得知,在2000年到2003年之间,安全信托公司为斯特恩公司进行了上百次这样的交易,99%都是在股市闭市之后进行的。作为交换,安全信托公司得到它所持有的金丝雀资本公司1%的费用，外加4%的对冲基金交易利润。纳斯菲尔德说，斯特恩对这样的安排非常满意，并将安全信托公司交易的部分利润给了他这位顾问，开始将他这个前经纪人称为"秘密武器"。

但是，这并非是纳斯菲尔德为艾德·斯特恩所做的全部。"隐蔽运作"固然好，但是很多其他对冲基金也一样隐蔽，而想领先"择时警察"，亦即众所周知的共同基金合规官员一步却相当困难。如果纳斯菲尔德能找到一些欢迎金丝雀公司注入的基金家族，那就容易多了。所以纳斯菲尔德利用一条简单的策略，继续探索：他关注共同基金的消息，寻找那些在财政方面遇到困难的公司。因为在这样的公司中，投资者抽出资产的速度比新款项注入的速度要快。通常情况下，这些公司的反应是更换总经理，希望因此能阻止投资者外流。此时通常就是纳斯菲尔德的出手良机。"我就会给新经理打电话，说我将如何如何来帮助他保住经理宝座。"纳斯菲尔德说。由于在这些基金中择时利润通常是最大的，如果这时候基金公司允许斯特恩进行巨额快速交易，注入和撤出小公司的股票基金和国际基金，斯特恩就会答应将大笔款项留在公司其他共同基金上，或者，在某些情况下，留给同一管理公司经营的能产生高额费用的对冲基金。在择时交易款项中加上"静止"资产或"黏性"资产，能让基金公司吹嘘说，它所管理的总资产增加了，从而制造投资者虽然撤走但所产生的问题已得到解决的假象。纳斯菲尔德说，大多数时候，他都是提早与基金公司商讨。但是，斯特恩实际上已经完成交易了。"艾德喜欢有大组织给他打电话。"纳斯菲尔德说。他还说，自己一年赚10万美元，而斯特恩则吸金上百万。他们受到那些大金融公司的"热情款待"，因为后者急于获得"一单斯特恩家族款项"。最终，斯特恩将纳斯菲尔德一脚踢开。"华尔街开始称他们是一个实体。他们就沾沾自喜，翘起了尾巴。他们感到不需要我了，就过河拆桥。"他酸溜溜地说，"我还比不上这些雅皮士用处大。"

第二天，金丝雀公司前组合基金经理安德鲁·葛德文偕同律师前来。他

第六章 昨天赛马 今日下注

与布朗通第一次电话时不太乐意合作。布朗记得当他问葛德文是否曾在金丝雀公司工作过时，葛德文回答道："这事和你说不着。"起初，葛德文怀疑是不是一位朋友在搞恶作剧，因为朋友问他如果拨打布朗提供的电话号码，是否真的能与检察总长办公室取得联系。然后他让律师正式地打了个电话，解释说葛德文因受保密协议的约束，除非检察总长办公室给他发传票，否则不能随便谈论在金丝雀公司工作的情况。布朗欣然同意，给葛德文发了传票。葛德文曾经来过检察总长办公室一次。他给人留下的印象是，虽然谨小慎微但是聪明绝顶。葛德文个头不高，结实健壮，满头红发。他在哈佛大学读的是社会人类学，但课余时间都花在了商学院图书馆，钻研有关市场方面的著作，并能学以致用，在宿舍里与同学做个小买卖什么的。2000年，他出版了一本著作:《核心圈子里的交易秘诀》(*Trading Secrets of the Inner Circle*)。到与斯特恩联系时，葛德文已经30出头了。他还在曼哈顿中城开了家一人资金管理店。在金丝雀，他成为经营鬼才，编写了计算机程序，利用统计模式来决定斯特恩团队何时应当注入资金，何时抽出来。在调查者看来，因为处理包含工资信息的电子邮件问题而引起的争议，葛德文被迫于2001年12月离开了金丝雀公司。现在，调查者找到一位前知情人，他不仅能够确证哈林顿的陈词，还能确切地解释斯特恩的业务运作模式。

美国银行（Bank of America）、骏利资本集团（Janus Capital Group）和其他基金公司的办公室文件表明，它大都卷进了葛德文所说的情况之中。于是，布朗根据哈林顿提供的秘密消息给上述公司分别发了传票。但正是在约谈葛德文的11个小时里，才使得这些业务活动真实、逼真地再现出来，因为葛德文对这些细节了如指掌，能够引用全部对话和电子邮件。"如果没有他加速披露这些事情，如果不是他证明这些事情都是真的，我想当时我们对这一案件还是如坠五里雾中。"布朗回忆道，"我被彻底震住了，共同基金竟然能允许这样的事情发生。这些人本应该负有信托责任来关照投资者。"

随着布朗对这些交易事件的再现，结果发现，金丝雀交易员通过美国银行进行了上百起共同基金交易。起先他们通过人工操作进行交易，把电话打

华尔街"警长"——埃利奥特·斯皮策

给一位名叫西奥多·斯普尔三世（Theodore C. Sihpol III）的股票经纪商，后来是通过金丝雀公司自己的专用计算机终端，该终端允许对冲基金的工作人员直接进入美国银行的结算系统，时间一直到下午6点30分——这就是哈林顿所看到的"宝盒"。对斯皮策团队来说，手工操作的交易听起来就是明目张胆地行骗。曾经有一段时间，在下午4点之前，金丝雀公司会打电话给斯普尔，告诉他拟定的交易名单，这位经纪人就会在委托单上记下来，做出标记。然后在闭市之后，金丝雀员工回电话，告诉斯普尔基金公司想完成哪桩交易，斯普尔将其他的委托单扔到废纸篓了事。

其实，在检察总长办公室打电话之前，葛德文早就对盘后交易的合法性关注很久了。纳斯菲尔德与安全信托公司建立业务关系之后——包括允许延期到晚上9点的一个交易条款，葛德文记得曾经给安全信托公司的首席执行官格兰特·西格（Grant Seeger）发过一封电子邮件，主要内容是对协议提出质疑："你能确保我们可以将交易拖到晚上9点吗？我认为到那么晚不行。"他记得邮件上是这么写的。后来，随着美国银行交易进度加快，葛德文也催促过斯特恩盘后交易的协议问题。但是，斯特恩对这些顾虑置若罔闻。他说："我有证交会的资深律师，他下过保证说，虽然共同基金不喜欢这么做，但是我们可以这么做。"最后，这位年轻交易员要求一份书面保证书，金丝雀公司给他签署了书面保证。保证书称，如果他因为在对冲基金的共同基金交易中被起诉，公司保证给他支付诉讼费。当他出示"保障"赔偿条款给布朗和陶普曼看时，他们俩纵声大笑。因为为非法行为而保证赔偿某人是不可能合法的。

甚至当他们约谈斯特恩的前雇员时，布朗也像上足了发条一样，一个劲儿地给各基金公司以及在斯特恩公司工作的经纪商施加压力。刚结束了对股票分析师的调查工作，斯皮策强烈感到办公室需要再接再厉，保持紧张状态，调查不能松松垮垮，拖拖拉拉。布朗马不停蹄，发出传票，要求相关公司在14天甚至更短时间内移交与斯特恩公司以及与择时交易有关的文件。基金公司恳求放宽时间时，布朗把他想要得到的东西按重要性排了序。即使极不情愿，也还是提供了宽限期。"我的整个事业就是收诸如此类的传票；如果

第六章 昨天赛马 今日下注

收到传票的是我，我会把答复拖上它整整一年。"他说，"我们意识到发现了重要事情，其他人则没有。我们不想引起证交会或其他任何人的注意。"

与上一个成为检方目标的投资银行不同，斯特恩家族从一开始就很拿检察总长办公室当回事儿。斯特恩宠物用品公司刚刚了结了一桩20世纪70年代末80年代初的反垄断民事诉讼、刑事伪证指控以及反垄断指控。协议达成后，斯特恩家族和其他高管人员免遭犯罪指控。〔莱昂纳多·斯特恩告诉《商业周刊》："作为公司最高领导人，我没有意识到任何腐败行为的存在。归根到底，就是他们没有证据指控我们犯罪。"〕艾德聘请了加里·纳夫塔里斯（Gary Naftalis），一位曼哈顿高级刑事辩护律师。纳夫塔里斯经验丰富，曾经为基德·皮博迪、所罗门兄弟（Salomon Brothers）、环球电信（Global Crossing）董事会主席盖瑞·温尼克（Gary Winnick）等知名人士辩护过。莱昂纳多忠告儿子要好好配合检方的调查。"我告诉艾德要100%地把真相告诉检察总长——知无不言，言无不尽。不要有任何遗漏之处。"莱昂纳多在接受《商业周刊》采访时说。

纳夫塔里斯及其律师团很快意识到了其当事人所处的危险状况。虽然以前盘后交易从来没受到过指控，但是由于《马丁法案》的内容非常宽泛，如果斯皮策就是选择利用《马丁法案》指控的话，那极有可能对斯特恩提起刑事指控。没过几周，他们就向斯皮策解释说，斯特恩对达成协议很感兴趣。"无疑我们在斯皮策的瞄准范围内，这一点儿都不离谱。在这个案件中，艾德的兴趣是达成协议保护自己及其投资者，而不是反击。"纳夫塔里斯记得这么说过。根据斯皮策的观点，斯特恩能够提供的东西很多。作为组织严密的择时交易圈里最大和最佳的联络公司之一，斯特恩应该给检方办公室提供十几家基金公司及代理公司的各种罪证。为吊起调查人员的胃口，纳夫塔里斯及其同事移交了几份重要文件，这些文件清楚地揭示了斯特恩的财源。布朗第一次获得了盘后交易的书面证明材料：与两家经纪商签订的协议，一家是楷博公司（Kaplan & Company），另一家是美国牛津证券公司（JB Oxford

Company）。确切地说，它们都允许斯特恩在下午4点45分下单，买进和卖出共同基金。辩护律师也传真过来2001年5月1日斯特恩发给斯普尔的一封信。信中斯特恩称列出计划，一周从美国银行的四只共同基金中抽出1,680万美元。作为交换，斯特恩答应，他打算从美国银行贷款（当然要付息），在共同基金上投入相同数额的资本，因为对美国银行来说，这样会赚取更多的费用。信中也拐弯抹角地谈到盘后交易。斯特恩的律师着重标出了一个句子。句中，斯特恩说金丝雀公司计划"在稍稍早于麦特（Matt）规定的时间里……办理业务"。布朗知道，"麦特"是美国银行的一位官员麦特·奥古伽列欧（Matt Augugliaro），他告诉斯特恩，他们为他搭建了电子交易平台，将交易推迟到6点30分。

　　从日渐增高的一摞传票文件中，斯皮策律师团得知，斯特恩为以防不测，用了两面下注的办法。如果股市不断上涨，择时交易最为可行——那时，"过期"价格经常低于基金的实际价值。但是市场价格下跌会给斯特恩这样的择时交易者带来双重风险，因为短期投资很有可能蒙受损失而不是盈利，加上为了获准进行择时而不得不增加的"附加资金"，所投资的这些资金经常就是没有什么赚头的赔钱货。于是斯特恩的团队想出一个办法，散布证交会禁止投资者以卖空方式销售共同基金的有关规定，实际上是自己在断言基金价格会下降。由于在美国银行的派生机构工作，金丝雀团队造成了股票和债券的空仓，这恰好反映了斯特恩持有择时交易的共同基金。斯特恩会将附加资金投在无价值的基金上，卖空完全相同的基金，使那一部分交易完全成为他的市场中性基金。一旦认为价格很可能下跌而不是上涨，他也会卖空正在进行择时交易的基金。投资者知道，这些"人工合成的"一篮子股票仅仅是一种可能性，因为美国银行和其他共同基金将会定期更新金丝雀共同基金的投资组合，也就是公众一年两次所看到的信息。

　　8月5日，当艾德·斯特恩终于出现在斯皮策的办公室时，他与那个向哈林顿和葛德文下保证说他们无须惧怕监管人员的自信的富翁之子的形象相

第六章　昨天赛马　今日下注

去甚远。很明显，他看起来非常紧张。在23楼投资保护局会议室的走廊上，斯特恩走来走去，好像是来反抗律师让他向检察院交待一切的计划似的。会面的大部分时间都花在了背景材料上。调查人员想对斯特恩做出迅速判断，了解金丝雀公司更多的交易信息及其与其他大财团之间的关系。艾德看起来不太愿意说话。就是问到他，他回答起来也是支支吾吾、含糊其辞。虽然他低着头，但是依然看得出，他已经汗涔涔了。纳夫塔里斯给他协商了一个"当一日女王"的安排。所谓"当一日女王"，就是除非斯特恩撒谎，否则他对检方团队所说的任何话语都不可以在法庭上用作对他的指控。但是这并没能阻止检方人员布朗和另外一名律师查尔斯·卡利恩多（Charles Caliendo）询问一些关键性问题。

"你做盘后交易？"他们单刀直入，向他发起进攻。

"是的。"斯特恩回答。他蜷缩着身子，双臂在胸前交叉在一起，两只手紧紧地握住自己的双肘。这位金丝雀交易员称这样的交易是"不错的保险"，他后来这样承认。

起初，斯特恩并没有像在买卖中要成为赢家那样去争取免于法律诉讼。"我们感到好像必须要从他嘴里撬出点什么东西一样。"布朗记得，"他是在回答，但是只有当我们的问题合他心意的时候，他才肯说。我们想，'如果你试图让我们相信你是一个好证人，那就要更卖力一些才行'。"

事到如今，斯皮策只好亲自出马，监督调查，因为迪纳罗接手了摩根士丹利的一项任务。斯皮策正在阅读有关择时交易的学术文章，办公桌上有一堆亟待处理的电子邮件。斯特朗资本管理公司（Strong Capital Management）电子邮件高速缓冲贮存区里就有其与斯特恩的来往信件。在信中，斯特恩要求短期择时交易的资金翻番，作为交换，他答应将投资在斯特朗资本管理公司对冲基金的高额管理费也翻番。一封来自骏利资产管理国际有限公司（Janus Capital International）总裁理查德·加兰德（Richard Garland）的电子邮件写道："我对在市场中的短线炒作者中开展业务没什么兴趣，但是同时我也不想将1,000万~2,000万美元的款项拒之门外！（金丝雀的）业务规模到底有多大？"

（骏利公司最终拒绝了这项特别交易，但是赞成其他择时交易者参与。）

虽然证据越来越多，但是斯皮策和布朗有时感到调查结果不太可靠。"整个夏天，我们时不时地闪过各种念头，做过种种设想，心想这不是真的，盘后交易或择时交易看起来会土崩瓦解的。"斯皮策记得。布朗担心的是检察总长办公室对盘后交易的某些方面存在着误解。"虽然我知道我们所掌握的情况不是个好事，但是另一方面，我又难以置信，"他记得，"我非常害怕我们可能错过了什么。"斯皮策甚至曾经要求他的执行助理马琳·特纳（Marlene Turner）（她本人也是律师）给传奇投资人物沃伦·巴菲特（Warren Buffett）打个电话，向他讨教一些建议。巴菲特不仅接了电话，还热心地让斯皮策向已经半退休的先锋基金投资公司（Vanguard Investment）创始人杰克·鲍格尔（Jack Bogle）求助。杰克·鲍格尔强调低额管理费，建立了全国规模最大的共同基金公司之一。

到8月中旬，斯皮策终于下定决心，让调查人员进入下一个阶段的工作。他要求布朗以民事欺诈诉讼的形式，详细写出调查结果。金丝雀的律师们仍然对达成协议感兴趣，但是谈判依然没有进展。斯皮策就好像雷达一样，对探测热点问题具有神奇的感觉，他已经锁定了这个问题，想在这个问题上速战速决。"这个问题会比调查分析师的问题要大。"他对副检察总长贝斯·戈尔登说道。帮助约谈艾德的是法务专员查尔斯·卡利恩多（Charles Caliendo），他现在的主要任务是描述斯特恩与几个特定经纪商和各基金公司的交易，而布朗则根据卡利恩多的描述，解释涉嫌欺诈的根本原因。他们精心计划好的第一次指控惨遭失败。布朗确信，在弄清楚不当盘后交易问题的底细之前，必须要对择时交易背后复杂的经济原则做出合理解释，毕竟这一问题非同寻常。但是卡利恩多担心的是，他们对盘后交易强调得过头了，因为在证交会的规定中，关于共同基金交易何时停止的语言文字解释并不是十分明晰。在进退两难之际，斯皮策出面定夺。他要求"让盘后交易打头阵"，布朗记得。投资保护局团队冥思苦想，绞尽脑汁，寻找普通百姓容易理解的方法去解释斯特恩所获取的利益。他们戏称这一计划是"灌铅骰子"和"做

第六章 昨天赛马 今日下注

了记号的牌"，但是斯皮策喜欢的比方是"赛马中看到马匹越过终点线后再对那匹马下注"。办公室其他人拿不准这种交易行为的界定方法；虽然在下午4点之后购买共同基金份额提高了斯特恩预测市场上哪只基金上涨的可能性，但是并不能保证这只基金就一定会盈利。事实上，斯特恩和葛德文告诉过他们，金丝雀公司有时在盘后交易中也会赔钱，这种时候往往是将盘后交易转向股市。工作人员对斯皮策的选择没有提出质疑，而是给法律文件增添了某些回旋或调整的余地。他们决定不特别强调盘后交易的问题，而是强调这一交易行为"与今天下注赌昨天的赛马相类似"。

斯皮策预祝草案成功，接着就去了北卡罗来纳州的外班克斯列岛（Outer Banks）①休家庭年假。但是还有一个关键问题尚待解决：在斯皮策回来之前，检方能与斯特恩达成协议并将调查结果公布于众吗？斯特恩及其律师想调停。检方团队知道，他们把共同基金公司作为诉讼的主要目标，如果有斯特恩作为合作证人，那么他们的诉讼会更有说服力。经过一轮又一轮的讨价还价，双方同意金丝雀公司支付总款项为4,000万美元的赔偿金，其中3,000万美元归还给因金丝雀公司不当交易而蒙受损失的共同基金投资者，1,000万美元是罚金。斯皮策同意不再追究包括斯特恩家族和朋友在内的与金丝雀公司交易而获利的投资者。"艾德从内心感到不应当伤害投资者，毕竟他们不知道他的所作所为。"纳夫塔里斯说。但是随着劳动节周末的到来，协议却泡汤了。原因是斯特恩的律师想在协议文件上写明所支付款项只包括当事人的盘后交易行为，不包括普通择时交易业务，因为他们不希望共同基金投资者在得知此事后，而对斯特恩提起民事诉讼。但是，布朗想在协议上阐明择时交易和盘后交易都具有欺骗性，均为不当行为。另外，双方还在一些细枝末节上纠来缠去——作为交易的一部分，斯特恩将会被禁止代表非亲属投资共同基金，但是在家庭成员范围的界定上，双方又产生了不小的分歧。为解决这些问题，他们将事情进一步复杂化：双方分别将斯皮策和纳夫塔里斯从各自

---

① 美国北卡罗来纳州东海岸的列岛。——译者注

的沙滩假期中电话召回。"我一周的假期就是这么过的，全部时间都花在了打电话上。"纳夫塔里斯记得。

8月29日，星期五，晚上7点38分，卡利恩多给值班的初级辩护律师艾瑞克·特斯彻韦尔（Eric Tirschwell）发了一封电子邮件，最终要求是："我们需要你和你的当事人15分钟之内签名。"没有回复。戴维·布朗已经收拾好东西，过周末去了。在地铁上，他顺便给斯皮策和高级职员发了一封电子邮件：谈判破裂。"当时，我想应当起诉他们。"布朗记得，"我觉得这场官司很容易打，输不了。"

办公室里，电话铃响了。布鲁斯·陶普曼工作到很晚。他抱着一线希望，希望斯特恩团队能重新考虑。听到电话铃响，陶普曼冲过去抓起话筒。电话是特斯彻韦尔打来的。"简直是疯了。我们的分歧没有那么大。难道我们不能让事情重新回到正常轨道上来吗？"辩护律师特斯彻韦尔说。陶普曼答应说会尽自己所能。"我给埃利奥特打了电话，告诉他那个人愿意协议解决。我向他传达了在整个事情的计划中……重要的是把这件事情彻底解决掉，而不是抓住那些鸡毛蒜皮的小事不放。如果我们把与斯特恩的协议搞定的话，一旦我们回到共同基金问题上，我们就会抓住某个契机，我们的结构改革就有可信性。"陶普曼记得当时是这么说的。

而在北卡罗来纳，斯皮策正在看电视上播放的美国网球公开赛，他捎话给金丝雀的辩护团，如果到比赛结束时他们还不能达成协议，一切就都结束了。终于，在10—11点时分，他和纳夫塔里斯快刀斩乱麻，理出了头绪，解决了一切烦琐之事：在择时交易与盘后交易的协议措辞问题上，接受斯皮策的主张，即协议包括择时交易与盘后交易两个方面，但是不阻止斯特恩在民事案件中提出对择时交易不负有责任的抗辩。事情总算解决了，不想又出现了另一个意外障碍——斯皮策海滨别墅里的传真机出了故障。于是，他只好来到当地街上的一家食品店。"他们不知道我是谁。"斯皮策记得。虽然不认识他，但他们还是慷慨地让他使用店里的传真机。所以在共同基金行业历史上引起轰动的协议文件上都赫然印着"汤姆记店铺"（Tommy's Market）的字样。

第六章 昨天赛马 今日下注

最后，受以前办案经验的影响，斯皮策终于决定与斯特恩达成协议。早先，因为美林公司总裁的道歉，华尔街其他公司对斯皮策刮目相看。枪械业断然拒绝对非法枪支引起的暴力行为承担责任曾使检方一度陷入被动。斯皮策相信，如果有案可查的重要成员承认当前的状况是错误的，那么就能轻而易举地在共同基金行业推行全面变革。促使金丝雀公司达成协议并予以罚款将会马上改变盘后交易和择时交易论争的基调。斯皮策记得他当时是如此衡量代价和收益的："我们可以首先对斯特恩和金丝雀公司立案，提起诉讼。在诉讼中，他们会就每个问题进行辩驳，这样的话可能需要一年半的时间；我们也可以与他们达成协议，将整个事件公开。两种选择哪个更好呢？我选择后者。因为你可以根据已经接受的事实，开展其他工作，然后以此为基础，再开展另外的工作。"斯皮策心里清楚，与斯特恩达成协议会产生很大的负面效应：让艾德逃脱刑事制裁，保留交易所获利润的极大部分，这对于惩罚金丝雀计划中的其他交易者和参与者，会造成严重阻力。协议也会让人们重新评价斯皮策。过去，人们一直认为斯皮策总是急于达成协议，不愿意挑战真正让人棘手的强硬派。斯皮策决定不去在乎这些闲言碎语。"《华尔街日报》指责我的诉讼案'都是些协议或者庭外和解'，我想说，在曼哈顿检察总长办公室的诉讼案中，99%都是庭外和解。刑事司法体系就是这样运作的，没有人对此提出抗议，除非（被告）看上去像社论作者。"斯皮策坦言自己内心的想法。

质疑和批评接踵而至。现在，斯皮策打算举行一场新闻发布会。"这是一起复杂的欺诈案，至于全部情况如何目前尚不可知。"斯皮策说。9月3日，星期三，斯皮策清楚地表达了自己的观点：将关注目光投向市场，确保所有投资者甚至是中小投资者公平竞争。在宣布这一重要信息之前，斯皮策告诉电视台和记者们："但是有一件事情是非常明确的：共同基金行业执行的是一个双重标准。某些公司和个人获得机会，操纵了整个交易体系……我们会竭尽全力让金钱回到那些遭受损失的投资者手中。"下一个问题是：如何行动？

第七章　两套规则　明火执仗

纽约州检察总长又揭露了另一起经济丑闻！消息传来，全国一片沸腾。斯皮策就金丝雀协议一事举行了电视新闻发布会。此时，美洲银行（Bank of America）首席执行官肯尼斯·刘易斯（Kenneth Lewis）正在加利福尼亚度假，得知自己的公司因违规经营而被报道。在华尔街，有好几家基金公司因被斯皮策特别点名，股票价格急剧下跌。骏利资本集团在9月3日和4日两天里跌幅就高达10%之多。美洲银行由于多元化经营之故，跌幅倒是不大，仅为4%。在华盛顿，美国投资公司协会（Investment Company Institute）会长马修·芬克（Matthew Fink）本来打算那一周宣布退休，听到这一消息，立即取消了既定计划。美国投资公司协会是一家实力非常雄厚的共同基金游说组织。斯皮策的电视演讲娴熟、精彩，马修看到这一幕，想到在两周之前，自己与这位纽约州检察总长在华盛顿一家网球场上不期而遇的情景时，不禁愧疚顿生。当时，斯皮策问他基金近况如何，芬克回答说，一切都处于严格审查和监督中，但是趋势向好。"那就等着瞧好吧。"斯皮策微笑着回答。就在两个月前，国会议员理查德·贝克还曾试图彻底摧毁斯皮策的权威，现在则不惜对他大加溢美之词。"得知在我们的行业存在这样的欺诈，无疑我们会充满着愤慨之情。现在，检察总长帮助查清了共同基金的管理费问题，让明亮的阳光照耀进这个昏暗腥臊的世界，对此我表示由衷的赞赏。"贝克的一席话，情真意切。目前，贝克正在热火朝天地推进关于共同基金改革的事务。

说来也巧，在纽约城另一端的证交会总部，金丝雀公司的调查正好与一伙非同一般的人物遭遇上了。几个月以来，尽管证交会的工作人员在调查股票分析师的综合协议中与斯皮策并肩战斗，协同工作，他们也做了大量具体而细致的工作，但是到头来，还是让斯皮策拿了荣誉的大头。然而，斯皮策事先连个提醒的电话都没给证交会拨过，甚至连客套一下都没有。不仅如此，斯蒂芬·卡特尔发现自己又回到了2002年4月份的状况中去了。他从媒体那里得知，斯皮策正打算不偏不倚就在证交会的地盘上投下另一颗炸弹。在金丝雀新闻发布会召开之前半小时，斯皮策给卡特尔回了个他刚刚打来的电话。"埃利奥特，这是我职业生涯中最糟糕的一天。"电话里，卡特尔的心情十分沮丧。听了几个小时的说教，他们终于明白，证交会本应该在每支主要的共同基金门户上都派设监察员进行严格防范的。可是现在呢，他们又被抓了个措手不及。卡特尔说："毕竟在某种程度上，当时你说的是，'是我找到了这个揭发人，我们一起来处理这个案子'。我们是通过你们所发布的指示来开展工作的。这一点我确实应该早就想到。"

斯皮策表示自己没觉得这是个什么大不了的事儿。"斯蒂芬，这谈不上什么背叛不背叛的。系统就是这么运作的。"他说，"你和案子没有牵扯，在案件告破之前，我们有给你打电话的必要吗？"后来，斯皮策称，至于给证交会打电话一事，他脑子里甚至根本没有动过这根弦。"即使偶尔一闪过，我也会打消这种念头。"他说，"想当年我在纽约州当检察官，那么多年里，联邦调查局从来没有给我打过电话，告诉我说，'你想参与我们正在调查的一个案件吗？'况且，我们也从来没有给他们打过电话呀。"

第七章 两套规则 明火执仗

斯皮策想，既然卡特尔能打开天窗说亮话，自己还是很高兴能得到证交会的援助。艾德·斯特恩已经上交了30多家基金公司的名单。这些公司都牺牲了长期投资者的利益，允许斯特恩或其他择时交易者进行短期交易。斯特恩还指认了许多其他的参与者，包括经纪商、其他择时交易者以及给这种掠夺性交易提供经济援助的多家银行。与纽约州检察总长不同的是，证交会不仅在全国各地都设有办事处，而且还有解决整个行业问题所需要的充足人手。另外，证交会还有权制定新的规章制度，保护投资者，反对盘后交易和择时交易。如同对待股票分析师的问题一样，在这个问题上，斯皮策不仅仅想找到解决问题的方法，而且更乐意共同分担工作，为实现目标做出努力。"我们做了我们力所能及的事情，这就像一个催化剂，它使全国各有关机构都来关注这一问题。"斯皮策说，"我们的价值就在于，既能承认存在这样的问题，又能反对存在这样的问题，还能大声疾呼：这里确实存在着亟待解决的问题。"

尽管卡特尔有点个人情绪，心存不悦，但是在公开场合，他还是很有雅量的，能顾大局，识大体。在金丝雀公司新闻发布会召开后的第二天，卡特尔告诉一群记者："上帝保佑埃利奥特·斯皮策。他得到了一条秘密消息，接着就开始追查……这不应当是一场零和博弈。"私下里，他同意斯皮策的观点，认为他们双方要相互配合，开展工作。"说一千道一万，事情的根本与真谛不是什么地盘或势力范围之争，而是保护市场。"卡特尔解释说。早在几个月之前，他就警告过即将走马上任的证交会主席威廉·唐纳森（William Donaldson），不要陷入与斯皮策难分难解的激战中。卡特尔说："如果你把埃利奥特看作敌人，那你就是让自己与人民为敌。因为人们是这样来看待斯皮策的，人们把他描绘为人民的保护神。和他打交道，你得另辟蹊径。"现在，卡特尔自劝自，接受了自己的建议。尽管如此，他还是不由自主地感到"困惑不已……如果局势扭转，我想我的表现会大不一样的"。

9月4日，卡特尔和证交会合规监管部主任罗瑞·理查德（Lori A. Richards）给规模最大的88家基金公司和34家经纪公司送发信函，要求他们移交关于盘后交易、择时交易以及所有与短期交易者达成的特殊交易的相关文件。"我和斯蒂芬决定,在整个行业范围内展开一项调查,看看这一问题到底有多严重,影响有多广泛。"理查德记得。调查结果证明,斯皮策关注的事情非常严重:1/4的经纪商帮助客户在下午4点钟之后进行不当交易,基金公司10%的员工了解盘后交易的情况,50%的基金公司允许择时交易的秘密协议,30%的经纪商帮助客户规避交易行为中的相关规定。现在,其他人也陆陆续续地站出来揭发违规交易。在马萨诸塞州,比尔·加尔文的办公室接到一个电话,称锅炉制造技师联盟在普特南投资公司(Putnam Investments)的养老基金计划中进行择时交易。卡特尔也接到了一个私人电话,在电话中所揭发的事情成了所有案件中最让人震惊的案件之一。

有一位爆料人,其身份到现在也没有被公开过。他于9月8日告诉证交会执行董事长,如果证交会确实准备严肃查处择时交易的话,"那你们就应该把精力集中在这家公司上"。他在电话中提到的是驻波士顿的普特南投资公司。该公司和加尔文正在调查的锅炉制造技师联盟是同一家公司,但是两个告发电话原因完全不同。"你们确实应该检查一下普特南公司,检查一下他们的投资组合经理的交易行为。"爆料人说。同时,他还声称普特南公司的某些高管人员在自己管理的基金中也从事择时交易。换言之,他们靠损害自己所负责管理的基金来谋取个人私利。"我给我们驻波士顿办事处的头头打了电话,让他'立即着手调查'。"卡特尔记得这是他接到电话后的第一反应。

听闻此讯,证交会迅速展开工作。这一次,证交会和斯皮策双方计划着将更多的精力放在联合调查而不是空口的应酬话上。卡特尔和斯皮策达成共识,准备在所有由金丝雀公司的交易所引发的案件上都互相配合,共同合作。合作之初,主要的受益者是证交会,因为他们可以利用斯皮策的律师已经做过的工作;后来则是检方团队。斯皮策的小团队能够受到好评,功占头筹,是因为证交会在这些案件上投入了非常多的人手。9月10日,证交会纽约州办事处的代表们纷纷来到百老汇120号,召开结识会。因为双方曾一度心存疑虑,所以决定冰释前嫌,搞好关系。双方先将斯特恩已经确认为可能目标的基金公司和经纪商分开,这样便产生了一个互相影响的证交会—纽约

第七章 两套规则 明火执仗

检方联合会。在所确认的公司中，由于很多公司的总部不在纽约，于是证交会工作人员又重新筹划，把案件分成若干小部分，设立了地区办事处。领导证交会全面工作的是纽约办公室主任马克·舍恩菲尔德（Mark Schonfeld）。纽约办公室也是斯皮策检方团队的主要联络点。双方还同意列出与艾德·斯特恩召开联合报告会会议的时间计划表，以便证交会介绍所掌握的各目标的新近工作进展情况。

在与证交会的合作过程中，一切都进展得非常顺利，因此斯皮策与其他州的合作几乎没费吹灰之力，至少开始是没费力气。缅因州（Maine）的证券监管官员克丽斯汀·布瑞恩属于特别工作小组，代表各州调查分析师，称他们的合作引起了其他一些州证券监管人员的"不愉快情绪"，因为那些监管人员希望斯皮策在美林公司的案件结束之后，同样采用他曾经使用过的特别工作小组的方法。斯皮策已经抱定决心奋力前行，确实不想花费时间让其他监管人员了解事态的最新进展情况。经过个别州官员这么一抗议，便和证交会商议，邀请他们参与调查地方性案件，具体分工如下：威斯康星州参与斯特朗投资公司的调查，科罗拉多州参与骏利资本集团的调查。但是只要有可能，纽约州和证交会就尽量不插手对大公司的调查。

9月中旬，斯皮策决定，该在这些综合协议中增加一项刑事指控的新条款了。从他首次冒险闯入华尔街以来，他就下定决心要送某个人进监狱。斯皮策的目标人物是美洲银行的经纪商西奥多·斯普尔三世，因为帮助斯特恩从事盘后交易的就是这位斯普尔。斯普尔的工作是：在下午4点钟之前，开始做好准备，做出时间标记，在委托单上打出"拟定的"订单，然后——在闭市之后，等待金丝雀公司的交易人告诉他是提交还是放弃该订单。起初，斯皮策并没有提醒证交会注意自己的有关计划，但是在首脑会议峰会召开几天之后，由于卡特尔的督促，斯皮策便让他参与了这个秘密计划。纽约州检察总长认为，他邀请证交会参与这一起诉讼的理由非常充分。在同一天共同基金交易截止时间这个问题上，证交会的规定有点含糊不清，而刑事案件对证据要求的标准比民事案件要高。斯皮策知道，如果他有证交会的记录在案，能证明盘后交易是非法的，那么他的诉讼案看上去就会更有说服力。斯皮策说，如果卡特尔团队能够在周末匆忙草就一份投诉文件，他们就能联合召开一次新闻发布会。听斯皮策这么一说，被派去调查基金情况的证交会律师都吃惊不小。这距离金丝雀公司备案才只有短短一周的时间，况且他们刚刚开始行动，干嘛要这么着急呢？但是斯皮策决心已定。他想借此机会施加对整个行业体系进行改革的压力。为此，调查工作必须占据头版头条，必须要提起新的诉讼。于是舍恩菲尔德开始认真工作，匆匆提起了一份民事欺诈诉讼。星期一深夜，五位证交会委员批准了这一诉讼。9月16日，星期二，卡特尔与斯皮策并肩站在纽约新闻发布会上，宣布了他们对盘后交易的第一次联合诉讼。斯皮策承诺，自己与证交会之间接下来的合作将会更多、更深入。"这次调查的范围不断扩大，联络会进一步加强。"他说。如往常一样，卡特尔的话更加慎重："不管是冰山之一角还是整个冰山，今天我们所宣布的行动是经过深思熟虑的，绝无戏言。"

斯普尔案件可能需要数年才能结案，但是据此建立的工作模式在基金调查中被一而再再而三地反复使用。斯皮策认为，调查工作正在走下坡路，公众需要对不正之风有更多的了解，或者看到更多的实际结果。于是，检察总长办公室接着火速提起了一起新的诉讼，要求调查目标之一签署协议，以促使证交会工作人员要么迫使各位委员（显然，这都是他们的上司）一改往日的拖沓作风，迅速行动，要么就在斯皮策面前甘拜下风。而且，斯皮策还筹划着，只要双方一同意每个大概的纲要，就宣布协议。众所周知，这样的协议就是条款说明书，目的是避免协议泄露或者公司对协议做出有倾向性的解释。这种做法引起了证交会工作人员和某些委员的不满，因为这意味着在证交会委员还没有得到投票机会之前，已经公开宣布协议了。随着几个月时间的慢慢流逝，证交会工作人员感到双方的合作越来越让人伤脑筋，原因是他们觉得自己在后来的案件中所做的实质性工作更多，例如，整理分类文件，约谈基金公司的高管和交易员，有时候，还要亲自动手起草协议文件。

辩护律师们和斯皮策检方团队承认，在对共同基金的调查上，两个机

第七章　两套规则　明火执仗

构的工作方法截然不同。按照常规，斯皮策的工作人员要求基金公司签订有评注性的临时契约，该契约要列出与择时交易者的所有活动安排，然后突出强调哪些电子邮件与哪些安排相关；而证交会团队也想要签订临时契约，但是他们所要求的文件的范围更为宽泛，而且他们要进行他们自己的分类和调查。一位共同基金辩护律师称，斯皮策的律师与证交会之间差别之大，令人吃惊。"斯皮策的团队让我们做所有的工作。我们要找各种文件，要向他们做出解释，然后他们会突然发问，'你们上周告诉我们很重要的那件事情是什么？'"辩护律师说，"我们写了一盒又一盒的材料，但是却从通讯员那里得知，从三周之前，他们只是将我们送去的资料一层又一层地摞在一起，那些资料盒根本就没有打开过。而证交会则确实是在复审文件，并提出一些深思熟虑的问题。"然而，当这一特别的诉讼到结案时间时，还是斯皮策的工作人员起决定性作用，大部分要求是他们提出的，程序表也是他们最终确定的。

在有些辩护律师看来，斯皮策团队看上去懒洋洋、慢吞吞的，他们下发的最后通牒与违反宪法要求的自证其罪（self-incrimination）①非常接近，这是非常危险的。像大多数的监管人员一样，检方办公室也会因为对方的坦诚合作而给予额外的信任。斯皮策的很多诉讼目标觉得（不管这种想法正确与否），他们要么必须帮助提起民事诉讼指控自己，要么可能面临刑事起诉这一严重后果。"由于起诉本身可能会产生的灾难性后果，不少人因此而放弃了有价值的辩护机会。"斯坦利·阿金（Stanley S. Arkin）这样评论。阿金是法律界的一位著名辩护律师，他在调查斯特朗基金时与斯皮策打过交道。

斯皮策及其副手对此则有不同的看法。检方派往前去调查共同基金案的律师不到10人，检察总长办公室坦率地承认他们没有足够的人手——调查每一起案件中的每一辩解。但是他们认为，一旦案件需要，他们就会勇挑重担。"由于案件需要付出艰苦的劳动，另外，由于案件本身所要求的准确性，

---

① 不被强迫自证其罪规则又被称为沉默权规则，指的是在刑事案件中，犯罪嫌疑人、被告人不能被强迫自己证明自己有罪，不能被迫成为反对自己的证人。美国宪法第五条修正案明确指出："任何人……享有不被强迫自证其罪的权利。"——译者注

我们只能起个杠杆的作用。"戴维·布朗说。在共同基金调查案中,他被提拔为投资保护局(Investment Protection Bureau)局长。布朗认为:"在时机把握上我们是100%地正确。"由于证交会地区办事处的参与,很多基金公司渴望合作,渴望尽快解决问题。为什么不让辩护律师和联邦调查员做大部分工作呢?有生之年一直从事辩护工作,这使布朗深深地认识到,大多数公司都出于自己的目的在做内部调查,为自己的目的和利益收集各种有破坏性的文件。那么为什么监管人员和检察官就不能从他们正在做的工作中受益呢?"我给(辩护方的)人打电话说,'我想要书面的择时交易协议。我知道你们保存着这些书面协议,可能这些材料现在就在你们手里'。"布朗记得,"接着电话的另一端就是长时间的沉默、死一般的沉默。"

斯皮策认为,辩护律师对强迫性的自证其罪的担忧是合理的。但是他又争辩说,近年来,检察官一直要求那些被指控有不正当行为的公司开展自我调查。就联邦一级机构而言,司法部(Justice Department)已经对"必要的合作"进行了文字上的修改和润色,在语言形式上也更为艺术。副检察总长拉里·汤普森(Larry Thompson)在2003年1月份的备忘录上清楚地阐明了公司与联邦检察官之间该如何建立必要联系。"这是过去十年来白领圈里的实际情况,不是我凭空捏造出来的。"斯皮策说,"该结果虽然合法,但长此以往,危害巨大,对此,我们深感忧虑……尽管如此,我们还是要打破平衡,因为政府从来没有及时搞好必要的调查。"

斯皮策及其团队对于追查斯普尔并将其绳之以法充满着热切的渴望。他们从纽约千年合伙人有限公司(Millennium Partners LP)的报告快速地跃至国际共同基金的市场时间问题。作为分内工作的一部分,千年合伙人有限公司对冲基金的主管人之一斯蒂芬·马科维茨(Steven B. Markovitz)在下午4点之后完成了大量交易。在很多方面,指控马科维茨的证据比指控斯普尔的证据要确凿、有力得多。斯皮策提起金丝雀公司诉讼案之前的几个月,千年合伙人公司的上司们就曾警告过马科维茨,让他停止盘后交易,公司的法律总顾

第七章 两套规则 明火执仗

问也建议他要避免类似的交易，因为盘后交易有可能被当作非法行为。当斯皮策给千年合伙人有限公司送达传票时，马科维茨向公司法律总顾问和公司的外部律师承认，他"旧瘾复发"，重操旧业，开始进行盘后交易了。在工作业绩压力之下，斯皮策刑事部的律师给了马科维茨不到24个小时的时间，让他主动认罪。否则，他们就会在他家里当着他的孩子和怀孕的妻子的面拘捕他。这位交易员很快选择了合作，于10月2日承认自己有罪，违反了《马丁法案》，这可是重罪等级（Class E felony）。一旦斯皮策将其罪行定位在另一个等级上，检察总长办公室似乎就不会这么感兴趣。虽然证交会禁止马科维茨涉足证券行业，强制罚款20万美元，但是，两年之后还是没有宣布对马科维茨的判决。（千年合伙人有限公司的创始人和几位高级主管人员在2005年年底同意接受改革，支付18亿美元作为赔偿金。）

　　由此而产生的恐慌情绪迅速席卷了整个证券业。斯皮策曾经承诺要开展大规模的深入调查，现在他就在践行自己的诺言。看起来每天都有一些新公司宣布员工停职，披露他们发现的秘密择时交易或盘后交易。有一家叫作阿尔格管理公司（Fred Alger & Company）的基金公司，其主要共同基金执行经理小詹姆斯·P.康乃利（James Patrick Connelly Jr.），与一家叫作维拉投资合伙公司（Veras Investment Partners）的对冲基金公司进行盘后交易，闻到风声，一时之间慌了手脚，虽然明明知道公司正在接受法庭的传讯，但还是指挥员工开始销毁关于盘后交易的电子邮件。不仅如此，他还教唆自己的下属对内部调查人员撒谎。所以阿尔格公司告诉斯皮策办公室，他们没有与盘后交易相关的记录，当然这种做法大错特错了。当调查人员得知真相时，他们想马上约谈康乃利。阿尔格公司主管人员就其存在的问题——不那么积极、坦率地提供消息——与调查人员达成了妥协。后来在回办公室的出租车里，康乃利禁不住失声痛哭。10月16日，康乃利承认窜改实物证据，承认自己有罪，缴纳罚金40万美元，并被终身禁止从事证券业。在令人心碎的听证会上，康乃利的律师艾伦·维尼格瑞德（Alan Vinegrad）讲述了这位基金主管及其严重瘫痪的女儿的故事，还讲述了在"9·11"恐怖袭击中大多数高层管理人员遇难之后，康乃利如何重建阿尔格公司的事迹。总之，他讲述了康乃利与发生的一切之间千丝万缕的联系。后来，康乃利被判入狱3年。

与斯皮策其他的诉讼对象不同，斯普尔还在负隅顽抗，不甘心自己的彻底失败。在他看来，作为一个被驱逐出基金行业的中等水平的玩家，与刑事指控相抗争，虽然不会有什么所得，但也无所谓损失。斯皮策说，他给这位前经纪人开出了达成协议的条件，即承认D类重罪（Class D），总共被判入狱三年，至于实际判决如何，留给法官宣判。斯普尔的律师拒绝了上述条件。他们想获得一个没有牢狱之灾的保证。斯皮策说，那就算了吧。"因为我们遇到过主动认罪的人，他们都被判入狱了。这存在着一个横向公平的问题。"斯皮策记得当时是这么想的。该案件将会拖延数年。"或许我应该接受这笔交易的。"斯皮策沉吟了一下说。

到2003年10月下旬，证交会获得了正在执行的共同基金新方案的一系列主动权，其中包括在行业范围内制订规则的计划。有了这些规则，要想从事盘后交易和择时交易就不会那么畅通无阻了。卡特尔的执行部准备对普特南公司提起诉讼。经过几次失败之后，他们终于成功地与马萨诸塞州的官员联手，于10月28日对普特南公司的几位投资组合经理提起了联邦—州联合诉讼。该诉讼被证明是最有诱惑力的：监管人员称，普特南公司虽然知道两位投资组合经理用他们所管理的基金进行了上百起短期交易，从中牟利，可是却袖手旁观，听之任之，几乎没有采取任何措施制止他们。一时之间，大家的谈兴突然集中到证交会和加尔文身上，对埃利奥特·斯皮策则兴味索然了。

习惯使然，斯皮策立刻将风头抢了回来。可能由于几位投资组合经理行为不良之故，普特南投资公司与他们产生了纠纷。10月29日，斯皮策向媒体披露，检察院调查人员揭发了"我所见到的最龌龊、最放肆的案件之一……如果你想找到证据，证明存在着两套规则——一套是针对有权有势的大人物的，另一套是针对默默无闻的小人物的，这便是明证"。据斯皮策说，斯特朗资本管理控股公司的CEO和斯特朗基金董事会主席理查德·斯特朗（Richard Strong），一直在为自己的基金进行择时交易。对正在审理中

第七章 两套规则 明火执仗

的调查进行约谈,说得婉转些,这一步是背离传统习惯的。斯皮策的刑事部已经对斯特朗展开了大陪审团调查,检察官要求依法对大陪审团的审理情况保密。斯皮策对事件的评论和对事件真相的披露几乎违反了规定。他在言辞上公开地猛烈抨击证交会,这使昔日盟友私下里大为不快。斯皮策采取了后续措施,进一步追查。"有些官员应该下台了。"他告诉《纽约时报》,"证交会拥有完整的监管部门,本来是应该监督管理共同基金的。他们都是干什么吃的?"斯皮策新发布的关于斯特朗公司的消息及其对证交会的各种尖锐批评,一下子将舆论焦点拉回到他刚刚曝光的基金行业利益冲突上来。虽然斯皮策进行公开宣传符合自己的意图,但是,他所遭受的意外尴尬也加重了他的沽名钓誉兼有意泄露消息之嫌。"我想,在大陪审团采取行动之前,这些当头棒喝似的批评不符合一个公诉人的身份,总而言之,这极其不公平。"理查德·斯特朗的律师斯坦利·阿金记得当时自己是这样的看法。斯皮策后来说,自己只不过是语气有些强硬而已,他不想利用欺骗性的委婉辞藻来掩饰自己当时的感受。"我就是用一种公众能够理解的方式来讲话,"他说,"只不过是传达了想传达的信息而已。我不会为此而道歉的。"

面对盘后交易、择时交易和泄露信息等诸多问题,斯皮策没有忘记最初让他和戴维·布朗对共同基金业感兴趣的根本问题——高额管理费。令人震惊的择时交易和盘后交易确实降低了投资者的利润,但是学术研究表明,它们的影响相对较小,大概是每年一个百分点的百分之几,而管理费则每年高达2%。"如果在这方面我没有鼓捣出点什么名堂,没有降低费用,我就该遭天打五雷轰啊,"布朗记得,在中秋时与斯皮策的一次谈话中,他这么说,"因为费用就是实实在在的钞票,高额费用就是消费者确确实实蒙受的损失。"

"这话不假。"斯皮策回答说。所以当他受邀去国会山在参众两院面前为9月初的丑闻做证时,斯皮策抓住机会痛斥了高额费用问题。斯皮策将择时交易案件看作是"唾手可得的果子"。斯皮策告诉理查德·贝克的小组委员会,由于高额费用之故,投资者们正蒙受着"巨大的损失",他敦促小组委

191

员会也顺便处理这一问题。"今天的任务极其极其重要，"斯皮策说，"我们无力去充分保护成千上万的美国人，却竟然诱使他们进入市场，是我们不顾一切地想看到他们的资本流入市场的啊。"

第二天，当斯皮策想在参议院阐明该观点时，根据马萨诸塞州的监管人员比尔·加尔文的说法，几乎没人愿意听他在那里高谈阔论。当时，加尔文在讨论小组中和斯皮策坐在一起。"当时，我们还在向参议院描述择时交易问题的基本性质如何如何，埃利奥特已经充分考虑过补救措施了。他已经不再把目光放在基本问题和降低管理费上了。"加尔文记得，"他情绪越来越激动，由于掌握着详细信息，所以说得也越来越快。最后我用胳膊肘轻轻地碰了碰他的肋骨，（悄声说）'我想他们没听清楚你的话'。"（斯皮策说他没记着和加尔文有这番交流。）

尽管如此，斯皮策还是觉得自己必须拒绝挑战，必须阐明自己的观点：他认为，降低管理费应当成为解决择时交易问题的一部分。他甚至利用他说的公开数据来证明：即使办理同样的业务，普特南公司向大机构投资者征收的管理费远远低于向中小投资者所征收的。两周之后，当证交会与普特南投资公司达成部分协议时，一看到协议上没有提到管理费的问题，斯皮策顿时火冒三丈。卡特尔和证交会波士顿办公室新上任的主任皮特·布瑞斯兰（Peter Bresnan）以其人之道还治其人之身，事先没有和斯皮策商量与普特南公司谈判协议一事。斯皮策抱怨的时候，卡特尔对他说："你看，我也不能告诉你啊，这又不是你的案件。"证交会进行谈判的方法与斯皮策可能使用的谈判方法不一样。纽约州检察总长认为，与行业达成的第一个和解协议是一种策略。他认为，第一个协议可为某个具体行业的其他公司树立一个标志性的里程碑。斯皮策喜欢签署高额赔偿款的协议，快刀斩乱麻，一下子把问题解决掉；而卡特尔和布瑞斯兰则推敲了多种方案，再三权衡，最后选择其中之一。协议中，普特南公司同意立即进行机构改革，直到后来公司支付所要求的罚款，这个棘手的问题解决为止。"这么做并不是打算要成为行业的样板，因为协议包括非常严肃的、在控告中所声称的对投资者的赔偿问题。我们要

第七章 两套规则 明火执仗

求赔偿，现在正在获得赔偿，该做的我们都做了，没有漏掉任何事情。"当宣布这一协议时，卡特尔说。至于赔偿的款项，协议"尚未确定，因为当时在这个问题上，赔偿金尚不清楚"，后来卡特尔称当时的情况就是这样的。

斯皮策争分夺秒，继续进攻。"出了这样的事情，我很失望。这一协议不是与我签署的。"他告诉《华盛顿邮报》，"协议没有提出最基本的问题，那就是，如何控制高额管理费。"第二天，斯皮策的矛头从协议转向了签署协议的人，声称他"会让他们吃不了兜着走，不会让他们顺顺当当签协议的"。此言一出，惹得证交会官员们大发雷霆，当然这是可以理解的。普特南公司的情况是他们调查的，不是斯皮策。他们最终会为投资者们赢得优厚的赔偿，对此，证交会官员们信心十足。（2004年4月，普特南公司同意支付1,100万美元的罚金和赔偿金。）同时，普特南驻波士顿的基金公司陷入了严重的财政困境，他们答应任命证交会所认为的有针对性的机构，采取安全措施保护投资者的利益，免除后顾之忧。至于高额费用问题，对证交会来说，这两个问题看起来就像苹果和橘子一样，完全是两码事。这是就违规的择时交易而达成的解决方案。如果普特南公司的管理费果真征收得过高，则需另外立案处理。

至于斯皮策与证交会官员口水战不断，在很大程度上是因为双方观点不同所致。在给证交会历史学会（SEC Historical Society）所做的一场演讲中，斯皮策很无奈地评论说，证交会"具有发布各种规则的权力。我们没有，这说出来也许让人们感到很吃惊。我们知道自己没有这个权力，所以呢，只好将就着做出选择，略施小计，在协议形式中采取些禁令性救济（injunctive relief）的形式"。对斯皮策来说，证交会与普特南公司达成的协议看起来是一次白白浪费了的大好机会。证交会官员拥有更多的选择。如果他们能披露基金行业普遍存在的问题，那就会制定相应的新规章制度来处理这些问题。例如，斯皮策和证交会主席唐纳森都认为，基金董事会主席应当独立于基金管理公司。斯皮策认为，从事择时交易的公司应当将主席的职位独立出来，写进协议。唐纳森和另外两位小组成员力行推进，促成了这项影响整个基金行业的规定。

证交会与斯皮策之所以在普特南公司的协议问题上存在着分歧,其中一个突出的原因是证交会对斯皮策的批评心存怨恨。当时,各州和联邦监管人员看似配合得很默契。"他们认为你出此下策,使用的是一种创可贴(Band-Aid)式的权宜之计,治标不治本。但是在当时的情况下,这些临时性方案确实起了作用。"斯皮策感叹道。后来,他承认自己的措辞,尤其是"吃不了兜着走"的一番话,说得很愚蠢。"这番话是很唐突,没有根据。"他承认,"话可能不是最明智的,但是很好玩,话糙理不糙。"对斯皮策来说,这些难听刺耳的话只是他玩游戏的一种方式而已。毕竟,成长环境是受父母影响的。斯皮策的父母经常进行这样难分难解的智力酣战,于是孩子们便习惯于待在自家一隅寻开心。斯皮策对愤激的言辞情有独钟,但这却给他带来了麻烦,让他这个纽约州检察总长的手下人和证交会之间的关系一下子紧张起来。在"吃不了兜着走"的一番话说出之后,证交会的马克·舍恩菲尔德告诉皮特·蒲柏,他现在正在着手处理斯皮策诉讼案刑事方面的问题,斯皮策的言辞极大地伤害了证交会与检察总长办公室的抱团合作。虽然如此,双方的关系并没有因此而彻底完结。戴维·布朗特意打电话告诉舍恩菲尔德,斯皮策"对你充满着最高的敬意"。但是不管怎么说,斯皮策的出言不逊还是让很多联邦监管人员一提起来就愤愤不平。

不仅如此,斯皮策的言论也惹恼了民主党的一些资深人士。他们担心斯皮策的愤激言辞有损证交会的权威形象,因为当时正需要消除投资者的疑虑,恢复他们对证交会的信心。民主党最不希望发生的一件事情就是,他们拥有一位被扣上反政府民粹党党员帽子的接班人。11月20日,当斯皮策第三次回到国会山为丑闻做证时,马里兰州(Maryland)的参议员保罗·萨班斯(Paul Sarbanes)和康涅狄格州的参议员克里斯托弗·多德(Christopher Dodd)两位民主党人士,彬彬有礼地劝告他停止对证交会的挑战。在表扬了斯皮策揭露共同基金丑闻的工作是"不屈不挠的"、"非常关键的"之后,多德话锋一转,继续说:"如果对貌似的合作缺乏应有的关注,那我也是失职的……可

第七章 两套规则 明火执仗

是我并不怀疑，证交会和各位州执行官定会对投资者的最大利益铭记在心。为坚决打击我国证券业中的欺诈行为和各种弊端，我要求有关方面以一种最为互补有益的方式来开展工作。"听罢此言，斯皮策虽表现得礼貌有加，但是并无丝毫示弱之意。"从我宣布与金丝雀对冲基金达成协议那天起，检方办公室就和证交会密切配合，开展各项工作。自那之后的每一天，检方办公室和证交会就一直是，到现在还是，并且将来也仍然是几十项工作的接触点、协调点和合作点。当然，我们承认，偶尔我们也存在着分歧。"他说，"必要的时候，我会继续为投资者奔走呼吁。"

实际上，总的说来，各机构均协调良好，配合默契。好像是为特意强调这一点，斯皮策和证交会在当天就将另一联合案件公布于众。在接二连三的丑闻中，该案件是第一起针对公司的高层管理人员的——盖瑞·皮格林（Gary Pilgrim）和哈罗德·巴克斯特（Harold Baxter），他们创办了高级基金公司皮格林·巴克斯特事务所（Pilgrim Baxter & Associates，PBA）。依据相关法律文件，公司总裁皮格林从自己负责管理的共同基金的对冲基金中，通过择时交易而谋取个人私利。而CEO巴克斯特则与做经纪商的朋友共享秘密组合投资信息，这位经纪商转而将这一信息提供给艾德·斯特恩。巴克斯特还允许经纪商的客户——其中之一就是斯特恩——为公司的资金进行择时交易。斯皮策告诉《华盛顿邮报》，他想让公司退回所有从那些被用于择时交易的资金上所获得的管理费。"你不能在金钱上欺骗那些相信你的人。"斯皮策表示。

12月初，大联资本管理控股公司（Alliance Capital）向斯皮策和布朗证明，他们一直在探索降低管理费的方法。在业界，大联资本公司的管理费要高于平均数额，这是众所周知的。现在，迫于斯皮策降低管理费的压力，大联公司尤为脆弱。眼下，公司的管理一片混乱。很多大机构客户，例如养老基金，由于择时交易丑闻，正在讨论抽出自己的款项。指控大联公司的证据也对其特别不利：一封发往公司总裁和董事会副主席的邮件表明，大联资本公司承诺在高额管理费的对冲基金中临时存入5,100万美元，并以此作为交换

华尔街"警长"——埃利奥特·斯皮策

条件,允许驻拉斯维加斯的一位投资者进行基金择时交易。"布鲁斯·卡维特(Bruce Calvert)对此没有反对意见。"2002年1月的一封电子邮件上说——布鲁斯·卡维特是大联的董事会主席。公司外部律师代表团曾向布朗建议:"我们的目的是解决这个问题。……作为协议的一部分,我们提出降低管理费。"布朗记得当时他们是这样说的,"对我来说,我们的第一个协议很重要,因为它涉及一个大公司,而且还涉及降低管理费,这确实非常重要,这对客户来说也非常重要。这是一个'做好事'的关键时刻,不可等闲视之。"坐在会议室里时,布朗用他的黑莓手机给斯皮策发了一封邮件,内容是公司有需要讨论的"大事",并告知上司大联公司的提议一事。"管理费!管理费!管理费!——那才是大头!"根据当时碰巧在场的一位《华尔街日报》的记者的说法,斯皮策的回复显然难掩心底的喜悦:"只要尚有一家公司处于这种境地,我们就不能放弃自己在协商问题中的杠杆作用,我们的作用好比一头800磅重的大猩猩一样,举足轻重。"

没过多长时间,大联资本管理控股公司就同意因择时交易而支付2亿美元的罚金和赔偿金,并且在今后5年内降低20%的管理费。斯皮策粗略估计,这一让步总值达3.5亿美元左右。但是,当卡特尔和舍恩菲尔德将这一提议提交给五位证交会委员时,他们拒不接受。证交会委员说,斯皮策的解决方法存在着两个方面的问题:强制降低管理费与实行价格控制仅一步之遥;该措施将会使大联公司当前和未来的投资者受益,而不是使过去受择时交易之害的投资者受益。"我们认为,任何法律强制执行协议的经济利益都应该落实到非法行为的受害者身上。"唐纳森当时说,"证交会不应当充当费用调节器的角色。"卡特尔将这一坏消息带回到大联公司。对于可能的现金支付来说,大联公司降低费用"对委员会来说毫无价值,据此来讲,我们认为这一数额还远远不够",卡特尔告诉大联公司的律师。

斯皮策倒是没有什么不安,因为他原本就不相信费用是由公正的市场化进程调整的结果。到现在为止,他依旧坚定地恪守一种执法理念,那就是,对自由市场的自发支持要和政府调控的有力干预互相调和。几个月之后,通

第七章 两套规则 明火执仗

过回顾进步时代（Progressive Era）的各项伟大改革，他和安德鲁·塞里在《新共和》上对此做出了如下解释："我们坚持资本主义市场的价值观，但这并不能掩盖一个突出的、永恒的事实，那就是，在很多重要的方面，未经调节的市场不能保证某些核心的美国价值观念。这就是我们的政府——拥有广泛的两党联立支持的政府制定了童工法、最低工资法、反歧视法以及某些安全保护网等的原因，其目的是确保人们不至于跌到一个最基本的生存水平之下。"在斯皮策看来，利用政府压力压低共同基金的管理费就是很好地融入这一伟大传统。

最后，大联公司给了证交会和斯皮策各自想要的东西。公司承诺把未来五年的管理费降低3.5亿美元，另外公司追加了5,000万美元现金支付，达到2.5亿美元，所有这些款项都会揣进在择时交易中受到损失的投资者的腰包。大联公司高管称，他们打算立即公开宣布达成协议的消息。但是唐纳森和其他委员不赞成这一协议。斯皮策拿不准是否应该阻止大联发布消息，但是卡特尔劝他谨慎为好，说："告诉一家上市公司的股东'是我阻止了你们获得消息'，这不是让自己下不来台吗？"于是，在证交会委员投票之前不久，斯皮策催促证交会，向媒体披露与大联公司签署协议一事。"协议将表明，一旦共同基金顾及不上关照自己的投资者，那么返回到股东手中的款项将是十分巨大，结构变化具有十分重要的意义，降低费用发挥着十分重要的作用。"斯皮策告诉《华盛顿邮报》。证交会委员们继续展开势力范围之争。按照惯例，他们发布了一个新闻公告，并且附带着一页不同寻常的解释性陈述。公告重申了他们一致反对强行将降低管理费作为择时交易协议的一部分。

很快，其他协议和强制措施也接踵而至：为取悦斯皮策和证交会，马萨诸塞州金融服务公司也答应降低管理费，支付现金，赔偿投资者，并于1月初付清全部款项。美洲银行和佛雷特波士顿银行（Fleet Boston）如法炮制，在2004年3月双方即将合并之前，全部款项已经到位。本次所签署的6.75亿美元的协议，是整个基金业调查中数额最大的清算协议，也是斯皮策所采取的又一项崭新的、有争议的应急措施。到现在，斯皮策仍然深信，公司董事缺乏独立性和坚定意志，这是大多数共同基金出现问题的根源。为此，他决定为美洲银行的八位董事们树个典范。与大多数卷入丑闻的基金公司董事不同的是，实际上，美洲银行事先已经听取了各基金董事会关于择时交易的简报。然而，遗憾的是，董事会没有对公司的计划提出反对意见，没有采取全面措施严厉制裁大投资者的掠夺性交易。斯皮策认为，董事会必须出面采取行动。"显而易见，这些董事们没能保护投资者们的利益。"宣布协议时，斯皮策说，"他们承认择时交易存在着问题，但是仍然允许受优待的客户从事这项有害交易。这些董事会成员的出发点应该为那些具有相同交易资格的人敲响警钟。"

现在，只剩下一个问题：美洲银行认为，斯皮策夸大了自己的成绩。共同基金公司的董事们独立于管理公司，这是合法的。在理论上，美洲银行无法强迫他们退出交易。虽然斯皮策及其工作人员坚持说他们达成了协议，但是依据法规，公司只是承诺"做出最大努力"，鼓励董事会采取各种新的管理条例，其中包括一项对董事会成员为期10年的限制。该限制可能会因斯皮策迫使某些董事退休而产生一定影响。董事们对此颇感意外。他们中有些人对斯皮策扬扬得意的评论大为恼火，发誓要和他斗争到底。虽然斗争最终不了了之，但却在共同基金行业留下了解不开的疙瘩。尤其是一部分董事，他们耿耿于怀，认为斯皮策批评他们不够独立，然后要求基金公司就像他们根本没有独立性一样来对待他们，是不公平的。

到2004年春天，证交会工作人员彻底厌倦了斯皮策的迅猛出手速度以及在结案之前就宣布协议的做法。原因不仅是证交会委员们不同意他降低管理费的要求，而且还因为斯皮策根据一张一页条款的文件来公开协议，让他们感到不自在。最后，在唐纳森的支持下，证交会不再一味地想赶超斯皮策了。证交会委员们认为，鉴于以往的历史，以牺牲从前所遵循的审慎的决策程序为代价，往往会无功而终。"我们继续保持合作关系。埃利奥特做出了巨

第七章　两套规则　明火执仗

大的贡献，功不可没。后来经过一段时间的考虑，我们决定让他先行一步。"证交会委员哈维·戈尔德施密德记得。4月份，斯皮策检方办公室和科罗拉多州（Colorado）的几位官员与驻丹佛（Denver）的骏利资本集团就择时交易问题敲定出一个协议。科罗拉多州检察总长当时正在竞选国会参议员，想马上宣布协议。证交会工作人员私下里同意接受相同的条件，即5,000万美元的赔偿金、5,000万美元的民事罚款，但是委员们却拒绝合作。所以，他们只好又等了将近四个月，直到所有文件都起草完毕才宣布正式的协议。

　　当大多数共同基金公司彼此之间牵绊着、提防着，想尽快与纽约州检察总长办公室达成协议时，2004年5月，斯皮策面临着一个更为棘手的问题。理查德·斯特朗及其驻威斯康星州的管理公司在基金界几乎成为一个经营神话。斯特朗凭借着一丝不苟的经营态度和满意的客户服务质量，花费了29年的时间，精心打造了一个共同基金帝国。斯特朗关注细节、琐事，自称为"来自北达科他州麦田里6英尺3英寸的农家汉子"。在派头十足的梅诺莫尼福尔斯（Menomonee Falls）总部，他坚持让电灯开关板上的螺丝帽垂直排列，成为一竖行，认为这样才不会招灰附尘；员工们必须将车先开进停车位的前端，以免汽车尾部排气管里的烟雾弄脏了车库的墙壁。斯特朗将他的公司看作是基金界的诺德斯特姆公司（Nordstrom）①。斯特朗为投资者开通了业界第一个免费800热线，后来还将公司的客户服务编入计算机系统，以显示主叫方家乡的新闻摘要，便于斯特朗公司的员工能够与对方聊天沟通。

　　斯皮策的调查人员认为，最初，斯特朗基金公司看上去和其他与金丝雀公司有业务关系的公司没有什么差别。2003年夏天，斯特朗基金公司承认与金丝雀公司有业务来往，而且还将公司所提到的相关文件发往纽约。2003年9月3日，在斯皮策举行第一次共同基金新闻发布会之后，理查德·斯特朗

---

①诺德斯特姆公司以优质服务闻名于世，被称为世界上服务最好的商店，其核心就是销售额提成或佣金制度。基本理念是：总裁为部门经理服务，部门经理为导购员服务，这样才能保证导购员为顾客服务。顾客被员工视为最尊贵的客人，一切行为的出发点就是保证他们满意。——译者注

给投资者发了一封私人信件，说调查人员的到来让人"深感意外，我们能够向你们保证，作为全面检查的一部分，我们已经查了个水落石出"。但是后来事情的发展开始超乎事理之外，让人非常尴尬。9月5日，当证交会来到公司进行检查，要求其出示一直在进行择时交易的具体名单时，斯特朗公司的管理人员提供信息时看起来不是那么坦率干脆。时间过去了整整一个月。在与戴维·布朗的一个电话会议中，公司披露，他们从赫赫有名的美国苏利文·克伦威尔律师事务所（Sullivan & Cromwell）纽约办事处聘请了新的律师，称有重要消息发布。"另外，还请你注意一件事情，"新辩护律师说，"斯特朗先生在斯特朗基金公司参与了他自己款项中一定数额的择时交易。"

布朗按下了静音键，很不理解地向一位同事惊叹道："真他妈的咄咄怪事，他竟然对自己的基金进行择时交易。"不久，皮特·蒲柏的刑事部召集大陪审团调查，讨论是否能对理查德·斯特朗提出刑事指控。随着所获得的证据逐渐增多，斯皮策陷入了严重的进退维谷的境地。作为一位基金董事会主席，斯特朗有保护众多投资者利益的诚信义务，然而，他却从事让人意想不到的大宗择时交易。在过去五年里，他进行了1,400起交易，包括在2000年进行的100多万美元的双向交易。而同年，斯特朗基金公司取缔了将近150家客户同样的交易。斯特朗基金公司与检方的合作也是保留性的。在向布朗汇报关于斯特朗个人的交易之前，它不仅过了整整一个夏天，还过了大半个秋天，但是仍然没有移交一条关键性的证据，即一份表明斯特朗自知其所作所为是错误的文件。蒲柏是由于偶然的原因才得知这份文件的。当时，另一位斯特朗的高管人员提到，在1999年2月，公司的法律总顾问给所有斯特朗公司员工发过一封电子邮件，警告他们说，对于从事择时交易的人，不管是谁都要限制他的交易特权。

然而，斯皮策总是公开地将盘后交易和择时交易区分开来，他认为前者明显是不合法的，后者虽然伤害投资者的利益，但并非明显违反规定。检察院从来没有根据择时交易提起过刑事诉讼，拿理查德·斯特朗开刀是否合适，目前尚不得而知。作为商界巨贾（据估计他的身价为8亿美元），斯特朗

第七章　两套规则　明火执仗

聘请了一位雄辩而胆大自信的辩护律师斯坦利·阿金。阿金解释说，自己会竭尽全力，在每一个问题上据理力争。首先，阿金告诉检方办公室，他会根据威斯康星州居民的共同基金交易，向斯皮策的管辖权限提出质疑。阿金警告斯皮策，他会在威斯康星法庭上来检验他的法律理论。威斯康星州的法律极有可能无法容忍斯皮策这个纽约人采取强制手段给"欺诈"所下的定义。斯皮策知道，在威斯康星的败诉会妨碍自己审理的形形色色的其他案件。此外，还存在着一个合理告知（fair notice）问题。在斯皮策提起金丝雀公司的诉讼之前，没有人提出择时交易是不合法的，更不用说犯罪了。"你在对斯特朗公司下手时，迪克·斯特朗没有做任何违法的事情。他既没偷，也没抢，更没把任何人的钱据为己有。"阿金说，"刑事起诉极其不公正，是一个糟糕透顶的决定。"

从在曼哈顿区检察院工作时起，斯皮策就养成了一个习惯：他一直琢磨着将具有潜在困难的个人诉讼案转化成另外一种赢得结构改革的最好方法。是否存在着一种方法，这种方法不需要刑事起诉，但能利用斯特朗案件来证明一个观点，即各位基金董事和高管不应该也不能从事伤害其投资者的个人交易？经过一系列艰苦卓绝的谈判会议，阿金和蒲柏突然想到了一个折中方案：斯特朗将基金卖给富国银行（Wells Fargo），抽身退出基金行业，支付一笔巨额罚款，为自己的行为发布一个"悔罪陈述"，就像美林公司CEO戴维·科曼斯基因为亨利·布罗吉特的电子邮件一事而致歉一样。对阿金来说，这一方案完全行得通。"通常（斯皮策）所需要的就是对他所做工作的一个认可。"阿金律师说，为免于被起诉，"付出这样的代价并不算大。"

对斯皮策来说，这是一个艰难的决定。他要面对的最大批评是他竟然与如此强势的斗争目标达成如此简单的协议。投资律师，例如雅各布·扎曼斯基（Jake Zamansky），对此就感到难以接受，因为杰克·格鲁曼和桑迪·韦尔在第92街Y的问题上就逃脱了刑事指控。强烈对比之下，美洲银行经纪商的支持者们如泰德·斯普尔就公开叫屈，称自己成了替人承担罪过的替罪羊，而其上司却一一逃脱了惩罚。甚至连纽约州前检察总长丹尼斯·瓦科也

201

加入批评行列，他在《华尔街日报》上撰文指出，他的继任者"采取强制手段使用《马丁法案》"，这种做法"值得怀疑"，因为他将目标集中在"起诉上，尤其是指控那些职位低的职员，而高层管理人员却逍遥法外。他的起诉即使不是建立在脆弱的法律理论上，也是建立在模糊的法律理论上的"。现在，如果斯皮策为换得经济上的解决方案，同意通过斯特朗的审查，那他就是在拨旺火，助纣为虐。但是如果他对斯特朗提起刑事诉讼，而所举出的证据不能使大陪审团信服的话，结果又会怎么样呢？"这些案件非常棘手。"斯皮策说，"找到排除合理怀疑的证据非常非常棘手，想想就非常困难。"最后，按照常规做法，他开始寻求结构上的解决方法，认可了阿金和蒲柏提出来的折中方案。案件最后以理查德·斯特朗个人支付6,000万美元，基金公司缴付另外的1.15亿美元罚金、赔偿金和费用减让而告终。"经过一番尝试，权衡利弊，协调关系，我的判断标准就是，通过民事协议，我们能得到想要得到的结果。"斯皮策说，"归根到底一句话，一旦做出决定，人们对此不满，我会承担一切责任，接受任何批评、指责。"

第八章　切莫伸手　伸手被捉

2004年5月24日,星期一。当斯皮策大步流星地跨上台前,面对麦克风的时候,他的表情一下子变得严肃、冷峻起来。通常情况下,在自己的办公室,看到记者招待会会议室挤满了人,面对闪烁着的镁光灯时,他会因为揭露了又一起丑闻而激动不已,或者因为给自己负责保护的人们带来安慰、准备宣布协议而心花怒放。但是,今天与往日不同,斯皮策表现得像人们熟悉的一位老朋友。他知道,自己即将踏上下一段漫漫征程,要开始一场艰苦卓绝的斗争。这场斗争的议题是"CEO特大薪酬包"诉讼案,斯皮策解释说。斗争对象是他的昔日盟友、纽约证券交易所前主席理查德·A.格拉索。几个月前,格拉索就任纽约证券交易所主席,退休时将拿到1.39亿美元的薪酬。一时之间,这一消息闹得沸沸扬扬,人尽皆知,公众的强烈谴责应声而起。因为纽约证券交易所是一个非营利性组织,其作用是协调华尔街各方面的关系,并为上市公司制定公司治理标准。

华尔街"警长"——埃利奥特·斯皮策

斯皮策事先解释说,对格拉索的指控并非是针对个人的,只对事不对人。"纽约证券交易所是我们今天要特别谈到的话题;"他宣布,"不仅如此,还存在着一个更大的问题需要我们来处理……各公司 CEO 和酬委(即薪酬委员会)以及薪酬顾问之间的关系问题也是一个棘手的问题;难就难在存在着消息误传、虚假消息以及自我交易(self-dealing)[①] 等。"然后他谈到了一些具体事情。该案件并非他主动要求插手的。早在几个月之前,纽约证券交易所董事会为平息薪酬包引发的风波,息事宁人,已经自行将格拉索免职。后来,董事们纷纷要求斯皮策帮助索回这笔退休金。这次,斯皮策没有冒犯任何人。纽约州法律规定,只有检察总长被授权执行州法律,有权限制非营利性组织机构的薪酬,其中就包括纽约证券交易所(Big Board)。斯皮策认为,必须提请这一诉讼。"薪酬必须与提供的服务相称,"他说,"非营利性机构的领导人不能拿那么多报酬,将近2亿美元了,实在是太多了。薪酬超过合理界限了,不合适。"正所谓"莫伸手,伸手必被捉。众目睽睽难逃脱"。

一天之后,格拉索开始反击。屈指算来,从一位名不见经传、一周81美元的小职员到董事长,格拉索前前后后已经在纽约证券交易所兢兢业业干了36个年头了。2001年,格拉索被热捧为国际英雄。原因是"9·11"世贸中心被袭之后六天,他便张罗着使纽约证券交易所重新开张。了解格拉索的人都知道,尽管他表面看上去像是一个饶舌莺儿,絮絮叨叨,爱开玩笑,一副和蔼可亲、平易近人的样子,但是事实上,在这样的处事风格背后,隐藏的是铁腕般的强权统治。可以说,格拉索是局外人中的精英:他出生于皇后区,大学辍学。在资历要求严格且排外情绪极重的纽约金融界,格拉索的经历一如他所出身的家庭,从卑微谦恭的社会底层起步,终于跃居体面高贵的上流社会。格拉索之所以能在众多的场内交易商中脱颖而出,不仅是因为他处理起各项业务得心应手,游刃有余,更因为他具有非同寻常的才能。格拉索能言善辩,凭三寸不烂之舌不知说服了多少亿万富翁和技术革新者们纷纷

[①] 又称自利交易,指董事、经理在为公司实施行为时知道他或者其关联人是该交易的另一方当事人。——译者注

第八章　切莫伸手　伸手被捉

在纽约证券交易所上市，并为他所支持的事业慷慨解囊，提供捐赠。现在既然已经失业了，再加上因为退休金数额而受到的公开诋毁和中伤，他就不必再患得患失了。"纽约州检察总长埃利奥特·斯皮策决定干预我与纽约证券交易所之间的商务纠纷，该纠纷主要是我的薪酬和退休金带有点权术的味道。"在《华尔街日报》的一篇专栏文章中，格拉索这样写道，"我的辩护将在法庭上见。"不少华尔街和媒体人士幸灾乐祸，翘首以待事态发展。这下有热闹瞧了，终于有人站出来与斯皮策唱对台戏了。何况，此人智勇双全，其名声之大绝不亚于斯皮策。总而言之，这将是一场旷日持久的血战。对于这一切，斯皮策满不在乎。"只要有人反击，我就高兴，这就是我想要的。"在记者招待会召开几天之后，斯皮策摩拳擦掌，"现在，万事俱备，只待出击，打它个漂亮仗。"

对于这两个男人来说，他们曾经结下至关重要的攻守同盟，就调查股票分析师评估报告一事达成综合协议。谁知世事难料，刚刚过去不到两年，就发生了非同寻常的转变。2002年，格拉索插手当说客，说服哈维·皮特和证交会与斯皮策合作，而不是竞争。2002年12月，为斯皮策宣布协议，格拉索和纽约证券交易所不仅为很多关键性谈判提供了背景条件，也为占头版头条的记者招待会的发布起到了推波助澜的作用。当时，斯皮策特别表扬了这位纽约证券交易所主席，热情洋溢地称赞他是一位"完美练达的外交家"、"选餐馆的大师"。"我唯一的遗憾是……我需要另找由头与迪克共进晚餐。"

但是，事隔四个月之后，这种乐融融、黏糊糊、甜腻腻的关系开始变味了。2003年3月21日，纽约证券交易所宣布，不管所调查的花旗集团股票分析师问题的证据如何，都将提名花旗集团主席桑迪·韦尔在董事会中任职。此外，证券交易所为其会员公司（member firms）在董事会保留了12个位子，韦尔不打算担任其中任一职位，而愿意被当作是一个"公共"代表。纽约证券交易所声称，任命韦尔是合适的，因为花旗集团的主要收入来源不是股票和债券交易。有专家提醒说，在调查丑闻中被揪出来的另一家大银行摩根大通（J. P. Morgan Chase），其董事会主席兼CEO威廉·哈里森（William

华尔街"警长"——埃利奥特·斯皮策

Harrison），自2001年夏天以来，就一直担任公共代表。但是对华尔街的批评家们来说，这样的选择显然很荒唐。在综合协议中，花旗集团不仅同意支付最大的一笔罚金4亿美元，而且因为可能影响了杰克·格鲁曼对美国电话电报公司的股评报道，韦尔个人也接受了调查。另外，在这轮提名中，韦尔的一位前下属迈克尔·卡朋特（Michael Carpenter）获任纽约证券交易所董事一职。卡朋特是花旗集团旗下所罗门美邦公司（Citigroup's Salomon Smith Barney）被赶下台的前任CEO，现在担任行业代表。提名只是一种拖延。格拉索简要介绍基本情况时，有些董事会成员甚至对此事提出质疑，质问现在进行如此选择是否是"合适的时间"。

读到韦尔的任命时，斯皮策一家正在等电梯，准备乘出租车去机场，然后去科罗拉多休一年一次的家庭滑雪假。读罢，斯皮策一下子火冒三丈，将文章甩给妻子茜尔达说，"你看看"，并问她对此有什么看法。茜尔达浏览了一下，说："确实够疯的。"斯皮策掏出手机，拨通了格拉索的号码。"这会带来麻烦的。"斯皮策对这位纽约证券交易所主席说，并且还补充道，关于综合协议最后的措词问题，"我们还在与花旗集团谈判"。格拉索通过律师表示拒绝就此事接受采访。但是，其他了解通话内容的人说，斯皮策同时还将矛头指向一场排场、奢华的七十大寿。因为就在几周前，韦尔在卡内基音乐厅大摆筵席，庆祝七十大寿。斯皮策说："首先是生日晚会，现在又弄出来这么个名堂。我是不会成为为桑迪·韦尔平反昭雪的一分子的。"看起来，似乎纽约每一位大名鼎鼎的政治人物都应邀参加了韦尔的生日宴会：从共和党的乔治·帕塔克（George Pataki）、迈克尔·布隆伯格（Michael Bloomberg）到民主党的比尔·克林顿（Bill Clinton）、查尔斯·舒默（Charles Schumer），一概不落。但是，不知何故，宴会就是没有斯皮策的一席之地。斯皮策后来说，他的问题不在于被踢出生日宴会。他解释说，由于股评报告调查尚在进行，"邀请我是很荒唐的事情"。他还补充说，无论受邀与否，他都不可能参加。但是他又表示，自己很反感一个大老爷们儿选择在那个时候举办众人瞩目的庆祝日，因为韦尔的公司刚刚同意支付上百万美元的赔偿金，解决因欺诈报道

第八章 切莫伸手 伸手被捉

而引起的索赔问题。

斯皮策清清楚楚地记得，那天一大清早就有电话打进来，称，在纽约证券交易所董事会，推选韦尔让人无法接受。"这个任命能撤销吗？"他说自己这样问过格拉索。根据斯皮策的说法，这位纽约证券交易所主席一听，大发雷霆，气咻咻地说推选韦尔不是他个人的意思，而是董事会的决定。考虑到格拉索是一个多多少少有点控制狂式的人物，显然斯皮策感到格拉索的说法既可笑又荒唐。"那一刻，在那个至关重要的时刻，我第一次真正地对（纽约证券交易所的）领导能力和决策程序产生了怀疑，也对迪克·格拉索话语的真实性产生了极大的怀疑。"斯皮策记得当时是这样想的。通盘考虑之后，斯皮策告诉格拉索，等飞机在韦尔（Vail）降落之后，他再给他打回去。当他们在下午5点左右再次通话交谈时，格拉索告诉斯皮策，他"无法撤销任命"。第二天，即3月23日，斯皮策公开宣布了自己的反对立场，告诉《纽约时报》，这一任命是"骇人听闻的事情"、"不折不扣的错误判断、背信弃义"。

面对斯皮策的暴怒，格拉索和纽约证券交易所只好收回成命。没过几个小时，格拉索发表了一个声明，称韦尔经过仔细考虑，婉拒了对自己的任命。"当桑迪·韦尔得知纽约州检察总长对提名他担任纽约证券交易所董事的意见时，桑迪告诉我，他希望撤销对他的任命。"格拉索这样声明。花旗集团的主席"只是很不情愿地同意供职，坚决反对就他的任职资格进行公共辩论"。新闻报道千篇一律，如出一辙，都将这一场较量描述为斯皮策代表中小投资者所取得的又一次胜利，是对纽约证券交易所公司治理的沉重打击。接下来，证交会主席威廉·H.唐纳森把自己也扯进了这场冲突。他正式要求纽约证券交易所、纳斯达克以及七家其他市场检查它们各自公司的组织结构情况。唐纳森对此怀着特殊的兴趣。从20世纪90年代起他就一直担任纽约证券交易所主席，与一直担任他副手的格拉索交恶多年，彼此仇视。唐纳森告诉记者，他特别关心对韦尔的种种争议，因为股票交易所为众多公开上市交易的公司制定了公司治理规则。"如果你想给其他人制定标准，那么你就得先给你自己制定标准。"唐纳森说。

华尔街"警长"——埃利奥特·斯皮策

斯皮策和格拉索公开表示，他们依旧亲密如故。在韦尔论战之后两周，格拉索在州证券监管人员的一个聚会上，称斯皮策是"一位朋友，是为消费者和投资者而奋斗的不知疲倦的一员猛将"。在2003年4月的记者招待会上，斯皮策在宣布综合调查最终协议时，特别强调和纽约证券交易所主席是"好朋友"。但是，交易所的麻烦接踵而至。4月中旬，《华尔街日报》报道称，纽约证券交易所的监管助手正在调查有些交易专员是否在交易所大厅为会员公司的交易提供便利，以较高价格从潜在的卖家那里购买股票，再转手卖给潜在的买家，不直接与报价匹配，以便从中获取不当利润。报纸报道顿时激怒了格拉索，因为报道称这种做法为扒头交易——非法抢先交易（front-running）①，与欺骗顾客十分接近，只是在方式上稍微有别而已。虽然调查尚在进行，但是格拉索却责令纽约证券交易所发布新闻公告，以"错误"报道的名义猛烈抨击《华尔街日报》。

没出一个月，《华尔街日报》实施了报复。日报记者追根究底，搜出了格拉索薪酬的估计数额。在这之前，格拉索的薪酬是严格保密的。结果，报道出来的薪酬总额令人震惊。自2002年以来，纽约证券交易所CEO不仅拿回家超过1,000万美元的薪酬，另外还攒下了8,000万~1亿美元的退休金。投资者们听闻此言，义愤填膺，称格拉索拿如此天价薪酬实在是天理难容，因为格拉索——至少在某些时候——本该是一位监管人员。公司治理专家称，所披露的薪酬数额证明，纽约证券交易所现行的治理结构存在着不少问题。但是交易所的董事会成员极力为他们的主席兼CEO辩护。美林公司CEO戴维·科曼斯基在薪酬委员会中任职，他称，格拉索在纽约证券交易所游说新公司上市，所做的工作"引人注目"，他应该获得这样的报酬，至少他应该获得与他监管的华尔街总裁一样丰厚的薪酬。迫于舆论压力，交易所无奈之

① 也称超前交易。俗称老鼠仓。一种被严格禁止的不道德交易，指在做市商交易制度下，证券公司、做市商在手中持有客户交易委托的情况下抢先为自己的账户进行交易，被认为是从公众手中抢夺交易机会。通常是证券经纪人知道其证券研究部门将发表一份关于上市证券的报告，在其客户收到报告前进行相关证券的买卖。也可指员工得到了某些可以左右价格的机密资讯，便在实际交易前先行投资或透露给第三者。在美国，这被视为一项内幕交易。——译者注

下答应尽力将工作做得"更透明一些",以平息争端。但是,由此而披露的更多事情却是火上浇油,点燃了投资者更大的不满情绪。

8月下旬,之前一直拒绝披露薪酬和合同信息的董事会,突然宣布他们与格拉索续签了合同,合同保证格拉索年薪最低240万美元,准许他从延期的补偿款中提取1.395亿美元,而非估计的1亿美元。虽然有些董事对这一支出数额有些犹豫,但是对合同进行民意测验,结果显示11:7赞成。于是,董事会同意结成统一战线,在官方记录上保持一致意见。董事会成员H.卡尔·麦考尔(H. Carl McCall)最近被任命为薪酬委员会主席。他向媒体承认,虽然这笔支出数额巨大,但董事会认为格拉索值这个数。"我认为,董事会对他表现出的领导才能非常满意。"曾为纽约州前财政部长的卡尔·麦考尔说,"我们想确保能留住格拉索在纽约证券交易所的领导地位。"

但是比尔·唐纳森没有打算任由事态这么发展下去。任命韦尔一事失败后,证交会要求纽约证券交易所进行治理审查,审查尚未完成,交易所却已经先通过了格拉索的薪酬支出。作为证交会主席的唐纳森对此非常恼火。面对如此巨额薪酬,唐纳森大跌眼镜。20世纪90年代,他领导交易所进行工资削减,现在作为证交会主席,年薪14.25万美元,监管的范围却比从前更广。略一思忖,唐纳森于9月2日给卡尔·麦考尔修书一封,措辞十分强硬,要求作为薪酬委员会主席的麦考尔详细核算格拉索的薪金和退休金。唐纳森特别提醒说,交易所还没有完成公司治理检查的相关事宜。信中写道:"依我之见,赞成格拉索先生的薪酬包一事,暴露了纽约证券交易所目前在治理结构的效能方面存在着严重问题。"纽约证券交易所的回复将事情弄得更加糟糕。在一次记者招待会上,格拉索和卡尔·麦考尔向记者们承认,格拉索拿到的还不止1.395亿美元。实际上,格拉索还有额外4,800万美元,但是他同意放弃这笔款项。"纽约证券交易所不应当只是个谈论领导薪酬的机构。"格拉索说,"我把薪酬的事情抛在脑后。"卡尔·麦考尔也继续为格拉索辩护,说格拉索赚的钱是靠他将在交易所上市的公司数量翻了两倍多换来的。"迪克过去是,现在仍然是合适的时间里合适的领导人。"麦考尔如是说。

听罢此言，公司治理专家及新闻媒体怒不可遏。伦敦的《星期日泰晤士报》(The Sunday Times)以"贪婪的格拉索"为题进行报道；《纽约时报》发表评论意见："揭财露富，只能增加公众的怀疑和讥讽；明铺暗盖，华尔街玩内部把戏将多少尽收囊中——纽约证券交易所付给理查德·格拉索天价酬金。"而场内交易员对于格拉索领取这么高的薪酬也是非常气愤，因为就在同一时期，经纪商的费用正在上涨，交易所公布的利润却下跌了3/4——从1998年的1.01亿美元下降到2001年的2,800万美元。没几天，纽约证券交易所的一伙会员公司组织了请愿小组，呼吁召开会员会议，要求取代整个董事会。纽约、加利福尼亚和北卡罗来纳等几个州的财政部部长都是监管大规模公共养老基金的，现在也开始呼吁让格拉索下台。

但是很明显，在众多的呼吁中缺少一个人的声音。令有些观察者感到惊讶的是，斯皮策没有参与这场激烈的口水大战，而是让唐纳森和证交会打头阵。检察总长认为，贪多嚼不烂——当时要处理的事情已经够多了。他刚刚披露了与对冲基金主管人艾德·斯特恩因盘后交易达成的协议，检方工作人员正全力以赴，深入调查共同基金的问题。"不会有什么收获的。"斯皮策记得，"证交会说他们在处理此事。"他和唐纳森、斯蒂芬·卡特尔三人"相处得很融洽，我尊重我一贯遵循的原则。如果有人开始了某事，我们不会亦步亦趋，跟在别人屁股后头。因为那样还会给他们带来麻烦"。

在这段时间里，格拉索在交易所董事会获得的支持也逐渐开始瓦解。许多董事会成员不知道额外4,800万美元的事情，因为格拉索的合同是在8月7日董事会会议上通过的，他们所收到的文字材料中没有提到格拉索未来薪酬一事，而且这一话题也从来没有公开讨论过。当麦考尔在交易所公开消息前几个小时告诉董事会关于额外酬金一事时，几个董事表现得大为错愕。高盛集团CEO亨利·保尔森(Henry Paulson)已经旗帜鲜明地表示出自己的态度，他反对CEO尚在工作岗位却收取退休金这一整体理念。额外酬金是压垮保尔森的最后一根稻草。9月17日，保尔森和另外三位担任华尔街公司总裁的董事会成员准备将格拉索赶下台。他们认为，表决结果会把他赶下台的。另一

第八章 切莫伸手 伸手被捉

位董事会成员,即经营精品投行英维姆德联合公司(Invemed)的肯尼思·朗格尼(Kenneth Langone),格拉索薪酬包决议通过时薪酬委员会的主席,试图为格拉索拉拢势力,取得支持;可是孤掌难鸣,没有成功。就连之前支持格拉索的上市资产管理公司美国黑石公司(Black Rock)总裁兼CEO劳伦斯·芬克(Laurence D. Fink),现在也倒戈相向。芬克警告格拉索"世易时移了",他要求这位主席当天下午通过电话召集董事会紧急会议。

电话会议一片混乱,局面难以控制。由于格拉索事先与一位职业律师商讨过如何给自己定位最为合适,所以宣读了一份律师准备好的发言稿。"似乎对我来说,最好的选择,就是在下一次董事会上提交辞职书。虽然这么做我内心是一百二十个不舍。但是如果你们想让我辞职的话,我就辞职。"然后他走出了电话会议室。摩根大通董事会主席兼CEO威廉·哈里森开始列举免职格拉索的种种理由。"这关系到交易所的诚信问题。"哈里森说。朗格尼则继续为主席辩护。他说,新合同条款刚刚批准几周就将他封杀出局,这实在是太荒唐了。"你们这伙人应当感到羞耻。"朗格尼咆哮着。最后,董事会投票表决,结果是13:7,同意格拉索辞职。麦考尔通报了这一消息。他打电话给格拉索时,几位董事也在收听。"董事会投票接受你的辞职。"麦考尔说。格拉索沉着冷静地与其法律顾问商量了一番,然后回答说:"我没有提出辞职。我所说的是,如果董事会投票让我下台,我就会走人。"麦考尔回答说:"哦,这就是董事会投的票。"格拉索当天向媒体发布陈述,声明离开证交所内心是多么不舍。"在过去的36年里,我有幸获得了在我所认为的世界上最公平的市场工作的特权,这个市场就是纽约证券交易所。今天,我在董事会的电话会议上倾诉我的感受,虽然我内心依依不舍,无限眷恋,但是如果这是董事会的愿望,我将提交我的主席兼CEO辞职书。"

没过几天,董事会就选中了约翰·里德(桑迪·韦尔在花旗集团的死对头)作为纽约证券交易所新任主席,并且宣布重新彻底改组纽约证券交易所的治理计划。交易所还聘请了一位来自芝加哥的前律师丹·韦布(Dan Webb)调查格拉索的薪酬合同事宜。其目的主要是给这位前主席施加压力,让他返还薪酬包的部分款项。韦布的调查报告于2003年12月15日出炉，清楚明了地解释了纽约证券交易所在用人问题上的异常状态：报告称格拉索"在挑选董事会成员担任薪酬委员会职位时，拥有不受约束的权力"。并且格拉索"亲自挑选"与他有私人关系的成员，任人唯亲，所以这些人都不太可能反对他的退休薪酬包，因为他们自己也获得了巨额酬金。薪酬委员会还利用一个对比小组来比较格拉索的薪酬。对比小组包括规模更大的、利润更丰厚的、结构更加综合化的公司总裁们的薪酬。即便如此，薪酬委员会也经常从本身已经"膨胀夸大的基准点"上一再向上抬高。因此，韦布的调查报告得出的结论是，格拉索作为纽约证券交易所主席，在任期的大部分时间里，其薪酬"超出合理限度"、"偏高"，2000年和2001年的情况则"过分偏高"。

韦布的报告也捎带着调查了董事会批准1.395亿美元薪酬支出的程序，该程序也是偏颇有余，公正不足。8月7日召开的董事会会议上，格拉索的薪酬合同还没有列入会议议程，为董事会分析格拉索退休薪酬包的外聘法律顾问也没有参加会议。薪酬委员会主席麦考尔告诉董事会各位成员，在批准1.395亿美元薪酬支出的问题上，他们别无选择，因为总数额完全属于格拉索的既得利益，"是他所有的款项"。报告这样说。事实上，其中1,300万美元不在他的既得范围之内。韦布的调查人员也明白有些董事在得知4,800万美元的额外酬金时大吃一惊的原因了。在8月份的董事会上，麦考尔表示，给格拉索支出1.395亿美元便可了结交易所为他的退休所负担的义务。这种说法并不准确。麦考尔告诉韦布的调查人员，即使在为他准备的一系列谈话要点中提到总额高达4,800万美元的报酬，他也并没有理解这一合同，了解这一额外款项的其他薪酬委员会成员也没有在会议上纠正麦考尔的话。〔后来卡尔·麦考尔的律师威廉·瓦赫特尔（William Wachtell）批评韦布的报告是"不准确的"，说"真相会让卡尔解脱出来，会证明卡尔所做的不仅是正确的，而且其所作所为都是在美国最优秀的律师关照之下的结果"。〕

格拉索阵营则辩解说，韦布的调查为格拉索退休薪酬包的数额提供了支持。"韦布的报告与迪克·格拉索作为纽约证券交易所CEO的模范绩效

（exemplary performance）并不相悖,但是却对金融界某些最精明、最老练人士的商业判断能力提出了质疑。"格拉索要求将报告公开,经法官同意后,格拉索的私人发言人艾瑞克·斯达克曼(Eric Starkman)在一份声明中这样说:"薪酬中的每一分钱都是与委员会顾问共同商讨的结果,是由薪酬委员会一致表决通过的,这是由迪克·格拉索对纽约证券交易所的巨大价值所决定的。"甚至连对报告中所描述的监管过程不力而大吃一惊的检方律师和证交会,私下里也认为缺乏证明纽约证券交易所董事会被误导的"确凿证据"。

现在,主动权稳稳地掌握在纽约证券交易所新任主席约翰·里德手里。令里德的一些董事感到惊讶的是,里德迅速地带着韦布的报告直奔证交会和斯皮策办公室,询问他们是否能做点什么,帮助从格拉索那里索回部分款项。虽然后来里德低调对待自己的角色,说政府官员"做任何事都不是被强迫的",但是他马上得到了回应。证交会工作人员叫嚷着要采取行动,要求提供文件和约谈董事会成员。但是没出几个月,证交会提出了异议,认为自己没有管辖权,原因是格拉索没有违反任何联邦证券法。斯皮策及其高级助手对这件事情有不同的看法。他们将这一冲突看作是几年来他们一直致力于解决的两大问题的潜在交集:改进公司的信息披露现状,确保按照预期目的使用非营利性组织资源。自从1998年当选公职以来,斯皮策提起了各种各样的诉讼:阻止了曼哈顿眼耳喉科医院(Manhattan Eye Ear & Throat Hospital)的出售;起诉了海尔之家(Hale House)的创始人——海尔之家是为吸毒母亲的子女专门设立的一家儿童慈善机构;完成了哈莱姆区(Harlem)具有历史意义的阿波罗剧院(Apollo Theater)利益冲突的调查——该调查始于他的前任丹尼斯·瓦科,到斯皮策时终于达成了协议。"通常情况下,一旦对非营利性机构提起诉讼,我们就试图让他们尽到职责。"米歇尔·赫什曼解释说,这正好与对格拉索的指控相吻合。"格拉索薪酬的形成过程是站不住脚的。"她说。

根据过去的诉讼情况来看,斯皮策知道,自己有证交会所没有的办法来解决格拉索的问题。因为纽约州有一条法律规定,非营利性机构及其董事利用资源要明智,支付酬金要合理。1997年,瓦科就曾利用该法律条款追查艾德菲大学(Adelphi University)的校长皮特·达玛托普拉斯(Peter Diamandopoulos)及其17名理事。瓦科指控他们浪费了500多万美元。斯皮策认为,格拉索的巨额薪酬包,加上韦布关于不当比较和夸大基准数的调查证明,在上述法律条款下可能已经足够提起诉讼了。但是他想得到的更多。韦布的报告表明,至少有些纽约证券交易所董事会成员没搞明白自己表决的到底是什么,有些人可能在关键性问题上受到误导。于是,斯皮策要求阿维·希克(Avi Schick)将此事一查到底。希克是副检察总长,他的办公室与斯皮策的办公室隔着两个房间,旗下召集了一批经验丰富的律师,包括在股评师案件中做了大量工作的布鲁斯·陶普曼等人。一旦遇到棘手的指控,他们就拿出自己常用的杀手锏——收集每一份可能相关文件的副本,沿着蛛丝马迹追查下去。

　　根据材料提供的线索,他们追查的第一站是芝加哥的维德·普莱斯(Vedder Price)律师事务所。在2002年年底和2003年年初,维德事务所为格拉索的薪酬和福利问题做过咨询。韦布的报告表明,在整个用人失察过程中,维德·普莱斯事务所的合伙人鲍勃·斯塔克(Bob Stucker)提供了唯一一份有疑点的记录。"阿维·希克读文件时,能从这些支离破碎的印象中感觉出他们(维德·普莱斯律事务所的人)都是些好人,"赫什曼记得,"于是他便飞往芝加哥去拜访他们。"维德的律师们让希克浏览了他们的简报以及他们为证交所所做的稀奇古怪的阶段性工作。2002年9月23日,纽约证券交易所董事会薪酬委员会采纳了一项提议:续签了格拉索的合同,将他5,150万美元的巨额退休薪酬包从交易所预算中的未备基金(unfunded line)转换成实际支出,变成延期补偿账户,经过此番手续,格拉索便能拿到利息。在薪酬问题上,肯尼斯·朗格尼是不折不扣的幕后策划人。但是,薪酬委员会的三位新成员劳伦斯·芬克(Laurence Fink)、贝尔斯登(Bear Stearns)公司的CEO詹姆斯·凯恩(James Cayne)和戴姆勒—克莱斯勒集团(Daimler Chrysler)的于尔根·施伦普(Jurgen Schrempp)等人却是在会上第一次得知,到目前

第八章 切莫伸手 伸手被捉

为止,格拉索已经聚敛了总额为1.1亿美元的退休金。纽约证券交易所长期顾问威廉·米歇尔(William Mischell)为董事会提供了薪酬包分析。根据他的记录,他称会议是一场"灾难!新成员对迪克的SERP[①](交易所用该术语指一类退休金)深感震惊。他们想找一个独立的法律顾问、一个以前从来没有在纽约证券交易所工作过的人……称此举没什么不妥"。

之后不久,维德·普莱斯律师事务所的鲍勃·斯塔克接到了朗格尼的一个电话。朗格尼在电话中说,他想聘请维德律师事务所参加下次的薪酬委员会会议,回答下面四个问题:将合同延长至2007年的计划;将5,150万美元转移到延期薪酬账户上;给格拉索养老金福利总额确定上限;把500万美元的留任奖金全部兑现的日期提前(从2006年提前到2003年)。在与斯塔克的讨论中,因为尚未经大多数委员会成员和两位外部顾问的签字审批,朗格尼和纽约证券交易所人力资源主管弗兰克·阿什(Frank Ashen)称这一提议是"不需动脑的事情","基本上是一个既成事实的决定"。他们要求斯塔克在一周时间内准备好会议。在薪酬问题上,这是一个极其严格紧凑的截止日期。10月3日,斯塔克提交了一份报告,其中对几处记录表示出疑问。他提到,格拉索的退休金比所谓的"对等"群体中间值要多1亿美元,并提出立即兑现500万美元的奖金使得这笔奖金没有起到本应起到的留任作用。此外,斯塔克称转账5,150万美元是非常"罕见的",这样的计划会"严重损害养老金保留值"。由阿什执笔的董事会会议记录称,维德·普莱斯律师事务所建议薪酬委员会除保留兑现500万美元退休金津贴的权力以外,批准这一提议。但是维德·普莱斯事务所的律师告诉阿维·希克,他们没有做任何形式的正式推荐。(后来阿什承认董事会会议记录"不准确"。)薪酬委员会拒绝了兑现500万美元津贴的提议,将其他提议列入了表格。

自此之后,斯塔克和维德·普莱斯事务所的其他人员便没有了纽约证券交易所董事会的消息。直到2003年2月,薪酬委员会委员的施伦普

---

① 退休金、储蓄金、管理人员补充退休金项目,这是交易所用来指代退休金的一个术语。——译者注

（Schrempp）给他们发了格拉索另一份提议的传真。该提议要在三天以后的会议上讨论。这一次，格拉索想拿到所有的款项——将近1.3亿美元。他想要现金，不想要延期的薪酬账户，因为这一账户仍然在纽约证券交易所的掌握之中。鲍勃·斯塔克向施伦普和薪酬委员会汇报说，这种"兑现"计划"很罕见"，所以提出了"尽职调查"问题。斯塔克认为，有些委员会成员似乎担心自己没有完全理解这一提议和交易中所声称的福利。他提出，到下一次开会（也就是计划在3月28日召开的电话会议）时，提供一个更为详细的数据分析，但是薪酬委员会想要找一家在快速处理数字方面更有经验、更熟悉交易所工作的事务所。自从纽约证券交易所CFO拒绝使用交易所审计师的计划之后，阿什就把威廉·米歇尔介绍进来。米歇尔是纽约证券交易所信赖的资深人士，供职于美世咨询公司（Mercer Consulting）。为准备3月28日的薪酬委员会电话会议，维德·普莱斯律师事务所也提交了第三份报告。电话会议表明，报告内容属于商业判断问题，但是重申如此兑现实属"罕见"，并且警告美世公司对提议的独立分析只是确认了计划中的"某些"成本与收益。但是斯塔克根本没有简要介绍薪酬委员会或者董事会的情况，因为3月28日的电话会议取消了。维德·普莱斯律师事务所再次听到格拉索合同一事是在8月份，在报纸上看到合同批准了。

与维德·普莱斯方面的律师谈过之后，阿维·希克便将注意力集中在另一位顾问身上，这位顾问在这些传奇般的故事中起着关键性作用。他就是美世咨询公司的薪酬专家威廉·米歇尔。米歇尔在纽约证券交易所工作多年，给薪酬包提供数据分析的就是他。米歇尔告诉希克的律师团，阿什告诉他会回到美世公司的数据分析上，他担心维德·普莱斯方面有可能对推荐薪酬包一事加强了防范。接下来，纽约证券交易所对2003年3月的报告内容施加了强有力的影响。在斯皮策的律师们看来，就是使报告内容具有误导性。阿什告诉米歇尔，采用哪一套方案由薪酬委员会考虑决定。在美世咨询公司提交终稿之前，他和其他交易所官员审查并修改了多个草案。他们之间相互通气，但并没能使整个过程或者交易所的局势看起来朝着好的方向发展。退休

第八章　切莫伸手　伸手被捉

金支出的早期草案用的是对2003年格拉索薪酬的一个估计数字来推算其退休薪酬包的。到了3月，有了实际的薪酬数额，可实际数额要小得多。米歇尔问阿什是否能够"调整"一下这些数字。这样一来，如果按照过去几年的做法，通常就是根据过去几年的薪水情况，在退休金的基础上，交易所要将格拉索可能拿到的薪酬减少850万美元。阿什告诉他说不能调整。（阿什认为，调整数字是没意义的，因为所提议的新合同将会把格拉索的退休金永久地限制在1999—2001年的薪酬水平上。）检方律师发现，这一决定具有误导性。因为如果马上支付格拉索退休金，就会给董事会一种夸大节省的看法。另外，当米歇尔打算向董事会提出，如果格拉索离开交易所，就会收回薪酬包中的1,300万美元时，阿什主张美世咨询公司将这一笔款项描述为"虽然属于既得利益，但是可以没收"。米歇尔讽刺这种委婉的说法是"阿什惯例"。到检方人员完成调查时，米歇尔及其员工同意归还纽约证券交易所440,275美元的费用，签署一份合作协议，详细说明他们是如何帮助向纽约证券交易所董事会提供错误信息的。

所以在格拉索被免职两周之后，弗兰克·阿什也只好从纽约证券交易所辞职。在检方办公室的早期约谈中，这位忠于前任上司的人力资源部前部长曾信誓旦旦地说，董事会已经彻底、恰当地对格拉索的薪酬合同做了简要陈述。但是到2004年初春，希克收集了大量他认为对阿什不利的证据：杜撰了薪酬委员会的会议记录，伪述维德·普莱斯律师事务所关于更改合同的观点，还调整了米歇尔给董事会起草的报告，以夸大董事会欠格拉索的款项。另外，希克也发现，阿什没有与董事会分享米歇尔在2001年所做的统计。斯皮策的调查人员认为，米歇尔的统计能向董事们证明，按照常规分红，格拉索每多拿100万美元就能让他在退休金上净赚680万美元。最后，希克还调查到一系列形迹可疑的图表，而阿什正是利用这些图表总结并据此制造了格拉索在1999—2001年几年间的薪酬数额的。这些图表看来有多个版本，这使格拉索拿到的款项总额"时而看到，时而看不到"。第一个图表是阿什详细制作供自己使用的。表中列出了五项酬金，包括一个名叫CAP的名目，是资本累积计划（capital accumulation plan）的缩写，这是针对特定高管的资本累积项目。单单在这个名目之下，格拉索一年就会收到高达805万美元的巨额款项。但是阿什交给纽约证券交易所董事会的电子表格只有四个名目，CAP一栏被信手删掉了。从1999年到2001年所汇报的"合计总额"减少了1,800万美元。另外，还有第三个版本：阿什将图表送交纽约证券交易所财务总监，告诉他支付给格拉索的薪酬数额时，又出现了CAP一栏和较高的汇总款项。检方办公室认为，整个过程合在一起违反了《纽约非营利性公司法》（New York's Not-for-Profit Corporation Law）第715（f）款："限定官员薪金……应当需要全体董事会大多数人投赞成票。"如果没有告知董事会CAP支付款项一事，那么投赞成票又从何谈起呢？

一个月之后，检方办公室正式约谈了阿什一天。希克给阿什的律师布鲁斯·雅尼特（Bruce Yannett）打了电话。"这对你的当事人来说确实不利，"希克在电话中称，"如果你想合作的话，请现在告诉我。"接下来的几天就是一场接一场的谈判，阿什回心转意，并最终就自己在这一事件中扮演的角色问题与检方办公室达成了正式协议。检方团队催促他回想点点滴滴的具体细节，以便能加强希克正对格拉索和纽约证券交易所准备提起的诉讼。这位忠心耿耿的格拉索前拥戴者不仅承认美世咨询公司的分析以及1999到—2001年"时而看到，时而看不到"的工作图表"是不正确的、不完整的、有误导性的"，而且还交待说，在8月7日的董事会上不应当讨论合同的问题，更不应当批准合同通过。此外，作为与斯皮策协议的一部分，阿什还签署了一份事实宣誓声明，声明中称："当时没有任何顾问出席会议，非（薪酬）委员会董事也没有为会议做好适当准备或者做简要陈述……从我在纽约证券交易所工作的1/4个世纪来看，我感到这不是纽约证券交易所开展业务的方式。"

在约谈阿什期间，斯皮策的律师对他步步紧逼，从他嘴里一点一滴地抠出薪酬委员会与肯·朗格尼在整个过程中的各种相关信息。在格拉索聚敛巨额薪酬包期间，朗格尼担任委员会主席。阿什讲述了他们的几次配合行动。检方律师们认为，这些活动表明朗格尼已经采取措施向那些延缓或阻止向格

第八章　切莫伸手　伸手被捉

拉索支付酬金的董事会中的其他人隐瞒信息。阿什说，具体说，是在2002年秋天，朗格尼告诉他，维德·普莱斯事务所直接给董事会成员个人邮发信函，对此他非常恼火。"我明白，他的目的是想让一切活动都经过他。"阿什在事实声明中这样写道。到2003年1月，即格拉索决定改变提议，要求现金支付时，除了两位薪酬委员会成员外，阿什已经向全部委员做了简要陈述。但是他说，朗格尼告诉他不要"绕回来"，也不要告知他们一些实质性变化，因为全体委员要在下一次会议上讨论这一提议。（已告知其余两位委员提议一事。）阿什说，几个月之后，朗格尼告诉他要给华尔街一流的律师马丁·利普顿（Martin Lipton）打电话，想咨询律师关于"格拉索的薪酬数额是否可以不告知全体董事"一事。

　　朗格尼的信息给检察总长办公室提出了一个问题。斯皮策及副检察总长不倾向于对交易所大多数董事们提出个人诉讼。检方对纽约证券交易所因其不良政策和错误程序而提出诉讼没有困难。事实上，他们决定就此事提出诉讼。但是，他们担心追查董事会成员会使慈善机构很难填补董事空缺。"我们希望人们在非营利性董事会中任职。"斯皮策解释道，"他们并不会得到丰厚的薪酬。如果害怕会因为错误决定而受到指控……那他们就不愿来这样的机构服务。"

　　不仅如此，斯皮策与副检察总长们还认为，证据表明朗格尼对格拉索薪酬包的了解要比其他董事们多，但却千方百计地让董事会成员蒙在鼓里。当朗格尼任薪酬委员会主席时，格拉索的薪酬翻了四倍之多。报纸也曾因尽情地嘲笑过这两个男人之间的密切关系而获得意外成功，名噪一时。2003年5月份《纽约邮报》的一篇文章举例阐明了格拉索决定坐镇家得宝（Home Depot）公司董事会一事。该公司是朗格尼帮助创立、在纽约证券交易所上市的公司。文章配发合成照片，声称格拉索和朗格尼缠绵在床上。斯皮策决定，对纽约证券交易所的起诉要区分清楚"哪些董事会成员行骗、误导人，哪些董事会成员做出了错误决定"。在斯皮策的心目中，朗格尼无疑属于第一类。

　　另外，交易所还有一位董事需要慎重考虑——卡尔·麦考尔。麦考尔是纽约州的前审计主任，第一位赢得州长提名的民主党黑人。批准1.395亿美元薪酬时，卡尔·麦考尔是薪酬委员会主席，合同实际上就是他签订的。其他董事还告诉丹·韦布的调查人员，卡尔·麦考尔不仅没有告诉他们关于额外4,800万美元的事情，而且还反对阿什参加8月7日的董事会会议。原因是在会上要讨论合同的事情，他想自己独揽大权，一个人做简要汇报。麦考尔则告诉韦布的调查人员，他没有完全理解薪酬包的内容，直到9月份他才知道额外支出的事情。这番话与麦考尔在8月7日董事会上的那番谈话要点相矛盾。谈话要点没有公开宣布，所以合同在董事会上通过了。很显然，在董事会召开之后、格拉索薪酬包公开之前，卡尔·麦考尔收到了多个合同草案，这些草案清清楚楚地列明了格拉索将会收到的每一分钱。不仅如此，麦考尔和朗格尼直接把与2003年6月截然相反的合同版本交给了韦布的调查人员。在会议上，朗格尼（作为薪酬委员会主席的麦考尔的前任）便摆脱了退休金支出责任的干系。卡尔·麦考尔称，1.395亿美元薪酬数额之巨，令他深感"震惊"。但是阿什和朗格尼说这笔款项完全是应得利益，委员会已经签署了协议。朗格尼和阿什说卡尔·麦考尔在那次会议上以及后来阿什和米歇尔所做的简要汇报会上没有表示出任何关注。朗格尼也坚持说，他告诉新主席"你并不受我们所做事情的时间的约束……只要你觉得合适，你可以向后拖"。（后来，卡尔·麦考尔的律师威廉·瓦赫特尔在法庭上坚持说，韦布的报告是"恶意攻击，因为有人撒谎了"。）

  在检方办公室的约谈中，阿什对麦考尔尤为不满。但是，同任何卷入这场争议的其他人一样，他知道斯皮策对竞选州长感兴趣。阿什认为，斯皮策不会疏远麦考尔的众多支持者。所以公然表示出不屑一顾的态度，说："我可以告诉你有关卡尔·麦考尔的事情，可是呢，你不想听。"作为回答，希克凑上前去拿了一个装满水的盘子，捡起一个盛冰淇淋的纸杯，放在阿什面前的会议桌上。"你想在卡尔·麦考尔身上泼脏水，有什么要倒出来的，那就请吧，我愿洗耳恭听。"希克不无诙谐地说。在检方团队看来里，虽然麦考尔误导了大多数董事会成员，引诱他们进入了朗格尼与格拉索帮，但是目前的结

第八章 切莫伸手 伸手被捉

果还不够有说服力，不能将麦考尔赶出董事会。据称，进行误导的就是朗格尼与格拉索帮。斯皮策的律师们纷纷表示，朗格尼有着不可推卸的责任，据说几年来，薪酬日益增长，他都没有与董事会沟通退休金薪酬包数额方面的信息，但是麦考尔所起的作用小多了：在2003年投票之前，他担任薪酬委员会领导职位还不到两个月。据麦考尔本人说，他所不了解的信息是4,800万美元的未来报酬，这笔钱格拉索从来没有拿到手。为了留任，格拉索已于2003年9月宣布放弃这笔款项。

希克及其团队也调查到一些证据。这些证据表明，格拉索利用自己监管人员的身份，确保自己的工资和退休金不受任何质疑。贝尔斯登公司主席吉米·凯恩（Jimmy Cayne）告诉调查人员，公司专家部一位高级主管人员要求他加入纽约证券交易所董事会。因为他相信这样一来，在交易所配发新上市股票时，公司会因此受到优待。一位薪酬委员会前委员曾就格拉索薪酬包数额问题向阿什表达了个人担忧。他描述了发生在2000年的一件小事。"当时有人马上就把我的犹豫不决报告给了"格拉索，他若有所思地说。在薪酬包批准之后，该董事记得当时心里想："谢天谢地我逃过了这一场是非，格拉索也是我们的监管人员，我是纽约证券交易所的一员……不管他是间接监管你，还是直接监管你，你都得格外小心。"

即使希克正准备对格拉索和朗格尼立案调查，斯皮策也还在试图另寻出路。他通过双方共同的朋友和生意伙伴与格拉索沟通，试图寻找一种让双方都保留面子的和平解决方式。"为解决这个问题，我努力了好几个月。"斯皮策记得。法律规定了非营利性机构管理人员的薪酬上限，和平解决的话，"对交易所来说要更好一些，而且也能证明我们所奉行的理论是正确的"。"我去找马丁·利普顿当调解人。我说，'这太荒唐了'。"格拉索不需要归还所有的款项，斯皮策说，只要他的退休金与他职位相同的人基本接近就行。斯皮策说，他提议这位纽约证券交易所前主席放弃额外索要的4,800万美元，归还5,000万美元，保留其余已经支出的1.395亿美元。"那样的话，我就能说，这样够公平的了。"斯皮策回忆起当时的情况时说。在钱的问题上，检方办公室也给格拉索的官方辩护律师、强悍的诉讼律师小布伦丹·沙利文（Brendan V. Sullivan, Jr.）出谋划策，但是没有成功。"他们一听就立即拒绝了。"斯皮策记得。

到5月下旬，斯皮策认为，摊牌的关键时刻到了。和解看来没戏了。将格拉索一查到底意味着与一个冥顽不化的对手过招，这个一肚子怨气的人却不会有丝毫损失。可是结果呢，斯皮策却将自己推向风口浪尖，要面对公众的批评和谴责。他们认为，总裁被指薪酬过高，那些富豪股东愿意主动给他出资，他们之间，一个愿打一个愿挨，纳税人凭什么要因斯皮策干涉他们之间的争论而承担费用呢？指控朗格尼而不指控麦考尔也会产生政治私利问题。但是斯皮策及其工作人员都深深感到，这笔款不是纽约证券交易所出的——非营利性公司法要求薪酬必须合理。在获悉支付给格拉索的薪酬数额时，纽约证券交易所的许多场内交易员非常愤怒。他们也坚信朗格尼的行为是不当的。"另一种选择就是按兵不动。"赫什曼记得。可按兵不动又不是斯皮策的做派。斯皮策认为，既然交易所将自己整编为纽约的一个非营利性实体，那就不能允许它如此公然蔑视法律。"如果这是纽约证券交易所、植物园（Botanical Gardens）、大都会艺术博物馆（Metropolitan Museum），我们都会采取同样的行动。"斯皮策说，"无论在哪里，我们都不允许类似的事情发生。10美元和11美元之间没有泾渭分明的界限，但是可以说2,000万美元绝不是2亿美元。"

在5月24日的指控中，斯皮策将格拉索、朗格尼和纽约证券交易所列为被告，没有麦考尔。长达54页的指控文件——摆出证据，称格拉索得到的酬金总额不"合理"，因为该酬金数额是基于与华尔街高级主管比较的结果，这种比较是错误的，并且是在充满着利益冲突的过程中获得批准通过的。参与格拉索薪酬表决的很多董事都是各公司的领导人，而格拉索的职责就是监管他们的公司。但是这些指控不仅超出了丹·韦布报告中所引用的程序问题，而且还利用了希克调查到的一些证据，即他们在关键性信息上主动"误导"董事会。"如果这一案件只是根据韦布的报告，我们就已经赢定了，"斯

第八章 切莫伸手 伸手被捉

皮策说,"但是我们所掌握的证据比这强有力若干倍。"

毫无疑问,公众对指控的反应褒贬不一,忧喜参半。全国大小报纸都在头版头条报道此事。《纽约时报》评述说:"考虑到涉及的数额以及证据的分量,埃利奥特·斯皮策确实只好对理查德·格拉索提出诉讼,除此之外,别无选择。"但是斯皮策不仅受到了来自工商业界的严厉谴责,而且还受到了共和党人的猛烈抨击,前者是因为斯皮策干预了他们认为的私人合约纠纷,后者则认为他出于政治原因而给了麦考尔签了一张通行证。《华尔街日报》的评论讽刺味儿十足:"批准格拉索先生的某些薪酬时,麦考尔先生也在管理薪酬委员会,可是他却逃脱了斯皮策先生的法律关注。虽然麦考尔能在将来斯皮策先生竞选州长时拉他一把,助他一臂之力,但是我们绝对不敢贸然声称,斯皮策的良苦用心表明如此监管与卡尔·麦考尔先生作为声名显赫的纽约共和党人之身份有什么千丝万缕的联系。"〔政治交换条件的种种说法在2005年甚嚣尘上。当时《纽约时报》称,麦考尔警告拿骚县(Nassau County)县长托马斯·苏茨(Thomas R. Suozzi),不要在2006年州长初选中挑战斯皮策:"汤姆已经在党派中制造了很多事端,初选将会耗尽资源,产生分裂,不会被接受的。"〕

与该争论无关的律师也纷纷表示,由于实体是在纽约非营利性法令下运营的,格拉索作为一个实业领导者,在其薪酬是否合理的问题上,斯皮策提出了一个很好的诉讼。但是,这些外部法律专家还称,纽约证券交易所董事会受到误导,或者不知何故因关系密切而与格拉索达成某种妥协,这一证据显得非常牵强,没有说服力。有些关键事实还有待于做出各种解释,这些解释使得案件结果难料,其中包括以下几种情况:

★斯皮策及其律师团充分利用阿什的协议和事实陈述,借此表明他们已经证实纽约证券交易所的工作人员误导董事会。但是,阿什的律师布鲁斯·雅尼特(Bruce Yannett)发表了一项声明。在声明的事实陈述部分,他强调其当事人否认有任何不良企图:"阿什先生事后认识到犯了一定的错误,但是绝非故意向董事会提供不准确或不全面的信息。"当纽约证券交易所前董事会成员杰拉德·列文（Gerald Levin）后来被问及有关阿什的事实声明时，他说他发现该声明"完全是攻击性的……我不知道到底发生了什么事情使阿什鼓足勇气签下如此一纸声明。所以从我的观点来看，声明毫无有效性可言"。

★威廉·米歇尔已经告诉检方办公室，阿什告诉他，格拉索的奖金部分虽然是"既得利益，但是可以没收"，一旦被解聘，就拿不到这笔钱，因为董事会有些简报就是这么写的。在斯皮策的指控中，这一术语被缩略，仅剩"既得利益"，米歇尔在给董事会的书面报告中就使用了缩略说法。

★董事会收到了"时而看到，时而看不到"的报表，该表在合计总额栏目中省略了格拉索的 CAP 工资，但其总工资已经包括在 2003 年 2 月报告给董事会的图表中。甚至在 CAP 数额省掉的那些年份里，也在附注中做了注明。检方办公室称，2003 年的图表不具有相关性——从格拉索开始索要工资支出起，他就没有理由再隐瞒薪酬总额。

★在朗格尼担任薪酬委员会主席期间，他向董事会发布的薪酬数额信息存在着不一致的情况。韦布的调查人员提到，在 2002 年 2 月薪酬会议的谈话纪要中，朗格尼没有提到格拉索将要拿到的 CAP 工资福利中的 800 万美元。斯皮策声称，董事们也没被告知格拉索从管理人员 SERP 中得到的款项。但是朗格尼的支持者争辩说，他确实已经向薪酬委员会做了全面的情况介绍，并强调朗格尼已经在前几年的谈话纪要中提到过 CAP。"格拉索的薪酬，包括 CAP 和 SERP，每个年头都由薪酬委员会进行评估并且批准通过。"朗格尼的发言人吉姆·麦卡锡（Jim McCarthy）说。"公众有一种印象，那就是不知何故董事们突然提出了一个薪酬总额问题，好像是无中生有似的。事情并不是这么回事……如果有些董事对此感到意外，那证明他们自己对工作的关注程度不够。"当时纽约证券交易所董事会成员之一的列文后来这样说，不管谈话纪要表明什么，朗格尼要么明确地提到过 2002 年 CAP 的奖金数额，要么"没有必要，因为他觉得薪酬变数太大了"，这些薪酬项目就是用来计算工资福利总额的。"显然，这个数额是805万美元。"列文说。

＊朗格尼和格拉索的支持者们纷纷发问，如果隐瞒信息成为指控董事们的标准，那么为什么不指控卡尔·麦考尔呢？有证据证明卡尔·麦考尔收到的文件中提到：在支付给格拉索1.395亿美元之后，还欠他上百万美元，可是麦考尔没有在关键会议上告诉董事会这一点，因为该项支出首先要在会议上通过，然后才能批准。检方办公室称，卡尔·麦考尔所声称的遗漏与将来的支付款项4,800万美元有关，将要支付的款项会损害证券交易所的形象，而不是其钱袋，因为这笔钱格拉索还从来没有拿到手。

＊指控称朗格尼想咨询马丁·利普顿律师不通告董事会格拉索薪酬的全部状况是否可行。弗兰克·阿什的同期记录称朗格尼打电话给利普顿是"根据保尔森的建议"。亨利·保尔森是高盛集团CEO，也是董事会成员，他却没被指控有违法行为。保尔森的发言人称，保尔森建议唯一要去咨询的人就是格拉索本人，保尔森向利普顿咨询的是支出1.395亿美元是否合法，而非是否将此事通告董事会。

＊因为声称格拉索在2001年和2002年年初没有严打股评师带有偏见性的报告，斯皮策引起了其宿敌哈维·皮特的强烈不满。在当时那个特定阶段，华尔街高级投资银行的头头脑脑们正在就格拉索的薪酬进行表决。"这是错误的。"皮特说，他指的是2001年11月他与格拉索、其他监管人员以及银行老总们就股评师问题召集的一次私人会议。"格拉索很了不起。"皮特说。斯皮策在2002年4月提起美林诉讼案时，格拉索正在拟定相关提案，准备解决问题。

至于对指控反应的激烈程度，无人堪比肯·朗格尼。朗格尼现年68岁，个性鲜明，心直口快。起初，他并没有把斯皮策的调查当回事儿。在他看来，纽约证券交易所付给格拉索的薪酬"每一分都物有所值"，而且支付过程也处理得非常得当。如果说到谁该心生惭愧，他说，那该是当初赞成薪酬包的其他董事会成员，因为是他们在公众表现出消极反应时，罢免了格拉索。"9月9日，我们群情振奋，热烈拥戴格拉索；八天之后，没有发生任何变化，我们竟然开了他。"朗格尼说起来，还是愤愤不平。韦布的报告出炉之后，州及联邦监管人员虽然约谈了朗格尼，但并没能够改变他对斯皮策调查的想法。看上去证交会律师提出了大部分问题，而斯皮策的代表们则坐在那里一言不发。朗格尼希望调查彻底落空。"我没有什么好隐藏的。"他说。所以当斯皮策提起诉讼时，朗格尼勃然大怒。"这不是从公众腰包里掏的钱，这是我们的钱。"他说，"如果埃利奥特·斯皮策现在打电话，说交点罚款了事，我会说，罚点款算得了什么，检察总长阁下，我们比试比试吧，我一个大子儿也不交，这不是钱的事儿。我要让他向我道歉，因为他控告我误导人。"朗格尼争辩说，在他担任薪酬委员会主席期间，每年都向董事会全面汇报格拉索薪酬的细节问题。

正当批评达到白热化时，斯皮策宣布了另一条爆炸性消息，一下子改变了话题。这次是联邦管辖范围内的事情。2004年6月2日，他提请了一起关于药品安全的诉讼。该诉讼备受瞩目。通常情况下，这一问题属于美国食品药品监督管理局（Food and Drug Administration）的管辖范围。该诉讼案几乎在两年以前就已经开始了。当时斯皮策和卫生保健局（Health Care Bureau）局长乔·贝克（Joe Baker）广开言路，鼓励员工献计献策，看看能在新药品方面提起哪些诉讼。保健局瞄准了药品制造商，因为他们人为地抬高了医疗补助计划项目中的药品价格。当时斯皮策正忙于调查股票分析师的案件，不想中途收手，半途而废。但是，药品研发过程以及制造商是否对负责药品检验的临床医师施加过多影响吸引了他。"确实存在着那种紧张状态。"斯皮策回忆说，"制药公司给医生支付费用进行药品试验，至于到底是哪方面出了什么问题，我没有任何证据，但是这基本上同股评师与承销商的问题类似，至少在理论上存在着问题。我告诉乔，'在这个事情上多用心打探打探，看看会有什么发现'。"

与此同时，检察总长办公室消费者权益保护局（Consumer Frauds Bureau）新来的一位律师也在暗地里调查药品制造商，只是着眼点不同而已。在代表儿童就寄养服务问题打了几年的官司之后，罗斯·费恩斯坦（Rose E.

第八章 切莫伸手 伸手被捉

Firestein）来到消费者权益保护局。在以前的工作中，费恩斯坦对寄养儿童到底会有多少人接受药物——尤其是抗精神病药和抗抑郁剂等深感震惊。因为这些药物在儿童患者身上从来都没有经过官方检验或者批准使用。依据法规，制造商被禁止对"标签外"即没得到临床试验认可或批准的药物做广告，但是不知何故，那些儿科专家看起来似乎个顶个地至少都知道那些药品。他们是如何知道的呢？费恩斯坦开始浏览各种医学期刊，阅读有关广告以及所提到的她感兴趣的药品研究。她发现，杂志上发表过一篇文章，好像是支持在儿童身上使用抗抑郁的药品帕罗西汀（Paxil），这是葛兰素史克公司（GlaxoSmithKline）抗抑郁剂的热销产品，但是文献也提到该药品有一定的副作用。可是当费恩斯坦去寻找有关其副作用方面的材料时，却大失所望。这一下子激起了她的好奇心。2003年6月，英国官方和美国食品药品监督管理局发布的一份权威警告也激起了她的兴趣。该警告称，针对帕罗西汀的一项未发布的研究表明，该药品会增加青少年自杀的风险。费恩斯坦想弄清楚，在纽约消费者权益保护法下，葛兰素史克公司是否有义务将上述未经公开发布的负面研究的真相告诉医生和病人。费恩斯坦后来回忆说，当她表示出自己的种种担忧，就这些问题去咨询科学家和药品政策专家时，"他们看着我，好像我疯了似的。他们都反复说，制药公司掌握着数据。他们有权处理，想用来干什么就干什么"。对此，检方律师反应则不相同。"他们说，'这有点奇怪。但这话我信'。"费恩斯坦说。有几位副检察总长认为，抗抑郁剂研究的问题似乎与证券欺诈法规存在着相似之处，因为证券欺诈法律禁止上市公司有选择性地发布信息。如果一家上市公司就某一话题发布消息，不管是好还是坏，应当发布全部消息。想到这里，费恩斯坦要求葛兰素史克公司提供所有帕罗西汀的研究资料及其他相关文件，想看看到底有什么不可告人的秘密。

2004年春天，检察总长办公室时来运转，意外地撞上了大运。费恩斯坦在一家加拿大医学杂志上发现了一篇短文，文章引用了1998年国内关于葛兰素史克的文件。文件中说，支持食品药品监督管理局批准在儿童身上使用帕罗西汀的临床研究还"不够健全"，并建议葛兰素史克公司全体职员"为使潜在的消极性商业影响最小化,要有效地管理这些资料,切勿随意传播"。该杂志编辑同意送给费恩斯坦所引用的1998年的文件。现在,费恩斯坦手中掌握了确凿的证据,也就是,药品公司故意隐瞒负面研究结果。费恩斯坦的上司们个个激动不已。"我们知道,坚持华尔街路线就会有所发现,因为坚持华尔街路线就可能改变行业规则。"乔·贝克记得。多年来,医学期刊编辑们一直在催促制药公司注册临床试验,甚至公开负面结果,但是美国食品药品监督管理局在推动这一事业方面成效甚微。其中的部分问题是合法的——未公开的大部分研究涉及标签外使用、无批准使用,相对来说,美国食品药品监督管理局在该领域权力较弱。美国食品药品监督管理局虽然要求药品制造商汇报药品研究结果,但是在布什政府的领导下,监督管理局等专门机构在强迫公司公开数据资料方面兴趣不大。

斯皮策立即采取了行动。2004年6月初,斯皮策责成律师立案起诉葛兰素史克公司。"该诉讼目的在于保证医生在决定开处方时获得完整的信息。"斯皮策告诉《纽约时报》,"我们认为,帕罗西汀的记录,确凿有力地证明了葛兰素史克公司有选择性地披露信息,公司给医生提供的证据是片面的。"葛兰素史克公司否认自己的错误行径,在一份声明中称公司"在儿科病人临床研究的管理及其研究数据信息的传播方面是负责的"。至于费恩斯坦发现的那份1998年备忘录,公司方面称"与事实不符,不能反映公司的状况"。

很快,不到两周,葛兰素史克公司宣布:将所有儿科帕罗西汀研究资料挂在网站上——这是斯皮策起诉的既定目标——并且在线向公众公开所有美国食品药品监督管理局所批准的药品临床研究情况。夏末,葛兰素史克公司同意结案,支付给斯皮策办公室250万美元,该数额与公司向患抑郁症的儿童销售帕罗西汀所获利润大致相当。这一协议也使斯皮策办公室获得了一定的权力,他们可以帮助设计并监控葛兰素史克公司的研究数据库。"他们都充分地意识到,我们站在法律一边,"贝克记得,"我们寻求的是系统性改革。"然而,在某些方面,对斯皮策及其员工来说,帕罗西汀医药案让人极其沮丧。其他药品公司不愿意效仿葛兰素史克公司,不愿意公开大

第八章 切莫伸手 伸手被捉

多数临床研究信息。美国食品药品监督管理局对此并没有进一步采取行动，寻求改变。"我颇感费解的一件事情就是，美国食品药品监督管理局没做什么有意义的事情。其实补救方法非常简单：实事求是地披露一切临床检验结果。"斯皮策说。

美国食品药品监督管理局缺乏主动性，这终于与斯皮策批判的联邦监管不利的基本思想不谋而合。为此，检方办公室干脆对美国环保署、证交会和美国食品药品监督管理局的管辖范围提出诉讼。当时，检方办公室正在调查国家特许银行（nationally chartered banks）的掠夺性放贷（通常由货币监理署处理）以及从音乐产品公司到广播电台的不当报酬（违反了美国联邦通信委员会的有关规定）问题。"你感到奇怪吧，我们竟然要和这么多的机构进行斗争。"斯皮策淡淡一笑，接着又补充说，他谴责共和党反政府言论30年了。"从1976年罗纳德·里根（Ronald Reagan）开始，30年来，共和党人就为自己的意识形态辩护，认为政府应当受到蔑视，应当解散，因为政府干预了市场。"斯皮策说，"机构精神受到侵蚀，最终导致自己的权力受到限制，这一点都不意外……如果30年来某家公司的总裁一直在贬低自己的产品，你不认为产品会因此而受损吗？"

虽然斯皮策准备对格拉索薪酬案继续采取行动，但是他的对手们却不想这么干。7月20日，格拉索对纽约证券交易所及其主席约翰·里德提出了5,000万美元的反诉讼，声称他们诽谤自己，违反合同。格拉索还要求法官驳回斯皮策对他的部分指控。格拉索的反诉讼声称，里德参与了对格拉索的"污蔑和诽谤"，并要求纽约证券交易所补给自己4,800万美元，因为这笔款项是他当初为留任而拒绝的，现在工作没了，所以理所当然要索回该款项。格拉索宣布了自己的计划。他打算将赢得的所有钱款都捐给慈善机构。"官司不赢我誓不罢休。"他告诉记者查尔斯·加斯帕里诺（Charles Gasparino）。眼下，加斯帕里诺正在写一本关于股票评估分析师丑闻方面的书。"就我而言，这比钱的事情要大，这可关系到我的正直品格。"格拉索这样说。两天以后，朗格尼继续对他自己的法律文书采取行动，要求法庭驳回斯皮策的指控。接下来，这位愤怒的投资银行家反复申明自己是清白的、无辜的。8月份，朗格尼告诉《华尔街日报》："我的决定是诚实的，绝对是经过了董事会和薪酬委员会的彻底调查和确认的。无论斯皮策先生如何恫吓，都无法改变这些基本事实。"

第九章　层层盘剥　坑蒙拐骗

　　位于曼哈顿区的纽约州检察总长办公室收到一封匿名信。信封上盖着韦斯特切斯特县（Westchester County）的邮戳。很明显，信封上的笔迹经过了一番处理。拆开信封，里面有两页打印的信笺，没有称呼和问候语，信的内容看起来好像是从事情中间开始写起的："要知道，作为检察总长办公室调查所引起的一个反应，马什公司内部出现了几种变化，试图混淆定向收入分成和分配领域的事实真相。"

　　"哦，竟然还有这回事？" 2004年4月，在州府奥尔巴尼，信转交到斯皮策的投资保护局局长戴维·布朗手里时，他不由地在心里打上了一个问号。马什公司是全球最大的保险经纪商。投资保护局的工作人员没在马什公司做过任何调查。布朗的管辖范围是华尔街，不是保险。将近一年的时间，布朗一直忙于共同基金方面的工作。"收入分成"这一术语有时作为一个俚语用，是指支付给经纪商费用，让他们推荐特别的产品。这种做法带来的问题也与日俱增。但是，该术语用于保险业究竟意味着什么，斯皮策的主要证券执法人员对此几乎一无所知。在浏览这封匿名信时，布朗知道，现在他手里捧着的是一块烫手的山芋。信写得密密麻麻的，用的都是些行话，夹杂着各色名称。此外，密信里还包含着一条爆炸性的潜在指控信息：马什公司不是提供合适的独立建议，而是哪家保险公司给它付费最多就引导客户去哪家公司投保，打着安置服务协议（placement service agreements）的幌子，收受费用。"显而易见，这一秘密消息非常具体、详细，是由掌握内部消息的知情人士提供的。"布朗记得看到信后这么想。他接通了曼哈顿上司的电话。"你看到这封信了吗？"布朗问斯皮策，"你看看吧，现在我马上给你传真过去。"斯皮策看到信后，由于信上只是简单地以"谢谢，也告诉客户！"而草草收尾，所以他的反应和布朗一样："看来确有其事。"

布朗让下属起草了一份传票，找到马什公司母公司马什·麦克里安公司的法律总顾问威廉·罗索夫。几年前，在私人律师事务所，罗索夫曾经是布朗的主管，于是布朗便私下里向他求援。"我给你发了传票。这不是一张常规传票，"布朗解释道，"我想确保不会走错路。"罗索夫当时正在日本旅游，他打消了布朗的顾虑，宽慰他说，他对安置服务协议问题了如指掌。"一切尽在我的掌握之中。这不是个问题。放心吧，我来帮你。我会向你解释清楚的。"罗索夫答应得非常爽快。布朗同意等罗索夫律师从亚洲回来。但是他不是那种懒散的人，一有问题就想马上处理。现在，投资保护局正在大扩大建之中。经过2004年一年的不懈努力，投资保护局不断招兵买马，从原来20几名律师增加到现在的40名。其中一位新来的律师马修·高尔（Matthew Gaul），在斯皮策工作过的第一家律师事务所——宝维斯律师事务所干过，来了才刚刚三天，正想找点事情干。于是，布朗便将马什公司的这封密信、传票以及另外一条不太重要的欺诈性外汇交易的秘密消息交给了他。

高尔很快搞清楚了保险公司付给经纪商成功酬金的做法在某些领域颇具争议。英国《金融时报》曾经刊登过一篇文章，强烈谴责成功酬金。文章指出，经纪商试图为两位主子服务：客户和保险公司。前者为获得独立建议而

第九章 层层盘剥 坑蒙拐骗

支付给经纪商相关费用，后者则根据经纪商所推荐的保险业务的数量和质量支付成功酬金。保险巨头美国国际集团（AIG, American International Group）甚至两度咨询纽约州保险厅（New York State Insurance Department）有关成功酬金的问题，并在2003年年底，催促从州到经纪商以及各大保险公司就这些问题做出简洁回答。该询盘（inquiry）[①]虽然没有获得任何进展，但是看来却触动了内线人，所以在4月份给纽约州检察总长办公室发来密信。以前，斯皮策办公室本身就很警惕这一问题——仅两个月前，保守的华盛顿法律基金会（Washington Legal Foundation）已经写信给斯皮策，要求对成功酬金一事展开调查。但是，当时法律基金会的信件并没有引起检方多大兴趣。现在，既然检察总长办公室得到了马什公司的秘密消息，成功酬金看来就该是一个热门话题。这一次，斯皮策认识到，布朗和高尔需要有行家指点，深入了解保险行业鲜为人知的秘密。于是他便让工作人员去找梅尔·戈尔德伯格（Mel Goldberg）。戈尔德伯格是检察院消费者权益保护局的一位律师，眼下正在前往尼亚加拉大瀑布（Niagara Falls）休家庭假的途中，他答应一回来就着手处理这一问题。戈尔德伯格回来之后，直奔布鲁克林公共图书馆（Brooklyn Public Library），办完登记手续，借了一本出版时间长达20年之久的保险方面的书——安德鲁·托拜厄斯（Andrew Tobias）的保险业经典著作：《看不见的银行家：保险业不想让你知道的秘密》（Invisible Bankers: Everything the Insurance Industry Never Wanted You to Know）。随着越来越多的律师加入成功酬金调查团队，该书开始在办公室被——传阅起来。

当比尔·罗索夫来到检察总长办公室向布朗、高尔和其他几位律师做简要汇报时，看起来他完全把安置服务协议当作良性做法。他承认，如果马什公司客户使用某家特定保险公司，那么安置服务协议就要保证付给马什公司一定的成功酬金。但是，他同时指出，这种做法没有什么错误，也没有什么

[①] 指交易的一方准备购买或出售某种商品，向对方询问买卖该商品的有关交易条件。询盘只是探寻买或卖的可能性，所以不具备法律上的约束力，询盘的一方对能否达成协议不负有任何责任。——译者注

见不得人的。"整个行业都这么做……完全向客户公开。"罗索夫解释道。此外，他还说，经纪商与负责处理与保险公司各项协议的部门之间还有"中国墙"（Chinese Wall），因为保险公司要使经纪商的建议免受安置服务协议的不当影响。罗索夫披露了所支付费用的数额——在2003年，马什公司到手的成功酬金是8亿美元，当年马什公司和麦克里安公司的利润总额为15亿美元。罗索夫这么一说，非但没有打消布朗的疑虑，反倒使他疑虑重重。布朗问，如果保险公司拒绝支付成功酬金，那会怎样？罗索夫的回答让他同样震惊。布朗和高尔记得，当时这位法律总顾问"耸了耸肩，咧嘴一笑"，回答了些公司业务就会比较少之类的话。（罗索夫通过律师声称，因为他当时正担任马什公司律师，所以按律师与当事人之间的规定，在斯皮策的调查中，他享有特权，不能讨论自己所做的事情。）会后，布朗回忆说："我直接找到埃利奥特，把我所了解的当前情况与形势向他做了一个全面汇报：那可是8亿美元啊，他们说如果你不支付成功酬金的话，就不会给你业务。我说，'我认为这是一个花钱才能参与的游戏'。"

于是，斯皮策和布朗决定将调查范围扩大到另外两家大型经纪公司——怡安集团（Aon）和韦莱集团控股有限公司（Willis Group Holdings）。纽约州保险部门也参与了2003年有限调查的结果，其中包括支付成功酬金的一系列保险公司。这样，布朗保险团队的规模扩大了，发出了一大批传票。现在，自从共同基金调查后已经成为投资保护局资深人士的玛丽亚·菲力帕克斯也开始跻身于保险调查。另外，新来的迈克·柏林（Mike Berlin）也加盟该团队。柏林原来在电信和能源局（Telecommunications and Energy Bureau）供职，现在刚刚调来。菲力帕克斯从同事那里听说了罗索夫的约谈，一下子来了精神。她参与过股票分析师的调查，投资银行也声称"中国墙"保证了其股票分析师不会受到不当影响。"不管什么时候，只要一听到'中国墙'这几个字眼，我就很警觉。把那些花里胡哨的把戏一剥去，我就想：这事儿我们可得好好调查调查。"菲力帕克斯记得当时这样想，"一听到'大家都知道这事，

第九章 层层盘剥 坑蒙拐骗

业界就是这么做的',这就给我拉响了警报,我会突然产生莫名的兴奋感。因为这往往与他们希望的结果相反。"

检察总长办公室暑期实习生报到时,前100个来自马什公司的文件盒已经陆续送达。现在保险调查团队的高尔、戈尔德伯格、菲力帕克斯和柏林被称为"四M",因为他们名字的首字母都是以"M"开头的。他们安排实习生分头去寻找经纪商给公司拉业务从而获得成功酬金的证据。保险调查团队上来就有所斩获,可谓旗开得胜。"我们查到了各种各样的电子邮件。"高尔记得当时很兴奋。"销售电子邮件:'这些是我们的成功酬金,你们要全力以赴,再接再厉,促成业务。我们一定要实现目标。'"在办公室的白书写板上,布朗开始勾勒法律诉讼的可能性。他同时提醒大家,虽然团队已经找到了公司操纵保护的证据,但是,为有效证明自己的诉讼论据,必须找到"因操纵而导致的损害",也就是因协议而致使客户受害的例子。"找到那些心怀不满的经纪商,也就是找到那些说我不喜欢某某公司、我被迫选择某某公司的经纪商。"布朗召集诸将,如此面授机宜。

到7月上旬,斯皮策办公室显然打算提起某种保险诉讼。但是,眼下的问题是:是将诉讼焦点集中在某一家经纪公司上呢,还是将三家公司都告上法庭呢?要知道,马什和麦克里安公司可是最大的保险经纪商,是最初秘密消息的来源。与怡安集团的律师打交道就像拔牙般困难。怡安集团的外部律师来自凯易国际律师事务所(Kirkland & Ellis),他们移交文件的速度之缓慢,非同寻常。整个夏天,菲力帕克斯和柏林打了不下30个电话,一个劲儿地给他们的律师施加压力,催促他们移交文件。7月下旬,怡安集团法律总顾问卡梅隆·芬德利(Cameron Findlay)来参加会议时,声称没发现成功酬金协议存在什么问题,但又接着表示,公司愿意按照交待给委托人的做法做出适当改变。"我们想协商,我们能马上处理好这一问题。"菲力帕克斯记得他们当时这样表态。但是,她和其他律师不愿意仓促为之,草率行事。"我记得当时想,哦,不,不,不,这不仅仅是披露信息的事。"菲力帕克斯说。检方团队已经调查到他们所认为的操纵保险业务的确凿证据,其中包括2003年怡安公司主管人员卡罗尔·斯波洛克（Carol Spurlock）发送的一封电子邮件。斯波洛克与开展中等规模业务的保险公司打交道。在邮件中，她告诉一位同事，自己刚刚与苏黎世美国保险公司（Zurich American Insurance）签署了一份新的酬金协议。"展望未来，我们要努力争取苏黎世美国保险公司。今天刚好成功地洽谈完一项激励措施，明年就能拿报酬了。"斯波洛克这样写道。

三家经纪公司中，规模最小的韦莱集团控股有限公司完全采用了一种不同的方法。在约瑟芬·J. 普拉莫瑞（Joseph J. Plumeri）看来，韦莱集团有幸拥有一位与众不同的CEO，因为他将大部分业务都集中在证券业而不是保险业上。斯皮策的传票送达时，普拉莫瑞和法律总顾问威廉·博登（William Bowden）正在集中研究公司的法规执行情况，试图改善公司的法律部门。用一位公司高管的话说，就是"使公司无懈可击"。很早以前他们就把调查看得很严肃。现在收到传票，公司便与斯皮策进行了私人会面。在会晤中，普拉莫瑞解释说，韦莱集团和马什公司没有什么业务来往。普拉莫瑞称，自己对斯皮策所关注的成功酬金问题非常上心，不会听之任之，不管不顾。

普拉莫瑞戴着金链扣，一打手势，金闪闪的链扣便在阳光中熠熠生辉，看上去奢华无比，动感十足。他告诉斯皮策，作为保险业新手，他"不喜欢"签署各种协议，认为协议"没有什么意义，但是，作为业界的老三，我们不能有效地改变什么。一旦有什么风吹草动就要进行全盘调整"。普拉莫瑞和博登告诉斯皮策，他们知道检方调查人员很可能在其经纪人中发现了某些不良行为，不过，由于公司规模庞大，比较分散，所以他们无法事无巨细，全都了如指掌。但是他们保证说，斯皮策不会查出系统性的不良行为。如果确实发现有不良行为，他们会采取严厉措施，坚决制裁。至于结构问题，普拉莫瑞自告奋勇地说，公司单方面发誓坚决摒弃业务额度上的报酬，因为韦莱集团的客户只是个人或者不太老练的小业主。他还说，如果斯皮策迫切要求在行业范围内禁止成功酬金，韦莱集团控股有限公司也一定会持赞同意见。（韦莱集团控股有限公司最终支付罚款5,000万美元，该数额远远低于另外两家大经纪公司，而且斯皮策还没正式起诉，公司就与之达成了和解协议。）

第九章　层层盘剥　坑蒙拐骗

与此同时，马什·麦克里安公司则根本没表现出任何和解姿态。因为忙于其他任务，罗索夫聘请了不是一家而是两家外部法律事务所，即美国达维律师事务所（Davis Polk & Wardwell）和伟凯律师事务所（Wilkie Farr & Gallagher），帮助处理调查的细节问题。达维律师事务所的合伙人卡瑞·杜恩（Carey Dunne）是斯皮策和戴维·布朗在法学院时的同班同学，和他们两人关系非常密切，成为实际上的重点人物。现在，落到他身上的任务就是让斯皮策办公室知道，在他当事人的脑子里压根儿就不会装友情这档子事。"我有一个消息。"那个夏天，杜恩在一次电话中告诉布朗。当时，在场的有关人员没人能确切记得杜恩说了些什么，但是中心思想非常清楚：马什·麦克里安公司的领导层对斯皮策询问信息深恶痛绝。他们认为，斯皮策纯粹是在浪费自己的时间和他们的金钱。杜恩警告说，马什公司可不是那种能被唬住的公司，或者是为方便起见，交点钱就了结的公司，这将会是一个旷日持久的漫长过程。听罢此言，布朗深感震惊。正常情况下，一旦政府监管机构已经发现存在严重问题，接受调查的公司不会以这样的方式说话。"马什公司确实存在着骄傲自大情绪。"他记得当时这么想。于是他拿起电话拨通了斯皮策的号码。他们俩一起给杜恩打回去。"这一问题我们准备深入调查。"斯皮策告诉杜恩，"我们负有这个责任。"

8月4日，罗索夫又来到检察院。这次他和杜恩直接在25楼与斯皮策见面。因为在马什·麦克里安公司工作只有短短三年，所以罗索夫在保险业务方面没有什么实际经验。但是，根据律师们与马什公司职员的会谈，这位法律总顾问坚持说马什公司没做什么错事。他承认，"中国墙"不能完全保护经纪人，但是他争辩说，公司不能因信托责任的约束而只为客户最大利益采取行动。此外，只有经纪人需要在两个基本相同的叫价之间做出选择时才会有价格操纵。"这就像苹果与苹果一样，是同类比较，很公平，不损害任何客户利益。"罗索夫声称。斯皮策对此表示怀疑。所查到的几十封电子邮件看起来与公司悠然自信的态度相矛盾，他们口口声声承诺发生操纵价格的情况很少，从来没有花费客户的钱。那么保险公司支付成功酬金的钱又是从哪里来的呢？斯皮策很想知道。"难道这不会增加保险成本吗？"他反反复复地问。"四M"碰头商量之后，又采取了进一步行动，发送了一批传票。这次询问的是经纪人是否参与将自己推荐的公司与其他业务"绑定"在一起。换言之，经纪人对那些同时利用同一经纪人购买保险（就是保险业所说的再保险或者有限风险保险）的保险公司表现出偏袒了吗？检方团队也杀回马什公司，寻找与六位具体员工有关的其他电子邮件，以及其中提到的八宗保险交易的更多具体信息。

9月9日，星期四，高尔、柏林和菲力帕克斯等一行三人对慕尼黑—美国风险合作伙伴保险公司（Munich-American Risk Partners）一位主管的文件进行了彻底排查，做好了宣誓做证准备。在排查中，他们发现了一份非同寻常的备忘录。该备忘录出自一位副总之手，他将下属公司的各种担忧汇编在一起，为的是与马什公司的全球经纪业务部门举行会议做好准备工作。在备忘录中，一位慕尼黑区域经理抱怨说："在某些预先决定的协议上，通过人为地报高价来'抛弃报价'让我们蒙受损失，我很反感这种经营理念。这倒不是因为我怕受损失，主要是因为这样做不诚实……这与串通舞弊或限定价格有什么两样呢？"三位律师兴奋地盯着这份文件，眼睛一眨不眨。这会不会就是所说的那个事情呢？马什公司的经纪人真的在操纵招标流程吗？高尔接二连三地给布朗发了一连串黑莓信息。当时布朗正坐火车回奥尔巴尼的家。"就在思考时你便明白了全部。"主题行里写着。在信息主体中，高尔将引自慕尼黑备忘录的主要内容打了出来。布朗的回复是"呀"，另外还有他发给斯皮策和皮特·蒲柏的信息。蒲柏当时还在指导办公室的刑事检察官。"现在这伙人是真有麻烦了。"斯皮策回复说。

在布朗团队的鼎力相助下，蒲柏的刑事调查人员闯入操纵投标关。因此，"四M"所要求的彻底搜查马什公司具体保险案有关文档的任务就落到暑期实习生们的肩上。克莱格·温特斯（Craig Winters）是纽约大学法学院二年级的学生，办公室分派给他的任务是排查南卡罗来纳州（South Carolina）

第九章　层层盘剥　坑蒙拐骗

格林维尔县（Greenville County）关于学校制度的文档。专职调查人员想从中寻找一些信息，因为他们发现在一封电子邮件中，马什公司的一位主管似乎是利用了格林维尔的合同，这就像在驴鼻子下挂着胡萝卜——以此作为诱饵来引诱保险公司签订成功酬金协议。（"暗示，暗示。"这位主管人员写道。）9月14日，星期二，温特斯获得了能证明公司老板非常可疑的重大发现。他来到高尔的办公室，激动得几乎浑身发抖。"哦，天哪！"他一边说，一边打开一封电子邮件。邮件是马什公司一位名叫格莱恩·博斯哈特（Glenn Bosshardt）的经纪人写给 CNA 保险公司副总裁助理的。邮件中说："我想引介一个 CAN 项目，该项目相当有竞争力，不过呢，不一定能胜出。"虽然慕尼黑—美国备忘录已经讨论了马什公司所暗示的串通舞弊和限定价格，可是，这只是一个间接证据。这封邮件看来能证明马什公司实际上在招揽虚假投标。高尔带着温特斯找到布朗，他们一块儿到楼下刑事检控科（Criminal Prosecutions Division），把蒲柏从会议中拽出来。当时，斯皮策正在华盛顿接受"政府道德规范"颁奖。于是布朗便用黑莓给他发了一份副本。"难以置信的马什文件。"布朗写道。

但是，检察院办公室还有个问题拿不准：操纵竞标的问题具有系统性呢，还是说它是由一小撮擅自做主的经纪人所策划的阴谋呢？于是蒲柏和布朗当即决定，必须追查到关键证人。他们通知玛丽亚·菲力帕克斯和刑事律师惠特曼·纳普（Whitman Knapp）登上飞往佛罗里达（Florida）的飞机。"我有先回家的时间吗？"当布朗给菲力帕克斯下达出发令时，她征询布朗的意见。"没时间。不过，你可以在去机场的路上，在杂货铺停下来给自己买把牙刷。"布朗不无幽默地说。他们此行的目的是追查慕尼黑—美国保险公司前区域经理，因为是他发表了"抛弃报价"的评论。他们需要知道这个做法是否具有普遍性。星期五深夜，两位纽约律师到达坦帕（Tampa）[①]，找到一家汽车旅馆过夜。这家旅馆提供免费的"大陆早餐"：橘子汽水和果脆圈（Froot Loops）。

[①] 美国佛罗里达州中西部的一个城市，位于坦帕湾畔，该湾是墨西哥湾的一个小海口。——译者注

检方团队手里攥着几个不同的地址，这几个地方分别位于坦帕的不同区域。一路打听下来，后来证明第一个地址是错误的。第二天，由于天气酷热，再加上汗水湿透，菲力帕克斯的黑西装看起来湿漉漉、脏乎乎的，一副狼狈不堪的模样。但是，功夫不负有心人，最后他们终于找对了地方。她和纳普第一步是希望说说好话，调节一下气氛，赢得对方信任。这位前保险主管人虽然看上去热情友好，但却将他们拒之门外。于是，他们在走廊上一站就是好几个小时，热得浑身汗渍渍的。那种叫做"爱虫"的苍蝇围在他们几个的头顶上，嗡嗡嗡地飞来飞去。纳普和菲力帕克斯向证人出示了文件，潦草地记下听到的解释，托着卷宗夹和标准拍纸簿，一拿不稳就会从手中滑出去，样子非常狼狈。到两人离开时，"我们知道他知道些什么，我们得深挖"，菲力帕克斯记得当时这么说。

没过几天，刑事科又匆匆忙忙地给所有经纪人和保险公司发了另一轮传票。斯皮策想要与"虚假投标"有关的一切信息，或者任何"不是基于诚实正直承销"的报价。他要在10月1日前拿到这些材料，而现在离10月1日只有两周时间。"从根本上说，我们要求他们从上到下将公司调查个遍，在两周之内给我们回话。我们有言在先，最终期限没有商讨余地。"高尔说。蒲柏，这位从曼哈顿检察总长办公室就参与调查黑手党串通投标案的老手，预测了将要发生的事情。"等着瞧吧，到时来汇报情况还不得个个像兔子似的跑得那么快。"他胸有成竹地告诉布朗。果不其然，9月30日，美国国际集团（AIG）、艾斯有限公司（ACE）两家公司律师十万火急地给布朗打来紧急电话。他们迫不及待，想尽快汇报手头掌握的情况，还称最好是在10月1日最终期限截止之前。

这两家公司均由马什公司总裁杰弗瑞·格林伯格几位至亲经营。他的父亲莫里斯，人称汉克，管理美国国际集团，他的弟弟埃文则是艾斯有限公司的总裁。虽是至亲，但并没阻止这些公司向检方律师汇报他们所掌握的关于马什公司串通投标的情况。他们不仅自己积极配合，还鼓励某些卷入其中的管理人员与斯皮策合作。后来证明，从2001年到2004年四年时间里，美国

第九章　层层盘剥　坑蒙拐骗

国际集团从马什公司操纵投标中获利匪浅。这几年里，不管什么时候，只要美国国际集团某个客户的保单要重新签订，马什公司的经纪人就打电话给承保者，提出一个目标保险费，称之为"报价"。如果美国国际集团满足条件，它就留住该客户，同时要求其他保险公司提供更高报价，以造成竞争的假象。当马什公司按顺序为承保者提供相同保护时，只要较高的后备"B报价"造成其他承保者光明正大地赢得投标的印象，美国国际集团就假装合作。一位美国国际集团承销商这样描述2003年的投标流程："这不是真正的机会。现任承保商苏黎世集团（对手承保商）在重新谈判时包办了需要做的一切事情。我们只是待在那里，以防他们违约。经纪人……说苏黎世出手价大约是75万美元，想让我们报价90万美元。"当回应B报价的各种要求时，美国国际集团承销商很少进行彻底检查，因为他们知道自己拿不到这笔业务。很少有A报价失败的情况。一旦发生这种情况，他们会"回填"上事后分析。

艾斯有限公司的律师告诉调查人员，他们公司的承销商也提供了虚假标书，并移交了有关文件。文件显示了艾斯有限公司有时如何应马什公司请求调整投标，以确保马什公司首选竞标公司在竞争中赢得特定业务。就拿伊利诺伊州（Illinois）消费用品公司财富品牌（Fortune Brand）的情况来说吧，艾斯有限公司主管将他们要求的保险费从99万美元提高到110万美元。因为美国国际集团理应拿下这笔业务，所以出价比预想的要高。这一交易对双方都有利。马什公司副总裁格雷格·多尔蒂（Greg Doherty）在2003年6月份曾提到，公司全球经纪部门（为最大客户服务）将600万美元新业务拉给艾斯有限公司。"在马什全球经纪部门这是最好的，所以我不想听到你没有做B报价，我们也不想约束任何事情。"文件中所披露的明目张胆的不法行为让斯皮策及其高级助手们暗自吃惊。"这是有组织犯罪实施的某种联合垄断。"检察总长评论说。皮特·蒲柏将其比作"黑手党的'混凝土俱乐部'"，该说法是一个俚语，意思是在建筑工程中，腐败的承包人根据回扣数额多少来雇用混凝土公司。

现在，马什公司成为中心话题。然而，马什公司本身对此似乎浑然不觉。9月下旬，斯皮策的律师已经约谈杜恩和另外一名外部律师，要求他们提供有关格林维尔县和慕尼黑文件的更多信息。公司被抓了个措手不及。虽然马什公司自己已经移交了包含那些不光彩邮件的文件，即要求CAN去"合理竞争"投标但"不会胜出"的邮件，但是，甚至直到斯皮策的律师打电话要求一个解释时，罗索夫才知道公司居然确实存在着如此交易。即便在那时，这一要求都没有引起应有的重视。当时，马什公司内部调查人员约谈了与格林维尔协议有关的人士，他们错误地得出结论，认为这是个一次性问题。CAN拒绝提供虚假报价情况，经纪人则信口雌黄，胡编了一个。10月初，斯皮策的高级助手蒲柏和赫什曼警告马什公司律师，说斯皮策对"联合垄断"和匪帮式的操纵投标尤其关心，高级官员们对此记忆犹新。公司恳求多宽限些时日，罗索夫开始亲自参与调查。但是，马什·麦克里安公司领导层仍然一意孤行。公司的内部控制很弱，没有相关主管人员的配合，律师无法查明存在的问题。马什公司没有搜查电子邮件的良好系统，也无法确保关键证据不会被删除。马什·麦克里安公司甚至连综合合规官员都没有，因为文件保留政策本该由合规官员负责，并确保文件的制定和遵守。罗索夫还在约谈想担任该职位的有关人员。等到马什·麦克里安公司领导层弄明白检方团队到底想查明什么时，他们想从自己的经纪人和高管人员那里获得帮助，结果一无所获。与公司律师取得联系后，马什公司高管人员众口一词，对他们的经营方式给出了复杂但是表面上真实的解释。他们承认有时确实招揽一些额外的高价投标，不过这么做只是想给客户提供更多的选择。所约谈的人中，谁也没有表示出一丝一毫的疑惑或者认为存在什么非法勾当，包括那几个后来对刑事指控主动认罪的人。斯皮策及其团队手中掌握着艾斯有限公司和美国国际集团的文件，他们盯着操纵价格的确凿证据，而马什公司的辩护团队甚至还没有发现B报价体系。"在业务之外确实存在着重大刑事共谋，他们的律师对此并不知情。"布朗说他后来意识到这一点，"我认为高管人员也不知情。如果知道还这么做的话那是太愚蠢了。"

此时在百老汇120号，布朗和"四M"已经开始起草起诉书了。到现在，

第九章　层层盘剥　坑蒙拐骗

他们完全明白了斯皮策强调的从速打击、速战速决的真正意味。他们想做好一切准备，随时等候斯皮策做出提请立案的决定。首先，他们起草了指控怡安集团和马什公司操纵投标的文件。（韦莱集团控股有限公司积极配合，使斯皮策确信，韦莱公司成功酬金的问题不太具有系统性。）在投资保护局看来，操纵投标问题普遍存在，大部分确凿证据都是从怡安集团的文件中查到的。然而，将操纵价格、串通投标、马什公司和怡安集团结合在一起看，事情马上因烦琐庞杂而变得棘手。B 报价证明此事证据确凿，不能忽视。指控甚至比盘后交易更具争议性，因为盘后交易导致对金丝雀公司对冲基金的指控，案件拓宽了《马丁法案》的适用范围，并将其运用到一个新问题——共同基金交易中的盘后交易。从调查结果来看，打赢官司是胜券在握了。在纽约，从1893年起，操纵投标就是违法的，而且从那时起，反垄断法几乎一直就在纽约州使用。"就把目标集中在马什公司上，把操纵投标作为头条新闻刊登。"斯皮策建议。怡安集团的问题等以后再说。

到现在，工作人员才彻底理解了斯皮策马上就办的工作思路。上至高级助手米歇尔·赫什曼下至每一位员工，大家纷纷动手，全力以赴，指控操纵标价。"四 M"由布朗监督，轮流通宵值班。蒲柏及时重写了一份起诉书，干净利落，雄辩有力，无懈可击。这样，布朗只好去游说他的上级完全启用新改稿而不是与最初的草稿合并在一起。柏林虽然是一位资深民事诉讼律师，可是对于检察院高调处理案件的做法，他还是个新手，"令人难以置信的严格审查程序"非同一般。对于"指控马什公司的每一个事实，我们都要问自己，'你如何能证明这一点？'我们要摆出民事诉讼标准中不需要摆出的证据。如果你对这一点只有95%的把握，那就不能提出来。"他记得同事这么告诉他。"听到人们说检察院疏忽大意、不计后果时，我内心感到非常好笑。谈到实际指控，检察院超级认真，一丝不苟，也应该有这么个劲头儿。"

10月8日，星期五，在马什·麦克里安公司。虽然比尔·罗索夫还是拿不准斯皮策恼火的到底是什么，但是他已经觉察到大难临头了。"我们陷入了真正的危机。"罗索夫告诉迈克尔·切尔卡斯基。切尔卡斯基是斯皮策以前的导师兼朋友，四个月前刚加入马什·麦克里安公司。当时，公司刚刚收购了全球风险咨询公司克罗尔（Kroll）。到目前为止，切尔卡斯基有意避开价格操纵调查。〔"斯皮策的事儿，我不想瞎掺和。"在公司收购时他告诉总裁杰夫·格林伯格。〕但是，现在罗索夫需要帮助。"这是一场真正的危机。"法律总顾问又说了一遍。10月10日，星期日，马什公司的一队高管人员驱车前往切尔卡斯基郊外的家，向他做简要情况介绍。虽然马什公司律师还没有发现操纵投标最严重之处，切尔卡斯基立即明白了对检察官斯皮策来说，公司的经营方法有多么糟糕。"我告诉了他们事态有多严重。"他记得。可是，他们并没有理解他的警告。"一切都是观点的问题。有些东西，如果你从行业的角度出发，那看起来就不一样。"切尔卡斯基记得，"这一群人待在那个位置上，（而斯皮策就此位置提出质疑，这些受质疑的事情又被）这么干了70年。"这种认识上的巨大差异为接下来意想不到的一周做了个铺垫。切尔卡斯基通过私下里与斯皮策交谈，知道马什公司会受到毁灭性的法律重创，而马什公司领导层的其余大部分人竟然拒绝接受现实。

10月12日，星期二。斯皮策及其团队已经准备好采取行动。甚至连罗索夫和杜恩到达百老汇120号参加当天两场会议中的第一场时，也能感觉到案件审讯迫在眉睫。不过，斯皮策还没有扣动扳机，他不想先发制人。共同基金案件以协议开始，他抱着一丝渺茫的希望，认为马什·麦克里安公司管理层在具体得知去哪里能找到操纵投标的证据后，有可能改变态度。第一场会议是斯皮策的工作人员给他们开的。十几位插手此案的律师聚在23楼会议室里，等待比尔·罗索夫的到来。米歇尔·赫什曼警告他们保持缄默。这是马什公司交待问题、摆脱困境、自寻出路的好机会，谁都不该打扰。

罗索夫来到之后，做了主要汇报。他告诉会议室里在座的各位，他已经意识到检方调查人员发现了让人不安的电子邮件。然后他承认说，一位来自达维律师事务所的外部律师也发现这些邮件存在问题。但是，他接着话锋一转，说，这只能表明他们缺乏保险业务方面的经验而已。然后他继续发表意见，传达马什公司高管人员给他和达维律师事务所律师对此事的解释。公司

第九章　层层盘剥　坑蒙拐骗

保险这一市场相当专业化，就每一具体合同来说，竞争对手相对稀少。一旦客户要求多项竞标，马什公司经纪人就会根据要求或各自的需要出去给他们弄到更多标价。通常来说，这些额外标价经常比最初标价要高一些，却是为做成生意出的实在价，与虚假协议不沾边。目前，还没有人在这种经营方式中蒙受损失。罗索夫一打开话匣子，便口若悬河，滔滔不绝。"他确实很清楚我们对保险业不是很懂，他的律师也不懂。"赫什曼记得，"他说得很客气，但是很显然，我们话不投机，无法达成共识。"

会开了不到半小时。赫什曼前脚刚把马什公司的律师送出门，会议室就炸翻了天。"真不敢相信，他们仍然坚持自己的那一套，"斯皮策的工作人员大眼瞪小眼，"老调重弹。"的确，现在双方各说各话，各执一词。罗索夫和马什公司认为，斯皮策仍然在讨论成功酬金是否影响对客户提出的建议这一基本问题，成功酬金的做法可能令人质疑，但并非明显不合法。他们不知道检察总长现在掌握着操纵投标的确凿证据。

那天下午，在斯皮策25楼会议桌旁，虽然罗索夫语气上对抗意味不强，但还是我行我素，重复了他的错误。"来到这里，我能解决的问题尽量解决。"他说，接着表示自己知道斯皮策想让公司坦白承认某些事情，但是他确实不知道是什么，问题出在哪里；保险业是一项很复杂的业务，投标的内部邮件很容易被误解。"如果我们知道你们关注哪个问题，我们很高兴去解释……为什么不能告诉我们做错了什么呢？"罗索夫说。斯皮策的助手们一听这话，大为惊异。他们觉得给马什公司的引导已经够充分了——弄明白"垄断、水泥俱乐部、虚假竞标"这些说法的意思有那么难吗？斯皮策非常坚定，他没有兴趣与罗索夫在这些术语上进行协商。到现在，马什公司领导层应该清楚其经营方式出了哪些问题，应该采取有意义的重要计划改变目前的经营方式。"杰夫（格林伯格）和比尔·罗索夫都没有表示自己搞明白是怎么回事，这是基本事实。"斯皮策记得，"他们的行为正好和你期待的优秀公司领导人的所作所为相反……在那次会议上，我们把事情都摆到桌面上了，罗索夫却还说，'你对保险业务缺乏了解'。"

华尔街"警长"——埃利奥特·斯皮策

斯皮策告诉工作人员准备在星期四提起诉讼。像平常一样，他们一直工作到深夜。布朗的投资保护局团队调整并润色了文件的法律语言，精心挑选了可以在记者招待会上放大并能够张贴在海报上的电子邮件。蒲柏的刑事律师和辩护律师就合作问题与美国国际集团、艾斯有限公司几位主管人进行磋商，安排他们准备好上法庭，承认与操纵标价阴谋有关的指控，主动认罪。切尔卡斯基代表马什·麦克里安公司与斯皮策通了最后一个电话，表示公司想要调停。律师们不能在斯皮策公开宣布之前协商出一个协议吗？"太晚了，迈克尔，"斯皮策回答，"现在不行了。"

斯皮策仔细考虑了自己对主管人员责任的种种担忧。虽然没与杰弗瑞·格林伯格直接交谈过，但是他认为，整整一个夏天，卡瑞·杜恩的"信息"和比尔·罗索夫在该案件中缺乏悔悟，究其原因主要在于公司高层。"事情就是我们给罗索夫摆出来的那些，如果他（格林伯格）连这个都没有弄懂，那他就别开公司了。不是我们太精明，而是这些事情没有那么复杂。"斯皮策记得，"对于一个操纵标价、压制竞争、欺骗客户的体系来说，不存在合乎情理的正当理由。"斯皮策知道，虽然如此寥寥数语无法要求格林伯格辞职，但确实会干预马什·麦克里安公司的公司治理。但是长期以来，联邦政府一直主张任何希望避免遭受指控的公司都应采取完全合作的态度。斯皮策认为他能用记者招待会来做到这一点，并解释清楚，对马什公司来说，完全合作还包括变更领导层。"公司没有和解的资格，如果想和我和解的话，那就更换总裁，"他后来解释道，"除非公司总裁能够明白自己的行为是错误的，否则我不会和解……（格林伯格）很清楚地表示，他不会接受自己有错这一说法。"斯皮策计划公开宣布他不会与格林伯格和解。虽然米歇尔·赫什曼起初提出疑问，但是最终她也没有反对。"在记者招待会上宣布非同寻常。"她承认，但是同时又提到，自80年代起，大量白领犯罪案件导致"高管层迅速免职之必然"。戴维·布朗发现自己非常喜欢这个说法。"我记得当时想，'虽然这话咄咄逼人，但是一语中的'。"他说，"我没有想到高层免职，可是，如果别处适用，那么这里也同样适用。"

第九章 层层盘剥 坑蒙拐骗

10月14日,星期四,斯皮策举行记者招待会。招待会反响巨大。斯皮策旗帜鲜明地表明了自己的立场:马什·麦克里安公司的领导层"不是我想与之对话的领导层,不是我想与之签署协议的领导层"。一时之间,这一宣言在华尔街广为传颂。马什·麦克里安公司的股票一下子暴跌将近25%。另外,他在指控书中提到但没有指控的三家保险公司——美国国际集团、艾斯有限公司、哈特福德金融服务集团(Hartford Financial Services Group)当天每股下跌6%~11%不等。星期五,其他保险公司的股票也同样下跌。穆迪的分析师警告说,卷入丑闻的公司,其信用等级会受到影响。到星期一,由格林伯格家族领导的三家公司即马什·麦克里安公司、美国国际集团、艾斯有限公司都承诺放弃成功酬金。"对我们来说这是一种认可,"布朗记得,"我们觉得市场澄清了事实。"

与此同时,马什·麦克里安公司总部则陷入一片混乱之中。公司高管人员在电视上看了斯皮策的记者招待会。现在,他们都拿不准如何来应对更换领导层的要求。杰弗瑞·格林伯格性格强硬,确实名副其实。另外加上整个夏天卡瑞·杜恩不断提出警告,杰弗瑞·格林伯格最初本打算反击斯皮策的。在斯皮策召开记者招待会后的当晚,他罢免了马什公司的经纪业务经理,取而代之的是迈克尔·切尔卡斯基。然后,他们一起做出决定,在宣布断绝与成功酬金的关系方面,马什公司应当起模范带头作用。格林伯格确定了召开电话记者招待会的时间,以反驳指控中的一些负面言论。

星期五,切尔卡斯基去看望徒弟斯皮策。斯皮策努力表现得热情诚恳。他让工作人员订了三明治,可是,这两位老朋友之间的会晤绝不是稀松平常的见面。斯皮策"傲慢无礼",切尔卡斯基回忆说,斯皮策说得一清二楚,对于要求马什·麦克里安公司更换领导层一事,他是严肃的、认真的,绝无戏言。"星期五,10月15日,那是我第一次集中了解了他对格林伯格先生的强烈不满情绪。"切尔卡斯基记得,"斯皮策固执己见,不容易说服……非常非常困难,斯皮策愿意做的和不愿意做的,以及他是否指控公司有罪都悬而未决。"会面结束时,切尔卡斯基的午餐连碰都没碰,斯皮策便让他带一块三明治走。

马什·麦克里安公司取消了格林伯格计划召开的电话记者招待会，总裁聘请了一位私人律师理卡德·比提（Richard Beattire）。比提是大名鼎鼎的美国盛信律师事务所（Simpson, Thacher & Bartlett）主席，前卡特（Carter）政府官员，受人尊敬的法律权威。格林伯格告诉比提，他甚至从来没与斯皮策讨论过对操纵投标进行指控一事，也从来没意识到检察总长大人如此愤怒。他们讨论了向斯皮策发出私人求助是否值得，后又决定违逆之。比提告诉格林伯格，董事会应当主动接近斯皮策，但又补充说，现在可能为时已晚，因为"到现在，埃利奥特骑虎难下，欲罢不能，他不会回头的"。于是，比提和格林伯格起草了给马什·麦克里安公司董事会的辞呈。

10月18日，星期一，董事会成员收到格林伯格的辞职信，然而，他们拿不准该怎么办。操纵投标方案早在杰夫·格林伯格任期之前就已经开始了。有些公司董事非常憎恨斯皮策采取高压手段，专横霸道地要求公司更换领导层。扎卡里·卡特（Zachary Carter）是联邦前律师，前几年在盘后交易丑闻发生后加入马什·麦克里安公司普特南投资子公司董事会，他决定直接与斯皮策见个面。10月20日，星期三，卡特带领一群独立董事与斯皮策见面。"这是私事吗？"他们问，"我们确实得赶他下台吗？"

"在这一点上，我态度非常坚决，"斯皮策记得，"让这样的总裁待在位置上看起来就是错误的。因为证据摆出之后，他还拒绝承认不当行为。我说，'给我找个明白需要干什么的总裁'。"第二个周末，格林伯格辞职，董事会暂时将总裁的工作交给查尔斯·戴维斯（Charles Davis）。当时戴维斯是马什·麦克里安公司私人股权公司三菱汽车资本（MMC Capital）的总裁。不过，切尔卡斯基听说这一消息后，犹豫起来。因为他知道，斯皮策和《纽约时报》都在调查三菱汽车资本公司利益冲突问题的辩词，任命戴维斯将会迅速将重新调查提上议事日程。"不是我认为这确实是利益冲突，"切尔卡斯基记得，"而是因为这将会引起对调查的关注。这虽然不是事实，是表象，可是，我们承担不起啊。"

第九章 层层盘剥 坑蒙拐骗

10月25日，星期一。切尔卡斯基告诉马什·麦克里安公司董事会，如果戴维斯当总裁，他就辞职。董事会成员确信他们需要切尔卡斯基和他坦白正直的前检察官的声望，以此来消除斯皮策和公众的疑虑，于是他们只好让步，将最高位置让给切尔卡斯基。这一变动简直就是天壤之别——杰弗瑞·格林伯格专横傲慢、盛气凌人、严格苛刻，但是几乎从生下来就致力于保险业务；切尔卡斯基邋里邋遢、谦逊朴素，是斯皮策的旧交故知，其专长是企业安全和调查。对于马什·麦克里安公司的核心保险和共同基金业务，他还有很多东西需要学习。

尽管如此，董事会的赌注还是下对了，至少是最初的赌注。得知任命后，没过多大一会儿，切尔卡斯基就和卡瑞·杜恩、罗伯特·费斯科（Robert Fiske）——另一位达维律师事务所的合伙人和一位联邦前律师——跳上一辆车直奔斯皮策办公室。他们想证明马什·麦克里安公司不应该面临公司指控。费斯科提出全面的一揽子改革方案，包括结束成功酬金、大量人事变更、更多地向客户公开信息等，但是会面很快转化成一场"埃利奥特和迈克尔秀"。切尔卡斯基向斯皮策解释说，马什公司处于一种"亚瑟·安达信状况"，即要么彻底崩溃，要么大量人才和客户无限期外流，除非斯皮策公开声明他不打算起诉马什公司。"他毫不迟疑地接受了。"切尔卡斯基记得。斯皮策将切尔卡斯基拉到一边，给他看了看潦潦草草地划拉在一张纸上的简要声明。"这样如何？"斯皮策问道。那天稍晚，检察总长办公室在一篇新闻简报中使用了同一个词语。斯皮策给关键的记者打了一圈电话，解释说，他将与马什公司的新领导层合作。"这是一个十分重要的变化，"斯皮策告诉《华盛顿邮报》，"迈克尔和马什公司的新领导层不仅完全致力于彻底根除不当行为，而且保证一定改变导致不当行为的原动力。"

切尔卡斯基担任马什公司总裁，斯皮策的批评者们纷纷把这事当作斯皮策屈从于公司胁迫的一个证据。"一位迫切想当州长的政客，野心勃勃，这种行为实际上是在公开谋杀公司总裁，难道他这不是滥用权力吗？"《总经理》（Chief Executive）杂志在社论中如此抗议，"政府应有的作用就是寻求各种补救方法，可以通过立法机关，或者秘密讨论。不过，接二连三地进行刑事指控和民事指控是不正确的。斯皮策通过收集战利品的方式来构建自己的政治生涯。"曾经领导过联邦特别工作组调查安然公司的联邦前检察官莱斯利·卡德威尔（Leslie Caldwell）告诉《华尔街日报》："正常情况下，检察官的作用不应该是决定要做出什么样的具体改变，而应当是判断公司是否有合作的诚意，是否正在采取适当的措施处理可能存在的问题。"

然而，斯皮策认为，两周以来旋风式的变化证明他是正确的：公开宣布消息，迫使马什公司立即解决了其员工所发现的行业范围和公司范围内存在的问题，而不是花费几年时间慢慢腾腾地去调查，然后再拖拖拉拉地协商解决。"提出诉讼迫使（马什·麦克里安公司）改变了行为。他们最大的危机在于客户和市场。"斯皮策解释道，"那是摆出事实提起诉讼的效力。它允许其他参与者施加必要压力。这就是公开透明所起的作用。"

第十章　失足成恨　回首百年

虽然马什公司记者招待会已经过去了两个多月,但是各大报纸仍继续以显著位置报道有关保险调查的消息。此时,埃利奥特·斯皮策公开了一件大事。长久以来,这件事一直被许多人看作是纽约乃至全国的政治大事。2004年12月7日,星期二,斯皮策低调地给纽约州政治记者们打了一系列电话,宣布自己准备参与2006年纽约州州长竞选。政治分析家们纷纷表示,斯皮策过早——此时距选举还有23个月——宣布这一消息,就是想让一些挑战者产生畏难心理,望而却步。由于斯皮策提早宣布参加竞选,几周之后,美国参议员查尔斯·舒默(Charles Schumer)便悄无声息地从竞选名单上撤掉了自己的名字。斯皮策的宣布与民意测验不谋而合。民意测验显示,现任纽约州州长乔治·帕塔克将会在竞选中输给斯皮策。(帕塔克还要等7个月再宣布自己不打算竞选第四任期。)斯皮策乘胜逐北,宣布两天之后,在纽约市举行的一次筹款活动中,向自己的支持者们发表庆祝演讲。在筹款活动会上,他高

华尔街"警长"——埃利奥特·斯皮策

度赞扬了纽约州过去时代的进步，承诺要"重新激励纽约州政府：使它更强大、更有力、更高效、反应更灵敏、更负责、更合乎伦理道德"。然而，让人始料未及的是，几周之后，这次演讲给斯皮策带来了纠缠不清的麻烦。当时，《纽约时报》曲解了斯皮策对重振联邦监管机构所做的评论，于圣诞节发表了一篇文章，称斯皮策"准备放弃"对国家监管机构的调查。这篇刊登在头版头条的文章称斯皮策此举是一个"不同寻常的转变"，并推测说，斯皮策突然改弦易辙是因为他需要募集竞选资金。当时斯皮策正和岳父母一起在北卡罗来纳州度假，看到报道，立时火冒三丈。在斯皮策看来，他的整个事业都是建立在改革基础之上的，他不会因为政治原因而见风使舵，随波逐流，也不会因为受到谴责就因循守职，无所改作。"如果有一件事情是我严格守护的，那就是我们在这里所恪守的正直诚实。"斯皮策说。因为错误报道，害得他和发言人达伦·多普（Darren Dopp）的假期大部分都是在打电话中度过的。两个人谁也没有坐下来好好吃一顿节日晚餐，他们一直不断给《纽约时报》施压，直到该报同意更正并发表一篇纠错文章才肯罢休。

斯皮策还通过实际行动证明，自己仍在加大对金融界的巡察力度，同时还给工作人员施加压力，让他们全力以赴与保险经纪商达成协议。马什公司是最早达成协议的公司。虽然切尔卡斯基已经答应做一切需要做的事情来处理案件，不过，协议的实际条款尚需几个月才能最终出台。这位新CEO与其律师团一道，就公司所做的努力改革和目前近乎陷入水深火热的财政困境向斯皮策及其助手做了全面介绍。被指控操纵投标后，马什·麦克里安公司不得不裁员3,000多名。此外，从10月14日公司受指控以来，股票下跌了将近40%。切尔卡斯基不得不给自己和其他高层主管删减额外津贴，启动紧急融资机制，以保持公司业务大门畅通。尽管采取了一系列措施，但是成功酬金还是使公司100亿美元的年度收入流减少了8亿美元。不仅如此，公司还要受到更多惩罚。报纸推测，公司无力支付10亿美元左右的罚金。现在，公司需要一个"生存折扣"，切尔卡斯基提出理由，并且还提出打算只支付半数的罚金。1月下旬，双方确定公司支付罚金8.5亿美元。斯皮策坚持这笔款必须

第十章　失足成恨　回首百年

回到蒙受损失的客户手中，不能流入马什公司股民的腰包，尽管他们对股票价格下跌怨气冲天。"这么做并不是想挤兑他们，抠净他们手里的钱。"斯皮策记得，"前有车后有辙，往前可以一直追溯到美林公司。我们的理念就是不从根本上破坏或伤害公司，但要坚决杜绝不良行为。"

在斯皮策的再三坚持下，马什·麦克里安公司同意因公司员工操纵标价等"不法行为"公开道歉，并向客户进一步阐明收费安排。但是，由于一些细枝末节的问题，协议一时陷入泥潭：协议中的款项如何分配、马什公司如何向客户披露收益、斯皮策坚持的各项改革措施是否也同样适用于马什的海外子公司，等等，不一而足，争执不下。在检察院办公室，斯皮策的律师加班加点，用了整整一个周末的时间，即2005年1月29日和30日两天，在电话中与马什公司律师团就一项项具体问题展开激烈的争论。在纽约第五大街，斯皮策待在自己家里，一会儿踱来踱去，一会儿关掉声音两眼盯着电视，一会儿看看女儿的家庭作业。总而言之，他尽量不插手助手们的工作。但是每次一旦律师们争论激烈，吵得不可开交时，他就会和切尔卡斯基直接交流意见。"我从来没大喊大叫，几乎也没骂过娘，"切尔卡斯基记得，"但是这个周末，我确实被我的律师团，还有米歇尔（赫什曼）、蒂特（斯奈尔）这些鸟人给惹恼了，把他们一个个杀了的心都有。唯一一个我能和和气气地与之交谈的人就是埃利奥特。"斯皮策也同意切尔卡斯基的说法。"不管什么时候，只要双方掘壕固守，僵持不下，就需要有人打破僵局。所以我尽力去做这个工作。"斯皮策对当时的情形记忆犹新。

后来，到星期日下午，谈判到了中间阶段，马什·麦克里安公司领导层似乎突然从人间蒸发了。斯皮策的副手一遍遍给马什公司打电话，他们就是不接，也不回话。"因为是星期天，大家都很沮丧。"蒂特·斯奈尔记得当时的情况，"我们不想在办公室加班，也搞不明白为什么得耗这么长时间。"当时的实际情况是，切尔卡斯基的整个管理层都对协议持反对意见。马什公司高管们觉得总裁做出的让步太多，基本上可以这么说，他们将领导给挟持了，让他远离办公室电话，这样就无法与斯皮策联系。最后，过了几个小时——在当时，这看起来漫长而又难熬——来办公室准备敲定协议的斯皮策让蒲柏接通切尔卡斯基的家庭电话，请求切尔卡斯基的妻子贝西（Besty）帮助联系上了她丈夫。接通之后，两个男人便你一言我一语，讨价还价，开始了精明的交易。双方在几个关键问题上做出了让步。"后来证明我们之间并不存在那么大的隔阂，"切尔卡斯基记得，"我们订出最后几个条款。我回到工作人员中，对他们说，'就这么定了，不用讨论了'。"当天晚上，当这位马什公司新任总裁回家告诉妻子，公司同意赔款8.5亿美元时，她实际上是满含着讥讽的意味嘲笑丈夫说："只有烟草公司才肯赔偿8.5亿美元呢。"随后，又不无讽刺地补充道："谢天谢地，幸亏斯皮策是你的朋友啊。"

而检察院这边，斯皮策已经急不可耐了。马什公司只是一家公司，斯皮策要整改的则是整个行业。尽管已经是晚上10点30分，他环视了一下他的各位部下，还是说："那，这样吧，大家明天8点钟再来上班，行不行？我们还有许多另外的工作要做。"这话不错。投资保护局的律师们到了调查马什公司的最大竞争对手怡安保险公司及其资深总裁帕特里克·雷恩（Patrick Ryan）的关键时刻。在怡安公司总部所在地芝加哥，雷恩很受尊重。作为芝加哥贝尔斯公司（Chicago Bears）的共有人、大慈善家，雷恩花了21年心血，将怡安公司打造成世界上第二大保险经纪商。目前，怡安公司拥有将近5万名员工和100亿美元的销售额。雷恩拥有超凡的领导魅力，对公司采取的是无为而治的方法、顺其自然的态度。他经常谈论怡安公司良好的职业道德。公司给每一位新员工发一张"价值观卡（Values Card）"，标榜公司"始终不渝地关注客户的最大利益"。然而，几家保险公司主管却告诉斯皮策团队，怡安公司仗势欺人、恃强凌弱。更复杂的是，怡安公司聘请了斯皮策的老朋友、前法律伙伴劳埃德·康斯坦丁（Lloyd Constantine）。康斯坦丁在检察总长办公室管理过1998年的过渡小组，还帮助斯皮策聘任了多名高级副手。他和斯皮策甚至出于无奈还放弃了清早定时打网球，以防出现利益冲突。

从10月份提起马什公司诉讼至今，投资保护局的几位律师几乎将全部时间和精力都集中在怡安公司的调查上，但查到的证据不是十分确凿有力。

第十章　失足成恨　回首百年

虽然怡安公司不存在像马什公司那样有组织、有系统的操纵竞标现象，但是检察总长的团队还是查到了很多可疑的电子邮件。他们认为，这些邮件表明怡安公司经纪人操纵客户，让他们去给经纪人支付高额成功酬金的保险公司投保。另外，调查还发现了一些其他文件。斯皮策的律师一致认为，这些文件表明怡安公司鼓动保险公司虚报标价。2003年9月，怡安公司曾经告诉苏黎世美国保险公司，他们给费尔德四通投资公司（Fieldstone Investment Corporation）24.7万美元的工人赔偿金保险标价太低，在不违反合同的情况下，可以将标价提至29万美元。怡安公司高管解释说，此举是在1.8万美元完全无关的应收账款中，"补偿"苏黎世美国保险公司突如其来的花费的一种方式。但是在所有相关指控中，最具争议的是，雷恩本人答应过，如果同意用怡安公司当经纪商来购买再保险，可以操纵客户业务至某个保险公司，给特定保险公司以优惠。

明确了要对雷恩进行指控之后，这一任务落到反垄断专家皮特·伯恩斯坦（Peter Bernstein）与保险团队一位新成员戴维·阿克辛（David Axinn）肩上。在提起马什公司诉讼前不久几周，阿克辛刚从信访局（Appeals Bureau）调到投资保护局。对他来说，在投资保护局工作令人兴奋。在信访局工作的四年时间里，他与斯皮策直接接触只有为数不多的那么几次。现在，他定期参加在25层斯皮策办公室召开的有关会议。

追查怡安公司是从其竞争对手卡维尔公司（Carvill）一名员工的手写笔记入手的。2000年秋，卡维尔公司与丘博保险集团（Chubb）召开部分主管人员电话会议。在此期间，一名员工做了会议记录。根据会议记录，丘博保险集团官员告诉卡维尔公司，他们打算将再保险从卡维尔公司转至怡安公司，因为雷恩私下里对丘博保险集团总裁迪·奥黑尔（Dean O'Hare）施加了压力，迪·奥黑尔因此退休。根据记录，雷恩与奥黑尔在芝加哥会过面，后来又穷追不舍，一直追到南美洲，以确保丘博保险集团改弦更张。记录中说，作为回报，当经纪商向客户推荐个人保险时，"雷恩（当时）愿意以个人信用和友谊做担保，保证丘博保险集团从怡安公司得到优惠待遇"。阿克辛和伯恩斯坦克服了各种困难，按照丘博保险集团高层主管人员的级别，一路追查下来，收集的证据证明迪·奥黑尔确实与雷恩在2000年秋天会过面，并于同年10月份去过巴西。当时还单方面决定将再保险业务转至怡安公司。奥黑尔的律师告诉阿克辛和伯恩斯坦，已经卸任的总裁病得很重，经不起旅途的颠簸劳顿。于是，他们俩便飞往佛罗里达约谈奥黑尔。结果很让人失望，他们俩白跑了一趟。奥黑尔一支接一支地抽烟，在吞云吐雾的间隙里，他告诉斯皮策的律师"他什么该死的事情都记不得了。可能他与帕特·雷恩见过面，可能没见过面。那好吧，如果我们说他见面了，他就见了。可是，他实在记不得有什么应许之类的事情。"

几天之后，也就是11月4日，雷恩亲自来到纽约，接受调查人员的约谈。雷恩身材魁梧，满头银发，声音低沉，一看就是一个与众不同的人物。雷恩表现得和蔼可亲、真诚友好，也很配合，并抱定了和平解决这一案件的决心。他和劳埃德·康斯坦丁来到检察院，就是准备讨论一下公司里的重大问题，包括对操纵保险的指控以及保险公司不同险种之间的不当关联等问题。在面谈中，伯恩斯坦单刀直入，插入了几个与奥黑尔会面的问题，他们一听，感到说不出的惊讶，霎时间愣住了。经过了一番吵吵闹闹的法律论证之后，怡安公司老总将自己的几位律师打发走，回答了提出的几个问题。但是，结果并不让人满意——雷恩声称，与奥黑尔的谈话内容几乎都记不得了。在六天之后召开的一个会议上，斯皮策告诉雷恩和雷恩的法律总顾问卡梅隆·芬德利（Cameron Findlay），虽然怡安公司不会像马什公司那样面临串通投标的指控，但是操纵保险的指控肯定会被提到桌面上来。检察总长驳回了怡安公司的内部研究，因为公司方面表示，在很大程度上，其经纪人拒绝建议客户到特定保险公司投保。斯皮策的高级助理也决定将雷恩给奥黑尔施加压力一事放进指控草案中，作为四个指控中的最后一个。接下来，他们就是坐等观望，看怡安公司准备采取怎样的行动。

2月上旬，康斯坦丁正在新西兰休长假，怡安公司惊慌失措地打来电话。怡安公司的问题不属于快速审议的特别案件之列。虽然康斯坦丁对此很

第十章 失足成恨 回首百年

有把握，但没想到调查情况突然出现了变故。怡安公司的高管们说，请速回公司，因为斯皮策现在就想了结此案，而公司又不想隔山买老牛，草率行动。2月15日，还没有倒回飞行时差的康斯坦丁参加了芬德利与米歇尔·赫什曼以及其他参与案件调查的有关人员举行的会议。芬德利说，怡安公司想知道斯皮策计划在公开诉讼中指控公司哪些问题，否则不会达成协议。最后，赫什曼同意当众解释一下斯皮策的诉讼草案。当她谈到对雷恩的个人指控时，康斯坦丁突然一下子发起火来。"这不是真相。"他边说边咚咚咚地敲得桌子震天响，"你是公务人员，你有责任把这事说明白。个人指控的事情你对他谈过了吗？"

康斯坦丁的发作使检方团队慌忙重新审查证据。接着，雷恩传话说，他想从芝加哥乘飞机前来亲自见检察总长。斯皮策打电话叫阿克辛到检察总长办公室来一趟。检察总长坐在办公桌后面，旁边是赫什曼和斯奈尔。显然，这不是会议桌上一场轻松有趣的碰头会。

"除了卡维尔的记录外，你手头还掌握着哪些证据？"斯皮策劈头就问。

"哦，"阿克辛说，"我掌握的最佳证据就是卡维尔记录中提到过去南美洲的一次旅行，另外，还有迪·奥黑尔的旅行日记。那天他恰巧在巴西。"

听到这话，斯皮策不太满意。"那还是卡维尔的记录……还是起不了多大作用。"他阴沉着脸，严肃地说。

阿克辛开始像洗牌一样翻弄着随身带来的文件。"不过，我们手里确实还掌握着几样东西。"他急切地抽出一封2000年10月30日的信。信中，一位怡安公司高管迈克尔·欧海仁（Michael O'Halleran）向丘博保险集团一位高管致谢，感谢他将再保险业务转到怡安公司，并许诺将把怡安公司个人保险这块儿交由丘博保险集团。这看来恰好就是卡维尔记录中提到的那桩交易。阿克辛将信件递给赫什曼。赫什曼略一浏览，便粲然一笑。

"太好了！"赫什曼喜不自禁地说。

到雷恩来到检察院，私下里短暂拜访斯皮策时，检察总长办公室坚定地支持阿克辛和伯恩斯坦所发现的额外证据。"我没有任何疑问，"斯奈尔记得，

"雷恩就在其中，文件很清楚地表明他就是其中的一分子。我们越是调查，事实就越是清楚。"怡安公司根本不同意这一说法——他们认为，卡维尔的记录只不过是心怀不满的竞争者制造的无端借口，欧海仁的信件表明帕特·雷恩和迪·奥黑尔在各自公司的员工之间安排了一场会面，仅此而已，别无其他。康斯坦丁向斯奈尔和调查怡安公司的团队做了正式汇报，他从头到尾把文件浏览了一遍，做出了相应的解释，并指出，绝对不存在任何交换条件的问题。但是，他的如意算盘落空了。"我过去深信，现在仍然绝对深信检方指控缺乏充分根据。"康斯坦丁说，"可是我的辩词没能驳倒他们。我感觉自己很失败。"

最终，怡安公司缴械投降，与检方签署协议。尽管协议包括对雷恩个人提出指控，公司还是同意赔偿1.9亿美元。"他们不高兴。他们认为赔偿款的实际数额过于苛刻，"康斯坦丁记得，"公司决定和解是因为让人不安的调查无所不在……对他们来说，只要调查继续就是个问题。"与此同时，斯皮策则发现想达成协议轻而易举，因为雷恩已经不准备当总裁——雷恩走的这一步与斯皮策的调查全然无关。早在之前的9月份，雷恩就已经宣布自己打算从公司总裁的位子上退下来，担任主席。"我们是动真格的。不管怎么说，雷恩要离开公司了。离开公司就开始独立于我们，这反倒更容易。共同努力向前之类的话我们都无须多说。"斯皮策记得。

3月4日，星期五，与怡安公司的和解协议公开宣布。疲惫不堪的投资保护团队又一次牺牲了休息的机会。高尔、菲力帕克斯和布朗等人已经投身到与保险公司的问题截然不同的高风险调查中：指控美国国际集团——由杰弗瑞·格林伯格的父亲、传奇式的保险界人士莫里斯·"汉克"·格林伯格（Maurice "Hank" Greenberg）领导的公司，因为他利用复杂的再保险交易使账目在投资者眼里看起来更好。斯皮策团队表面上同证交会和弗吉尼亚州联邦检察官通力合作，但是合作很快被赛马式的竞争所取代，因为每个办公室都试图在调查上留下各自的印记，以表明自己的丰功伟绩。

对马什公司提起诉讼之后，戴维·布朗在检察总长办公室分别接到华尔街两位朋友打来的电话。两位在电话中都称，如果你关注保险行业，你就应

第十章　失足成恨　回首百年

当确确实实地看看有限保险（finite insurance）[①]行业存在的全部问题及其对公开报道的公司账目的影响。布朗及其团队进行了快速调查，得知在2003年，美国国际集团因为销售给一家叫作亮点（Brightpoint）的电信公司"传说中的'保险'产品"而被证交会提起诉讼。该保险产品其实是亮点电信公司用来隐瞒损失和夸大收益的一种借贷形式。协议还表明，当时美国国际集团拒不合作，并"扣留"了证交会文件。投资保护局确信，亮点电信公司的案件可能只是冰山之一角，于是立即在2004年11月给美国国际集团送发了传票。传票几乎刚一发出，布朗就接到证交会的斯蒂芬·卡特尔打来的电话。这位证交会法规执行部部长告诉布朗，这一问题他们已经调查了两年，现在马上就要宣布与美国国际集团达成的协议。美国国际集团还因销售给美国匹兹堡国民银行（PNC Bank）"收益管理"产品而赔偿1.26亿美元。另外，他们的协议还要求美国国际集团坦白承认其他有限保险销售业务。卡特尔主动提供信息，热情友好，但是同时也清楚明白地表示：在这一点上，我们也是能控制局面、熟悉各种动向的；你们别把事情弄糟。布朗经过与上司协商，立即给卡特尔回了电话。"出于礼让，我们打算在这个案子上退后，"布朗说，"但是我认为这是一个很严肃的话题。"于是，两个男人表示，在这个问题上携起手来，共同努力。

在接下来的两个月里，证交会纽约办公室和斯皮策办公室的"四M"密切合作，给一批保险公司发送了传票，要求他们提供关于有限保险的各种信息。有限保险是具有部分风险转移职能和部分融资职能的混合型产品。与赔偿规模不确定的意外损失等传统保险项目不同，有限保险合同赔偿的是规定的或者有限的亏损额。按照常规，保险公司会从其他同行保险公司或者再保

[①] 在实际操作中，承保人为公司客户或另一家保险公司提供一定期限内的有限保险。在规定期限内（如3年），投保人向承保人支付总额与最大投保额相近的保费。如果期满后未发生赔付，保险公司就会将全部或大部分保费退还给投保人。作为补偿，承保人获得一笔酬金。由于保费非常高，承保人不会有遭受巨大损失的危险。通过支付如此巨额的保费，投保人实际上几乎全部承担了灾难性事件的成本，但也避免了遭到突然性打击。因此，有限保险会被用作摊平投保人财务结果的工具。从某种意义上说，这不一定是坏事，但却给如何界定它是否是保险带来了困难。有财务专家就认为，从许多方面来看有限保险都是贷款，因为保险公司要归还它收取的保费。——译者注

险公司购买保险，以使受到潜在灾难性损失的影响最小化。但是调查人员得知，投保有限保险通常受融资需要所驱动，有时候是结构化交易，所以损失规模几乎是确定的，所支付的保费总额几乎与保险理赔持平。"有限保险是保险公司选择的一剂良方，将此类保险销售给其他非保险公司是相对较小的一部分业务。"布朗如是说。而身居管理层的上司们则不以为然，对此持怀疑态度。有限保险的问题看起来"刚刚冒头"，布朗的手下人已经深陷盈余佣金调查了，斯奈尔记得。斯皮策甚至疑虑更重。"这到底会不会是一起需要调查的案子呢？这些事情这么复杂，即使确实存在着问题，究竟能不能提起诉讼呢？"斯皮策问布朗。在布朗看来更糟糕的是，"每次发传票报纸上都会报道，我不喜欢这样做。因为我不想唤起人们的种种期待"。

  与此同时，联邦司法部（Department of Justice）也在调查此事。因为在调查弗吉尼亚一家保险公司的医疗事故保险时，他们发现有限保险存在类似问题。斯皮策检方团队对此浑然不知。后来，2004年12月30日，菲力帕克斯接到证交会两位律师打来的电话，称想通知她他们已经向通用再保险公司（General Reinsurance）发了信函，要求提供关于有限保险方面的信息。通用再保险公司是伯克希尔·哈撒韦公司（Berkshire Hathaway）驻康涅狄格州的一家子公司，该公司由著名投资人沃伦·巴菲特领导。菲力帕克斯一时之间被搞得不知所措：检察院和证交会两家机构一直在向各公司发出联合传票，为什么证交会自己单独行动呢？"你们为什么不发传票而发信息请求呢？除非你们不想让我们了解此事。"她问道。证交会律师一下子非常安静，其中一位律师说，告知斯皮策办公室要征得许可，可是，因为还没获批准，所以有些事情耽误了。菲力帕克斯一边听着解释，一边在谷歌上搜索通用再保险公司的名字。屏幕上突然弹出一个窗口，内容是通用再保险公司收到证交会信息请求的公告。"等等，我这儿有新闻发布，"她说，"原来你们想对我们保密啊。"接着她又搜到早先的一封电子邮件，内容是另一位证交会律师要求她在比较早的联合传票名单上删除通用再保险公司的名字。虽然没有指名道姓地提到司法部，但斯皮策的律师们都恍然大悟，立时明白发生了什么事情。联

第十章 失足成恨 回首百年

邦检察官正在与通用再保险公司达成合作协议。11月份，他们已经让证交会在联合传票名单上删掉了通用再保险公司的名字，因为他们想为大陪审团调查保密，担心斯皮策的额外请求会打草惊蛇，惊动通用再保险公司官员。但是，司法部并没有指望巴菲特名望的透明性。考虑到凶多吉少，检方律师匆忙赶出一份传票，发给通用再保险公司。

通用再保险公司及其律师同意与大家共同分享公司内部调查结果，而不是与调查机构对抗。2月8日，通用再保险公司在证交会纽约办公室做汇报，其态度之坦率、真诚，实属罕见。公司律师们坦言，他们认为已经发现了从2000年第三季度起公司与美国国际集团的交易，该交易看起来是伪造的，接着便一五一十地说明为什么他们认为文件是假的。主要陈述内容如下：2000年10月下旬，根据股票分析师报告，公司的长期储备开始缩水，可能不足以理赔客户的意外损失。于是，美国国际集团股价开始下跌。美国国际集团主席兼CEO汉克·格林伯格得知来自市场方面的种种担忧，便给通用再保险公司总裁罗纳德·弗格森（Ronald Ferguson）打电话，提出与他们做笔交易。格林伯格想让通用再保险公司从美国国际集团购买价值5亿美元的再保险，这样，就能让美国国际集团增加公开报道的长线储备。但是，据说他也想让通用再保险公司保证不向该保险单提出索赔，使该交易具有"零风险"。如此同盟对通用再保险公司不仅没有任何意义，而且还违反会计规则，更别说它对通用再保险公司毫无价值可言。但是，通用再保险公司的律师继续说，格林伯格告诉弗格森，他会让这一交易值得通用再保险公司去做。于是，他们的下属们通过一系列电汇业务，完成了交易。虽然通用再保险公司子公司为这一毫无价值的再保险正式支付了1,000万美元，但是美国国际集团后来又将这笔款项完璧归赵，全部返还给通用再保险公司，外加500万美元好处费。两家公司官员还伪造了一系列事后文件，以使通用再保险公司看起来好像主动接近美国国际集团，而非相反。美国国际集团将上述交易一分为二，正式登记造册，将2000年第四季度和2001年第一季度资金储备各增加2.5亿美元。〔格林伯格的发言人霍华德·欧平斯基（Howard Opinsky）称："格林伯格先生从

华尔街"警长"——埃利奥特·斯皮策

来没有向任何人提出过请求,也从来没打算参与任何虚假交易。"格林伯格的律师也提到,美国国际集团当时公开报道的赔款准备金(loss reserve)①超过250亿美元,是通用再保险公司单笔交易的100倍之多。]

高尔、柏林和菲力帕克斯三人也参加了通用再保险公司在斯皮策办公室的情况汇报,直到第二天他们才好不容易找到布朗,向他做了简要汇报。布朗一听,大为震惊,因为通用再保险公司的表现"无论是在信息提供还是在政策执行方面,在我所见过的公司中,都是最出色的,可是现在,"布朗说,"确实出乎意料。他们竟然真这么搞。"他火急火燎地冲上楼去找斯皮策。"埃利奥特,你来听听这个,"他说,"我认为假不了,如果是真的,那可确实具有爆炸性。"美国国际集团的交易不仅看起来是假的,而且据说还是由汉克·格林伯格本人提议并协商的。他们需要听听美国国际集团方面怎么解释。"给他们发传票,"听完细节后,斯皮策沉吟了一下,"现在就发。"几个小时后,布朗回到检察长办公室。按照计划,斯皮策那天晚上要在高盛集团——布朗的老东家举办的私人聚会上讲话,布朗打算陪同斯皮策一起前往。布朗进来时,斯皮策正盯着电脑屏幕。"真令人难以置信。你来看看这个。"斯皮策指着一则新闻报道对布朗说。该报道是之前汉克·格林伯格在公司电话会议上为投资者所做的讲话。美国国际集团主席红光满面,神采奕奕,带着一脸骄傲和自豪之情宣布公司实现110亿美元创纪录的高额利润,并且还不无得意地宣布,集团与证交会和联邦检察官就美国匹兹堡国民银行交易问题也终于得以解决。当有分析师问起关于"不利的监管环境"时,这位79岁的公司巨头对监管人员好一顿猛烈抨击,称他们"两眼紧盯别人的脚步犯规(foot faults),以便寻找借口指控他们犯了谋杀罪"。

斯皮策被这一席话彻底激怒了。格林伯格怎能如此一派胡言呢?他可能还不知道有限保险调查的事情,但是,美国国际集团还没有就参与串通投标

---

① 赔款准备金指在每一财务年度决算以前,保险人对已经索赔但尚未赔付的保险赔偿或给付,或者已经发生保险事故,但尚未索赔的保险赔款或给付所提存的资金准备。提存足够未决赔款准备金关系到保险人的赔付能力,也与广大被保险人利益密切相关。财产保险、责任保险以及一年期的人身保险业务均应提存未决赔款准备金。——译者注

第十章 失足成恨 回首百年

丑闻与斯皮策达成协议,这他可是心知肚明的啊。面对批评,没有人会泰然处之,何况斯皮策手里还揪着格林伯格的小辫子,有充分的理由就格林伯格对监管人员的态度而劈头盖脸地发作一通:之前在10月份,美国国际集团聘用一家公关公司,给金融专家出价高达2.5万美元,条件是能够指责斯皮策对保险业展开的调查。美国国际集团官员称他们没有批准这项工作,话虽这么说,但却因此造成了无法弥补的隔阂。那天晚上,在高盛集团的晚宴上,布朗悄悄地告诉上司,要求美国国际集团提供所有关于通用再保险公司交易文件的传票已经发出去了。斯皮策接着偏离了原定的演讲话题,转到格林伯格身上"谈到脚步犯规,汉克·格林伯格需谨慎行事,绝对不能掉以轻心。"他警告说,"脚步犯规太多,无疑会输掉比赛。所谓'一失足成千古恨,再回头已百年身'啊!但是,更重要的是,这些不仅仅是脚步犯规。"

斯皮策和布朗决定不惊动证交会,深夜传唤美国国际集团。未承想,此举却制造了与这位长期忍气吞声的伙伴的新摩擦。领导证交会团队调查美国国际集团的是安德鲁·卡莱马里(Andrew Calamari)。他打电话给布朗,抱怨说:"我们还合不合作?"布朗反驳说,证交会在通用再保险公司问题上不也是这么做的嘛。话不投机,两个人便你一言我一语地争执起来。可是,经过这么一番交流,事实澄清了,误会也消除了,双方同意继续共同调查。

当周晚些时候,斯皮策想到了另外一个办法。他想直接与格林伯格谈,让他就通用再保险公司的交易问题宣誓做证,而不是只要求美国国际集团提供信息。这一招非同寻常。在调查欺诈指控时,大多数检察官和监管人员都是从公司底层开始,然后自下而上,向上逐层展开调查,最后根据调查到的证据立案。现在,斯皮策和布朗想直奔顶层首脑人物。同时,他们还声明,在他们决定传唤美国国际集团主席和电话会议讲话之间没有任何瓜葛。恰恰相反,他们认为,当前正在调查的是一起绝非寻常的交易,格林伯格手中掌握着检方需要的信息。"这些都是以格林伯格为中心的事实模式,"斯皮策说,"这不是'让我们看看总裁到底对十八层之下的某些交易知道些什么',而是他彻底卷入此事……谁掌握重要信息,传票就应该送到谁的手里。"与此同时，证交会也将自己的传票送给美国国际集团。很快，斯蒂芬·卡特尔接到汉克·格林伯格打来的电话。"你干嘛重提这档子事儿？我认为，作为美国匹兹堡国民银行协议的一部分，这个问题我们已经早就解决了。"美国国际集团总裁汉克·格林伯格咆哮道。卡特尔与工作人员进行过一番仔细复查之后，解释说先前的协议牵扯到美国国际集团向其他公司销售有限保险，新调查着眼于指控美国国际集团利用产品伪造假账。证交会拒绝在传唤格林伯格一事上与斯皮策搅在一起。他们感到，给美国国际集团总裁施加压力没有太大必要。卡莱马里的上司、现在身为纽约办事处主任的马克·斯肯费德（Mark K. Schonfeld）确信，如果格林伯格与斯皮策谈话，就应当允许他的律师参与并提出问题。

2月14日，星期一，当美国国际集团宣布像通用再保险公司一样收到有限保险的传票时，公司股票开始下跌。到星期五上午为止，股价跌了4美元多，跌至69美元左右。当时，格林伯格和妻子手里攥着价值20多亿美元美国国际集团的股票。他在私人飞机上将电话打到美国国际集团交易台，命令交易员代表公司利益，利用美国国际集团股票回购方案购买25万股，显然想力挺股票价格。格林伯格再打回电话时，交易员只购买了2.5万股。"我希望你胆子更大一点。如果能买到50万股，就买50万股。"（回购将会花掉美国国际集团将近3,500万美元。）当天收盘时，格林伯格又打来电话。虽然通常情况下公司禁止在下午3点50分之后回购股票，以避免受到试图推高收盘价的指控，但是格林伯格还是命令美国国际集团交易员再多购买股票。"你要不断购买公司股票，这样方可。如果可能的话我想推高价格。"他说。（格林伯格的发言人霍华德·欧平斯基说："通常情况下，一旦管理人员认为股票被低估，很多公司都会启动股票回购方案，以推升股价。现在美国国际集团也不过是启用回购方案而已。"）

与此同时，美国国际集团董事会内部正悄然酝酿着反叛情绪。在经历过早先证交会的麻烦后，集团独立董事们聘请了自己的律师——来自美国盛信律师事务所（Simpson Thacher）的理查德·比提（在马什·麦克里安公司调

第十章 失足成恨 回首百年

查结束时,他代表杰弗瑞·格林伯格)。董事们给证交会传话,声称现在是他们——董事们,不是汉克·格林伯格——在负责通用再保险公司的内部调查。2月25日,由马克·波梅兰茨(Mark Pomerantz)带领的美国国际集团外部律师,也就是来自宝维斯律师事务所的律师团来到证交会纽约办事处,就其对通用再保险公司交易内部调查情况做汇报。美国国际集团独立董事也派出了自己的律师参加。检方律师和华盛顿联邦检察官也一同听取了汇报。宝维斯律师事务所律师一一摆出相关事实。从所列事实到所指的虚假文件,都与通用再保险公司律师所披露的事实真相惊人地相似。不过,他们的结论却是经过深思熟虑、仔细推敲过的,遣词造句非常讲究。他们称,2000年10月的交易"是有疑问的",但同时指出,再保险交易可能关系到风险转移,因此可能是合乎惯例的。不管怎么说,他们认为通用再保险公司的交易对美国国际集团的财务盈亏没有"重大"影响。"我们认为我们的账目是诚实的。"高尔记得他们这样说。菲力帕克斯便问宝维斯律师事务所律师团是否就交易问题约谈过格林伯格,美国国际集团律师们一听这话,立刻不安起来,开始支支吾吾,闪烁其词。他们说,他们是与主席谈过话,但是"并不是真正意义上约谈过格林伯格先生"。波梅兰茨和其他美国国际集团律师极力推迟格林伯格宣誓做证一事,后来将时间安排在3月11日。

布朗和斯皮策同意将格林伯格宣誓做证的时间推迟六天,但同时警告美国国际集团的律师,斯皮策想要的是答案,要很快就得到答案。3月9日,美国国际集团的一个代表团浩浩荡荡地开进斯皮策办公室。争强好胜的辩护律师罗伯特·莫尔维洛也在其中,他代表汉克·格林伯格。莫尔维洛发现,自己坐的正是当年讨论美林股票分析师问题时的同一张沙发。一坐上这张沙发,他就感到如芒刺在背,浑身上下都不自在。马克·波梅兰茨代表美国国际集团。盛信律师事务所的杰米·甘比尔(Jamie Gamble)代表董事会成员。波梅兰茨想争取更多的时间。"我们有白纸黑字规定的出发令,就得把事情查个水落石出,"波梅兰茨说,"但是,你得让我们完成调查。如果你们坚持这些证词,就会把事情搞砸。"斯皮策还是丝毫不为之所动。"我们自己会调查清楚的。"他语气十分坚定地说,"宣誓做证一事,我们不会拖延。"

事实上,通用再保险公司的律师已经告诉斯皮策办公室,让他们好好等着意想不到的成功。公司的爱尔兰子公司,不知出于何故,按照例行做法,已经给员工的电话进行了磁带录音。从2000年起,已经录下好几位通用再保险公司高管讨论美国国际集团的交易问题。录音表明,他们在谈判中对交易的合法性表示出怀疑。副本还需要再过几天才能移送斯皮策办公室。但是,随着副本而来的消息会使调查更加紧迫。

3月11日,星期五,上午9点30分左右,格林伯格新聘的两位民事律师——著名的诉讼律师戴维·鲍尔斯(David Boies)及其伙伴里·沃洛斯基(Lee Wolosky),来到曼哈顿下区裴殷街70号(70 Pine Street)美国国际集团总部。一到总部,他们就感到不断涌动着一股狂躁不安的情绪。与格林伯格本人商谈过后,鲍尔斯有事离开,而沃洛斯基则独自安营扎寨,安顿下来。因为他心里盘算着,心急吃不了热豆腐,与集团主管讨论通用再保险公司的交易详情、公司如何处理各项监管调查事宜需要慢慢来。集团律师将沃洛斯基安排在一个空的角落办公室(corner office)①。沃洛斯基眼巴巴地看着他们一场接一场地开会、讨论,却不邀请自己参加,那种挫败感与日俱增。最后,有一天下午,甘比尔来告诉他,美国国际集团律师正在忙着准备下午4点的一个会议,参加会议的至少是美国国际集团的董事,沃洛斯基这次还是被拒之门外。"毫无疑问,会议不是为交流协商。到下午3点,很明显,尽管在裴殷街70号与监管人员展开各种各样的讨论,但是,没有人希望与格林伯格或者他的律师讨论交易问题或者公司的未来。"沃洛斯基记得,他还补充说,他发现事态发展"非同寻常"。

2005年3月12日,星期六,斯皮策本打算给自己腾出点闲暇时间的。刚穿戴好要去跑步,但是他的慢跑搭档——一位大学老友因为生病取消了活动。接着电话铃响了,是理查德·比提打来的,他是代表美国国际集团董事

---

① 即处于公司最佳位置的办公室,通常指总裁或部门主管的办公室,也喻指某人在公司或单位里职位显赫或在社会中与众不同的身份地位。——译者注

第十章 失足成恨 回首百年

会打的电话。比提说，集团独立董事们陷入了左右两难之境，他们想从斯皮策那里了解了事情真正严重到什么程度。公司本应该在四天时间内与证交会一起将年度报表（就是通常说的10-K财务报表）归档的。但是公司审计师纷纷警告说，除非更换管理人员，否则他们可能会拒绝证明美国国际集团账目的正确性。10-K归档可以拖延，但是美国国际集团还存在另一个问题。按照日程，斯皮策要在那周晚些时候听格林伯格宣誓做证。美国国际集团主席正通知各位董事会成员，律师想让他坚持第五条修正案（Fifth Amendment）[①]保护，反对自证其罪。如果格林伯格这么做的话，就与公司的严格政策——证交会在第一次有限保险调查之后采用的政策相冲突，该政策要求员工与监管人员全力合作。然而，对董事会来说，将格林伯格封杀出局很难，而且争议也很多：他敏锐的商业头脑、在过去40年时间里将美国国际集团建设成世界最大的公司之一等等，这一切都使他成为一个具有传奇色彩的人物。

比提和斯皮策约好见个面，一起在中央公园走走。比提问，在格林伯格的证词问题上，斯皮策的调查人员都发现了些什么，还有可能拖延最后摊牌的时间吗？"我想从埃利奥特那里了解一下，对公司来说问题到底有多严重。"比提记得自己当时的想法，"我们知道，检方比我们知道得多，但是到底多多少，我们却不清楚。"比提团队一直在仔细梳理美国国际集团与通用再保险公司交易的有关文件，而且已经发现了一些令人不安的备忘录。不过，他们知道，斯皮策也已经调查到通用再保险公司关于协议的文件。斯皮策告诉比提，情况看起来非常严重。因为美国国际集团与通用再保险公司之间有"交易，而且涉及很多方面"，检方正对交易进行严格审查，而不仅仅是通用再保险公司的协议问题。斯皮策的调查人员掌握证据，他们认为这些

[①] 美国宪法第五修正案规定：无论何人，除非根据大陪审团的报告或起诉，不得受判处死罪或其他不名誉罪行之审判，唯发生在陆、海军中或发生在战时或出现公共危险时服现役的民兵中的案件，不在此限。任何人不得因同一罪行而两次遭受生命或身体的危害；不得在任何刑事案件中被迫自证其罪；不经正当法律程序，不得被剥夺生命、自由或财产。不给予公平赔偿，私有财产不得充作公用。根据"不得在任何刑事案件中被迫自证其罪"这一宪法条款，不管是在警察局、法庭还是在国会听证会上，任何人都有权保持沉默，拒绝提供可能被用来控告自己的证据。——译者注

华尔街"警长"——埃利奥特·斯皮策

证据表明,格林伯格亲自达成了5亿美元的协议,看来他是知道公司违反会计规则的。"有磁带为证,"斯皮策说他告诉比提,"磁带的内容不是与格林伯格谈交易,而是那些人在讨论格林伯格所知道的事情、想要什么。交易没有任何风险,这点十分确定,毫不含糊。"事实上,有一盘磁带特别耐人寻味,它录下了一位通用再保险公司主管人员辗转得到的版本。据称这是格林伯格对通用再保险公司总裁罗纳德·弗格森所说的话:"罗恩,我需要你的帮助……为推进第三季度业绩,我们减少了5亿美元储备金。但现在我们发现,快到年底了……我们减少了过去一年的储备金的这一事实,对任何调查我们集团的人来说都将是显而易见的。我们不想眼睁睁地看着这导致所谓的股市反应……我们想从你们的储备中借5亿美元,期限大概为几年。"这是一个传闻证据,在法庭上用来指控格林伯格可能有所欠缺。虽然如此,斯皮策和他的调查人员发现它非常有说服力。(因为在交易中所扮演的角色,弗格森后来被指控犯刑事欺诈,但是他拒不承认自己有罪。)

虽然之前斯皮策总是尽量避免对上市公司提起刑事诉讼,目的是不至于使这些公司倒闭,但是两个人都明白,这一次,如果董事会不采取正确措施,美国国际集团可能会发现自己正好成为发难的目标。尽管如此,斯皮策还是没有具体地告诉比提美国国际集团董事会应当处理好关于汉克·格林伯格的信息一事。他不能这么说。因为斯皮策要的是杰弗瑞·格林伯格的身家性命,比提曾在私下里为此谴责过斯皮策,事情刚刚过去几个月之后,他们竟然在公园里散起了步。"我告诉他,他在杰弗瑞的问题上犯了错误,那不是他的职责。他没有给董事会选择的机会。"比提说。比提还告诉斯皮策,他会把自己现在所掌握的情况一五一十地告知当事人——美国国际集团的各位独立董事。"我告诉他,星期天我们要开董事会,结果如何尚不得而知。"比提记得。

星期日开董事会。这一天很漫长,董事们情绪波动很大。比提、外部董事头头弗兰克·扎布(Frank Zarb),还有为数不多的其他几个人在上午10点就集合在一起。中午时分,全体董事会成员也加入进来。比提告诉了董事

第十章 失足成恨 回首百年

们关于磁带的事情，并汇报说，斯皮策认为自己已经掌握了指控格林伯格的"破坏性证据"。马克·波梅兰茨汇报了通用再保险公司的交易情况，并大体上讲述了一下在安然公司破产之后监管环境的变化以及公司如何最大程度地幸免于难。波梅兰茨的发言，再加上审计师的威胁，给一批董事们壮了胆，也使他们对集团总裁的专制做法和暴躁易怒的情绪越来越感到不安。人们挂在嘴边的一件小事是，美国国际集团与几家公司之间关系错综复杂，正可谓"剪不断、理还乱"，一位董事表示出对这一现状的忧虑。可能是因为格林伯格在这几家公司也担任领导之故，对此，他公开地将这位董事的担忧斥为"愚蠢"，不予理睬。不少董事会成员也清楚地知道，世通公司和安然公司的前独立董事们最近已经同意自掏腰包，支付一笔巨额赔款，因为他们没有干预并阻止管理人员的腐败行为，所以受到指控。

弗兰克·扎布是全国证券交易商协会前主席，受格林伯格委托，于2001年年底加入美国国际集团董事会。因为这位日渐衰老的集团主席需要一位密友监督集团向新一届管理人员平稳过渡。但是2003年证交会对亮点公司展开调查时，扎布和其他董事也纷纷卷入其中。当时，美国国际集团只得支付1,000万美元罚金了事。在协商过程中，证交会明确指出，由于美国国际集团配合不力，所以将罚款翻番。一年之后，在美国匹兹堡国民银行调查中，美国国际集团重蹈覆辙——证交会再次发现美国国际集团不予配合，不过，他们倒是愿意达成协议。到最后一刻，格林伯格抽身而退，美国国际集团发布新闻公告，称调查"无根无据"。证交会发出正式警告，称可能因集团"误导"公众而进行调查，于是格林伯格停止抵抗，达成协议。美国国际集团支付1.26亿美元达成新的协议，这一数额比格林伯格早先拒绝的协议高2,000万美元。"直到亮点公司出事，我们才感到要出麻烦了。为此我们还吵吵闹闹争辩不休。"一位董事记得，"接下来美国匹兹堡国民银行出事，我们抽身而退，然后根据比以前更苛刻的条件达成协议。"到2004年年底，有些董事给总裁施加压力，让他考虑在即将到来的5月份过80大寿时退休。

斯皮策的传票很快改变了以往的格局。在比提及其他律师参与的董事会会议上，大多数美国国际集团董事都不想等到汉克·格林伯格从容优雅地退出，这一点非常清楚。通用再保险公司的交易是否确实转移了足够大的风险，这样做是否正当，没有人对此做过正式分析。另外，也没有将格林伯格与过分修改过的文件联系在一起的明显证据，因为只有篡改过的文件才使交易看起来可疑。但是该形势让这位总裁成了众矢之的。"我们在这里代表的是各位股民，不是汉克。"扎布告诉董事会成员，以此表明在这场较量中股民和员工的利益胜过友谊。格林伯格本人不在场，可他从佛罗里达打来好几次电话。此时，在佛罗里达，格林伯格正在"易遇奇缘二号"（Serendipity II）上，乘风破浪于云帆沧海之间。"易遇奇缘二号"是美国国际集团一家关系公司的一艘游艇，格林伯格是该公司的领导。后来他又乘坐美国国际集团的私人飞机，翱翔于蓝天白云之端。毕生精力都奉献给美国国际集团的事业，现在竟然因为始自四年前的一单个别交易而被弃之不顾，情何以堪，人何以堪！格林伯格对此怒不可遏。他警告说，罢免他会毁掉美国国际集团。"赫赫有名的一家保险公司竟然要落到一群甚至连'保险'二字都拼不出来的律师手里。"格林伯格说得声色俱厉。

"我对他深表同情。"扎布记得，"他十分难过。"当天，董事们告诉格林伯格要么作为总裁主动辞职，要么面临被公司解雇的局面。最终他们达成妥协，允许格林伯格作为董事会非执行主席继续留任。与马什·麦克里安公司董事们不同的是，大多数美国国际集团董事对斯皮策没有不满之情，而马什公司的董事则感到自己是受到胁迫才赶杰夫·格林伯格下台的。"当时会议室里没有人抱怨斯皮策。"扎布记得。比提给斯皮策打了一个电话，告诉他事态的发展。"董事会的行动是正确的。"斯皮策肯定地说，然后同意将格林伯格的宣誓做证推迟到4月。

3月14日，星期一，美国国际集团宣布由现年50岁的马丁·沙利文（Martin Sullivan）接替格林伯格的职位。沙利文是公司的一位高管。宣布沙利文的任命之前，在审批程序的最后时刻，比提注意到沙利文始终如一地将前总裁称为"格林伯格先生"而不是"汉克"。当律师问及沙利文为什么这么

第十章 失足成恨 回首百年

称呼时,他回答说:"我从17岁起就在美国国际集团干,多年来,我一直称他格林伯格先生,他也从来没有告诉我别这样称呼他。"与此同时,格林伯格还是一如既往地继续他计划好的旅行项目,即参观几处偏远的美国国际集团亚洲分部。在接下来的两周时间里,鲍尔斯法律事务所的里·沃洛斯基开始商谈格林伯格作为董事会非执行主席的新角色及其特别待遇的细节问题,整个谈判过程貌似融洽、友好,实则剑拔弩张。现在,格林伯格仍然是斯塔尔国际公司(Starr International Company)和C.V.斯塔尔公司(C.V. Starr & Company)两家非上市公司的总裁,两家公司都持有美国国际集团的大量股票,在某种程度上,补偿集团高层管理者的就是这两家公司。媒体报道就此极尽渲染之能事。

在3月底复活节周末,情况突然有变。3月26日,星期六。一大清早,玛丽亚·菲力帕克斯接到宝维斯律师事务所的一位律师惊慌失措地打来的电话。"她非常慌乱。美国国际集团在百慕大的全部重大问题都是她着手处理的,而现在这些文件盒都被搬走了,至于为什么要搬走,搬到哪里去,她一概不知。"菲力帕克斯记得。刚结束的共同基金调查中至少就有两人打算销毁证据。菲力帕克斯当机立断,立即采取行动。"我发了一封紧急黑莓邮件:请马上与我通话。"她记得。冲突一周之前就已经开始。当时,宝维斯律师事务所的律师开始保护美国国际集团在世界各地的文件,准备将它们移交给斯皮策和证交会。3月24日,星期四,美国国际集团在都柏林(Dublin)的员工就查封了一台斯塔尔国际公司员工的电脑。当时斯塔尔国际公司员工的办公空间已经开放,但员工仍向汉克·格林伯格汇报。还是当天,稍晚些时候,也代表斯塔尔国际公司的鲍尔斯事务所律师发现,代表美国国际集团的宝维斯律师们正在转移文件,这些文件都明确地贴着"非AIG"的标签。事实上,这些文件是美国国际集团和斯塔尔国际公司所共有的办公文件。星期五,鲍尔斯事务所对此进行了针锋相对的回应。在百慕大,耶稣受难节(Good Friday)是法定假日,来自宝维斯律师事务所的美国国际集团律师都回家过长周末了。但是,鲍尔斯律师团却悄悄地潜进办公楼,搬出82盒文件,还准备继续往外搬。鲍尔斯律师团坚持说这些记录都属于斯塔尔国际公司和其他"非 AIG"实体。然而，美国国际集团雇员对此却无把握。如此汇报一下子激怒了监管人员，他们对此忧心忡忡，心急如焚。考虑到他们有可能正在世界范围内进行文件大销毁，菲力帕克斯和高尔飞奔到办公室，迅速敲出一张传票，要求归还文件。同时，他们也顺便给证交会提了个醒，证交会也开始起草自己的法院传谕。

当时斯皮策正在韦尔，听到此事，大发雷霆。他给比提和宝维斯事务所的律师留言，称此举为"文件犯罪行为"。"伙计们，我们的行为方式是非常理性的、正确的，但是，如果我们看到在法庭传讯时，文件突然不知去向……对于公司来说，那后果就严重多了。"斯皮策说，言语中颇有些威胁的意味。斯皮策说，如果格林伯格的律师在他仍担任公司主席期间销毁证据，那么美国国际集团"就会面临严重的刑事犯罪"。（格林伯格的发言人霍华德·欧平斯基说："回想起来，很明显是检察总长操之过急了，因为当时还没有送发有关这些文件的传票。"）

到斯皮策和比提取得联系时，已经是晚上10点。星期六，在东海岸，斯皮策情绪非常激动，董事会的律师几乎一句话都插不进去。"我打算起诉美国国际集团。没有汉克的批准，公司什么事情都不会发生。"斯皮策说。比提试图缓和紧张局面。"让我和戴维·鲍尔斯谈谈吧，"他安慰斯皮策说，"事情总会解决的。"比提立刻给鲍尔斯打了电话。鲍尔斯解释说他的事务所已经保护好了文件，也通知了美国国际集团的律师们要保护文件。"在关于斯塔尔公司的百慕大文件问题上，认为我们的行动存在着失当之处，这些说法都是毫无根据的，"鲍尔斯后来说，"这些文件属于格林伯格和斯塔尔公司的实体机构；这些文件在美国国际集团公司的一幢大楼里，没经我们的允许，他们进去搬走了文件，他们利用了这一口实；现在，我们将文件搬到一个安全的地方，由警卫严加看管；文件搬运之前，都是装箱密封的。只有在法庭传令得到特别允许之后才能打开密封签。"比提和鲍尔斯一起给斯皮策打电话解释了情况。检察总长马上松了一口气，平静下来。必须得达成一项保护文件的正式协议，而且决定由谁接触这些文件,也需要个正式的程序,斯皮策如此坚持自己的观点。但是不管怎么样,也只好等到第二天早晨再说了。

第二天是复活节。去教堂前,比提给马丁·沙利文和弗兰克·扎布打了个电话。"早上好,复活节快乐!"比提律师说,"我们有个问题。可能你们不想听。"沙利文先发制人,火速行动起来。他派遣了一群美国国际集团高管飞往百慕大,封锁了那里的设施,解雇了那些帮助斯塔尔国际公司律师进入大楼的职员。为确保安全,公司高管也在美国国际集团的曼哈顿市区总部包围了汉克·格林伯格的私人办公室,锁门闭户,不准其秘书和其他助手进入。美国国际集团董事会计划在星期一碰面,处理格林伯格的问题。甚至在百慕大的混乱局面产生之前,鲍尔斯和比提就一直在讨论格林伯格的处境问题,因为他的地位越来越难以维持。星期一,下午5点28分,就在董事们刚刚落座前,鲍尔斯传达了远在亚洲的格林伯格的旨意,说作为主席,他"有退休的打算",并称一旦任期届满,将彻底退出董事会。

斯皮策立刻改变了态度,发表了一项声明,表扬公司董事会行动迅速。"在调查任务完成之前,我们还有一段漫漫长路。美国国际集团董事会的明智之举将会有助于调查,使问题沿着良好的解决方向前进。"斯皮策充分肯定了董事会的表现。在4月初,风暴已经平息——显然,没有任何重要的纸质文件遭到损毁,各方均一致同意证交会起草的保证大家都能适当接触文件的法庭传令。但是美国国际集团对其前总裁依然采取强硬态度,不允许搬家公司将格林伯格的私人艺术品和文件搬走,其中包括宠物狗雪球的病历卡以及30年前他50岁生日时的文档汇编。"在保险业历史上,他是建立了最大保险公司的人。而他们,那些董事们,竟然像对待普通罪犯那样来对待他……这真是个可怕的悲剧。"面对此情此景,爱德华·马修(Edward E. Matthews)禁不住喟然长叹。马修曾是美国国际集团副主席,现已退休,他称自己"被看作格林伯格的忠臣,深感自豪"。

斯皮策办公室继续对案件展开调查,进展虽然缓慢,但已经立案指控格林伯格和其他保险公司高层主管。4月12日,随着早已定好但一拖再拖的格林伯格宣誓做证日期的到来，斯皮策借助公众压力，利用电视广播，公开谴责美国国际集团的所作所为。4月10日，在美国广播公司（American Broadcasting Company）乔治·斯特凡诺普洛斯（George Stephanopoulos）主持的一个访谈节目中，斯皮策称，美国国际集团再保险"交易从根本上是有缺陷的……这些证据千真万确，绝不是捕风捉影。美国国际集团的交易目的就是欺骗市场。我们将这种行为称为欺诈。这种交易具有欺骗性，是错误的、不合法的……那样的公司就是一个暗箱，它由总裁的铁腕一手操纵，总裁是不肯将真相透露给公众的"。斯皮策在电视上的公开露面不仅激起了商业界人士的义愤，而且很多现任和前任检察官都认为他超越了职业道德底线。因为在准备好起诉之前，按照职业道德，是不允许检察官进行公开指责的。"在提起诉讼之前，调查工作尚在进行时，被告甚至还不知道本人因何事受到指控之前，纽约州检察总长就在电视上指控一位美国最优秀的总裁和最慷慨的慈善家欺诈，有些事情可能会被歪曲。"高盛集团前主席约翰·怀特海德在给《华尔街日报》的一封信中写道，"斯皮策先生太过分了。"斯皮策亲自打电话给怀特海德诉苦喊冤。接下来发生的事情，尚处于争论中。后来，怀特海德在《华尔街日报》上写道，斯皮策对他严厉责骂，说："怀特海德先生，现在是你我之间的论战，你占领先机打头炮，我要还击，你要为此付出代价。"斯皮策则说他确实给怀特海德打过电话，问他口出此言根据何在，但是否认曾经威胁过他。（2005年12月，怀特海德的说法公开时，斯皮策的发言人达伦·多普称这一记述"不准确，是经过一番修饰的，是错误的。"）

斯皮策的助手亦为上司发表的关于格林伯格的言论极力辩护，称其只不过是以一种更强硬的措辞来陈述公司已经承认的事实而已。美国国际集团在3月30日的新闻简报中称，通用再保险公司交易的文件记录是"不适当的"，其他一系列交易"似乎设计的唯一目的或者最初目的就是完成所期望的核算结果"，所以核算结果应当重申。"我有什么说什么，事实会证明一切的。"斯皮策说，同时指出，至于这种欺诈是民事违法行为还是刑事犯罪，他从未说过。但是人们的同情心开始转到格林伯格一方。前总裁的高价律师团称，

第十章 失足成恨 回首百年

其当事人被迫成为一个大群体行为的替罪羊，应当允许格林伯格协助美国国际集团清理账目。《CEO》杂志要求斯皮策辞职，《华尔街日报》编委会也写道："为什么不猛追穷寇，一纸诉状将他告上法庭呢？既然能在全国电视节目中谴责格林伯格先生'欺诈'，如果他罪行滔天，十恶不赦，确有其证，那么斯皮策先生还在等什么呢？"

4月12日，星期二，格林伯格为宣誓做证一事来到检察院时，表现得温顺谦恭多了。虽然斯皮策拒绝再更改或者推迟宣誓做证的时间，但是，其保安部还是安排这位美国国际集团前总裁从一个并不引人注意的地下入口出入，以避开媒体视线。对于重要约谈，斯皮策已经习以为常，所以他先过去问候格林伯格，彼此寒暄了一番。但是检察总长没待多长时间。在戴维·布朗开始读清单上已经准备好的问题之前，他就离开了。"如果他回答问题的话，我就会在那里列席，"斯皮策说，"但是，我不想让格林伯格认为他寻求美国宪法第五修正案的庇护，而我在那里幸灾乐祸。他身材瘦削但十分结实，极度活跃。不过，今天他看上去一副颇受压抑的样子。"格林伯格对自己的身份、年龄、教育背景等问题一一作答，当话题开始涉及美国国际集团时，他拒绝回答。待在他身边的莫尔维洛在刑事调查方面仍然代表他，左右周旋着维护他。格林伯格读了一项如何求助宪法第五修正案的长篇大论。因为没有给他适当的时间来准备或者授权他利用有关文件，所以对布朗和证交会询问的其他任何问题，他都重复"回答相同"。这与头一天沃伦·巴菲特的宣誓做证形成了鲜明对照。斯皮策助手煞费苦心地告诉媒体，巴菲特不是目标，证交会也提供了类似指导。巴菲特就像一位慈祥的老祖父，平和自然，不装腔作势，他回答了所有问题，而且一副热心肠。在约谈结束前，一消息来源甚至告诉《华尔街日报》的一个网上在线单位，称巴菲特"魅力十足"。许多联邦监管人员与检察官责备斯皮策团队泄露消息，可是，米歇尔·赫什曼极力为检方团队辩护，向《华盛顿邮报》义正词严地宣称，如此谴责"是不准确的、荒唐的"。另外，还有充分证据证明其他人利用斯皮策泄漏消息的名声做掩护，给媒体提供各种各样的消息。(例如，很多关于格林

华尔街"警长"——埃利奥特·斯皮策

伯格辞职的具体细节出现在《华尔街日报》上,而这些消息只有美国国际集团董事会成员和内部人士才知道,检方办公室对此则一无所知。)

尽管如此,围绕着与巴菲特的约谈被泄密的口水大战只是一个信号,它表明监管机构之间的关系出现了问题。虽然斯皮策的投资保护局和证交会在分析师和共同基金调查之后,已经习惯了携手合作,但是美国国际集团—通用再保险公司诉讼案则牵扯到斯皮策的刑事检察官和来自华盛顿的美国司法部(Justice Department)的联邦检察官。问题就出在这里,因为与民事监管人员不同,检察官要考虑对当事人进行宪法保护,所以通常不能采取联合行动,以免一罪两罚,也就是避免因为同一罪行接受两次审判。① 两套检察官班子迅速展开一场大比拼,看谁能先提起诉讼。竞争也同样加深了证交会和斯皮策投资保护局之间的裂痕。当时已经计划好联合约谈美国国际集团的一位关键证人,斯皮策的刑事侦查员提前了约谈,但没有告知证交会和美国司法部新的约谈时间。对证交会和联邦检察官来说,这似乎是故伎重演,又在重复"首次公开募股大撒网"诉讼案调查时的做法,斯皮策又冲在前边——可能还会阻碍案件调查的进展,匆忙之中或许会将联邦刑事调查立成民事案件。现在,斯皮策团队面临的压力就是赶在美国国际集团公布全部调查结果之前,在公众面前将案子拿下。"我们认为我们会发布重要消息。首先我们想发布事实消息。"布朗说。

斯皮策的刑事律师帮助加速该案进程的方法是:与美国国际集团一位叫约瑟夫·乌曼斯基(Joseph Umansky)的高管最后达成决定性协议。他们让乌曼斯基在大陪审团面前做证。根据纽约州的规定,这意味着不论乌曼斯基说什么,他都享有不受指控的豁免权。然后,他们援引乌曼斯基在民事诉状中的证词,指控美国国际集团和汉克·格林伯格。这样,联邦检察官要想对乌曼斯基提起刑事指控可就困难多了。如此安排使证交会和美国司法部的律师们感到如鲠在喉,堵得透不过气来,因为如此一来他们必须得有更为详细

---

① 美国宪法第五条修正案指出,任何人不得因同一罪行而两次遭受生命或身体的危害,也就是说不能因同一犯罪而受到两次审判,这就是人们常说的"双重危境条款"。——译者注

的程序来决定如何豁免证人，何时豁免。联邦执行人认为，斯皮策故意阻挠他们的刑事调查，其目的仅仅是为了用民事诉讼来先发制人。在他们看来，这降低了乌曼斯基作为一个控方证人的价值，因为他必须告诉陪审团他没有因为在美国国际集团所做的工作而受到惩罚。另外，现在他们约谈的每一个人都想得到乌曼斯基所得到的那种证言使用豁免（testimonial immunity）[①]权。斯皮策对他们的顾虑置之不理。"我们需要查到事实真相，我们需要迅速掌握真相，以驳斥那些人的攻击性辩护。我们愿意达成协议。"他说，至于联邦调查人员，"我还未见过他们什么时候曾哐啷一声，冲到门口，向法院提起过诉讼呢。"

乌曼斯基手中掌握着检方团队所认为的重要消息。他讲述了在20世纪90年代，美国国际集团因承保汽车保修而惨遭损失，然后如何假扮成投资损失，隐瞒承保损失。对此，美国国际集团投资者认为这一事件没有那么严重。这项交易就是在一家叫作CAPCO再保险公司（CAPCO Reinsurance Company）的空壳公司（Shell Company）[②]投资，并在该公司转移损失。但是，为让计划实施下去，美国国际集团不得不弄得让CAPCO再保险公司看起来像是一家独立公司，不受美国国际集团的控制——否则，它的承保损失就得加在美国国际集团的损失里。于是乌曼斯基张罗着凑够了一些国外被动投资者，因为他们名义上控制着CAPCO再保险公司，可是事实上，一切随美国国际集团之便。到斯皮策调查时，美国国际集团已经告知公众CAPCO再保险公司是"不合适的"。乌曼斯基所补充的是他个人的证词，证词称格林伯

[①] 亦作use immunity，是指由污点证人所提供的证言，不得在今后的诉讼中，用于对污点证人进行不利指控。——译者注

[②] 指有股票挂牌但不能交易的公司，也指暂停经营的非上市公司。也叫现成公司（readymade company），最早是根据英国公司法确立的一种公司法律形式。是发起人根据中国香港或英国的法律成立的有限公司，但是不任命第一任董事，也没有投资者认购股份，不会发生经营及债权债务。需要公司时，投资者只需要将董事和股东交给公司秘书，由他制作相关文件。一般在数小时内便可完成。空壳公司的运用在大部分国家或地区，例如香港、新加坡、英国、美国和开曼群岛等地，都极为普遍，而在绝大部分的情况下都不会有风险。通常，现成公司在出售前是不会委任任何的董事，因此公司也就没有权利开展业务，因此不会有潜在的风险。——译者注

华尔街"警长"——埃利奥特·斯皮策

格和美国国际集团首席财务官霍华德·史密斯（Howard I. Smith）知道此事，并且赞成这一策略。

然而，乌曼斯基绝非唯一的消息来源。美国国际集团一位前法律总顾问迈克尔·乔伊（Michael Joye）也与斯皮策办公室取得了联系。他爆料说，在20世纪90年代初期，美国国际集团预订了工人工伤赔偿保险费，利用这种手段骗取纽约州政府数百万美元。他曾经试图阻止公司的不当行为，不过，胳膊拧不过大腿，最后只好不了了之。根据乔伊的同期记录，斯皮策一一调查了这些证词，并被反复告知格林伯格知道该策划的全部真相。他约谈的一位美国国际集团员工描述了和该事件有关的一次会议。会上，据说格林伯格曾经问道："这样做合法吗？"与会人员告诉他："如果事事讲究合法，我们就没法做生意了。""格林伯格听后哈哈大笑。事情就这么定了。"记录上写道。后来乔伊于1992年1月份将他的发现向格林伯格本人做了汇报，并写了备忘录。"美国国际集团每年非法谋取数百万元。"乔伊写道。这些"故意违反"会"使美国国际集团接到成千上万美元的罚款并受到惩罚"。乔伊建议公司立即改变经营策略，辞退有关人员。未承想，格林伯格却聘请了两家外部律师事务所来检查这一问题。这份工作刚刚干了八个月，乔伊便提出辞职以示抗议。斯皮策的调查人员发现，公司转换至合法会计又用了几年时间。〔格林伯格的支持者纷纷表示，格林伯格确实采取了改正措施。备忘录显示，美国国际集团的高管汤姆·蒂兹欧（Tom Tizzio）在乔伊的汇报过去刚刚两个月之后，便将备忘录交到了格林伯格手里。备忘录通知公司员工改变规程。〕

就连仍在美国国际集团供职的员工也与他们帝王般的前主子翻了脸。凡是一切存疑的问题，新总裁马丁·沙利文和董事会统统都想知道。消息传开，突然冒出很多管理人员，讲述了各种各样的情况，其中就有美国国际集团的股票交易员。他们记得，在2月份的电话中，格林伯格坚持让他们在当天股市休市时购买美国国际集团的股票。对此，他们心存憎恨，但也无可奈何，因为这时候买进股票可能受到证券监管人员的怀疑。多亏有他们，斯皮策，还有联邦检察官们，才将录制了种种指令的录音磁带搞到手。

第十章 失足成恨 回首百年

5月下旬，高尔和菲力帕克斯废寝忘食地起草文件，整理有关卷宗，准备上诉材料；柏林帮助将刑事庭撰写的材料分门别类地装好。他们累得筋疲力尽，衣冠不整，头发蓬乱也无暇顾及。由于已经连续熬了三个通宵，都快坚持不住了。5月25日，星期三，午夜时分，他们各自正埋头工作，突然听到楼上响起了脚步声。有人进了23楼。哦，原来是顶头上司。他是来重整旗鼓，振奋士气的。斯皮策穿着牛仔服，一手提着一个塑料食品袋，带着女儿过生日时吃剩下的半个奶油蛋糕，还有来市中心时在路上买的一堆德芙巧克力。定期补充糖分是他管理理念的一部分。有些工作人员能判断星期五是否在25楼开会。因为他们知道，如果开会的话，检察总长办公室里就会有油炸圈饼。这一判断屡试不爽。和员工长时间泡在一起是斯皮策的另一个特点，尤其是当大案告破之前，员工们要挺过最后难关时。调查组经常在会议室挑灯夜战，同一层楼上唯一亮着另外一盏灯的地方就是斯皮策的办公室。"夜晚在办公室是工作的一部分，尽管有时只是忙其他事情。"他解释道。他把工作人员催促得很紧，但是他们自己干起来甚至更玩命，因为他们知道，如果斯皮策不是如此要求自己并身体力行的话，绝不会要求他们这么干。"为埃利奥特工作最酷的一件事情就是，大家都拧成一股绳，全力以赴。大家通宵达旦，废寝忘食是常有的事儿。"布朗说。

2005年5月26日，斯皮策提交了一份37页的民事诉讼书，指控美国国际集团、格林伯格、前首席财务官史密斯。诉讼书中有大量细节描述，有力地支持了斯皮策之前在电视上对格林伯格的指控。但是，与之前很多著名公司欺诈案不同，斯皮策的指控没有也不能声称该公司是完全欺诈。斯皮策的指控称，美国国际集团高管人员为确保提供平稳收益，在保险而不是在投资方面赢利，达到对股票分析师来说重要的目标，而实施了欺诈。事实上，一周之后，美国国际集团终于提交了修改过的年度财务报表。重编的报表减少了22.6亿美元的股东权益，这个数字看来庞大，但实际上只占公司资产净值的2.7%。

格林伯格及其律师马上写信给证交会，称美国国际集团全体管理人员及其普华永道会计事务所（PricewaterhouseCoopers）的审计师已经批准了原始账目。在一份长达48页的法律回函即所谓的"白皮书"（也发布给媒体）中，格林伯格的律师及支持者们称斯皮策的整个调查是对格林伯格的人身攻击。因为格林伯格将毕生精力都贡献给美国国际集团，将公司打造成全国名列前茅、业绩优良的蓝筹公司之一，这样的攻击是不公正的。律师们指出，"重编报表中的很多项目看起来夸大其词，或者不必要"，"部分是应当前的监管环境之要求所做的解释"，还称这是为证明作为总裁的格林伯格离职是正当的而煞费苦心做出努力的结果。白皮书还为格林伯格沉迷于美国国际集团的股价辩解，称"格林伯格先生特别关注短期业绩，因为从一定程度上来说，短期业绩促进了长期目标，例如，防止其他股民因不能公正地反映美国国际集团长期的、潜在的价值的短期股价而遭受损失"。格林伯格的辩护律师还进一步指出，在美国国际集团，格林伯格以构想复杂甚至有远见的商业交易而闻名。但是，具体执行工作留待他人去完成，与通用再保险公司的交易问题，包括看似明显伪造的文件，也一定要从这个角度来看待。格林伯格是"抓大局，从来就不关注工作细节的人"，美国国际集团前高级副主席爱德华·马修记得。与董事会摊牌之后，马修进入格林伯格的C.V.斯塔尔公司。"他不关注采购协议。他会说同意或者不同意。但是协议协商事宜都是由我经手的。"

正当格林伯格的律师们忙于为其财务造假辩护时，斯皮策的工作人员转向一系列新的指控，虽然根本原因由来已久。他们终于找到了复活节周末时戴维·鲍尔斯律师团从美国国际集团百慕大办公室搬走的几十个文件盒，并感到有责任通过这些文件盒来展开调查。6月，一位暑期法律实习生发现了一份几十年的文件，这给办公室提供了一条新线索。文件是1969年11月5日C.V.斯塔尔公司的董事会会议记录。C.V.斯塔尔公司是由康那利斯·范德·斯塔尔（Cornelius Vander Starr）创立的私人公司。斯塔尔是格林伯格的前导师和上司，1968年刚去世。做会议记录时，格林伯格还是C.V.斯塔尔公司的总裁。会议记录表明，公司计划将C.V.斯塔尔公司旗下的多个小保险公司卖给

第十章 失足成恨 回首百年

美国国际集团，以交换美国国际集团的股票。会议记录上还说，早在两周之前，即10月24日，摩根士丹利发布了一个初步报告，估计C.V.斯塔尔公司拥有的公司收益大约是公司价值的20~22倍，远远高于账面价值。在会议记录上，格林伯格称，结果将使C.V.斯塔尔公司的"资本净值显著增加"，令其发一笔潜在的"横财"。

看罢文件，布鲁斯·布朗（Bruce Brown）有醍醐灌顶之感。布鲁斯·布朗是投资保护局的新成员。在同一时段难道就没有另外的文件也称C.V.斯塔尔公司股票的"公允价值"是账面价值吗？事实上，文件是有的。格林伯格和大多数C.V.斯塔尔公司董事会成员也在C.V.斯塔尔房地产公司中担任高管，他们负责处理资产事务，包括C.V.斯塔尔公司可观的股份。1969年10月31日，这些高管们讨论了一个协议，将C.V.斯塔尔公司的股票以账面价值回售给公司，尽管据称已经有人在一周前告诉他们，摩根士丹利认为其基础资产的价值要高得多。对检方律师来说，这种不一致的价格表明，斯塔尔房地产在C.V.斯塔尔公司股票方面收到的款额低于公司不久前在相同资产上从美国国际集团所收到的款额。让人不安的潜在因素是，C.V.斯塔尔公司是由格林伯格及其合伙人一手控制并掌管的。从理论上讲，如果C.V.斯塔尔公司以账面价值购买斯塔尔房地产公司的股份就会发一笔"横财"，然后以20~22倍的账面价值将公司资产出售而继续受益。除非对如此明显的价格差异能做出令人信服的解释，否则就证明这些高管严重违反了其对斯塔尔房地产公司的受托责任。（格林伯格的律师后来纷纷表示，斯皮策的调查人员曲解了文件，把无法相比的两个事物做了比较，就好像把苹果和橘子做比较一样。从格林伯格的观点来看，摩根士丹利的估值与房地产股票的销售毫不相干，因为投资银行给财产定价是出于完全不同的目的。C.V.斯塔尔公司董事会已经采纳了一些规则，这些规则规定股东（包括格林伯格和房地产公司）只能按账面价值以现金支出。格林伯格的代理律师戴维·鲍尔斯也摇旗呐喊，喋喋不休地为其当事人既是房地产商又是主要受益人的斯塔尔基金总管的身份辩护，称"在格林伯格先生的管理之下，斯塔尔基金从1,500万美元增长到34

亿美元。随着时间的推移，他给慈善事业的捐款已经超过20亿美元……那些认为格林伯格先生以某种方式欺骗斯塔尔基金的说法是毫无根据的"。）

但是争论接踵而至。因为现在斯皮策的律师们只知道有更多的工作要做。上述交易确实是太久远了。交易早在35年前就已经结束了。"这太有意思了。"戴维·布朗告诉他的团队，"但是，谁能肯定不会再冒出些别的什么来呢？"

第十一章　尺有所短　斯氏局限

　　2005年6月16日，斯皮策卷进了另一场官司中。这场官司闹得沸沸扬扬，一直打到了法院。然而，与往常不同的是，这一次，堂堂纽约州检察总长充当的是被告。被称为结算协会（Clearing House Association）的全国八家银行结成联盟，要求一位联邦法官阻止斯皮策调查他们的借贷业务，理由是调查有可能违反公民权利。几个小时之后，联邦银行监管机构——美国货币监理署接着就提起了自己的诉讼。1864年的联邦法律产生了两套银行业务系统。两套系统都称，斯皮策无权从银行方面调取借贷数据，因为银行行动计划是由联邦政府而不是纽约州制订的。虽然各大银行都承认纽约的公民权利适用于它们，但是却声称斯皮策不能执行相关法律，因为货币监理署独家拥有对国家特许金融巨头如花旗集团和美国富国银行等的"查视权"（visitorial powers)①。也就是说，只有货币监理署才能审查他们的账簿和业务来往记录，纽约州无权过问。"被告的行为实际上等于违反联邦法律，妨碍货币监理署对全国银行业务系统的监管权，"货币监理署在起诉书中写道，"货币监理署会因此受到无法挽回的伤害。"

对斯皮策来说，诉讼的发展进程着实让人吃惊。虽然2002年、2003年投资银行和共同基金曾经控告检方办公室逾越其作为州执法部门的权限，但是之前并没有任何金融公司在法庭上质疑过斯皮策的管辖权限。斯皮策及其消费者权益保护局（Consumer Fraud Bureau）称，他们并未打算挑起与联邦银行监管机构的诸种事端，他们只是追查政府收集到的有关统计数据而已。因为数据显示，在纽约州开展业务的一些银行疑似对少数族裔借贷人征收高额利息。他们还没有单独挑出全国性银行或者力图对付货币监理署，检方消费者权益保护局局长托马斯·康维（Thomas Conway）如是说。事实上，他们给很多州和全国性银行都已经发送了信函——而不是传票——询问信息，因为他们想保持低调，进行合作。康维发现，货币监理署的敌意让人感到困惑。"这不像是我们要接管他们的工作。"他说，"如果他们想加强对消费者的保护或者加强公民权利法，那是一件非常好的事情，可喜可贺。我们欢迎更多的管理者配合我们的工作。但是，他们试图阻止我们开展工作。"后来，在10月份，斯皮策遭到更沉重的打击，因为他在法庭上一败涂地。"检察总长不能因为强制执行公平借贷法，借此反对全国性银行。"美国地方法院法官西德尼·斯坦（Sidney H. Stein）在一份洋洋洒洒长达40页的法庭陈述中写道。至于击败纽约州检察总长"是否是更好的公共利益准则"，斯坦明确表示拒绝评论，但是他称法律上已经规定得一清二楚："检察总长不能强迫其他机构服从一个州对于其可能的违法行为的调查。"

---

① 根据美国1864年《国家银行法》（National Bank Law）和2005年之后布什政府通过的法规，美国联邦政府有权随时查视银行记录。该查视权归联邦政府所有，州政府不可搅局。根据美国的宪法原则，美国宪法或联邦政府明确规定属于联邦政府的权力，州政府不得染指。最后，美国最高法院大法官安东尼·斯卡利亚（Antonin Scalia）帮了纽约州的忙。斯卡利亚大法官认为，纽约州检察总长并非是在行使查视权，而是在行使其执法权力，并没有染指联邦政府的"查视权"。——译者注

第十一章 尺有所短 斯氏局限

货币监理署占上风也不是一个孤立事件。2005年9月,斯皮策曾就纽约的一家共同基金公司塞里格曼公司(J.&W. Seligman)与择时交易者所达成的协议展开过调查。塞里格曼公司在其所有人和律师因斯皮策所开出的结束这一调查的条件而犹豫不决之后,就曾尝试过使用同样的策略。由于公司在共同基金业务方面存在着问题,整个夏天,斯皮策的投资保护局一直要求处理塞里格曼公司的问题,要求罚款,同时还要求公司降低管理费,对此塞里格曼公司不情愿地同意了。但当斯皮策的副检察总长维勒·约翰逊(R. Verle Johnson)和戴维·布朗坚持检察总长办公室通常所要求的一揽子改革措施,即包括聘用一位向基金董事会成员而不是向公司管理层进行情况汇报的"基金管理负责人"并监管年度费用设定时,塞里格曼公司管理层又变得优柔寡断起来。塞里格曼公司首席律师丹尼尔·波洛克(Daniel A. Pollack)称自己曾经告诉过布朗:"国会说过他们想要谁来处理有关管理费的问题,他们想要的是独立董事、投资者和作为后援的证交会。在这一领域,你们没有权限。"布朗已经从塞里格曼公司得到一些他所关心的管理费方面的信息。他认为斯皮策不该只在口头上敲山震虎,而是应该就费用问题提起诉讼,对簿公堂。决心已定,布朗便给塞里格曼公司及其董事们发出附加传票,要求提供有关管理费的信息。"该董事会年复一年地批准各种名目的高于市场数额的费用,我们不知道为什么,但是我们至少有权去调查一下。"布朗解释说,"虽然只是对管理费问题提起诉讼,但其重要性并不亚于解决问题本身。"

就检察院送发的管理费传票问题,波洛克建议塞里格曼公司向联邦法院而不是向纽约州法院提起诉讼,指控纽约州检察总长逾越权限。"在某些问题上,我们得与这个人正面交锋。现在,在联邦法院提起诉讼,比在某个想得到晋升的纽约州法院法官面前提起诉讼,效果要好得多。"波洛克告诉其当事人,"我们所冒的风险就是我们提起的诉讼有可能被突然终止,得到一个付款判决。这个险最好还是冒一冒,不能一直被这个家伙无限制地牵制住。"波洛克接的这桩案子得到了基金业的无声欢呼:在业界律师会议上,人们为塞里格曼公司的法律总顾问长时间起立鼓掌,欢声雷动;保守派报纸也大喜过望，极力颂扬。"这看起来就像一家投资咨询公司试图去做一件和斯皮策有关的事情，而到目前为止其他公司又无能为力，那就是，阻止纽约州检察总长试图巡察本已由联邦政府监管的领域。"《纽约太阳报》(*The New York Sun*)也为此摇旗呐喊，并且还预言"这场官司就是斯皮策的滑铁卢，他会从此节节败退"。

2005年夏天，其他金融案件的进展也不顺利。6月，曼哈顿陪审团一致否决了斯皮策对美国银行经纪人泰德·斯普尔的刑事指控，因为他们发现斯普尔不仅没有违反29宗罪状，而且在为艾德·斯特恩与金丝雀对冲基金进行盘后交易的4宗其他罪状上也陷入僵局。斯普尔是因与共同基金丑闻有瓜葛而面临刑事指控的第一人。从七年前斯皮策当选纽约州检察总长至今，这也是检察总长办公室高调提起的第一起白领犯罪诉讼案。斯皮策的反对者趋之若鹜，立即对他发动猛烈攻击。"埃利奥特·斯皮策终于发现了自己所不喜欢的头条新闻。"裁决宣布之后不久，纽约州共和党主席斯蒂芬·米纳瑞克(Stephen Minarik)在一份声明中得意扬扬地发表了如此言论，"纽约人的陪审团让斯皮策作为一个政客的狼子野心昭然若揭。其勃勃野心就像一架势不可挡的蒸汽压路机，碾碎了纽约州无数勤勤恳恳、辛辛苦苦的男男女女……看来就是所谓的华尔街警长在虚张声势地放空炮。"

与此同时，斯皮策指控纽约股票交易所前主席理查德·格拉索薪酬过高一案也一拖再拖，没有结案，白白耗费着办公室好几位高级律师的时间和精力。当双方开始让纽约证券交易所前董事会成员——其中很多是世界《财富》500强公司总裁——宣誓做证时，许多评论家认为，整场纷争看起来就是在浪费时间。"在纽约州，未破犯罪案件多了去了。现在，斯皮策下手搞的竟然是美国一些最富有的人决定给他们的总裁支付过多报酬的问题。真让人感到匪夷所思。"斯皮策的那位老诤友哈维·皮特说。皮特现在是华盛顿的顾问。就连《纽约时报》金融专栏作家约瑟夫·努赛拉(Joseph Nocera)也公开恳求斯皮策检察总长"高抬贵手放过格拉索诉讼案，因为你还有更重要的事情要做"。当《新闻周刊》报道斯皮策已经与通用电气公司前CEO杰克·韦

第十一章 尺有所短 斯氏局限

尔奇（Jack Welch）接触时，人们把斯皮策当作一个愣头青，说这样的形象对斯皮策毫无益处。韦尔奇是纽约证券交易所董事会前成员肯尼思·朗格尼的朋友。报道还称，斯皮策在美国民主党全国代表大会（Democratic National Convention）上威胁说要"用鞋钉钉透朗格尼的心脏"。（斯皮策说没记得自己说过这番话。）检方办公室职员开玩笑说，案件一旦开始审理，他们便该奔赴新的工作岗位。

一旦双方开始宣誓做证，在很大程度上，格拉索就会淡出公众视线，但是朗格尼似乎心意已决，想继续保持这种狂热劲儿。这位白手起家的百万富翁放出话来，公开声称在2006年纽约州州长竞选中，谁与斯皮策争锋，他就给谁提供竞选资金。他和妻子出资捐助拿骚县县长托马斯·苏茨。苏茨正在考虑进入民主党初选。"在这个问题上，我花个百八十万的不在话下。"朗格尼说，"这就相当于广岛（Hiroshima）和长崎（Nagasaki）了，谁让他偷袭珍珠港（Pearl Harbor）的啊。现在轮到我出手了。我的钱挣得光明磊落，来路正。我的钱我做主，去买轰炸机，多多益善。"

9月30日，朗格尼在《华尔街日报》上发表了一篇评论文章。文章称，格拉索诉讼案中的宣誓做证对他极其有利："迄今为止，六位在薪酬委员会和全体董事会任职并宣誓做证的董事都说没有受过任何方式的欺骗。他们都证实，作为纽约证券交易所薪酬委员会领导人，就所提议的格拉索先生的薪酬问题，我给他们以及整个董事会提供的是完整、正确的信息——他们赞成薪酬问题。"朗格尼还一再坚称，斯皮策质疑他诚实正直的品格，会为此付出代价。"对这个人我只有鄙视。他对纽约州造成了令人难以置信的伤害。到现在，还一个大子儿都没回到投资者的腰包，我们却丧失了不该丧失的数千个工作岗位。"朗格尼一提起此事，气就不打一处来。斯皮策据理力争，反驳说："我们认为，通过宣誓做证，我们获得了确凿的证据。"

对检察总长办公室的不满情绪扩大至金融界。索尼博德曼唱片公司（Sony BMG）和华纳音乐集团（Warner Music）被指控贿赂无线电台及其员工，播放各自公司的唱片。为此，检察院在无线电行业展开了长达一年之久的"贿赂"调查。最终结果是,宣布撤销指控,放弃与两家公司签署协议的计划。斯皮策就此事与索尼博德曼唱片公司达成了1,000万美元的协议,因此案举行的第一次记者招待会却很受大众传媒追捧,与其说这是一个震撼行业的大曝光,还不如说是一个为期一天的宣传活动。各大报纸对此大肆渲染,连篇累牍地进行报道,但是几乎没有任何追踪随访。甚至连美国联邦通信委员会对这一问题展开调查,并在11月份宣布与华纳音乐集团达成500万美元协议的消息,都没能激起音乐界以外人士的浓厚兴趣。

与此同时,斯皮策长久以来孜孜以求的另外两件事情也遭到未曾预料的种种挫折和重重障碍。当初,斯皮策想让枪支制造者为非法枪支蔓延一事负责。而此时,国会却通过一条法律,全面保护枪支行业免于民事诉讼。这样斯皮策的目标看来是可望而不可即了。同时,事实还证明,联邦法院不欢迎斯皮策为保护环境奔走呼告,以及为此所做出的种种努力。6月份,美国联邦上诉法院(U.S. Court of Appeal)哥伦比亚特区巡回法庭(District of Columbia Circuit)赞成布什政府修改发电站现代化规则,驳回斯皮策两起诉讼案中的第一起。在两起诉讼中,斯皮策都主张环保署掏空《清洁空气法案》内容的行为是非法的。最后的裁决是各打五十大板:法官驳回了斯皮策的部分辩词,同时也驳回了电力行业对《清洁空气法案》部分条款所持的观点。但是,总体来说,最后的裁决结果弊大于利。这些发电厂倾倒大量污染物,对纽约州造成了极大污染,斯皮策为整顿中西部发电厂进行了一场旷日持久的斗争。接下来就是后来,即同年9月份,美国纽约南区法院法官洛丽塔·普瑞斯卡(Loretta Preska)否决了由斯皮策、康涅狄格州检察总长理查德·布鲁门萨尔以及另外七个城市和州提起的联合诉讼。该诉讼试图迫使大规模发电厂减少二氧化碳排放量。各州认为,在全球变暖问题上,二氧化碳是罪魁祸首。长久以来,电力行业律师一直认为,如果环保署和国会拒绝制定新的空气质量标准,斯皮策和其他各州便无权制定有关二氧化碳含量的空气质量新标准。普瑞斯卡法官诚心诚意地表示,自己的裁决看来似乎给斯皮策的其他环境保护诉讼案带来了麻烦。"提出政治问题的案件都委托给相关的政治机构,因为

第十一章 尺有所短 斯氏局限

政治机构要对人民负责,不是对司法机构负责。"普瑞斯卡这样写道。

对斯皮策来说,2005年秋,问题的根源似乎查清了。共和党人试图抛开保护消费者和保护环境等问题,而改革论者通过任命"原教旨主义"法官,用了将近一个世纪来树立保护消费者和保护环境的理念。原教旨主义法官认为,宪法权利是固定不变的,因此不应当演化发展并将变化了的环境涵盖在内。"今天我们要着手处理的……是一种共和主义的、冷酷无情的、缺乏活力的权利观。"10月17日,斯皮策慷慨激昂地向一群纽约民主党激进分子宣扬:"他们想把我们赶回到200年前所走过的老路上去。"斯皮策指出,因为法官们所宣扬的理念没能赢得国会中大多数人以及州立法者们的支持,所以该趋势尤其令人担忧。"如果原教旨主义者在整个美国发展历史上都控制着高级法院,"斯皮策说,"那么成为美国历史核心的全部权利演化就无从谈起。"

但是,斯皮策的批评者甚至包括一些支持者,也将纽约州检察总长遇到的麻烦看作是人们逐渐反抗他本人及其工作方法的一种反应。就在20世纪90年代技术泡沫破灭以及安然公司和世通公司相继出现内爆现象之后,美国投资者怨声载道,怒气冲天,商业领导人也是谈虎色变,心有余悸。斯皮策大胆揭露各行各业的恶劣行径,并要求他们在行业范围内进行整改,此番执着愿望几乎一下子赢得了人们的普遍赞誉。但是随着股票市场开始复苏,斯皮策调查目标的范围逐渐扩大,受到的关注与日俱增,由此而产生的顾虑也潜滋暗长。有人认为,斯皮策目空一切,专横霸道,自以为是,他所提议的改革措施有时徒劳无益,代价高昂,而且在批评者的眼中,这些措施具有误导性。另外,斯皮策准备竞选州长也招致共和党的一致反对。他们还据此进一步证明斯皮策在政治上哗众取宠,并加以强烈谴责。甚至还有人说,在担任七年纽约州检察总长之后,斯皮策可谓祸国殃民,害人不浅,因为他在其他州都拥有记录在案的大批效仿者。随着"斯皮策主义"在全国的流行,共同基金、经纪商、保险公司等都不得不花费时间和精力来应对彼此之间存在着竞争的调查机构及其前后矛盾的协议要求。因斯皮策本人及其效仿者的各种调查而导致的潜在经济拖累已经成为现实。"如果你考虑一下斯皮策行为的广度和深度,你会发现史无前例。他权力过大,没有问责机制。"丽萨·里卡德(Lisa Rickard)说。里卡德是美国商会司法改革研究所(U.S. Chamber of Commerce's Institute for Legal Reform)会长。商会法制改革协会领导公司指控斯皮策及其他激进的州检察总长。2005年9月,保守的联邦主义者学会(Federalist Society)甚至还在曼哈顿发起题为"埃利奥特·斯皮策对美国有益吗?"的辩论活动。

斯皮策绝对不是第一位因触角伸得过长但仍面对指责锐气逼人的检察官。早在20世纪80年代末,华尔街就有很多人抱怨联邦检察官鲁道夫·朱利安尼利用刑事诉讼为自己的竞选提升形象,扩大知名度。朱利安尼的调查人员曾给通用旗下投资银行基德尔·皮博迪公司主管理查德·威格顿(Richard Wigton)戴上手铐,带离办公室。然而,仅三个月之后,就撤销了对威格顿的指控。鲁道夫·朱利安尼也曾经以指控公司敲诈勒索相威胁,迫使投资银行德崇证券签署协议,而该协议的签署加快了德崇证券的破产步伐。朱利安尼办公室对工业企业GAF的股票操纵案的指控导致两起无效审批、一起上诉撤销,另外还导致政府受到隐瞒关键性证据的指控。"你的工作——我注意到不仅在这一案件中,在其他案件中也一样——存在着杀伤过度的倾向。这是一种与法定检举目标没有关系的过度热情。"在朱利安尼提起的一起重大药品诉讼中,驳回对几位被告的指控时,美国地方法院法官约翰·斯普利佐(John E. Sprizzo)如此表达了自己的观点。1989年朱利安尼竞选纽约市市长时,对其担心和忧虑,公众反响强烈。朱利安尼的几起大诉讼案也在上诉时被推翻。"为什么人们惧怕鲁迪·朱利安尼?"朱利安尼的一位初选竞争对手在广告战中公开发问,"因为他们应当害怕。"(那一年,朱利安尼竞选败北。但是,四年之后,朱利安尼重整旗鼓,所采用的对抗路线为他赢得了市长职位。当时犯罪接近历史最高纪录,城市经济处于风雨飘摇之中。)

2005年,辩护律师和公司法律总顾问收集到埃利奥特·斯皮策及其法律团队的一批材料,这些材料与当年朱利安尼的情况大有异曲同工之效。在他们看来,斯皮策的罪过在于:第一,利用指控相威胁,强迫美林公司了结股

第十一章 尺有所短 斯氏局限

票分析师一案,这是错误的;第二,利用即将公开逮捕相威胁,迫使美国千年公司对冲基金盘后交易人斯蒂芬·马科维茨承认有罪,对几位卷入串通投标案件的保险主管也如法炮制;第三,要求马什·麦克里安公司更换新领导层;第四,拒绝推迟宣誓做证,从而将美国国际集团主席封杀出局。此外,有一位嫌犯被戴上手铐带走,后来指控又被撤销,斯皮策对此甚至也有自己的不同看法。保罗·佛林（Paul Flynn）是加拿大帝国商业银行（Canadian Imperial Bank of Commerce）前投资银行家,安排为几家择时交易公司筹措资金的就是他。2004年2月,他在上班途中（即从纽约郊区家中到当地火车站）被拘捕。将近两年之后,斯皮策撤销指控,称没有必要对佛林进行刑事指控,因为佛林作为出借方,只是一个共犯,在实际盘后交易中起更大作用的是两个共同被告。最近,他们已经承认有罪,并被执行缓刑。其他律师对此番解释却不以为然。"这一决定避重就轻,回避了问题的实质:在拘捕和起诉佛林之前,检察总长办公室是否对可能的抗辩进行过十分公正的、彻底的调查?"联邦前检察官伊万·巴尔（Evan Barr）向《纽约时报》表达了自己的看法。

从许多律师和其他监管者的角度来看,甚至更糟糕。斯皮策的调查是在公开宣传达到白热化的程度上进行的。至少有两次（一次是在2002年股评师综合调查协议谈判期间,另一次是在2005年调查美国国际集团期间）,辩护律师们直接向斯皮策表达了对消息泄露问题的不满。两起诉讼中,检察总长听后都面带愠色,坚决否认消息是从他的办公室泄露出去的。因为在两起诉讼中,媒体甚至在第二天就一五一十地详细报道了与调查有关的具体细节。"谈到与媒体打交道,他绝对是毫无顾忌。"一位辩护律师表示。据这位律师报道,检察总长办公室的一位律师——不是斯皮策本人——有一次明目张胆地威胁说,如果律师拒绝所提出的协议,就"让你的当事人身败名裂"。"斯皮策利用新闻媒体,是他工作方法中最让人反感的一个方面。作为一名辩护律师,我不愿意与媒体打交道。作为一名检察官,则不应该与媒体打交道。"那位辩护律师如此评论斯皮策。当有人将"身败名裂"那番话汇报给斯皮策时，他也同意说"那种话确实不该说"。但是又强调说，其工作人员只是在证明一个更合理的观点而已，"不管怎样，事实总会查个真相大白、水落石出的。如果对他们进行一番警告劝解，他们反而会采取对抗方式。如果你快刀斩乱麻，速战速决，解决问题，结果会收获更多。所以要对症下药，挑选自己适合的一剂良方"。批评与指责置斯皮策办公室于奇怪的境地：毫无疑问，斯皮策接受采访及其利用媒体的方式与证交会律师或者司法部格格不入，他与工作人员都矢口否认泄露了某些最为敏感的信息，例如股评师杰克·格鲁曼的电子邮件中关于第92街Y一事以及沃伦·巴菲特关于有限保险证词的具体细节等。检方工作人员称，有时候因为别的渠道泄露消息，他们也得代人受过，接受指责。有些渠道打着斯皮策的幌子，以掩盖自己对泄露消息的特别兴趣。

后来，2005年1月，《纽约》（*New York*）杂志刊登了一篇文章。文章中，戴维·布朗似乎是在夸耀办公室是如何如何积极进取的。他写道："埃利奥特赋予了该进程令人难以置信的迅猛速度和强大冲击力。……即使是深夜，我们也可能会突然造访，叩响你家的房门。"其他监管人员和检察官对此则不敢恭维。"埃利奥特试图去做的就是提升人们对法律的敬畏，但是一旦你看到他的工作方法，你不禁会感慨，那不是以减少对法律的敬畏而结束的吗？"其中一位律师质问道，"这不该是政府官员应该采取的行为方式啊。归根到底，执法的目的是确保公正，而不是确保利用你所拥有的点滴影响力达到某种不可告人的目的。"

对斯皮策的批评者来说，检察总长过度热心的最重要事例就是对泰德·斯普尔提出刑事指控。斯普尔是为艾德·斯特恩进行盘后交易的美国银行经纪人，是第一位公然对抗检方办公室的白领被告。在2003年第一次遭到拘捕时，斯普尔及其律师都拒绝认罪协议，原因是检方团队拒绝保证斯普尔不会入狱服刑。2005年春天，该案开始审判时，斯皮策的检察官个个信心十足，因为他们手里掌握着斯普尔同意在下午4点纽约证券交易所闭市之后进行交易的磁带，而且磁带上还有他们打算窜改时间戳的玩笑话。但是，

第十一章　尺有所短　斯氏局限

斯普尔的两位律师伊万·斯图尔特（Evan Stewart）和保罗·谢茨曼（Paul Shechtman）却据理力争，扭转乾坤，反败为胜，称共同基金交易最终期限并不像斯皮策所声称的那样一清二楚、泾渭分明，斯普尔只是公司中层中代人受过的替罪羊。陪审团同意上述辩护意见。之后采访陪审员得知，触怒他们的是斯普尔受到审讯，而他的美国银行老板们和斯特恩却一身轻松，揣着赚来的大把银子一走了之。遭此失败，斯皮策很窝火。"没有比这更让我烦恼的事情了。"他说，"一旦他们说，你输了，那简直是杀了我一样。我憎恶失败，我谁也不怪，就怪自己……（斯普尔案件的）问题是在2003年8月份最后一周出现的，当时我决定与艾德·斯特恩达成协议。"

后来，甚至在工作人员与另外两名共同基金案的被告协商"不会入狱服刑"的认罪协议时，斯皮策还利用自己仗势欺人的形象，威胁说要重审斯普尔的四宗罪名，因为陪审团对此不能达成最终一致意见。"埃利奥特·斯皮策只是不能领会别人的暗示。"《纽约邮报》在标题为"心怀叵测的斯皮策"的社论中如此写道。斯皮策的前任丹尼斯·瓦科再次露面，称重审将会"暗中破坏（斯皮策）目前正在进行的为提高华尔街行业道德规范所做出的种种努力……正确的公诉判决的最好表现就是公诉人知道什么时候不再指控目标"。最终，斯皮策同意作为与证交会薪酬包一事达成一揽子的协议的一部分，撤销指控。斯普尔支付20万美元罚款，五年之内不得涉足该行业，并当庭道歉。

斯皮策对塞里格曼共同基金诉讼的反应强化了批评者们的观点：斯皮策复仇心重，一旦有人反击他，其反应会更激烈。这家非上市共同基金公司曾去联邦法院，质疑纽约州检察总长插手共同基金管理费的权限。三周之后，斯皮策和戴维·布朗利用《马丁法案》第354款，开始反击，要求一名州法官监督公开调查，而非只在联邦法院简单回应。当初斯皮策成功指控美林股票分析师，就是利用该法律条款，它使布朗投资保护局团队收集到的所有对公司不利的信息都公之于众。在辩护律师眼里，更糟糕的是，这样做就认可了纽约州检察总长确定塞里格曼公司高管及其深藏不露的最大股东威廉·莫里斯（William Morris）公开宣誓做证的时间。《马丁法案》诉状指控塞里格曼公司犯有两宗欺诈罪：参与择时交易，向公众及共同基金客户撒谎；同样的服务，暗地里向中小投资者征收比养老基金高达两倍的费用。检方办公室认为，指控择时交易源自塞里格曼公司公开披露的信息与维勒·约翰逊在公司调查期间所发现的文件前后不一、相互矛盾。2004年1月，塞里格曼公司开展内部调查，公开报道称与四家公司约定择时交易。后来，基金公司董事会代表共同基金客户同意接受600万美元的赔偿。但是约翰逊的宣誓书称，内部调查掩盖了真相，因为隐瞒了塞里格曼公司内部调查的电子表格，其中列出12位当事人。据称，公司对这些当事人网开一面，他们可以不遵守公司规定，进行快速交易。斯皮策也声称，择时交易花掉投资者8,000万多美元。公司否认该指控。《马丁法案》诉状起诉的第二个罪名是基于塞里格曼公司首席律师丹尼尔·波洛克于协议协商期间所提供的信息，当然，该协议最终流产。波洛克提议，明确规定在相同服务中，管理公司按常规向共同基金及其中小投资者征收比养老基金之类的机构客户多30%~40%的管理费，至于塞里格曼公司如何制定费用的详细信息，他没有仔细考虑。波洛克信誓旦旦地称该做法在业界非常普遍，但是布朗不同意波洛克的观点。

与双方均没有任何瓜葛的辩护律师将布朗运用《马丁法案》和公开宣誓做证的连带威胁当作证据，证明斯皮策利用一切必要手段迫使其攻击目标坐到谈判桌前。有一位白领犯罪律师曾与检方办公室发生过五六起纠纷，轰动不小。他说，他将塞里格曼公司诉讼案当作一个警示故事，讲给那些想与斯皮策正面交锋的当事人听。"这个人的策略就是，如果你踢他的小腿，他就会踢你的牙齿，而且他踢得要比你高明。"这位白领犯罪律师告诉自己的当事人。斯皮策本人对这些冲突都是轻描淡写，称《马丁法案》诉状"只是为确保我们能发现真相"。因为纽约州法律规定，检方办公室有权进行合法约谈并执行法律文件，而与塞里格曼公司的协商一直颇有争议。

丹尼尔·波洛克发誓继续战斗，与斯皮策一决高下。他表达了证明当事人没有犯欺诈罪的信心。"塞里格曼公司重重地摔了一跤，但是跌倒后爬起来，兑现了与各基金公司的诺言，做出了赔偿。"波洛克说。塞里格曼公司支付了600万美元的赔偿金。"塞里格曼公司没有欺诈。证交会明确无误地告诉共同基金公司必须披露管理费方面的消息，而这并不是要披露的信息。他们没有任何义务来讨论（中小投资者）共同基金管理费和机构投资者管理费的差别。"但是布朗主张不管是在费用方面还是在其他事情上，州法院和联邦法院都要支持检察院的权利，调查共同基金欺诈。1940年《投资公司法》赋予证交会权限，管理共同基金管理费。但是布朗称，这并非证交会的专属权——联邦法律也赋予各州证券官员，包括斯皮策办公室，调查欺诈和惩罚欺诈的权利和职责。"我们只是想调查潜在欺诈，这是我们的工作。1940年的法案并没有禁止各州调查欺诈。"布朗说，"对消费者来说，如果各州不能调查与管理费有关的共同基金欺诈问题，那将是巨大的倒行逆施。"

　　对斯皮策的批评之声除了指责斯皮策管得太宽或者咄咄逼人之外，还包括对检察总长办公室律师调查方式的不满情绪。传统上，证交会和司法部律师总是从底层逐一查起，而斯皮策团队则不同，他们直奔问题的核心——发传票命令调查目标交出公司的全部记录材料，几乎是要求马上约谈中层甚至高层管理人员。这么做有利的一面是他们经常比联邦调查人员更迅速地获得信息，使他们行动起来神速高效，提起诉讼不至于蜗行牛步。"快速执行本身就是一件好事。"布朗说，"如果人们知道埃利奥特·斯皮策有能力在几个月之内粉碎一起欺诈阴谋，那么如此执行就更具有威慑力。一旦存在正在发生的伤害公众的做法，比如共同基金择时交易、串通投标或者欺诈性股票研究，监管机构就要迅速采取行动，严厉制止，这才是重要的。如果调查一桩证券欺诈案需要两三年时间，那还能够切实为公众利益服务吗？"

　　批评者们纷纷表示，这样的工作方法太强调合作和自证其罪了。斯皮策注重舆论压力以及动辄进行威胁的习惯，据此来看，强化了他"华尔街警长"的形象，并且收效显著。但是他也因此而冒着被指控的风险：作为一名检察官，其行为好像动用私刑的暴民。"司法底线并不都是坏的，被施以绞刑的坏人很多，"资深白领犯罪律师斯坦利·阿金表示，"但是它也有不公平的地方……你需要深思熟虑、反复斟酌，做到不偏不倚，从而确保一个真正完善的体系。"照此观点，那些咬定自己的权利而为自己辩护的公司，例如马什公司和塞里格曼公司，都被镇服了，其他公司则因为有所畏惧便花费数百万美元以迎合检方团队提出的每一个要求。"谈到埃利奥特的所作所为，其成功之处就是威逼恫吓、发送传票，从而将工作外包出去。"理查德·比提说。比提曾代表马什·麦克里安公司前总裁杰弗瑞·格林伯格和美国国际集团董事会。"我认为这一招非常有效。在纽约市，有很多为他工作的律师事务所。"

其他批评者则抱怨说，斯皮策急功近利、贪功求名。由于他抢在竞争对手之前采取行动，先发制人，所以会袒护那些首先提议与他合作的人，特别是当他们腰缠万贯、有权有势、声名显赫、有还击能力时。例如，与艾德·斯特恩达成民事协议；虽然花旗集团主席桑迪·韦尔对杰克·格鲁曼的研究报告造成所谓的影响，斯皮策却决定不再追究其责任；保证豁免美国国际集团高管约瑟夫·乌曼斯基；等等，所有这一切都指向检察总长的有倾向性指控。在共同基金诉讼中，这一对比尤其明显。批评者们往往会说，斯特恩作为纽约名门望族的子嗣，甚至与斯皮策一样，也曾在昂贵的私立学校接受教育，相对来说，丑闻发生后，他几乎毫发无损，全身而退，平安逃脱。虽然他放弃了金丝雀公司的管理费，但是其投资者，包括他的家庭和朋友，却将交易中获得的收益如数收入囊中。同样情况，斯普尔，一个中层银行家，只是帮助斯特恩给客户下个订单，却要面临刑事指控。照此观点，在调查协议中，投资银行很容易逃脱应受的惩罚和该负的罪责，因为他们不需要在协议中承认自己的错误行径。共同基金大王理查德·斯特朗本应当面临刑事指控。"头版头条与实际情况并不符合。"第一位对股票分析师亨利·布罗吉特提起诉讼的仲裁律师雅各布·扎曼斯基抱怨说，"那些大人物都能打通关节，买通出路。"

相比之下，那些微不足道的小人物则经常发现自己被晾在一边。迫于压力，他们要么承认有罪，要么就会被立即拘捕。在共同基金和保险丑闻中，有些被告人等候判决，结果一等就是数月甚至数年。许多人发现，判决

第十一章 尺有所短 斯氏局限

悬而未决,要想找到新工作根本就是不可能的事。有一位被告爱德华·考夫林(Edward Coughlin),曾是苏黎世美国银行的承销商(他已经承认因违反反托拉斯法而犯有轻罪),在经过10个月的漫长等待之后,要求法官介入此事,结果,斯皮策办公室大为恼火。负责该案的检察官公开指控考夫林违反认罪协议书。此举惹恼了法官詹姆斯·叶茨(James A. Yates)。叶茨称该检察官的说法"外行"、"不诚实"。后来,叶茨法官结束了该诉讼,宣判考夫林缓刑,罚做100个小时社区服务工作。

对某些批评,斯皮策的反应还是比较慎重的。斯皮策说,那些感到自己夹在中间、级别较低的被告可以提出"公平申诉","让这些合作者空空地在那里干等也不是我们的兴趣所在",问题是"资源不足。我们在采取治疗类选法(triage)①时,碰巧产生了问题"。检察院的律师们身兼数职,手头要处理的事情或项目非常多,忙不过来。在处理其他问题之前,只在大案要案上才肯花费时间。原则上,大案要案就是获得认罪答辩或者签署协议。至于释放大人物的案子,斯皮策说:"我们是在调查中途开始的,因为证据摆在那里,文件线索并不总能给你透露高层人物的信息。……(宣判斯普尔无罪)以一种曲线方式证明了我们工作的正确性。如果不打算对高层人士提起刑事诉讼的话,那就主张结构改革吧。"他称此举比检举低级别的犯罪分子"更重要"。

斯皮策的助手特别提到,尽管由于佛林案件的负面影响,别人认为他们固执死板,不讲情面,但是他们并非经常当众拘捕检举目标。他们的记录与联邦权力机构形成鲜明对比。联邦权力机构最近因强迫几位戴着手铐的被告接受媒体的严厉批评而招致广泛攻击,其中包括现年78岁的阿德菲亚通信公司(Adelphia Communications)前主席约翰·里格(John Rigas)。在纽约州检察总长办公室指控有罪的人中,大多数人被允许自首。实际上,在知名案件中与斯皮策及其高级助手打过交道的很多辩护律师——虽然不是全

---

① 这里用的是医学术语,治疗类选法,即根据紧迫性和救活的可能性等在战场上决定哪些人得到优先治疗的方法。——译者注

部——都称他们配合得很好。虽然经常与斯皮策的过分要求意见相左,但是他们说,在大多数情况下,整个协商过程虽情绪激烈却不失礼貌。"我们为自己的当事人坚决抗争,他们也捍卫自己的信仰,但是双方都严格恪守自己的职业道德标准。"加里·纳夫塔里斯记得。他曾代表艾德·斯特恩与检方团队打过交道。

面对更多的批评,比如攻击性太强,或者在新形势下执法不公等,斯皮策毫不退却,寸步不让。"以事实为根据,我们有什么过错呢?"他质问道,"欺诈就是欺诈,对投资者撒谎与犯罪性质相同,不管你是分析师、股票经纪商还是庞氏骗局的发起人。"

甚至连斯皮策的许多反对者也承认,检方调查人员在发现存在的问题以及处理异常问题方面都是当之无愧的行家里手。华尔街调查确实被炒作得有点过头,未免有些夸大其词。但是共同基金盘后交易确实给投资者造成了巨大伤害。串通投标从19世纪末就一直被看作是非法的。斯皮策的策略"虽然新颖,但是令人不安,而且具有被滥用的可能性",缅因州前检察总长詹姆斯·蒂尔尼(James Tierney)说。蒂尔尼现在是哥伦比亚大学法学院检察总长项目(Columbia University Law School's Attorneys General Program)主任。"苍蝇不叮无缝的蛋。到目前为止,斯皮策还没有钻出一眼不冒石油的井——他什么时候调查过公司,之后该公司被证明是清白无辜的呢?"全国各政治派系律师和监管人员纷纷表示,使斯皮策的业绩记录不同凡响的,是他能够从政治高度入手,这才是他高人一等的地方。因为多年来,在公司犯罪领域内,从政治角度着手几乎一直都是死水一潭。"如果说从事白领犯罪的律师们是在漫长铁路线上艰苦跋涉的话,那检察总长办公室甚至连一个站点都算不上。"高级辩护律师马克·帕默朗茨(Mark Pomerantz)说。帕默朗茨代表许多当事人与斯皮策检方办公室谈判过,其中包括美国国际集团。"现在,如果检方办公室不是美国纽约中央车站(Grand Central Station),也至少是第14大街(Fourteenth Street)。你随时都可以光顾。"斯皮策及其律师们尽其所能,充分利用《马丁法案》,将其作用发挥到极致,同时还依靠负面宣传给诉讼目标

第十一章　尺有所短　斯氏局限

施加压力。但是他们的对手却试图利用旁门左道给诉讼过程施加影响。在股票分析师诉讼案高潮时期，摩根士丹利公司试图在股票分析师调查过程中，让国会修改证券欺诈法；为获得豁免权，枪支制造商游说国会，结果如愿以偿，获得州豁免权；美国国际集团公关公司试图收买有关专家，代表他们讲话，为他们开脱。"商务部和联邦主义者学会（Federalist Society）采取了他们应该采取的强硬态度，"斯皮策说，"我们也要采取强硬态度……如果某些程序性手段恰好对我们有利，而我们却没有好好利用起来，那是我的耻辱。我有一位当事人，那就是纽约州的人民，他们应当拥有美林或者摩根士丹利所拥有的那种敢作敢为的代表。"

斯皮策受到批评的另一根源在于他对联邦主义理论的运用。因为联邦主义理论带来了其他州监管人员以及检察官以前从未处理过的一系列全新问题。照此观点，与其说斯皮策是一位操之过急的检察官，还不如说他是一位具有雄心壮志和远大抱负的州政治家，只是他暂时没能意识到自己角色的局限性，或者没有理解他着手处理的问题的复杂性。"他想篡夺州和联邦立法者以及监管机构的权力，这是最根本的。"美国商会司法改革研究所负责人丽萨·里卡德说，"如果在一个特定区域存在着普遍性问题，那就应当对监管机构施加压力，让他们来解决存在的问题。有关团体或国会可以给监管机构施加压力，但这不是斯皮策的职责。"

面对诸如此类的指责，斯皮策置之不理。他指出，只有当其他监管机构没有能够尽好自己的职责时，检察总长办公室才会插手。至于检察总长办公室能够完成什么任务，他认为，"有个度，也应该有个度"。他的同盟者指出，一旦斯皮策觉得其他干得更好的人准备采取行动，有时他就会自动退出。2003年年初，检察院刑事部门检察官打算搜集整理瑞士信贷第一波士顿银行（Credit Suisse First Boston）资深投资银行家弗兰克·奎特隆（Frank Quattrone）募股大撒网的材料，提起诉讼。当时逐渐浮出水面的证据显示，在联邦人员调查该问题之初，奎特隆怂恿下属销毁文件。斯皮策和联邦检察官詹姆斯·科米（James Comey）就哪个办公室该将这位银行家送上法庭而产生过短

华尔街"警长"——埃利奥特·斯皮策

暂冲突,因为双方的部下都试图阻止对方进行关键性约谈和宣誓做证。最后,斯皮策做出了让步。后来斯皮策做了一些额外工作,告诉纽约州检察院律师移交他们独立挖掘的指控奎特隆的证据,帮助联邦检察官做好准备,联合审问奎特隆。(在审判中,奎特隆被判决有罪。但是,在2006年3月,上诉法院驳回了有罪判决。)

但是,联邦主义学会的批评者们对斯皮策却不依不饶。他们指出,由斯皮策而引起的恶性竞争破坏了全国的执行机构和监管机构。本来他们监管商界就够困难了,这样一来,无异于雪上加霜。"如果你有一个主管机构和一个疯子,也就是斯皮策这个疯子,那么疯子会取代这个良好的机构。这位精力充沛的官员总是颐指气使,发号施令。"芝加哥大学(University of Chicago)法律教授理查德·艾普斯坦(Richard Epstein)很不满地说,"华尔街就是一家全国性市场。斯皮策提出的改革措施给整个国家都带来了深远的影响。这与伊利诺伊州人民选他当检察总长是不一样的。"

如果斯皮策决定巡察的区域是联邦政府的指定巡察区域,通常情况下,这也意味着他和下属们必须用欺诈诉讼案和执行协议而不是新的规章制度来实施结构改革。该方法具有几个不利方面:首先,在专业知识和经验上,一般来说,斯皮策及其律师比不上联邦证券监管人员,因此解决方法并非总是切实可行;其次,达成协议也没有公众评议期,所以无法排除存在潜在隐患的其他可能性。另外,斯皮策的协议影响的只是他发现存在着不当行为的个别公司,而不是整个行业,所以限制了他改革的范围。因此,参与综合协议的12家投资银行不仅受管理费的制约,举步维艰,而且还陷入了监控分析师与银行家谈话的困惑及一系列其他限制中,而他们的小竞争者却逍遥法外,根本不受什么约束。"现在,我们给大型市场参与者和具有远大抱负的小型市场参与者分别制定了不同规则。规则来源五花八门,这不正常,也不合理。"证交会前委员哈维·戈尔德施密德说。同时他还指责说,证交会没能为股票分析师们颁布行业规则,已经签署的综合协议没能贯彻到底。

斯皮策努力改善可供中小投资者使用的研究报告质量,不料却招致了各

第十一章 尺有所短 斯氏局限

种各样的评论，褒贬不一，众说纷纭。一方面，证据证明，大银行所发布的内部调查的公正性有所改善。据《财富》杂志报道，随着科技泡沫的破裂，与2001年65%的"买进"和不到1%的"卖出"相比，2005年秋天，11%的股票分析师推荐的是"卖出"，38%的股票分析师推荐"买进"。斯皮策和证交会要求投资银行购买股票分析师的独立研究报告，并提供给客户。但是，实际情况中，有多少中小投资者根据独立研究报告购买股票，目前尚不得而知。作为综合协议的一部分，公司聘请了许多独立顾问。根据报道，美林公司客户"广泛地"利用这些报告，曾经有97.5万的访问者点击过摩根士丹利的独立研究报告站点，而瑞士信贷第一波士顿银行只有110位客户访问该站点，点击雷曼兄弟网站独立报告的人数则不足1%。对那些主要为机构投资者服务的银行来说，这一问题尤其严重，因为相对而言，他们就没有个人客户。"没人想听这些废话。"一位银行高管抱怨，并且特别提到他的公司受到监管机构的严厉谴责，因为在网站上，客户能够利用的由第三方发布的调查报告太少。

斯皮策要求将降低管理费作为处理择时交易和盘后交易协议的一部分，共同基金专家对此也同样是仁者见仁，智者见智。批评者指出，检察总长把传统的监管结构搞得天翻地覆。1996年，基金行业怨声载道，说各州被监管得透不过气来。此后，国会通过了《国民证券市场改革法》（National Securities Markets Improvement Act）。该法案明确规定，取消各州注册、监管、发行共同基金及大部分其他证券的权力，仍旧保留各州调查和惩罚欺诈的权力。这些批评家的理由是，在欺诈诉讼中，斯皮策的权限超越了合理限度。他们以五位证交会委员都认为降低管理费不合适为证据。在斯皮策与大联资本管理公司签订的协议所发表的陈述中，他们已经明确表明了立场。"斯皮策利用了国会从未打算使用的反欺诈职权，并由此提出各种条件，作为欺诈协议的一部分。"美国证券业协会前法律总顾问斯图亚特·凯斯韦尔（Stuart Kaswell）说。凯斯韦尔曾深入参与1996年改革法案协商一事。"你有一个全国性监管机构，国会赋予该监管机构最基本的监管共同基金的责任，而该全国性监管机构可以公开表达对州监管行为的不满。"戴维·布朗反驳说，其上司要求降低管理费并不是空穴来风、无中生有，而是作为择时交易调查的一部分，斯皮策的律师也会要求提供管理费方面的信息。如果初步调查结果表明"在相同服务中，（基金管理公司）向中小投资者和机构客户征收"的费用之间存在着"差异"，斯皮策将会给基金公司一个选择的机会——要么签署一项综合性协议，解决择时交易和费用差异问题，要么就会对公司进行全方位费用调查。除了塞里格曼公司外，所有公司都选择签署协议，这一点毫不奇怪。消费者权益倡导者对此大加赞扬。行业统计数据表明，从斯皮策着手处理该问题之后，向中小投资者征收的管理费用大大降低。2004年，根据来自理柏调查公司（Lipper）[①]的统计数字，2,830支基金管理费降低，256支基金费用提高。统计数字还显示，2003年管理费急剧增长。当时622支基金降低管理费，1,049支则提高了费用。"人们将2004年管理费的大幅度降低直接归因于基金丑闻以及纽约州检察总长办公室所开展的各项调查，这看起来似乎合情合理。"理柏公司全球信托评论部主任科普·普锐斯（Kip Price）如是说。

倡导各州权利的保守派们也纷纷指出，斯皮策所开展的许多调查以及签署的有关协议是对真正的联邦主义的歪曲。联邦主义的最初定义，据其自由市场践行者们的观点，就是将各州与联邦政府之间所负有的政府责任分割开来。"对于每一个问题都有且只有一个最高主权。"芝加哥大学法律教授艾普斯坦解释说。艾普斯坦是联邦主义运动中领军式的知识分子。"这样一来，各方承担的责任就会一清二楚。"而斯皮策的执法方法源于联邦主义后新政（post-New Deal）变体。后一种观点认为，在其他问题中，各州和联邦政府共同承担保护消费者和投资者之重责。"斯皮策逆转了联邦主义，"美国企业研究所（American Enterprise Institute）一位学者迈克尔·格瑞伍（Michael Greve）如是说，"他所做的一切旨在在国家层面上推行各项新标准。那不是真正的联

[①] 全球领先的基金情报提供商。——译者注

第十一章 尺有所短 斯氏局限

邦主义。"

面对上述种种批评所带来的压力,斯皮策做出两种反应。首先,虽然不敢苟同他们的观点,但他对那些联邦主义者满怀崇高的敬意,尤其是那些学术界人士,因为他们由衷地相信各州和联邦政府所执掌的权力不应当重叠、交叉。但是斯皮策给出证据称,大多数支持联邦主义调查的商业团体只是在为彻底消除政府监督而寻求智力支持。"(自由主义的)卡托研究所(Cato Institute)[①]背后的融资机构和联邦主义学会是一个不希望也永远不会希望受任何政府强制规则约束的团体。"斯皮策说,"如果斯蒂芬·卡特尔提起诉讼,那么他们将会提出不同的理由,那就是证交会的攻击性太强。"

其次,对联邦主义批评者来说,斯皮策在工作方法上存在着的另一个重要问题并非因他本人而起,而是源于深受他鼓舞的效仿者。纽约州检察总长志存高远,从来不畏惧提起诉讼。但是斯皮策应接不暇的成功无疑助长了很多人的胆识和勇气,这使他们能大刀阔斧,杀进金融服务和环境保护等领域,这是前所未有的。更糟糕的是,从美国企业界(Corporate America)[②]的观点来看,很多新的州诉讼案都是附带发生的,借力打力,就别人的腿搓麻绳,试图根据其他机构的调查,要求从别人身上割下一磅肉(pound of flesh)[③],提出合法而不合理的要求。例如,2003年6月,西弗吉尼亚州(West Virginia)检察总长达雷尔·麦格劳(Darrell McGraw)就曾向法院提起诉讼,将华尔街10家银行告上法庭,指控它们发布偏袒性股票调查研究报告,违反了西弗吉尼亚州消费者权益保护法。早在两个月之前,被指控执行州证券法

[①] 位于华盛顿哥伦比亚特区,是西方国家最具影响力的大型自由意志主义智库之一,与布鲁金斯研究所、西方强国企业研究所、传统基金会等同等名望。研究所自许的任务是要"扩展公共政策辩论的角度",以扩展参与情报、公共政策以及政府正当角色的讨论来"恢复小政府、个人自由、自由市场以及和平的美国传统"。卡托研究所的学者经常批评布什政府在各种议题上的政策,包括伊拉克战争、公民自由以及过度的政府开支。——译者注
[②] 在美国,人们将公司经理人员誉为美国社会的原动力,因为正是他们成就了一个公司化的美国,使美国公司在世界上纵横捭阖,美国人民也得以全民皆股东,享受着现代公司带给他们的丰富的物质和精神财富。——译者注
[③]《威尼斯商人》一剧中安东尼奥欠夏洛克的账,借指合乎法律的无理要求。——译者注

的西弗吉尼亚州审计员与上述10家银行签署了斯皮策式的综合调查协议，收到400万美元。（西弗吉尼亚州最高法院最终驳回该诉讼。）同年夏天，俄克拉何马州检察总长德鲁·艾德蒙森（Drew Edmondson）对世通公司前CEO伯纳德·埃贝斯（Bernard J. Ebbers）和另外五位前公司主管提起刑事诉讼，即使司法部已经与其中四位达成辩诉（plea bargain）[①]交易，以换取合作。俄克拉何马诉讼状不仅威胁说要让那些合作者重新考虑，而且起诉书中的辩词貌似是从联邦检察官的诉讼文件中批量粘贴过来的。联邦检察官警告说，俄克拉何马诉讼会危及对埃贝斯的起诉，但是艾德蒙森拒绝放弃原主张。后来，直到联邦检察官戴维·凯利（David Kelley）专程去了一趟俄克拉何马与他协商，事情才算了结。在共同基金领域，加利福尼亚州检察总长比尔·洛克耶（Bill Lockyer）在业界给人的印象是一位新手。当时，经纪商巨头爱德华·琼斯公司（Edward D. Jones & Company）收取秘密费用，推进特定共同基金，受到美国司法部和证交会指控，后与他们达成协议。而就在同一天，比尔·洛克耶对爱德华·琼斯公司提起诉讼。洛克耶虽然与联邦权威人士一起参加了联合协议会谈，但是在做出决定，即认为7,500万美元罚金太低之后，提起了自己的诉讼。新泽西州也如法炮制，在2004年2月提起诉讼，指控驻加利福尼亚的共同基金公司太平洋投资管理公司（Pimco）。太平洋投资管理公司专门经营债券基金，与择时交易者达成不当交易。证交会对上述指控——做了调查，却并没有找到支持它们的证据，但它仍然在新泽西州对附属于太平洋投资管理公司的股票基金经理提起了诉讼。最终，新泽西州撤销了对债券基金的指控。

虽然大多数批评集中在各州官员所要求的法律补救方法上，例如罚款或者是组织机构改革等，但是证交会的斯蒂芬·卡特尔认为，实际存在的问题比上述提到的问题要多。他说，如果各州都老一套地提起针对经营管理的

[①] 辩诉是美国的一项司法制度，指在法官开庭审理之前，处于控诉一方的检察官和代表被告人的辩护律师进行协商，以检察官撤销指控、降格指控或要求法官从轻判处刑罚为条件，换取被告人的认罪答辩交易。通俗地说，就是在检察官与被告人之间进行的一种"认罪讨价还价"行为。——译者注

第十一章 尺有所短 斯氏局限

诉讼,而这些管理又是证交会认为合法的,那共同基金公司和投资银行就无法确信行业规则到底是什么。这样一来,单独一个大州就能推翻证交会的判决。2005年,卡特尔离开证交会不久去私人公司时曾说:"先抛开补救方法不说。光是提出违法这一点就是一个十分重要的问题。"

保险是一个更为复杂的问题。传统上,保险是由各州监管的,保险公司更习惯与多家监管机构打交道。但是,有些行业专家甚至监管者对斯皮策的做法非常不满,因为他利用马什公司串通投标来攻击整个成功酬金体系。在该体系下,保险公司根据经纪商提供的服务情况和保险数额,以及经纪商给保险公司提供的业务质量,支付给经纪商额外费用。"这个行业是以一种粗线条的方式来管理的。"纽约保险监管人霍华德·米尔斯(Howard Mills)抱怨道,"斯皮策说保险行业'充满着腐败',那有点夸大其词,也说不通。……成功酬金是合法的。事实上,有很多种不错的成功酬金。"虽然斯皮策与三家最大的保险经纪商——马什公司、怡安公司和韦莱保险经纪有限公司达成协议,禁止使用成功酬金,但是其他监管机构拒绝步其后尘。甚至连斯皮策的亲密同盟、康涅狄格州检察总长理查德·布鲁门萨尔在为指控HRH公司(Hilb Rogal & Hobbs)进行调查时,都没有采取斯皮策专制主义者的态度。HRH是美国第八大保险经纪商,当时被指控操纵保险业务,将业务介绍给支付管理费最高的保险公司。2005年8月,康涅狄格州与HRH达成了3,000万美元的协议,但是协议直截了当地表示完全不禁止成功酬金。相反,当公司充当"经纪商"时,宣布放弃报酬。只是在公司充当"独立代理商"——其主体业务时,才会改善协议所披露的事情。因此,怡安公司、韦莱保险经纪有限公司和马什公司发现他们的经营处于竞争劣势,尤其是当他们试图扩大经营规模时。"接受佣金的公司没有想和怡安、韦莱或者马什公司合并的。"罗伯特·哈特维格(Robert Hartwig)说。哈特维格是主要行业协会美国保险信息协会(Insurance Information Institute)的首席经济师。"考虑到成功酬金是合法的,且利益冲突问题可以通过披露事实来解决,我发现强迫上述公司放弃这些收益来源是很不合适的做法。目前损失的市值是巨大的。"业内专家也指出，有限保险调查同样太过宽泛，面对某一保险产品，监管机构一团疑云，而很多保险公司可能正利用该产品为其投资者提供更多可预测的收益。"购买有限保险的公司给予投资者他们所盼望的……一支能带来平稳收益的股票。"哈特维格说，"既然各公司害怕购买保险，保险股票的波动就可能会加剧。"斯皮策的律师以及证交会对这一问题有不同的看法。在他们看来，收入平稳的产品只不过是误导公众对公司真实绩效状况的了解的一种方式。

从美国企业界的观点来看，斯皮策方法所带来的种种问题似乎正在全国蔓延。斯皮策及其效仿者们不仅利用其州权力对证券业、共同基金业和保险业等展开行业调查，而且还联合各种力量，追查药品制造商的药品定价及信息披露问题。另外，他们还对美国环保署的一些规定，如从二氧化碳到汞含量到空调的能耗标准等都提出了不同程度的质疑。有些公司高管说，州诉讼尤其让人恼火，因为提起这样的诉讼是联邦政府受控于共和党人的结果，共和党人孜孜以求的是更合作的、无为而治的方法。"全球气候变化是一个国际性的、全国性的问题，各州和地方政府无法有效处理这一问题。"公用事业部门爱迪生电气协会（Edison Electric Institute）气候问题总监比尔·方（Bill Fang）说，"二氧化碳的诉讼……绕开联邦立法程序而选择司法立法是不合适的。"斯皮策的艰苦努力不仅招致了行业批评，而且还招致了许多州共和党官员的批评。他们认为，他们的同僚逾越了适当职权界限。"有些（州官员）忘记了一件事情：任何时候，只要你宣布准备调查某个行业，你就会导致该行业股票下跌，你就会让真正的人民——劳动人民赔钱。"弗吉尼亚州检察总长杰里·基尔戈（Jerry Kilgore）称。基尔戈是共和党人，他组织了由九个州组成的联盟，反对斯皮策挑战环保署《清洁空气法案》的修订。"我们须小心慎重，要采取更理智的、徐图缓进的态度。"

州激进主义仍旧有其大批拥护者，尤其是民主党人和消费者维权人士。他们认为，各州监管人员以及选举产生的检察总长往往与中小投资者和消费者的各种需求协调一致，而被指定任命的联邦监管人员和联邦检察官往往更同情他们日常与之打交道的行业。"证交会监管的是全国的市场结构，这样就

第十一章 尺有所短 斯氏局限

影响了它的视点。从我们门槛里进进出出的是个人投资者,我们想帮他们把钱挣回来。"马萨诸塞州州务卿加尔文表达了自己的看法。加尔文是民主党人,担任州证券监管人员。"根据我们在证券领域所做的工作,人们对我和斯皮策或赞成或反对,但是……不管怎样,这使我们能更好地对所监管的投资者的需要做出回应。"州执法者也因为比联邦执法者行动迅速而赢得了广泛赞誉。与证交会或环保署不同的是,提起诉讼之前,州检察总长不需要征得高层权威机构批准,也不需要通过官方程序一一审批。"如果我们州存在着反托拉斯或者消费者问题,我们就会自告奋勇地说,'喂,我们发现有问题——妥善解决掉!'"马里兰州检察总长、民主党人士约瑟夫·卡伦(Joseph Curran)说,"美国各州就是很好的实验基地。放开手脚让我们各做各的事情。如果发现某事行之有效,那就制定为联邦法律。"

在很多方面,对斯皮策及其效仿者的争论是一场更大论争的表现,它反映了州与联邦监管机构之间存在着竞争。州和联邦监管机构之间的论战至少在150年前就开始了。当时,国会将由货币监理署监管的全国性银行系统置于州系统之上。支持联邦监管机构"优先"于地方规定的人士认为,单一全国体系能促进业务效率的提升和制度的合理化,更容易使行业繁荣发展和快速增长。消费者将从全国标准中受益,因为全国标准能确保每个人都可以受到最低限度的保护。但是提倡监管竞争的人士则纷纷表示,拥有多重执行机构不会使任何监管机构对自己的职责敷衍塞责、应付了事。"在联邦主义中存在着天生的紧张关系。认为总是存在着和风细雨、其乐融融的天下太平景象的观念是错误的。"货币监理署前署长尤金·路德维格(Eugene Ludwig)说。货币监理署办公室据理力争,赢得五起优先权案件。重复监管和地域之争"有时让人非常恼火,有时则是不必要的过度行为。但是,随着人们的争论,真理会越辩越明,这比一个人40年来一直从事同一种工作,往往会产生更理想的结果。"证交会前委员哈维·戈尔德施密德同意这种观点。"美利坚合众国的现实,特别是当谈到商业时,就是按照不同的观点,拥有几个不同的执行部门,这样才行得通。所以,如果证交会受到控制,或者反托拉斯部门不作为，就像在里根时代发生的情况那样，那么各州检察总长和私人律师们就会乘机而入。"他说，"检察总长犯错相对于他们所实现的全面改善和提升的安全阈值来说，代价要小得多。"

斯皮策和他的效仿者正在积极寻找可能的证券诉讼和保险诉讼，许多公司开始希望联邦执法的可预期性。长久以来，由于受委员会和小组委员会成员管理，联邦机构经常产生可预期的结果，他们经常在行业范围内，进一步监管个别执行案件，原因是只有监管整个行业才会产生公平竞争的环境。所以，到2005年时，斯皮策的反对者开始在法庭上打出联邦优先权的旗号，以此作为削弱纽约州检察总长权力的最好武器，这就不足为奇了。声称斯皮策无权管辖共同基金管理费的货币监理署优先权案与塞里格曼公司诉讼，还有没能成功将过多酬金诉讼转至联邦法院的格拉索案，都不是偶然。斯皮策的诉讼目标不再心甘情愿地顺从检察院的传票，坐等调查人员的调查结果。对民粹主义（Populism）[①]问题的敏感，主动利用媒体，借助来自公众舆论的压力，依靠纽约州不同寻常的法律，等等，这一切都使斯皮策太具威慑力。在那些工商业者看来，在布什政府领导下要好干多了，因为布什政府实施的是地方执行优先、华盛顿集权的理念。"这具有循环性，如果在联邦层面上拥有激进的监管机构，那就不会给各州留下足够的空间。"研究监管政策的斯坦福大学（Stanford University）经济学教授罗杰·诺尔（Roger Noll）说。在有些领域，国会中的共和党人士和执行部门十分乐意遵守。食品药品监督管理局代表药品和医疗设备制造商插手五六起产品质量诉讼案，主张食品药品监督

[①] 即平民主义。是一种政治哲学或是政治语言。是在19世纪的俄国兴起的一股社会思潮。民粹主义的基本理论包括：极端强调平民群众的价值和理想，把平民化和大众化作为所有政治运动和政治制度合法性的最终来源；依靠平民大众对社会进行激进改革，并把普通群众当作政治改革的唯一决定性力量；通过强调诸如平民的统一、全民公决、人民的创制权等民粹主义价值，对平民大众从整体上实施有效的控制和操纵。民粹主义认为，平民被社会中的精英所压制，而国家这个体制工具需要离开这些自私的精英的控制而使用在全民的福祉和进步的目的上。民粹主义者会接触平民，跟这些平民讨论他们在经济和社会上的问题，而且诉诸他们的常识。1980年以后，大部分的学者都将民粹主义当成一种可以推广许多不同的意识形态的政治语言来讨论。许多民粹主义者曾经承诺过要移除腐败的精英阶层，并且倡导人民优先。——译者注

第十一章 尺有所短 斯氏局限

管理局的审批流程应当保护制造商，而他们却没有针对有害的副作用向消费者发出警告。货币监理署颁布了规章制度，给予货币监理署执行州公平信贷法的专属权力。有些国会成员开始探索全国保险监管机构的理念，因为只有全国监管机构才能提供统一的规定和执行办法。

斯皮策不会被吓倒。2005年11月，斯皮策引用了一张将近60起优先权案件的名单来阐明自己的观点。他说："我们一直在与联邦机构如证交会、环保署、美国联邦通信委员会等就优先权问题而展开全面斗争。"该名单由凯特琳·海利根（Caitlin Halligan）整理汇编而成。普里塔·班沙辞职去了私人律师事务所，海利根接任副检察总长一职。"我们会继续战斗。"斯皮策坚定地说。

第十二章　天下为先　迎接挑战

2005年12月1日，星期四，早晨8点。当埃利奥特·斯皮策站起身来，手握话筒走向布法罗会议中心（Buffalo Convention Center）大厅时，扩音器里正嘹亮地播放着汤姆·佩蒂（Tom Petty）的《决不后退》（*I won't back down*），倔强、激昂的旋律在大厅里久久回荡。室外是一片黎明时分的灰暗和冷峻，但是室内却洋溢着一股春天般的融融暖意。会场气氛十分热烈，与会者情绪空前高涨。为了轰轰烈烈地赢得2006年州长竞选，议员山姆·郝艾特（Sam Hoyt）和伊利县民主委员会（Erie County Democratic Committee）为斯皮策及来自纽约西部的6名民主党县主席组织了一次每人份60美元的早餐。他们本希望吸引500位支持自己的忠诚分子，结果招来了800位忠心耿耿的支持者。在人们的近期记忆中，这是布法罗最大的政治募捐活动。一楼宴会厅里装饰着五彩缤纷的联盟彩旗，组织者们熙来攘往，在人群中穿梭，到处寻找炒鸡蛋和香肠，招待那些不期而至的客人，忙得不亦乐乎。他们没有料到

华尔街"警长"——埃利奥特·斯皮策

会有这么多人前来参加募捐集会。继约翰·墨菲（John Murphy）（"布法罗法案的声音"）之后，几位民主党要人发表了预热式的讲话，点燃了人群的热烈情绪。在一片欢呼声中，斯皮策开始登台发言。

通常情况下，在竞选活动初期，斯皮策的演讲比那些捷足先登的政客们要洪亮得多。斯皮策一上演讲台，听众席上就响起了雷鸣般的热烈掌声，经久不息。在长时间起立鼓掌之后，会场上的气氛更加热烈，似乎连空气都激动得发颤。在一浪高过一浪的热烈气氛中，斯皮策开始了他的政治演说。这次演讲的目的是巩固政党基础，然后进一步深入挖掘民粹主义者的诸多话题。"坚守在各行各业生产战线上的朋友们，你们撑起了我们这个时代的经济，你们是我们这个时代的支柱，对此，我们永志不忘。我们将会看到，你们会获得你们应该获得的那一份，这才是公平的。"在抨击共和党之前，他满腔热忱地告诉激动不已的人群，"没有哪一个党派会为力量如此弱小、要求如此之少的人们付出如此之多"。面对如潮的掌声，他继续慷慨陈词："在过去的十年里，我们不辞辛苦，积极奉献。我们的时代巨轮运载着日新月异的国民经济，乘风破浪，一日千里。然而，我们维系个人命脉的轻舟却江河日下，能够寄托生命与寄存未来的救生艇也越来越狭小，越来越拥挤。"

在会议中心，呈现的却是一番完全不同的情形。在布法罗名为大厦（The Mansion）的一家精品酒店（Boutique hotel）[①]里，正举行一场入场券为每人份餐费1,000美元的见面会。这场见面会别开生面。除了一流宴会上必备的法国甜点和酸奶酪冻糕之外，斯皮策正在全神贯注地倾听来自纽约西部商人的谈话，与他们促膝交谈。这批商人是一家游说公司的委托人，在奥尔巴尼非常有影响。当得知最近有一家工厂准备在当地扩建食品加工设施，打算把纽约的牛奶装船运输，最远可至加利福尼亚的有些地区时，斯皮策集中问了以下几个问题："有多少工作岗位？""在联邦监管层面上，你们遇到过哪些问题？

[①] 精品酒店有别于传统的星级大酒店，提供昂贵、独特、个性化的服务。boutique在英语中有小而精致的含义，一般以50～80间客房为宜，再小也无妨；客房是主要经营项目，配套设施不对外开放，私密性是精品酒店的核心要求；酒店装饰要符合主题的要求。——译者注

第十二章 天下为先 迎接挑战

我认为威斯康星人对此不会表示欢迎。"在这个小聚会上，斯皮策的讲话节制了很多，充满着行业隐喻——他说他的高民意支持率使他"害怕自己是一支被高估了的股票"。斯皮策唯一一次提到华尔街案例是在任命问题上，称自己会更多地考虑竞选者的能力，而不是党派意识。"我所取得的成功来自我的判断，那就是，从上任第一天起就聘请最优秀的人才。"

当天募捐集会结束时，斯皮策在五场活动中总共募集到将近25万美元，六家当地电视台和无线电台对此进行了报道。随着后续电话的陆续打入，竞选工作人员预期竞选募集费用总额将会翻番。虽然斯皮策的演讲重点因观众不同而做出了相应调整，但是核心内容保持不变。他概述了改革议程。该议程计划呼吁纽约市上层社会精英及其他人士的支持，希望民主党中坚分子构成其支持基础。斯皮策认为，由于政府效率过低和铺张浪费、过高的能源消耗以及失败的教育制度，帝国州陷入了困境，挣扎于经济危机的边缘，摇摇欲坠。斯皮策指出，现在，推动改革的时候到了。在华尔街他就倡议并发动改革。现在，他打算将改革之路引向奥尔巴尼。不仅如此，他还将指引改革的方向，使之朝着州政治中心前进。他强调，纽约不能再一遇到问题就大把大把地往里砸钱，这么下去，折腾不起了。"我们的政府正在走下坡路。"在布法罗的一次募捐活动上，斯皮策一针见血地指出，"改革失败没有借口，无法适应没有借口，投资失败没有借口，总之，失败没有借口。……面对危机而无所作为是可怕的浪费。所谓'危中有机，机不可失，时不再来'。"

一周之后，在纽约州南部地区，斯皮策成功发表竞选演说，在曼哈顿举办了一场1,500人的正式晚宴，每人份餐费1,000美元。宴会上，各种活动节奏明快。在纽约最大的喜来登大酒店（Sheraton）宴会厅里，群贤毕至，座无虚席。此次活动共募集了将近500万美元。活动内容也被纽约市各主要媒体随笔、杂谈等专栏争相报道。《纽约邮报》的辛迪·亚当（Cindy Adam）虽然对晚宴上招待的食物和酒水颇有微词，但是仍然表示："除非纳尔逊·洛克菲勒（Nelson Rockefeller）从天国回来要求收复失地，否则，

华尔街"警长"——埃利奥特·斯皮策

下一任州长非埃利奥特·斯皮策莫属。"晚宴准备过程中,斯皮策的竞选工作人员任劳任怨、殚精竭虑,让自己的候选人给人留下一种能够主宰世界的印象。通过本次集会,斯皮策为获得消防队员、环境保护论者、35位市长及6位州民主党县长中5位的支持铺平了道路。〔例外的那位是拿骚郡县县长马斯·苏茨。在初选中,苏茨正在掂量着要公开参加竞选,与斯皮策决一雌雄。他可能会得到肯·朗格尼的鼎力支持。因为后者发誓要报复斯皮策。〕

虽然距离州长竞选还有11个月,但是斯皮策在其对手尚在寻找出路时,已经一步一个脚印,留下了深深的足迹,可谓名副其实的捷足先登。共和党有希望的重要州长人选是马萨诸塞州前州长威廉·维尔德(William F. Weld)。在纽约,即使他能得到支持,时下也尚未获得验证。

而与此同时,斯皮策丝毫没有表现出对自己原有工作掉以轻心或者失去兴趣的意思。他很看重自己所从事的这份工作。是它,给自己带来了全国性声誉,让他名噪一时。所以,他决定善始善终,站好最后一班岗。在2005年最后两个月,检察总长办公室对部分案件提出了一套完整的补充诉讼——强制零售商召回含铅的午餐饭盒,要求加油站为在卡特里娜飓风(Hurricane Katrina)之后所实施的价格欺诈而支付罚金,命令一家叫作百老汇先生(Mr. Broadway)的曼哈顿熟食店给搬运工人和厨房工人追加3,000万美元薪水。斯皮策也直言不讳地反对环保署计划,清除哈德孙河(Hudson River)污染物(该问题在他1998年竞选纽约州检察总长期间曾提出过)。斯皮策继续跟踪金融服务业。股票分析师综合协议正好在圣诞节前临近结束,此时,证交会开始给33,677名华尔街大公司客户邮递赔偿支票。支票接收人是偏袒性调查报告中的受害者。几乎一半接收人的股份是100股或者更少。这表明,他们确实是斯皮策强调要保护的中小投资者。检察总长也发现自己遭到未曾意料到的负面宣传:几年前,检方办公室曾就一家小型正统犹太教团体青年以色列全国委员会(National Council of Young Israel)进行过一次调查。现在,《犹太前进报》(The Forward)发表了一篇文章,对当时的调查方法提出质疑。检察总长慈善部（Charities Bureau）前主任威廉·约瑟夫森（William Josephson）告诉《犹太前进报》，检察总长的调查不符合规范，极有可能是受到了某些影响，因为有些参与调查的人员与正统犹太教群体有纠缠不清的家庭关系。虽然慈善部披露了被斯皮策办公室所描述的"重要问题"，包括据称是支付给高层官员的不适当款项和贷款，但是斯皮策从来没有对青年以色列全国委员会提起公诉。约瑟夫森告诉《犹太前进报》："在此事的处理上，存在着很多违背常规之处，背离常规程序便很难直接追查案件。"斯皮策反驳说，检方办公室强制非营利性组织"改变整个管理结构……为强制执行机构治理改革、人事改革，我们已经最大限度地利用了手中所掌握的权力，最大限度地发挥了我们所拥有的优势"。

但是，就单纯争议而言，任何事情都无法与斯皮策和美国国际集团前总裁汉克·格林伯格正在进行的斗争相比拟。11月下旬，斯皮策的副手们公开承认，其上司曾在几个月前私下里做出判断：检方掌握的证据不能够支持对格林伯格在州股票交易或者美国国际集团会计核算问题上提出的刑事指控。（格林伯格的律师罗伯特·莫尔维洛称，此举证明其当事人在4月份宣誓做证时争取美国宪法第五条修正案的庇护是正确的。）后来斯皮策公布了检方办公室对格林伯格第二次调查的结果：经过对美国国际集团前总裁于1969年和1970年两年间在一系列股票交易中所起作用的调查证明，这些交易与格林伯格控制的一些公司及其已故上司康那利斯·温德·斯塔尔（Cornelius Vander Starr）的房地产有关。

调查包括在几个月内查遍上百盒旧文件——这次倒是没有让人尴尬的电子邮件。但是根据斯皮策办公室的说法，调查的最终结果却很让人头疼。检方调查人员发现三起独立股票交易，交易均涉及斯塔尔房地产执行人的"自我交易"，看起来都损害了房地产方面的利益。据斯皮策的工作人员判断，斯塔尔基金会（Starr Foundation），也就是斯塔尔房地产的主要受益者，从各种股票销售中赚得200万美元现金。当时，如果斯塔尔基金会收到并持有上述股票，那么所持有的这些股份在2005年就值60亿美元。在正常情况下，禁止州对超过6年的诉讼的受托人提起法律诉讼。围绕着法定诉讼时效问题，斯皮策团队指出，他们也找到了一种有效方法。既然格林伯格仍然担任斯塔尔基金会主席，那么诉讼时效就还没有超过限制期。

下一个问题是如何立案。斯皮策本来可以修正他现有的反欺诈诉讼，对格林伯格和美国国际集团提出欺诈诉讼，包括对斯塔尔房地产进行指控。但是恰恰相反，他选择了一种更加不同寻常的诉讼程序。利用舆论压力，斯皮策及其工作人员就调查结果撰写了一份长达30页的报告，在12月14日送往斯塔尔基金会，并同时将报告公开给选定的媒体。在报告附函中，斯皮策让基金会会长佛罗伦萨·戴维斯（Florence Davis）考虑对其董事会主席格林伯格采取法律手段，追回款项，时间截至2005年1月底。（虽然信上没有明说，但是如果斯塔尔基金会拒绝检方提出的要求，报告也不排除斯皮策办公室自己提起诉讼的可能性。）

斯皮策的报告惨遭戴维斯的冷遇。"虽然斯塔尔基金会尊重检察总长监督慈善基金以及在调查中所声称的不当行为的权力，"戴维斯在一份声明中表示，"但是基金会关注的是与司法程序有关的指控，而指控早在25年前就已经结束。如果没有明确的调查目的，随之而来的负面宣传可能会对基金会的资产价值造成不利影响。"

但是格林伯格远没有那么克制。在各大报纸报道以及有线频道CNBC的一系列访谈中，格林伯格称斯皮策的指控暗藏着不可告人的政治动机，让他"忍无可忍"，并因此对斯皮策进行了一番狂轰滥炸。"事情非常简单：他想竞选另一职位。"格林伯格告诉《华盛顿邮报》，"指控我无关是非。"对斯皮策处理问题的方法，他也颇有微词，还告诉《纽约邮报》："他们在舆论上迫害我，而不是提起诉讼。"

就此，格林伯格的律师发表了一份长达34页的第二次答辩状，称斯皮策的报告是斯皮策没能对格林伯格成功提起刑事诉讼而试图挽回面子的结果。他们承认，格林伯格和其他几位高管确实进行过交易，但是同时指出，房地产依据的是联邦法律，而联邦法律在处理这种显而易见的利益冲突问题

第十二章 天下为先 迎接挑战

时是有法可依的。按照1979年联邦法的要求，格林伯格从事的交易不仅由纽约州法院批准，而且当时纽约州检察总长还是该案当事人，没有提出反对意见。"在C.V.斯塔尔公司房地产协议这个问题上，并没有对格林伯格先生提出任何正当、合理的申诉。检察总长办公室心知肚明，当时没有采取任何法律行动就是这个原因。"2006年1月上旬，戴维·鲍尔斯做出此番解释，"如果他们在法庭上提起诉讼，案件就不会被受理。信函和所谓的'报告'属于个人攻击，是不公正的。这么做完全出于公关目的，是为给格林伯格先生施加压力。"

格林伯格的支持者中不乏许多声名显赫的人物，其中包括纽约州前州长马里奥·科莫（Mario Cuomo）。科莫开始公关活动，以维护美国国际集团前总裁的形象。"很多人，包括我在内，都能感受到人们对汉克的尊重之情和对他所成就的事业的钦佩之意，这是确定无疑的。"科莫告诉彭博新闻社（Bloomberg News）①。

斯皮策没有放弃原主张。"只要这是一桩欺诈行为，而我们又恰好有管辖权，即使诈骗行为是以前所犯下的，时间已经过去很久，也不意味着他就会侥幸逃脱罪责。"斯皮策说，"基金会应该追回损失的款项。"此外，他还补充说，检察院对这一案件特别感兴趣的原因是，工作人员在审查格林伯格律师团于复活节期间从美国国际集团百慕大办公室搬走的文件时，发现了这一案件。"现在我们知道他在我们面前要隐藏的到底是什么了。这就是我们重视此案的原因。"他说。〔鲍尔斯律师事务所对斯皮策的推测理由心生不快。原来斯皮策竟然认为他们试图对检方办公室隐瞒斯塔尔房地产的信息。"指控与百慕大文件没有任何关系，"里·沃洛斯基说，"检察总长用作其报告的物证的文件证明事实确实如此。"〕

斯皮策还继续就理查德·格拉索诉讼案与肯尼思·朗格尼进行公开辩论。12月9日，朗格尼在卡托研究所演讲。在演讲中，他强烈谴责斯皮策参

---

① 成立于1981年的美国彭博资讯公司，是全球最大的财经资讯公司，其前身是美国创新市场系统公司，创始人迈克尔·布隆伯格（Michael R. Bloomberg）。——译者注

与"义务警察"活动是出于"纯粹的政治利益",是受"赤裸裸的野心"所驱动。朗格尼还对斯皮策在初选中的潜在竞争对手托马斯·苏茨极尽赞誉之能事。据一家自由主义民间团体推测,单是在2005年一年,朗格尼的朋友们及其合伙人就给苏茨出资51万美元。面对朗格尼的资金筹集和批评,斯皮策没有等闲视之、置之不理,而是积极回应。他告诉《纽约时报》,朗格尼的种种辩解都是"谎言!谎言!更多的谎言!"

这番高调攻击漫骂招致了评论家的质疑。他们开始怀疑:虽然斯皮策是一名成功的检察官,但是,他是否能卓有成效地履行州长职责,是否具有这方面的潜质?因为州长这一工作需要多方面的管理能力,不仅需要行政管理能力,还需要调解技巧。《华尔街日报》社论对此发表评论,称纽约人应当问一问:"斯皮策先生有公开诋毁个人而非在法庭上提起诉讼的习惯,对一名检察官来说,这一行为是否合适?该行为与竞选纽约州州长相去甚远,差了十万八千里。"

甚至连斯皮策自己也承认,他要竞选的纽约州州长的工作与过去七年已经习惯了的位高权重的有利地位确实不同。"两个职位迥然不同。"他说,"现在这个时代是一个二元世界,非好即坏。检察总长就是对治理对象筛选分类,根据计划优劣分出等级。"当时,纽约州已经税负甚高,债台高筑。但是斯皮策强调说,多年来担任检察总长一职证明,他有勇气去挑战根深蒂固的既得利益,重新规划广受欢迎的政府计划。"如果说我代表着什么,那就是我不会竖起一根手指来,看政治风往哪个方向吹,一心光想着政治上的利益。"斯皮策说。

纽约州的政治历史表明,斯皮策的好斗性格有可能使他在两个可能的方向中,朝着其中一个发展。斯皮策可能沿着寻衅好斗的鲁道夫·朱利安尼照亮的斗争之路勇往直前:鲁道夫·朱利安尼曾经是联邦检察官,后来担任纽约市市长。在过去八年任职期间,朱利安尼发现自己在试图改组市政府、减少犯罪方面经常是"一个人的团队",孤家寡人,单打独斗。或者,斯皮策也可能秉承托马斯·杜威树立的典范。杜威是一位个性强悍的曼哈顿检察

第十二章　天下为先　迎接挑战

官，他充分展示了广泛结盟的天才。在20世纪40年代到50年代初，杜威曾经成功地荣任三届纽约州州长。

像朱利安尼一样，斯皮策过去也曾经疏远过一些潜在的盟友。有时候，他说话生硬造成障碍，影响自己可能成就的业绩。人们经常挂在嘴边的一个故事是，2001年年底，全美检察总长协会（National Association of Attorneys General）提议将烟草协议的余款5,000万美元用于培训工作人员，甚至可能在华盛顿新建一座大楼。斯皮策对此十分震惊。于是，他专门乘飞机飞往协会在加利福尼亚举行的冬季会议，特别要求各位检察总长同人反对该计划，将这笔钱花在卫生保健方面。但是，当时会议临近结束，他的到来引起诸位同道们的强烈不满，因为他们已经在加利福尼亚待了大半周。其间，他们开会、参加各种社会活动，包括外出旅行、参加喜剧俱乐部、去迪士尼游乐场游玩等等。结果斯皮策一来就把事情搞得一团糟。他不仅指责他们虚报协会预算，而且还指责他们接受邀请，免费逛娱乐公园，允许一位当地房地产开发商给他们提供晚宴赞助，在一些原则问题上妥协让步等。加利福尼亚州检察总长比尔·洛克耶（Bill Lockyer）被斯皮策的言行彻底激怒了。不仅是因为他的工作人员花费好几周时间准备这些活动，而且他心里很清楚，对很多官员来说，迪士尼乐园之行是难得的享受，因为他们与斯皮策不同，各自都不富裕，平日里外出旅行的机会不多，都是依靠州里发给他们的那点薪水生活。

根据《美国律师》（The American Lawyer）杂志的一篇报道，斯皮策的行为引发双方愤然争吵，恶语相向。"你多嘴多舌地说够了没有，你就是可恶，你个丧门星，一露面就惹人憎恶！"洛克耶气咻咻地说。这番话使两个男人大爆粗口，相互怒骂起来。斯皮策喊道："走出加州，打断你的狗腿，我看你还出不出门，想出去比试比试？那好啊，我就是在布朗克斯区长大的。"

"我还怕你不成，"洛克耶也不甘示弱，吼叫着回击道，"我是在洛杉矶东部（East L. A.）长大的。比试就比试，谁怕谁啊！"

私下里谈了一番之后，两个男人冷静下来。但是，在投票表决如何花费烟草协议那笔余款时，斯皮策输了。因为最终投票的统计结果是30∶1。虽然至少有那么几位检察总长同意斯皮策的总体观点，但是由于他姗姗来迟以及他表现出唯我独尊的凌人气势，他们很是恼怒，所以不是投反对票，就是弃权。

洛克耶事件也不是一个孤立的现象：在2003年夏天，国会女议员苏·凯丽（Sue Kelly）就曾经抱怨与斯皮策有过多次交锋。证交会工作人员也对斯皮策喋喋不休的批评耿耿于怀。斯皮策的工作人员以拘捕公开威胁，并且以让他们"身败名裂"来拖住公司，这样做只是强化了其上司鲁莽的愣头青形象。2005年12月，相关言论成为一个热门政治话题。当时高盛集团前主席约翰·怀特海德在《华尔街日报》上发表了一篇评论文章，称在2005年4月的另一篇文章里，斯皮策因他为汉克·格林伯格辩护而私下里威胁过他。怀特海德称斯皮策"很恐怖"，还称谈话记录表明斯皮策说过"你将会为你的所作所为付出沉重代价。你会希望自己要是没写过那封信该多好"。斯皮策的发言人达伦·多普对怀特海德的说法提出了异议，称怀特海德引用的斯皮策的言论是"子虚乌有的捏造"。但是他承认怀特海德和斯皮策的确争吵过。"埃利奥特确实给他打过电话，"多普说，"他们确实讨论过。埃利奥特对一些事情（怀特海德已经写在4月份的报道上）表示不满，并告诉他要将精力放在日常工作上。谈话确实就是这样结束的。"

就连斯皮策的一些支持者私下里也说，斯皮策具有公开批评对手和羞辱对手的强烈嗜好，他们担心这一幕也会在奥尔巴尼上演。证交会与其目标公司总会在公开争论后回到谈判桌旁。州议会和参议院那些强权领导们是否能心甘情愿地接受州长的污言秽语，目前尚不清楚。有一位与斯皮策在多个领域密切合作过的律师曾预言说，如果会上谈判艰难，"他会感到很受挫，然后就随心所欲，走上前去，公开贬损人家，说人家混账，然后就是些骂娘的话……"那位律师说，人们不得而知的问题是，在奥尔巴尼这样闭塞保守的幕后领地上，他如何施展那种投掷炸弹式的伎俩呢？"要么机器磨平他的棱角，要么机器为他效力……他不仅具有引导民粹主义者的本能，而且还有羞辱他们的可能。"

第十二章 天下为先 迎接挑战

在担任纽约州检察总长的七年间，斯皮策让奥尔巴尼听从其建议的履历并未给人留下特别深刻的记忆。其劳工部（Labor Bureau）部长帕特里夏·史密斯（Patricia Smith）三番五次地尝试着颁布一条法律，禁止被判重罪的公共建筑工程承包人染指普遍工资法，但却毫无进展。虽然2000年和2001年两院立法机构都通过了该法案，但是却遭到州长帕塔克的否决。史密斯回忆起这段往事时指出："埃利奥特·斯皮策所提议的法律无异于死神之吻——乍看有益但会导致毁灭的行为。"最终，史密斯和斯皮策的说客们忽然想到一个两全其美的解决办法：他们找到州最大联盟之一的施工工程师联盟，让他们把该提议当作自己的提议采纳，帕塔克终于通过该法案，使之成为法律。在斯皮策所希望的诸多提议中，其中两项被搁置好几年都没有通过。一项是加强纽约州对举报人的保护，以免他们遭到打击报复；另一项是在公共医疗保险欺诈中，加大民事处罚力度。两个提议都没有通过，部分原因是纽约州习惯于私下处理问题。在奥尔巴尼，光天化日之下的较量寥寥无几，这使得斯皮策利用所偏好的公开羞辱的策略很难奏效。"在奥尔巴尼，几乎没有多少票数势均力敌的情况，"施工工程师联盟财务处处长威廉·麦克斯皮德（William McSpedon）说，"一切都是在幕后神不知鬼不觉地操作的。没有人想和你在光天化日之下拼个你死我活。"

斯皮策对自己在立法机构方面的影响有相当清醒的认识。1999年，纽约州前议员、副检察总长丹·菲尔德曼（Dan Feldman）就曾经游说上司斯皮策追查伤残保险公司，因为他们故意拒绝支付投保人的合法索赔。菲尔德曼在立法机构任职期间，曾经设法让美国众议院通过一项法案，允许投保人从上述公司中索要惩罚性赔偿金，但是当时却受到共和党控制的参议院的压制。菲尔德曼认为，其上司应当在立法请求中将本项提议包括进去。但是斯皮策不愿意这么做。"在参议院中，并不是打着我的旗号就能增加胜算的。"他告诉菲尔德曼。在州长竞选期间，斯皮策称希望2006年的竞选能够帮助改变权力平衡，变得对他有利。"我希望我以绝对多数赢得竞选，以证明民意对改革的需要。"他说，"州长的杠杆作用大于我在立法过程中所起的作用，我打算

华尔街"警长"——埃利奥特·斯皮策

充分利用好州长的杠杆作用。"

在担任纽约市市长的八年里,鲁道夫·朱利安尼跌宕起伏的一连串经历既可以当作斯皮策可能就任的州长职务的典范,又可以当作一个警示性故事。作为一位市长,在某些方面,朱利安尼的成功是因为他桀骜不驯的个性和坚忍不拔的天性。在经济危机时期,他制定了最近几年来纽约市第一项招聘冻结制度,宣布税负削减计划、政府服务民营化以及公共部门临时裁员制度等等。他和纽约市警察局长(Police Commissioner)威廉·布拉顿(William Bratton)采用"破窗"理论(broken-windows theory)①,联手处理纽约市失控的犯罪问题。破窗理论认为,如果警察严厉打击诸如故意破坏公共艺术品的行为和跨越旋转式栅门等低级别生活质量犯罪,那么严重违法犯罪行为就会相应降低。他们采取的第一个大动作就是,首先准备清除纽约市"橡胶路上的扫帚星"——在等待红灯信号时,那些手持一块肮脏不堪的破抹布,以清扫挡风玻璃为由勒索驾车司机的人。在这次行动中,朱利安尼和警察局长首战告捷,大获全胜。"扫帚星"受到可能会被拘捕的威胁,从此便在马路上彻底销声匿迹。后来证明,"扫帚星"中有很多是之前因犯重罪而被拘捕过的人。整个问题在一个月之内就得到了彻底解决。朱利安尼呼吁在国家层面上进行福利改革,这与两党共同支持的目标不谋而合。1995年,朱利安尼在竞选活动中因削弱匪帮在美国富尔敦鱼市(Fulton Fish Market)②的影响,成为全市同类工作的典范。全市更大的问题也自然而然地逐步得到解决:到20世纪90年代末,华尔街的迅猛发展拉动了全市的经济发展。在朱利安尼前任戴

---

① 美国斯坦福大学心理学家菲利普·辛巴杜(Philip Zimbardo)于1969年进行了一项实验。他找来两辆一模一样的汽车,把其中的一辆停在加州帕洛阿尔托的中产阶级社区,而另一辆停在相对杂乱的纽约布朗克斯区。停在布朗克斯的那辆,他把车牌摘掉,把顶棚打开,结果当天就被偷走了。而放在帕洛阿尔托的那一辆,一个星期也无人理睬。后来,辛巴杜用锤子把那辆车的玻璃敲了个大洞。结果仅过了几个小时,车就不见了。以这项实验为基础,政治学家威尔逊和犯罪学家凯琳提出了一个"破窗"理论,认为如果有人打坏了一幢建筑物的窗户,而这扇窗户又得不到及时维修,别人就可能受到某些示范性的纵容去打烂更多的窗户。久而久之,这些破窗户就给人造成一种无序的感觉,结果在这种公众麻木不仁的氛围中,犯罪就会滋生、猖獗。——译者注
② 纽约最大的鱼市。——译者注

维·丁金斯（David Dinkins）任期的最后一年，严重犯罪已经开始下降，到朱利安尼任期时则直线下降，速度之快致使《时代周刊》杂志将警察局长威廉·布拉顿捧上杂志封面。1997年，朱利安尼以57%的赞成票轻而易举地再次当选为纽约市市长。在一个民主党的城市里，这是对共和党执政能力的有力证明。"纽约州人民不是选我做调解人的，"后来朱利安尼告诉《时代周刊》，"他们翘首以盼的是一个能够改变纽约市面貌的人。如果不与某些人做坚决斗争，又如何期待我能够有所变革呢？没有血腥的对峙、动荡不安的改革和一部分人的冲天怨气，就不可能彻底改变根深蒂固的人类行为。"

但是，朱利安尼的斗争方式有其局限性。从小商小贩沿街叫卖到普通百姓穿越马路，事无巨细，他对一切事情都展开了持续不变的改革，纽约人终于心生厌倦。那些耐心容忍"破窗理论"最具攻击性一面的城市少数族裔社区，已经开始主动反对朱利安尼。1999年2月，警察枪杀阿玛斗·迪阿罗（Amadou Diallo）一事让他们的愤怒情绪明朗化。朱利安尼与官僚制度无休无止的征战也让他们付出了代价——到2000年年底为止，市长已经开始启用第三任教育局局长和第三任警察局局长。广受民众欢迎的布拉顿已经离职。很多人认为，布拉顿是被赶走的。因为朱利安尼认为，给《时代周刊》杂志封面增辉添彩的该是他朱利安尼，大名鼎鼎的纽约市市长，而不该是布拉顿这个小小的警察局局长。受任期限制，朱利安尼不能再竞选第三任期，于是便暂时参与美国参议员竞选，与希拉里·克林顿（Hillary Clinton）竞争。但是他深受诸多个人问题的困扰，包括患前列腺癌、婚姻破裂以及闹得满城风雨的婚外情等等。朱利安尼的职业生涯看似已经到此结束。但是，祸福相依，2001年世贸中心（World Trade Center）被袭后，朱利安尼在政治上浴火重生。他沉着冷静的行为举止和钢铁般顽强的意志鼓舞了美国人民在危机时刻去寻求领导者应有的品质。

虽然斯皮策经常被批评者比作朱利安尼，但是他本人心里打的却是另一副算盘。2005年年末，斯皮策做了一系列演讲，解释自己想当一个怎样的州长。在一次演讲会上，他谈到纽约州"有效、有远见的政府"的历史，政府

华尔街"警长"——埃利奥特·斯皮策

要"做出一番丰功伟绩,切实有效地使全州走上更加繁荣富强的道路",并引用三大公共工程——开通伊利运河(Erie Canal)、修建纽约州收费公路(New York State Thruway)、建设纽约州立大学(State University of New York)来具体加以阐述。在某种程度上,至少这其中的2/3都是托马斯·杜威给纽约州人民留下来的宝贵遗产。杜威现在被当作"站在结婚蛋糕上的小人儿"来纪念。令人吃惊的是,在1948年的总统选举中,他输给了势均力敌的竞争对手哈里·S.杜鲁门(Harry S. Truman),从而产生了《芝加哥论坛报》(*Chicago Daily Tribune*)上著名的大字标题"杜威斗不过杜鲁门"。但是,在几十年漫长的职业生涯中,杜威以其卓越的执法能力和辉煌的执政业绩证明,一个坚如磐石的罪犯斗士能够实现华丽转身,成为功勋卓著的州长。

与斯皮策一样,杜威也是一代才俊,很早就赢得了全国性声望。作为众所周知的"扫荡流氓团伙的执法者",他敢作敢为,无所畏惧,对挂羊头卖狗肉的"非法行业"决不姑息,一查到底。这些非法行业都是有组织的流氓团伙,操纵着整个经济部门,从非法制造、走私、放高利贷、卖淫到基础行业,如旅馆经营和服装制造,等等,无不伸出罪恶的黑手。作为百老汇120号一幢大楼里(这栋大楼后来也同样成为斯皮策的曼哈顿总部)的一位特殊检察官,因为对纽约匪帮歹徒严惩不贷,杜威的赫赫威名誉满全美。他严惩的匪徒包括杀人成性的"谋杀有限公司"(Murder Incorporated)[①]。1937年,《费城调查者》(*The Philadelphia Inquirer*)报有一次曾评论道:"如果你怀疑杜威是美国第一号公共英雄(Public Hero No.1),听一听他每次在新闻短片中出现时所博得的喝彩声,你就会什么都明白了。"但是即使是在他把坏人牢牢地关在铁窗之内时,人们仍然对其工作方法产生越来越重的疑虑——在一起案件中,他禁止125位证人与外界接触,单独关押;在另外一起案件中,他以税收指控相威胁,迫使证人合作。1938年,杜威反对宪法限制搭线窃听,也曾

[①] 是20世纪三四十年代活跃于美国的一个令人胆寒的职业杀手集团,诞生于纽约市西南的布鲁克林区。当时,美国著名的犯罪集团"犯罪辛迪加"为了铲除异己,成立了"谋杀有限公司"。不久,随着阿比·莱利的加入,该组织逐渐壮大成为一个颇具规模的职业杀手集团。——译者注

第十二章 天下为先 迎接挑战

因此而激怒公民自由论者。1940年，在杜威担任曼哈顿区检察长时，人们把他当作总统候选人来看待，对他青睐有加。1942年杜威40岁时，成为纽约州第一位共和党州长，这是过去20年来纽约州未曾出现过的历史大事。

在奥尔巴尼时，杜威也曾经首先选择对抗模式，下令对整个州政府进行全面核查，主要瞄准根除欺诈、削减预算。在过去25年来，他也曾经第一次要求纽约州通过一项重新分配议席的法案，告诉那些不情愿的立法者（其中有些人要面临失去席位的可能性），如果不同意他的要求，那就是违反纽约州宪法，就是对当时在二战中奋勇杀敌的前方勇士们的大不敬。在第一次立法会议召开之后，送往他办公桌签署意见的1/5之多的法案都遭到否决。但是，随着时间的推移，杜威逐渐学会与立法机构合作，而非对抗，并取得了斐然成绩。从1942年到1954年，在杜威担任州长的三届任期中，纽约州修建了圣劳伦斯（St. Lawrence）发电厂；修筑了连接纽约市、奥尔巴尼和布法罗的高速公路；颁布法律，建立纽约州立大学体制。1945年，纽约州在全美率先通过了禁止劳动不平等待遇的法律，这有力地证明了杜威在劳动平等方面所取得的巨大成就。杜威不是利用自己的职位迫使共和党控制的立法机构通过法案，而是为法案的通过铺平道路，做好准备。这些法案都是由议会中共和党多数派和参议院中民主党少数派领导人所倡议的，考虑到了基于种族、宗教、民族起源等诸多方面存在的偏见。"他拥有非凡的领导立法的能力，"杜威的法律顾问乔治·夏皮罗（George M. Shapiro）记得，"他清楚地认识到，仅仅提出一个好的理念是远远不够的。你要说服人们认识到它的好处，说服当选的立法机构接受你的领导。"在纽约，在几十年后的今天，人们仍然怀着无限的热爱之情缅怀杜威担任州长的岁月，因为他将财政责任（他削减了纽约州1亿美元的债务）与改进教育、卫生保健以及交通运输状况结合起来。2005年，在改善各项基础设施以及决定改良纽约州税制方面，斯皮策常常会提到杜威，将他看作自己的楷模。他想吸引更多公司选择纽约做总部。

在奥尔巴尼获得的成功促使杜威开始准备竞选美国总统。1940年，虽然杜威在共和党提名中输给了温德尔·威尔基（Wendell Willkie），但是在

1944年和1948年,他却成为共和党的领袖。然而,在纽约州驾轻就熟的技巧却没能使杜威在全国政治舞台上获胜。1944年,全国人民对富兰克林·D.罗斯福(Franklin D. Roosevelt)的热爱之情以及战时追随罗斯福的赤诚之心使杜威无法取代罗斯福。1948年,在与哈里·杜鲁门总统的较量中,由于杜鲁门在罗斯福总统去世后接任总统职位,所以杜威被看作是最有希望获胜的候选人。但是,杜威对竞选活动采取了一种超然物外的态度,演讲内容只是一些模糊不清的陈词滥调和惹人厌倦的老生常谈,并没有充分利用他作为一个主张进步的纽约州州长所取得的成功。杜威的消极行为给杜鲁门提供了可乘之机,杜鲁门使杜威与国会中不受欢迎的右翼共和党多数派联系在一起,并将他执法者的形象转化为对他的不利因素。杜鲁门称杜威是新政(New Deal)[①]的"首席检察官",即在罗斯福的领导下,把社会所得降到低水平的人。民意测验专家发现,投票者认为杜威"庄严而高贵"、"诚挚而不乏亲切",但是"地狱使者杜鲁门"则成为穷人和那些丧失话语权的人们的代言人。在总统选举日,杜鲁门大爆冷门,引起不小轰动,在总统选举团(Electoral College)投票中最终以303∶189的选票大获全胜。

随着2006年州长竞选活动的启动,斯皮策指出,他和杜威一样,已经学会做必要的准备工作,建立联盟,以促成大业。作为证据,他不仅敦促检方办公室与证交会一起提请一项综合调查协议、处理多起共同基金案件,而且最近还促使两党共同努力,投票反对2005年11月中一项颇有争议的提案,即废除州长编制预算的权力。该提议就是众所周知的"一号后盾"(Prop One),由州立法机构当作一个改革计划提出来。但其主要作用是,如果州错过正式报请财政计划的最终期限,该提议就会给予立法机构额外预算权。许多著名商业团体、共和党人以及反对税收的保守派人士将一号后盾看成在以后开

---

① F. D. 罗斯福政府于1933年3月至1939年间为克服1929—1933年经济危机采取的一系列政策措施。1932年7月2日,罗斯福在接受总统候选人提名的演说中,第一次使用这个名词。一般来说,新政目的在于:在保存资产阶级民主的前提下挽救资本主义制度,防范共产主义和法西斯主义。新政包括三个方面的内容:1. 恢复陷入大萧条的经济;2. 救济大规模的失业者和贫民;3. 限制垄断资本的某些弊端。——译者注

第十二章 天下为先 迎接挑战

支失控和不可靠税款的道路上又向前迈出的一步。显然，斯皮策反对这一提案：如果通过，就会束缚住下一任州长的手脚，将权力转移给立法机构。但是他的几位铁杆盟友是这一提议的发起人，其中包括州立法机构最有影响力的民主党议会发言人谢尔顿·西尔弗（Sheldon Silver）；一些自由主义良政团体；几个工会——其中最有名望的服务业雇员国际工会地方1199支部（Local 1199 of the Service Employees International Union），是纽约州政治的主要参与者。

考虑到赞同修正案的人士要远远多于反对者，斯皮策便和助手瑞驰·鲍姆与"改变奥尔巴尼之纽约人"（New Yorkers to Change Albany）团体取得联系。该团体是"美国人争取有限政府"（Americans for Limited Government）组织全国反税收团体的一个支派。他们聚在一起共商大计，准备在非大选年中将消息传播出去。反税收团体拖着一个800磅重的粉红色猪的雕像游遍全州，成为各地的头条新闻。鲍姆和纽约州北部最大的商业团体纽约州商会（Business Council of New York State）募集钱款，为纽约州每一位可能的选举人提供预录电话资助。估计大约有375万个电话。斯皮策为民主党在册党员录制了信息。联盟还包括州长乔治·帕塔克，他也公开站出来反对这一措施；鲁道夫·朱利安尼为共和党人和无党派者录音。与主动倡导者的128万美元相比，虽然反一号后盾联盟只花费了35.5万美元，但还是以接近2∶1的优势挫败了这一法案。联盟成员也给人留下了深刻的印象。"那是一个真正的专业团体，确实是全身心投入到与选举人的交流中。""改变奥尔巴尼之纽约人"组织的发言人马歇尔·斯道克（Marshall Stocker）评论说。当《华尔街日报》社论批评斯皮策没有采取更多措施阻止修正案时，商会会长丹尼尔·沃尔什（Daniel Walsh）恳求保留不同意见。"斯皮策先生与我们的成功不可分割。"他在给编辑的信中写道，"当初，斯皮策先生就直言不讳地发表自己的看法，反对修正案。他也积极地配合我们，安排并参加联盟在全州举办的各项活动。他联络编委会，最终编委会一致反对修正案。几个月来，他和他的联盟在幕后与我们密切配合，以加强反对修正案的力量，还劝阻了一些潜在支持者。"诚然，斯皮策后来说，他为阻止一号后盾所付出的种种努力证明，一旦与竞争对手抱定共同目标，尽管与他们持有迥然相异的意识形态和政治观点，他也定能与他们有效配合。

在竞选纽约州州长一事上，斯皮策知道自己要做的事情是：收拾烂摊子，尽最大努力担当好这一职责。长久以来，奥尔巴尼的行政大楼被看作是通往高层职位的跳板。单单在20世纪，就有两位纽约州前州长已经赢得入主白宫的机会（西奥多·罗斯福和富兰克林·罗斯福），另外两位赢得主要政党的总统提名，但是后来在大选中失败了〔阿尔弗瑞德·史密斯（Alfred E. Smith）和托马斯·杜威〕；最近，尼尔逊·洛克菲勒和马里奥·科莫都被看好，被标榜为总统职位的竞争者。在某种程度上，这六个人都持有纽约州进步论者的价值观，都将纽约看作全国的典范。西奥多·罗斯福从纽约开始下大力气解决公司垄断问题；在经济大萧条初期，富兰克林·罗斯福凭借他纽约州州长的光环，通过对劳动者的全面保护，以公共工程作为救济形式进行试验。斯皮策沿着他们的足迹前进。此时，全国的民主党人正密切关注着他的一举一动。他在华尔街所开展的各项调查、他朝气蓬勃的行为风范已经使他声名远扬。他的鼎鼎大名在纽约州乃至全国都家喻户晓。但是，他能否将纽约州作为实践他理念的实验室，迈向更为辉煌的未来，还是一个悬而未决的问题，人们正拭目以待。《纽约时报杂志》在2005年10月刊出了这样的标题："斯皮策主义：检察官的热忱，民主党人之所欲？"

就埃利奥特·斯皮策自己来说，他曾公开表示，自己并没有将眼光投向奥尔巴尼以外的地方。但是他的支持者甚至他的竞选演说都表明，他的最终目标更远、更大。随着2006年竞选年的来临，他习惯于用面前充满着重重困难来作为告诫语，并引用西奥多·罗斯福的名言结束自己的演讲："冒险去从事伟大的事业，赢得光荣的胜利，即使其中掺杂着失败，那也远胜于与那些既没有享受多大快乐也没有遭受多大痛苦的平庸之辈为伍，因为他们生活在一个既享受不到胜利也遭遇不到失败的灰暗世界里。"

尾 声

在2006年头几个月里，华尔街春和景明，呈现出一片繁荣景象——道琼斯工业平均指数（Dow Jones Industrial Average）一路攀升，并超过11,000点；其他几个重要指数也达到五年来最高。从投资银行的各种汇报情况来看，他们获利甚丰。在百老汇120号，埃利奥特·斯皮策正在进行工作扫尾，为竞选州长做好最后准备。办公室主任瑞驰·鲍姆曾经参加过斯皮策1998年的竞选活动，现在辞去州里的工作，全职组织斯皮策2006年州长竞选活动。从各个方面看，一切进展都非常顺利。到现在，斯皮策已经募集到1,900万美元，这个数额相当于其共和党竞争对手手头款项的10倍之多。其主要捐助者包括：对冲基金公司经理、富有的投资人以及为现任者服务的一群奥尔巴尼院外游说家。斯皮策的一位潜在竞争对手、亿万富翁托马斯·格里萨诺（Thomas Golisano）宣布自己不参加2006年州长竞选。锡耶纳民意调查研究所（Siena Research Institute Poll）证明，斯皮策的好评率在民主党、共和党、独立人士以及各大主要民族和宗教团体中占50%，在男性和女性中也占同样百分比。

为了获得绝大多数选票而阻止别人竞争，斯皮策开始提早着手展示自己的政治实力。2006年1月下旬，州参议院少数党领袖戴维·帕特森（David A.

Paterson）还没有进入副州长竞选，斯皮策就已经宣布想让他做自己的竞选搭档，这时候已经有其他几位候选人宣布对竞选副州长一职感兴趣。帕特森是来自哈莱姆区的一位非裔美国人，其履历上记载着他进行改革创新的辉煌业绩，颇受两党器重。"我希望将这样的价值观带入政府管理工作。"在一次访谈中，斯皮策这样解释自己的行为，"他睿智、幽默、通晓政府工作，并且能够维护全体选民，代表他们讲话。一个选区的选民才是州政府的组成部分。"

但是，起初这一选择激怒了许多高层民主党黑人。因为他们已经公开宣布支持另一位来自布法罗的候选人里希亚·伊夫（Leecia Eve）。议员查尔斯·兰格尔（Charles Rangel）在接受《纽约时报》采访时，愤愤不平地说："当埃利奥特·斯皮策这个世界上最精明的人告诉我他已经挑选好候选人，并且知道其候选人一定会胜出时，如果我质疑世界上最精明的人，那我成什么人了？"斯皮策终于如愿以偿。几天之后，伊夫和另外两位已经宣布的候选人退出副州长竞选，为帕特森腾出位置。过了一段时间兰格尔才开始消气，接受这一局面。但是在2月25日，他也支持斯皮策—帕特森的候选名单。

斯皮策的人将这些小打小闹完全看作是具有建设性的做法——他们的上司挑选了一位在他自己看来能够影响非裔美国人选票的候选人，但是同时这也证明候选人独立于黑人政治团体。其他更挑剔的人则认为，这样做证实了他们的观点，即斯皮策陶醉于自己的卓越才华，过于孤芳自赏，不愿意与别人合作。选择帕特森，也意味着民主党选票很可能受到各种指责，包括民主党的选票由于太自由、对纽约市来说分量太重、深深陷入当前的政治体系中而不能给奥尔巴尼带来真正的改革等等，因为帕塔森在州参议院中代表的是哈莱姆区。

托马斯·苏茨察觉到机会终于来了。这位拿骚县县长是一位集三种身份于一身的意大利裔美国（Italian-American）天主教郊区居民。他是民主党元老。2001年民主党县长初选中，他击败反对改革的保守当权派候选人，后来发动了"整顿奥尔巴尼"的改革运动，公开批评两党州立法者。经过几个月的思考之后，2月25日，在家乡格伦·科夫（Glen Cove）一次愉快的集会上，

尾声

苏茨公开宣布自己要竞选州长。从1994年到2001年，苏茨就在那里担任县长。"我想把民主带回到民主党中，"在一次采访中，苏茨这样解释，"我能够做到，因为我以前做过。"

与其他知名共和党候选人不同的是，苏茨拥有一笔数额相当可观的竞选资金。2005年，他再次成功当选拿骚县县长，从当时的竞选资金中挪出300万美元。另外，在宣布候选资格之前，苏茨已经另外募集了170万美元，其中包括由肯·朗格尼的朋友和同事募集的50多万美元。这笔款项是朗格尼为践行誓言之故而筹集的。朗格尼曾许诺为挑战斯皮策，会在2006年向一位值得支持的候选人提供竞选资金。苏茨1月份的资金募集汇报也显示，他收到第一美国公司（First American Corporation）高管人员的一笔巨额捐款。第一美国公司是纽约州最大的产权保险（title insurance）公司之一，斯皮策办公室曾经调查过产权保险行业。"这是斯皮策所调查过的人对他实施报复的一种方式。""公民行动"（Citizen Action）团体执行董事理查德·基尔希（Richard Kirsch）说。"公民行动"是一个自由团体，该团体支持斯皮策，正在探索竞选筹款改革的方案。"苏茨任由他人把自己当作工具利用。"但是，苏茨不同意这个说法，他称自己收到的捐款绝对没有什么不妥之处，特别是与斯皮策从院外活动集团成员和出庭辩护律师那里募集的几百万元相比更是如此。"（朗格尼）唯一希望的事情就是让我获胜，让我继续做好我在拿骚县所做的工作，"苏茨说，"他没指望从州政府中得到什么。"毫无疑问，这笔款迟早能派得上用场。苏茨3月初就开始在电视商业广告上宣传竞选活动了——与斯皮策的竞选宣传在同一周。很显然，斯皮策在为一场严肃的竞选认真备战。朗格尼说他的行动才刚刚开始。"纽约州极其需要一个有利于商业发展的环境，而那个人（斯皮策）无法提供。他到处招摇撞骗，他自己心里清楚。"朗格尼说，"苏茨拥有一个极好的理念：整顿奥尔巴尼……我希望并且相信，纽约人民会认识到斯皮策与他们的利益是多么地格格不入。"

随着格拉索薪酬案审判的日子一天天临近，朗格尼的律师也在法庭上与斯皮策的工作人员展开了激烈辩论。朗格尼的律师加里·纳夫塔里斯也曾经为艾德·斯特恩做过代理律师,现在正想方设法制裁检方办公室;他所说的与法院命令不一致,而法院命令要求斯皮策办公室详细明确地列举指控朗格尼的证据。同时,格拉索的律师介入,要求法官让他们直接从斯皮策那里取证。对于这种欺诈案来说,这可是非同寻常的一步。为检方办公室处理格拉索案件的阿维·希克,为应付双方要求左右迎击,并在必要时主动出击——他索要了格拉索宣誓做证的机密副本。证词中,格拉索拒绝回答他自己担任监管人的有关行为。据此判断,那些回答可能证明他有罪。监督该案的法官查尔斯·拉莫斯(Charles Ramos)抱怨道:"你们双方交恶,我可是你们交叉火力下的平头百姓。我还有其他350桩案件等着处理呢,不能一辈子都耗在这桩案子上啊。"

  拉莫斯法官这样说自有他的道理。对斯皮策及其属下来说,他们还有许多其他事情要做。2月9日,经过几个月的争执之后,检方办公室、美国司法部和证交会等联合各方力量与美国国际集团进行协议谈判。这家保险巨头同意支付总额为16.4亿美元的罚款,就公司受到的一系列指控达成和解,其中包括串通投标、做假账及系统谋划骗取工人保险金的州税等。该协议在同类协议中规模最大,连马什·麦克里安公司的协议和综合调查协议与其相比都是小巫见大巫。不出所料,斯皮策一如既往地坚持公司要发表声明,公开表示悔改之意。美国国际集团答应了,表示"公司的行为导致纽约州检察总长和纽约保险监督官(New York Superintendent of Insurance)提起诉讼,从而导致了今天的协议。为投资者和监管人员提供错误信息是错误的,公司对此深感遗憾,并特此致歉"。美国国际集团还特地承认公司"不当记录"了汉克·格林伯格在2000年秋与通用再保险公司总裁罗纳德·弗格森谈判达成的再保险协议。

  即便如此,格林伯格还是断然拒绝签署由其先前任职的公司议定的协议。"去年夏天,美国国际集团已经就多项指控达成协议,并发表了白皮书。今天,我们已经证明多项已经达成协议的指控是错误的。"格林伯格的发言人霍华德·欧平斯基说,"认为格林伯格先生可能涉及错误行为的推测是错误的。

尾 声

我们确信，一旦争论从报纸转到法庭，就会证明格林伯格先生是清白无辜的。"但是，格林伯格也面临着来自另一个方面的压力。还是在2月份，联邦大陪审团在弗吉尼亚提交了欺诈刑事起诉书，指控弗格森、另外两位通用再保险公司官员以及美国国际集团再保险业务的前负责人。所有罪名的确定都是根据2000年的同一起有争议的再保险交易。熟悉该案件的官员私下里承认，他们没有足够的证据指控格林伯格。但是，他们坚持说还要继续对此案展开调查。

斯皮策将与美国国际集团签署的协议和联邦刑事指控看作是2005年他对格林伯格提出民事诉讼的一个肯定。当时诉讼招致公众广泛批评。至于事情的了结，无论怎样看都像是要拖延到州长选举之后。"证交会和司法部共同参与，都承认这些事实，这绝对证明我们的所作所为是正确的。"斯皮策说，"曾经有讹传说埃利奥特指控格林伯格家族是出于个人宿怨，公报私仇。这样一来，所有的讹传都不攻自破。"

一个月之后，斯皮策又全身心地投入到诉讼中。他向公众披露了一起2.5亿美元的民事欺诈，指控全国最大的报税机构美国布洛克税务服务公司（H&R Block）。诉讼称税务服务公司鼓励纳税客户将退税投资到个人退休金账户，但却没有公开宣布投资所需的高额管理费，而管理费数额之巨使大多数中小投资者都出现亏损，税务服务公司因此欺骗了成千上万的退税投资客户。从2005年起，戴维·布朗的投资保护局一直在从事此类案件的审理工作。当时，布洛克税务服务公司的一位报税员在一个论坛里牢骚满腹，抱怨说他们被迫销售价廉质次的产品，而论坛上的信息无疑会传到斯皮策办公室。"个人退休金账户特别通道（Express IRA）"只提供一种投资选择——一个货币市场储蓄存款账户，该账户给中小投资者支付的收益经常少于公司征收的管理费。布朗和斯皮策二话没说，立即投身到这一秘密消息的调查之中。"个人退休金账户特别通道"项目拥有超过50万的客户，其典型特点是：相对来说，他们都不富裕，年收入在3万美元以下，又大都刚好是第一次存钱。他们恰好又是斯皮策任职宣誓时要保护的那类投资者。布朗将这一案件交给詹姆斯·帕克（James Park）。帕克刚从薪酬丰厚的沃切尔·利普顿·罗森·卡茨律师事务所（Wachtell, Lipton, Rosen and Katz）来到检察院。9月份之前，投资保护局局长布朗几乎没有听到过有关案件进展的任何信息。现在，帕克将诉讼案的全部草稿都整整齐齐地码放在他的办公桌上。"他竟然从头到尾做了一系列的完整调查，来龙去脉，一应俱全。"布朗一边说，一边回想当时自己说不出的惊讶之情。

根据斯皮策最终提起的诉讼，在个人退休金账户特别通道中，85%的客户支付的管理费高于他们得到的收益。遭受损失最大的是那些投入最低资金额300美元的客户，他们占总投资人数的一多半。通过审查在2002年开户的客户，斯皮策办公室发现，亏损的客户占99%。经过进一步调查，发现了区域经理写给收信人为CEO马克·厄斯特（Mark A. Ernst）的一封内部电子邮件。区域经理在邮件中称很多客户亏损，并对此表示担忧："客户看到他们的投资贬值而不是升值会不高兴。"但是，根据斯皮策的说法，公司非但没对上述担忧采取任何相应措施，反而继续将个人退休金账户特别通道项目看作是"一种比较好的储蓄方法"，推向市场。

"美国布洛克税务服务公司在费用问题上误导投资者，这是在明目张胆地犯法。"在一次访谈中，斯皮策这样表达了自己的看法，"这种失实陈述性质恶劣，令人发指。大而言之，这一事实表明，我们社会中最脆弱的群体被敲了竹杠。"

布洛克税务服务公司花了几个月时间试图说服斯皮策别指控他们，理由是他们的项目是那些想养成储蓄习惯的低收入和中等收入客户可利用的一个选择。最后厄斯特无计可施，甚至在2006年3月初飞到奥尔巴尼，准备背水一战，与斯皮策见面，要求别提起诉讼。但是双方分歧很大：斯皮策的工作人员推测，公司客户损失约2,500万多美元，于是要求公司将这笔钱返还给客户。公司方面反驳说，从根本上来说，这一计划非常有益，斯皮策的推测夸大了客户的损失。从公司角度来看，任何账目记录都应当包括目前为创立个人退休金账户的节税。一旦那样看，个人退休金账户特别通道就有78%提前退出。斯皮策并不为之所动。"如果你们不能确保这些人毫发无损，我会在一

尾声

周之内控告你们。"他警告说。

3月15日,斯皮策上法庭时,布洛克税务服务公司也不甘示弱,立即来了个针锋相对。公司宣布取得纽约州前检察总长罗伯特·艾布拉姆斯的支持。艾布拉姆斯将在法庭上为公司产品辩护。"毫无疑问——我们信任个人退休金账户特别通道项目。"在斯皮策宣布案件几分钟后,厄斯特在一份发表的声明中宣称,"我们帮助了59万名客户,开始为他们的未来储蓄,他们中有40%多以前从来没有存过钱。"厄斯特也使用了另一个历史悠久的策略与斯皮策较量:他向《华尔街日报》提交了一篇评论文章,文中充满着对纽约州检察总长的愤慨和蔑视。"斯皮策提起的诉讼是对一个优良产品的无端攻击,是不公平的。该产品的使命在于帮助中低收入的美国人为退休而储蓄,并起了重要作用。"厄斯特写道。外部投资者对此半信半疑:在斯皮策宣布诉讼的当天,布洛克税务服务公司的股票跌了6%还多。看起来斯皮策可能又要陷入另一场旷日持久的官司了。

与此同时,斯皮策检方办公室仍然兢兢业业,努力工作,调查被举报的违反互联网隐私保护条例的嫌疑案件、产权保险领域不当回扣索赔以及其他几桩还没有公开的案件。环保局主任彼得·雷纳还在责令污染者进行整改。3月中旬,雷纳打了检方办公室最大的胜仗之一。在华盛顿,联邦上诉法院做出有利于斯皮策的第二个也是更具有实质性的裁定,即要求布什政府为电力厂现代化修改《清洁空气法案》。这个有利于多州联盟的决定取得一致同意,它是斯皮策和雷纳通力合作的结果,让人深感欣慰。特别是在去年秋天之后,两个诉讼案中的第一个部分失败,现在的结果更具有不同寻常的意义。在这一点上,当按照规定为电厂设备升级换代重新确定规则,允许多种设备避免安装先进污染控制器时,法庭发现环保署忽略了国会的明确意图。法官朱迪思·W.罗杰斯(Judith W. Rogers)这样写道:环保署的解释将会在"矮胖子的世界里(Humpty Dumpty World)"[①]绕来绕去。此外,他还冷冷地加上

---

① 在《爱丽丝漫游奇境》中,爱丽丝遇到蛋形的矮胖子 Humpty Dumpty 时,其间有一段关于"语言含义"的对话。Humpty Dumpty 的观点很独特:一个词汇的意思,不是由大家在交流中约定俗

一句:"我们拒绝采取这样的世界观。"该观点甚至还赢得了法官贾尼斯·罗杰斯·布朗(Janice Rogers Brown)的支持。贾尼斯·布朗是布什最近任命的法官。她面临着自由派团体的强烈反对,因为自由派团体害怕她会限制工人和环境保护法的范围。"与她(布朗)法庭意见一致,这表明环保署做得是多么过分,我们又是何等正确!"斯皮策欣喜不已,他说,"这可是我过去七年工作的压顶石啊。"

事实证明,即使斯皮策荣任其他职位,他的工作还会一丝不苟地继续下去。证交会还在继续追查与再保险协议中美国国际集团和通用再保险公司有关的高管人员,对帮助从事择时交易的对冲基金经纪商提起诉讼。与此同时,州保险委员会正在采取严厉措施,打击卷入马什公司操纵投标的保险公司,强制它们赔偿公司客户蒙受的损失。但是,并不是斯皮策的所有努力都会取得成功。与货币监理署就少数族裔贷款问题所展开的斗争、非法枪支案以及督促环保署控制二氧化碳排放等都是不成功的,而敌手们却越来越善于利用媒体,努力营造对斯皮策的进逼之势。

但是,总的来说,斯皮策立足于州进步主义的远见比他在任职时所希冀的要受欢迎得多。"当时我们是播撒一些希望的种子,现在种子在茁壮生长。"他评论道,"在最初开始时,可能是孤身奋战,独自呐喊,现在已经有人和我们站在一起……将来,还会有更多人站在我们一边,振臂一呼,应者云集。"

成的,而是靠掌握权力的"主人"来决定:主人想让它是什么意思就是什么意思,亦即权力决定话语。这里"Humpty Dumpty World"即"矮胖子的世界",指"极不可靠的世界"。——译者注

注 释

本书中的大部分材料来自记录在案的采访、能公开获得的各种文件、已经发表的报道等。凡属上述情况，我便在注释中直接注明引用出处。我也试图在文本中解释引文是否是同时期的，或者是以后根据他人的回忆整理而成的。

细心的读者还会发现，并不是每一处引文都能在尾注中找到出处。在有些情况下，因为所访谈的人不想暴露身份，我尊重他们的要求，隐去采访来源。有时说话人是确定的，但是来源不确定，我就至少找两个直接证人来证实他们所说的情况（或者，在电话采访时，让打电话的各方证实情况）或者找一个直接证人，告知当时打电话时的情形。另外，还有几个例子，参与者和证人对所描述的情况意见不一致，这种情况我就将双方所说的内容都照实记述，并略做说明。

最后，需要说明的是，本文中大多数的主要参与者不是直接向我介绍情况就是通过发言人或者律师进行转述或者评论。但是，遗憾的是，有几个重要例外。最明显的例子是纽约证券交易所前主席理查德·A.格拉索和花旗集团前股票分析师杰克·格鲁曼。我尽量通过引用他们在访谈中对媒体其他人士所陈述的内容来表明他们的观点。

第一章 大张旗鼓 整顿市场

1. 究其原因，只是你们不懂得保险这个行当而已：根据斯皮策和其他三位与会者的会议记录整理而成。

2. 那就是，加强基本道德规范行为建设的必要性：作者对埃利奥特·劳伦斯·斯皮策的采访，纽约，N.Y.，2005年9月19日。

3. 公司对这三大业务缺乏明显的管理手段和控制措施：作者对戴维·D.布朗四世的采访，纽约，N.Y.，2005年9月15日。

4. 我打算拒绝与马什公司的管理人员谈判：作者对斯皮策的采访，纽约，N.Y.，2005年9月19日。

5. 情况如此之糟糕：埃利奥特·斯皮策，在纽约律师团宣誓仪式上的讲话，纽约，2004年4月19日。

6. 市场就无法生存：埃利奥特·斯皮策，在投资者年度会议上的讲话，纽约，2005年4月13日。

7. 政客威廉·詹宁斯·布赖恩便利用这一形势，煽动叛乱：根据迈克尔·卡津（Michael Kazin）《民粹主义者的信念》（*The Populist Persuasion*）〔纽约：康奈尔大学出版社（New York: Cornell University Press），1995，第37页〕一书中对布赖恩的描述。

8. 在现代社会所看到的臭名昭彰的、无法接受的恐吓形式：布鲁克·马斯特斯（Brooke A. Masters）和杰弗瑞·伯恩鲍姆（Jeffery H. Birnbaum），"金钱竞选：斯皮策与华尔街的争斗没有阻碍州长竞选募集资金"（A Run for the Money; Spitzer's Sparring with Wall Street Doesn't Hinder Fundraising for His Gubernatorial Campaign），《华盛顿邮报》，2005年4月7日，第E01页。

9. 我们提出的问题具有民粹主义的意味：作者对埃利奥特·斯皮策的采访，纽约，N.Y.，2004年2月12日。

10. 搞好资本主义应该懂得什么时候需要整顿市场：作者对埃利奥特·斯皮策的采访，纽约，N.Y.，2004年2月12日。

注 释

11. 纽约光荣的进步传统：埃利奥特·斯皮策，在纽约喜来登大酒店的讲话，2004年12月9日。

12. 进步论者的解决方法是和风细雨式的温和改良，而不是急风暴雨式的革命：对进步论者的这一描述摘自富兰克林·弗尔（Franklin Foer）"联邦制之乐事"（The Joy of Federalism），《纽约时报书评》（New York Times Book Review），2005年3月6日，第12页。

13. 提升政府作为自由市场的支持者的形象：埃利奥特·斯皮策和小安德鲁·塞里，"牛市"（Bull Run），《新共和杂志》（The New Republic），2004年3月22日，第18页。

14. 并从反托拉斯中得到一种异乎寻常的乐趣：作者对小安德鲁·塞里的采访，纽约，N.Y.，2005年9月12日。

15. 人们将进步主义理解为在市场环境范围内创造机会：作者对埃利奥特·斯皮策的采访，纽约，N.Y.，2005年9月19日。

16. 我们在怀念罗斯福的时候虽然怀着款款深情：该记述是根据埃德蒙顿·莫瑞斯（Edmund Morris）所著的《西奥多·罗斯福的崛起》（The Rise of Theodore Roosevelt）一书〔纽约：科沃德·麦肯盖根出版公司（New York: Coward McCann & Geoghegan Inc.），1979年〕，第179页。

17. 政府必须进行干预，从而保护劳动工人：西奥多·罗斯福，《自传》（An Autobiography）〔纽约：麦克米伦出版公司（New York: Macmillan Inc.），1913年〕，材料从 bartleby.com 在线阅读上获得。

18. 华尔街就吓得目瞪口呆，不敢轻举妄动和下文，你还打算要攻击我的其他利益集团：内森·米勒（Nathan Miller），《西奥多·罗斯福的一生》（Theodore Roosevelt: A Life）〔纽约：威廉·莫罗出版公司（William Morrow and Co.），1992年〕，第368—369页，引自约瑟夫·比绍普（Joseph B. Bishop）《西奥多·罗斯福及其生活的时代》（Theodore Roosevelt and His Times）〔纽约：斯克里布纳出版社（New York: Scribner's），1930年〕，第1卷，第184—185页。

19. 这一令人惊异的、不计后果的掠夺和抢劫可能会唤醒全国的商业利益团体和有识之士：盖茨（Gates）写给洛克菲勒（Rockefeller）的书信，1907年8月9日。引自罗恩·切尔诺（Ron Chernow）的《石油大亨：老洛克菲勒传》（*Titan: The life of John Rockefeller, Sr.*）〔纽约：兰登书屋（New York: Random House），1998年〕，第542页。

20. 他所有的朋友都在华尔街工作，对周围的人和事了如指掌：作者对艾伦·德肖维茨的采访，纽约，N.Y.，2004年5月。

21. 阳光是最好的消毒剂：路易斯·D. 布兰代斯（Louis D. Brandeis），"投资银行家们如何使用别人的钱"（Other People's Money and How the Bankers Use It），首先在《哈珀周刊》（*Harper's Weekly*）上连载。1913年12月20日第一次发表在《哈珀周刊》上。在过去两年里，作者与斯皮策的谈话中，斯皮策分别三次引用了布兰代斯的这句名言。

22. 这些公司将客户看作酬金制造者：作者对埃利奥特·斯皮策的采访，纽约，N.Y.，2004年2月12日。

23. 当前保险系统的巨大浪费是因为业务：路易斯·D. 布兰代斯，"最大的人寿保险公司犯错了"（The Greatest Life Insurance Wrong），《波士顿独立报》（*The Independent*）（Boston），1906年12月20日，第1,475—1,480页。《庞大的祸根：路易斯·D. 布兰代斯文集》（*The Curse of Bigness: Miscellaneous Papers of Louis D. Brandeis*），奥斯蒙德·弗瑞恩克尔（Osmond. K. Fraenkel）编，纽约：维京出版社（New York: Viking），1934年，第20页。

24. 庞大的祸根：路易斯·D. 布兰代斯，"投资银行家们如何使用别人的钱"。

25. 虽然布兰代斯的经济理论有些过分简单化：对布兰代斯职业生涯的描述是根据托马斯·麦克克劳（Thomas K. McCraw）《先知者的调控》（*Prophets of Regulation*）一书〔马萨诸塞州剑桥：贝拉纳普出版社（Cambridge Mass：Belknap Press），1984年〕，第112—114页。

26. 仅仅是对个人权利的无端干涉：《劳克尔诉纽约诉讼案》（*Lochner v. New York*），联邦卷宗，198卷，45分卷（1905年）。

27. 因为考虑到"种族的力量和精力"：《马勒诉俄勒冈诉讼案》（*Muller v.*

Oregon),联邦卷宗,208 卷,412 分卷(1908 年)。

28. 有两位合众钢铁公司的律师试图聚拢"一小撮人":亨利·希金森(Henry Higginson)写给亨利·卡波特·洛奇(Henry Cabot Lodge)的书信,1916 年 2 月 13 日,《亨利·卡波特·洛奇论文集》(*Henry Cabot Lodge Collected Papers*),波士顿马萨诸塞州历史学会(Massachusetts Historical Society, Boston)。

29. 他得不到人民的信任:"斗争布兰代斯并不合适"(Contend Brandeis Is Unfit),《纽约时报》,1916 年 2 月 13 日,第 16 页。

30. 实行联邦制的一大幸事就是:《新大州制冰公司诉利普曼诉讼案》(*New State Ice Co. v. Liebmann*),联邦卷宗,283 卷,262 分卷(1932 年)。

31. 他们并不是确实想让各州插手:作者对劳埃德·康斯坦丁的采访,纽约,N.Y.,2005 年 4 月 18 日。

32. 任职多年以来,所犯的唯一的、最大的错误:阿瑟·莱维特(Arthur Levitt)与鲍勒·多维耶(Paula Dwyer),《散户至上:证交会主席教你避险并反击股市黑幕》(*Take on the Street*)〔纽约:万神殿图书公司(New York: Pantheon Books),2002 年〕,第 11 页。

33. 联邦大撤退也在如火如荼地进行:根据杰弗瑞·罗森(Jeffrey Rosen)的统计数字,"布什能够拯救保守的最高法院吗?"(Can Bush Deliver a Conservative Supreme Court?)《纽约时报》,2004 年 11 月 14 日,第 4 部分,第 1 页。最近,法院放弃了取消各种重大的环境、健康以及安全问题的法律机会,例如,《濒危物种法案》(Endangered Species Act)。但是很多重要选票非常接近,两位布什任命者可能改变权力的平衡。

34. 比三年前的任职人数减少了 3/4:美国联邦总审计署(U.S. General Accounting Office),"国会汇报:证交会工作"(Report to Congress: SEC Operations),华盛顿哥伦比亚特区(Washington D. C.),2002 年 3 月,第 25 页。控诉案件增长了 100%,但是执法人员只增长了 16%。公司诉讼案增长了 60%,但是工作人员用来审查案件的时间增加了 29%,第 13 页。例如,在证交会,人员流动率在 1998—2000 年间是 33%,第 25 页。

35. 联合起来,我们则是一个更为强大的对手:作者对小约瑟夫·卡伦

(Joseph Curran, Jr.)的电话采访，纽约，N.Y.，2005年5月18日。

36. 莱特医药在缅因州里斯本福尔斯的所作所为，就是莱特医药在旧金山的所作所为：马斯特斯（Brooke A. Masters），"各州争相炫耀检控能力；检察长进军联邦曾经管辖领域"（States Flex Prosecutorial Muscle; Attorneys General Move into What Was Once Federal Territory），《华盛顿邮报》，2005年1月12日，第A01页。

37. 这一时机非常完美，特别是涉及证券市场的问题：作者对劳埃德·康斯坦丁的采访，纽约，N.Y.，2005年4月18日。

38. 应当通过一项法律，阻止任何检察官在离职（之后的）三到五年里竞选公职：作者对罗伯特·莫尔维洛的采访，纽约，N.Y.，2005年6月14日。

39. 造成了相当大的伤害，不必要的伤害：作者对霍华德·米尔斯的采访，纽约，N.Y.，2005年11月20日。

40. 各种各样的州条例迅速出台，互相冲突：布鲁克·马斯特斯，"各州争相炫耀检控能力；检察长进军联邦曾经管辖领域"，《华盛顿邮报》，2005年1月12日，第A01页。

41. 假设有50个埃利奥特·斯皮策：斯坦·鲁克森伯格（Stan Luxenberg），注册的热扑在线（Rep Online），2005年9月9日。

42. 从理论上来说，最可靠的观点就是我在法学院所持的观点：作者对埃利奥特·斯皮策的采访，纽约，N.Y.，2005年5月23日和2005年11月17日。

43. 总是有那么一些人，他们为罪犯的强权和政治背景而辩护：埃利奥特·斯皮策，记者招待会，纽约，N.Y.，2005年9月15日。

44. 我们恰恰就是受了该公司最高层领导人的误导：埃利奥特·斯皮策，记者招待会，纽约，N.Y.，2004年10月14日。

第二章　幼学壮行　雷厉风行

1. 据家族传下来的故事讲：作者对丹尼尔·斯皮策的电话采访，2005年4月

注 释

12日。

2. 杰里·斯蒂勒：安妮（Anne）说，家里的三个孩子经常取笑她关于自己和斯蒂勒的事情，直到当选检察总长不久以后，埃利奥特在一个社交场合中遇到斯蒂勒。当埃利奥特提到他母亲的闺名时，斯蒂勒立即知道那是谁了。"那是传奇故事一样的事情，我对她一见钟情。"斯蒂勒记得。作者对安妮·斯皮策的采访，纽约，N.Y., 2005年5月26日；作者对杰里·斯蒂勒的采访，纽约，N.Y., 2005年6月10日。

3. 为工程学而进行工程学实习非常枯燥：作者对伯纳德·斯皮策的采访，纽约，N.Y., 2005年5月26日。

4. 对所从事的任务的好奇心和献身精神：作者对伯纳德·斯皮策的采访，纽约，N.Y., 2005年5月26日。

5. 那得需要两个人才能把他拽走的：作者对安妮·斯皮策的采访，纽约，N.Y., 2005年5月26日。

6. 你借了不还就会知道要发生什么事情了：作者对埃利奥特·斯皮策的采访，纽约，N.Y., 2005年4月12日。

7. 他没有意识到自己手中所拥有的权利：作者对伯纳德·斯皮策的采访，纽约，N.Y., 2005年5月26日。

8. 他双眼炯炯有神，闪烁着智慧的光芒：作者对丹尼尔·斯皮策的电话采访，2005年5月12日。

9. 是一家入会资格有严格要求的海滩俱乐部会员：是一家位于纽约州马马罗内克（Mamaroneck）的海滩俱乐部，几乎100%是犹太人和白人。埃利奥特·斯皮策在竞选公职之前退出了该俱乐部，但是他父母亲仍然是该俱乐部的成员。作者对埃利奥特·斯皮策的采访，纽约，N.Y., 2004年1月12日；作者对赫伯特·纳斯（Herbert Nass）的采访，纽约，N.Y., 2005年6月6日。

10. 好好上学吧。可别入了我干的这行当儿：作者对丹尼尔·斯皮策的电话采访，2005年5月12日。

11. 我不赞同埃利奥特在生活中的社会胡说学：作者对丹尼尔·斯皮策的电

话采访，2005年5月12日。

12. 我用功学习的那股劲儿可比在普林斯顿大学准备考试足多了：作者对比尔·泰勒（Bill Taylor）的电话采访，2005年4月11日。

13. 如果做什么事要超过半个多小时：作者对安妮·斯皮策的采访，纽约，N.Y.，2005年6月2日。

14. 他的脸颜默默地诉说着他的困窘：作者对杰森·布朗的采访，纽约，N.Y.，2005年5月25日。

15. 我刚才还看到要成为世界第一的那个家伙了：埃利奥特·斯皮策在纽约西部国家广播公司（WNBC）第四频道上的讲话，2003年12月7日，正好在约翰·麦肯罗为他的竞选活动做宣传、募集资金之前。

16. 埃利奥特和艾米丽在爱德华·梅耶尔的国会竞选活动中做志愿者：2004年，梅耶尔再次进入政界，竞选康涅狄格州的州议员，斯皮策为梅耶尔的竞选活动募集资金。这一次，梅耶尔胜出。作者对爱德华·梅耶尔的电话采访，纽约，N.Y.，2005年5月18日。

17. 他也吸食大麻：作者对埃利奥特·斯皮策的电话采访，2005年4月12日和2005年5月23日。当被问及在1998年竞选检察总长期间他是否吸食时，斯皮策回答：“绝对的，当时，时不时地带着自豪感惬意地来它几口。”约翰·卡赫（John Kaher），"检察总长有望允许吸食大麻"（Attorney General Hopeful Admit Pot Use），《奥尔巴尼时代联合报》（*Times Union*）（Albany），1998年，9月5日，第B2页。

18. 一个非常严谨的人：作者对艾琳娜·卡根的电话采访，2004年5月7日。

19. 斯皮策被选派到经济学101教室听课：作者对威廉·G.博文的电话采访，2005年5月11日。

20. 去参加当地一家餐馆举办的吃意大利面条大赛：梅耶尔吃了七碗面条，最终胜出，他和目击证人都说确实是这么回事。比赛上了《普林斯顿大学日报》（*Daily Princeton*）的头条新闻。作者对卡尔·梅耶尔的电话采访，2005年5月11日。

21. 他就会说，"这饲料倒是不错"：作者对杰森·布朗的采访，纽约，N.Y.，

2005年5月25日。

22. 我甚至都不知道他在参加竞选：作者对安妮·斯皮策的采访，纽约，N.Y.，2005年5月26日。

23. 截止时间往后推迟至学期中：作者对卡尔·梅耶尔的电话采访，2005年5月19日。

24. 斯皮策显然是个"组织人物"：作者对威廉·G.博文的电话采访，2005年5月11日。

25. 正在电话里给某位行政人员读暴动法令：作者对比尔·泰勒的电话采访，纽约，N.Y.，2005年4月11日。

26. 为国会议员布鲁斯·卡普托当实习生：1982年布鲁斯·卡普托在越南服过兵役，后来由于在参议院竞选活动中的错误主张而弄得声名狼藉。卡普托拒绝就此事发表评论，2005年5月18日。

27. 他费尽心思与年轻人交谈：作者对安妮·斯皮策的采访，纽约，N.Y.，2005年5月26日。

28. 你是否需要依靠福利过活：作者对丹尼尔·斯皮策的电话采访，2005年5月12日。

29. 当时弄得还真是挺紧张的：作者对比尔·泰勒的电话采访，2005年4月11日。

30. 这个题目很容易写：作者对埃利奥特·斯皮策的采访，纽约，N.Y.，2005年4月12日。

31. 他将来会出人头地的：作者对马尔斯·卡勒的电话采访，2005年4月18日。

32. 哇！他浑身散发着炽热的生命激情和由衷的奉献精神：作者对安妮－玛丽·司朗特的电话采访，2005年5月20日。

33. 一个脚踏实地的人、非常务实的人：作者对茹娜·埃拉姆的电话采访，2005年5月31日。

34. 创造了良好的环境：埃利奥特·斯皮策在普林斯顿大学的毕业论文："后斯大林时代的东欧革命：苏维埃反动行为研究"（Revolutions in Post-Stalin Eastern

Europe: A Study of Soviet Reactions），1981年。

35. 妈妈！考试不是手写的啊：作者对安妮·斯皮策的电话采访，2005年6月2日。

36. 那是在美国的斯里兹维勒：作者对艾伦·德肖维茨的电话采访，2005年5月27日。

37. 一个读书人，不露圭角：作者对艾伦·德肖维茨的电话采访，2004年4月。部分采访引自布鲁克·马斯特斯："埃利奥特·斯皮策重拳出击"（Eliot Spitzer Spoils for a Fight），《华盛顿邮报》（Washington Post），2004年5月31日，第A01页。

38. 你就等着当我的手下败将吧：作者对劳埃德·康斯坦丁的采访，纽约，N.Y.，2005年4月18日。

39. 这个青年才华横溢：作者对纳迪娜·玛斯凯特尔的电话采访，2005年8月8日。

40. 你是谁：作者对茜尔达·沃尔的采访，纽约，N.Y.，2004年5月12日。

41. 这是我的房子：作者对埃利奥特·斯皮策的采访，纽约，N.Y.，2005年4月12日。

42. 一页一页翻遍了整个脸谱：作者对埃利奥特·斯皮策的采访，纽约，N.Y.，2005年4月12日。

43. 他绝对没戏：作者对克利夫·斯隆的电话采访，2005年5月16日。

44. 我在孔雀餐馆长了见识：作者对埃利奥特·斯皮策的采访，纽约，N.Y.，2005年4月12日。

45. 他的两条腿长得挺矫健的：作者对安妮·斯皮策和伯纳德·斯皮策的采访，纽约，N.Y.，2005年5月26日。

46. 法律的作用是什么：作者对埃利奥特·斯皮策的采访，纽约，N.Y.，2004年2月12日。

47. 就像一架不知疲倦的蒸汽发动机：作者对罗伯特·斯威特的电话采访，2005年5月24日。

48. 我想一刀砍了你：作者对艾米丽·斯皮策的电话采访，2005年5月17日。

注 释

49. 那是一场"看起来比《野兽之家》更蹩脚"的色情电影：比尔·泰勒发给作者的电子邮件，2005年5月27日。

50. 埃利奥特是一颗光芒四射的巨星：作者对迈克尔·G.切尔卡斯基的电话采访，2004年4月。五个月以后，在一起保险业务调查中，切尔卡斯基发现，斯皮策的矛头正指向自己。部分采访引自马斯特斯的"埃利奥特·斯皮策重拳出击"（Eliot Spitzer Spoils for a Fight），《华盛顿邮报》（*Washington Post*），2004年5月31日，第A01页。

51. 认为可以拿服装行业开刀：对甘比诺案件的描述根据拉尔夫·布鲁门撒尔的"暴徒交货之时"（When the Mob Deliverred the Goods），《纽约时报杂志》，1992年7月26日，第23页。

52. 所以警方调查人员只好强行进入甘比诺位于西35大街的总部：关于窃听行动的描述是根据皮特·罗宾森（Peter Robison）和埃里克·莫斯库维茨（Eric Moskowitz），"切尔卡斯基称斯皮策的友情无补于马什公司诉讼"（Cherkasky Says Spitzer Friendship Won't Help at Marsh），彭博新闻社，2004年12月7日。

53. 让人产生一种极度的恐惧感：对磁带内容的描述根据的是圭·杰维（Gay Jervey）的"与智者共舞"（Waltzing with the Wise Guys），《美国律师》（*The American Lawyer*），1992年5月，第84页。

54. 他们凭借名声从服装制造商那里榨取"匪帮税"：艾米丽·萨查尔（Emily Sachar），"甘比诺陪审团谈销售'强制者'"（Gambino Jury Told of Sales 'Enforcers'），《纽约新闻日报》，1992年2月5日，第20页。

55. 一副年轻的埃利奥特·奈斯的模样：作者对杰拉德·夏格尔的电话采访，2005年5月18日。

56. 如此断案岂不会成为有识之士的笑柄："与智者共舞"（Waltzing with the Wise Guys），《美国律师》（*The Ameican Lawyer*），1992年5月，第84页。

57. 不错，我们放弃了监禁：拉尔夫·布鲁门撒尔，"甘比诺兄弟在认罪协议中放弃了运输业务"（Gaminos to Quit Trucking Business in a Plea Bargain），《纽约时报》，1992年2月27日，第A1页。

58. 我们可能会更加声名远扬：马斯特斯："埃利奥特·斯皮策重拳出击"，《华盛顿邮报》，2004年5月31日，第A01页。

59. 如果这真的是他的梦想的话：作者对茜尔达·沃尔的采访，纽约，N.Y.，2005年7月6日。

60. 你赢不了的，埃利奥特：作者对劳埃德·康斯坦丁的采访，纽约，N.Y.，2005年4月18日。

61. 他是怎样的一个滔滔辩才：作者对伯纳德·斯皮策的采访，纽约，N.Y.，2005年5月26日。

62. 纽约就是一个附加装置：作者对斯蒂芬·艾奥舒勒的电话采访，2005年5月23日。

63. 对检察总长办公室传统的、重要的职能不屑一顾：肯维·萨克（Kevin Sack），"四位候选人：犯罪问题可能非本次竞选规则"（4 Candidates: Crime Issue May Not Rule in This Race），《纽约时报》，1994年9月5日，第19页。

64. 我投的是你的票：作者对茜尔达·沃尔的采访，纽约，N.Y.，2004年5月12日。

65. 今天是埃利奥特给孩子们穿的衣服吗：作者对茜尔达·沃尔的采访，纽约，N.Y.，2004年5月12日。

66. 他在拳击场向斯皮策表示由衷的谢意：汤姆·维特雷（Tom Wheatley），"真正的一拳击倒"（A Real Knockout），《圣路易邮讯报》（St Louis Post-Dispatch），1997年7月24日，第2D页。

67. 要做哪些事情去赢得竞选：作者对乔治·福克斯（George Fox）的采访，康涅狄格州格林威治（Greenwich Conn），2005年5月31日。

68. 好像确实对我们所讨论的问题感兴趣一样：作者对瑞驰·鲍姆的采访，纽约，N.Y.，2005年4月21日。

69. 我解决了98%的困难：作者对汉克·森可普夫的采访，纽约，N.Y.，2005年6月6日。

70. 他会招来杀身之祸的：斯里达尔·帕普（Sridhar Pappu），"改革斗士：

注　释

纽约州检察总长斯皮策"（The Crusader: Eliot Spizter, the Attorney General of New York），《大西洋月刊》（*The Atlantic Monthly*），总第294期，2004年10月1日，第3期，第108页。

71. 你真够丢人的啊，丹尼斯：道格拉斯·费得恩（Douglas Feiden），"检察总长竞选辩论中谣言四起"（Mud Flies in Attorney General Debate），《纽约每日新闻报》，1998年10月24日，第7页。

72. 如果没有死刑，他是不是就会去杀人：艾伦·费恩德（Alan Finder），"西班牙公民领导人质问瓦科"（Hispanic Civic Leaders Assail Vacco Over Remarks），《纽约时报》，1998年10月29日，第B1页。

73. 辩论粗暴无礼：作者对瑞驰·鲍姆的采访，纽约，N.Y.，2005年4月21日。

74. 我们又如何能相信你所说的这些话呢：道格拉斯·费得恩，"检察总长竞选辩论中谣言四起"，《纽约每日新闻报》，1998年10月24日，第7页。

75. 你不适合担任纽约州政府的法律长官：拉若·杰克斯（Lara Jakes），"柯培尔撤回对斯皮策的支持"（Koppell Withdraws Spitzer Endorsement），《奥尔巴尼时代联合报》，1998年10月29日，第B2页。柯培尔对斯皮策在初选期间的钱款花费提起了法律诉讼，后被驳回，另一位初选对手伊万·戴维斯抱怨道："斯皮策认为巨额家庭财产给予了他巨大优势。他不是为公众利益而奋斗，他想收买公众。"格里格·伯恩鲍姆（Greg Birnbaum），"斯皮策试图收买检察总长竞选：反对者如是说"（Spitzer Trying to Buy GA Race: Foes），《纽约邮报》，1998年9月13日，第26页。

76. 这么做真是愚蠢透顶：乔·西格尔（Joel Siegel），"斯皮策借800万竞选检察总长；为德所困，债台高筑"（Spitzer Lent 8 M to AG Campaign; Ethical Woes in Huge Loan），《纽约每日新闻报》，1998年12月26日，第59页。

77. 他因为自己和儿子被指控违反了法律而"目瞪口呆"：作者对伯纳德·斯皮策的采访，纽约，N.Y.，2005年5月26日。

78. 我们面临的诱惑就是跳过支持："埃利奥特·斯皮策竞选检察总长"（Eliot Spitzer for Attorney General），《纽约时报》，1998年10月29日，第A30页。

79. 付清了1994年从父亲那里所借的款项：斯皮策想到的办法是以损失3,000美元为代价，卖掉400万美元的市政债券。"埃利奥特·斯皮策还清巨债"（Spitzer Pays A Big Debt），《纽约每日新闻报》，2004年12月6日，第34页。伊丽莎白·本杰明（Elizabeth Benjamin），"帕塔克，斯皮策放弃税收汇报"（Pataki, Spitzer Release Tax Returns），《奥尔巴尼时代联合报》，2005年4月16日，第B3页。

80. 以致我都快病了：蒙特·杨德（Monte R. Yound），"98选举：势均力敌的检察总长竞选中，斯皮策比对手稍具优势"（Election 98: Has Edge in Tight AG Race），《纽约新闻日报》，1998年11月4日，第A55页。

81. 做出了各种充满想象力的断言：理查德·珀瑞兹－珀纳（Richard Perez-Pena），"政治备忘录；瓦科竞选策略中垂钓红鲱鱼（Red Herring）"（Political Memo: Whiff of Red Herrring in Strategy for Vacco），《纽约时报》，1998年11月29日，第52页。

82. 我一遍又一遍地重新计算选票：作者对马迪·康纳的电话采访，2005年5月24日。

83. 我感到自己作为一个领导者的时日就此宣告终结：罗伯特·麦克卡斯（Robert McCarthy）和汤姆·普瑞西斯（Tom Precious），"瓦科祝福斯皮策就任下一届检察总长；动情演讲嘉奖成就"（Vacco Wishes Spitzer Well as Next Attorney General; Emotion-laced Speech Cites Accomplishments），《布法罗新闻》，1998年12月15日，第1B页。

第三章　当家做主　激动人心

1. 今天，在这个激动人心的日子里：特雷斯·图雷（Tracy Tully），"政府宣誓第二任期，帕塔克在被征服仪式上表现乐观"（Gov Takes Oath for 2nd Term; Pataki's Optimistic at Subdued Ceremony），《纽约每日新闻报》，1999年1月2日，第5页。

2. 拥有1,775位工作人员：作者对马可·威勒特（Marc Violette）的采访，纽约，N.Y.，2005年5月。根据全美检察总长协会（National Association of Attorneys General）的资料，纽约州是拥有500名以上在册律师的四大州之一，检察总长所掌握的预算在各州中名列第三。

3. "意外检察总长"：查尔斯·加斯帕里诺，《华尔街的污点》（Blood on the Street）〔纽约：自由出版社（New York: Free Press），2005年〕，第214页。这一绰号没有叫起来，部分原因是，没用多久就证明了斯皮策是一个工作非常卖力的人。

4. 他上来就没有踢好头一脚，让人大失所望："对埃利奥特·斯皮策的伦理挑战"（The Ethical Challenge to Eliot Spizer），《纽约邮报》，1999年1月10日，第78页。

5. 特别地骄傲，因为接手了这个官司：作者对戴维·阿克辛的采访，纽约，N.Y.，2005年10月6日。

6. 但是我不得不这么做：埃利奥特·斯皮策在国家广播公司（WNBC-TV）上的电视讲话，2003年7月20日。

7. 拒绝过为与他们意见相左的政策做辩护：这一要求取消资格的简史根据韦恩·巴雷特（Wayne Barrett），"斯皮策为什么为帕塔克辩护"（Why Did Spitzer Defend Pataki），《乡村之声》（Village Voice），2003年7月8日，第24页。

8. 我发现自己虽然激烈地反对他所担任的职务：作者对迈克尔·瑞贝尔的采访，纽约，N.Y.，2005年9月20日。

9. 尽管因为历史悠久之故，人们尊重这些传统或坚持这些传统：作者对帕米拉·琼斯·哈勃的电话采访，2005年4月28日。

10. 作为一位前刑事检察官：作者对米歇尔·赫什曼的采访，纽约，N.Y.，2005年5月3日。

11. 同样鲜为人知的是1926年发生的一起诉讼案："法庭拓宽了股票欺诈法案的范围"（Court Adds Scope to Stock Fraud Act），《纽约时报》，1926年3月20日，第12页。

12. 如何证明被告具有"欺诈意图"：对《马丁法案》的简要讨论是根据尼古拉斯·汤普森（Nicholas Thompson）的"斯皮策之剑"一文，《法律事务》（Legal Affairs），2004年，5—6月。

13. 这个家伙很了不起：作者对米歇尔·赫什曼的采访，纽约，N.Y.，2005年5月5日；蒂特瑞驰·斯奈尔发给作者的电子邮件，2005年8月9日。

14. 我想让我们把精力都集中到关注经济歧视上来：作者对小安德烈·塞里的采访，纽约，N.Y.，2005年12月12日。

15. 他们只在黑人居住区办理贷款业务：作者对小安德烈·塞里的采访，纽约，N.Y.，2005年12月12日。

16. 咱们手里掌握证据了吗：作者对小安德烈·塞里的采访，纽约，N.Y.，2005年12月12日。

17. 这一协议就是"一块瑞士硬干酪"：兰迪·肯尼迪（Randy Kennedy），"与银行监管机构达成协议后斯皮策指控借贷者"（Spitzer Sues Lender after It Makes a Deal with Banking Regualtors），《纽约时报》，1999年8月21日，第B1页；作者对埃利奥特·斯皮策的采访，纽约，N.Y.，2005年9月19日。

18. 人们对我翻白眼，不以为然：作者对埃利奥特·斯皮策的采访，纽约，N.Y.，2005年5月23日。

19. 是否想涉足那片空白就在于各州了：埃利奥特·斯皮策在联邦主义学会上的发言，华盛顿哥伦比亚特区（Washington D.C.），1999年6月22日，根据联邦主义学会网页上的记录，www.fed-soc.org。

20. 要么被他的言论吓得目瞪口呆，要么被他的建议吓得面如土灰：一种说法来自詹姆斯·卓布（James Traub），"检察总长大动干戈"（The Attorney General Goes to War），《纽约时报杂志》，2002年7月16日，第12页。

21. 是否每个人都给予斯皮策的发言极大关注：联邦主义协会的副主席莱昂纳多·利奥（Leonard Leo）称斯皮策的说法"是歪曲事实的、令人遗憾的、让人沮丧的……将这样的谈话内容描述为联邦主义有点生拉硬扯……这些问题与联邦主义根本不沾边"。莱昂纳多·利奥发给作者的电子邮件，2005年5月12日和2005年5月23日。在线数据库中没有搜索到任何关于斯皮策参加这一会议的媒体报道。

22. 在5月份宣布拒绝接受该标准：后来，最高法院推翻了烟尘规定的裁定，

注 释

将权力归还给环保署。

23. 国会的大多数人对我们深恶痛绝：作者对卡罗尔·布朗纳的电话采访，2005年5月5日。

24. 有压力的工作感兴趣，能啃硬骨头：作者对彼得·雷纳的采访，纽约，N.Y.，2005年5月25日。

25. 任何事情我们都会谨慎对待，一丝不苟：作者对卡罗尔·布朗纳的电话采访，2005年5月5日。

26. 纽约能停放任何一辆车，能关闭任何一家工厂：作者对彼得·雷纳的采访，纽约，N.Y.，2005年5月25日。

27. 我很不想告诉你：作者对布鲁斯·巴克特的电话采访，2005年5月10日。根本没有人跟布朗纳提过。

28. 空气污染自己是不知道还存在着边界的：杰西·何兰德（Jesse J. Holland），"纽约州检察总长威胁就酸雨状告公司"（N.Y. Attorney General Threatens to Sue Companies over Acid Rain），美联社（Associated Press），纽约州和当地广播，1999年9月15日。

29. 我们需要把环保署往前拽一把：作者对埃利奥特·斯皮策的采访，纽约，N.Y.，2005年5月5日。

30. 自然也不同意将这些换代设备看作《清洁空气法案》要求下的新排放源：丹·费金（Dan Fagin）和里阿姆·普雷文（Liam Pleven），"瞄准清洁空气；斯皮策：中西部发电厂违反了联邦污染法"（Aiming for Clean Air/Spitzer: Midwest Power Plants Violate Fed Pollution Law），《纽约新闻日报》，1999年9月17日，第A7页。

31. 这还是首次将空气质量问题归罪于其他地区：杰西·何兰德，"纽约检察总长威胁就酸雨状告公司"（N.Y. Attorney General Threatens to Sue），美联社，纽约州和当地广播，1999年9月15日。

32. 这样实在不是明智之举：作者对布鲁斯·巴克特的电话采访，2005年5月10日。

33. 由40名律师组成的环境执法小组：作者对彼得·雷纳的采访，纽约，N.Y.，

2005年5月25日。

34. 有埃利奥特·斯皮策的参与：作者对卡罗尔·布朗纳的电话采访，2005年5月5日。

35. 证券交易委员会有足够的权力：塔玛拉·卢米斯（Tamara Loomis），"《马丁法案》：纽约证券法曾上过头条"（Martin Act: The New York Securities Statute Has Made Headlines Before），《纽约法律杂志》（New York Law Journal），2002年11月14日，第5页。

36. 我们感到哪里存在着真空，就立即着手对哪里展开调查：作者对米歇尔·赫什曼的采访，纽约，N.Y.，2005年4月21日。

37. 代理商提供的欺骗性金融计划：纽约州检察总长埃利奥特·斯皮策办公室，"为纽约州北部牛奶场工人索回百万美元"（$1 Million Revovered for Upstate Dairy Farmers），新闻报道，1999年7月23日。

38. 有人能这样主动为我们提议，帮助我们，我们激动得不知如何是好：拉若·杰克斯（Lara Jakes），"承保人与失去投资的农民达成协议"（Insurer Settles with Farmers Who Lost Investment），《奥尔巴尼时代联合报》，1999年6月24日，第B2页。

39. 我们把支票递还到真正的主人手里：作者对艾瑞克·迪纳罗的电话采访，2005年10月25日。

40. 对着墓地吹口哨——故作轻松，让一切逐渐平息：作者对小安德烈·塞里的采访，纽约，N.Y.，2005年9月12日。

41. 如果我们认为没有解决措施的话，就不要提起诉讼：作者对埃利奥特·斯皮策的采访，纽约，N.Y.，2004年2月12日。

42. 让检察总长办公室出庭辩护的诉讼案件也是寥寥无几：在州长帕塔克执政的前九年里，恢复了8%的工资，不到1994年的2/3，当时民主党人马里奥·科莫担任州长。乔丹·润（Jordon Rau），"为公平薪酬而战：州劳动机构加强规则，争取帕塔克任职期间工人失去的合理工资"（A Fight for Fair Pay; State Labor Agency's Reintorument of Rules Requiring Pruper wage for workers Has Wanned during Pataki's

Tenure),《纽约新闻日报》,2004年4月11日,第A6页。

43. 我们都这么指望:作者对帕特里夏·史密斯的采访,纽约,N.Y.,2005年4月7日。

44. 我想我们太天真了:安德鲁·雅各布(Andrew Jacobs),"徒步者尝试站立,非洲脚夫倾诉工作艰辛"(Walkers Make A Tentative Stand; African Deliverymen Complain, Gently of a Tough Job),《纽约时报》,1999年11月10日,第B1页。

45. 也不应该将雇佣工人排除在这些法律条款范围之外:《马丁诺诉密歇根州洗窗公司案》(Martino v. Michigan Window Cleaning Co.),联邦卷宗327,173分卷(1946)。

46. 他给他们确定了一个数字:作者对帕特里夏·史密斯的采访,纽约,N.Y.,2005年4月7日。

47. 检方办公室确实在劳动和工人问题上比其他任何州都胜出一筹:作者对凯瑟琳·洛克肖斯的电话采访,2005年4月11日。

48. 烟酒枪械管理署发布了一项研究报告:理查德·西蒙(Richard Simon),"克林顿打击1,020名枪支经销商"(Cliton Cracks Down on 1,020 Gun Dealers),《洛杉矶时报》(Los Angeles),2000年2月5日,第A14页。

49. 对费城地区的研究发现:戴维·凯瑞斯,"费城故事"(A Philadelphia Story),《法律事务》(Legal Affairs),2003年,5—6月。

50. 梅耶尔赞成制定无所不包的、基础广泛的法律条款:作者对卡尔·梅耶尔的电话采访,2005年5月19日。

51. 蒲柏对此持怀疑态度……这一胜利可能还需要经得起上诉的考验:后来证明,皮特·蒲柏的分析是正确的。虽然布鲁克林陪审团对这一案件进行了审判,但经纽约州上诉法院裁定,对于保证分销商和第三方的零售商能使枪支不落入犯罪分子手里,枪支制造商对受害者不负有特别的责任。《哈密尔顿诉贝雷塔案》(Hamilton v. Beretta),纽约州上诉法院(New York Court of Appeals),2001年4月26日,96卷第二卷本,第222页。

52. 还要看埃利奥特提起的诉讼如何:作者对戴维·凯瑞斯的电话采访,

2005年5月9日。

53. 这只是一个理论上的大胆设想：作者对皮特·蒲柏的采访，纽约，N.Y., 2005年4月7日和2005年5月23日。

54. 那就等着"让公司破产，让律师来敲门吧"：保罗·贾努佐在CNN上的讲话，2000年3月31日。

55. 这给人一种我们关系非常非常密切的感觉，作者对皮特·蒲柏的采访，纽约，N.Y., 2005年4月7日。

56. 枪支制造商热情地赞扬这样的会谈具有历史意义：福克斯·巴特菲尔德（Fox Butterfield），"关于枪支诉讼案中的安全和犯罪问题"（Safety and Crime at Heart of Talk on Gun Lawsuits），《纽约时报》，1999年10月3日，第A1页。

57. "他没权力这么做"：作者对劳伦斯·基恩的采访，纽约，马马罗内克（Mamaroneck，美国纽约州东南部乡村），N.Y., 2005年4月7日。

58. 聚在同一间屋子里，围坐在同一张桌子旁：安德鲁·库莫，记者招待会，华盛顿哥伦比亚特区，1999年11月8日。

59. 与我们签订大量的政府合同：杰夫·梅（Geoff Metcalf），"枪支制造者与克林顿硬碰硬"（Gun Maker Stands up to Clinton），《世界网络日报》（World Net Daily），2000年4月19日。

60. 公司将会切断所有这些经销商的销售：总统办公室克林顿讲话的脚本，2000年3月17日；作者对皮特·蒲柏的采访，纽约，N.Y., 2005年5月23日。

61. 我们有能力把他们挤兑得像一把钳子：埃利奥特·斯皮策，2000年3月22日。在住房和城市发展部举办的记者招待会上宣布的购买联合。

62. 妄自尊大的当选官员的非法尝试：罗伯特·德尔非，全国射击运动基金会（National Shooting Sports Foundation）会长，引自戴维·莱特曼（David Lightman），"枪支制造者反诉讼"（Gun Makers Fight Back with Lawsuits），《哈特福德新闻报》（Hartford Courant），2000年4月27日，第A24页。

63. 联盟成员放弃原来的主张：史蒂夫·帕尔多（Steve Pardo），"枪支安全承诺弃用"（Safe Gun Pledge Loses Bite），《底特律新闻报》（Detroit News），2000年5

注 释

月4日，第3C页。

64. 枪械行业自动撤销了该诉讼：斯皮策的手下人说枪支行业知道他们会败诉，因此撤销起诉动议；行业代表则称自己会败诉，因为他们的社团已经放弃了支持史密斯威森的计划——"我们是自己的成功的牺牲品。"劳伦斯·基恩说。作者对劳伦斯·基恩的采访，纽约，马马罗内克，N.Y.，2005年5月11日。

65. 但是他们却对此视而不见：《人民诉美国斯图姆·鲁格公司诉讼案》(*People v. Sturm Ruger & Co.*)，原始诉讼，2000年6月26日，第17页。

66. 被告从事制造法律许可的、无缺陷的产品：《人民诉美国斯图姆·鲁格公司诉讼案》，纽约州的正义决策，2001年8月10日，第25页。

67. 虽然布鲁门萨尔考虑到这一点：作者对查德·布鲁门萨尔的采访，康涅狄格州哈特福德（Hartford Conn.），2005年5月16日。

68. 我们没有提起诉讼：作者对查德·布鲁门萨尔的采访，康涅狄格州哈特福德，2005年5月16日。

69. 他想要的就是记者招待会：作者对劳伦斯·基恩的采访，纽约，马马罗内克，N.Y.，2005年5月11日。波士顿作为插手枪支制造业文件的几个原告，以自愿撤诉而收场。他们在一份声明中称："城市认为行业人员和武器贸易协会确实关心并致力于制造和销售安全的、合法的枪支，并对销售和使用枪支负有责任。"

70. 你要料想到会有其他的监管者参与游戏：作者对皮特·蒲柏的采访，纽约，N.Y.，2005年5月23日。

71. 斯皮策只不过是在他们面前来来回回晃动的一张脸而已：作者对艾利萨·巴恩斯的电话采访，2005年4月18日。

72. 我们首先将诉讼案件整理在一起，然后再开始谈判，在这方面已经颇有技巧了：作者对米歇尔·赫什曼的采访，纽约，N.Y.，2005年5月3日。

73. 对于一个纽约人来说现在是一个激动人心的时代：埃利奥特·斯皮策，法律日演讲，2000年5月1日。大多数对这一事件的新闻报道的焦点对准了另一位发言人，即上诉法院的首席法官朱迪斯·凯耶（Judith S. Kaye），对斯皮策只是简单地一带而过。

357

74. 这些硬币是真的，但是关于销售、运营等其他一切事情都是谎言：格雷格·法雷尔（Greg Farrell），"稀有钱币诈骗2,500万，六人面临指控"（Six Face Charges in Rare-Coin Scam That Made $25M），《今日美国》（USA Today），2001年5月25日，第2B页。

75. 第一起对血汗工厂经营者的重罪定罪：鲍勃·跑特（Bob Port），"唐人街血汗工厂主认罪"（Chinatown Sweashop Owener Guilty），《纽约每日新闻报》，2001年3月9日，第22页。

76. 他们在不明确的法律程序下调查我们：作者对约翰·A.卡西马蒂斯的电话采访，2005年4月11日。

77. 反歧视性案件：该统计数字由帕特里夏·史密斯提供，2005年4月26日。

78. 重新定义了检察总长的职责：斯蒂芬·格林豪斯（Steven Greenhouse），"从华尔街到杂货店发动进攻；斯皮策帮助低薪劳工超越高调案件"（Waging War from Wall Street to Corner Grocery; Beyond the High Porfile Cases, Spitzer Helps Low Wage Workers），《纽约时报》，2004年1月21日，第B1页。

79. 他们是很容易受到伤害的一群人：作者对埃利奥特·斯皮策的电话采访，2005年5月5日。

第四章　背叛信任　义愤填膺

1. 天空中的爆炸物猛冲过来，径直朝着我们办公楼的这个方向：燕西·罗伊（Yancey Roy），"斯皮策从办公室窗口目睹的恐怖"（Spitzer Watched Horror From Office Window），《波基普西市日报》（Poughkeepsie Journal），2001年9月15日，第2A页。

2. 将你所知道的事情汇报给组织：马丁·马格布（Martin Mgbua），"提醒国民提防欺诈"（Kin Told to Be Wary of Scams），《纽约每日新闻报》，2001年9月22日，第28页。

注 释

3. 我们对慈善机构有管辖权：作者对埃利奥特·斯皮策的采访，纽约，N.Y.，2005年8月30日。

4. 他们就不会来我们红十字会寻求帮助了：凯瑟琳·席琳（Katharine Q. Seelye）和戴安娜·亨利克斯（Dianna B. Henriques），"红十字会主席放弃，称董事会让她别无选择"（Red Cross Presidents Quits, Saying that the Board Left her no Other Choice），《纽约时报》，2002年10月27日，第B9页。

5. 建立数据库的逻辑非常简单：作者对埃利奥特·斯皮策的电话采访，2005年8月30日。

6. 给红十字会捐款的人士和机构明确无误地宣布：路透社（Reuters），"斯皮策警告：红十字会仍然面临法律制裁"（Red Cross Stillcould Face Legal Action, Spitzer Warns），《纽约新闻日报》，2001年11月9日，第A57页。

7. 从我个人的角度来说……我感到很不舒服：杰奎琳·萨拉曼（Jacqueline L. Salmon）和勒娜·桑（Lena H. Sun），"严阵以待：红十字会反思救助基金；惨遭谴责：捐助款项搁置一边"（Embatttled Red Cross Rethinks Aid Fund; Plan to Set Aside Donantions Decried），《华盛顿邮报》，2001年11月9日，第A1页。

8. 他在"绝对魅力"和"操纵他人、让人惊恐"之间不断转换、摇摆：莫妮卡·兰格雷（Monica Langley），"作为执法者的斯皮策：宏图高展，反对声声"（The Enforcer: As His Ambitions Expand, Spitzer Draws More Controversy），《华尔街日报》，2003年12月11日，第A1页。

9. 股票分析师推荐这些股票的时候：约翰·卡西迪（John Cassidy），"调查：埃利奥特·斯皮策如何使华尔街威风扫地"（The Invetigation, How Eliot Spitzer Hubmled Wall Street），《纽约客》，2003年4月7日，第54页。本文在最终协议达成前已经发表，它是最早全面评论分析师调查的文章。

10. 这是最明显的交易：作者对布鲁斯·陶普曼的采访，纽约，N.Y.，2005年6月20日。

11. 我一直在等着有人给我打电话：作者对雅各布·扎曼斯基的采访，纽约，N.Y.，2005年6月6日。

12. 除了银行的高额酬金，GoTo 公司还有什么让你们这么感兴趣：电子邮件交流，引自"答复：斯皮策诉美林公司案，支持应用《一般商业法》第354款的宣誓书"（In Re: *Spitzer V. Merill Lynch*, Affidavit in Support of an Application of General Business Law Section 354），2001年4月8日，第25页。

13. 再忍受这种受操纵的管理方式：柯尔斯滕·坎贝尔发给亨利·布罗吉特的邮件，2000年11月16日，引自"答复：斯皮策诉美林公司案，支持应用《一般商业法》第354款的宣誓书"，2001年4月8日，第30—31页。

14. 我们确实要提出证据，证明他们的研究报告不客观：作者对布鲁斯·陶普曼的采访，纽约，N.Y.，2005年6月20日。

15. "一只火药桶般的灾难""在这件事情上我都快死掉了""坏味道"：布罗吉特的电子邮件，引自"答复：斯皮策诉美林公司案，支持应用《一般商业法》第354款的宣誓书"，2001年4月8日，第32—35页。

16. "最好的预测"之一：亨利·布罗吉特的证词，"关于调查推荐调查以及有关证券报告的答复"（In Re: Investigation Regarding Research Recommendations and Reports Respecting Securities），2001年8月1—8日。

17. 这种情况下就应当提起诉讼：作者对埃利奥特·斯皮策的采访，纽约，N.Y.，2004年2月12日。

18. 把该死的电子邮件统统给我："街谈巷议：华尔街有位不靠谱的新警察——州官斯皮策埋头管辖垃圾邮件，在股票调查报告中寻找油水"（Heard on the Street: Wall Street Has An Unlikely New Cop: Spitzer—State Office, Used to Policing Junk Mail, Finds Fertile Ground in Stock Reserach），《华尔街日报》，2002年4月25日，第C1页。

19. 花费整整一天的时间浏览邮箱：作者对加里·康纳的采访，纽约，N.Y.，2005年6月20日。

20. 我们就开始发限价买进股票的信息报道：引自"答复：斯皮策诉美林公司案，支持应用《一般商业法》第354款的宣誓书"，2001年4月8日，第19页。

21. 我干了30年的辩护律师：作者对罗格·沃尔德曼的采访，N.Y.，2005年6

注 释

月28日。

22. 我赔了这笔钱是因为我笨：2004年12月14日，上午5点11分，星期二，在PT记事板上公布的更新过的披露声明。

23. 他已经远远地把我们甩在后头了：作者对罗伯特·莫尔维洛的电话采访，2005年8月10日。

24. 但是我们的德行还没有我们的竞争对手那么恶劣：埃利奥特·斯皮策在投资者会议上的讲话，纽约，N.Y.，2005年4月13日。

25. 很显然，他已经下定决心：作者对罗伯特·莫尔维洛的电话采访，2005年8月10日。

26. 就我们来说，所举行的会议都是真的：作者对蒂特·斯奈尔的采访，N.Y.，2005年6月27日。

27. 他们实在是太世故了：作者对戴维·贝克的电话采访，2005年7月19日。

28. 在过去并不"友好温和"的会计师和证交会之间：哈维·皮特在美国注册会计师协会（American Institute of Certified Public Accountants）管理委员会上的演讲，2001年10月22日。

29. 你们存在着一个非常大的问题：作者对哈维·皮特的采访，纽约，N.Y.，2005年6月28日。

30. 你们还打算做些关于美林公司股票分析师的事情吗：作者对比尔·贝克的电话采访，2005年7月11日。

31. 我们所要求的就是你们通常在民事协议中所做的：作者对罗伯特·莫尔维洛的电话采访，2005年8月10日。

32. 我不会封锁证据的：作者对埃利奥特·斯皮策的采访，纽约，N.Y.，2005年7月11日。

33. 我们总是根据他的主张进行交流：作者对罗伯特·莫尔维洛的电话采访，2005年7月14日。

34. 除了一些无可辩驳的事情外：作者对贝斯·戈尔登的采访，纽约，N.Y.，2005年6月29日。

35. 我除了提起诉讼，别无选择：埃利奥特·斯皮策在全国记者俱乐部上的讲话，华盛顿 D.C., N.Y., 2005年1月31日。

36. 我告诉戴维：作者对埃利奥特·斯皮策的采访，纽约，N.Y., 2005年7月11日。

37. 该扣动扳机，开始行动了：作者对埃利奥特·斯皮策的采访，纽约，N.Y., 2005年7月11日。

38. 在火候不到时，我们什么也没提出来：作者对米歇尔·赫什曼的电话采访，2005年10月7日。

39. 我总是担心我们会有什么闪失：作者对埃利奥特·斯皮策的采访，纽约，N.Y., 2004年2月12日。

40. 此乃天欲绝我也：作者对迈克·切尔卡斯基的电话采访，2004年4月。

41. 这是华尔街最受人们信任的名字对信任它的人所做出的最令人震撼的背弃：纽约州检察总长办公室，"美林股票评级体系被查实因未公开的利益冲突而有失公正"（Merill Lynch Stock Rating System Found Biased by Undiclosed Conflicts of Interest），新闻报道，2002年4月8日。

42. "基本原则一团糟""一堆垃圾"："答复：斯皮策诉美林公司案，支持应用《一般商业法》第354款的宣誓书"，2001年4月8日，第11、13、21页。

43. 他们打着掩护，哄骗着我们：作者对罗伯特·莫尔维洛的电话采访，2005年8月10日。

44. 今天纽约州检察总长的指控是毫无根据的：帕特里克·莫吉翰（Patrick McGeehan），"美林公司因偏袒性股评而遭攻击"（Merill Lynch under Attack as Giving out Taintied Advice），《纽约时报》，2005年4月9日，第A1、C1页。

45. 我会让他们吊死：作者对哈维·皮特的采访，纽约，N.Y., 2005年6月28日。

46. 这件事情会保持24小时的兴趣：作者对埃利奥特·斯皮策的采访，纽约，N.Y., 2005年7月11日。

47. 总之一句话：查尔斯·加斯帕里诺，"纽约州检察总长加大对华尔街的压力——对分析师利益冲突的调查迫使经纪公司进行改革"（New York Attorney

注 释

General Turns Up Heat on Wall Street——His Probe of Research Anylst, Confilicts of Interest Is Forcing Brokerage Firms to Make Changes），《华尔街日报》，2002年4月10日，第C1页。

48. 我们没有要力争赶上埃利奥特·斯皮策：作者对哈维·皮特的电话采访，2002年8月18日。

49. 这样的言论胜过千言万语：作者对斯图亚特·凯斯韦尔的电话采访，2005年6月30日。

50. 我就是一个堂·吉诃德（Don Quixote）吗：作者对埃利奥特·斯皮策的采访，纽约，N.Y.，2004年2月12日。

51. 称他是"华尔街的检察官"：乔舒亚·查芬（Joshua Chaffin），"华尔街的检察官：新闻人物埃利奥特·斯皮策"（Wall Street's Inquiaitor；Man in the News Eliot Spitzer），《金融时报》，2002年4月13日，第11页。

52. 称他为"聚光灯下的检察官"：本·怀特（Ben White）和小罗伯特·欧哈罗（Robert O'Harrow, Jr.），"聚光灯下的华尔街检察官"（Wall Street Probe Puts Prosecutor in the Spotlight），《华盛顿邮报》，2002年4月24日，第A1页。

53. 大概有30秒气氛是非常紧张的：作者对戴维·贝克的电话采访，2005年7月19日。

54. 银行方面是不会赞成的：埃利奥特·斯皮策，在投资者会议上的讲话，纽约，2005年4月13日。

55. 这都是完全错误的：戴维·贝克发给作者的电子邮件，2005年8月12日。

56. 至于银行方面愿不愿意，我不在乎：作者对玛丽·夏皮罗的电话采访，2005年8月10日。

57. 这样做没有什么意义：作者对斯蒂芬·卡特尔的电话采访，2002年8月8日。

58. 您好，我是埃利奥特·斯皮策：作者对贝斯·戈尔登的电话采访，2005年6月29日。

59. 而证交会则是1/1：作者对哈维·皮特的采访，纽约，N.Y.，2005年6月

28日；作者对哈维·皮特的电话采访，2005年8月18日。

60. 我们愿意与你们合作：作者对哈维·皮特的采访，纽约，N.Y.，2005年6月28日。

61. 我确实确实想尽绵薄之力：作者对哈维·皮特的电话采访，2005年8月18日。

62. 他并不是自己所认为的那么聪明：作者对哈维·皮特的采访，纽约，N.Y.，2005年6月28日。

63. 他已经习惯了为其所代表的华尔街的当事人辩护了：作者对埃利奥特·斯皮策的采访，纽约，N.Y.，2005年7月11日。

64. "可能犯罪"：朱迪斯·伯恩斯，"纽约州检察总长斯皮策：华尔街'堕落'，可能'犯罪'"（NY AG Spitzer: Wall Street is 'Corrupt,' may be 'Criminal,'），道琼斯通讯社（Dow Jone Newswires），2002年4月24日。

65. 这就是联邦主义所带来的后果："华尔街有位不靠谱的新警察：斯皮策"（Wall Street Has An Unlikely New Cop: Spitzer），《华尔街日报》，2002年4月25日，第C1页。

66. 我们感到非常可悲，非常失望：帕特里克·莫吉翰，"美林总裁因一位遭到解职的股评师致歉"（Merill Chief is Apologetic over Anylysts, One Dismissed），《纽约时报》，2002年4月27日，第C1页。

67. 道歉迈出了"很好的第一步"：帕特里克·莫吉翰，"美林总裁因一位遭到解职的股评师致歉"，《纽约时报》，2002年4月27日，第C1页。

68. 那个时候游戏就已经结束了：作者对埃利奥特·斯皮策的采访，纽约，N.Y.，2004年2月12日。

69. 你会同意我们打一场可能输了的官司吗：作者对贝斯·戈尔登的电话采访，2004年11月14日。

70. 我心里总想：作者对埃利奥特·斯皮策的采访，纽约，N.Y.，2005年4月12日。

71. 法庭需要回答的唯一一个问题就是纽约州是否有资格进行调查：汤姆·佩

罗塔（Tom Pettotta），"斯皮策要求陪审团恢复枪支诉讼案，制造商妨害责任却受质疑"（Spitzer Urges Panel to Reinstate Gun Suit; Manufacturer's Liability for Nuisance Questioned），《纽约法律报》（*New York Law Journal*），2002年5月13日，第1页。

72. 将枪支制造者描述为在"北极"：汤姆·佩罗塔，"斯皮策要求陪审团恢复枪支诉讼案，制造商妨害责任却受质疑"，《纽约法律报》，2002年5月13日，第1页。

73. 立法机构和行政机构更适合提出：《人民诉美国斯图姆·鲁格公司诉讼案》（*People v. Sturm Ruger & Co.*），纽约卷宗761，第192分卷，2003年，N.Y. 附录，2003年6月24日。

74. 我总是怀疑我们赢不了：作者对埃利奥特·斯皮策的采访，纽约，N.Y.，2005年4月12日。

75. 华尔街彻底堕落了：查尔斯·加斯帕里诺（Charles Gasparino），"证交所主席伸出援手，敦促美林诉讼结案"（Big Board Chairman Offers Help to Quickly Resolve Merill Case），《华尔街日报》，2002年5月6日，第C3页。

76. 你没法处理得恰到好处：作者对埃利奥特·斯皮策的采访，纽约，N.Y.，2005年7月11日。

77. 美林公司为本行业的其他公司树立了一个新的标准：本·怀特（Ben White），"美林支付罚金，分析师法规收紧"（Merill Lynch to Pay Fine, Tighten Rules on Anylysts），《华盛顿邮报》，2002年5月22日，第A1页。

第五章　立足本职　放眼全局

1. 任何协同调查的想法都是彻底失败的：作者对斯蒂芬·卡特尔的电话采访，2005年8月。

2. 吃惊地叫了一声"哇"：作者对罗格·沃尔德曼的采访，纽约，N.Y.，2005年6月28日。

3. 纽约州检察总长没有对该对话做过任何实质性的贡献："贝克要求证交会在对分析师的质询中起带头作用"（U.S. Rep. Baker Urges SEC to Take Lead in Analysts' Inquiry），道琼斯新闻通讯社，2002年4月30日。

4. 没能提供任何实施改革所必需的证据：纽约州检察总长办公室，"斯皮策对理查德·贝克致函证交会之回复"（Spitzer Responds to Rep. Richard Baker's Letter to the SEC），新闻稿，2002年4月30日。

5. 竭力推进立法，一来严格限制各州调查证券欺诈的权力：罗伯特·斯克姆蒂特（Robert Schmidt），"各州与华尔街证券溃退之战——游说立法者：经纪商希望权力集中在联邦监管机构"（States Battle Wall Street over Securities Beat: Lawmakers Lobbied: Brokerages Want Power Centered with One Fedral Watchdog），《全国邮报》（National Post），2002年6月18日，第F4页。

6. 这是对庄严的美国法律的歪曲：查尔斯·加斯帕里诺（Charles Gasparino），"清理华尔街：摩根士丹利前往华盛顿——公司秘密抵制各州监管界，此举招致斯皮策怒斥"（Cleaning up Wall Street: Morgan Stanley Goes to Washington—Firm Quietly Seeks to Fend off States Regulating the Industry; Spitzer Criticizes the Move），《华尔街日报》，2002年6月21日，第C1页。

7. "还不够优先"：作者对哈维·皮特的采访，纽约，N.Y.，2005年6月28日。

8. 在联邦监管人员的领导权问题上存在着无所用其心的真空：参议院商务、科学和交通委员会消费者事务小组委员会关于公司治理的听证会（Senate Consumer Affairs Subcommittee of the Senate Commerce, Science and Transportation Committee Hearing on Corporate Governance），聆讯记录，2002年6月26日。

9. 对他来说，我就成了一个替罪羊：作者对哈维·皮特的采访，纽约，N.Y.，2005年6月28日。

10. "证交会昏聩无能、怠惰散漫、麻痹大意"：作者对埃利奥特·斯皮策的采访，纽约，N.Y.，2005年7月28日。

11. "是个美国人都理应感到愤怒"：埃利奥特·斯皮策，关于"布什政府削减《清洁空气法案》提议"的声明（Bush Administration Proposal to Cut the Clean

注 释

Air Act），2002年6月13日。

12. 当联邦机构有负众望时，我就会插手：作者对埃利奥特·斯皮策的采访，纽约，N.Y.，2005年7月28日。

13. 玩忽职守，整个儿地玩忽职守：迈克尔·戈姆利（Michael Gormley），"斯皮策：证交会'玩忽职守'"（Spitzer: SEC 'Asleep at Switch'），美联社，2002年7月25日。

14. 因为我不习惯和他那样的人打交道：作者对克丽斯汀·布瑞恩的电话采访，2005年8月17日。

15. 我们长久地、忠心耿耿地为银行委托人服务：沃尔特·汉密尔顿（Walter Hamilton），"所罗门赔偿500万美元解决格鲁曼指控"（Salomon to Pay $5 Million to Settle Grubman Allegations），《洛杉矶时报》，2002年9月24日，第1页。

16. 这只是我们探索和拒绝的一种可能性：作者对哈维·皮特的电话采访，2005年8月18日。

17. 你们得为了市场利益紧紧地抱成一团：查尔斯·加斯帕里诺（Charles Gasparino），"皮特和斯皮策联手彻底检查华尔街"（Pitt and Spitzer Butted Heads to Overhaul Wall Street Research），《华尔街日报》，2002年10月31日，第A1页。

18. 首次公开募股不是一种无害的额外津贴：《华盛顿邮报》特约撰稿人，"诉讼要求五位高管上交首次公开募股所获利润"（Suit Seeks IPO Profits from Five Executives），《华盛顿邮报》，2002年10月1日，第A1页。

19. 华尔街的资本遭受了巨大扭曲：作者对埃利奥特·斯皮策的采访，纽约，N.Y.，2005年7月11日。

20. 麦克劳德对不适当交易负有责任：纽约州检察总长办公室埃利奥特·斯皮策，"法庭发现通讯主管人在股票撒网案件中负有责任"（Court Finds Telecom Exec Liabel in Stock Spinning Case），新闻发布，2006年2月13日。

21. 你要么参加要么不参加：作者对克丽斯汀·布瑞恩的电话采访，2005年8月17日。

22. 就有关分析师评估报告和IPO股票配置问题而展开的各项调查迅速做

出协调性结论:"证交会、纽约州检察总长、纽约证券交易所、全国证券交易商协会、北美证券管理者协会就华尔街改革实践达成协议"(SEC, N. Y. Attorney General, NYSE, NASD, NASAA, Reach Agreement on Reforming Wall Street Practices),证交会新闻发布,2002年10月3日,第2002-144号。

23. 那时候我不知道,现在还是不知道:埃利奥特·斯皮策在投资者会议上的讲话,纽约,2005年4月13日。

24. 我是坚决反对:作者对哈维·皮特的采访,纽约,N.Y.,2005年6月28日。

25. 1991年我们除掉了苏联:作者对哈维·戈尔德施密德的电话采访,2005年7月6日。

26. 华尔街公司发布的调查报告的制动器:斯蒂芬·卡特尔发给作者的电子邮件,2005年9月13日。

27. 有时候确实存在着绝对的挫折:作者对埃利奥特·斯皮策的采访,纽约,N.Y.,2005年8月19日。

28. 摆到桌面上来考虑的条款这么多:作者对克丽斯汀·布瑞恩的电话采访,2005年8月17日。

29. 关于冲突的事情一五一十、白纸黑字地刊登在《华尔街日报》上:查尔斯·加斯帕里诺和兰德尔·史密斯,"协议和协议人:华尔街询问告终的代价不久揭晓"(Deals & Deal Makers: Wall Street's Cost to End Inquiry to Be Known Soon),《华尔街日报》,2002年11月1日,第C5页。

30. 联邦监管人员获取了各种各样的电子邮件以及种种舞弊的确凿证据:作者对罗瑞·理查德的电话采访,2007年7月20日。

31. 有些人不是想给你出力的:作者对克丽斯汀·布瑞恩的电话采访,2005年8月17日。

32. 将米克尔的纪录与伟大的棒球运动员泰·柯布的纪录相比较:查尔斯·加斯帕里诺,《华尔街的污点》(Blood on the Street)〔纽约:自由出版社(New York: Free Press),2005年〕,第264—265页。

33. 没有电子邮件就表明米克尔的公开声明与私下里的意见是相悖的:作者

对罗格·沃尔德曼的电话采访，2005年8月29日。

34. 阿姆斯特朗永远也不会想到我们两个（我和桑迪）利用了他：电子邮件引自《证券和交易委员会诉花旗集团全球市场诉讼案》（*Securities and Exchange Commission v. Citigroup Global Markets*），卷宗，2002年4月28日。

35. 我们在那里埋着一颗滴答作响的定时炸弹：作者对贝斯·戈尔登的采访，纽约，N.Y., 2005年6月29日。

36. 美国电话电报公司和第92街Y：《证券和交易委员会诉花旗集团全球市场》（*Securities and Exchange Commission v. Citigroup Global Markets*），2002年4月28日卷宗。

37. 我将不胜感激：《证券和交易委员会诉花旗集团全球市场诉讼案》，卷宗，2002年4月28日。

38. 是完全没有事实根据的：本·怀特（Ben White），"韦尔的最大危机：花旗总头被召，解释公司利益冲突"（Weill's Biggest Crisis; Citigroup Chief Called to Account for Conflicts in His Empire），《华盛顿邮报》，2002年11月14日，第E1页。

39. 否认消息来源于斯皮策的手下：查尔斯·加斯帕里诺，《华尔街的污点》（*Blood on the Street*）（纽约：自由出版社，2005年），第296页。

40. 重新看待电话电报公司：桑迪·韦尔，公司主管人员备忘录，引自查尔斯·加斯帕里诺，"格鲁曼的荣耀：电话电报公司升级目的各异"（Brubman Boast AT&T Upgrade Had an Altogether Different Goal），《华尔街日报》，2002年11月13日，第A1页。

41. 他最基本的世界观是：作者对约翰·萨瓦利斯（John Savarese）的采访，纽约，N.Y., 2005年8月9日。

42. 格鲁曼很好控制：作者对布鲁斯·陶普曼的采访，纽约，N.Y., 2005年6月20日。

43. 要同时确保我们能够获得某些东西而不会破坏融资结构：作者对巴里·戈德史密斯的电话采访，2005年7月11日。

44. 评估报告乏善可陈：埃利奥特·斯皮策，在《机构投资者》（*Institutional*

Investor）晚宴上的讲话，纽约，N.Y.，2005年11月12日。

45. 你这个该死的混蛋：作者对瑞驰·鲍姆的采访，纽约，N.Y.，2005年4月21日；对阿维·希克的电话采访，2004年11月18日。

46. 他为什么会取得如此巨大的成功：作者对阿维·希克的电话采访，2004年11月18日。

47. 我天生好说：苏珊娜·科瑞格（Susanne Craig），"摩根士丹利希望监管人员为公司恢复形象"（Morgan Stanley Taps Regulators to Rehab Image），《华尔街日报》，2004年6月21日，第C1页。

48. 胜过其他一切欺诈证明：作者对埃利奥特·斯皮策的采访，纽约，N.Y.，2005年8月19日。

49. 你看，现在没有案子了：作者对埃利奥特·斯皮策的采访，纽约，N.Y.，2005年8月19日。

50. 我们要根据自己的时间做出自己的决定：作者对玛丽·夏皮罗的电话采访，2005年8月10日。

51. 这件事情就是确保中小投资者能被一视同仁：在宣布综合协议的记者招待会上的聆讯记录。2002年12月20日。

52. 为逗号点在哪里而进行的煞费苦心的谈判：作者对贝斯·戈尔登的采访，纽约，N.Y.，2005年6月29日。

53. 对资本市场如何运作产生巨大的影响：作者对斯蒂芬·卡特尔的电话采访，2005年8月22日。

54. 布罗吉特对GoTo.com公司的评估报告具有"实质上的误导作用"：《证券和交易委员会诉亨利·麦克莱维·布罗吉特诉讼案》（*Securities and Exchange Commission v. Henry McKelvey Bloget*），卷宗，2002年4月28日。

55. 格鲁曼在1999年给美国电话电报公司提高评级被描述为"具有误导性"：《证券和交易委员会诉杰克·本杰明·格鲁曼诉讼案》（*Securities and Exchange Commission v. Jack Benjamin Grubman*），卷宗，2002年4月28日。

56. 我们都在同一条战线上：作者对罗瑞·理查德的电话采访，2005年7月

20日。

57. 亲爱的鲍威尔主席：证交会历史学会（SEC Historical Society）第四届年会聆讯记录，2003年6月4日，星期三。

58. 市场结构属于证交会的管辖范围：金融服务委员会小组委员关于人力资源2179的资本市场标价（House Financial Services Committee Subcommittee on Capital Markets Markup of HR 2179）的聆讯记录，2003年证券欺诈威慑及投资者的赔偿法案（The Securities Fraud Deterrence and Investor Restitution Act of 2003），2003年7月10日。

59. 过土拨鼠节：詹尼·安德森（Jenny Anderson），"斯皮策的胜利：参议院报复提议法案限制执法权"（Spitzer Victory——House Nemesis Shelves Bill to Limit Policing Powers），《纽约邮报》，2002年7月25日，第39页。

60. 我想我们恐怕赢不了：作者对比尔·加尔文的电话采访，2005年6月30日；对巴尼·弗兰克的电话采访，2005年6月27日。

61. 苏，你意识到自己做了些什么吗：作者对瑞驰·鲍姆的采访，纽约，N.Y.，2005年6月27日。

62. 他态度非常坚决：作者对瑞驰·鲍姆的采访，纽约，N.Y.，2005年6月27日；瑞驰·鲍姆发给作者的电子邮件，2005年8月25日。

63. 勇敢地站出来，旗帜鲜明地拒绝这一修正案：小兰登·托马斯（Landon Thomas, Jr.），"各州决心监管，静观摩根动态"（States Intent on Regualting, Look at Morgan），《纽约时报》，2003年7月15日，第C1页。

64. 证交会一定是最重要的：作者对埃利奥特·斯皮策的采访，纽约，N.Y.，2005年7月11日。

65. 在揭露企业腐败、给市场带来公平感方面，他确实是取得了进展：迪翁（E. J. Dionne），"保卫各州权利——除华尔街外"（Defending States'Right——Except Wall Street），《华盛顿邮报》，2003年7月22日，第A17页。

66. 贝克称自己"不甘心"：本·怀特和布鲁克·马斯特斯，"限制华尔街的州调查法案被延缓"（Bill to Limit State Probes of Wall Street Delayed），《华盛顿邮报》

(*Washington Post*),2003年7月25日,第E1页。

67. 我要友善地警告些法案的那反对者们:兰德尔·史密斯和黛博拉·所罗门(Deborah Solomon),"州级股票警察大权在握"(State Level Stock Cops Retain Power),《华尔街日报》,2003年7月25日,第C1页。

第六章 昨天赛马 今日下注

1. 你来自华尔街,下一步的目标是什么呢:作者对戴维·布朗四世的采访,纽约,N.Y.,2005年6月9日。

2. 下一步转向共同基金,这么做也符合逻辑:作者对埃利奥特·斯皮策的采访,纽约,N.Y.,2005年7月18日。

3. 这就造成向普通共同基金持有人收费过高的现象:约翰·弗里曼(John Freeman)和斯图尔特·布朗(Stewart Brown),"共同基金咨询费:利益冲突的代价"(Mutual Fund Advisory Fees: The Cost of Conflicts of Interest),《公司法杂志》(*Journal of Corporation Law*)(2001年春季号):672,行业游说团体投资公司协会(Investment Company Institute)对这篇文章的论证方法和做出的结论产生过质疑。

4. 这算是哪门子的新闻啊:汤姆·罗瑞塞勒(Tom Lauricella),"这也算是新闻?研究称基金管理费太高了"(This Is News? Fund Fees Are Too High, Study Says),《华尔街日报》,2005年8月27日,第C1页。

5. 在共同基金行业确确实实存在着某些缺陷:作者对埃利奥特·斯皮策的采访,纽约,N.Y.,2005年7月18日。

6. 因为无法向投资者披露存在这样的冲突:作者对戴维·布朗四世的电话采访,2005年8月15日。

7. 我认为你应该调查一下共同基金的事情:作者对戴维·布朗四世的采访,纽约,N.Y.,2005年6月9日;作者对诺琳·哈林顿的采访,纽约,N.Y.,2005年6月13日。

注 释

8. 谁会以当天的价格进行交易呢：作者对戴维·布朗四世的电话采访，2005年8月15日。

9. 我就是给你打电话爆料共同基金的那个女人：作者对诺琳·哈林顿的采访，纽约，N.Y.，2005年6月13日。

10. 依我看，这不像是个疯子的行为啊：作者对罗格·沃尔德曼的采访，N.Y.，2005年6月28日。

11. 斯特恩告诉投资者，金丝雀公司总资产高达4亿美元：爱德华·斯特恩，给金丝雀资本合伙公司的信件，2002年1月5日。

12. 我们刚刚拿下这个基金：作者对诺琳·哈林顿的采访，纽约，N.Y.，2005年6月13日。

13. 我们利用他们走了后门：作者对诺琳·哈林顿的采访，纽约，N.Y.，2005年6月13日。

14. 她的离职协议上白纸黑字地写着哈林顿和公司"友善地终止了工作关系"：马西娅·维克斯（Marcia Vickers），"水深火热之中的王朝"（Dynasty in Distress），《商业周刊》，2004年2月9日，第62页。

15. 钱是不能生钱的：作者对诺琳·哈林顿的采访，纽约，N.Y.，2005年6月13日。

16. "千万别贷。"哈林顿警告说：作者对诺琳·哈林顿的采访，纽约，N.Y.，2005年6月13日。

17. 我想你也需要请位律师：作者对詹姆斯·纳斯菲尔德的电话采访，2005年6月14日；对戴维·布朗的采访，纽约，N.Y.，2005年6月9日，6月27日。

18. 检方团队后来得知：《纽约州诉金丝雀资本合伙公司等》（State of New York v. Canary Capital Partners LLC, et al.），诉状，2003年9月4日，第32—33页。

19. 安全信托公司得到它所持有的金丝雀资本公司1%的费用：《人民诉格兰特·西格》，重罪投诉卷宗，2003年11月23日，第5页。2005年8月，安全信托公司两位高管面对刑事指控承认有罪，分别被判缓刑5年。

20. 我还比不上这些雅皮士用处大：作者对詹姆斯·纳斯菲尔德的电话采访，

2005年6月14日。

21. 这事和你说不着：作者对戴维·布朗的电话采访，2005年7月8日。

22. 如果没有他加速披露这些事情，如果不是他证明这些事情都是真的：作者对戴维·布朗的电话采访，2005年7月8日。

23. 斯普尔将其他的委托单扔到废纸篓了事：《纽约州诉金丝雀资本合伙公司等》，诉状，2003年9月4日，第23页。

24. 你能确保我们可以将交易拖到晚上9点吗：作者对安德鲁·古德温的电话采访，2005年7月6日。

25. 我有证交会的资深律师：作者对安德鲁·葛德文的电话采访，2005年7月6日。

26. 我们不想引起证交会或其他任何人的注意：作者对戴维·布朗的采访，纽约，N.Y.，2005年6月9日。

27. 我没有意识到有任何腐败行为：马西娅·维克斯，"水深火热之中的王朝"，《商业周刊》，2004年2月9日，第62页。

28. 这一点都不离谱：作者对加里·纳夫塔里斯的采访，纽约，N.Y.，2005年8月11日。

29. 在稍稍早于麦特规定的时间里……办理业务：爱德华·斯特恩，给西奥多·斯普尔三世的信件，2001年5月1日，《纽约州诉金丝雀资本合伙公司等》，诉状，证据，2003年9月4日，第12页。

30. 这位金丝雀交易人称这样的交易是"不错的保险"：爱德华·斯特恩，《人民诉西奥多·斯普尔三世卷宗中的证词》(*People v. Theodore C. Sihpol III*)，副本，2005年5月17日，第2014页。

31. 我们感到好像必须要从他嘴里撬出点什么东西一样：作者对戴维·布朗的采访，纽约，N.Y.，2005年6月27日。

32. 整个夏天，我们时不时地闪过各种念头：作者对埃利奥特·斯皮策的采访，纽约，N.Y.，2005年7月18日。

33. 我非常害怕我们可能错过了什么：作者对戴维·布朗的采访，纽约，N.Y.，

2005年7月8日。

34. 这个问题会比调查分析师的问题要大：作者对贝斯·戈尔登的电话采访，2004年11月18日。

35. 让盘后交易打头阵：作者对戴维·布朗的采访，纽约，N.Y.，2005年6月27日。

36. 艾德从内心感到不应当伤害投资者：作者对加里·纳夫塔里斯的采访，纽约，N.Y.，2005年8月11日。

37. 我一周的假期就是这么过的：作者对加里·纳夫塔里斯的采访，纽约，N.Y.，2005年8月11日。

38. 我想应当起诉他们：作者对戴维·布朗的电话采访，2005年8月15日。

39. 重要的是把这件事情彻底解决掉：作者对布鲁斯·陶普曼的采访，纽约，N.Y.，2005年6月20日。

40. 因为你可以根据已经接受的事实，开展其他工作：作者对埃利奥特·斯皮策的采访，纽约，N.Y.，2005年7月18日。

41. 刑事司法体系就是这样运作的：作者对埃利奥特·斯皮策的采访，纽约，N.Y.，2005年7月18日。

42. 共同基金行业执行的是一个双重标准：马克·柯伊伯（Mark T. Kuiper），"纽约检察总长斯皮策：共同基金交易泛滥"（NY Atty Gen'l Spitzer: Mutl Fnd Trading Abuses Widespread），《国际市场新闻社》（*Market News International*），2003年9月4日。

第七章　两套规则　明火执仗

1. 那就等着瞧好吧：作者对马修·芬克的电话采访，2005年11月11日。

2. 得知在我们的行业存在这样的欺诈：理查德·贝克，"贝克评论斯皮策的共同基金调查"（Baker Commends Spitzer Mutual Fund Investigation），新闻发布，

2003年9月3日。

3. 这是我的职业生涯中最糟糕的一天：作者对斯蒂芬·卡特尔的电话采访，2005年8月22日。

4. 那么多年里，联邦调查局从来没有给我打过电话：作者对埃利奥特·斯皮策的采访，纽约，N.Y., 2005年7月18日。

5. 我们做了我们力所能及的事情：作者对埃利奥特·斯皮策的采访，纽约，N.Y., 2004年2月12日。

6. 上帝保佑埃利奥特·斯皮策：斯蒂芬·卡特尔，记者招待会，联邦检察院办公室，纽约，2003年9月4日。

7. 我想我的表现会大不一样的：作者对斯蒂芬·卡特尔的电话采访，2005年8月22日。

8. 我和斯蒂芬决定，在整个行业范围内展开一项调查：作者对罗瑞·理查德的电话采访，2005年9月2日。

9. 1/4的经纪商帮助客户在下午4点钟之后进行不当交易：布鲁克·马斯特斯，"证交会查出非法基金交易，调查披露盘后交易"（SEC Finds Illegal Fund Trading; Survey Discloses After-Hour Deals），《华盛顿邮报》，2003年11月3日，第A1页。

10. 我给我们驻波士顿办事处的头头打了电话：作者对斯蒂芬·卡特尔的电话采访，2005年8月22日。

11. 称他们的合作引起了其他一些州证券监管人员的"不愉快情绪"：作者对克丽斯汀·布瑞恩的电话采访，2005年8月17日。

12. 斯普尔的工作是：在下午4点钟之前，开始做好准备，做出时间标记："关于西奥多·斯普尔三世之事"（In the Matter of Theodore Charles Siphol III），《证交会行政诉讼卷宗》（SEC Administrative Proceeding File），第3-11261号，2005年10月12日，第5页。

13. 不管是冰山之一角还是整个冰山：布鲁克·马斯特斯，"两起诉讼中的共同基金弊端；择时指控；惩罚销售激励"（Mutual Fund Abuses Alleged in Two Cases; Charges on 'Timing'; a Fine for Sales Incentives），《华盛顿邮报》，2003年11月3日，

注 释

第 A1 页。

14. 不少人因此而放弃了有价值的辩护机会：作者对斯坦利·阿金的采访，纽约，N.Y.，2005年6月28日。

15. 我们只能起个杠杆的作用：作者对戴维·布朗的电话采访，2005年8月29日。

16. 可能这些材料现在就在你们手里：作者对戴维·布朗的采访，纽约，N.Y.，2005年7月14日。

17. 这是过去十年来白领圈里的实际情况：作者对埃利奥特·斯皮策的采访，纽约，N.Y.，2005年7月18日。

18. 或许我应该接受这笔交易的：作者对埃利奥特·斯皮策的采访，纽约，N.Y.，2005年7月18日。

19. 证明存在着两套规则：詹尼·安德森（Jenny Anderson），"一剂猛药：共同基金头头欺骗自己的投资者：政府"（Strong Medicine ——Mutual Fund Chief Cheated Own Investors: Gov't），《华盛顿邮报》，2003年10月30日，第35页。10月29日，斯皮策和调查人员接受了其他几家大报纸类似的采访。

20. 没有降低费用，我就该遭天打五雷轰啊：里瓦·阿特拉斯（Riva D. Atlas），"斯皮策发誓制裁基金家族头头"（Spitzer Vows Legal Action against Head of Fund Family），《纽约时报》，2002年10月30日，第C1页。

21. 这些当头棒喝似的批评不符合一个公诉人的身份：作者对斯坦利·阿金的采访，纽约，N.Y.，2005年6月18日。

22. 只不过是传达了想传达的信息而已：作者对埃利奥特·斯皮策的采访，纽约，N.Y.，2005年7月28日。

23. 如果在这方面我没有鼓捣出点什么名堂：作者对戴维·布朗的采访，纽约，N.Y.，2005年6月9日。

24. 我们无力充分保护成千上万的美国人：美国众议院金融服务委员会小组委员会（House Financial Service Committee's Subcommittee）关于资本市场的听证会，副本，2003年11月4日。

25. 我想他们没听清楚你的话：作者对比尔·加利文的电话采访，2005年6月30日，2004年4月。

26. 你看，我也不能告诉你啊，这又不是你的案件：作者对斯蒂芬·卡特尔的电话采访，2005年8月22日。

27. 这么做并不是要打算成为行业的样板：布鲁克·马斯特斯，"打击投资弊端，各州、证交会再度分裂；斯皮策谴责与普特南的协议"（States, SEC Split Again in Attack on Investment Abuses; Spitzer Critical of Settlement with Putnam），《华盛顿邮报》，2003年11月15日，第E1页。

28. 尚未确定，因为当时在这个问题上，赔偿金尚不清楚：作者对斯蒂芬·卡特尔的电话采访，2005年8月22日。

29. 这一协议不是与我签署的：布鲁克·马斯特斯，"普特南、证交会协议起纷争；调查继续深入基金交易"（Putnam, SEC Settle as State Fumes; Mass. Probe Continues into Mutal Fund's Trades），《华盛顿邮报》，2003年11月4日，第E1页。

30. 会让他们吃不了兜着走：布鲁克·马斯特斯，"打击投资弊端，各州、证交会再度分裂；斯皮策谴责与普特南的协议"，《华盛顿邮报》，2003年11月15日，第E1页。

31. 具有发布各种规则的权力：埃利奥特·斯皮策，在证交会历史学会上的演讲，华盛顿哥伦比亚特区，2003年6月4日。

32. 使用的是一种创可贴式的权宜之计：格蕾琴·摩根森（Gretchen Morgenson），"市场观察：基金丑闻扩大，惩戒力度不大"（Market Watch: Slapping Writsts as the Fund Scandal Spreads），《纽约时报》，2003年11月16日，第三部分，第1页。

33. 话可能不是最明智的，但是很好玩，话糙理不糙：作者对埃利奥特·斯皮策的电话采访，2005年8月19日。

34. 斯皮策"对你充满着最高的敬意"：作者对戴维·布朗的采访，纽约，N.Y.，2005年7月14日。

35. 检方办公室就和证交会密切配合，开展各项工作：副本，参议院银行住房和城市事务委员会（Senate Banking Housing and Urban Affairs Committee）听证会，

注 释

2005年11月20日。

36. 你不能在金钱上欺骗那些相信你的人：布鲁克·马斯特斯，"共同基金公司奠基人被控欺诈"（Mutual Fund Firm Founders Accused of Fraud），《华盛顿邮报》，2003年11月21日，第A1页。

37. 布鲁斯·卡维特对此没有反对意见：布鲁克·马斯特斯，"联盟努力与监管员达成协议；公司规模、证据分量或将为其他货币管理公司协议之典范"（Alliance Struggle to Settle with Regulators; Size of Firm, Weight of Evidence May Make Deal a Model for Other Money-Management Firms），《华盛顿邮报》，2003年12月12日，第E1页。

38. 我们的目的是解决这个问题：作者对戴维·布朗的采访，纽约，N.Y.，2005年7月14日。

39. 我们的作用好比一头800磅重的大猩猩一样，举足轻重：莫妮卡·兰格雷（Monica Langley），"作为执法者的斯皮策：大展宏图，反对声声——最新举动，迫使基金巨头降低费用；与证交会最新冲突——关注药品和养老金"（The Enforcer: As His Ambitions Expand Spitzer Draws More Controversy——In Latest Move, He Pushes Fund Giant to Cut Fees; New Clash With the SEC——Eyeing Drugs and Annuities），《华尔街日报》，2003年12月11日，第1页。

40. 证交会不应当充当费用调节器：布鲁克·马斯特斯，"大联资产管理公司降低管理费"（Alliance Capital to Reduce Fees），《华盛顿邮报》，2003年12月17日，第E1页。

41. 我们认为这一数额还远远不够：作者对斯蒂芬·卡特尔的电话采访，2005年8月22日。

42. 未经调节的市场不能保证某些核心的美国价值观念：埃利奥特·斯皮策和安德鲁·塞里，"牛市"，《新共和》，2004年3月22日，第18页。

43. 告诉一家上市公司的股东"是我阻止了你们获得消息"：作者对斯蒂芬·卡特尔的电话采访，2005年8月22日。

44. 一旦共同基金顾及不上关照自己的投资者：布鲁克·马斯特斯，"大联资产管理公司降低管理费",《华盛顿邮报》,2003年12月17日,第 E1 页。

45. 显而易见,这些董事们没能保护投资者们的利益:纽约州检察总长办公室,"斯皮策、证交会达成最大的共同基金协议"(Spitzer, SEC Reach Largest Mutaul Fund Settlement Ever),新闻报道,2004年3月15日。

46. 我们继续保持合作关系:作者对哈维·戈尔德施密德的电话采访,2005年7月6日。

47. 来自北达科他州麦田里6英尺3英寸的农家汉子:《纽约州诉斯特朗等公司案》(State of New York v. Strong Financial Corp et al.),已查实的投诉,2004年5月20日。

48. 员工们必须将车先开进停车位的前端:罗伯特·马林斯(Robert Mullins),"人物:理查德·斯特朗——斯特朗基金"(Profile: Richard Strong—Strong Funds),《密尔沃基商业杂志》(Business Journal Milwaukee),1998年10月23日,第 S32 页。

49. 作为全面检查的一部分,我们已经查了个水落石出:凯思琳·加拉赫(Kathleen Gallagher),"斯特朗总裁称对问讯表示惊讶"(Strong Chief Says Inquiry Comes as a Surprise),《密尔沃基新闻卫报》(Milwaukee Journal Sentinel),2003年9月6日,第1D 页。

50. 真他妈的咄咄怪事,他竟然对自己的基金进行择时交易:作者对戴维·布朗的采访,纽约,N.Y.,2005年7月14日。

51. 迪克·斯特朗没有做任何违法的事情:作者对斯坦利·阿金的采访,纽约,N.Y.,2005年6月28日。

52. 付出这样的代价并不算大:作者对斯坦利·阿金的采访,纽约,N.Y.,2005年6月28日。

53. 他的继任者"采取强制手段使用《马丁法案》":丹尼斯·瓦科,"《马丁法案》的严肃执行者"(Martin Act Martinet),《华尔街日报》,2004年4月12日,第18页。

54. 我会承担一切责任:作者对埃利奥特·斯皮策的采访,纽约,N.Y.,2005

年7月18日。

第八章 切莫伸手 伸手被捉

1. 实在是拿得太多了：埃利奥特·斯皮策，在记者招待会上宣布对理查德·格拉索的诉讼，纽约，2004年5月24日。

2. 我的薪酬和退休金带有点权术的味道：理查德·格拉索，"我的辩护将在法庭上见分晓"（My Vindication Will Come in a Courtroom），《华尔街日报》，2004年5月25日，第A16页。

3. 只要有人反击，我就高兴：布鲁克·马斯特斯，"埃利奥特·斯皮策重拳出击；反对者出奇招攻击"（Eliot Spitzer Spoils for a Fight; Opponents Blast Unusual Tactics of N.Y. Attorney），《华盛顿邮报》，2004年5月31日，第A1页。

4. 热情洋溢地称赞他是一位"完美练达的外交家"：宣布综合协议的记者招待会上的发言记录，纽约证券交易所，纽约，2002年12月12日。

5. 质问现在进行如此选择是否是"合适的时间"：查尔斯·加斯帕里诺和兰德尔·史密斯，"韦尔背后证交会几乎都是管理职位"（Behind Weill's Almost Directorship at NYSE），《华尔街日报》，2003年3月25日，第C1页。

6. 斯皮策一下子火冒三丈：作者对埃利奥特·斯皮策的电话采访，2005年7月19日。

7. 也对迪克·格拉索话语的真实性产生了极大的怀疑：作者对埃利奥特·斯皮策的电话采访，2005年7月19日。

8. "不折不扣的错误判断、背信弃义"：帕特里克·莫吉翰，"韦尔拒绝证交所董事席位"（Weill Declines Board Seat on NYSE），《纽约时报》，2003年3月24日，第D3页。

9. 当桑迪·韦尔得知纽约州检察总长对提名他担任纽约证券交易所董事的意见时：瑞秋·基普（Rachel Kipp），"韦尔撤销证交会提名"（Weill Withdraws

Name from NYSE Nominees），美联社在线，2003年3月23日。

10. 如果你想给其他人制定标准：帕特里克·莫吉翰，"证交会要求证交所审查管理"（SEC Asks That Exchanges Review Their Goverance），《纽约时报》，2003年3月27日，第C8页。

11. 是为消费者和投资者而奋斗的、不知疲倦的一员猛将：苏珊·哈里根（Susan Harrigan），"纷争虽然不断，斯、格'情仍未了'"（Amid Controversy, Spitzer, Grasso 'Remain Friends'），《纽约新闻日报》，2003年4月8日，第A63页。

12. 特别强调纽约证券交易所主席是"好朋友"：宣布最终综合协议的记者招待会上的发言记录，纽约证券交易所，纽约，华盛顿哥伦比亚特区，2003年4月28日。

13. 所做工作"引人注目"：查尔斯·加斯帕里诺、凯特·凯莉（Kate Kelly）和苏珊娜·科瑞格（Susanne Craig），"格拉索在证交所身价千万：主席2002年薪酬包在股票和纽交所的收益锐减"（Grasso Is NYSE's $10Million Man——Chairman's 2002 Pay Package Came Amid a Slump in Stocks and the Big Board's Earnings），《华尔街日报》，2003年5月7日，第C1页。

14. 但是对合同进行民意测验，结果显示11：7赞成：丹·韦布，"关于纽约证券交易所格拉索薪酬包调查的汇报"（Report to the New York Stock Exchange on Investigation Relating to the Comensation of Richard A. Grasso），2003年12月15日，第88页。

15. 董事会对他表现出的领导才能非常满意：小兰登·托马斯（Landon Thomas, Jr.），"纽交所主席将获1.4亿薪酬包"（Big Board Chief Will Get a $140 Million Package），《纽约时报》，2003年8月28日，第1页。

16. 暴露了纽约证券交易所目前在治理结构的效能方面存在着严重问题：本·怀特（Ben White），"证交会主席攻击证交所格拉索薪酬包；交易所运营遭质疑"（SEC Chairman Assails NYSE on Grasso Pay; Exchange's Practices Questioned），《华盛顿邮报》，2003年9月3日，第E1页。

17. 我把薪酬的事情抛在脑后：本·怀特，"格拉索放弃额外4,800万美元；

证交所对款项保持缄默"（Grasso to Give Up Extra $48 Million; NYSE Had Been Quiet about Payment），《华盛顿邮报》，2003年9月10日，第E1页。

18. 我们不会亦步亦趋，跟在别人屁股后头：作者对埃利奥特·斯皮策的电话采访，2005年9月19日。

19. 芬克警告格拉索"世易时移了"：对格拉索被赶下台的详细描述见苏珊娜·科瑞格、艾安西·珍妮·杜根（Ianthe Jeanne Dugan）、凯特·凯莉（Kate Kelly）、劳丽·P. 科恩（Laurie P. Cohen），"大盘点：内部人士称，结局来临，格拉索仍抱薪酬希望，余怒已消；总裁误读不满，支持来自朱利安尼——'我没有提出辞职'"（Taking Stock: As End Neared, Grasso Held On in Hopes Pay Furor Would Ebb—CEO Misread Depth of Anger on Floor, Insiders Say; Support from Giuliani—'I Didn't Offer to Resign'），《华尔街日报》，2003年9月26日，第A1页。

20. 如果董事会投票让我下台，我就会走人：韦布，对纽约证券交易所的调查汇报（Report to the New York Stock Exchange），第95—96页。

21. 这关系到交易所的诚信问题：苏珊娜·科瑞格、艾安西·珍妮·杜根、凯特·凯莉、劳丽·P. 科恩，"大盘点：内部人士称，结局来临，格拉索仍抱薪酬希望，余怒已消；总裁误读不满，支持来自朱利安尼——'我没提出辞职'"，《华尔街日报》，2003年9月26日，第A1页。

22. 我有幸获得了在我所认为的世界上最公平的市场工作的特权：本·怀特，"证交会赶走主席格拉索；薪酬包数额惹广泛批评"（NYSE Ousts Grasso as Chairman; Size of Pay Package Drew Wide Criticism），《华盛顿邮报》，2003年9月18日，第A1页。

23. 韦布的调查报告于2003年12月15日出炉：韦布，"对纽约证券交易所的调查汇报"，第95—96页。

24. 真相会让卡尔解脱出来：作者对威廉·瓦赫特尔的电话采访，2006年3月21日。

25. 韦布的报告与迪克·格拉索作为纽约证券交易所CEO的模范绩效并不相悖：索尔·沃尔德曼内斯（Thor Valdmanis），"报告称格拉索薪酬包'过多'"

(Report Calls Grasso's Pay 'Grossly Excessive'),《今日美国》，2003年2月3日，第3B页；本·怀特，"薪酬早就引起愤慨；证交所意见分歧始于98年"（Pay Raised Eyebrows Early on; NYSE Disagreed over Grasso in' 98），《华盛顿邮报》，2005年2月3日，第E3页。

26. 私下里也认为缺乏证明纽约证券交易所董事会被误导的"确凿证据"：本·怀特，"研究发现指控格拉索缺乏权威性案例；检察总长与证交所对法律行动信心不足"（Study Finds Weak Case against Grasso; N. Y. Attorney General, SEC Not Optimistic About Legal Action），《华盛顿邮报》，2004年1月10日，第E1页。

27. 说政府官员"做任何事都不是被强迫的"：《纽约州人民诉理查德·格拉索、肯尼斯·朗格尼和纽约证券交易所诉讼案》（People of the State of New York v. Richard A. Grasso, Kenneth Langone and the New York Stock Exchange Inc.），约翰·里德制作的宣誓做证的影像磁带，2006年2月17日，第66页。

28. 通常情况下，一旦对非营利性机构提起诉讼：作者对米歇尔·赫什曼的电话采访，2005年11月23日。

29. 能从这些支离破碎的印象中感觉出他们（维德·普莱斯律事务所的人）都是些好人：作者对米歇尔·赫什曼的电话采访，2005年11月23日。

30. 他称会议是一场"灾难"：《纽约州人民诉理查德·格拉索、肯尼斯·朗格尼和纽约证券交易所诉讼案》（People of the State of New York v. Richard A. Grasso, Kenneth Langone and the New York Stock Exchange Inc.），卷宗，2003年5月24日，第66页。

31. 弗兰克·阿什称这一提议是"不需动脑的事情"，"基本上是一个既成事实的决定"：丹·韦布，"对纽约证券交易所的调查报告"，第67页。

32. 这样的计划会"严重损害养老金保留值"：维德·普莱斯律师事务所对纽约证券交易所人力资源政策及薪酬委员会的报告（Vedder Price Report to the New York Stock Exchange Human Resources Policy and Compensation Committee），2002年10月3日，第13—18页。

33. 后来阿什承认董事会会议记录"不准确"：埃利奥特·斯皮策对纽约证券

交易所调查之答复（In Re Investigation by Eliot Spitzer of Matters Relating to the New York Stock Exchange），撤销诉讼之保证，证据A，"弗兰克·阿什的事实陈述"（Frank Ashen's Statement of Facts），2004年5月23日，第8页。

34. 鲍勃·斯塔克向施伦普和薪酬委员会汇报说，这种"兑现"计划"很罕见"：维德·普莱斯律师事务所对纽约证券交易所人力资源政策及薪酬委员会的报告，2003年2月6日，第12页。

35. 维德·普莱斯律师事务所也提交了第三份报告：丹·韦布，"对纽约证券交易所的调查报告"，第76页。

36. 米歇尔讽刺这种委婉的说法是"阿什惯例"：埃利奥特·斯皮策对纽约证券交易所调查之答复，撤销诉讼之保证，证据A，"美世咨询公司的事实陈述"（Mercer's Statement of Facts），2004年5月19日，第3页。

37. 我感到这不是纽约证券交易所开展业务的方式：埃利奥特·斯皮策对纽约证券交易所调查之答复，撤销诉讼之保证，证据A，"弗兰克·阿什的事实陈述"，2004年5月23日，第12—13页。

38. 我们希望人们在非营利性董事会中任职：作者对埃利奥特·斯皮策的电话采访，2005年8月19日。

39. 文章配发合成照片，声称格拉索和朗格尼缠绵在床上：詹尼·安德森（Jenny Anderson），"亲吻我的格拉索！"（KISS MY GRASSO!），《纽约邮报》，2003年5月30日，第43页。

40. 其他董事还告诉丹·韦布的调查人员：丹·韦布，"对纽约证券交易所的调查报告"，第77页。

41. 后来在法庭上坚持说韦布的报告是"恶意攻击，因为有人撒谎了"：威廉·瓦赫特尔，《人民诉格拉索等诉讼案》听证会，曼哈顿高级法院（Manhattan Supreme Court），2006年3月16日。

42. 当时有人马上就把我的犹豫不决报告给了：《纽约州人民诉理查德·格拉索、肯尼斯·朗格尼和纽约证券交易所案》，卷宗，2003年5月24日，第7—8页。

43. 我说，"这太荒唐了"：作者对埃利奥特·斯皮策的电话采访，2005年8

月19日。

44. 另一种选择就是按兵不动：作者对米歇尔·赫什曼的采访，纽约，N.Y.，2005年10月5日。

45. 如果这是纽约证券交易所、植物园、大都会艺术博物馆：作者对埃利奥特·斯皮策的电话采访，2005年8月19日。

46. 但是我们所掌握的证据比这强有力若干倍：作者对埃利奥特·斯皮策的电话采访，2005年8月19日。

47. 埃利奥特·斯皮策确实只好对理查德·格拉索提出诉讼："追查格拉索的数百万美元"（Chasing Mr. Grasso's Millions），《纽约时报》，2004年5月26日，第22页。

48. 与卡尔·麦考尔先生作为声名显赫的纽约共和党人之身份有什么千丝万缕的联系："斯皮策诉格拉索案"（*Spitzer v. Grasso*），《华尔街日报》，2004年5月25日，第16页。

49. 汤姆已经在党派中制造了很多事端：帕特里克·海利（Patrick Healy）和布鲁斯·兰博（Bruce Lambert），"拿骚县县长考虑与斯皮策竞争，取悦共和党"（Nassau Leader Considers Run against Spitzer, Pleasing G.O.P.），《纽约时报》，2005年6月2日，第B1页。

50. 阿什先生事后认识到犯了某种错误：布鲁斯·雅尼特，代表弗兰克·阿什的声明，2004年5月24日。

51. 完全是攻击性的：《纽约州人民诉理查德·格拉索、肯尼斯·朗格尼和纽约证券交易所诉讼案》，杰拉德·列文制作的宣誓做证的影像磁带，2005年9月9日，第314页。

52. 如果有些董事对此感到意外，那证明他们自己对工作的关注程度不够：吉姆·麦卡锡，发给作者的电子邮件，2005年11月16日。

53. 显然，这个数额是805万美元：《纽约州人民诉理查德·格拉索、肯尼斯·朗格尼和纽约证券交易所诉讼案》，杰拉德·列文制作的宣誓做证的影像磁带，2005年9月9日，第191页。

注 释

54. 保尔森建议唯一要去咨询的人就是格拉索本人：作者对卢卡斯·凡·普劳戈的电话采访，2005年11月21日。

55. 这是错误的……格拉索很了不起：作者对哈维·皮特的采访，纽约，N.Y.，2005年6月28日。

56. 9月9日，我们群情振奋，热烈拥戴格拉索：作者对肯尼斯·朗格尼的采访，纽约，N.Y.，2005年7月19日。

57. 在这个事情上多用心打探打探，看看会有什么发现：作者对埃利奥特·斯皮策的采访，纽约，N.Y.，2005年8月30日。

58. 他们都反复说，制药公司掌握着数据：作者对罗斯·费恩斯坦的电话采访，2005年8月24日。

59. 为使潜在的消极性商业影响最小化：韦恩·康德罗（Wayne Kondro），"制药公司专家建议员工不要泄露关于儿童使用抑制剂的资料"（Drug Company Experts Advised Staff to Withhold Data about SSRI Use in Children），《加拿大医学协会期刊》（*Canadian Medical Association Journal*），2004年3月2日。

60. 我们知道，坚持华尔街路线就会有所发现：作者对乔·贝克的采访，纽约，N.Y.，2005年8月23日。

61. 该诉讼目的在于保证医生在决定开处方时获得完整的信息：加迪纳·哈里斯（Gardiner Harris），"斯皮策指控药品制造商，称其隐瞒对其不利的数据"（Spitzer Sues a Drug Maker, Saying It Hid Negative Data），《纽约时报》，2004年6月3日，第A1页。

62. 在儿科病人临床研究的管理及其研究数据信息的传播方面是负责的："葛兰素史克问题回复纽约州检察总长埃利奥特·斯皮策诉讼之声明"（GlaxoSmithKline Issues Statement in Response to a Lawsuit Filed Today by New York Attorney General Eliot Spitzer），新闻报道，费城，2004年6月2日。

63. 他们都充分地意识到，我们站在法律一边：作者对乔·贝克的采访，纽约，N.Y.，2005年8月23日。

64. 其实补救方法非常简单：作者对埃利奥特·斯皮策的电话采访，2005年8

月30日。

65. 机构精神受到侵蚀：作者对埃利奥特·斯皮策的采访，纽约，N.Y.，2005年5月23日；2005年7月11日。

66. 里德参与了对格拉索的"污蔑和诽谤"：本·怀特，"格拉索控告证交所里德5,000万美元，前主席反驳斯皮策"（Grasso Sues NYSE, Reed for $50 Million; Ex-Chairman Also Offers Rebuttal to Spitzer），《华盛顿邮报》，2003年7月21日，第E1页。

67. 官司不赢我誓不罢休：查尔斯·加斯帕里诺（Charles Gasparino），《华尔街的污点》（Blood on the Street）（纽约：自由出版社，2005年），第214页。

68. 绝对是董事会和薪酬委员会彻底调查和重申的结果：金伯利·施特拉塞尔（Kimberly A. Strassel），"格拉索先生的银子"（Mr. Grasso's Money），《华尔街日报》，2004年8月13日，第A14页。

第九章　层层盘剥　坑蒙拐骗

1. 哦，竟然还有这回事：作者对戴维·布朗四世的采访，纽约，N.Y.，2005年9月15日。

2. 我给你发了传票：作者对戴维·布朗四世的采访，纽约，N.Y.，2005年9月15日。

3. 我认为这是一个花钱才能参与的游戏：作者对戴维·布朗四世的采访，纽约，N.Y.，2005年9月22日。

4. 把那些花里胡哨的把戏一剥去：作者对玛丽亚·菲力帕克斯的采访，纽约，N.Y.，2005年10月5日。

5. 找到那些心怀不满的经纪商：作者对戴维·布朗四世的采访，纽约，N.Y.，2005年9月22日。

6. 哦，不，不，不，这不仅仅是披露信息的事：作者对玛丽亚·菲力帕克斯

注 释

的采访，纽约，N.Y.，2005年10月5日。

7. 展望未来，我们要努力争取苏黎世美国保险公司：《纽约人民诉安然公司诉讼案》，卷宗，2005年3月4日，第9页。

8. 马什公司确实存在着骄傲自大情绪：作者对戴维·布朗四世的采访，纽约，N.Y.，2005年9月22日。

9. 斯皮策告诉杜恩，"我们负有这个责任"：作者对戴维·布朗四世的采访，纽约，N.Y.，2005年9月22日。

10. 这就像苹果与苹果一样，是同类比较：作者对马修·高尔的采访，纽约，N.Y.，2005年9月19日。

11. 通过人为地报高价来"抛弃报价"让我们蒙受损失：《纽约州人民诉马什保险公司和马什·麦克里安公司诉讼案》，卷宗，2004年10月14日，第24页。

12. 现在这伙人是摊上大事儿了：作者对戴维·布朗四世的采访，纽约，N.Y.，2005年9月22日。

13. "暗示，暗示"：《纽约州人民诉马什保险公司和马什·麦克里安公司诉讼案》，卷宗，2004年10月14日，第25页。

14. "哦，天哪！"他一边说，一边打开一封电子邮件：凯特·凯莉（Kate Kelly），"斯皮策办公室：数小时山穷水尽，顷刻间柳暗花明——实习生们苦心钻研，搜出热点电子邮件；工作人员仔细盘查，挖出串通投标大案"（In Spitzer's Office, Hours of Drudgery, Moments of 'Gotcha' ——Interns Pore Over Documents to Find 'Hot' E-Mails; Paydirt on Bid-Rigging），《华尔街日报》，2004年10月27日，第A1页。

15. 该项目相当有竞争力，不过呢，不一定能胜出：《纽约州人民诉马什保险公司和马什·麦克里安公司诉讼案》，卷宗，2004年10月14日，第26页。

16. "难以置信的马什文件。"布朗写道：作者对戴维·布朗四世的采访，纽约，N.Y.，2005年9月22日。

17. 在杂货铺停下来给自己买把牙刷：作者对玛丽亚·菲力帕克斯的采访，纽约，N.Y.，2005年10月5日。

18. 我们知道他知道些什么，我们得深挖：作者对玛丽亚·菲力帕克斯的采访，纽约，N.Y., 2005年10月13日。

19. 我们有言在先，最终期限没有商讨余地：作者对马修·高尔的采访，纽约，N.Y., 2005年9月19日。

20. 这不是真正的机会：《纽约州人民诉马什保险公司和马什·麦克里安公司》，卷宗，2004年10月14日，第17页。

21. 所以我不想听到你没有做B报价：《纽约州人民诉马什保险公司和马什·麦克里安公司诉讼案》，卷宗，2004年10月14日，第19页。

22. 这是有组织犯罪实施的某种联合垄断：莫妮卡·兰格利（Monica Langley）和西奥·弗朗西斯（Theo Francis），"危险的交易：保险公司遭受重创——传票送至，串通投标承认共谋；余波未平，家族王朝苦苦挣扎"（Risky Business: Insurers Reel from Spitzer's Strike—Subpoena on Bid-Rigging Spurred Rush to Admit Collusion with Broker—Fallout for a Family Dynasty），《华尔街日报》，2004年10月18日，第A1页。

23. 在业务之外确实存在着重大刑事共谋：作者对戴维·布朗四世的采访，纽约，N.Y., 2005年9月22日。

24. 就把目标集中在马什公司上：作者对戴维·布朗四世的采访，纽约，N.Y., 2005年9月22日。

25. 检察院超级认真，一丝不苟，也应该有这么个劲头儿：作者对迈克尔·柏林的采访，纽约，N.Y., 2005年10月5日。

26. 我们陷入了真正的危机：作者对迈克尔·切尔卡斯基的电话采访，2005年11月18日。

27. 我们话不投机，无法达成共识：作者对米歇尔·赫什曼的采访，纽约，N.Y., 2005年10月5日。

28. 真不敢相信，他们还是坚持自己的那一套：作者对埃利奥特·斯皮策的采访，纽约，N.Y., 2005年9月19日。

29. 弄明白"垄断、水泥俱乐部、虚假竞标"这些说法的意思有那么难吗：作者对埃利奥特·斯皮策的采访，纽约，N.Y., 2005年9月19日。

30. 对于一个操纵标价、压制竞争、欺骗客户的体系来说：埃利奥特·斯皮策的记者招待会，纽约，N.Y.，2005年9月15日。

31. 公司没有和解的资格：作者对埃利奥特·斯皮策的采访，纽约，N.Y.，2005年9月19日。

32. 在记者招待会上宣布非同寻常：作者对米歇尔·赫什曼的采访，纽约，N.Y.，2005年10月5日。

33. "虽然这话咄咄逼人，但一语中的"：作者对戴维·布朗四世的采访，纽约，N.Y.，2005年9月15日。

34. 穆迪的分析师警告说："面对斯皮策的调查，保险公司于周五退缩"（Insurers Reel Friday on Spitzer's Porbe），AFX.Com，2005年10月15日。

35. 我们觉得市场澄清了事实：作者对戴维·布朗四世的采访，纽约，N.Y.，2005年10月20日。

36. 斯皮策固执己见，不容易说服：作者对迈克尔·切尔卡斯基的电话采访，纽约，N.Y.，2005年11月18日。

37. 到现在，埃利奥特骑虎难下，欲罢不能：作者对理卡德·比提的采访，纽约，N.Y.，2005年9月5日。

38. 在这一点上，我态度非常坚决：作者对埃利奥特·斯皮策的采访，纽约，N.Y.，2005年10月24日。

39. 可是，我们承担不起啊：作者对迈克尔·切尔卡斯基的电话采访，2005年11月18日。

40. 但是会面很快转化成一场"埃利奥特和迈克秀"：作者对迈克尔·切尔卡斯基的电话采访，2005年11月18日。

41. 这是一个十分重要的变化：布鲁克·马斯特斯，"被控后，马什重选总裁；调查中，公司遭受牵连"（Marsh Replaces CEO in Wake of Charges; Firm Implicated in Insurance Investigation），《华盛顿邮报》，2006年3月8日，第D1页。

42. 斯皮策通过收集战利品的方式来构建自己的政治生涯："社论"（Editorial），《总经理》，第204卷，2004年10月26日，第72页。

43. 正常情况下，检察官的作用不应该决定要做出什么样的具体改变：安娜·戴维斯（Ann Davis）、卡拉·斯坎奈尔（Kara Scannell）、查尔斯·佛瑞勒（Charles Forelle），"CEO 纷纷怒斥斯皮策的执法方式"（CEOs Grumble at Spitzer Style），《华尔街日报》，2004年10月26日，第C1页。

44. 他们最大的危机在于客户和市场：作者对埃利奥特·斯皮策的采访，纽约，N.Y.，2005年10月24日。

第十章 失足成恨 回首百年

1. 重新激励纽约州政府：埃利奥特·斯皮策，讲话，纽约喜来登大酒店（Sheraton New York），纽约，N.Y.，2004年12月9日。

2. 斯皮策的举措是一个"不同寻常的转变"：帕特里克·欧基弗利·海利（Patrick O'Gilfoil Healy），"斯皮策应急而屈服于联邦监管机构的调查"（Spitzer, in a Shift, Will Yield Inquiries to U. S. Regulators），《纽约时报》，2004年12月25日，第A1页。

3. 如果有一件事情是我严格守护的，那就是我们在这里所恪守的正直诚实：作者对埃利奥特·斯皮策的采访，纽约，N.Y.，2005年11月28日。

4. 直到该报同意更正并发表一篇纠错文章才肯罢休："斯皮策称不会放弃对纽约州的任何调查"（Spitzer Says He Won't Drop Any Inquiries Begun by State），《纽约时报》，2004年12月26日，第46页。

5. 这么做并不是想挤兑他们，抠净他们手里的钱：作者对埃利奥特·斯皮策的采访，纽约，N.Y.，2005年10月24日。

6. 我从来没大喊大叫，几乎也没骂过娘：作者对迈克尔·G.切尔卡斯的电话采访，2005年11月18日。

7. 所以我尽力去做这个工作：作者对埃利奥特·斯皮策的电话采访，2005年10月24日。

注 释

8. 大家都很沮丧：作者对蒂特瑞驰·斯奈尔的电话采访，2005年11月1日。

9. 后来证明我们之间并不存在那么大的隔阂：作者对迈克尔·G.切尔卡斯基的电话采访，2005年11月18日。

10. 大家明天8点钟再来上班：凯萨琳·德意（Kathleen Day）和布鲁克·马斯特斯，"保险公司赔偿客户；马什支付8.5亿摆平指控"（Insurer Broker Will Pay Back Customers; Marsh to Create $850 Million Fund to Settle Charges），《华盛顿邮报》，2005年2月1日，第E1页。

11. 怡安公司官员解释说，……"补偿"苏黎世美国保险公司突如其来的花费的一种方式：《纽约人民诉怡安公司诉讼案》，卷宗，2005年3月4日，第13页。

12. 雷恩（当时）愿意以个人信用和友谊做担保：《纽约人民诉怡安公司诉讼案》，卷宗，2005年3月4日，第27页。

13. 他什么该死的事情都记不得了：作者对戴维·阿克辛的采访，纽约，N.Y.，2005年10月6日。

14. 这不是真相：作者对戴维·阿克辛的采访，纽约，N.Y.，2005年10月6日；作者对劳埃德·康斯坦丁的电话采访，2005年10月10日。

15. "太好了！"赫什曼喜不自禁地说：作者对戴维·阿克辛的采访，纽约，N.Y.，2005年10月6日。

16. 我们越是调查，事实就越是清楚：作者对蒂特瑞驰·斯奈尔的电话采访，2005年11月1日。

17. 我的辩词没能驳倒他们。我感觉自己很失败：作者对劳埃德·康斯坦丁的电话采访，2005年10月10日。

18. 我们是动真格的：作者对埃利奥特·斯皮策的电话采访，2005年10月24日。

19. 美国国际集团因为销售给一家叫作亮点的电信公司"传说中的'保险'产品"而被证交会提起诉讼："证交会对美国国际集团及其他公司在亮点证券欺诈中的指控"（SEC Charges American International Group and Others in Brightpoint Securities Fraud），证交会新闻公告，2003-111，2003年9月11日。

20. 出于礼让，我们打算在这个案子上退后：作者对戴维·布朗的采访，纽约，N.Y., 2005年10月13日。

21. 有限保险是保险公司选择的一剂良方：作者对戴维·布朗的采访，纽约，N.Y., 2005年10月13日。

22. 有限保险的问题看起来"刚刚冒头"：作者对蒂特瑞驰·斯奈尔的电话采访，2005年11月1日。

23. 这到底会不会是一起需要调查的案子呢：作者对戴维·布朗的采访，纽约，N.Y., 2005年10月13日。

24. 原来你们想对我们保密啊：作者对玛丽亚·菲力帕克斯的电话采访，2005年11月28日。

25. 格林伯格先生从来没有向任何人提出过请求，也从来没打算参与任何虚假交易：作者对霍华德·欧平斯基的电话采访，2005年11月30日。

26. 美国国际集团当时公开报道的赔款准备金：备忘录：美国国际集团（American Internationa Group Inc.）2004年12月31日年度财务10-K报表。2005年7月26日，第17页。

27. 确实出乎意料。他们竟然真这么搞：作者对戴维·布朗的采访，纽约，N.Y., 2005年10月13日。

28. 给他们发传票：作者对戴维·布朗的采访，纽约，N.Y., 2005年10月13日。

29. 真令人难以置信。你来看看这个：作者对戴维·布朗的采访，纽约，N.Y., 2005年10月13日。

30. 两眼紧盯别人的脚步犯规，以便寻找借口指控他们犯了谋杀罪：德温·伦纳德（Devin Leonard）和彼得·艾尔金德（Peter Elkind），"我一生所需乃不公平之优势"（All I Want in Life Is an Unfair Advantage），《财富》，2005年8月8日，第76页。

31. 更重要的是，这些不仅仅是脚步犯规：德温·伦纳德和彼得·艾尔金德，"我一生之所需乃不公平之优势"，《财富》，2005年8月8日，第76页。

32. 我们还合不合作：作者对戴维·布朗的电话采访，2005年10月23日。

33. 这些都是以格林伯格为中心的事实模式：作者对埃利奥特·斯皮策的采

访，纽约，N.Y.，2005年10月24日。

34. 我希望你胆子更大一点：《纽约州人民诉美国国际集团诉讼案》，卷宗，2005年5月26日，第3页。

35. 现在美国国际集团也不过是启用回购方案而已：作者对霍华德·欧平斯基的电话采访，2005年11月30日。

36. 我们认为我们的账目是诚实的：作者对马修·高尔的采访，纽约，N.Y.，2005年10月13日。

37. 并不是真正意义上约谈过格林伯格先生：作者对马修·高尔和玛丽亚·菲力帕克斯的采访，纽约，N.Y.，2005年10月13日。

38. 宣誓做证一事，我们不会拖延：作者对戴维·布朗的采访，纽约，N.Y.，2005年10月13日。

39. 毫无疑问，会议不是为了交流协商：作者对里·沃洛斯基的电话采访，2006年1月24日。

40. 他们想从斯皮策那里了解了解事情真正严重到什么程度：作者对理查德·比提的采访，纽约，N.Y.，2005年5月25日。

41. 这点十分确定，毫不含糊：作者对埃利奥特·斯皮策的采访，纽约，N.Y.，2005年4月12日。

42. 他在杰弗瑞的问题上犯了错误：作者对理查德·比提的采访，纽约，N.Y.，2005年5月25日。

43. 人们挂在嘴边的一件小事是：莫妮卡·兰格雷（Monica Langley），"公司政变：掌权美国国际集团37载，总裁迎来动荡不安日——面临指控威胁，董事纷纷倒戈；格林伯格盼逃离危险，实现软着陆"（Palace Coup: After a 37-Year Reign at AIG, Chief's Last Tumultuous Days—Faced with Incident Threat, Directors Move Quickly against Mr. Greenberg—Hopes Dashed for Soft Landing），《华尔街日报》，2003年4月1日，第A1页。

44. 我们在这里代表的是各位股民，不是汉克：作者对弗兰克·扎布的采访，纽约，N.Y.，2005年11月1日。

45. 赫赫有名的一家保险公司竟然要落到一群甚至连"保险"二字都拼不出来的律师手里：理查德·比提当时的谈话记录。

46. 我对他深表同情：作者对弗兰克·扎布的采访，纽约，N.Y.，2005年11月1日。

47. 当时会议室里没有人抱怨斯皮策：作者对弗兰克·扎布的采访，纽约，N.Y.，2005年11月1日。

48. 董事会的行动是正确的：作者对理查德·比提的采访，纽约，N.Y.，2005年11月15日。

49. 我一直称他格林伯格先生：作者对理查德·比提的采访，纽约，N.Y.，2005年11月15日。

50. 她一听，大惊失色：作者对玛丽亚·菲力帕克斯的电话采访，2005年10月13日。

51. 对于公司来说，那后果就严重多了：作者对埃利奥特·斯皮策的电话采访，2005年10月24日。

52. 回想起来，很明显是检察总长操之过急了：作者对霍华德·欧平斯基的采访，纽约，N.Y.，2006年1月24日。

53. 我打算起诉美国国际集团：作者对理查德·比提的采访，纽约，N.Y.，2005年9月8日。

54. 认为我们的行动存在着失当之处，这些说法都是毫无根据的：戴维·鲍尔斯给作者的电子邮件，"戴维·鲍尔斯回复斯皮策一书的话"（David Boies Quotes in Response to Spitzer Book），2006年1月23日。

55. 早上好，复活节快乐：作者对弗兰克·扎布的采访，纽约，N.Y.，2005年11月1日。

56. 说作为主席，他"有退休的打算"："格林伯格先生将退休"（M.R. Greenberg to Retire），美国商业新闻社（Business Wire），2005年3月28日。

57. 美国国际集团董事会的明智之举将会有助于调查：卡丽·约翰逊（Carrie Johnson），"集团元老格林伯格欲退休，公司及前CEO陷重重调查压力中"

(Greenberg to Resign as AIG Chairman; Company, Ex-CEO under Pressure from Multiple Investigations),《华盛顿邮报》,2005年3月29日,第E1页。

58. 他是建立了最大保险公司的人：作者对爱德华·马修的采访,纽约,N.Y.,2005年11月21日。

59. 那样的公司就是一个暗箱,它由总裁的铁腕一手操纵：埃利奥特·斯皮策是在"本周与乔治·斯蒂夫鲍罗斯在一起"(This Week with George Stephanopoulos)节目做访谈时说这番话的。美国广播公司新闻网（ABC News）,2005年4月10日。

60. 斯皮策先生太过分了：约翰·怀特海德,"斯皮策先生太过分了"（Mr. Spitzer Has Gone Too Far）,《华尔街日报》,2005年4月22日,第A12页。

61. 怀特海德先生,现在是你我之间的论战：约翰·怀特海德,"恐怖"(Scary),《华尔街日报》,2005年12月22日,第A14页。

62. 不准确,是经过一番修饰的,是错误的：约瑟夫·吉安诺尼（Joseph A. Giannone）,"前高盛头头称斯皮策搞恫吓"(Former Goldman Head Says Spitzer Made Threats),路透社新闻,2005年12月22日。

63. 其他一系列交易"似乎设计的唯一目的或者最初目的就是完成所期望的核算结果"：美国国际集团,"集团延迟10-K报表归档以结束复审",新闻发布,2005年3月30日。

64. 我有什么说什么,事实会证明一切：作者对埃利奥特·斯皮策的采访,纽约,N.Y.,2005年10月24日。

65. 如果他罪行滔天,十恶不赦："那就指控他呗"（So Indict Him Then）,《华尔街日报》,2005年4月13日,第A18页。

66. 我在那里幸灾乐祸：作者对埃利奥特·斯皮策的采访,纽约,N.Y.,2005年4月12日。

67. 他都重复"回答相同"：作者对戴维·布朗的采访,纽约,N.Y.,2005年10月13日。

68. 如此谴责"是不准确的、荒唐的"：狄恩·斯达克曼（Dean Starkman）和卡丽·约翰逊（Carrie Johnson），"合作也受损；斯皮策与联邦官员分头追查保险调查"（Loss of Coordination; Spitzer and Federal Officials Pursuing Insurance Probe Separately），《华盛顿邮报》，2005年7月19日，第E1页。

69. 首先我们想发布事实消息：作者对戴维·布朗的采访，纽约，N.Y.，2005年10月13日。

70. 我还未见过他们什么时候曾哐啷一声：作者对埃利奥特·斯皮策的采访，纽约，N.Y.，2005年10月24日。

71. 美国国际集团每年非法谋取数百万元：《纽约州人民诉美国国际集团等诉讼案》，卷宗，2005年5月26日，第27—29页。

72. 夜晚在办公室是工作的一部分：作者对埃利奥特·斯皮策的采访，纽约，N.Y.，2005年10月24日。

73. 为埃利奥特工作最酷的一件事情就是，大家都拧成一股绳，全力以赴：作者对戴维·布朗的采访，纽约，N.Y.，2005年10月13日。

74. 重编报表中的很多项目看起来夸大其词，或者不必要：备忘录：美国国际集团2004年12月31日年度财务10-K报表。2005年7月26日，第10—11页。

75. 格林伯格是"抓大局，从来就不关注工作细节的人"：作者对爱德华·马修的电话采访，2005年11月21日。

76. 结果将使C.V.斯塔尔公司的"资本净值显著增加"：纽约州检察总长办公室，"对房地产执行人康那利斯·温德·斯塔尔（Cornelius Vander Starr）违反受托责任的报告"（Report on Breaches of Fiduciary Duty by the Executors of the Estate of Cornelius Vander Starr），2005年12月14日，证据4，第2—3页。

77. 1969年10月31日，这些高管们讨论了一个协议：纽约州检察总长办公室，"对房地产执行人康那利斯·温德·斯塔尔（Cornelius Vander Starr）违反受托责任的报告"，2005年12月14日，证据4，第13—15页。

78. 那些认为格林伯格先生以某种方式欺骗斯塔尔基金的说法是毫无根据的：戴维·鲍尔斯发给作者的电子邮件，"戴维·鲍尔斯回复斯皮策一书"（David Boies Quotes in Response to Spitzer Book），2006年1月23日。

79. 这太有意思了：作者对戴维·布朗的采访，纽约，N.Y.，2005年12月19日。

第十一章　尺有所短　斯氏局限

1. 货币监理署受到无法挽回的伤害：《货币监理署诉埃利奥特·斯皮策》（Office of the Comptroller of the Currency v. Eliot Spitzer），2005年6月16日，纽约南部辖区（Southern District of New York），第5页。

2. 如果他们想加强对消费者的保护或者加强公民权利法：作者对托马斯·康维的采访，2005年10月3日。

3. 检察总长不能因为强制执行公平借贷法，借此反对全国性银行：《货币监理署诉埃利奥特·斯皮策》，意见与命令，2005年10月12日，第3、30—40页。

4. 有关管理费的问题，他们想与立法机关协商：作者对尼尔·波洛克的采访，纽约，N.Y.，2005年10月12日。

5. 但是我们至少有权去调查一下：作者对戴维·布朗的采访，纽约，N.Y.，2005年10月20日。

6. 阻止纽约州检察总长试图巡查本已由联邦政府监管的领域："与斯皮策抗衡"（Standing up to Spitzer），《纽约太阳报》（The New York Sun），2005年9月7日，第6页。

7. 这场官司就是斯皮策的滑铁卢，他会从此节节败退：丹·杜夫曼（Dan Dorfman），"塞里格曼公司诉讼将会成为斯皮策的滑铁卢"（Seligman Lawsuit Could Become Spitzer's Waterloo），《纽约太阳报》，2005年9月14日，第6页。

8. 看起来就是所谓的华尔街警长在虚张声势地放空炮：马克·亨伯（Marc Humber），"大老党怒斥斯皮策法庭失败"（GOP Jumps on Spitzer Court Defeat），美联社，2005年6月11日。

9. 在纽约州，未告破的犯罪案件多了去了：作者对哈维·皮特的采访，纽约，

N.Y.，2005年6月28日。

10. 因为你还有更重要的事情要做：约瑟夫·努赛拉（Joseph Nocera），"放过这条大鱼亦无妨"（Maybe Let This Big Fish off the Hook），《纽约时报》，2005年11月26日，第C1页。

11. 用鞋钉钉透朗格尼的心脏：查尔斯·加斯帕里诺（Charles Gasparino），"华尔街：诉讼出于私情"（Wall Street: This Case is Personal），《新闻周刊》，2004年9月27日，第8页。

12. 我的钱我做主，去买轰炸机，多多益善：作者对肯尼斯·朗格尼的采访，纽约，N.Y.，2005年7月19日。

13. 六位在薪酬委员会和全体董事会任职并宣誓做证的董事：肯尼斯·朗格尼，"一起毫无价值的诉讼"（Boondoggle of a Case），《华尔街日报》，2005年9月27日，第A10页。

14. 对这个人我只有鄙视：作者对肯尼斯·朗格尼的采访，纽约，N.Y.，2005年7月19日。

15. 通过宣誓做证，我们获得了确凿的证据：埃利奥特·斯皮策在公民预算委员会（Citizens Budget Commission）上的发言，纽约，N.Y.，2005年10月13日。

16. 提出政治问题的案件都委托给相关的政治机构：《康涅狄格州诉美国电力公司》（State of Conneticut v. American Electric Power Company），2005年，美国，LEXIS，19964，2005年9月15日。

17. 他们想把我们赶回到200年前所走过的老路上去：埃利奥特·斯皮策，在罗斯福夫人遗产公司（Eleanor Roosevelt Legacy Company）上的演讲，纽约，N.Y.，2005年10月17日。

18. 那么成为美国历史核心的全部权利演化就无从谈起：作者对埃利奥特·斯皮策的采访，纽约，N.Y.，2005年10月21日。

19. 他权力过大，没有问责机制：作者对丽萨·里卡德的电话采访，2005年10月6日。

20. 在其他案件中也一样：苏珊娜·达利（Suzanne Daley），"市长辩论会，失踪的证据"（In Mayoral Debates, Missing Evidence），《纽约时报》，1989年11月6日，第B7页。

21. 因为他们应当害怕：克里福德·梅（Clifford May），"劳德竞选别出心裁"（Lauder Runs Race Unlike Any Other），《纽约时报》，1989年9月9日，第1页。

22. 这一决定避重就轻，回避了问题的实质：詹尼·安德森（Jenny Anderson），"稀罕事儿：斯皮策撤诉"（In Rarity, Spitzer Drops Case），《纽约时报》，1989年11月22日，第C1页。

23. 所以要对症下药，挑选自己适合的一剂良方：作者对埃利奥特·斯皮策的电话采访，2005年11月28日。

24. 埃利奥特赋予了该进程令人难以置信的迅猛速度和强大冲击力：史蒂夫·费舍曼（Steve Fishman），"深入埃利奥特的团队"（Inside Eliot's Army），《纽约》（New York），2005年1月10日。

25. 没有比这更让我烦恼的事情了：作者对埃利奥特·斯皮策的采访，纽约，N.Y.，2005年7月18日。

26. 暗中破坏（斯皮策）目前正在进行的为提高华尔街行业道德规范所做出的种种努力……：丹尼斯·瓦科，"纽约州前检察总长丹尼斯·瓦科就星期四西奥多·斯普尔的宣布所发表的声明"（Statement of Former New York State Attorney General Dennis C. Vacco Regarding Thursday's Annoucement on Theodore Siphol），美国美通社（U.S. Newswire），2005年7月7日。

27. 塞里格曼公司重重地摔了一跤，但是跌倒后爬起来：作者对丹尼尔·波洛克的采访，纽约，N.Y.，2005年10月12日。

28. 我们只是想调查潜在欺诈：作者对戴维·布朗的采访，纽约，N.Y.，2005年10月20日。

29. 快速执行本身就是一件好事：作者对戴维·布朗的采访，纽约，N.Y.，2005年10月20日。

30. 司法底线并不都是坏的：作者对斯坦利·阿金的采访，纽约，N.Y.，2005

年6月28日。

31. 其成功之处就是威逼恫吓、发送传票，从而将工作外包出去：作者对理查德·比提的采访，纽约，N.Y.，2005年5月25日。

32. 那些大人物都能打通关节，买通出路：作者对雅各布·扎曼斯基的采访，纽约，N.Y.，2005年6月6日。

33. 叶茨称该检察官的说法"外行"、"不诚实"：《人民诉爱德华·考夫林》(*People v. Edward Coughlin*)，SCI6133-04，判决听证会，2005年9月29日，第15页。詹姆斯·叶茨后来虽然为自己的话道歉，但是仍然重申检察官的说法是"错误的"。

34. 我们在采取治疗类选法：作者对埃利奥特·斯皮策的采访，纽约，N.Y.，2005年11月28日。

35. 我们是在调查中途开始的：作者对埃利奥特·斯皮策的采访，纽约，N.Y.，2005年11月28日。

36. 但是双方都严格恪守自己的职业道德标准：作者对加里·纳夫塔里斯的采访，纽约，N.Y.，2005年8月11日。

37. 以事实为根据，我们有什么过错呢：作者对埃利奥特·斯皮策的采访，纽约，N.Y.，2005年11月28日。

38. 他什么时候调查过公司，之后该公司被证明是清白无辜的呢：作者对詹姆斯·蒂尔尼的采访，纽约，N.Y.，2005年6月6日。

39. 那检察总长办公室甚至连一个站点都算不上：作者对马克·帕默朗茨的采访，纽约，N.Y.，2005年11月21日。

40. 我们也要采取强硬态度……：作者对埃利奥特·斯皮策的采访，纽约，N.Y.，2005年9月19日；2005年10月28日。

41. 他想篡夺州和联邦立法者以及监管机构的权力：作者对丽萨·里卡德的电话采访，2005年10月6日。

42. 有个度，也应该有个度：作者对埃利奥特·斯皮策的采访，纽约，N.Y.，2005年11月17日。

43. 斯皮策和联邦检察官詹姆斯·科米（James Comey）就哪个办公室该将这位银行家送上法庭而产生过短暂冲突：克瑞斯·诺兰（Chris Nolan），"斯皮策瞄准对奎特隆的刑事调查"（Spitzer Aiming a Criminal Probe at Quattrone），《纽约邮报》，2003年5月12日。转自在线阅读。

44. 如果你有一个主管机构和一个疯子：作者对理查德·艾普斯坦的电话采访，2005年11月15日。

45. 我们给大型市场参与者和具有远大抱负的小型市场参与都分别制定了不同规则：作者对哈维·戈尔德施密德的电话采访，2005年11月7日。

46. 据《财富》杂志报道：杰里弗·科尔文（Geoffrey Colvin），"执法者的遗产"（Lawman's Legacy），《财富》，2005年11月28日，第96页。

47. 根据报道，美林公司客户"广泛地"利用这些报告到下文瑞士信贷第一波士顿银行只有110位客户访问该站点：朱迪斯·伯恩斯（Judith Burns），"独立股评报告并非必看的东西"（Independent' Stock Research Hasn't Been Must-See），《华尔街日报》，2005年11月26日，第B3页。

48. 斯皮策利用了国会从未打算使用的反欺诈职权：作者对斯图亚特·凯斯韦尔的电话采访，2005年6月30日。

49. "在相同服务中，（基金管理公司）向中小投资者和机构客户征收"的费用之间存在着"差异"：作者对戴维·布朗的电话采访，2005年11月23日。

50. 2004年，根据来自理柏调查公司的统计数字，2,830支基金降低了管理费：理柏公司，《理事分析资料》（Directors Analytic Data），2003年，第49页；理柏公司，《理事分析资料》，2005年，第49页，纽约：理柏公司分析服务（New York: Lipper Analytic Services），2005年，第51页。

51. 人们将2004年管理费的大幅度降低直接归因于基金丑闻以及纽约州检察总长办公室所开展的各项调查："理柏公司发布独到的管理费用基准点指导见解"（Lipper Releases Unparalleled Management Fee Benchmarking Guide），新闻发布，2005年12月14日。

52. 斯皮策"逆转了联邦主义"：作者对迈克尔·格瑞伍的电话采访，2005

年11月1日。

53. 背后的融资机构和联邦主义学会是一个不希望也永远不会希望受任何政府强制规则约束的团体：作者对埃利奥特·斯皮策的采访，纽约，N.Y.，2005年11月28日。

54. 先抛开补救方法不说：作者对斯蒂芬·卡特尔的电话采访，2005年8月22日。

55. 斯皮策说保险行业"腐败丛生"：作者对霍华德·米尔斯的采访，纽约，N.Y.，2005年9月20日。

56. 接受佣金的公司没有想和怡安、韦莱或者马什公司合并的：作者对罗伯特·哈特维格的电话采访，2005年9月14日。

57. 给予投资者他们所盼望的：作者对罗伯特·哈特维格的电话采访，2005年9月14日。

58. 绕开联邦立法程序而选择司法立法是不合适的：布鲁克·马斯特斯，"各州争相炫耀检控能力；检察长进军联邦曾经管辖领域"（States Flex Procesutorial Muscle; Attorneys General Move into What Was Once Federal Territory），《华盛顿邮报》，2005年1月12日，第A1页。

59. 你就会导致该行业股票下跌，你就会让真正的人民——劳动人民赔钱：布鲁克·马斯特斯，"各州争相炫耀检控能力；检察长进军联邦曾经管辖领域"，《华盛顿邮报》，2005年1月12日，第A1页。

60. 证交会监管的是全国的市场结构：布鲁克·马斯特斯，"攻击投资：各州、证交会分道扬镳，斯皮策与普特南达成协议"（States, SEC Split Again in Attack on Investment Abuses; Spitzer Critical of Settlement with Putnam），《华盛顿邮报》，2003年11月15日，第E1页。

61. 喂，我们发现有问题——妥善解决掉：作者对约瑟夫·卡伦的电话采访，2005年5月18日。

62. 随着人们的争论，真理会越辩越明：作者对尤金·路德维格的电话采访，2005年10月11日。

63. 拥有几个不同的执行部门，这样才行得通：作者对哈维·戈尔德施密德的电话采访，2005年11月7日。

64. 这具有循环性：布鲁克·马斯特斯，"各州争相炫耀检控能力；检察长进军联邦曾经管辖领域"，《华盛顿邮报》，2005年1月12日，第A1页。

65. 我们一直在……斗争：作者对埃利奥特·斯皮策的采访，纽约，N.Y.，2005年11月17日。

第十二章　天下为先　迎接挑战

1. 你们是我们这个时代的支柱：埃利奥特·斯皮策，在纽约布法罗伊利县民主俱乐部（Erie County Democratic Club）的演讲。2005年12月1日。

2. 害怕自己是一支被高估了的股票：埃利奥特·斯皮策，在纽约布法罗大厦资金募集会上的讲话。2005年12月1日。

3. 面对危机而无所作为是可怕的浪费：埃利奥特·斯皮策，在纽约布法罗斯皮策午餐会上为妇女所做的演讲。2005年12月1日。

4. 除非纳尔逊·洛克菲勒从天国回来要求收复失地：辛迪·亚当（Cindy Adam），"引发颇多争议的新书"（New Book Conjuring Quite a Controversy），《华盛顿邮报》，2005年12月9日，第18页。

5. 证交会开始给33,677名华尔街大公司客户邮递赔偿支票：格雷格·法雷尔（Greg Farrell），"问题股票调查赔偿支票公布"（Checks for Faulty Stock Research Go Out），《今日美国》，2005年12月22日，第B1页。

6. 背离常规程序便很难直接追查案件：纳撒尼尔·波普尔（Nathaniel Popper），"犹太会堂集会调查使犯罪克星办公室起纠纷"（Probe of Shul Group Had N.Y. Crimebuster's Office in Tangles），《犹太前进报》（Forward），2005年12月9日。

7. 检方掌握的证据不能够支持对格林伯格在州股票交易或者美国国际集团会计核算问题上提出的刑事指控：伊恩·麦克唐纳德（Ian McDonald）和莱斯利·希

瑟姆（Leslie Scism），"美国国际集团总裁虽跨越障碍，但面临困难依旧重重"（AIG's Ex Chief Clears a Hurdle but Faces More），《华尔街日报》，2005年11月25日，第C1页。

8. 此举证明其当事人在4月份宣誓做证时争取美国宪法第五条修正案庇护是正确的：作者对罗伯特·莫尔维洛的电话采访，2006年1月9日。

9. 交易均涉及斯塔尔房地产执行人的"自我交易"：纽约州检察总长办公室，"对房地产执行人康那利斯·温德·斯塔尔违反受托责任的报告"（Report on Breaches of Fiduciary Duty by the Executors of the Estate of Cornelius Vander Starr），2005年12月14日，第1页。

10. 从各种股票销售中赚得200万美元现金：纽约州检察总长办公室，"对房地产执行人康那利斯·温德·斯塔尔违反受托责任的报告"，2005年12月14日，第17—18页。

11. 既然格林伯格仍然担任斯塔尔基金会主席，诉讼时效就还没有超过限制期：埃利奥特·斯皮策，写给佛罗伦萨·戴维斯的书信，2005年12月14日，第3页。

12. 虽然斯塔尔基金会尊重检察总长监督慈善基金以及在调查中所声称的不当行为的权力：格蕾琴·摩根森，"报告称美国国际集团前总裁35年前欺诈基金会"，《纽约时报》，2005年12月15日，第C1页。

13. 事情非常简单：他想竞选另一职位：狄恩·斯达克曼（Dean Starkman），"格林伯格公开攻击斯皮策，为自己辩护"（Greenberg Opens Attack on Spitzer, Allegations），《华盛顿邮报》，2005年12月16日，第D1页。

14. 他们在舆论上迫害我，而不是提起诉讼：鲁迪·鲍埃德（Roddy Boyd），"斯皮策冲冠一怒"（Spitzing Mad），《纽约邮报》，2005年12月16日，第49页。

15. 在C.V.斯塔尔公司房地产协议这个问题上：戴维·鲍尔斯，"戴维·鲍尔斯对斯皮策一书的答复"（David Boies Quotes in Rresponse to Spitzer Book），2006年1月23日。

注释

16. 都能感受到人们对汉克的尊重之情和对他所成就的事业的钦佩之意：杰西·维斯特布鲁克（Jesse Westbrook），"前州长领导格林伯格联盟，前美国国际集团总裁签约支持者"（Former Governer Leads List of Greenberg Allies; Ex-AIG Chief Is Signing Up Supporters），彭博社新闻，2005年12月20日。

17. 即使诈骗行为是以前所犯下的，时间已经过去很久：作者对埃利奥特·斯皮策的电话采访，2005年12月20日。

18. 指控与百慕大文件没有任何关系：作者对里·沃洛斯基的电话采访，2006年1月24日。

19. 他强烈谴责斯皮策参与"义务警察"活动是出于"纯粹的政治利益"：迈克尔·库伯（Michael Cooper），"斯皮策的检举目标以支持其对手作为报复手段"（Spitzer Target Gets Even by Supporting an Opponent），《纽约时报》，2005年12月10日，第B3页。

20. 据一家自由主义民间团体推测：帕特里克·海利，"民间团体批评给苏茨的捐款来自于斯皮策的诉讼目标"（Group Criticizes Donations to Suozzi Linked to a Spitzer Target），《纽约时报》，2006年1月20日，第B7页。

21. 朗格尼的种种辩解都是"谎言！谎言！更多的谎言！"：迈克尔·库伯（Michael Cooper），"斯皮策的检举目标以支持其对手作为报复手段"，《纽约时报》，2005年12月10日，第B3页。

22. 斯皮策先生有公开诋毁个人而非在法庭上提起诉讼的习惯："斯皮策的败笔"（Spitzer's Turkey），《华尔街日报》，2005年12月22日，第A14页。

23. "两个职位迥然不同。"他说：作者对埃利奥特·斯皮策的电话采访，2005年11月28日。

24. 那就是我不会竖起一根手指来：作者对埃利奥特·斯皮策的采访，纽约，N.Y.，2005年9月19日。

25. 朱利安尼发现自己在试图改组市政府、减少犯罪方面经常是"一个人的团队"：安德鲁·科兹曼（Andrew Kirtzman），《鲁道夫·朱利安尼：城市之皇》（Rudy Giuliani: Emperor of the City）〔纽约：哈珀出版社（New York: Harper

Paperbacks），2001年］，第78页。

26. 我看你还出不出门：马特·弗雷斯舍尔·布莱克（Matt Fleischer-Black），"独立手段"（Independent Means），《美国律师》（*Ameircan Lawyer*），2002年10月1日。

27. 你将会为你的所作所为付出沉重代价：约翰·怀特海德，"恐怖"（Scary），《华尔街日报》，2005年12月22日，第A14页。

28. 埃利奥特告诉他将精力放在日常工作上：乔纳森·格拉特（Jonathan D. Glater），"主管人因文章与检察官再起争执"（Executive's Article Revives Feud with Prosecutor），《纽约时报》，2005年12月22日，第AC4页。

29. 埃利奥特·斯皮策所提议的法律无异于死神之吻：作者对帕特里夏·史密斯的采访，纽约，N.Y.，2005年4月7日。

30. 在奥尔巴尼，几乎没有多少票数势均力敌的情况：作者对威廉·麦克斯皮德的电话采访，2005年11月16日。

31. 在参议院中，并不是打着我的旗号就能增加胜算的：作者对丹·菲尔德曼的采访，纽约，N.Y.，2005年9月27日。

32. 州长的杠杆作用大于我在立法过程中所起的作用：作者对埃利奥特·斯皮策的采访，纽约，N.Y.，2005年11月29日。

33. 首先准备清除纽约市"橡胶路上的扫帚星"：弗雷德·西格尔（Fred Siegel），《城市王子》（*The Prince of the City*）〔旧金山：伊康特出版社（San Francisco: Encounter Books），2005年］，第102—103页。

34. 如果不与某些人做坚决斗争，又如何期待我能够有所变革呢：艾瑞克·普雷（Eric Pooley），"世界的市长"（Mayor of the World），《时代》（*Time*），2001年12月31日，第40页。

35. 做出一番丰功伟绩，切实有效地使全州走上更加繁荣富强的道路：埃利奥特·斯皮策在洛克菲勒管理学院（Rockefeller Institute of Goverment）上的讲话，2005年11月21日。

36. 如果你怀疑杜威是美国第一号公共英雄：引自理查德·诺顿·史密斯

(Richard Norton Smith),《托马斯杜威及其生活的时代》(Thomas E. Dewey and His Times)[纽约：西蒙舒斯特出版社（New York: Simon and Schuster），1982年]，第216页。史密斯的这本书是对杜威生平最权威的解释。

37. 送往他办公桌签署意见的1/5之多的法案都遭到否决：引自理查德·诺顿·史密斯，《托马斯杜威及其生活的时代》，第374页。

38. 仅仅提出一个好的理念是远远不够的：乔治·夏皮罗（George M. Shapiro），"杜威的立法决策"（Gov. Thomas E. Dewey Legislative Leadership），《纪念托马斯·杜威》（Memories of Thomas E.Dewey），杰拉德·本杰明（Gerald Benjamin）编〔奥尔巴尼：尼尔逊·洛克菲勒管理学院（Albany: Nelson A. Rockfeller Institute of Goverment），1991年〕，第39、49页。

39. 那是一个真正的专业团体：作者对马歇尔·斯道克的电话采访，2005年11月25日。

40. 斯皮策先生与我们的成功不可分割：尼尔·沃尔什，"斯皮策帮助挫败立法机构对权力的攫取"（Spitzer Helped to Defeat Legislature's Power Grab），《华尔街日报》，2005年11月12日，第7页。

41. 斯皮策主义：检察官的热忱，民主党人之所欲：诺姆·塞贝尔（Noam Scheiber），"斯皮策主义：检察官的热忱，民主党人之所欲？"（Spitzerism: Is a Prosecutor's Zeal What the Democrats Need），《纽约时报杂志》，2005年10月2日，第78页。

42. 那也远胜于与那些既没有享受多大快乐也没有遭受多大痛苦的平庸之辈为伍：埃利奥特·斯皮策引自西奥多·罗斯福的演讲，斯皮策在纽约布法罗午餐会上为妇女所做的演讲，纽约，2005年12月1日；新年晚宴，纽约，2005年12月7日。

尾　声

1. 到现在，斯皮策已经募集到1,900万美元：斯皮策，2006年，"2006年1

月份阶段性汇报"（2006 January Periodic Report），纽约州选举委员会备案（New York State Board of Elections），摘要页。

2. 锡耶纳民意调查研究所证明：锡耶纳民意调查研究所，"斯皮策和克林顿位置稳固"（Spitzer and Clinton Remain in Solid Positions），新闻报道，2006年1月30日。

3. 我希望将这样的价值观带入政府管理工作：作者对埃利奥特·斯皮策的采访，纽约，N.Y.，2006年2月28日。

4. 这个世界上最精明的人，告诉我他已经挑选好候选人：帕特里克·海利，"斯皮策投哈勒姆议员的选票"（Spitzer Names Harlem Senator to His Ticket），《纽约时报》，2006年1月24日，第B1页。

5. 我想把民主带回到民主党中：作者对托马斯·苏茨的电话采访，2006年3月1日。

6. 苏茨任由他人把自己当作工具利用：布鲁克·马斯特斯，"一波未平一波又起"（One Fight Leads to Another），《华盛顿邮报》，2006年3月8日，第D1页。

7. 他没指望从州政府中得到什么：布鲁克·马斯特斯，"初选中斯皮策劲敌支持其竞争对手；大选中有幸获前证交会董事力挺"（Spitzer Foes Giving to Rival in Primary; Former NYSE Director Has Taken On Spitzer in His Gubernatorial Bid），《华盛顿邮报》，2006年3月8日，第D01页。

8. 他到处招摇撞骗：作者对肯尼斯·朗格尼的电话采访，2006年3月2日。

9. 你们双方交恶：布鲁克·马斯特斯，"格拉索以美国宪法第五修正案为庇护"（Grasso Took the Fifth in SEC Trading Probe），《华盛顿邮报》，2006年3月17日，第D1页。

10. 为投资者和监管人员提供错误信息是错误的："纽约州检察总长和美国国际集团协议"（Agreement Between the Attorney General of the State of New York and American International Group, Inc.），2006年2月9日，证据1，第46页。

11. 美国国际集团还特地承认公司"不当记录"：美国国际集团，证券和交易委员会备案8-K报告，2006年2月9日，证据10-1，"与DOJ之协议"（Agreement

with the DOJ），第46页。

12. 一旦争论从报纸转到法庭：霍华德·欧平斯基发给媒体的电子邮件，"霍华德·欧平斯基的陈述"（Statement from Howard Opinsky），2006年2月9日。

13. 这绝对证明我们的所作所为是正确的：作者对埃利奥特·斯皮策的采访，纽约，N.Y.，2006年2月8日；《纽约州人民诉布洛克税务服务公司等诉讼案》，卷宗，2006年3月15日。

14. 他竟然从头到尾做了一系列的完整调查：作者对戴维·布朗的电话采访，2006年3月17日。

15. 85%的客户支付的管理费高于他们得到的收益：《纽约州人民诉布洛克税务服务公司等诉讼案》，卷宗，2006年3月15日，第3—4页。

16. 客户看到他们的投资贬值而不是升值会不高兴：《纽约州人民诉布洛克税务公司等案》，卷宗，2006年3月15日，第4—5页。

17. 将个人退休金账户特别通道项目看作是"一种比较好的储蓄方法"：《纽约州人民诉布洛克税务公司等诉讼案》，卷宗，2006年3月15日，第13页。

18. 美国布洛克税务服务公司在费用问题上误导投资者：作者对埃利奥特·斯皮策的电话采访，2006年3月14日。

19. 个人退休金账户特别通道就有78%提前退出：布鲁克·马斯特斯，"布洛克因欺诈客户受到指控；公司误导国税局费用惹民事官司"（H&R Block Accused of Defrauding Customers; Firm Misled about Fees on IRAS, Civil Suit Charges），《华盛顿邮报》，2006年3月16日，第D01页。

20. 我会在一周之内控告你们：作者对戴维·布朗的电话采访，2006年3月17日。

21. 我们相信个人退休金账户特别通道项目：布鲁克·马斯特斯，"布洛克因欺诈客户受到指控；公司误导国税局费用惹民事官司"，《华盛顿邮报》，2006年3月16日，第D01页。

22. 斯皮策提起的诉讼是对一个优良产品的无端攻击：马克·厄斯特（Mark A. Ernst），"不公正的攻击"（Unfair Attack），《华尔街日报》，2006年3月17日，第

A12页。

23. 矮胖子的世界里：《纽约州等诉环保署案》(*State of New York, et al. v. Environmental Protection Agency*)，2006年索引，LEXIS6598，2006年3月17日。

24. 这表明环保署做得是多么过分：作者对埃利奥特·斯皮策的电话采访，2006年3月20日。

25. 对帮助从事择时交易的对冲基金经纪商提起诉讼：在证交会主席克里斯托弗·考克斯（Christopher Cox）和法规执行部主任琳达·柴特门·汤姆森（Linda Chatman Thomsen）的领导下，证交会指控贝尔斯登公司帮助盘后交易，帮助对冲基金规避择时交易规定。2006年3月16日达成的协议要求经纪公司支付2.5亿美元给交易主体的共同基金公司。"贝尔斯登公司因盘后交易和择时交易被指控欺诈，现在证交会已经与其达成协议"（SEC Settles Fraud Charges with Bear Stearns for Late Trading and Market Timing Violations），证交会新闻发布，2006年3月16日。

26. 州保险委员会正在采取严厉措施，打击卷入马什公司操纵投标的保险公司：2006年3月20日，苏黎世美国银行分别与检察总长和包括纽约州在内的13个州的保险监理专员达成两项协议。公司不承认有不当行为，但是同意支付3.25亿美元的罚金给那些称由于串通投标而支付过多保险费用的投资者。美国国家保险专员协会（National Association of Insurance Commissioners），"NAIC特别工作组宣布保险串通投标协议"（NAIC Task Force Announces Insurer Bid-Rigging Settlement），新闻报道，2006年3月20日。苏黎世美国银行，"苏黎世宣布与纽约、康涅狄格州和伊利诺伊州政府当局达成协议"（Zurich Annouces Settlement with Authorities in New York, Connecticut and Illinois），新闻报道，2006年3月27日。

27. 当时我们是播撒一些希望的种子，现在种子在茁壮生长：作者对埃利奥特·斯皮策的电话采访，2006年3月20日。

致 谢

为一个活在当世而且前途无量的人物写传记，从来就是一项令人望而生畏的艰巨任务。但是，埃利奥特·斯皮策的为人却使我的工作轻松了不少。他坦诚直率、平易近人。斯皮策不仅本人对我以诚相待，而且还鼓励自己的亲戚朋友也同样以一片坦诚之心对我，并告诉他们对我想知道的事情知无不言，言无不尽。更为重要的是，他从不要求妥协让步，总是毫无条件地与我合作。本书最终的结论和分析等都是我个人得出的。

有不计其数的斯皮策的员工，包括现在的和以前的，都跟我谈论过斯皮策。他们翻箱倒柜地为我寻找一些文件资料。由于所涉及的人员数量庞大，而本书又受篇幅所限，在此就不一一列举了，以免漏掉哪位反而更让人尴尬。但其中有几位，我在这里却不得不提到，因为他们不止一次地与我坐下来谈论斯皮策。我想借此机会向他们表示诚挚的谢意。这些人包括：纽约州检察院投资保护局的戴维·布朗、马修·高尔和玛丽亚·菲力帕克斯；刑事科的皮特·蒲柏；行政办公室的米歇尔·赫什曼、蒂耶特·斯奈尔、瑞驰·鲍姆和马琳·特纳；前职员贝斯·戈尔登和小安德鲁·塞里；联络处主任达伦·多普几乎每天都要接听我的电话。他们尽其所能，为本书的完成提供了方便。

华尔街"警长"——埃利奥特·斯皮策

对斯皮策的朋友或者同事圈子以外的那些资料来源，我也同样心存感激。在此，我想表达由衷的谢意。感谢你们，因为当我说我想写真话、写公正的事情的时候，你们给予了我宝贵的信任。你们中很多人都不愿意透露自己的姓名，对此要求我表示尊重。但在此我还是想表达一下对以下几位的感激之情，因为是他们为我提供了十分有价值的建议和信息：前证券交易委员会委员哈维·戈尔德施密德和哈维·皮特；曾供职于全国证券交易商协会的玛丽·夏皮罗和巴里·戈德史密斯；缅因州前检察总长詹姆斯·蒂尔尼；缅因州职业规范和财务规范委员会委员克丽斯汀·布瑞恩；纽约律师斯坦利·阿金、理查德·比提、罗伯特·莫尔维洛、加里·纳夫塔里斯和约翰·萨瓦瑞兹。

首先，我是《华盛顿邮报》的一名记者。本书的完成是与该报纸财政版职员的大力支持密不可分的。吉尔·杜特（Jill Dutt）和马萨·汉密尔顿（Martha Hamilton）给了我充分的自由，让我去深入调查有关斯皮策的选题，有些文章在本书中也有所引用。与《华盛顿邮报》其他主管们一样，他们也都十分宽容、十分大度，给了我充裕的时间，使我能够完成本书的写作。

埃利奥特·斯皮策的事业所引起的关注，不仅仅是在报纸上占据某个小小的角落。在很多地方，我都引用其他记者的出版物来补充我的访谈，以抓住他或者其他人就某个特定时刻所发生的某个事件所发表言论的语气和典型特点。本书所引著作也都在注释中一一列明。在此，我还是想特别感谢《华盛顿邮报》的两位同事：一位是凯莉·约翰逊（Carrie Johnson）。当我一个人忙得焦头烂额、应接不暇的时候，是约翰逊慷慨地为我分担了不少工作；另一位是本·怀特（Ben White）。怀特无私地与我分享了他在报道华尔街时所获得的宝贵经验和丰富智慧。

另外，我的代理人盖尔·罗斯（Gail Ross）慧眼识珠，是第一位认识到斯皮策传记将会具有无穷市场潜力的人。没有罗斯敏锐的洞察力，本书的成形几乎是不可能的；本书的编辑、时代书业（Times Books）的保罗·高罗布（Paul Golob）帮助我将我所撰写的内容塑造成一个可读性较强的故事，即使

致　谢

读者并不是司法界或者财政金融领域的热心读者，也会对本书产生兴趣。文字编辑珍娜·道兰（Jenna Dolan）提出了很多睿智的问题；马克·福勒（Mark Fowler）以其十分友好的态度、透彻的法律评论使我避免了许多麻烦；多年来，泰瑞·茹帕（Terri Rupar）多次细致入微地为本书进行事实核查和数据确认，这让我避免了许多尴尬。

本书中关于进步时代的参考资料在很大程度上要归功于布瑞安·巴罗（Brian Balogh）。15年前，巴罗指导过我的本科论文。这么多年来，他一直不断地鼓励我保持在历史领域的兴趣。另外，我还要特别感谢我的父亲乔恩·马斯特斯、母亲罗斯玛丽·马斯特斯（Jon and Rosemary Masters），以及我的兄弟布莱克·马斯特斯（Blake Masters）。他们总是为我的事业鼓劲加油；我的公公、婆婆乔·法瑞（Joe Farry）与吉尔·法瑞（Jill Farry）一向对我鼎力支持，作为一个儿媳妇我无复他求。

没有人是在一个孤岛上工作的。对于一位职场母亲而言，尤其如此。最后，我要感谢我的丈夫约翰·法瑞（John Farry）。是他，助我的事业获得成功；是他，给了我永恒的力量；是他，给了我强有力的支持。我的两个孩子安德鲁（Andrew）和伊莱娜（Eleannor）为我的生活带来了数不尽的幸福和欢乐。我对你们的深爱无法诉诸于笔端。